BASTEI
LÜBBE

Christie Dickason DER TULPEN KÖNIG

**Aus dem Englischen von
Susanne Tschirner**

BASTEI-LÜBBE-TASCHENBUCH
Band 12660

Titel der englischen Originalausgabe:
The Lady Tree
© 1993 by Dogwood Publishers Inc.
© 1995 für die deutsche Ausgabe
by Gustav Lübbe Verlag GmbH, Bergisch Gladbach
Printed in Germany, Mai 1997
Einbandgestaltung: Quadro Graphik, Bensberg
Titelfoto: Historisches Museum, Amsterdam
Illustrationen: Axel Bertram, Berlin
Satz: Kremerdruck GmbH, Lindlar
Druck und Bindung: Elsnerdruck, Berlin
ISBN 3-404-12660-2

Für Marjorie,
die den ersten Garten meines Lebens anlegte

Danksagungen

Mein tiefempfundener Dank gilt der Belegschaft und den ehrenamtlichen Mitarbeitern von The Vyne, Hampshire, die mir in großzügiger Weise ihre Hilfe bei der Wiedererschaffung der Welt von Hawkridge House zuteil werden ließen.

Mein Dank geht ebenso an Juliette Brown, Theresa Cederholm, Sheila Cooper, Frank Horack, David Massa, Anna Powell, Leo Solt von der Universität von Indiana, Dr. Stephen Wyatt wie an die Mitarbeiter der Royal Horticultural Society Gardens in Wisley, der Royal Botanic Gardens in Kew, des Chelsea Physic Garden, des Cambridge University Botanic Garden und des Weald and Downland Open Air Museum für die Unterstützung und Einsichten in Religion, Politik, Rechts- und Finanzwesen, Naturwissenschaften und »Garderobenprobleme« des siebzehnten Jahrhunderts.

Dank nicht zuletzt Nick Sayers, meinem Lektor, und meinem Agenten Andrew Hewson.

Und Robert.

In den Jahren zwischen 1634 und 1637 geriet ein Teilbereich der holländischen Wirtschaft außer Kontrolle. Eine Spekulationshysterie heizte den Markt über die Grenzen der Vernunft hinaus an. Man benötigte spezielle Börsen, an denen ausschließlich mit einer Ware gehandelt wurde. Anlegersyndikate wurden in Wirtshäusern und Schenken gegründet. Grabenbauer und Wäscherinnen spekulierten genauso zügellos wie Kaufherren und Edelleute. Der Börsenkrach von 1637 war nicht minder spektakulär als der Wall-Street-Zusammenbruch von 1929 und hat angeblich ebenso viele Menschen in den Selbstmord getrieben.

Die Handelsware, die so viele Leben zerstörte, war nicht etwa Seide oder Gold, nicht Gewürze oder gar Opium. Es war die Tulpenzwiebel.

Erster
Teil

Prolog

Majestätischer Reichtum ist der heiligste unserer Götter

Juvenal

AMSTERDAM, FEBRUAR 1636

Das Zimmer glänzte vor Messing und Gold, doch es roch nach feuchter Wolle, Muskatnuß, Gewürznelken, Brackwasser und brennendem Fett. Im gelblichen Dämmerlicht von dreißig Talgkerzen, emporgehalten von vergoldeten Meerjungfern und Delphinen, warteten drei Männer in beklommenem Schweigen. Der Engländer, der neben den beiden schwarzgekleideten Holländern blaß, ätherisch und geckenhaft wirkte, starrte durch das offene Fenster hinab in die schattige Höhlung unter dem massiven Bug eines vertäuten Schiffes. Obwohl er sich in einem Haus auf trockenem Boden befand, schien der dunkle Fensterrahmen zu schwanken. Der Fußboden krängte. Die dicken Baumstämme der Schiffsmasten, deren Spitzen so hoch in den Nachthimmel ragten, daß sie mit der Dunkelheit verschmolzen, wiegten sich kaum merklich, sie waren fast zum Greifen nahe. Der Mann schluckte, um die Übelkeit zu vertreiben, die unangenehm kitzelnd aus seinem Magen aufstieg.

Zur Rechten und zur Linken, so weit sein Auge reichte, lagen vertäute Schiffe, rieben die Rümpfe aneinander und drängten sich beiseite im Kampf um den Ankerplatz. Das kleine rote Auge der Laterne eines Wachtmanns schwebte langsam durch das schwarze, sanft wogende Dickicht aus Spieren und Takelage. Ich hätte mich weigern sollen hierherzukommen, dachte er. Hätte sie dazu bewegen sollen, jemanden zu schicken, der einflußreich genug ist, in diesen Dingen Entscheidungen zu treffen. Doch er wußte, daß man ihn aus eben diesem Grunde ausgesandt hatte – weil er unbedeutend war. Diejenigen, die Entscheidungen trafen, gingen nicht das Risiko ein, einen Esel aus sich machen zu lassen. Dafür bezahlten sie Männer wie ihn. Er bewegte seine schmerzenden Schultern unter dem Wams und fluchte ob der Feuchtigkeit. Er konnte es sich ohnehin nicht leisten, eine Kommission abzulehnen.

Das Haus stand an einem Dock der Amstel. Die vertäuten Schiffe knarrten; Holz rieb an Holz. In der Ferne rief ein Seemann einem anderen irgend etwas zu. Auf dem Dock gleich unterhalb des Fensters schnüffelte ein Hund zwischen aufgestapelten Ballen, Fässern und aufgeschossenen Tauen herum, im trüben Licht nur schemenhaft erkennbar. Plötzlich brach er in wütendes Gebell aus. Die drei Männer hoben die Köpfe.

In einem anderen Zimmer des Hauses stöhnte eine übellaunige Viole auf, die wieder und wieder durch dieselben vier Sätze einer französischen Tanzweise getrieben wurde. Das Bellen verstummte.

»Noch nicht.« Vrel, einer der beiden Holländer und der Besitzer des Hauses, ließ seinen breiten Rücken zurück in den geschnitzten und vergoldeten Sessel sinken. Der vierschrötige Mann thronte am Kopfende eines langen, schweren Tisches, als erwarte er, jeden Augenblick einen Teller Bratenfleisch vorgesetzt zu bekommen. Doch die Brillant- und Rubinringe funkelten unruhig im Kerzenlicht, wenn seine kurzen, dicken Finger sich um die Löwenmasken an den Armlehnen des Stuhls schlossen und wieder öffneten.

Simeon Timmons, der Engländer, faßte seinen Gastgeber nun genauer ins Auge. Ein Agent mußte zu jedermann höflich sein, doch mit Cornelius Vrel hatte Timmons seine liebe Not.

Ein flegelhafter Frosch, gewandet in schwarze Seide und

feinste Wollstoffe, die er uns Engländern gestohlen – na ja, so gut wie gestohlen – hat, dachte Timmons zornig. Hockte hier selbstgefällig zwischen seinen goldenen Tellern und Trinkbechern, seinen Toledoklingen und venezianischen Lüstern, seinen türkischen Teppichen, die sämtliche horizontalen Flächen wie ein wucherndes Geflecht aus vielfarbigem Moos bedeckten, und stank nach den Gewürzen, die ihn reich gemacht hatten.

Timmons' Gedärme krampften sich in einem hungerartigen Schmerz zusammen. Wie ihn danach verlangte, auch ein solcher Frosch zu sein!

Simeon Timmons verbrachte sein Leben damit, dem Reichtum anderer zu dienen. Als dritter Sohn – zwei gesunde ältere Brüder standen zwischen ihm und dem Familienvermögen – mußte er sich aus eigener Kraft durchs Leben schlagen. Er nährte sich von Neid und Hoffnung, um sich für die schwere, aber lebensnotwendige Aufgabe zu wappnen, um jeden Preis höflich zu sein. Sogar zu einstigen Feinden, die einem nun lächelnd erlaubten, die Beute zu bewundern, die sie von englischen Schiffen geraubt hatten. Wen kümmerte es, daß holländische und englische Kaufleute sich just in diesem Augenblick wegen Zimt und Gewürznelken gegenseitig aus den ostindischen Meeren jagten? Wen kümmerte es, daß einer seiner Onkel vor dreizehn Jahren von den Holländern in Amboyna massakriert worden war? Höflich und immerzu lächelnd ging Timmons seinen Weg, indem er wie ein Lastesel hin und zurück trottete, beladen mit Informationen, Vorschlägen, Geld, Dokumenten, Versprechen und silbernen Löffeln.

Der dritte Mann im Zimmer stellte auf Holländisch eine Frage.

Timmons wandte sich ihm zu, um ihn mit einem bedacht ausdruckslosen Blick zu mustern. Sein Name war eine dieser gräßlichen holländischen Lautquälereien – Blanket oder Banquet oder so ähnlich. Er war in den späten Fünfzigern, ein wenig älter als Vrel, einen Kopf größer und halb so dick. Während sie warteten, war er ziellos durch das Zimmer geschlendert.

Und hatte dabei lüstern auf das chinesische Porzellan und

die vergoldeten Teller geschielt, wie Timmons aufgefallen war. Nun hörte er die Besorgnis in der Stimme des Mannes und wünschte sich, die Frage verstehen zu können.

Vrel antwortete ihm mit einer Stimme, die so frostig war wie die Nachtluft. Blanket (oder Banquet) zog seinen dürren Hals und den langen Schädel wieder in seinen Panzer aus schwarzem Kammgarn und Brüsseler Spitze zurück. Er wandte sich ab, um eine Sammlung goldener Gewürzwaagen zu begutachten.

Was immer es sein mag, dachte Timmons, Vrel hat alles fest im Griff. Ihn fröstelte. Das dünne hellbraune Haar klebte ihm feucht am schmalen Schädel mit dem langen hageren Gesicht, dem herabhängenden hellbraunen Schnäuzer und dem winzigen Spitzbart. Ein Flachkragen, wie er seit jüngstem als elegant galt, fiel schlaff über Schultern, deren Schmalheit das ungepolsterte Wams, der letzte Schrei der englischen Mode, gnadenlos offenbarte. Die Spitzen an Halstuch, Manschetten und Stiefelstulpen hatten in der feuchten Seeluft sämtliche Stärke eingebüßt. Ein selbstbewußterer Mann hätte den Wollumhang nicht um der Mode willen in seinem Quartier zurückgelassen.

Auf dem Dock brach wildes Bellen los.

Vrel war bereits auf den Füßen. »Er ist da. Befolgt meine Anweisungen, Blankaart!« befahl er. »Hört mir sehr, sehr genau zu. Ich wünsche nicht, daß Ihr vor Begeisterung mitsamt meinem Geld durchbrennt ...!«

Draußen vor dem Zimmer ließen dröhnende Schritte die Treppe erbeben. Auf dem Dock bellte noch immer der Hund.

Der Ankömmling brach in das Zimmer herein wie ein Sturm auf hoher See. Er wischte den Diener, der ihn hinaufgeleitet hatte, beiseite und brüllte Begrüßungsworte, während sein breitkrempiger Hut und der weite Umhang durch die Luft flatterten und die weichen Widerhaken einer scharlachroten Feder an seinem Hut wie die Knie einer Jungfrau zitterten. Timmons wich einen Schritt zurück, auf die Sicherheit der Wand zu.

»Mynheer Vrel ... Cornelius!« Der Mann umklammerte Vrels große Hand mit einer noch größeren. Er tätschelte Vrels Oberarm, ließ die Seidenmanschetten rascheln, schüttelte seinen Bart und fletschte seine strahlendweißen Zähne. »Wenn Ihr jemals wieder im geheimen verhandeln wollt, röstet zuvor den Köter da draußen!«

Vrel zog sich aus dem Mahlstrom zurück. »Habt Ihr einen Posten aufgestellt?«

»Was glaubt Ihr, was da unten gerade gegessen wird?« Der Neuankömmling richtete das plötzlich stille Auge des Wirbelsturms aus Herzlichkeit und Überschwang auf Timmons. »Und das ist Euer spekulierender Engländer?«

Timmons' Nacken versteifte sich angesichts des Tonfalls, und er verfluchte insgeheim die unverständlichen fremden Worte dieser häßlichen Sprache.

»Bloß ein Abgesandter der englischen Kaufleute, die wie immer dem holländischen Vorbild nacheifern«, erklärte Vrel. »Er wird nicht damit herausrücken, wieviel sie ins Geschäft hineinstecken können.« Er wechselte ins Englische. »Mr. Simeon Timmons, dies ist Mynheer Justus Coymans.«

Coymans lüftete seinen breitkrempigen Hut vor dem Engländer und sagte, nun ebenfalls in dessen Muttersprache: »Mynheer Timmons. Ihr seid ein Mann mit Verstand, daß Ihr just zu diesem Zeitpunkt nach Holland kommt, um Geschäfte zu tätigen!«

»Um festzustellen, ob es hier überhaupt Geschäfte gibt, die zu tätigen sich lohnen«, entgegnete Timmons schärfer als beabsichtigt. Er hielt sich klugerweise aus Coymans' Reichweite.

»Keine Angst«, erwiderte Coymans. »Nirgendwo sonst auf der Welt warten so viele Geschäfte. Vergeßt die Karibik, vergeßt Ost- und Westindien! Ich werde Euch so reich machen, wie Euer englischer König es gern wäre.«

Timmons langes Gesicht deutete unterhalb der Wasserlinie des Schnurrbarts ein höfliches Lächeln an. »Da ich mit den Plänen Seiner Majestät nicht vertraut bin«, versetzte er, »sagt mir dieser Vergleich nichts.«

»Reich genug, eine Flotte neuer Schiffe zu bauen, um die Spanier von den Weltmeeren zu verjagen«, erklärte Coymans aufgeräumt. »Und die Holländer noch dazu.« Seine Zähne blitzten im Kerzenlicht; seine Augen lagen im Schatten des Huts verborgen.

»Einverstanden, was die Spanier betrifft.« Timmons zögerte. Aber im Augenblick schien ihm denn doch zu viel Selbstzufriedenheit im Raum zu hängen. Er konnte einem klitzekleinen Seitenhieb einfach nicht widerstehen. »Aber ich glaube zu wissen, daß zwischen unseren beiden Ländern Frieden herrscht.«

»Vergeßt die Politik! Sie ist nur dafür da, dem Handel zu dienen.« Coymans riß sich den Umhang von der Schulter und warf ihn dem Hausdiener hin. »Laßt mich Euch etwas zeigen, das mächtiger ist als Kanonen und berauschender als ein Religionskrieg.«

Unaufgefordert nahm er in Vrels Sessel am Kopfende der Tafel Platz. Er holte ein in Leinstoff gewickeltes Päckchen aus seiner Börse hervor, das er mit schwungvoller Gebärde vor sich auf den Tischläufer legte. Beide Hände in die Luft erhoben wie ein Magier, der gerade seinen Zauberspruch losschleudern will, blickte er zu Vrel auf.

»Cornelius! *Voilà! Ecco! Mira!* Ganz Neu-Indien, hier auf Eurem Tisch!«

Timmons zuckte angesichts dieser theatralischen Ausschweifung zusammen und lugte skeptisch durch das gelbliche Dämmerlicht zu dem schmutzigen kleinen Bündel hinüber. Er spürte bereits, wie sich Ansätze von Eselsohren durch seine Kopfhaut schoben.

»Der *Admiral den Boom*«, erklärte Coymans und harrte der Beifallsstürme.

Vrel trat keinen Fuß näher an den Tisch. »Wieviel?«

Coymans bleckte die Zähne in Richtung Timmons. »Ich kann nur hoffen, daß es mehr Spaß macht, mit Euren englischen Auftraggebern zu verhandeln. Unser Cornelius hier hat kein Gespür für die großen Gesten, die Arbeit erst zum Vergnügen machen. ›Wieviel‹, will er wissen. Einfach so. Peng! Dabei hatte ich ihm die ganze wundervolle Geschichte noch nicht einmal zu Ende erzählt.«

»Dann erzähl sie«, seufzte Vrel. Coymans hatte recht – Vrel

besaß wenig Geduld, was Schrullen betraf. Er ging schnurstracks auf das Addieren, das Substrahieren und – am allerwichtigsten – das Multiplizieren los.

»Mein *Admiral* hier ist ein kleines Wunder«, fuhr Coymans fort, der Timmons immer noch in den Bannkreis seiner Beredsamkeit mit einbezog. Er senkte seine Stimme zu einem bühnenreifen Flüstern. »Ohne eine Mutter zeugt er seine eigene Nachkommenschaft! Könnten wir das doch auch ...; denkt nur, welchen Ärger das der Menschheit ersparen würde!«

Jetzt zwinkert er gleich, dachte Timmons mit plötzlichem Unbehagen.

Coymans zwinkerte. »Und ich habe Mynheer Vrel den *pater* und zwei Söhne gebracht.« Er beugte sich vor und bohrte seine stechenden, kalten Augen noch tiefer in die seiner Zuhörer. »Ein Sohn mehr, als Gott der Herr im Himmel hat!«

Timmons bemerkte die Ironie hinter der Kälte und verspürte einen widerwilligen Respekt. Hier saß ein Schauspieler von weit größerer Ausdrucksfähigkeit und Gerissenheit als er selbst.

»Wie jeder gute Spitzel habe ich weit mehr geliefert als erbeten, jedoch nicht mehr als erwünscht.«

»Ihr bringt mir drei *Admirals*?« Die Tonlage von Vrels leiser, ruhiger Stimme kletterte um mindestens zwei Oktaven.

Coymans ließ einen Augenblick der Stille vergehen, bevor er sagte: »Die drei einzigen auf der ganzen Welt.«

»Unmöglich.«

»Ich habe mich vergewissert.« Dann fügte Coymans ein paar rasche Sätze in Holländisch hinzu.

Was immer er gesagt haben mochte, es brachte Vrels stoische Miene durcheinander. Der Kaufmann trat an das offene Fenster und gab vor hinauszuschauen. Er stand nah genug bei Timmons, daß dieser hören konnte, wie schnell und flach sein Atem ging.

»Tausend Gulden«, sagte Vrel.

Soviel verstand Timmons.

»Tzz«, machte Coymans bekümmert. Er zückte sein Messer und durchtrennte die Lederriemen um das Päckchen. Dann legte er das Messer auf den Tisch und faltete mit behutsamen, präzisen Bewegungen das Leinentuch auseinander. In seiner Mitte lag ein unregelmäßiges Ei aus getrocknetem Gras, mit Ried zusammengebunden. Coymans schnitt auch diese Schnüre entzwei. Mit grobknochigen, geröteten Fingern drang er in das Gras ein, teilte es sanft und drückte es beiseite. Dann lehnte er sich in seinen Sessel zurück.

Unwillkürlich trat Timmons näher.

Drei zwiebelähnliche Knollen ruhten in dem Grasnest. Jede war von einer papierenen Haut kastanienbrauner Färbung umhüllt und besaß an ihrem unteren Teil einen Bart aus trockenen weißen Wurzeln.

Timmons war schockiert, wie gewöhnlich sie aussahen. Irgendwie hatte Coymans ihn davon überzeugt, daß wirklich etwas Wundersames in diesem Bündel stecken mußte. Und nun das! Dabei hatte er bei seiner Rückkehr nach London die offensichtliche Wahrheit verschweigen wollen – daß die Holländer den Verstand verloren hatten und daß es dort keine Rettung für die verzweifelten Engländer gab. Das Prickeln unter seiner Kopfhaut nahm an Hartnäckigkeit zu.

Tausend Gulden für diese ... Zwiebeln!

Coymans lüpfte eine der Knollen aus ihrem Nest ins Kerzenlicht, und seine roten Finger waren so behutsam, als hielte er das Ei eines Phönix empor. »*Ecco!* Seht doch!« Er legte einen plumpen roten Finger leicht auf zwei winzige zahnförmige Knöllchen, kurz oberhalb der Nahtstelle von Zwiebel und Wurzeln. »Zwei weitere Sprößlinge des *Admirals*, die in drei kurzen Jahren zur Blüte heranreifen werden. Dann wird es fünf wahrhaftige Zwiebeln dieser Sorte geben, alle aus derselben reinen Substanz geboren. Nicht das Original eines reichen Mannes und vier billige Kopien für *hoi polloi*. Welche andere Handelsware vermag solche Magie hervorzubringen?«

Als Vrel ihm die Antwort schuldig blieb, wandte Coymans sich an Timmons. »Kann Gold seinen Ursprungswert verdoppeln? Oder ein Porzellankrug? Oder ein Gemälde?«

In hilfloser Zustimmung schüttelte Timmons den Kopf.

Vrel suchte sich mehrere Delphine und Meerjungfrauen von einer Anrichte zusammen und trug die zusätzlichen Lichtquellen zum Tisch. »Blankaart!«

Blankaart beugte sich über die Tafel und reckte seinen runzligen Hals aus dem Spitzenkragen hervor. »Darf ich?« Er griff sich die größte Zwiebel aus dem Nest und schnupperte daran. Dann hielt er sie dicht an die Kerzen, wobei er sie in den Fingern hin und her wendete. »*Tulipa*«, verkündete er schließlich.

Coymans prustete wie ein Wal, der aus den Tiefen des Meeres auftaucht, und seine Schnurrbartspitzen erbebten unter der Wucht des gereizten Atemzugs. »Selbstverständlich ist das eine Tulpe! Ich handle nicht mit Rüben! Vrel, hat Euer folgsamer Botaniker nichts Besseres zu bieten?«

»Vermutlich ist es nicht der gängige türkische Typus«, fuhr Blankaart beherzt fort, nun ein Auge auf Vrel gerichtet. »Sie ist dunkler und von der Basis bis zur Nase ein wenig länger. Aber ein *Admiral den Boom*? Schwer zu sagen, sofern man sie nicht blühen sieht.«

»Sie während der Blüte zu kaufen ist teurer«, bemerkte Coymans, an Vrel gewandt. »Kauft sie jetzt, so wie sie ist! Wird Euer Nachteil nicht sein, wenn Ihr sie wieder verkauft.«

»Blankaart?« fragte Vrel. »Wie lautet Euer Rat?«

»Wenn Ihr sie im Trockenzustand kauft, müßt Ihr dem Händler vertrauen.« Obwohl Blankaarts Stimme ausdruckslos blieb, wiegten und liebkosten die Hände des Botanikers die glatte, kastanienfarbene Zwiebel. »Es könnte eine Allerweltstulpe sein.«

Ein schlechter Schauspieler, dachte Timmons. Keine Hilfe für Vrel. Trotz meiner fachlichen Unkenntnis könnte ich das besser.

Coymans' Zähne blitzten flüchtig im Schatten seines Schnurrbarts auf. »Allerweltstulpe! Ein Betrüger kann nur ein einziges Mal verkaufen. Ich aber will im Geschäft bleiben, bis ich so alt wie Methusalem bin.«

»Laßt uns heute einen Preis vereinbaren, und dann werde ich Euch bezahlen, wenn das Ding blüht«, entschied Vrel.

»Nein. Dann geb' ich sie morgen im *collegium* zur Auktion, wozu ich dem Gesetz nach ja auch verpflichtet bin«, hielt Coymans dagegen. »Ich nehme das Risiko eines Privatverkaufs nur deshalb auf mich, weil *Ihr* mich darum gebeten habt.«

Vrel machte einen nervösen kleinen Schlenker rückwärts, auf das Fenster zu. »Legt noch vier Tonnen Muskatnuß und sieben Ballen gewirkter Seide drauf.«

Coymans lachte. »Für drei *Admirals?* Und zwei Brutzwiebeln? Bedenkt nur, was Ihr für drei Zwiebeln *Semper Augustus* zahlen müßtet! Zehnmal soviel. Und die Flammen des römischen Kaisers sind nur ein winziges Kerzlein im Vergleich zum Feuerschweif unseres holländischen Seehelden!« Er wandte sich Blankaart zu. »Stimmt's, o Hohepriester der Pflanzenwelt?«

Blankaart schluckte hörbar und blickte Vrel an. »Ein echter *Admiral* ist eine ausgesprochen seltene Blüte ... wenn Ihr Euch absolut sicher seid. Da liegt das Problem. Sicher zu sein.«

Vrel durchbohrte seinen treulosen Verbündeten mit einem wütenden Blick.

»Der *Semper Augustus* hat schon mit zu vielen Herren gehurt«, sagte Coymans. »Und hat schon zu viele kleine Bastarde in die Welt gesetzt. Ihr wäret in Holland der einzige, der über unseren *Admiral* gebieten würde.«

»Ich bin keine Waschfrau und kein Straßenkehrer«, ließ Vrel den anderen wissen, »die ihre Lebensersparnisse irgendeinem Gauner anvertrauen – im Tausch für eine Gemüsezwiebel.«

»Und ich bin kein batavischer Gewürzpflanzer, der jedes Eurer Gebote annimmt, nur weil Eure Gesellschaft ein großes Schiff mit vierhundert Kanonen drauf hat.«

Schweigen.

»Tja«, machte Coymans. Seine Schnurrbartenden tanzten wie spielende Delphine. Seine Zähne blitzten auf und verschwanden wieder. »Oh, Vrel ...!«

»Ihr habt mein letztes Angebot gehört. Tausend Gulden, den Muskat und die Seide.«

Für einen kurzen Augenblick regte sich nichts an Coymans. Weder ein Haar noch eine Krause, eine Rüsche, eine Falte.

Keine Schnurrbartspitze. Kein Finger. Dann streckte er die Hand aus. »Dürfte ich die Zwiebel zurückhaben?« bat er Blankaart höflich.

Blankaart überließ sie ihm mit verräterischem Widerstreben.

»Wie kann ich deinen Wert nur steigern?« wandte Coymans sich fragend an die Knolle. »Ah ja.« Ein Schnurrbartende zuckte kurz. Er ließ die Zwiebel zu Boden fallen und trat mit seinem Stiefel darauf.

Blankaart entfuhr ein erstickter Protestschrei.

Coymans trat erneut zu, rieb seine Sohlen über den blankpolierten Holzboden. Er hob den Stiefel an und besah sich den weißlichen Brei auf dem Boden. Dann kratzte er mit seinem Messer den Rest von der Stiefelsohle.

»Nun gibt es nur noch zwei auf der ganzen Welt«, verkündete er frohgemut. »Und die beiden Sprößlinge. Wir sollten das Ganze noch einmal überdenken.«

Während des nun folgenden Schweigens fiel Timmons auf, daß die übellaunige Viole verstummt war. Eine heruntergebrannte Kerze auf dem Tisch gab einen hohen, singenden Ton von sich. Blankaart räusperte sich.

Nach einem langen Augenblick schob Coymans das Grasnest über den Tisch zu Timmons hinüber. »Würdet Ihr, solange unser Freund noch in sich geht, gern mal ein Vermögen in Händen halten? Einmal selbst Gewicht und Gefüge wahren Reichtums spüren?«

Timmons zögerte.

»Nur zu! Ich vertraue Euch.«

Timmons ging zum Tisch hinüber und nahm eine Zwiebel. Neugierig wendete er sie in seiner schmalen Hand. Er war nur ein kleiner Agent, keiner von diesen adeligen Tulpenverrückten, und er hatte noch nie zuvor so etwas berührt. Glatt und glänzend, wie Seide unter seinem Daumen. Hart unter ihrer spröden, papierenen Haut, mit einem grauen Narbengeflecht um ihren Nacken wie ein Gehängter.

Es könnte genausogut eine simple Gemüsezwiebel sein, ging es ihm durch den Kopf. Wer konnte das schon wissen?

Nie zuvor in seinem Leben hatte er sich Gedanken über Tulpen gemacht, und ganz gewiß nicht so, wie er sich Gedanken über Gewürze oder Kohle oder baltisches Getreide und Eichenholz macht. Er wog die Zwiebel in der Hand.

»Vrel?« ließ Coymans sich vernehmen.

Vrel starrte noch immer die breiige Masse auf dem Fußboden an. Sein Atem ging nun schwer.

»Vrel?« Coymans zerrte die letzte Zwiebel aus dem Grasnest – diejenige mit den beiden Trieben – und ließ sie zu Boden fallen. Er hob seinen Stiefel.

»Nein!« schrie Blankaart auf. »Bitte!« Er fiel auf die Knie und langte nach der Tulpenzwiebel. »Aaah!« kreischte er, als Coymans' Stiefel seine Hand auf die Holzbohlen nagelte.

»Wartet!« Vrel schlang die dicken Arme um seinen Oberkörper, wand sich in den Höllenqualen der Unentschlossenheit. »Dieses Haus ... mit allem, was sich darin befindet.«

»Reicht nicht.«

Vrel nestelte einen in rotem Feuer funkelnden Gegenstand von einem Finger seiner linken Hand und ließ ihn vor Coymans auf den Tisch klimpern. Dann einen Splitter aus geschliffenem Eis.

»Reicht immer noch nicht«, sagte Coymans.

»Laßt mich nachdenken!« flehte Vrel. »Ich war nur auf eine Knolle vorbereitet ... Ich wußte ja nicht, daß ... Gebt mir nur einen winzigen Augenblick zum Nachdenken!« Er bereicherte die Ringsammlung vor Coymans um einen Goldreif und ein Perlengehänge.

Coymans beugte sich vor und hob die Zwiebel vom Boden auf. Er legte sie in ihr Nest zurück, verschränkte die Arme und wartete, die Augen auf Vrels Gesicht geheftet.

In der nun einsetzenden Stille widerfuhr Simeon Timmons etwas Wundersames. Die kastanienbraune Tulpenzwiebel in seiner Handfläche, dieser gewöhnliche Klumpen pflanzlicher Materie, den er sich noch vor wenigen Augenblicken nur als Brotaufstrich hatte vorstellen können, begann sich zu verwandeln. Zuerst wog sie immer schwerer in seiner Hand, bis sie das

Gewicht sämtlicher Stapelballen im Hafen erreicht hatte. So schwer wie eine Schiffsladung Muskat- und Pfefferfässer. So schwer wie Holz und Stein und Ziegel, der Stoff, aus dem Paläste waren. So schwer wie Gold.

Die glänzende kastanienbraune Haut wurde durchscheinend. Im Herzen der Zwiebel erblickte Timmons das immer stärker leuchtende Glühen des Rubinrings, des Brillanten, der Perlen. Und tief unter all diesen Feuern flackerten die Funken der Gier in Cornelius Vrels Augen. In seinen Händen hielt Timmons eine Möglichkeit. Für die Männer in London. Und am Ende vielleicht auch für ihn selbst.

Vor nur wenigen Jahren waren all die Reichtümer Ostindiens auch nicht mehr als eine Möglichkeit gewesen. Reisemärchen. Spekulative Träume. Dann hatten kühne Männer mit Verstand, Geduld und Phantasie aus der Möglichkeit eine Realität gemacht, eine Realität aus Schiffen, Gewürzen und Handelsimperien.

Sie haben mich aus London geschickt, um Möglichkeiten zu erkunden, dachte Timmons. Bin ich kühn genug, um der Kompanie zu sagen, sie möge baltisches Getreide, chinesisches Porzellan, Muskat und Gold vergessen? Für die Möglichkeit, die ich hier in meiner Hand halte? Für Zwiebeln?

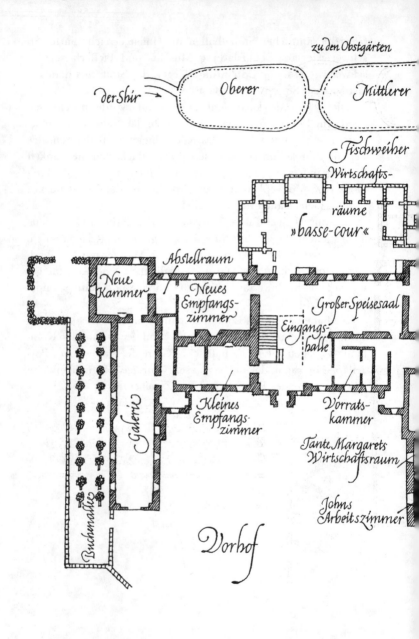

zu den Obstgärten

der Shir →

Oberer

Mittlerer

Fischweiher

Wirtschafts-
räume

»basse-cour«

Abstellraum

Neue
Kammer

Neues
Empfangs-
zimmer

Großer Speisesaal

Eingangs-
halle

Galerie

Kleines
Empfangs-
zimmer

Vorrats-
kammer

Tante Margarets
Wirtschaftsraum

Johns
Arbeitszimmer

Buchenallee

Vorhof

24

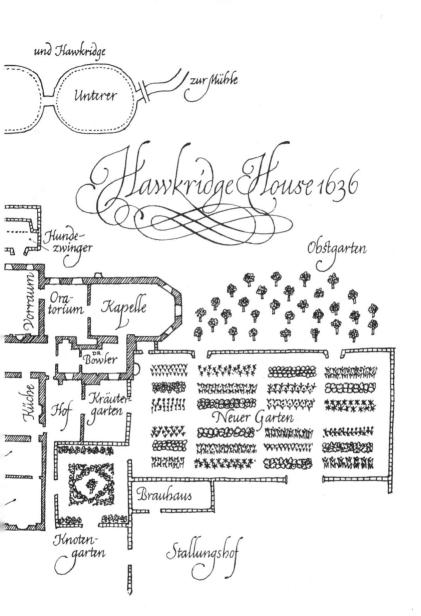

und Hawkridge

zur Mühle

Unterer

Hawkridge House 1636

Hunde-zwinger

Obstgarten

Vorraum

Oratorium

Kapelle

DR. Bowler

Küche

Hof

Kräuter-garten

Neuer Garten

Brauhaus

Knoten-garten

Stallungshof

1

22. Mai 1636. Endlich Sonne. Eine triste kalte Nacht.
Frühbeetgurken keimen unter der Lupe. Die erste Schwalbe.
Noch zuviel zu tun, bevor das Paradies seine Pforten öffnet.
Die Schlange regt sich.

Tagebuch des John Nightingale, bekannt als John Graffham

Mit vierzehn war er gefährlich gewesen. Mit sechsundzwanzig, so fürchtete er, war er nur noch zuverlässig.

Johns ausgreifende, zornige Schritte knirschten über den kiesbedeckten Vorhof von Hawkridge House, schreckten Gänse und gescheckte Gänslein auf. Ein gelber Köter aus dem Stallungshof trottete zielstrebig hinter ihm her, die Nase an Johns schweren Arbeitsstiefeln, als wollte er anhand der Duftmarken von Huhn und Hahn, Pferd und Schwein erschnüffeln, was dieser Mensch am Morgen schon alles getrieben hatte.

John hielt jäh inne und starrte über die hohe Ziegelmauer des Vorhofs. In zwei Tagen würde er selbst dieses Schutzes beraubt sein.

»Köpfe runter, Burschen«, murmelte ein Mann mit einem Rechen.

Vierzehn Männer und Frauen, Pächter und Arbeiter des Hawkridge-Guts, beäugten John von der Seite, während sie jäteten, harkten und das Erdreich glätteten.

»Armer Mann«, sagte eine junge Frau im Flüsterton. Mit einem kurzen Messer stach sie eine Wegerichpflanze aus dem Kiesbelag des Vorhofs und warf sie in einen hölzernen Bottich.

»Wir sind arm dran«, erwiderte ihre Arbeitsgefährtin, die in

26

einem Wust von Wollröcken neben ihr hockte. Sie zupfte einen Löwenzahn aus. »Er gehört zur Familie. Ihm wird's schon nicht schlecht ergehen.«

Die beiden Frauen watschelten in ihren gebauschten Röcken wie zwei wütende Gänse dahin, um den Kampf gegen eine Kolonie Hirtentäschel aufzunehmen.

»Er wird sich drum kümmern, daß es uns auch nicht schlecht ergeht«, meinte die erste Frau.

»... wenn er überhaupt hierbleibt.«

Sie warfen ihre Gänseschwanzröcke wieder in die Schlacht, den Blick noch immer auf den dunklen, lockigen, bärtigen Wirbelwind geheftet, der eine kurze Pause in der Mitte des Vorhofs eingelegt hatte. Was würden die Londoner, so fragten sie sich, wohl von einem Gentleman mit so braunen Händen und Armen halten, der grobe, bis zum Ellbogen aufgekrempelte Leinenhemden und ein Lederwams trug? Beide Frauen überließen sich ihren geheimen Ängsten. Veränderungen waren in der Regel nie gut.

Johns schwarze Brauen, schön geschwungen wie die einer Frau, trafen grimmig über einer langen, schmalen, aber leicht gebogenen Nase zusammen. Die hellgrauen Augen verliehen ihm ein wölfisches Aussehen. Ein Arbeiter, der die Eisentore des Vorhofs geölt hatte, wandte sich hügelan in Richtung der Straße, um festzustellen, was diesen grauäugigen Wutanfall verursacht haben mochte, schürzte jedoch nur verdutzt die Lippen. Jenseits der Vorhofmauer raschelte es friedlich im meergrünen jungen Blattwerk der Buchenallee, die in einem Bogen von der Straße zum Herrenhaus hinunter verlief. Hoch oben, nahe der Straße, schwang ein Pächter seine Sense durch hohes Gras, wilde Feuernelken und Wiesenstorchschnabel. Ein gefleckter Fliegenschnäpper segelte von einer Buche ins Gras hinab. Schafe mampften geräuschvoll.

Der gelbe Hund wartete einen Moment, setzte sich dann und drückte seine Schnauze gegen den Schenkel des Mannes. Johns braune Hand tätschelte ihn geistesabwesend. Der Hund fegte mit dem Schwanz über den Kies und seufzte vor Wonne. Für gewöhnlich blieb der Mann nicht so lange auf einem Fleck stehen.

Über Johns Haupt kräuselte und lüpfte eine Brise die Ränder der scharlachroten und gelben Vorhänge, die man zum Lüften über die Fensterbänke im Obergeschoß des blaßroten Backsteinhauses gehängt hatte.

John schloß die Augen. Er konnte es nicht ausstehen, über sich selbst zu grübeln. Ein Mann sollte Herr seiner Gedanken sein. Statt dessen hatten seine Gedanken ihn überwältigt, obwohl er nun wirklich keine Zeit für solche Schwächen hatte.

Er flog durch den Feuerring, stürzte wie Ikarus fort von der furchtbaren Hitze der Sonne.

Er zwang die Gedanken, kleiner und kleiner zu werden, bis sie auf das Gefühl der kalten, freundschaftlichen Hundenase in seiner Handfläche geschrumpft waren.

Das Feuer sprang über, schlug die Flammenkrallen in seine Kopfhaut und erleuchtete den Bogen seines Sturzes.

Zornig und entsetzt schmiegte er die Hand um den runden, pelzigen Schädel des Hundes.

»Was ist los mit mir, hm, alter Junge?« fragte er den Hund flüsternd. »Warum kommt es ausgerechnet jetzt wieder?«

Der lockige gelbe Schwanz peitschte zweimal über den Kies. John sah zu Boden, von plötzlichem Neid erfüllt. Ich möchte gerade so leben wie du, in einer Welt verschiedenster Düfte, dachte er. Ich möchte Kaninchen jagen, Dachse ausgraben, Küchenreste erbetteln, mein Hinterbein heben, wo es mir gefällt, und hin und wieder eine Hündin besteigen. Ich möchte keine Wehmut ob der Vergangenheit und keine Angst vor der Zukunft haben.

Er blickte zum Haus zurück und bemerkte die beiden unkrautjätenden Frauen, die ihn beobachteten. Überall auf dem Gut begegnete ihm derselbe Blick aus allen Augen – eine Mischung aus Neugier, Mitleid und Schadenfreude. Dieser Blick machte ihn seit jenem Tag verrückt, als die Nachricht vom Tod seines Onkels eingetroffen war.

»Einen guten Morgen, Sir!«

Verbittert spürte er ihre Verlegenheit, wenn sie den Blick senkten und vergeblich versuchten, den Tonfall respektvoller Freundlichkeit zu treffen.

Sein Onkel, Sir George Beester, war vor drei Monaten verschieden, fünf Jahre, nachdem er von König Charles die Würde eines Baronets gekauft hatte, und achtzehn Monate, nachdem sein einziges Kind, James, an der Ruhr gestorben war. Die Nachricht von Sir Georges Tod erreichte Hawkridge House drei Wochen nach der Beisetzung, zusammen mit einer zweiten Nachricht, die Johns Vetter Harry, den einzigen Sohn von Georges einzigem Bruder, zum Alleinerben bestimmte. Unglücklicherweise entstammte John der weiblichen Linie.

Harry hatte alles geerbt, ganz wie es die Regel war, um den Familienbesitz zusammenzuhalten: das Gut und die Schaffarm in Somerset, das Londoner Stadthaus, die Geschäftsbeteiligungen, Rang und Titel eines Baronets sowie das Anwesen von Hawkridge. In zwei Tagen würde Harrys Kutsche durch die Tore rollen und nicht nur Harry, sondern auch seine Londoner Freunde, Londoner Diener, Londoner Schwiegereltern und seine reiche, frischgebackene Londoner Ehefrau in ihrer aller Leben entladen. In zwei Tagen würde der neue Herr eintreffen, um sein Erbe in Besitz zu nehmen.

Er würde von John Rechenschaft über jeden ausgegebenen Penny fordern. Er würde darüber entscheiden, welche Arbeit getan und welche nicht getan werden mußte und wer sie zu tun hatte. Er würde beschließen, wer in welcher Kate leben und welches Feld beackern durfte. Er konnte jeden, der ihm nicht paßte, vom Gut jagen, ihn fortschicken, auf daß er sich sonstwo sein Auskommen suchte – sofern es dem Betreffenden möglich war.

Niemand hat mir in den letzten elf Jahren in meine Arbeit hereingeredet, sagte sich John. Das hat mir gefallen. Nun muß ich die bittere Wahrheit hinnehmen, daß Harry mich aus meinem Bett werfen kann, wenn ihm der Sinn danach steht. Er starrte auf die eisernen Torflügel, durch welche die fremde Kutsche rollen würde.

Tuddenham, der Gutsverwalter, winkte John vom höchsten Punkt der langen Auffahrt zu, die sich vom Kamm des Hügels zwischen den Buchen hindurchwand. Mit federnden Schritten hüpfte Tuddenham den Hügel hinunter, kahl wie ein Stein, krumm nach dem Unfall mit einem Karren. John wartete mit verschränkten Armen, froh, sowohl von Vetter Harry als auch von den Erinnerungen an das Feuer abgelenkt zu werden.

»Die Löcher beim Torhaus sind jetzt aufgefüllt, Sir«, teilte Tuddenham ihm mit.

»Laß zwei Männer weiter an der Straße arbeiten, bis wir ihre Kutschen quietschen hören«, sagte John. »Schlammig oder nicht, die Wege in Hampshire sind immer noch besser als alles, was ich von Londoner Straßen gehört habe.«

Tuddenham betrachtete wohlgefällig das emsige Rechen, Ausrupfen, Harken und Bodenglätten im Vorhof. »Heute morgen habt Ihr sie alle ganz schön auf Trab gebracht, Sir. Der Fuchs steht schon fast vorm Hühnerstall, was?« Seine Stimme klang eine Spur zu herzlich.

John bleckte die weißen Zähne, deren Farbe und Vollständigkeit Zeugnis von seiner privilegierten Ernährungsweise ablegten – wie auch sein volles dunkelbraunes Haupthaar und der gepflegte, kräftige rostrote Lockenbart. »Und wie aufgeregt wir alle schon auf unseren Hühnerstangen zappeln!«

Tuddenham warf ihm einen durchdringenden Seitenblick zu. »Ihr werdet doch bleiben, Sir, nicht wahr?«

»Ich weiß nicht.«

Sie schwiegen, und die scharlachroten und gelben Vorhänge knallten über ihren Köpfen im Wind. Beide Männer blickten nach oben. Ein Hausmädchen lehnte sich gefährlich weit aus einem offenen Fenster heraus, um die rautenförmigen Fensterscheiben zu putzen. Beim Scheuern bebten ihre Puddingbrüste im Takt mit den Röcken. Als sie bemerkte, daß die Blicke der Männer auf sie gerichtet waren, scheuerte sie heftiger. Die beiden Männer sahen einander an und lächelten, durch den Anflug von Lustgefühl, das sie soeben geteilt hatten, von jeglicher Verlegenheit befreit.

»Ich muß jetzt die Geschäftsbücher fertigmachen«, erklärte John. Er tätschelte die Hundeschnauze ein letztes Mal und trat widerstrebend in den kühlen Schatten des großen Hauses.

Das Gutskontor auf der Vorderseite des Ostflügels diente John als Arbeitszimmer. Er schenkte den Rechnungen auf seinem Tisch keine Beachtung, sondern fuhr mit der Hand über eine Walrippe, die an der hölzernen Wandvertäfelung hing und förmlich darauf zu warten schien, daß seine Phantasie sie zum Leben erweckte. Er jedoch blieb mit beiden Beinen fest auf der Erde, in seinem Amtszimmer, das hinter dem Raum der Wirtschafterin versteckt lag, in Reichweite der Küchendüfte, anstatt auf den Schwingen seiner Phantasie durch Zeit und Raum zu reisen, den Knochen entlang auf das blutbeschmierte, von Meereswogen überspülte Deck des Walfängers, der das Tier erlegt hatte. Eine Fleischfliege surrte in engen Kreisen unter der Decke.

Auf der Suche nach dem nächsten Trostspender wandte John sich den Bücherkisten zu, doch seine Lehrmeister und Freunde, Plinius, Columella, Cato, Varro und Vergil, lagen in ihren Schatullen, ohne ihn zu locken, stumm wie die toten Männer, die sie in Wahrheit waren.

John bekam es mit der Angst zu tun. Diesen Gemütszustand kannte er nicht.

Er öffnete die Schubfächer seiner Sammlung, auf die er jede freie Minute verwandte, die er von der Gutsarbeit abzweigen konnte. Mit wachsender Panik blickte er auf Eidechsenknochen, seltene Samen (darunter einen Pflaumenkern, auf dem der Leidensweg Christi eingeschnitzt war), grüne und scharlachrote Schnäbel, drei merkwürdige versteinerte Fische, sechsundachtzig beschriftete Eier, einen getrockneten Elefantenpiesel, Schalentiere und Mineralien, die wie Blätterpilze aussahen. Vor ein paar Wochen noch hatten sie bedeutungsvoll für ihn geschimmert wie die Sonne am Meereshorizont. Nun lagen sie träge in ihren Schubladen, stumpf wie das Auge einer toten Forelle. Nicht einmal die Raritäten seiner Wunderkammer vermochten sein Interesse zu wecken.

Mit dem Zeigefinger streichelte er sanft über eine Strähne vom Fell eines Borometz. Er hatte dieses Wesen ungezählte frohe Stunden lang durch die vielschichtigen Mehrdeutigkeiten in den Darlegungen der antiken Autoren verfolgt – ein Pflanzen-Tier, ein Schaf, das auf dem Stengel einer Tulpe wuchs und starb, sobald es einen vollständigen Kreis abgeweidet hatte. Die gekräuselte Wolle sah den Quasten, die seine eigenen Schafe an die Sträucher der Umgegend verloren, überaus ähnlich. Nun wußte er, daß er nie daran geglaubt hatte.

Traurig schloß er die Schubfächer und trat ans Fenster. Einst hatte er, mit der Leidenschaft und Freude eines geheimen Lasters, dies alles inventarisiert, beschriftet und akribisch in Kategorien eingeteilt, Schublade für Schublade. Elf Jahre lang hatte sein hungriger Geist über diesen Fragmenten einer verbotenen Welt gebrütet und beinahe Befriedigung gefunden. Er hätte nie erwartet, daß diese Leidenschaft ihn so plötzlich verlassen könnte.

Heftig drückte er den Zeigefinger gegen einen Stachel des aufgeblasenen Kugelfisches auf dem Fenstersims. Sein Blut rann so langsam wie kaltes Fett.

Herr, mach, daß diese eigenartige, erschreckende Stumpfheit nicht Neid auf Harry ist, betete er. Schicke mir einen würdigeren Dämon, mit dem ich ringen kann! Die Fliege kreiste um seinen Kopf.

Er stieß das Fenster auf und sog den medizinisch scharfen Geruch des Rosmarin und Thymian ein, gemildert vom leichten Zitrusduft frisch geschnittenen Buchsbaums. Von seinem Schlafgemach über dem Amtszimmer konnte er die ganze labyrinthische Perfektion des Knotengartens überblicken, mit dessen Anlage er dem Anwesen zum ersten Mal seinen Stempel aufgedrückt hatte, vor nunmehr elf Jahren.

Harry wird noch mehr vorfinden, was ich bewerkstelligt habe, seit ich mich als vierzehnjähriger Vogelfreier hier verkroch. Tadellose Ziegelmauern anstelle von verrottetem Flechtwerk, Holzstapel, säuberlich geschichtet wie Teppiche, eine Schafherde mit dem neuen kurzen Fell und Gärten, in denen –

wie vorübergehend es auch sein mochte – der Drang der Natur zur Unordnung gebändigt worden ist. Sogar die Kohlköpfe im Feldgarten wachsen so ordentlich wie französische Knoten in der Stickerei einer Dame.

Die Brust wurde ihm eng. Er beschrieb einen Kreis durch das Zimmer und ließ sich an seinem Schreibtisch nieder. Er blätterte in den Listen, die den Ablauf der letzten Wochen bestimmt hatten. Die schwarzen Linien durch jede erledigte Aufgabe waren wie ein Schlußstrich unter sein bisheriges Leben. Nur wenig blieb noch zu tun.

Selbst das chaotische häusliche Reich seiner Tante Margaret befand sich in leidlicher Ordnung. Federmatratzen waren über das Stroh in den Gästebetten gebreitet, und die Knechte in der Pferdescheune hatten zusätzliche Decken. Immer wenn John an der Küche vorbeikam, produzierte dort ein neuerlicher Anfall von Panik noch mehr Fleischpasteten, Flechtkuchen und Preßkopfsülzen. Sechzig geräucherte Schinken hingen neben achtundzwanzig Speckschwarten an den Haken. Just in diesem Augenblick verloren fünfzig Hennen ihren Kopf, und im Metzgerschuppen baumelten vier Schweine kopfüber von der Decke und bluteten in Kübel aus.

Er nahm die Rechnungen auf. Darunter lag ein Brief seines Vetters. John legte die Rechnungen wieder auf den Brief. Er rührte die Tinte um und begann, die Posten von der letzten Vorratsliste seiner Tante mit wilden Strichen zu übermalen.

Zehn Pfund Muskatnuß. Erledigt! Zwei Zentner Zucker. Zu teuer – nimm statt dessen Honig! Zimt ... Er warf die Schreibfeder hin und fuhr sich mit den Fingern durchs Haar.

Angst.

Er schluckte. Sein Dämon war nicht der Neid. Es war die Angst.

Er zog Harrys Brief unter den Rechnungen hervor. Der Feuertraum war – zum ersten Mal seit vielen Jahren – in jener Nacht zurückgekehrt, als er diesen Brief erhalten hatte. Mit Klecksen übersät und in einer Schuljungenhandschrift hingekritzelt, sah der Brief eigentlich recht harmlos aus, genau wie Harry.

Ich bitte Dich, lieber Cusin, mir einen triumpfalen Einzug zu bereiten, würdig eines neuen Zäsar (dein kleiner Fetter und einstiger Spielgevährte), der sich noch kaum in seiner neuen Glanzrolle zurechtfindet, sie aber RECHT SEHR *geniehsst.*

Ich bringe meine neue Vrau mit (ein anderes Mahl mehr dazu) und, leider, einen strengen Senahtor von Rom (ihren Onkel und Formund, sowie seine Vrau) Der mir liebend gern meinen Lohrbehrkrantz entreissen möchte. Aber besser noch, bringe ich auch einen liehben neuen Vreund von mir mit, der bei unserer Frantzösischen Köhnigin in hoher Gunst steht und mit seinem Besuch einen gantz spetziellen Zweck ferbindet, wälcher mit Dir, Fetterchen, zu tun hat ...

John las den letzten Satz ein zweites und drittes Mal. Ein kalter Klumpen setzte sich in seinem Magen fest. Ziellos ließ er die Augen über den Rest der Zeilen gleiten.

... benöhtige angemessene Unterkunft für 8 Knechte, 2 Vrauen, 4 Zugochsen ... neue Hemmden, die ich für das gantze Gut bezahlt habe ... Gästematratzen bitte trocken und frei von Mäusen ... silberne Pisspötte für die Gäste, wenn möglich ...

Er strich den Brief auf dem Tisch glatt. Gewiß war er mittlerweile in Whitehall in Vergessenheit geraten. Er schätzte seine eigene Bedeutung zu hoch ein. Die Angst jedoch schraubte ihren Armschlüssel enger um ihn.

Seine Hand strich über den Rand des Kinns, wo eine Narbe den adretten Bart unterbrach.

»... einen liehben neuen Vreund, der bei unserer Frantzösischen Köhnigin in hoher Gunst steht und mit seinem Besuch einen gantz spetziellen Zweck ferbindet, wälcher mit Dir, Fetterchen, zu tun hat ...«

Harry will damit nichts Bestimmtes andeuten. Er ist ein egozentrischer, freundlicher Dummkopf, kein Verräter. Ich schmeichele mir mit einer Wichtigkeit, die ich nicht besitze, sagte John sich. Um wettzumachen, daß ich bei Harrys Ankunft als derjenige dastehen werde, der ich wirklich bin – ein Niemand.

Er trat seinen Stuhl beiseite und verließ das Arbeitszimmer. Die Angst folgte ihm auf den Fersen.

Der holzvertäfelte Korridor roch nach Käse und verschüttetem Apfelmost. John kam an der offenen Tür zum Aufenthaltsraum der Wirtschafterin vorbei, die den Zugang zur stets verschlossenen Vorratskammer bewachte. Das Zentrum des unordentlichen Spinnennetzes seiner Tante war leer. Seine Tante Margaret war unverheiratet, ein zähes, trockenfasriges Kraut von einer Frau, umgeben vom Glorienschein ihres Haarflaums. Sie befand sich sonstwo, dirigierte ihr Hauspersonal in einem Konzert wachsender Panik. Gedämpft vernahm John ihre Stimme durch die geöffneten Fenster.

»Agatha! Agatha, wo in Himmels Namen ... hier, kümmer' dich um diese Ecke!«

Hinter dem Zimmer der Wirtschafterin lag die Küche. Als John eintrat, nickte ihm ein zwölfjähriger Hausbursche, der gerade Kerzen zählte, mit lautlos sich bewegenden Lippen zu, ohne mit dem Zählen aufzuhören. John bog nach rechts ab, ging durch die lange, schmalbrüstige Spülküche und den Raum mit den Arbeitskitteln und trat hinaus auf eine enge, mit Ziegeln gepflasterte Passage. Hinter einer Backsteinmauer am linken Ende der Passage drang Kläffen aus dem Hundezwinger der *basse-cour*. Geradewegs vor ihm, auf der anderen Seite der Passage und hinter einem Bogen, lagen seine Gärten – Orte, an denen der Mensch unablässig die Vollendung der Schöpfung wiederholen konnte.

Zuerst kam der Kräutergarten, den er in jenem Winkel angelegt hatte, wo Kapelle und Herrenhaus aufeinandertrafen, greifbar nahe für Küchentöpfe und den Vorratsraum der *basse-cour* auf der Rückseite des Hauses. Eine nach Süden gehende Mauer speicherte die Sonnenwärme, um die Kräuteressenzen recht zu entwickeln und die Trauben der knorrigen Muscadet-Weinstöcke, welche die Wand hinaufrankten, zur Reife zu bringen.

Die holzigen Kräuter in den langen Beetstreifen waren an diesem Morgen gestutzt worden. John atmete tief den strengen Duft geschnittener Gartenraute und die ätherischen Öle des Rosmarin ein, dem er in zärtlicher Nachsicht gestattete, sich wie die ausgebreiteten Röcke einer Frau über den gepflasterten Gehweg auszubreiten. Er bemühte sich, das nackte, sauber gejätete Erdreich zwischen den sittsamen Reihen junger Pflänzchen von Borretsch und Scharlachsalbei zu bewundern.

Man hat mich in London vergessen.

Diese vielversprechende Wahrheit munterte ihn jedoch nicht in dem Maße auf, wie er es sich gewünscht hätte. Er bückte sich und zupfte ein winziges Ehrenpreis aus, um sodann durch einen zweiten Bogen in den Knotengarten zu treten.

Diesen quadratischen Flecken Erde hatte er wuchernden Brombeersträuchern und rasch sich vermehrenden Kaninchenkolonien abgetrotzt. Immer noch, wenn auch nicht gerade heute, bereitete der Knotengarten ihm großes Vergnügen, ein Vergnügen, das er als Befriedigung durch ehrliche Arbeit und nicht als verwerflichen Hochmut zu betrachten versuchte. Mit Gamander verflochtener Buchsbaum bildete ein viereckiges Muster ineinandergreifender Quadrate. Innerhalb dieser lebendigen Mauern, scharfkantig wie frisch gehobeltes Holz, wuchsen Thymian, Heiligenkraut, Erdbeersträucher und Aurikeln, die im Hochsommer das Erdreich vollständig bedeckten und Johns Sinne erfreuten.

Die Anlage wurde von einem Wegequadrat eingefaßt, das mit Ziegeln im Fischgrätmuster gepflastert war. Diese Steige wiederum säumte ein weiteres rechteckiges Areal aus vier länglichen Beeten, in denen Johns zarte Lieblinge wuchsen, seine Studienobjekte und seine Rosen.

Kein Blatt am falschen Platz. Kein einziges unbotmäßiges Zweiglein, das man hätte abkneifen können. John stürmte weiter in den Neuen Garten.

Während der Knotengarten der Kontemplation diente, füllte der Neue Garten die Mägen. Er maß von einem Ende bis zum anderen beinahe hundert Schritt, war bis zu einer Höhe von elf Fuß mit Backstein ummauert und besaß an seiner Längsachse eine niedrige doppelte Fruchtmauer aus Ziegeln. An diesem Morgen pflanzten zwei Gärtner im Frühbeet aus Pferdedung die Gurken in Furchen, das Beet hatte John nach römischem Vorbild angelegt. Acht jätende Arbeiterinnen schoben sich in der Hocke durch Reihen gefiederter Möhren und bodenständiger junger Kohlpflänzchen. Vier weitere kümmerten sich unter den Augen von Cope, dem Obergärtner, um frisch gekeimte Bohnen und Salatsetzlinge. Vögel hockten reihenweise auf der Mauerkrone und warteten darauf, auf die Käfer und Maden herabstoßen zu können, die man so zuvorkommend für sie ausgegraben hatte.

Mein *hortus conclusus*, dachte John, als Cope ihn begrüßte. Mit dem ich jenem abgeschlossenen Garten nacheifere, den Gott um all das herum erbaut hat, das ihm teuer war, um die Wildnis auszusperren. Nur noch zwei Tage, und mein Paradies muß seine Pforten öffnen.

»... Finken«, sagte Cope gerade.

»Stell noch mehr Jungen an, um sie zu verscheuchen«, hörte John sich geistesabwesend antworten. »Für diese Gästeplage werden wir all unser Obst brauchen.«

Die beiden Männer gingen einen Moment schweigend nebeneinander her. Cope bückte sich und rupfte einen früh gereiften Rettich aus. Er rieb ihn an seiner Lederschürze sauber, um ihn dann John zum Kosten zu geben.

John konzentrierte seine Sinne auf den scharfen Geschmack beim Kauen und das Prickeln der behaarten, stoffähnlichen Blätter auf der Zunge, wurde jedoch durch die Besorgnis abgelenkt, die aus Copes Augen sprach.

»Ein schmackhafter Rettich, Cope. Und die Gärten sind so gut gepflegt, wie es uns die fehlerhafte Natur nur irgend gestattet. Mein Vetter wird erfreut sein.«

»Und Ihr, Herr?« Cope war Cope junior, etwa in Johns Alter

und noch ganz neu in seiner verantwortungsvollen Stellung, nachdem sein Vater, der ihn angelernt hatte, im letzten Winter gestorben war. John jagte ihm Angst ein, die von solchen Augenblicken geteilter Zufriedenheit gemildert wurde.

»Selbst Adams Paradies war nicht schöner«, munterte John ihn auf. Er warf die Rettichblätter in einen Trog und trat die Flucht an, bevor er sich zu der Bemerkung hinreißen ließ, daß seine Meinung nun ohnehin nicht mehr zähle.

Die drei Fischweiher lagen in einer Reihe hinter dem Herrenhaus, parallel zu dessen Längsachse. An ihrem westlichen Ende wurden die Weiher von dem gemächlichen braunen Shir gespeist, der träge durch sie hindurchfloß, am Wehr Kraft sammelte, ein wenig rascher schon auf den Mühlteich zuglitt und dann durch die Stromschnellen stürzte. John hatte oberhalb der Weiher einen kleinen Kanal abgezweigt, der durch den Keller des Hauses verlief, und dieserart einen Lagerraum geschaffen, der Wein und Speisen selbst am heißesten Sommertag kühl hielt. Und obwohl Johns ordnende Hand ihren Griff um die Weiher ein wenig gelockert hatte, lieferte die Natur den Menschen auch weiterhin gehorsam Karpfen, Hechte, Frischwasseraale, Binsen und Weidenruten.

Die Frühlingsentchen waren bereits halb herangewachsen und von der Farbe abgestorbener Binsen. Ein Erpel lief unter heftigem Flügelschlagen auf den Spitzen seiner Schwimmfüße über die Wasseroberfläche des mittleren Weihers, um sich dann unvermittelt in die Lüfte zu erheben. Das Begleitgeschrei im Ried verebbte zu einem beiläufigen Raunen. John gelangte an den tiefsten Punkt der Weihertreppe, überquerte die schmale Planke der Wehrbrücke und stieg den Hang des Hawk Ridge hinan zum präzisen Gitterwerk des Obstgartens, den er geschaffen hatte.

Bienen surrten hinein in die Körbe aus Lehm und Flechtwerk, die John aufgestellt hatte, und wieder hinaus. Die Mispeln waren bereits erblüht. Die Schwanenei-Birnen hatten angesetzt. Die Knospen der spätblühenden Birnen und Äpfel waren noch geschlossen und saßen rosig wie kleine Zehennägel auf den knorrigen grauen Zweiglein. John trat zwischen den Stämmen der Roten Boskops und Goldparmänen hervor auf den grasbewachsenen Bergrücken und blickte auf das Herrenhaus hinunter. Im Gras zu seinen Füßen lugte eine Henne, die von der Hühnerschar ausgerissen war, ängstlich über den Rand eines vergessenen Eimers, in dem sie ihre Eier versteckt hatte.

Hawkridge House stand am tiefsten Punkt des Tals, direkt auf dem unterirdischen Wasserlauf. Es war ein bescheidenes Herrenhaus aus blaßrotem Backstein mit H-förmigem Grundriß, einem schönen Steinportal in der Mitte des Zentralrisalits und einer kleinen, zinnengeschmückten Kapelle an der nordöstlichen Ecke. Das unprätentiöse Gebäude war kurz nach König Henrys Tod erbaut worden, als zu viele adelige Emporkömmlinge zugleich nach dem englischen Thron strebten.

Ich strebe nicht nach Höherem, schien das Haus zu sagen. Ich bin einer der glücklichen Demütigen.

Haus und Anwesen waren unbehelligt geblieben, während Ehrgeiz und Politik größere Herrensitze in Schutt und Asche gelegt und herausragende Häupter andernorts gekappt hatten.

John blickte auf die einstöckigen Gebäude der *basse-cour* hinunter: Destille, Molkerei, Hundezwinger, Wäscherei, Schulraum, Vorratsschuppen um einen gepflasterten Hof herum. Hinter diesem fruchtbaren Durcheinander erhob sich die Nordfront des Hauses wie eine glatte, lohfarbene Stirn. Die Sonne glitzerte auf ihren bleiernen Dachplatten und wärmte den blaßroten Backstein ihrer Gaupen und Zinnen.

Elf Jahre lang die Meine, *de facto*, wenn auch nicht vor dem Gesetz. Der Schoß, aus dem mein Einfallsreichtum entsprang, das Objekt meiner Begierde, der einzig wahre Maßstab meines Lebens in dieser Welt. Die letzten elf Jahre habe ich mich in dieser sicheren Umarmung verborgen.

John liebte das Haus, als wäre es eine Frau. Nun bereitete er sie für einen anderen Mann vor.

In eifersüchtiger Wut stapfte er hinunter, verspürte jedoch einen erneuten Anfall von Furcht. Ein Abgrund tat sich auf.

Ihm blieb nichts mehr zu tun. Er konnte sich selbst nicht mehr sehen, in drei Tagen, von heute an.

Eine Biene surrte im Gras zu seinen Füßen.

Sogar die Natur ist gegen mich, dachte er. Man nehme nur die Bienen und ihre beispielhafte Ergebenheit in das Allgemeinwohl. Werden ihre Könige zu zahlreich, vernichten sie sie, wenn auch schweren Herzens.

Er ging weiter, über den Kamm des Hawk Ridge, abwärts durch die Haselbüsche, die Jagdvögeln Unterschlupf boten, und den steileren Hang mit den Buchen wieder hinauf.

Inmitten der Buchen stand der Baum der Herrin. Wie ihre Schwestern hatte sie nun, im späten Frühling, einen grauen, von kupferfarbenen kleinen Klauen bedeckten Stamm. Die meergrünen Blättchen befreiten sich gerade aus ihren durchscheinenden, nadelspitzen Hüllen. Wie ihre Schwestern war sie vor vielleicht hundert Jahren gestutzt worden, war ihr Haupttrieb als Brennholz oder Zaunpfosten von einem Rodungsbauern oder einem Wilderer herausgeschnitten worden. Sämtliche Seitentriebe waren um ihre leeren Zentren herum in einer ähnlichen Kelchform nachgewachsen. Anders als ihre Schwestern jedoch war sie mehr als nur ein Baum.

Ich sollte sie fällen, dachte John wie stets. Sie ist zu beunruhigend, als daß sie ein Teil von Gottes Schöpfung sein könnte. Doch wer auf diesem Anwesen würde sich dazu bereit finden?

Einer ihrer Äste war – nicht nach oben, sondern seitwärts, in der Höhe von Johns Hüfte – in Form einer nackten Frau gewachsen.

Sie war knapp überlebensgroß, in voller Länge ausgestreckt, halb auf der Seite liegend, schamlos, als warte sie auf ihren Liebhaber. Kopf und Arme waren in jenem Stamm verborgen, aus dem ihre Achselhöhlen sich wölbten. Die Achseln gingen in zwei Brüste über, deren harte Nippel von abgebrochenen Aststümpfen gebildet wurden. Ein Brustkorb, dann ein gerundeter Bauch und ein vollkommener Nabel. Ein gewölbter Venushügel und zwei üppige Hüften wanden sich sanft aufwärts. Über den Hüften erstreckten sich zwei schlanke Schenkel. Die wuchsen länger und länger, teilten sich wie der Schwanz einer Meerjungfrau, teilten sich wieder und wieder in geschwungene, federnde Äste, so regelmäßig wie Spitze.

Sie tat, als schliefe sie, ein Auge war geöffnet, auf daß sie sehen konnte, was der Mann beabsichtigte. Noch ein Besucher. So viele in diesem Frühjahr. So viele wie nie zuvor.

Sie schüttelte ihre bernsteinfarbenen kleinen Klauen, spitz wie Eisblumen, aus denen bereits die hellgrünen Blätter hervorlugten.

Soll ich segnen oder verfluchen? fragte sie ihn, wie sie alle Besucher fragte. Pack dein Glück beim Schopf! Ich bin so sicher wie das Leben selbst, nicht mehr, nicht weniger. Ich mache keine falschen Versprechungen, doch meine Wurzeln greifen tief unter deinen Füßen aus. Vergrabe deine geheimsten Wünsche zwischen meinen knorrigen Windungen, unter meinem Moos, und siehe, was hervorwächst. Riskiere es!

Die Erde zwischen ihrem Wurzelwerk war mit frischen Hügelchen übersät. John zählte siebzehn. Ein Garten der Ängste und Hoffnungen. Er kniete nieder und grub. Er fand einen Pergamentstreifen, mit einer Haarsträhne umwickelt, ein Gebet in falsch geschriebenem Latein – Und Erlöse Uns Von Dem Übel.

Er hockte sich auf die Fersen und stieß zitternd den Atem aus. Amen.

In den vergangenen Jahren hatte er Phiolen mit Menstruationsblut und anderen Lebenssäften ausgegraben, Namen, Silberstücke, Messerklingen. Seine Augen folgten ihren Achselhöhlen, ihren Brüsten, ihrem Bauch, ihrem Geschlecht und weiter ihre Beine hinauf. Ein frischer Ebereschenkranz hing wie ein lockeres Strumpfband um eins ihrer Knie. Hoch oben auf dem Hauptstrunk, über ihrem unsichtbaren Kopf, hatte jemand eine Drossel aufgespießt.

Ich frage mich nur, ob Dr. Bowler weiß, wer sein wahrer Rivale auf diesem Land ist, dachte John.

Aha, sagte sie zu dem Mann. Du hast also endlich eingesehen, daß ich stärker bin als dein Gartenschätzchen da unten, dieses sogenannte kleine Paradies inmitten von Ziegelmauern. Stumme Schlachten werden auf seinem Boden ausgetragen. Es wird von seinen Feinden gefressen. So winzig, so unbedeutend, so hartnäckig – sie fressen Löcher in seine Mauern und höhlen das Erdreich unter seinen Wegen aus. Es stirbt von innen heraus. Versuch's mal mit mir!

Trotzig legte er seine linke Hand auf die Stelle, wo ihre Schenkel zusammentrafen; was oder wem er damit etwas beweisen wollte, wußte er nicht. Wenn Harry kommt und ich mir die Beine in den Bauch stehe (so ich denn überhaupt noch willkommen bin), werde ich sie für meine Sammlung zeichnen. Eine Rarität.

Ihre Rinde war fest wie Stein und köstlich rauh wie Pelz. Der spitz zulaufende Schatten unter Johns Fingern löste die Ketten, die seine Lust in den hintersten Kammern seines Bewußtseins fesselten. Er erinnerte sich an das bebende weiße Fleisch der Magd auf dem Fensterbrett oben im Haus.

Es ist schon so lange her! fuhr es ihm plötzlich durch den Kopf. Monatelang ohne eine Frau, seit meine unkrautjätende Cat ihren Küfer geheiratet hat und vom Haus fort ins Dorf gezogen ist. Er drückte die Stirn gegen den grauen Stamm. Gott steh mir bei! dachte er. Nicht auch noch das.

Die Lust hatte jene Lücke in seinem Verteidigungswall gefunden, die Angst und Neid vergeblich gesucht hatten. Die Flut brach sich Bahn. Die Knie wurden ihm schwach. Seine Kehle war wie zugeschnürt. Seine Haut wurde kalt und feucht. Angst und Verlangen taumelten durcheinander. Vernunft und gute Vorsätze wirbelten davon wie tote Blätter mit der Strömung. Er hockte sich inmitten der Baumwurzeln nieder und preßte den Rücken gegen ihren Stamm.

Ich muß krank sein!

Er grub die Hände in die lockere Humuserde. Sein Haupt sank nach hinten gegen die graue Rinde.

Herr, hörst du mich? Ich beneide meinen Vetter nicht! Ich

lasse es nicht zu! Ich habe mehr gehabt als die meisten Männer. Ich bin dankbar.

Und doch war da noch jener andere geisterhafte Mann mit einem anderen Namen, dem John mit vierzehn Jahren das letzte Mal begegnet war.

Ich weiß nicht, wer er heute sein könnte.

Finstere Leere versengte seine Eingeweide. Er fühlte sich hohl wie ein Bienenbaum, zerbrechlich wie eine getrocknete Schlangenhaut. Ein kleiner Windstoß fuhr in seinen offenen Hemdkragen hinein, strich über seinen gebräunten Hals, kitzelte seine Haarspitzen. Der Baum schüttelte sanft den Meerjungfernschwanz über Johns Kopf.

Bewahre mich vor dem Neid! *Absit invidia.* Laß nicht zu, daß Böswilligkeit Besitz von mir ergreift! Böswilligkeit ist unvernünftig, und ich habe mich selbst zu einem vernünftigen Mann gebildet.

Auf dem Rücken der Brise lüpfte der Baum die Zweige und ließ sie wieder sinken.

John zitterte.

Ich hielt mich für mutig. Doch ich habe Angst, Herrin. Ich habe Angst. Angst und Verlangen. Oh, wie ich meine eigenen Ländereien wiederhaben möchte! Meinen eigenen Namen. Einen Grund zu leben!

Einst, raunte die Herrin des Baums, einst hattest du all das. Einst. Einst. Und dann fügte sie dem Hohn Versuchung hinzu.

Bitte. Bitte.

Er flog durch den Feuerring wie ein dressierter Hund auf dem Jahrmarkt. Die Flammen sprangen über, krallten ihre Klauen in seine Kopfhaut und ließen ihn in hell erleuchtetem Bogen zur Erde fallen.

John hatte als Kind eine elfenbeinerne Schönheit besessen. Schon im Säuglingsalter waren seine Finger lang und schlank, seine Beine gerade und wohlgeformt gewesen. Zu einer Zeit, als ein Drittel aller Menschen von Pockennarben entstellt war, war seine Haut glatt. Im Alter von vier Jahren konnte er lesen und zeigte vielversprechende Ansätze in Latein, Griechisch und Hebräisch. Mit fünf hatte er bewiesen, daß er sich anmutig bewegen, gut reiten und fechten und bei all den anderen männlichen Spielen mithalten konnte, deren Beherrschung nachdenkliche, intelligente Jungen vor der Verachtung ihrer Altersgenossen bewahrte. Seine grauen Augen weckten schon im zarten Alter von sieben Jahren ahnungsvolle Begeisterung bei den Damen. Kurzum, er war ein Prinz in einem Königreich, das seinen Wert kannte.

Sein Großvater väterlicherseits, Howard Nightingale, war ein junger und ehrgeiziger Mann gewesen, als König Henry nach dem Bruch Englands mit der Römischen Kirche den katholischen Landbesitz konfiszierte. Obwohl nur der Sohn eines Londoner Brauereibesitzers, hatte dieser Großvater doch eine gute Erziehung genossen und sogar einen Gönner gefunden, der ihm drei Jahre Studium in Oxford finanzierte, wo er sich beachtliche juristische Kenntnisse erwarb. Zum Lohn für treue Dienste, die er einigen einflußreichen Tudormagnaten erwiesen hatte, erhielt Nightingale einen konfiszierten katholischen Grundbesitz, Tarleton Court in der Nähe von Hatfield. Kurz darauf kaufte er zu einem eher symbolischen Preis einen zweiten ehemals katholischen Herrensitz, Farfields, und legte so den Grundstein für den Aufstieg seiner Familie. Johns Eltern gehörten immer noch zu der mittleren Schicht von Landbesitzern, doch als er, recht spät in ihrer Ehe, geboren wurde, hatten sie ein so großes Vermögen angesammelt, daß sie zwei weitere Anwesen erstehen konnten.

Sie waren überwältigt, daß ihr einziges überlebendes Kind so vielversprechende Anlagen zeigte. Sie beteten darum, daß er zum Mann heranreifen möge, kaschierten ihre abgöttische Liebe mit Strenge (womit sie ihren kleinen Sprößling indes nicht im mindesten zu täuschen vermochten), erwarben noch mehr Land, um sein Erbe zu mehren, und ließen ihm die Erziehung eines Edelmanns zuteil werden, um ihn auf ein einflußreiches Leben am Hof zu Whitehall vorzubereiten. Er hätte blind sein müssen, um nicht von frühester Kindheit an zu bemerken, welches Schicksal man für ihn auserkoren hatte, und sich davon beeinflussen zu lassen. Wie durch ein Wunder brachte diese Erziehung kein Ungeheuer hervor.

Sowohl seine eigene Veranlagung als auch die guten Absichten seiner Eltern leiteten ihn zu höflichem Benehmen und zu einer glühenden Anteilnahme für andere Menschen an, die nicht nur seine Eltern und seine Amme einschloß, sondern auch die Pächterfamilien auf den Gütern der Nightingales, seine zahlreichen Vettern, die jungen Stallburschen, mit denen er spielte, seine Pferde, Hunde, eine Henne mit gebrochenem Bein, einen Watteball mit winzigen Spinnen, der am Baldachin seines Betts klebte, die zu einem so kurzen Leben verurteilten Schmetterlinge sowie ein bestimmtes Ferkel, dessen Ableben ihn dazu brachte, im Alter zwischen vier und sechs jeglichen Verzehr von Speck zu verweigern.

Im Jahre 1617, als John sieben Jahre alt wurde, kam der Zeitpunkt, wo man ihn aus dem Haus geben mußte. Sein Vater umwarb einen Londoner Edelmann mit entfernten Kontakten zum Hof, bis dieser sich bereit erklärte, John in seinen Haushalt aufzunehmen, um seinen Manieren den letzten Schliff zu verleihen. Master und Mistress Nightingale begleiteten John von Tarleton Court, ihrem nördlich von Hatfield gelegenen Hauptsitz, nach London. Johns Vater hatte geschäftlich in London zu tun, mit einem Gerber, der Häute von ihm bezog, sowie mit einem verarmten Ritter, der ein kleines Gut veräußern wollte. Johns Mutter nutzte die Gelegenheit, ihren Bruder zu besuchen, einen Wollhändler, der immer noch schlicht Mr. George Beester war; ein Besuch in seinem Londoner Stadthaus erschien ihr günstiger als einer auf seinem weit entfernten Herrensitz in Somerset.

In der Morgendämmerung brachen sie auf. Während ein Reiter London in gut einem Tag erreichen konnte, brauchte ihre Kutsche auf der Schlammpiste, die sich Straße nannte, mindestens zwei. John streckte den Kopf aus dem Fenster, bis er sich bei einem besonders tückischen Schlagloch auf die Zunge biß. Dann bettelte er so lange, bis er auf dem Kutschbock neben Fahrer und Lakai sitzen durfte.

Eine unvermutet angeschwollene Furt kostete sie einen dreieinhalbstündigen Umweg über eine holprige Straße flußaufwärts bis zu einer Stelle, wo die Kutsche das seichte Wasser durchqueren konnte. John ließ sich kurzzeitig durch die sinnlosen Überlegungen seines verärgerten Vaters unterhalten, warum irgend so ein Idiot ein kleines Stück flußabwärts das Wasser aufgestaut habe. Doch da die Reisegruppe nicht genug Männer umfaßte, die den Damm hätten einreißen können, mußten sie den Umweg in Kauf nehmen. Sie waren immer noch mindestens zwei Wegstunden von ihrem Gasthof entfernt und befanden sich mitten im tiefsten Eichenwald, als die Sonne unterging. Der Lakai entzündete die Kutschlampen. Gelangweilt und hungrig fiel John auf dem Schoß seiner Amme in Schlaf.

Aufgeregte Erwachsenenstimmen rissen ihn halb aus seinem Schlummer. Die Kutsche schaukelte heftig. Die Laterne im Innern schwankte wie eine Schiffslampe im Sturm. Doch die Kutsche war zum Stehen gekommen.

»Sind wir da?« erkundigte sich Johns Vater. Seine Mutter umklammerte seinen Arm so heftig, als wolle sie ihm den Ärmel abreißen. Auf einen Schlag hellwach setzte John sich auf.

Draußen im Dunkeln stieß ein Mann einen Schrei aus. Der Schrei erstarb jäh. Johns Vater warf sich gegen die Innenseite der Kutschtür.

»Richard! Wer ist das? Was will man von uns?« fragte seine Mutter.

Sein Vater schien sie nicht zu hören. Verschwommen, im Licht der hin und her schaukelnden Laterne, sah John, wie der massige Rücken seines Vaters sich unter dem Mantel verkrampfte und erbebte. Die Kutsche schwankte noch heftiger. In die Dunkelheit draußen kam Bewegung, flackernde orangefarbene Lichter. John hörte es knistern und roch fettigen Rauch.

»Oh, gnädiger Herr Jesus!« kreischte seine Amme.

Seine Mutter winselte wie ein geprügelter Hund.

Sein Vater schrie auf und fiel über Johns Beine. Ein Komet zischte durch das Kutschfenster. Gierige Funken setzten sich auf die zusammengepreßten, übereinandergeschichteten Bahnen aus Kleiderstoff, Umhängen, Spitzen und Unterröcken. Die Funken bissen zu. Flammen sprangen über Ärmelränder und verbreiteten sich über Röcke. Johns Mutter kreischte; ihr Haar hatte Feuer gefangen. Der Gestank brennender Seide und Wolle erfüllte die Kutsche, in der es wie in einem Sack ertrinkender Kätzchen brodelte.

Immer noch kreischend, zerrte Johns Mutter ihren Sprößling unter der toten Masse seines Vaters hervor und schleuderte ihn in die Luft, durch den brennenden Reifen des Fensterrahmens hindurch wie einen dressierten Hund auf dem St. Bartholomäus-Jahrmarkt. Die Flammen in Johns Haar malten seine Flugbahn in den Nachthimmel.

John sprang so unvermittelt auf, daß er sich die Schulter am Brustkorb des Baums der Herrin stieß.

Ich bin krank, dachte er. Meine Seele siecht dahin.

Er wünschte sich, daß Dr. Bowler, der Gutspastor, beim Hüten der Seelen ebenso zuversichtlich sein würde wie beim Musizieren.

In diesem Zustand kann ich Harry nicht willkommen heißen.

Er schüttelte sich wie Cassie, seine Wolfshündin. Die Welt drehte sich. Er stützte sich mit einer Hand gegen den Baum, um das Gleichgewicht zu wahren.

Schwindlig und hohl. Krank an der Seele. So konnte er nicht in ein neues, unbekanntes Leben eintreten.

Er löste die Hand vom Bauch des Baums. Er hätte nicht hierherkommen dürfen. Immer warf sie ihn aus der Bahn.

Auf dem toten Laub des vergangenen Jahrs rutschte er den steilen Buchenhang hinunter, zurück in Richtung Mühlteich. Schon oft zuvor hatte er in jenem dunklen Wasser wieder Vernunft angenommen, wenn er sie schon verloren geglaubt hatte.

Die Mühle, immer noch im Winterschlaf, war verschlossen,

im Innern lagen Spreu und Staub vom letzten Herbst. Von dem großen Rad, das schwerfällig und unbewegt vom dünnen Rinnsal des abgesperrten Mühlkanals dastand, tröpfelte es. Der Mühlteich oberhalb des Kanals, wo der Bedgebury-Bach in den behäbigen Shir mündete, quoll förmlich über von den Fluten der Schneeschmelze und der Frühlingsniederschläge, die noch nicht zum Mahlen des Korns benötigt wurden. Das überschüssige Wasser leckte an den überstehenden Grassoden, wo es durch den offenen Schleusenkanal stromabwärts floß.

John trat auf einen Felsvorsprung oberhalb des Teichs. Sein Spiegelbild blickte ihm aus dem dunklen Wasser entgegen. Ein Schwarm früher Stechmücken schwebte dicht über der Oberfläche und glitt zur Seite. Zu seiner Rechten wand sich der Shir zwischen Baumgrüppchen entlang weiter flußaufwärts, wo es auf die drei Fischweiher zuging, in bedächtigen grünen Schleifen. Die silbernen Zähnchen junger Nesselblätter und die dunklen, lechgrünen Lanzenköpfe der Großen Klette wuchsen zu seinen Füßen. Auf der anderen Seite des Gewässers bekamen die schwarzstämmigen Weiden ihren ersten Grünschimmer; einer der Bäume war umgestürzt, und seine Zweige bildeten ein langgestrecktes V in der Strömung. Strom, Teich, Pflanzen, Bäume und Johns Spiegelbild begannen zu beben, als würde er durch das gewellte Glas einer Fensterscheibe blicken.

Ein Fisch schnellte in die Luft. Johns Spiegelbild verschob und kräuselte sich. Er zog sich nackt aus, holte tief Luft, sprang in den Teich und tauchte unter.

Das eisige Wasser, immer noch frostkalt vom Winter, schien ihm die Haut so sauber wie eine Weidenrute abzuschälen. Es befreite ihn von seinen Gedanken, ließ nur ein reines weißes Kerngehäuse aus Muskeln und Knochen übrig. Er stieß wieder zur Oberfläche hinauf, schnappte nach Luft und schüttelte den Kopf wie ein Hund, quicklebendig durch den Schock. Kühle Wasserwirbel liebkosten seine Zehen in den grünbraunen Tiefen. Eisige, flüssige Finger preßten ihm die Hoden in die Lenden und zupften sanft an den dunklen Haaren unter den Achseln und auf den Schienbeinen.

Er krümmte sich zusammen und glitt erneut unter Wasser, tauchte zwischen den Pflanzenfragmenten aus treibenden Blättern und Unkraut hindurch, öffnete die Augen und blickte durch das schwache, kalte grüne Licht hinauf zur silbrigen Unterseite der Wasseroberfläche, seine Lider waren von zahllosen Luftblasen bedeckt. Er schoß tiefer hinab. Ließ sich dann hinauftreiben durch kühle und wärmere Wasserschichten, bis er durch den Silberschild der Oberfläche stieß.

Die Luft strömte ungehindert in die Spalten um sein Herz. Er holte tief Atem und fühlte, wie sein Gewicht sich verringerte. Er tauchte wieder unter und schwamm, bis das Wasser ihn von neuem hochtrieb.

Einer seiner Füße berührte den Teichgrund. Er stellte sich aufrecht und schöpfte das Wasser mit hohler Hand über sein Haupt. Als der letzte Tropfen hinter seinem linken Ohr heruntergelaufen war und vom Ohrläppchen fiel, schöpfte er ein zweites Mal. Und noch einmal. Seine Haut erzitterte unter den sanften, eisigen Güssen. Er schüttelte den Kopf, öffnete die Augen und sah am gegenüberliegenden Ufer eine Frau stehen.

Cat. Seine einstige schöne Jäterin, nun mit dem Küfer verheiratet. Die seinen Garten und sein Bett für einen Schuppen neben der Dorfböttcherei verlassen hatte. Der Mückenschwarm zwischen ihnen hob sich, schwebte zur Seite. Ihre Umrisse verschwammen.

»Einen schönen Tag, Cat.«

»John.« Sie trat aus den Büschen, die neben seinem Kleiderhaufen die Einmündung des Pfads auf den Felsvorsprung verdeckten. »Ich hatte vergessen, wie lang und schlank du aussiehst. Glatt wie ein Otter, wenn deine Locken so eng am Kopf anliegen und zurückgekämmt sind. Ich dachte, ich würde mich immer daran erinnern, aber es geht so schnell.«

»Und jetzt gibt es ja auch einen anderen, an den du dich erinnern mußt.«

Sie lächelte. Keiner der beiden bewegte sich. John stand bis zur Brust in dem braungrünen Wasser, nackt. Die Frau in ihrem schmutzigbraunen, wollenen Arbeitsrock, dem aufgeschnürten

Mieder und Leinenhemd, sah zu Boden, während sie ihren Ärmel bis zum Ellbogen hochkrempelte. Schließlich nickte sie gleichmütig. »So ist es.«

»Geht es dir gut?« Seit ihrer Hochzeit hatte er sie nicht mehr gesehen. Er wußte nicht zu sagen, ob er ihr oder sie ihm aus dem Weg gegangen war.

»Mehr als gut.« Sie machte keine Anstalten zu gehen.

Allmählich kam John sich lächerlich vor. Just in diesem Moment war er zu verletzlich für irgendwelche Spielchen. Er linste zu seinen Kleidern hinüber. Cats Augen folgten seinem Blick.

»Du brauchst dich nicht vor mir zu schämen«, sagte sie, doch ihr Blick wurde plötzlich unsicher.

Ein ahnungsvoller Schauer rann über Johns Haut. Mit zwei bedächtigen Zügen schwamm er über den Teich zurück, auf Cat und seine Kleider zu. Dann hielt er inne, blickte sie erneut an.

»Oh, John!« rief sie aus. »Ich bin dir hierher gefolgt. Eine verheiratete Frau! Ist das nicht verwerflich?«

»Nur, wenn du mich jetzt wieder verläßt.«

Cat machte einen Schritt zurück, herunter vom Felsgesims. »Hier entlang«, sagte sie. Sie bahnte sich ihren Weg um den Weiher, durch Sumpfdotterblumen und Schlamm zu einem Dickicht aus gelbgrünen Weiden. Sie teilte den Blättervorhang mit den Händen und verschwand wie ein Schauspieler von der Bühne.

John watete aus dem Teich, Wasser um sich verspritzend wie ein Schiff im Sturm, und glitt hinter ihr her in den grünen Dunst. Eine lustvolle Hoffnung, die ihn unvermittelt überfiel, machte ihn fast blind. Cat stand neben dem geneigten Stamm eines alten Baums, mit stämmigem Leib, doch immer noch anmutig. Er hatte erlebt, wie ihr dunkelblondes Haar, das nun in einer Haube aus ihrem breiten Gesicht zurückgebunden war, so lose im Wind trieb wie die Weidenruten auf dem Wasser. Seine Eingeweide zogen sich zusammen, sein Glied wurde steif.

»Du und dein Küfer ... ihr seid also glücklich?« fragte er mit belegter Stimme.

»Und ich werde dafür sorgen, daß es auch so bleibt.« Sie sah ihm in die Augen. »Wir sind ein gutes, braves Paar. Aber ich mußte an dich denken ... und wie plötzlich meine Heirat kam. Es tut mir leid, daß ich's dir nicht früher erzählt habe.«

»Bist du mir nur gefolgt, um dich zu entschuldigen?« Zur Lust gesellten sich Zorn und Enttäuschung. Hatte sie ihn aus dem Wasser gelockt, nur um ihn jetzt hier stehenzulassen?

»Nein. Ich dachte, du hättest nichts gegen ein letztes Mal einzuwenden.«

Er brachte kein Wort heraus. Sein Mund wurde trocken. Sein Herzschlag dröhnte ihm in den Ohren. In dem seltsamen Zustand, in dem er sich befand, hatte er sie falsch eingeschätzt. Er hatte vergessen, daß sie nicht fähig war, mit dem zu spielen, was sie für die Wahrheit hielt. Manchmal, wenn er sich in leidenschaftlicher Umarmung lustvolle Höhenflüge, Triller und Tusche wünschte, hatte ihre bodenständige Unverblümtheit ihn niedergedrückt. Nun *hielt* sie ihn nieder.

Sie bot ihm den Mund zum Kuß, ließ sich in seinen Armen zurücksinken. Er vergrub sein Gesicht in der warmen Biegung ihres Halses. Sie roch stark, aber süß, wie seine Kräuter.

»Ich wollte erleben«, sagte sie träumerisch, »wie es ist, wenn wir keine Angst haben müssen, einen kleinen Bastard zu machen. Nur noch einmal. Ich meine, wirklich ein letztes Mal. Mißversteh mich bitte nicht!«

»Nein«, versprach er, und seine Lippen versanken in der Kuhle über ihrem Schlüsselbein.

Cat löste sich aus seiner Umarmung und hob den Rocksaum. »Warte, ich reib' dich ein bißchen trocken.«

»Komm zurück!« Er ließ seine nassen Arme unter ihre Röcke gleiten, ertastete ihre warme Haut. »Oh, gütiger Himmel, du bist so warm, und ich bin so kalt!«

»Nicht mehr lange.« Sie rubbelte seine blanke Brust und dann seine Schenkel trocken. »Du bist ein Dummkopf, so früh schwimmen zu gehen!«

Er grinste unvermittelt. Die Wolfsaugen funkelten. »Aber sieh doch nur, was es mir eingebracht hat!« Plötzlich fühlte er sich wieder wohl und vertraut mit ihr, wie es zweieinhalb beständige Jahre der Fall gewesen war, vor ihrer Heirat mit dem Dorfküfer. Er sah sie wieder wie damals, als sie neben ihm in den Gärten gehockt hatte, vollkommen vertieft in ihre Arbeit, sich seiner Blicke nur halb bewußt. Er ließ eine Hand in ihr Dickicht gleiten. »Ich bin kein Dummkopf, Cat. Nicht im geringsten.«

Sie stieß den Atem zwischen den Zähnen aus, blinzelte, lächelte ihm dann in die Augen. Sie zog sich das tief ausgeschnittene Mieder von den Schultern und brachte ihre braunen Brustwarzen in Reichweite seiner Lippen und Finger. Er drängte sie zurück, zu Boden. Sie entwand sich ihm.

»Nicht auf der Erde. Ich kann keine verräterischen Spuren auf dem Rücken oder den Ärmeln oder im Haar gebrauchen. Hier. Komm hier rüber!«

Sie beugte sich vor, die Hände auf den Weidenstamm gestützt, die Röcke und Unterröcke über ihrem Rücken hochgebauscht. Er stürzte sich zwischen ihre prachtvollen Hinterbacken, heim.

Ein Ort, den er schon verloren geglaubt hatte. Warm, freundlich, vertraut.

»O Gott!« stieß sie mit gedämpfter Stimme hervor. »O ja.« Sie preßte die Stirn gegen die Baumrinde. »O ja!«

Nie wieder gehen, nie wieder gehen. Warm, tief, dunkel, unendlich freundlich. Alles war wieder gut. *Er* war wieder gut. Mit beiden Beinen auf der Erde. Daheim.

Sein Verlangen ging mit ihm durch. Früher, als er wollte, stieß er einen erstickten Laut aus, erbebte bis zu den Zehen hinunter und ließ den Kopf zwischen ihre Schulterblätter sinken. Ihre Brüste hoben sich im Einklang. Teichwasser tröpfelte aus seinen Haarspitzen auf ihre nackte braune Haut.

»Ich hätte gern ein längeres Abschiedsfest gefeiert«, sagte er schließlich. »Ein römisches Bankett mit mehreren Gängen.« Er stützte sich gegen den Baumstamm, die Arme links und rechts von ihren Schultern.

Sie drehte sich um, den Rücken nun gegen den Stamm gelehnt, und schaute ihm ins Gesicht. »Sei kein Narr! Bist du früher auch nie gewesen.« Mit dem Daumen wischte sie ihm Wassertropfen von der Braue. »Ein schönes deftiges Nümmerchen, mein Liebster. Mehr als genug und gerade recht für den Augenblick.«

Sie war eine gutherzige, bescheidene Frau. Auch wenn sie John nicht zurückgewiesen hätte, hätte er ihr mehr geboten, damals, bevor der Küfer ihr einen Antrag machte. Er war ein netter Mann von ihrem Stand, der ein Handwerk beherrschte, dessen Dienste die zivilisierte Menschheit immer benötigen würde.

Sie hob ihr hübsches Gesicht, blickte zu ihm auf und küßte ihn. »Es hat mir gutgetan. Wir sind beide keine liebeskranken Trottel.«

In diesen Augenblicken war John sich gar nicht einmal sicher. Sein Erguß hatte die Angst gemildert, nicht jedoch die Sehnsucht tief in seinem Innern. Die Frau in seinen Armen war großzügig. Ihre Großzügigkeit verführte ihn zu Worten, die er irgendwann einmal bedauern mochte.

Sie zog ihr Mieder vor und stopfte die Brustwarzen wieder in ihr Nest. Dann strich sie ihm mit den Händen über die Arme. »Du hast eine Gänsehaut wie eine gerupfte Henne. Ich säh's gar nicht gerne, wenn du wegen mir am Fieber sterben würdest. Trockne dich jetzt besser ab, und zieh dich an!« Ein Finger streichelte sein kaltes, schlaffes Glied. »Und such dir was anderes, womit du das hier warmhalten kannst.«

»Keine kann das besser als du«, sagte er.

»Elender Schmeichler.« Sie tauchte unter seinem Arm hindurch und begann, ihre wollenen und leinenen Rockschichten herunterzuschütteln.

Er zupfte ein dolchförmiges graugrünes Weidenblättchen vorn aus ihrem dichten, lockigen Haar.

»Wir sagen uns noch freundlich guten Tag, wenn wir uns wieder begegnen?« fragte sie.

»Warum denn nicht?« Er fuhr mit dem Blättchen über ihren Nasenrücken, um es ihr dann wie eine Rose zu überreichen. Er beobachtete, wie sie nach Worten suchte, sich dann aber zu schweigen entschloß. John war erleichtert. Er war ihr nicht böse, weil sie geheiratet hatte; er wußte, daß es notwendig gewesen war. Er war für keine Frau der richtige Ehemann. Doch er war Cat dankbar für zweieinhalb Jahre Wohlbefinden und Vergnügen. Und dennoch ... Dieses Etwas, das tief in seinem Innern schlummerte, ließ man besser ruhen.

Mit einem Mal neigte Cat in der Parodie eines Hofknickses den Kopf und schritt selbstbewußt durch das Weidendickicht davon, entlang der sumpfigen Uferbank. John teilte den Weidenvorhang, um ihr hinterherzusehen. Er würde den Anblick vermissen, wie sie das Gewicht ihres Gesäßes von einem Fuß auf den anderen verlagerte, wenn sie sich in der Hocke durch eine Furche mit Möhren oder Borretsch arbeitete. Als sie verschwunden war, fühlte er sich wie ausgehöhlt. Noch ein Schlußstrich in seinem Leben.

Er machte sich daran, seine Kleider wieder über die feuchte, klebrige Haut zu ziehen. Wenigstens war der Wahnsinn verflogen. Das kalte Wasser und Cat hatten ihn ausströmen lassen, auch wenn sie ihn nicht vollständig hatten vertreiben können. Während John an seinen Stiefeln herumzerrte, gelangte er zu der Einsicht, daß er zwar noch nicht ganz wieder der alte war, aber dennoch in der Lage sein sollte, seinen neuen Dämon das eine oder andere Mal auf die Matte zu zwingen.

Auf dem Rückweg stromaufwärts in Richtung der Fischweiher hielt er inne, um den Stimmen des Wassers zu lauschen — einem glucksenden Sopran, einem murmelndem Alt und einem leise dröhnenden Baß, der in den Schatten der Flußbiegung den Takt angab.

»Vorbei, vorbei«, raunte das Wasser. »Weiter. Weiter.«

Die blassen Wolfsaugen starrten auf einen Schaumfetzen, der sich bis in alle Ewigkeit über denselben Stein mühte, um stromauf zu treiben.

Ich habe meinen klaren Verstand nur wiedererlangt, um ihn sofort wieder zu verlieren, dachte John. Er wurde das beunruhigende Gefühl nicht los, daß die Herrin des Baums ihn soeben mit einem zweifelhaften Geschenk bestochen hatte.

2

23. Mai 1636. Armleuchteralgen blühen. Zweite Schwalbe.
Apfelknospen öffnen sich, stehen kurz vor der Blüte, sehr spät. Ein
zweiter trockener Tag. Ich verstecke mich hinter Kleinigkeiten.

Tagebuch des John Nightingale, bekannt als John Graffham

»Ich verstehe nicht, wie Harry das von uns verlangen kann!«
jammerte Tante Margaret. Mit einem heftigen Ruck befreite sie
ihren Rocksaum aus der Tür zum Amtsraum der Wirtschafterin,
in der er sich verfangen hatte. Die steifen Hüftgelenke verliehen
dem kleinen Persönchen den schwankenden Gang eines See-
manns.

John blickte durch das Fenster auf den makellosen Vorhof.
Die Gänse hatten sich wieder Zutritt verschafft und hinterließen
überall ihre graugrünen Häufchen. Könnte er nur alles Lebendige in diesem Haus einfrieren, bis Harry Beester und seine
Londoner morgen eingetroffen wären!

»All diese zusätzlichen Knechte und Mägde und der Himmel
weiß was sonst noch! Wir hätten letzten Herbst ein Dutzend
Schweine mehr schlachten sollen!«

Ihre Finger bewegten sich noch entschlossener als üblich,
überprüften unablässig den Sitz und die Festigkeit irgendwel-
cher Gegenstände – ihren Gürtel, ihr leicht fliehendes Kinn,
ihren Rock, ihre Schlüssel.

»Letzten Herbst war dein Bruder noch am Leben«, versetzte
John behutsam. »Niemand konnte das ahnen. Am wenigsten
Harry.«

In Gedanken lauschte er dem Klang der Anrede ›Sir Harry‹.

Mistress Margaret wischte das Durcheinander von Papieren auf ihrem Tisch beiseite. Grimmig schüttelte sie ihr flaumiges silbriges Haupt. An ihrer großzügig bemessenen Nase vorbei schoß sie der unvermeidlich bevorstehenden Katastrophe einen finsteren Blick zu. Ihre Finger ertasteten das Taschentuch in ihrem linken Ärmel und fummelten an dessen Spitzensäumen herum. »In diesem winzigen Ofen können wir nicht genügend Pasteten für alle backen. Agatha Stookey hat einen hysterischen Anfall gekriegt. Sukie Tanner steht kurz davor, ihren Welpen zu werfen, und ist mir in der Küche keine Hilfe, und es gibt nicht genügend silberne Wasserkrüge für die Gästezimmer und ...« Ihre Nase zuckte, die schmale Unterlippe schob sich noch weiter unter die Oberlippe, und sie brach in Tränen aus.

Bevor John ein paar tröstende Worte einfielen, stieß Margaret unbarmherzig zum wahren Kern ihrer Panik vor. »Was soll ich nur tun, wenn unsere neue Herrin mich hinauswirft?« schluchzte sie. »George hat mir nichts hinterlassen ... bloß ein paar Pfund im Jahr für neue Kleider ...! Glaubst du, er hat Harry gesagt, daß ich nirgendwo sonst hingehen kann?«

John konnte sie nicht trösten, ohne zu einer Lüge Zuflucht zu nehmen. Er hatte keine Ahnung, wie die neue Lady Beester die weiteren Lebensumstände ihrer Vorgängerin gestalten würde. Ganz kurz verspürte er Gewissensbisse, weil er so sehr mit den eigenen Sorgen beschäftigt war.

Er wußte, daß seine Tante kaum Eigentum besaß. Seit John volljährig geworden war, hatte er an seines Onkels Statt die verschiedenen Leibrenten ausbezahlt, einschließlich seiner eigenen, bescheidenen. Auch nach Sir Georges Tod hatte John die Gelder ausbezahlt, ohne eine juristische Klärung abzuwarten. Seine Tante, die nie geheiratet hatte, war eine zähe, drahtige kleine Person, die unter starker Belastung jedoch dazu neigte, die Fassung zu verlieren. Sie könnte nirgendwo anders als hier auf dem Gut überleben, auf dem sie die letzten dreißig Jahre verbracht und ihren Unterhalt inoffiziell mehr als verdient hatte.

»Ich kann mir nicht vorstellen, daß unser warmherziger Harry zulassen würde, daß die neue Herrin so etwas tut«, erklärte John. Doch Harry konnte tun und lassen, was er wollte.

»Harry ist ja so ein *Trottel*!« klagte Tante Margaret und vergrub ihr Gesicht im Taschentuch. »Ist er schon immer gewesen. Jeder kann ihn rumkriegen.« Über dem Rand des Taschentuchs suchte und fand Magarets unversehens mißgünstiges graues Beester-Auge Johns Blick. »Sie könnte ihn sogar dazu bringen, auch *dich* rauszuwerfen! Wo willst du dann hin? Mit dem Kainsmal auf deiner Stirn! *Ich* weiß, was passiert ist, auch wenn die anderen es nicht wissen. Du bist nirgendwo sicher, höchstens im Ausland bei all diesen Fremden! Du bist schlimmer dran als ich, armes Lämmchen. Wir müssen zusammenhalten, John. Wir müssen einander helfen!«

John umschloß ihre kalten Fingerspitzen mit fest geballten Fäusten. »Hab Vertrauen zu Harry! Er mag ein Trottel sein, aber wenigstens ein gutherziger.«

»Titel und Ehrgeiz haben schon viele Menschen verändert«, murmelte Mistress Margaret.

»Dann müssen wir eben beten. Unsere Pflicht erfüllen und darauf vertrauen, daß uns der gerechte Lohn zuteil wird. Und wer weiß? Harry mag sich ja zum Guten verändert haben. Er scheint eine vernünftige Ehe eingegangen zu sein.«

»Du bist zu gut, John, mögen die anderen noch so schlimme Dinge von dir behaupten. Dir sollte Hawkridge House gehören. Harry hat sich jahrelang nicht blicken lassen ...«

»Niemand fragt danach, was sein *sollte*«, stieß John zwischen zusammengepreßten Zähnen hervor. »Nach Vetter James ist jetzt nun mal Harry der Erbe deines Bruders.«

»Harry wird nur Verachtung für das Gut übrighaben«, erwiderte Tante Margaret. »Er wird kurz vorbeischauen und dann unverzüglich wieder in sein geliebtes London eilen ...«

»Dann machen wir weiter wie vorher, glücklich wie die Vöglein in der Luft!« John flüchtete ins Gutskontor, fort von ihrer zittrigen Stimme und ihren dornigen Gedanken.

Er setzte sich an seinen Schreibtisch und wandte seine ganze

Aufmerksamkeit dem kniffligen Problem zu, einen Federkiel anzuspitzen. Er schlitzte die Spitze ungleichmäßig auf, fluchte und fing wieder von vorne an.

»John ...!« Durchs Fenster drang die Stimme Dr. Bowlers. Der alte Pastor stand auf dem kiesbedeckten Vorhof. »Kann ich kurz mit dir sprechen? Hast du einen Augenblick Zeit ...? Ich halte dich nicht lange auf. Aber ich hab' ein kleines Problem ...« Dr. Bowlers hohe weiße und kahle Stirn leuchtete in der Sonne. Seine ziemlich eng beieinanderstehenden Augen blickten noch besorgter drein als vor einer Predigt. »Ich weiß, daß du zu tun hast ...«

»Kommt nur herüber«, antwortete John ihm. »Ich habe im Moment nichts Besonderes zu tun.« Heftig schleuderte er Messer und Federkiel auf den Tisch.

Es ist wie vor einem Sturm, dachte er. Alle lebendigen Wesen haben eine Heidenangst, ich eingeschlossen.

Bowler war für gewöhnlich ein Verbündeter. Er hatte John einst unterrichtet, nun war er sein häufigster abendlicher Saufkumpan. Doch seit der Nachricht von Harrys Ankunft war Bowler mürrisch und wortkarg geworden. Er spielte nicht mehr auf seiner Viole, und man konnte seinen Weg durch Haus und Garten nicht mehr anhand seines unablässigen frohen Hummelsummens von Hymnen und geselligen Liedchen verfolgen.

Der Pastor verstand mehr von Musik als von Religion. Die Autorität, die er besaß, wenn er seine Schäfchen zu einem Chor versammelte, verließ ihn vollständig, sobald man moralische Bestimmtheit von ihm erwartete. Johns Bitte an Bowler, ein Potpourri für Harrys Empfang auf dem Gut zusammenzustellen, hätte ihn eigentlich in melodische Verzückung versetzen müssen.

Statt dessen vergrub er sich in seiner kleinen Zimmerflucht hinter der Kapelle, wo er trübsinnig Stapel von Partituren durchblätterte. Er wählte Weisen aus, verwarf sie wieder, zog andere hervor, probte sie zweimal mit seinen musikalischen Zwangsverpflichteten und gab schließlich voller Verzweiflung auf.

»John!« rief Bowler im Tonfall des Entdeckers aus, als er sich durch die Tür des Amtszimmers schob. »Ich bin ja so froh, daß ich dich antreffe. Du weißt, wir haben geprobt, seit du's uns aufgetragen hast ... Meinst du, daß Harry ... Sir Harry ... von uns erwartet, daß wir jeden Ton richtig treffen?«

»Vollkommenheit ist in dieser Welt unmöglich. Versucht einfach nur, die richtige Stimmung zu treffen!«

»Er hat sich bestimmt verändert«, sagte Bowler, »seit ich ihn unterrichtet habe. Allerdings habe ich ihn weder besonders lange noch besonders eingehend unterrichtet, fürchte ich.« Er seufzte. »Er war nie ... so wie du ...« Seine Stimme verlor sich. Die sorgenerfüllten Augen schienen sich zu ducken wie kleine, trostsuchende Tierchen.

Er öffnete eine Büchertruhe und linste hinein. Viele der Bände waren Geschenke, die er an John gemacht hatte.

»Ein Requiem, John. Das werde ich dirigieren. Eine Totenmesse.«

»Was für ein Blödsinn!« fuhr John auf und hätte am liebsten gegen den Tisch getreten. Niemals blieb Bowler einer Linie treu. Aus diesem Grunde war er auch unfähig, eine zusammenhängende Predigt zu entwerfen oder griechische Grammatik zu lehren. »Was für ein ausgemachter Blödsinn! Wer ist denn gestorben?«

»Der Zusammenhalt«, erklärte Bowler.

»Was?«

»Es ist ein Requiem für den Zusammenhalt.« Der alte Mann hielt dem Ausbruch seines früheren Schülers würdevoll stand. »Du weißt, daß ich selbst in meinen besten Zeiten Mühe habe, alles in den Griff zu bekommen. Ich fürchte mich, John. Ich werde zu alt ...«

John rief sich zur Ordnung. Bowler hatte ihm den Wind aus den Segeln genommen. Was er für seinen alten Mentor empfand, kam dem Gefühl der Liebe näher als alles, was er für andere Menschen empfand, die Zuneigung zu seiner Tante eingeschlossen.

»Glaubst du, daß Harry ... Sir Harry ... einen anderen Pastor ernennen wird? Aber das habe ich mit Zusammenhalt nicht gemeint ... Ich gehe nicht davon aus, daß ich meine eigene Amtsenthebung musikalisch untermale. Obwohl ich nicht wüßte, was ich ohne meinen Zehnten anfangen sollte.«

»Ich werde mein Mögliches tun, daß Harry keinen anderen Pastor ernennt«, versicherte John ihm. »Aber ich weiß ja nicht einmal, wie meine eigene Zukunft aussehen wird.«

»Es ist, als würde man auf den Tod warten«, sagte Bowler. »Zwar heißt es, daß man sich nicht zu fürchten braucht, wenn man stets das Rechte getan hat, aber man kann ja nie wissen. Die himmlischen Mächte befördern dich entweder nach oben oder stoßen dich in die Tiefe. Ich wage zu behaupten, daß man sich auf beide Möglichkeiten einrichten kann. Aber ich muß schon sagen, daß mich das Warten ganz schön aus dem Gleichgewicht bringt.«

»Wenn es eine Gerechtigkeit gibt, Doktor Bowler, dann werdet Ihr zu den Auserwählten gehören.«

Bowler meldete Bedenken an, bescheiden, aber auch erheitert. »Du hast nicht eben viele Vergleichsmöglichkeiten. Aber du bist sehr freundlich, John.« Er schien sich besser zu fühlen als bei seiner Ankunft. »Tja, ich sollte jetzt wohl Sukie Tanner aufsuchen, obwohl sie wenig Reue zeigt, was ihr Kind angeht ... das heißt, ihr ungeborenes Kind. Wenigstens wird der Stein, den ich dem Bibelwort gemäß auf das arme Ding werfe, nicht der erste sein.«

Nachdem Bowler ihn verlassen hatte, tigerte John in rastlosen Kreisen durchs Zimmer; die Fliege vom Vortag, die immer noch da war, schien seine Bewegungen nachzuäffen.

Er fühlte sich so zerbrechlich wie eine abgeworfene Schlangenhaut. Er konnte nicht auch noch die Ängste all der anderen auf sich nehmen.

»... das Kainsmal«, hatte seine Tante ihn gemahnt.

Wenn sie mich damals doch gehängt hätten, dachte er, hätte ich mich in der Nacht vor der Hinrichtung vermutlich so gefühlt wie jetzt.

Dr. Bowler hatte die Büchertruhe offenstehen lassen. John

nahm sich einen Band mit Vergils Schäfergedichten heraus und schlug ihn wahllos auf.

Fortunate senex, ergo tua rura manebunt.
Et tibi satis ...

Glücklicher Alter, so wird das Land auch weiterhin dein Eigen sein. Und das ist genug für dich ...

Fortunate senex, hinc inter flumina nota ...

Glücklicher Alter, hier wirst du bleiben, zwischen den Flüssen, die dir so vertraut ...

Er knallte die schweren Lederbuchrücken zusammen. Überall lauerten Verräter, verkleidet als einstige Freunde! Columella, Cato, Varro, Plinius ... Er wagte es nicht, in seinem augenblicklichen Gemütszustand einen der anderen Bände aufzuschlagen. Er legte die »Eklogen« wieder an ihren Platz zurück und drehte sich zu dem Fenster an der Stirnseite um, das auf den Vorhof hinausging. Die Gänse hatten sich verzogen, doch ihre Marschroute war deutlich markiert. Johns linke Hand berührte die linke Kante seines Unterkiefers, wo die Haut sich über dem Knochen runzelte.

Sollte der Sturm doch losbrechen! Donner, Blitze, Hagel – welche Zornesäußerungen auch immer der Himmel morgen herabschleudern mochte. Herr, setze nur diesem Warten ein Ende!

❦

24. Mai 1636. Eine eisige, naßkalte Nacht, aber heute wieder Sonne. Boden im Fernen immer noch zu naß, um Bohnen zu säen. Ende ich mit ungesäten Bohnen?

Tagebuch des John Nightingale, bekannt als John Graffham

Noch immer war keine Bewegung auf der Straße auszumachen. John regte in seinem Schildkrötenpanzer aus gestärkter und gepolsterter blaßblauer Seide unglücklich die Glieder. (Harry hatte das Wams und neue, enger anliegende Beinkleider aus London geschickt, um sicherzustellen, daß John auch wie der Vetter eines aufsteigenden Baronets aussah.) Zwei makellos weiße Stulpen aus Brüsseler Spitze fielen über die Krempen seiner grünen Ziegenfellstiefel. Zwei weitere verbargen halbwegs seine gebräunten Hände, von denen er sich fast die Haut abgeschrubbt hatte. Er sah eleganter aus, als er sich fühlte. Selbst unter sackartig weiter Arbeitskleidung zeichnete sich sein körperliches Erscheinungsbild jederzeit deutlich ab. Nun, da er sein lockiges eichelbraunes Haar gestutzt und die rechte Seite seines adretten Barts so rasiert hatte, daß sie den unbehaarten Narben der linken Barthälfte entsprach, wirkte er wie geboren für diese Kleidung, die er doch nur notgedrungen angelegt hatte.

Von dem kleinen, steinernen Eingangsvorbau aus überwachte John die Akteure des triumphalen Maskenaufzugs, den Harry verlangt hatte. Er sah drohende Anzeichen, daß das Heldenstück zur Komödie zu geraten drohte.

Unter ihm, auf dem Vorhof, saß Dr. Bowler in seinem besten schwarzen Rock auf einem Stuhl, die Viole gegen sein Ohr gepreßt, und zupfte gereizt an einer der Saiten. Ein Glas Apfelwein stand in einem gefährlichen Neigungswinkel auf dem Kies zu seinen Füßen. In der Ferne blökte ein Schaf einen Halbton höher als die Saite. Drei Gutsarbeiter, gewaschen, gestriegelt und herausgeputzt, lümmelten sich an den beiden Steinadlern, die das Portal flankierten, die Holzflöten unter die Arme geklemmt – Sopran, Alt und Baß. Die Trommel des Küfers lag einsam und verlassen auf dem Kies; zweifellos hatte er sich auf die Suche nach seiner frischgebackenen Ehefrau Cat gemacht.

John starrte die Trommel an. Cat hätte mich heiraten sollen, fuhr es ihm durch den Kopf, und wieder verspürte er ein Gefühl des Verlustes. Ich hätte sie mir schnappen und nicht darüber nachgrübeln sollen, was für einen schlechten Handel sie damit gemacht hätte.

Mistress Margaret stürzte aus der Eingangstür auf den steinernen Vorbau heraus. Sie war wie für einen Hofball geschnürt, angemalt und frisiert, doch auf ihrer runzligen Oberlippe stand der Schweiß, ihr steifer, plissierter Musselinkragen saß schief, und überdies hatte sie einen ihrer Granatohrringe verloren. »Und?«

»Noch nichts«, antwortete John.

»Die Hammelkeule wird knochentrocken, wenn sie nicht bald kommen!« Begleitet vom Rascheln roséfarbener Seide und Musselins eilte sie wieder von dannen. »Agatha! Agatha!« John hörte ihre Schreie durch den Hauptraum verhallen.

Ein Willkommensfestmahl – mittlerweile vielleicht ein wenig zu gut durch – wartete im Großen Speisesaal. Sir Henry Bedgebury, der örtliche Richter, und Sir Richard Balhatchet, der vor der Auflösung des Parlaments dort selbst die Grafschaft vertreten hatte, warteten in angemessener Gewandung in der Langen Galerie, mit einer weiteren Flasche vom besten Ale des Guts versorgt.

John blickte wieder auf die Trommel des Küfers. Du hast das Richtige getan, John, sagte er sich. Belade dein Gewissen nicht noch mit einer zusätzlichen Bürde.

Er schritt die drei Treppen von dem steinernen Portal hinunter, überquerte den kiesbedeckten Vorhof und ging zu dem seitwärts versetzten Tor. Liebend gern hätte er den kratzigen Kragen von Harrys spitzenbesetztem Wams aufgerissen und an den vielen Stoffalten herumgezupft, die ihm in den Schritt gerutscht waren, doch zu viele Augenpaare ruhten auf ihm.

»Er sollte unser Herr sein«, erklärte der Sopranflötist dem Altspieler, als John fortging, »nicht dieser Vetter aus London.«

Dr. Bowler kniff die Augen noch fester zusammen und ging voll und ganz darin auf, seine Viole zu stimmen.

Sämtliche Gutsangehörige standen zu beiden Seiten der Zufahrt unter den Buchen aufgereiht – die Pächter und ihre Familien, die auf dem Anwesen untergebrachten, meist unverheirateten Arbeiter, die Ältesten des Armenhauses. Die Männer standen oder saßen unbehaglich in ihrem besten Sonntagsstaat herum (die von Harry bestellten neuen Hemden mit eingeschlossen). Als sie Johns ansichtig wurden, nahmen sie Habachtstellung an, Hände und Mützen zu einer übereifrigen Begrüßung emporgereckt.

»Morgen, Sir! Guten Morgen! Ein schöner trockener Tag für einen Empfang, Sir!« Ihre Blicke schätzten seine ungewöhnlich elegante Aufmachung ab und prüften flüchtig seinen Gesichtsausdruck, um dann wegzugleiten.

Sie wünschen sich so was wie einen Hahnenkampf, erkannte John mit plötzlicher Hellsichtigkeit. Mein Feuer und meine Sporne werden taxiert.

Die Frauen und Mädchen beäugten ihn über ihr Strick- und Flickwerk hinweg.

»Oh, seht Ihr aber fein aus, Sir!« rief eine der älteren und kühneren. Heute einmal nicht wie ein Stallknecht. So oder so, aber hübsch.

»Diese Cat war doch zu dumm«, murmelte eine junge, unverheiratete Frau. »Er will nicht unbedingt eine Adlige. *Ich* hätte es ihm besser besorgt. Hätte ihn mir im Handumdrehen geschnappt.«

»Und wo wärst du dann heute?« fragte eine Freundin.

»Das wär' mir egal!«

Inmitten der duftenden grünen Girlanden aus Efeu und Lavendel, die man um das Tor gewunden hatte, steckten weiße und grüne Büschel von süßem Waldmeister, so fein wie französische Stickknoten, zum Schutz gegen die Pest, die diesen Sommer schon wieder in London gärte.

John lächelte vor sich hin, wenngleich ein wenig grimmig. Die unbedeutende Geste eines Ohnmächtigen im Angesicht des Unabänderlichen.

Er schlenderte zum Portal zurück. Er fühlte sich wie betäubt.

Harry, dachte John, jetzt komm endlich! Ich kann das Warten nicht länger ertragen! Wir alle sind so bereit, wie wir es nur sein können. Unsere Körper haben sich bis zum Äußersten verausgabt, um die Versäumnisse unserer Herzen und Seelen wettzumachen.

»Immer noch nichts?« rief Tante Margaret ihm atemlos vom Portal entgegen. Während ihr Blick an John vorbei ins Weite schweifte, tupfte sie mit größter Behutsamkeit ihre Oberlippe mit dem Taschentuch ab. »Eine Katastrophe, John! Wir können die neuen Alefässer nicht finden, die von Sir Richard ...! Sie sind nicht im Keller! Hilf mir, John!«

»Ich werde in der *basse-cour* nachsehen«, erwiderte John resigniert.

Das besagte Ale fand sich weder in der *basse-cour*, noch in der Speisekammer, noch in den Stallungen oder im wassergekühlten Keller. Unfähig, sich zu weiteren Suchaktionen durchzuringen, besänftigte John seine Tante mit vierzehn Flaschen flämischen Weins, die er eigentlich für eine spätere Gelegenheit aufbewahrt hatte. Er entfernte eine Spinnwebe von den Fältchen seiner Spitzenmanschette und klopfte sich den Staub von der linken Seite seiner gepolsterten seidenen Kniebundhosen.

Dann begab er sich zu den Stallungen. Still blieb er einen Moment in der warmen, staubigen Luft der Pferde- und Heuscheune stehen. Funkelnde Staubwolken wirbelten durch einen Sonnenstrahl, der dicht über dem kopfsteingepflasterten Boden durch die Tür hereinfiel. Sein eigenes Pferd und Tante Margarets Stute waren zusammen mit zwanzig anderen Zugtieren auf die Mühlwiese verbracht worden. Die Boxen waren gereinigt, ihre Böden mit frischem Stroh ausgelegt. Die eisernen Futterkrippen enthielten Heu, und eimerweise Hafer stand für die Londoner Tiere bereit. Als John die Scheune betrat, flatterten zwei Spatzen aus dem nächsten Eimer hinauf auf einen Balken, um dort zu warten, bis der unliebsame Gast wieder verschwunden war. Das Kutschhaus neben der Scheune war weit geöffnet und leergeräumt. Die schwere alte Gutskutsche hatte man zum Kuhstall gezogen, zusammen mit zwei nistenden Hennen, um die Kutschen von Harry und einem seiner Gäste hier unterstellen zu können. Zwei Stalljungen pumpten mit der zielgerichteten Konzentration von Feuerwehrleuten bei einem Brand Wasser in den Pferdetrog.

John verließ den Stallungshof durch die Gärten und begab

sich an der Kapelle vorbei in die *basse-cour*. Im Hundezwinger beugte er sich in den Verschlag einer trächtigen Deerhound-Hündin. Sie hob den Kopf und leckte ihm die Finger.

»O Cassie! Cassie, du blödes, sentimentales Vieh! Ich bin nicht mehr dein Herr. Wir müssen uns alle neue Manieren angewöhnen.« Er hielt ihren Kopf mit beiden Händen fest. Sie sahen einander in die Augen. »Kannst du unsere Zukunft denn nicht sehen, wie deine Namensvetterin es vermochte?«

Sie trommelte mit ihrem dicken Schwanz gegen die Wand des Verschlags und versuchte aufzuspringen, um ihrem Herrchen die Pfoten auf die Brust zu legen. John drückte sie sanft zu Boden und wandte sich ab.

Er verließ die *basse-cour* in Richtung Obstgarten. Das nasse Gras hinterließ dunkle Flecken wie von verspritzter Tinte auf seinen neuen Ziegenlederstiefeln. Auf dem Kamm des Hawk Ridge nistete die Henne immer noch in ihrem Eimer. John hob sie sachte in die Höhe, um die Küken zu zählen.

Sechs. Behutsam nahm er das faule Ei heraus, das nicht ausgebrütet worden war, und ließ es ein Stück vom Nest entfernt ins Gras fallen. Die Apfelbäume standen endlich in voller Blüte. Er legte die Hand auf einen der Bienenkörbe aus Weidengeflecht, die unter den Bäumen standen. Der Korb vibrierte vor Leben.

John blickte durch die Baumblüten auf die in untypischer Sauberkeit wie eingefrorene *basse-cour* und die mauerumwehrten Gärten, in vergänglicher Ordnung erstarrt. Das Leben schien den Atem anzuhalten, ein Zustand, der nur kurzfristig aufrechtzuerhalten war. Die Fischweiher schimmerten wie blankpolierte Zinnteller. Eine Entenarmada dümpelte aus dem Schilf, das von leisem, schwatzhaftem Geschnatter widerhallte. Aus den Feuchtwiesen zur Rechten ertönte unablässig das abgehackte Blöken der Schafe.

Ich halte es nicht mehr aus! durchfuhr es John. Seine Kehle fühlte sich an, als hätte er ein glühendes Stück Kohle verschluckt. Ich kann das nicht hinnehmen! Harry und seine neue Frau werden dich nicht so lieben wie ich.

Er vernahm Rufe, schwach und weit entfernt, vom Torhaus oben an der Buchenallee. Die Glocke auf dem Brauhausturm begann zu läuten, wie sie es zu den Mahlzeiten, Festtagen und Gebeten tat. Der Rückenpanzer einer dunklen, schwerfälligen Schildkröte kroch über den Kamm eines entfernten Hügels und verschwand zwischen den Bäumen. John riß sich zusammen wie ein Schauspieler, den man auf die Bühne schubst, oder ein Verbrecher, der die Stufen zum Schafott hinaufgeschoben wird. Er mußte es hinter sich bringen. Er zupfte an dem Stoff herum, der sich in seinem Schritt zusammengeschoben hatte, schüttelte seine Manschetten aus und schritt mit steifen Schritten den Hügel hinab zum Haus, erfüllt von einer seltsamen Gefühlsmischung aus Entsetzen, Erregung und Wut.

Bringe ich es fertig, ihn »Sir Harry« zu nennen, ohne in Gelächter auszubrechen? fragte er sich voller Angst. Ein armseliger junger Vetter, der in mein Leben trat, als ich vier war, und der in meiner Gunst immer die zweite Geige nach einem Wurf Jagdhunde spielte! John bahnte sich seinen Weg durch die graugrünen Kothaufen, die eine entwischte Gans auf dem Steinpfad der Weißbuchenallee am Ende des Westflügels hinterlassen hatte. Und wie wird seine reiche Londoner Frau sein? Weiß ich noch, wie man mit einer Dame spricht?

In sauberem Zustand wäre die Kutsche blank poliert und mit Messing und Kupfer beschlagen gewesen, doch nach zweieinhalb Tagen auf der Straße aus London war sie von einer dicken Schmutzschicht bedeckt. Die Pferde waren bis zur Brust schlammbespritzt, die berittenen Knechte bis zu den Knien. Die Gutsangehörigen indes, nun endlich von der Last des Wartens befreit, spielten ihre Rollen unbeeindruckt. Die schlammverkrustete Schildkröte rumpelte und schwankte die Zufahrt entlang, durch Hochrufe und einen Hagel von Blumensträußchen hindurch. Jungen fielen aus den Bäumen wie Fallobst und tollten neben der Kutsche einher. Die fünf Musikanten im Vorhof umklammerten ihre Instrumente mit feuchten Händen.

Die Kutsche rollte durch das Vorhoftor auf die vergleichsweise ebene Oberfläche des festgestampften Kiesbodens. Vier gelbe Sträußchen flogen durch die Luft und blieben an der Schlammschicht kleben, zwei am rechten Vorderrad, zwei hinten. Die Kutsche kam zum Stehen.

Dr. Bowler hob den Violenbogen mit einer Autorität, die er auf der Kanzel nie ausstrahlte. Der Küfer legte einen Trommelwirbel hin. Der Pastor schwankte wie ein Rohr im Wind und stürzte sich in eine hektische Galliarde, gefolgt von den Sopran-, Alt- und Baßflöten in ihrer wilden Panik.

Sir Harrys gerötetes Antlitz tauchte im Kutschfenster auf. Ein Hausdiener sprang herbei, um die Tür aufzureißen, gleichzeitig mit Harrys eigenem Lakai. Das versammelte Hauspersonal brach genau zum rechten Zeitpunkt in Jubelrufe aus. Ein Blumensträußchen traf den Bediensteten. Weitere Hochrufe oben an der Zufahrt kündeten von der baldigen Ankunft einer zweiten Kutsche.

Als Sir Harry sich durch die Kutschtür beugte und den Fuß auf den Boden setzte, wechselte Dr. Bowler zu einem Marsch über. Sir Harry hob die Arme, um die Versammelten zu grüßen, womit er einen weiteren Hochruf der Hausmädchen und Knechte provozierte. Sir Harry, der neue Herr von Hawkridge House, war endlich angekommen, und er war prächtig anzuschauen.

Jeder Zoll ein Caesar, dachte John. Harry war groß geworden, mit langen Beinen und breiten Schultern. Kein armseliger junger Vetter mehr. Der Schock der Überraschung war John ein klein wenig unangenehm.

»Oh, wie hübsch er ist!« rief ein Mädchen aus.

Harrys Blondhaar wogte bis auf seine elfenbeinernen Ohrläppchen hinab, sein waagerechter Schnurrbart glänzte von Pomade. Sein gespaltenes Kinn war glattrasiert. Ein Spitzenkragen von den Ausmaßen eines Schultertuchs bildete einen kleidsamen Kontrast zu seinem frischen, rechteckigen, hübschen Gesicht mit den rosigen Lippen und den blauen Augen unter langen Wimpern. Seine Nase war für einen Caesar ein bißchen klein geraten, dafür aber gerade.

Breite, schmetterlingsförmige Ledergamaschen klatschten beim Gehen auf seine Stiefel. Ein wahrer Garten aus Seidenstickerei wuchs auf seinem erbsengrünen Wams, das geschlitzte Ärmel mit Seidenfutter, dreifache Manschetten und so viel Spitze besaß, als ob sämtliche Brüsseler Großmütter sich die Finger blutig geklöppelt hätten. So etwas wie Harry hatte man auf Hawkridge House noch nie zu sehen bekommen. Die Dienerschaft brach in einen dritten und letzten Hochruf aus, der sogar noch inbrünstiger als zuvor ausfiel. Das Gefühl, verraten worden zu sein, ließ John erzittern.

Dann trat er vor.

»Mein liebster Vetter!« rief Harry voller Bestimmtheit.

»Willkommen ...« John schluckte. »Willkommen, Sir Harry.« Er verneigte sich.

Da! Ich hab's gesagt, dachte er. Ein bißchen steif zwar, aber es ist raus.

»Danke, John«, versetzte Harry. »Es ist gut, zu Hause zu sein.« Sein Blick glitt nervös zur Seite.

John fragte sich, ob er Furcht in Harrys Augen entdeckt hatte.

Dann holte Harry tief Luft, umarmte John in einem Anfall seiner gewohnten ungestümen Begeisterung und drückte ihn fest.

»Kannst du's glauben, Vetter?« Er blies John einen heißen, glücklichen Atemstoß ins Ohr. »*Sir* Harry, verdammich? Ich?«

Die plötzliche Erinnerung an die Herzlichkeit, die früher zwischen ihnen geherrscht hatte, wusch Johns Herz rein, und so klopfte er seinem Cousin auf die Schulter, erleichtert, daß die Worte ihm nun leichter über die Lippen flossen. »Wer sonst, Vetter? Wer sonst? Jeder Zoll ein Eroberer!«

»Und du, John. Und du erst. Recht prächtig! Fast wie ein Höfling. Obwohl die Taille ein wenig höher sitzen könnte ... Auf jeden Fall ganz anders als die rustikale Ausdrucksform deiner Briefe.«

Falls auch Harry einen Stich unangenehmer Überraschung verspürte, dachte John, verbirgt er das zumindest gnädig.

Sie lösten sich aus der Umarmung. Sir Harry schritt weiter zu der in einem Hofknicks versinkenden Tante Margaret.

»Ihr seid groß geworden, Harry«, sagte sie mit trockenem Mund, zu nervös, um aufs Protokoll zu achten.

»Älter, klüger und wesentlich reicher, Mistress Margaret.« Harry grinste niederträchtig.

Eine Menschentraube aus Gutsarbeitern hing um das Vorhoftor; man drängte einander beiseite, um einen besseren Blick auf den neuen Herrn zu erhaschen.

Der Küfer ließ zum Finale einen Trommelwirbel erklingen; die Musik verebbte.

John stellte Sir Harry den Pastor vor, der einst ihrer beider Lehrer gewesen war.

»Doktor Bowler!« rief Harry aus. »Entzückt, Euch wiederzusehen. Um so mehr, als ich Eurem Rohrstock nun schließlich doch entkommen bin. Eine reizende ländliche Weise war das!« Er schüttelte die Hand, die immer noch den Violenbogen hielt.

Als John den Mund öffnete, um die Mägde und Knechte der Hausfamilie vorzustellen, bewegte sich etwas im Innern der Kutsche.

Ein mageres kleines Mädchen beugte sich hinaus, das Gesicht blaß vor Kreidepuder, einen roten Strich über den kleinen Mund gezogen. Ihr drahtiges rotgoldenes Haar ringelte sich um ihr Gesicht und wurde am Hinterkopf von einem Knoten nach der neuesten Londoner Mode zusammengehalten. Unter der eleganten Frisur und einem Paar Ohrringe aus Perlen und Brillanten glühte ihr Hals in strahlendem Purpur bis zum Rand ihrer Rouge- und Pudermaske hinauf. Sie raffte ihre grünen Seidenröcke, schob sie durch die Tür und sprang zu Boden, die Hand des Dieners verschmähend.

Für einen Augenblick sah John zwei zierliche Fesseln in gestrickten Seidenstrümpfen. Die Schleifen und Girlanden ihres Kleids hüpften in die Höhe und senkten sich sodann über zwei mäusegroßen Pantöffelchen aus dunkelgrünem Ziegenleder. Sie zog ihr versteiftes Mieder zurecht. In der beklommenen Stille, die ihrem plötzlichen Auftritt folgte, blieb sie neben der Kutsche stehen und stierte zu Boden, die Arme starr und steif, die kleinen, geballten Fäuste vorn gegen die Röcke gepreßt.

Was will Harry denn mit diesem schmollenden Kind?

Unverzüglich beantwortete John sich selbst seine Frage. Er war überrascht und entsetzt. Vom Wiedersehen mit Harry abgelenkt, hatte er dessen frisch angetraute Gattin vollkommen vergessen.

Die Menschentraube vom Tor drängte in den Vorhof.

Harry schaute so aufgeschreckt drein, wie John sich fühlte. Hastig streckte er die Hand aus. »Mistress, kommt und begrüßt meinen Vetter John ... Graffham ... der für mich hier alles so vortrefflich verwaltet hat, wie ich schon jetzt erkennen kann.«

Gehorsam schleifte sie ihre Röcke über den Kies, um sich mit gesenktem Blick neben Harry zu stellen. Ihre Lider waren so glatt wie polierte Kieselsteine. Der rote Farbstrich ihres Mundes blieb unfreundlich zusammengepreßt.

»Dies ist Mistress Zeal ... Lady Beester ... meine Gemahlin.« Obwohl Harry John direkt in die Augen sah, trommelten seine Wimpern einen wahren Zapfenstreich auf die rosigen Wangenknochen.

»Willkommen, Mylady«, sagte John. Er verbeugte sich, um dann die unsicher ausgestreckte, immer noch halb zur Faust geballte Hand zu ergreifen. Sie fühlte sich nicht kräftiger an als eine Taubenkralle und war eiskalt. »Hawkridge House hat in den letzten Wochen keine Mühe gescheut, um sich in ein Heim zu verwandeln, das Eurer würdig ist.«

Die schweren Augenlider hoben sich kurz. John erblickte graugrüne, schreckerfüllte Augen. Er ließ die kalte Hand los und starrte auf den Scheitel ihres rotblonden Haars hinunter. Die kupferfarbenen Haarranken an ihren Schläfen bissen sich mit dem strahlenden Purpur ihres Halses und ihrer kleinen, flach anliegenden Ohren. Ihr weißgetünchtes Antlitz wurde immer noch vom grimmigen Spalt der zusammengepreßten roten Lippen beherrscht. Die Fingernägel ihrer Hand waren abgekaut.

Sie ist nicht älter als zwölf, ging es Harry durch den Kopf. Und jung für ihr Alter. Zu jung, um schon ihr Nest zu wechseln.

Er wußte alles über Nestwechsel. Das Mädchen tat ihm leid, wie ein junges Tier, das zu früh ins Geschirr genommen wird.

»Madam!« sagte Harry scharf. »Kommt und begrüßt Euer neues Hauspersonal! Mistress Margaret Beester, meine Tante ...«

Wieder stieg ein Anfall von Panik in John auf. Das Mädchen stieß einen zittrigen Seufzer aus, hob ihren Rocksaum und begab sich zum Portalvorbau in den eisigen Hauch von Mistress Margarets Basiliskenblick und Krokodilslächeln.

»Wie war die Reise, Mylady?« erkundigte sich Margaret. Ihr Blick war eine einzige Bestandsaufnahme, gnadenlos wie der eines Gerichtsvollziehers. Auf ihrer Oberlippe glitzerten nicht abgewischte Schweißtröpfchen, und ihr verbliebener Ohrring bebte vor Erregung.

Die neue Lady Beester holte tief Luft, blickte in etwa zwanzig Gesichter einschließlich desjenigen von Harry, die auf ihre Antwort warteten, und klappte den Mund wieder zu.

John wurde von der Ankunft einer zweiten, nicht minder schlammverkrusteten Kutsche im Vorhof abgelenkt.

»Ich hoffe, Mylady, daß Ihr meine Bemühungen gutheißen werdet«, hörte er Tante Margaret sagen, während sie die neue Herrin in ihre Obhut nahm. »Dies hier ist Agatha Stookey, das oberste Hausmädchen ... Roger Corry, Hausknecht ...«

John kehrte den stammelnden Knicksen und errötenden Verbeugungen den Rücken.

Die zweite Kutsche hielt hinter der Harrys an, zwölf Gutsarbeiter und acht glotzende Jungen im Kielwasser.

»Sir Harry! Ist das Euer gestrenger römischer Senator?« rief John.

»O Gott!« stieß Harry bestürzt hervor. Er tauchte wieder auf dem Portalvorbau auf. »Wo ist Doktor Bowler? Warum spielt die Musik nicht? Wo sind denn alle hin?«

Der Pastor eilte zu seinem Stuhl zurück und schnappte sich seine Viole. Die Flötenspieler stürzten sich auf ihre Instrumente. Nur der Küfer blieb, wo er war, über ein Rad auf der anderen Seite von Harrys Kutsche gebeugt.

»Wo ist Tante Margaret?« flehte Harry. »Und das Hauspersonal ... Sie waren doch eben noch hier!«

Der Pastor intonierte erneut seine Galliarde, diesmal ohne Trommelwirbel.

»Ihr könnt nicht im Ernst von meiner Nichte erwarten, diese Reise mehr als einmal im Jahr zu unternehmen«, beschwerte sich Samuel Hazelton, ein magerer Sechzigjähriger in puritanischem Schwarz und mit einem Teint wie Baumrinde. Er schüttelte sich und wischte sich unter lautem Rascheln von Seide und Reisewollstoff die Kleider ab. »Wir mußten Edward kurz hinter Windsor verlassen, weil seine Kutsche im Schlamm steckengeblieben war. Er nahm sich ein Pferd und ritt nach Eton, um dort bei einem Freund zu speisen, während seine Männer die Kutsche freigruben ... Wie kann nur so viel Schmutz reinkommen?« Er klopfte mit der flachen Hand auf das Ende seines schwarzseidenen Rockärmels. »Mistress ...« Er machte kehrt, um die kantige, ebenfalls in schwarze Seide gekleidete Frau, die soeben der Kutsche entstiegen war, an seine Seite zu holen. Sie lehnte ein Sträußchen, das eine der Gartenarbeiterinnen ihr darbot, mit einer Handbewegung ab.

»Samuel Hazelton, der Onkel und ehemalige Vormund meiner Gemahlin«, erklärte Harry *sotto voce*. »Und seine Gattin, Mistress Hazelton.«

»Den ganzen weiten Weg von Rom«, murmelte John. Er zog sich zurück, während Harry zur Begrüßung vortrat.

Als Hazelton sich steif vor Sir Harry verneigte, flitzten seine Augen bereits umher und machten eine Bestandsaufnahme von Haus und Leuten. Harrys Wert als Zeals Ehemann kannte er bereits. Blieb noch die Solidität der gesellschaftlichen und politischen Investition zu bestimmen, die er, Hazelton, getätigt hatte, als er der Vermählung seiner Nichte mit dem jungen Gockel zustimmte.

Mistress Hazeltons Augen schimmerten glasig. Ihr war vom Schaukeln der Kutsche übel geworden.

»Mistress Hazelton, Master Hazelton, mein Vetter, Mister

John Graffham.« Harry schob John vor, als würde er ein Tablett mit Konfekt anbieten.

»Mr. Graffham! Ich habe mich schon sehr darauf gefreut, Euch kennenzulernen«, erklärte Hazelton. Die inventarisierenden Augen musterten John.

Ein scharfäugiges Piratengesicht, mit gezwungenermaßen sanften Manieren gepaart, dachte Hazelton voller Interesse und Erstaunen. Ein Pirat, der vorgibt, ein Mönch zu sein. Eine gebrochene Nase und die Brauen einer Frau ... das ist das Antlitz eines zügellosen Mannes von Welt, nicht das eines schlichten Burschen vom Lande. Nicht allzu eifrig darauf bedacht zu gefallen, so wie sein Cousin. Er taxiert *mich*. Sieht gut aus für das, was getan werden muß.

John versteifte sich unter Hazeltons unverhüllt abschätzendem Blick. Hier ging es um mehr als um bloße Umgangsformen. Was hatte Harry diesen Fremden erzählt?

Keine Panik, John, ermahnte er sich selbst. Der Mann hat dich Graffham genannt, nicht Nightingale.

»Euer Ruf als botanischer Fachmann verbreitet sich rascher, als Ihr vermuten mögt«, bemerkte Hazelton.

John brachte ein höfliches Lächeln zustande. John Graffham, begeisterter Botaniker und eifriger Student der Landwirtschaft, hatte nichts zu verbergen.

»Ein guter Freund, Sir George Tupper, ist ein Enthusiast wie Ihr«, fuhr Hazelton fort. »Ständig hat er mir davon erzählt, daß Ihr eine brillante Anleitung zur Reproduktion bestimmter Sträucher verfaßt hättet oder so etwas Ähnliches ... Ich selbst kenne mich im Reich der Flora nicht die Bohne aus ...«

»Ich fühle mich geschmeichelt, daß man soviel über mich spricht«, antwortete John. In Wahrheit war er entsetzt. »Doch ich bin nur ein einfacher Landmann, der beobachtet, was um ihn herum geschieht.«

»Mehr als das, Vetter!« rief Harry aus, rosig vor Eifer und hoch erfreut darüber, daß seine Vorstellung so gut verlief.

»Ein Mann, der sich im Einklang mit seinem Tun befindet«,

lobte Hazelton. »Was für ein glücklicher Zustand. Wir müssen uns später weiter unterhalten.«

Mistress Hazelton stierte an John vorbei ins Haus.

Zwei große, kotbedeckte Karren, von ebensolchen Ochsen gezogen, rumpelten in den Vorhof. Hinter dem Karren trottete Harrys Jagdpferd, von einem weiteren Stallknecht geritten. Zwei Hunde und fünf Jungen tollten um Karren, Ochsen und Pferd umher.

»Wenn Ihr mich nun entschuldigen wollt«, erklärte John, »werde ich sie zu den Stallungen bringen.«

»Bis später dann«, meinte Hazelton.

Nachdenklich beobachtete John, wie Harry seine neue Familie in sein neues Reich führte, begleitet von der vierten Wiederholung von Dr. Bowlers Marsch.

Vermutlich habe ich von Hazelton nichts zu befürchten, entschied er. Wenn sein lieber Freund, der bei Hofe in so hoher Gunst steht, keine größere Gefahr als der puritanische Vormund seiner kleinen Frau darstellt, kann ich die Vergangenheit endlich ruhenlassen. Kann tun, was der Augenblick gebietet, und herausfinden, welche Pläne Harry bezüglich meiner Zukunft hegt.

Harry brachte sieben Kammerdiener und zwei Pagen mit. Hazelton fünf Männer und einen Pagen. Lady Beester und Mistress Hazelton führten jeweils zwei Frauen mit sich. Dann kamen noch vier Fuhrleute hinzu. Selbst ohne die Dienerschaft, welche die Kutsche des »lieben Freundes« begleitete und noch aus ihrem Schlammloch hinter Windsor erwartet wurde, waren es bereits vier mehr als erwartet.

»Wir werden die untere Galerie als Schlafsaal für die männlichen Diener herrichten müssen«, teilte John Tante Margaret mit gedämpfter Stimme mit. »Leg sie aus wie Speckscheiben!«

»Ich drehe ihm seinen feinen Hals um!« gab sie zur Antwort. »Ich bin schon froh, daß Agatha sich bereit erklärt hat, ihr Bett mit der Kammerzofe von Mistress Hazelton zu teilen.«

»Hey! Noch eine Kutsche!« rief einer der Pächterjungen von seinem Ausguck in der Buchenallee. »Eine Kutsche! Eine Kutsche!« Der Ruf setzte sich die Auffahrt entlang fort.

Die Glocke begann erneut zu läuten.

John war auf dem Rückweg ins Haus, nachdem er sich um die Gepäckkarren gekümmert und die acht fremden Kutschpferde versorgt hatte. »Lauf und hol Sir Harry!« befahl er einem Knecht. »Und Mistress Margaret.«

»Wo sind denn alle hin?« wollte Harry einen Moment später wissen. »Verdammt! Sind alle Pächter verschwunden? Wo ist Bowler? Ich bezahle ihn nicht dafür, daß er herumsitzt und mein Ale trinkt und darüber diskutiert, ob wir das Recht haben, den halsstarrigen Schotten das allgemeine Gebetbuch der Episkopalkirche aufs Auge zu drücken oder nicht.« Besorgten Blicks suchte er den Vorhof ab. »Sind denn nicht einmal mehr die verfluchten Flöten da?«

Tante Margarets blasses, feuchtes Gesicht tauchte in der Tür auf, von schlaffen weißen Locken umrahmt. »Wenn Ihr wollt, daß Euren Gästen ein Abendessen serviert werden kann, müßt Ihr mich nun wirklich wieder an die Arbeit lassen«, verkündete sie verzweifelt. »... Sir Harry«, fügte sie nach raschem Nachdenken hinzu.

»Macht es wirklich so viel aus, wenn du deinen lieben Freund empfängst, ohne ganze Armeen aufmarschieren zu lassen?« wollte John wissen.

Harry bleckte in einer nervösen Grimasse die Zähne. Er glättete die Vorderseite seines Blumengartenwamses und beugte sich nieder, um an den gekrausten Strumpfbändern herumzuzupfen, die seine wohlgeformten Knie zierten. »Das ist ein Mann mit Einfluß, John. Derjenige, den ich hofieren muß. Derjenige, der das Ohr der Königin hat. Derjenige, für den ich all diesen Aufwand wollte!« Seine Stimme klang wehleidig wie die eines enttäuschten Kindes.

John zählte fünf weitere Bedienstete, als die letzte Kutsche der Invasionstruppen in den Vorhof rollte. Vier weitere Kutschgäule und zwei Reitpferde.

»Ich muß die Stallburschen mobilisieren«, erklärte John, »oder der Hof wird sich in ein Schlachtfeld verwandeln.«

Harry klammerte sich an Johns Ärmel. »Laß mich jetzt nicht allein, Vetter!«

Der Lakai sprang vom Kutschbock und riß die Tür auf. Das runde Oberteil eines federgeschmückten Huts tauchte auf, gefolgt von Schultern, die in einen roten Umhang gehüllt waren. Der Mann richtete sich auf und setzte den Fuß auf die Erde.

»Ich hoffe, Sir Harry, daß Euer Keller und Eure Küche mich für diese entsetzliche Reise zu entschädigen vermögen.« Edward Malise nahm den Hut ab und fuhr sich mit den Fingern durch sein dichtes, glattes schwarzes Haar. Das Antlitz mit der Falkennase sah düster und erschöpft aus. »Ich bin von Kopf bis Fuß mit blauen Flecken übersät und staubig wie eine Kirche.«

Harrys Hand übte Druck auf Johns Ellbogen aus. John rührte sich nicht. Während er den Neuankömmling anstarrte, richteten sich die Haare in seinem Nacken und auf seinen Armen unter dem neuen Hemd auf.

»Es wird mir ein Vergnügen sein, Euch für die Strapazen der Reise zu entschädigen, Edward«, erwiderte Harry verunsichert. Verdutzt, doch mit der gebotenen Zurückhaltung musterte er seinen Vetter. Was in aller Welt war mit ihm los?

Johns Lippen strafften sich über den Zähnen. Sein Atem ging schneller, die Muskeln spannten sich wie Sprungfedern auf seinen Knochen. Seine Finger wurden zu Messern.

»Mein lieber Edward, dies ist der Cousin, über den wir gesprochen haben.« Harrys weit entfernte Stimme wurde beinahe von dem Dröhnen in seinen Ohren erstickt. »John Graffham ... Master Edward Malise.«

John wappnete sich dafür, daß Malise ihn wiedererkennen würde. Er spürte bereits, wie seine Hände sich um Malises Hals schlossen.

Doch die dunklen Augen glitten über ihn hinweg. »Freut mich«, sagte Malise träge. »Unser Botaniker, nicht wahr? Sir Harry hat schon Euer Loblied gesungen, Sir. Wir werden uns sprechen, sobald ich mich ein wenig erholt habe.«

Verwirrt und ungläubig fuhr John sich mit der Zunge über die spröden Lippen. Er vollführte eine knappe Verbeugung und holte einmal tief Luft. Brachte den dicken, trockenen Klumpen von Zunge dazu, Worte zu formen. Malise schien ihn nicht wiederzuerkennen, doch *er* würde Malise niemals vergessen.

Der sieben Jahre alte John flog durch den Ring aus Feuerzungen aus dem Kutschfenster hinaus, so wie Ikarus, von der schrecklichen Hitze der Sonne versengt, mit brennenden Flügeln in die Tiefe stürzte. Wie ein Komet zog er Flammen hinter sich her, eingehüllt in seine schrillen Schreie und den Gestank von brennender Wolle und Haaren.

Sein Gesicht prallte gegen Erde und Stein. Er spürte, wie Hände ihn von der Kutsche wegzerrten und die Flammen in seinem Haar und seinen Kleidern ausschlugen. Er kroch zurück zu der brennenden Kutsche und seinen Eltern, die in ihrem Innern gefangen waren. Seine Mutter war ein in Flammen gehüllter Schatten, eine brennende Göttin mit feurigem Haar. Sie kreischte und kreischte. Hände zerrten an Johns Umhang, zogen ihn fort in die Dunkelheit.

Unter der Kutsche hindurch sah er die Füße der Männer auf der anderen Seite und gegen die Tür verkantete Holzlatten, um sie geschlossen zu halten. Die vier Kutschpferde wieherten und bäumten sich in ihrem Geschirr auf. Das Führpferd, ein Brauner, wand sich und bockte, sein Vorderlauf war in den Holzscheiten der Straßensperre gefangen. Ein Mann sprang vor und stürmte durch den schwarzen Qualm, um die Pferde loszuschneiden. Andere – vom grellen Flammenschein erhellt und dann wieder von Rauchschwaden verdeckt – versperrten auch die Tür auf der John abgewandten Seite der Kutsche mit Holzlatten.

»*Mutter!*« Sein Aufschrei verlor sich im Aufruhr der panischen Pferde, des Gebrülls und der Flammen.

Die Hände zerrten an Johns Jacke.

»Bitte, Master John!« flehte die Stimme in sein Ohr. »Bevor sie uns entdecken ...!«

Die seidenbezogenen Polster, das schwere Wagengestell aus trockenem Holz und das verpechte Kutschdach brannten lichterloh. Die Schreie verstummten. In der plötzlichen Stille hörte man die Flammen laut knacken. Funken stoben in einen orange angestrahlten Traghimmel aus sich schwärzenden Blättern empor. Die Männer um die Kutsche zogen sich zurück. Wieder auf den Füßen, folgte John dem Nightingale-Knecht durchs Unterholz, zur Straße jenseits der Kutsche.

»Der Gerechtigkeit ist Genüge getan«, krächzte eine rauchige Stimme aus der Gruppe neben dem brennenden Gefährt. »Tod diesen Dieben und Plünderern! Verflucht seien die Gerichte und der König!«

Der Kutscher der Nightingales lag tot auf dem Boden. Aus seiner durchgeschnittenen Kehle breitete sich eine schwarze Pfütze auf dem Boden aus, der im Licht der Flammen orangefarben leuchtete.

»Ralph! Es ist Cookson ...«, setzte John an.

Der Knecht legte hastig eine Hand über den Mund des Jungen. »Ihm kann nicht mehr geholfen werden, Master John. Laßt uns fliehen, solange sie noch beschäftigt sind!«

Die Kutsche sackte zur Seite und blieb schief stehen wie ein sterbender Hirsch, der sich auf den Beinen zu halten versucht. Drei der Pferde, die endlich befreit waren, versuchten loszupreschen, wieherten und schleiften die Männer hinter sich her, die sich in die Zügel hängten. Der Braune war nicht mehr zu sehen; sein schrilles Wiehern war verstummt.

Inmitten des Durcheinanders von Holzscheiten und Körpern zeichnete sich plötzlich ein Gesicht ab, hell erleuchtet im flackernden Feuerlicht. Der Kopf war zur Seite gewandt. Augenbraue, Wangenknochen und Kinn von Edward Malise glühten in einem heißen Orange. Sein einzig sichtbares Auge strahlte eine gräßliche Freude wider. Dann, als sein Blick von einer Bewegung im Unterholz angezogen wurde, drehte er sich unvermittelt um. Er schien John direkt anzusehen.

»Lauft, Master John!« flüsterte Ralph. Er schubste den Jungen tiefer in ein Dickicht und zog sein Messer.

»Dort sind noch zwei von ihnen!« rief eine rauchige Stimme. »Da hinten!«

Drei der Männer bei der Kutsche zogen ihre Schwerter und verwandelten sich in schwarze Schattenrisse vor den Flammen, als sie auf den Knecht zukamen.

»Lauft! Nach London. Zu Eurem Onkel. Um der Liebe Gottes willen, lauft!«

Monatelang, bis andere Aufregungen für neuen Klatsch sorgten, war es Gesprächsthema Nummer eins, wie ein angesengter, verwirrter und verräucherter Junge, in die aschebedeckten Fetzen einstiger Seidengewänder gekleidet, in eine Kate getaumelt war, sechs Meilen vom Schauplatz des Hinterhalts entfernt.

Dort hatte er erklärt, er sei Master John Nightingale von Tarleton Court und verlange, zu seinem Onkel George Beester nach London gebracht zu werden, um ihm mitzuteilen, daß der Teufel seinen Vater und seine Mutter getötet habe. Sodann hatte er sich in einen großen, geschnitzten Lehnstuhl fallen lassen und war in einen tiefen Schlaf gesunken, als hätte ihn ein Zauberspruch auf einen Schlag gelähmt.

»Mein lieber Edward«, sagte Harry, »laßt mich unverzüglich damit beginnen, Euch für die Strapazen der Reise zu entschädigen! Speise und Trank stehen drinnen für Euch bereit.« Er warf John einen enttäuschten, vorwurfsvollen Blick zu. Von dieser Seite war keine Hilfe zu erwarten. Sein Vetter John mußte erst einmal gut aufgeschüttelt und abgebürstet werden, bevor man ihn in der besseren Gesellschaft vorzeigen konnte. Ein Schauder durchfuhr Harry, als stünde ein Verhängnis bevor. Seine Freude angesichts Malises Zusage, Hawkridge House einen Besuch abzustatten, hatte seinen gesunden Menschenverstand ausgeschaltet.

Ich hätte erst selbst hierherkommen sollen, um mir Gewißheit zu verschaffen, daß dieser Besitz mir auch tatsächlich zur Ehre gereicht! Lieber Gott, mach wenigstens, daß das Abendessen gut ist!

John stand da wie jemand, dem man soeben einen Keulenhieb verpaßt hat. Aufrecht, doch aus dem Gleichgewicht geraten wie ein angesägter Baum kurz vor dem Umstürzen.

»Soll ich die Kutsche rüberbringen?«

Geistesabwesend blickte John in ein fremdes Gesicht über einer gelben Livree.

Harry hatte ihn an Malise verraten.

»Sir?« fragte der Diener.

»Was willst du?«

»Die Kutsche ... wohin, Sir?«

John runzelte verwirrt die Stirn. Die Kutsche war so schnell verbrannt. Verpechtes Dach, Fahrgestell aus trockenem Holz. Er hatte gefleht, daß die Schreie endlich aufhörten. Und dann hatte die Stille – und was sie bedeutete – ihn zu einem harten, kalten Eisklumpen schrumpfen lassen.

»Sir?«

Wieder hob John den Blick. Eine Londoner Stimme und neugierige Augen.

Malises Kutsche stand auf dem Vorhof. Die Schlange war nach Hawkridge House gekommen. Doch die Schlange war von Beginn an im Garten Eden gewesen. Muß mich wieder in den Griff bekommen, dachte John. Muß mich erst mal um Malises Kutsche kümmern. Dann um Harry ... und dann um Malise.

»Bring sie durch dieses Tor hinaus!« sagte John. »Irgend jemand bei den Stallungen wird dir helfen ... Aus, verdammter Köter!« brüllte er den gelben Hund an, der zwischen den Fesseln der Pferde herumtollte. Die schwere hölzerne Kutsche schwankte und holperte durch das Tor zum Stallungshof, während der Hund hinterdrein trottete.

O Harry! dachte John. Harry! Harry! Harry! Das ist schlimmer als alles andere. Er hielt sich mit beiden Händen an einem der steinernen Adler fest und wartete darauf, daß das Schwindelgefühl nachließ.

»Da bist du ja!« Harry tat aus dem Portal. Seine Stimme klang vorwurfsvoll. »Warum bist du nicht mit hereingekommen? Sir Richard und ich hatten alle Hände voll zu tun. Unsere Tante ist derweil vom Glotzen zum Keifen übergegangen ... Der alte Doktor Bowler hat sich auch nicht gebessert, stimmt's? Sobald man ihn anschaut, wird er immer noch so rot wie ein Hahnenkamm. Ich hätte mich am liebsten immer unter die Kirchenbank verkrochen, wenn er sich wie eine zu Tode geängstigte Maus in seine Predigten stürzte. Ich wage gar nicht, daran zu denken, welchen Eindruck er auf die Hazeltons und auf Malise macht!«

Harry legte das seltsame Schweigen seines Cousins fälschlicherweise als Nachdenklichkeit aus. »Es hat sich überhaupt nichts verändert, seit ich das letzte Mal hier war«, erklärte er. Er ließ den Blick von der obersten der Portalstufen über den Vorhof schweifen. »Um so schlimmer. Da ist's mit uns beiden aber ganz anders, nicht? Gott, wie lange ist das her? Weißt du noch, wie wir auf diesen steinernen Adlern geritten sind? Hat sich kein bißchen verändert. Na ja, es liegt ja auch weit ab von London ...« Er legte einen Arm um Johns Schultern, nahm ihn jedoch schon bald wieder herunter. Er hätte genausogut den Adler umarmen können. »Du mußt mir vor dem Abendessen noch meinen neuen Besitz zeigen. Ich will alles wissen, auch das Schlimmste. Wir haben noch Zeit für einen raschen Rundgang. Meine Gäste brauchen schließlich nicht zu merken, daß ich genauso wenig weiß wie sie.«

John wandte diesem Fremdling aus London einen kalten, abschätzenden Blick zu, diesem Fremdling, den er »Sir« nennen mußte, der hier mit einer protzigen Kutsche statt mit einem bescheidenen Pferd aufkreuzte, der in Seide statt in Wolle schwitzte und vor nervösem Besitzerstolz strahlte.

»Ein gutherziger Trottel«, hatte John Tante Margaret versichert. Und loyal. Diesen Anschein hatte Harry zumindest damals erweckt, vor vielen Jahren.

»Titel und Ehrgeiz haben schon viele Menschen verändert«, hatte Margaret entgegnet.

»John?« fragte Harry verunsichert. Er war verwirrt und ein bißchen alarmiert wegen Johns Blick. Plötzlich sah er schüchtern aus.

Ich kann keine Schuld in diesen blauen Augen entdecken, dachte John, nur den Schatten meines jüngeren Vetters, den ich so oft vor den Folgen seiner eigenen Torheit bewahrt habe. Oder hat er mit den Namen der besten Schneider und Hutmacher auch die Kunst der Verstellung gelernt?

»Ich führe dich herum, wenn du willst. Möchtest du lieber mit dem Geschäft oder mit dem Vergnügen anfangen?«

Harry hob eine Augenbraue. »Natürlich zuerst das Vergnügen, Vetterchen! So halte ich es immer.«

Eine Spur zu herzlich, stellte John unerbittlich fest. »Geht wieder an die Arbeit!« rief er drei Knechten zu, die durch das Tor zu den Stallungen grinsten.

John ging voran, die Treppen hinunter und über den geharkten Kies des Vorhofs. »Letztes Jahr habe ich die Kapelle mit einem neuen Dach eindecken lassen; die Rechnungen befinden sich in den Büchern, die für dich vorbereitet sind ...« Er blickte zu den rechteckigen, mit Lücken versehenen Zähnen des Zinnenkranzes der Kapelle am östlichen Ende des Hauses hinauf.

»O Vetterchen«, sagte Harry. »Nennst du das etwa Vergnügen?«

Für mich ist es das, dachte John. Doch laut sagte er: »Nur ein Vorgeschmack auf das Fegefeuer – auf dem Weg zum Paradies. Ich fürchte, mein gesamtes Denken und Trachten sind aufs Geschäftliche gerichtet.«

»Das ist großartig, John«, erwiderte Harry. »Dieser Einstellung muß ich mich nun, da ich ein Mann von Vermögen bin, auch befleißigen. Aber später!«

Vor Malises Ankunft hätte John über diese Bemerkung gelächelt. Jetzt aber starrte er seinen jüngeren Vetter nur düster an.

Sie verließen den Vorhof rechterhand durch ein kleines Tor und traten in eine *allée* miteinander verflochtener Weißbuchen, die sich wie zwei lange Reihen ländlicher Tänzer entlang des Westflügels gegenüberstanden. Harry legte die zerstreute Begeisterung eines Ausstellungsbesuchers an den Tag, die Hände hinterm Rücken verschränkt, das Kinn vorgereckt. Seine blauen Augen waren voll von Erinnerungen und überschlägigen Berechnungen. Gnädig nickte er zwei in Ehrfurcht versunkenen Schäfern hinter der Mauer zu.

Ich bin sicher, daß Malise mich nicht erkannt hat, ging es John durch den Kopf, während sie über das Anwesen schlenderten. Ist das möglich?

»Meine Felder?« Vorsichtig hob Harry die Füße über ein paar schwarzgrüne Haufen Gänsekot und blieb stehen, ließ den Blick über den grünen Hang jenseits der äußeren Weißbuchenreihe und einer niedrigen Steinmauer schweifen. »Man hat sie noch nicht verkauft?«

Malise hatte Zeit, sich auf unsere Begegnung vorzubereiten, überlegte John, der gegenüber Harry Unverständnis vorschützte.

»Meine Felder?« wiederholte Harry ein wenig lauter.

Ein paar Schafe, die auf dem Römischen Feld unterhalb der Buchenzufahrt grasten, hoben beim Klang seiner Stimme die Köpfe. Die Nachmittagssonne schien rosig durch ihre durchstochenen Ohren.

John verstand endlich. »Ja. Das nächstgelegene, hier hinter dem Mäuerchen, ist das Römische ... vor ein paar Jahren hat man dort römische Münzen ausgegraben. Dahinter liegt das Königsfeld. Dann kommen unsere Feuchtwiesen, dort hinter dem Hügelkamm mit den Buchen und am Shir entlang. Vor zwei Jahren, wie du den Rechnungsbüchern entnehmen kannst, habe ich weiteres gutes Weideland vom Winching-Gut erstanden, als die Witwe starb. Hawkridge reicht jetzt vom Winching-Steilhügel bis zur Straße, dort entlang ...« Er deutete wieder zum Hügel hinter dem höchsten Punkt der Zufahrt hinauf. »Den ganzen Weg den Schweineacker entlang bis zu dem zweiten Wald dort, auf diesem Hügel über dem Bedgebury-Bach. Die Grenze auf dieser Seite bildet das Feld, das du gerade noch unterhalb des östlichen Endes des Hawk Ridge sehen kannst; wir nennen es ›das Ferne‹.«

Er zählte die Schafe, die sich mit vernehmlichen Kaugeräuschen auf die Feuchtwiesen hinab fraßen. Das mit einem späten Zwillingspärchen trächtige Mutterschaf weidete nicht, sondern lag in eigenartiger Haltung auf der Erde. Unter Johns Blick erhob es sich, legte sich dann aber wieder hin. Er mußte jemanden hinschicken, nach dem Tier zu sehen.

Aber es ist jetzt nicht mehr meine Aufgabe, mir solche Gedanken zu machen. Auf die eine oder andere Art war dieses Leben nun vorüber. Doch er würde nicht mehr ins Gefängnis gehen. Er würde nicht vor Strick oder Block die Waffen strecken.

Sie erreichten das andere Ende der Weißbuchenallee und schritten durch eine Lücke in der schulterhohen Eibenhecke auf eine ebene, leere Grünfläche, deren Rasen durch grasende Gänse kurz gehalten wurde, ein stiller grüner Raum, umschlossen von hohen dunkelgrünen, duftenden Wänden.

»Der Bowlingrasen.«

»Bowling«, sagte Harry teilnahmslos, »erfreut sich keiner großen Beliebtheit im London dieser Tage. Ich werde mit dieser Wiese etwas anderes anfangen.«

Eine blau-weiße Katze schlüpfte unter der Hecke hervor auf den Rasen, erstarrte, als sie die beiden Männer bemerkte, legte die Ohren an und flitzte unter der Hecke hindurch auf die Felder zu.

Wasser glitzerte durch eine Lücke in der Eibenhecke. Harry überquerte den Bowlingrasen mit langen Schritten.

»Das ist schon besser!« rief er aus.

Von der Nordwestecke des Hauses sahen sie nun die Nordfront entlang und über die *basse-cour*. Ein Stückchen weiter glitt der Shir wie Öl über ein kleines Stauwehr in den höchsten der drei Fischweiher. Keine lebendige Seele auf dem Gut konnte sich daran erinnern, wann er ausgehoben worden war.

»Aber dort ...«, sagte Harry. »Ich weiß schon, was ich tue! Aus diesen drei Weihern machen wir einen einzigen langen See, über die gesamte Breite des Hauses hinweg. Versuch es dir mal vorzustellen, Vetterchen, wenn du kannst ... Statuen. Und Springbrunnen. Eine Bronzefigur des Nereus, genau dort unterhalb des Wehrs.« Er sah sich nach seinem Cousin um und stutzte leicht angesichts Johns abweisender Miene. Dann aber fuhr er fort: »Verbinde die Weiher miteinander, und du hast

Platz für alle fünfzig Seenymphentöchter des Nereus um den Sockel seiner Statue herum!«

John ließ den Blick über die Weiher hinaus auf die sanfte Anhöhe des Hügelkamms schweifen, die sich aus dem Blütenmeer des Obstgartens erhob wie die nackte Schulter einer Frau aus ihrem Hemd. Diesmal muß ich Edward Malise töten, dachte er mit wildem Zorn.

»Was ist denn das da?« verlangte Harry zu wissen und deutete auf das Durcheinander von Backsteingebäuden, die sich an der Rückfront des Hauses zusammendrängten.

»Das?« John starrte die Gebäude an, als würde er die wohlbekannten Ecken und Vorsprünge zum ersten Mal erblicken. »... Der Hof der *basse- cour*.«

Zwei Hennen scharrten unter dem Bogen des rückwärtigen *basse-cour*-Tors, das sich zwischen der Molkerei und einem Vorratsschuppen zu den Weihern hin öffnete.

Nicht so voreilig, sagte sich John. Es wäre möglich, daß Malise mich nicht erkannt hat. Ich könnte mir Zeit lassen und gründlich denken, was ich am besten unternehme. Aber was, gütiger Gott, soll ich mit meinem Vetter machen?

»Komm mit!« befahl Harry. Er schritt am Ufer des Weihers entlang, um *basse-cour* und Nordfassade von einem zentralen Punkt aus überblicken zu können. »O John! Das ist ja wundervoll! Ich sehe schon genau ...« Er zog John am Arm zu sich herum, damit dieser seine Vision teilen konnte. »Wir reißen all diese alten Gebäude ab. Legen einen neuen Zierrasen zwischen Haus und Fischweihern an ... Siehst du es? Gras von hier bis dort!« Er breitete die Arme aus wie ein Bischof, der seine Schäfchen in eine geistige Umarmung ziehen will. »Es ist nicht gerade Hatfield ...« Harry lachte aus purer Freude an seiner Vision. »Aber das Beste, was Hampshire zu bieten hat!«

In den elf Jahren, seit Malise und ich uns das letzte Mal begegnet sind, dachte John, bin ich vom Jungen zum Mann gereift, von vierzehn zu fünfundzwanzig, und habe mir einen Bart wachsen lassen. Er war damals schon siebenundzwanzig. Vielleicht erkennt er mich wirklich nicht wieder!

»Dann …!« Erneut zerrte Harry an Johns Ärmel und deutete auf das Haus. »Vergiß all diese Kleinigkeiten und Schuppen. Stell dir einen Portikus in der Mitte der Gebäudeflügel vor, an der Stelle jenes altmodischen Portalvorbaus.«

Er erhielt keine Antwort.

»John? Was hältst du von meiner Idee? Ein griechischer Portikus anstelle des alten Portals!«

John wandte seine Aufmerksamkeit wieder dem Cousin zu. »Kein Portikus, Harry«, versetzte er ruhig.

»Es wäre der erste an einem Privathaus«, beharrte Harry. »Ein Portikus im neuen klassischen Stil, wie die Banketthalle der Königin, die jüngst in Greenwich gebaut wurde. O ja! Ich werde den ersten Portikus in Hampshire errichten lassen! Vielleicht kommt sogar der König, ihn zu bewundern. O Vetterchen, wir werden mächtig viel Spaß haben, dieses Gebäude herauszuputzen!«

»Nein«, entgegnete John mit messerscharfer Stimme.

Harry zauderte, rüde in seinem Höhenflug unterbrochen. »Was ist los?« Er leckte sich über die rosigen Lippen und schluckte. Die blauen Augen mit den langen Wimpern blinzelten und schauten weg. »Nein, ich weiß.« Dann: »Bitte sieh mich nicht so an! Sonst komme ich mir wieder wie ein Fünfjähriger vor.« Harry ließ düster den Blick über die Fischweiher schweifen, wie zuvor John. Er straffte die Schultern. »Also gut. Ich will offen zu dir sein, obwohl ich gehofft hatte, daß es nicht nötig ist.«

John hielt den Atem an.

»Ich will, daß du hierbleibst«, stieß Harry mit belegter Stimme hervor. »Hast du geglaubt, ich würde nicht sehen, wieviel du tust … getan hast? Ich brauche dich hier.« Er räusperte sich und zauberte ein schüchternes Lächeln auf seine Züge. »Vetter, mit meinen Ideen, deinem Organisationstalent und dem Geld meiner Frau werden wir mehr Spaß haben, als du dir vorstellen kannst!« Er wartete auf Johns Dankbarkeitsbezeugungen und Erleichterung.

»Harry, für wen hält mich dein lieber Freund Malise?«

»Was?« Harry blickte verblüfft drein, dann abwehrend, dann schmollend. Genauso hatte er ausgesehen, wenn Dr. Bowler ihn gebeten hatte, ein lateinisches Verb zu konjugieren. »Was meinst du damit? Es ist mir egal, was alle anderen von dir halten! Du bist mein Vetter, der mein Gut für mich führt.«

»Und mein Name?«

»Dein Name?« Harry wirkte nun verärgert, so, als würde John sich unfair verhalten und ihn nach etwas fragen, was er nicht wußte, aber eigentlich hätte wissen müssen.

John wartete.

»Mann!« Harry schüttelte den Kopf. »Ich verstehe nicht. Du heißt John Graffham. Oder habe ich das auch falsch verstanden?«

John ging zum Rand des Weihers. Eine grauweiße Feder schaukelte sachte auf den Kielwellen einer vorüberschwimmenden Ente. Wenn Malise ihn nicht erkannt hatte, warum war er dann hier?

»John?« Harry war der Überzeugung, daß sowohl seine Erklärung als auch sein Angebot freundlich genug gewesen waren, um eine bessere Antwort zu verdienen. Ich werde ihm nicht mehr schmeicheln, und ich werde mich auch nicht mehr entschuldigen, sagte er sich. Mein Vetter wird die neue Ordnung und seinen Platz darin einfach hinnehmen müssen.

Vor elf Jahren war Harry erst neun, ging es John durch den Kopf. Und zweifellos genausosehr mit sich selbst beschäftigt wie heute.

Harry räusperte sich und erklärte entschieden: »Es wird sich nichts Grundlegendes ändern.« Er wies mit einem Kopfnicken auf die *basse-cour*. »Ich bin mir sicher, daß du für all das Gerümpel einen anderen Standort auf dem Anwesen finden kannst.«

»Ich könnte die Obstbäume fällen, um Platz zu schaffen«, sagte John.

»Du scherzt.«

Heißer Zorn schwoll plötzlich in Johns Brust und Kehle und pochte in seinen Schläfen. »Dieses ›altmodische‹ Portal paßt zu dem Haus!« Hinter dem Rücken preßte er die Fäuste gegeneinander. »Das ist die Nase, mit der es geboren wurde«, rief er aus. »Warum sie ihm abschneiden und versuchen, ihm statt dessen einen Entenschnabel wachsen zu lassen?«

Bestürzt trat Harry einen Schritt zurück. Er ist wahnsinnig, dachte er mit plötzlicher Klarsichtigkeit. Hat zu viele Jahre in dieser Abgeschiedenheit verbracht. Sich so über eine Bagatelle aufzuregen! Wahnsinnig, ganz klar! *Ich* würde hier jedenfalls wahnsinnig werden!

»Warum ändern, was keiner Änderung bedarf?« John biß die Zähne zusammen, um seinen Zorn zu zügeln.

Hör auf damit! rief er sich selbst zur Ordnung. Das führt zu nichts.

»Du kreuzt hier auf wie einer der vier Apokalyptischen Reiter«, brüllte er, »schwingst deine Sense und mähst alles nieder, was dir in den Weg kommt ...!«

»John!« Harrys Bestürzung wuchs. Er warf einen raschen Blick in Richtung Haus. Vielleicht sollte er um Hilfe rufen.

»Und das schlimmste ist, daß du vielleicht nicht einmal weißt, was du angerichtet hast!«

Sie standen da, heftig atmend, starrten sich an und fürchteten beide den nächsten Augenblick.

»Es tut mir leid«, sagte John.

Harry stieß den Atem aus. Na also. Das war wieder der alte John. »Schon gut.« Er genoß die reichen Freuden der Großherzigkeit. Er nickte. »Mir tut's auch leid, sollte ich dich in irgendeiner Form gekränkt haben. Ich weiß noch, wie nett du zu mir warst, als ich klein war, und mir gefällt der Gedanke nicht, daß ich dir das schlecht vergelten könnte.«

Nur mit Malise, dachte John, plötzlich erschöpft. Die Szene hatte eine beinahe komische Wende genommen.

Das geschwätzige Quaken aus dem Schilf zu ihren Füßen drang belanglos durch ihr Schweigen.

Harry holte tief Luft. »Ich bin nicht ganz der Dummkopf, für den du mich wahrscheinlich hältst. Bitte, sei jetzt nicht beleidigt, aber dein abgeschiedenes Leben hier unten hat dich ziemlich weltfremd gemacht. Ich habe in den letzten paar Jahren Dinge gelernt, die du nicht wissen kannst. Wirst du mir zuhören?«

Laß ihn doch reden, sagte sich John. Wenn er schuldig ist, wird er sich verraten; er kann nichts dafür. »Ja, sei mein Lehrer! Mach mich zu einem Mann von Welt!« Und er wandte sich ab, ging auf die Wehrbrücke unterhalb des niedrigsten Weihers zu.

Harry folgte ihm. »Wie lange lebst du schon hier?«

»Elf Jahre an einem Stück. Und davor längere Aufenthalte während meiner Kindheit.«

»Ich bin sicher, daß es hier sehr schön ist«, ließ Harry verlauten. »Aber ein Mann kann hier verkümmern.«

»Ja«, pflichtete John ihm bei. »Da bin ich sicher.«

»In London … in der wirklichen Welt …« Harry verstummte, immer noch auf der Hut vor der seltsamen Stimmung seines Vetters. John war immer schon rasch mit dem Aufbrausen und rasch mit dem Verzeihen bei der Hand gewesen, wie Harry sich erinnerte. Doch es war schon viele Jahre her. Und selbst diese Erinnerung beschränkte sich hauptsächlich darauf, daß er sich auf John hatte verlassen können, was Huckepack-Ritte und Rettungsaktionen anging; ansonsten hatte er John nur wenig Aufmerksamkeit geschenkt.

Als John indes nicht grollte und keine Anstalten machte, wieder loszubrüllen, fuhr Harry fort.

»Ich lebe in einer größeren Welt, Vetterchen, wo Macht und Einfluß weiter reichen als bis an die Grenzen eines einzelnen Anwesens, einer einzelnen Gemeinde oder sogar eines ganzen Landes. Du hast ja keine Vorstellung, wie wichtig da draußen das Auftreten, die äußere Erscheinung ist! Die Menschen glauben nun mal, daß die Dinge so sind, wie sie aussehen. Und was die Menschen glauben, wird wahr. Ich habe vor, wohlhabend und einflußreich zu werden, bevor ich sterbe.«

Mit langen Schritten ging er an Johns Seite einher.

»Allerdings muß ich erst einmal damit anfangen, überhaupt gesehen zu werden«, erklärte Harry.

»Hast du darum dieses kleine Mädchen geheiratet? Damit ihr Geld dich sichtbar macht?«

Zwei runde rosa Flecken erblühten auf Harrys hübschen Wangen, ein weiterer in der Mitte seiner Stirn. »Will nicht jeder Mann eine reiche Frau? Tadele mich nicht dafür. Du solltest mich beglückwünschen.« Er machte zwei Schritte. »Auch deine eigene Zukunft hängt von ihrem Reichtum ab!«

John blickte fragend auf.

»Du weißt so gut wie ich«, fuhr Harry fort, »daß unser Onkel einen Titel hinterließ, der erneuert werden muß, einige heruntergewirtschaftete Häuser, große Flecken Landbesitz und fast nichts zum Leben! Und ich kann jetzt schon sehen, daß dieses Gut nicht mal genügend abwirft, um einen fastenden Heiligen zu ernähren.«

»Wir kommen zurecht, aber wir hegen ja auch nicht den weltmännischen Ehrgeiz, gesehen zu werden. Eher das Gegenteil. Wie alt ist sie?«

»Vierzehn.«

»Sie sieht jünger aus.«

»Nicht zu jung zum Heiraten, nur zu jung, um mit ihr ins Bett zu gehen. Ich vergnüge mich anderweitig, während ich warte, bis sie alt genug ist.« Harrys blaue Augen huschten zu John hinüber. »Die Ehe besteht nur auf dem Papier, Vetterchen. Schau nicht so bischöflich drein! Ich habe mir nur ihr Vermögen vertraglich gesichert, bevor es irgendein anderer Ehrgeizling tut. Hazelton muß sich damit abfinden – und mit mir!« Angesichts dieses Triumphes kehrte seine gute Laune zurück. »Laß mir Gerechtigkeit widerfahren, Vetterchen! Ihr Onkel hatte seine eigenen Favoriten. Wie, denkst du wohl, hab' ich sie denen vor der Nase weggeschnappt?«

John schüttelte den Kopf.

»Sie hatte keine Angst vor mir! Ich hab' um sie geworben, als wäre sie meine kleine Kusine Fal ... hab' ihr Geschichten erzählt, Lieder vorgesungen und mich voll und ganz zum Esel gemacht. Hab' ihr Liebe und Leidenschaft geschworen, alles, was sie hören wollte, aber es war meine Freundlichkeit, die den Sieg davontrug. Ich hab' ihr sogar versprochen, nicht auf meinen Bettrechten zu bestehen, bis sie bereit ist. Ich erkannte, daß sie vor den anderen Freiern Angst hatte … und dann kam der große Bruder Harry! Nichts als Spielchen, Scherze und hin und wieder ein vorsichtiges Kitzeln.«

»Da bin ich aber erleichtert«, erwiderte John. »Tarquinius ist also doch nicht nach Hawkridge House gekommen. Ich hoffe, du hast die Absicht, auch weiterhin freundlich zu deiner Frau zu sein.«

Harry, dem die Ironie entging, walzte die Anspielung aus. »Ich schulde ihr diese Freundlichkeit. Ihr Vermögen ist mein Stein der Weisen. Ihr Geld und meine neuen Ländereien werden Harry Beester, den einfachen Gentleman, in Sir Harry Beester verwandeln, einen Mann von Ansehen!« Wie ein schlechter Schauspieler lauschte er hingerissen dem Klang seiner eigenen Stimme.

Johns Mundwinkel schnellten unwillkürlich in die Höhe. Harry hatte sich nicht verändert. Nur seine Körpergröße, seine Kleidung und sein Schnurrbart.

Sie überquerten die Wehrbrücke am niedrigsten Punkt des unteren Weihers und setzten ihren Rückweg entlang des gegenüberliegenden Ufers fort, am Fuße des Obstgartenabhangs.

»Du hältst mich immer noch für einen Idiot, nicht wahr?« beschwerte sich Harry. »Du hast diesen Erwachsenenblick. Aber ich habe wirklich einige wissenswerte Dinge gelernt.« Er blieb stehen und streckte die Hand aus, um Johns Arm zu ergreifen und dessen volle Aufmerksamkeit zu erlangen. »Früher haben die Leute durch mich hindurchgesehen, John. Ich war nur ein lästiger Nebelschwaden zwischen ihnen und wichtigeren Dingen. Du kannst dir nicht vorstellen, wie es ist, wenn man gar nicht richtig existiert.«

John schaute weg.

»Doch nachdem Vetter James an der Ruhr vertrocknet war und mich als Alleinerben von Onkel George zurückgelassen hatte …«, Harry schüttelte den Kopf und lächelte bei diesen Gedanken, »da *sahen* die Leute mich plötzlich. Jetzt bin ich da, fülle einen wirklichen Raum aus. Ihr Blick wärmt mich, als wäre die Sonne herausgekommen. Es gefällt mir, John. Es gefällt mir sehr! Und ich werde nicht zulassen, daß ich mich wieder in Nebel verwandle! Ich könnte es nicht ertragen!«

Er streckte die Arme nach dem Haus auf der anderen Seite des Weihers aus. »Dieses Anwesen ist meine neue Würde. Mit deiner Hilfe, dem Geld meiner Frau und den Veränderungen, die ich im Sinn habe, wird es mir Ruhm bescheren!«

Selbst als kleiner Junge hatte John der Ermahnungen seiner Mutter, auf Harry achtzugeben, nicht bedurft – so offensichtlich benötigte sein Vetter einen Aufpasser. John hatte auf dessen muntere Selbstgefälligkeit nie lange böse sein können. Sogar jetzt beneidete er Harry beinahe um diese Eigenschaft. Er war ganz sicher kein Verräter, nur ein Dummkopf. Diese Schlußfolgerung machte John überaus glücklich.

»O Harry«, stieß er hervor. »Mein lieber Vetter.«

»Heißt das, es ist Friede zwischen uns beiden?«

Hilflos schüttelte John den Kopf. Falls Harry ihn verraten hatte, dann unwissentlich.

»Dann haben wir uns also geeinigt?« Harry zog eine bekräftigende Umarmung in Erwägung, beschloß dann aber, statt dessen brüsk am Ufer des Weihers vorauszugehen. »Wenn wir gespeist haben, zeige ich dir die holländischen Musterbücher für Häuser und Gärten, die ich aus London mitgebracht habe. Dann können wir überlegen, welche klassischen Säulen wir nehmen – dorisch, ionisch, korinthisch. Und welche Kamine, Fenster- und Türstürze, Pilaster und Friese. Alles wartet nur darauf, für unsere Zwecke geerntet zu werden ... Sag mal, die Gänse laufen hier wirklich überall herum, nicht wahr?«

John erteilte seinem Vetter die Absolution und wappnete sich innerlich für das Festessen mit Edward Malise. Auf alle Fälle kannst du einen Mann nicht über eine Speisetafel hinweg töten, sagte er sich mit trockenem Humor. Nicht in Gegenwart von Damen.

»Um Gottes willen, John, laß mich nicht wieder im Stich wie heute vormittag«, flüsterte Harry ihm zu, als sie sich eine Stunde später im Neuen Salon trafen. »Ich brauche deine Hilfe!

Kümmere dich um Mistress Hazelton, und gib Sir Richard nichts mehr zu trinken!«

Sir Harry geleitete seine Gäste in den großen Speisesaal auf der Rückseite des Hauses, der einst die Große Halle gewesen war. Er verspürte einen winzigen Stich im Magen. Um sein Leben gerne hätte er jetzt auf einem Eckplatz in einer ruhigen, weit entfernten Taverne gesessen, mit einem Viertel Ale in der Hand. In der letzten Stunde, als man ihn für das Mahl herausgeputzt hatte, war er immer unsicherer geworden, ob er Hawkridge House mitsamt seinen Bewohnern als sein Eigen reklamieren oder sich mit dem Hinweis auf langjährige Abwesenheit von möglichen Katastrophen distanzieren solle.

Da war zuerst einmal Johns seltsames Benehmen bei den Fischweihern. Dann der leidige Anblick von geflickten und verblichenen Vor- und Wandbehängen. Dann hatte er einen Hundeknochen in der Eingangshalle entdeckt und eine Katze von seinem Bett vertrieben. Und der Nachttopf auf seinem Schlafzimmer bestand, obgleich sauber, nur aus schlichtem weißem Porzellan. Die Kapelle war kleiner, als er in Erinnerung hatte. Und die Akrobatinnen und die Affen, die in das Chorgestühl geschnitzt waren, verloren an Reiz, wenn man sie mit den Augen puritanischer Hausgäste betrachtete.

Sir Henry Bedgebury konnte nicht länger warten und hatte das Gut wegen eines dringenden Geschäfts verlassen. Tante Margaret war den Tränen nahe, weil es eher Abend- als Mittagessenszeit war, und behauptete, das Lamm habe nun zu lange gegart. Und zu allem Überfluß gab es einen weiteren Streit über zu wenig Ale.

Harry brauchte einen Grund, ärgerlich zu werden, um seine Nervosität in einem gerechten Zornesausbruch loszuwerden.

»John!« zischte Tante Margaret. Sie winkte ihm aus der Tür der Speisekammer zu.

John trat hinein.

Tante Margaret zog die Tür hinter ihm zu und verschloß sie. Der Schlüsselbund klirrte in ihren zitternden Händen. »Das ist der Bruder, nicht wahr? Dieser Mann, der als letzter gekommen ist?« Vor Panik bebte sie am ganzen Körper.

»Ja.« John legte ihr das Eingeständnis wie eine schwere Last zu Füßen.

»Was willst du jetzt tun?«

»Essen.«

Tante Margaret flocht die knotigen Finger vor ihrer Spitzenschürze zusammen. Sie riß die Augen auf wie ein verschrecktes Kaninchen. »Wie kannst du nur Scherze darüber machen? Er wird dich abermals verhaften lassen. Du mußt fort! Wie konnte Harry ihn nur hierherbringen? Ich hab' dir ja gleich gesagt, daß man ihm nicht mehr trauen kann ...!«

»Tante!« John legte ihr die Hand auf den Arm, ganz so, wie er ein verängstigtes Pferd oder einen Hund beruhigen würde. »Wahrscheinlich erkennt Malise mich nicht.«

»Warum ist er dann hier?«

»Das muß ich herausfinden.«

»Wie soll ich ihm nur das Essen vorsetzen? Und bei Tisch sitzen, als wäre alles in bester Ordnung? Und was ist, wenn er dich erkennt? Wie kannst du nur ...?« Ihre rechte Hand mühte sich redlich, ihrer linken die Finger auszureißen.

»Liebste Tante, hör mir zu!« John nahm ihre Hände in die seinen. »Hörst du mir zu?«

Mistress Margaret nickte zersteut.

»Du hast mir schon einmal das Leben gerettet, damals vor elf Jahren, als die Soldaten nach mir suchten. Ich brauche dich jetzt. Damit du es noch einmal tust. Damit du genauso eiskalt und gerissen bist wie damals. Tu so, als wäre ich wirklich John Graffham, ein unwichtiger, unehelicher Neffe, der eines Tages vor deiner Tür stand! Sorg dich um nichts als um deine Soßen und deinen Braten! Du mußt vergessen, daß du eine gute, tugendhafte Frau bist. Du mußt das Blaue vom Himmel herunter lügen ... mußt sie so täuschen, daß du es selbst glaubst.«

Mistress Margaret stieß einen zitternden Seufzer aus. »Diese Dinge werden immer schwieriger ... Natürlich versuche ich es. Aber John ...«

»Unsere Gäste warten auf deine unvergleichlichen Fleischpasteten. Auf in die Schlacht, meine Boudicca der Töpfe! Lenk den Feind mit leckeren Häppchen ab! Stopf ihn voll, bis er in einen trägen, gesättigten Schlaf sinkt!« Er nahm die Schlüssel, öffnete die Tür und schob seine Tante in Richtung Speisesaal.

»Nehmt Platz!« rief Harry seinen Gästen zu.

Mistress Hazelton runzelte die Stirn angesichts eines geschnitzten Holzpilasters an der Wand, von dem eine barbusige Nymphe dem Vorübergehenden einen überquellenden Früchtekorb darbot.

Harry bemerkte ihr Stirnrunzeln. Von neuem verspürte er den winzigen Stich, direkt über dem Bauchnabel.

Der Speisesaal im rückwärtigen Teil des Hauses indes bot Harry keinen Anlaß, sein Mütchen zu kühlen. Die rautenförmigen Fensterscheiben blitzten in der Spätnachmittagssonne. Auf jede Fensterbank hatte John blau-weiße Töpfe aus türkischer Keramik mit spät blühenden weißen Tulpen gestellt. Ihr schwacher, süßer, frischer Duft vermischte sich mit dem Rauch der Apfelbaumscheite und Rosmarinzweige, die in dem großen, verputzten Ziegelkamin brannten, um den Geruch von Schimmel und Mäusen zu überdecken. Einer von Harrys Londoner Hunden lag träge vor dem Feuer und zuckte mit Nase und Pfoten, als hätte er schon immer dort gedöst. Harry zitterte wie Espenlaub und beobachtete seine Gäste, um herauszufinden, aus welcher Richtung der Wind wehte.

Wenigstens, dachte er, scheint Hazelton vorerst mit John einverstanden zu sein, trotz der seltsamen Stimmung meines Cousins. Könnte nicht sagen, was Malise denkt. Lieber Gott, laß es funktionieren! Laß sie sehen, daß ich auch etwas zu bieten habe! Daß sie in Zukunft mit meinem Rat rechnen müssen.

Edward Malise blickte aus einem Fenster. Samuel Hazelton schaute abschätzend aus einem anderen, über den Hof und die Gebäude der *basse-cour* hinweg auf die Anhöhe des Obstgartens. Die Bäume wurden von den schräg einfallenden Sonnenstrahlen wie im Hochrelief herausgemeißelt.

»Noch bietet das Gut einen armseligen Anblick«, bemerkte Harry und zuckte zusammen, als er die Reihe von Milchkannen sah, die vor der Molkerei auskühlten, und die Henne, die in der Mitte des Hofs auf einem Bein balancierte, um sich mit dem anderen zu kratzen. »Aber ich werde das bald in Ordnung bringen. Stellt Euch eine weite Rasenfläche vor, dort, wo sich jetzt das Durcheinander auf dem Hof befindet, und dahinter einen See! Bitte setzt Euch!«

»Das ist kein tadelnswerter Anblick«, widersprach Hazelton freundlich, »sondern ein Bild, das von klugem Haushalten und Fleiß spricht. In Eurer Situation, Sir Harry, ist das nicht zu verachten.«

Die drei Londoner warfen John einen raschen Blick zu.

Johns Magen zog sich in erneuter Alarmbereitschaft zusammen. Was soll das schon wieder bedeuten? fragte er sich. Ich spüre, daß die Jagd eröffnet ist, weiß aber noch nicht, aus welchem Dickicht die Hunde hervorbrechen werden.

Harry errötete.

»Aber es liegt auch nichts Verwerfliches in dem Wunsch, Ordnung in die Dinge zu bringen«, erklärte Hazelton, womit er wieder Frieden schloß.

Harry nahm Johns einstigen Platz in der Mitte der Tafel ein. Sehnsüchtig wünschte er sich einen vergoldeten venezianischen Kerzenhalter und italienische Gläser, konnte jedoch die Auswahl seiner Tante angesichts der ihr zur Verfügung stehenden Mittel nicht bemängeln.

Der lange, schwere Eichentisch, den man von der Wand in die Mitte des Raums geschoben hatte, duftete süß nach Bienenwachs. Das Holz der geschnitzten Eichenhocker glänzte, und ihre ausgeblichenen Polster aus roter und grüner Petit-Point-Stickerei waren von Hunde- und Katzenhaaren befreit worden. (Harry grämte sich, daß keine richtigen Stühle vorhanden waren, verspürte jedoch eine gewisse Dankbarkeit, daß ihm wenigstens die Demütigung erspart blieb, seinen Gästen Bänke anbieten zu müssen.) Das Leinentischtuch war in der Sonne zu einem makellosen Weiß gebleicht worden. Die Teller und Becher aus

Zinn schimmerten wie Wasser an einem strahlenden Tag. Mistress Margaret hatte sogar irgendwo silberne Löffel aufgetrieben, die nun an jedem Platz lagen.

Bald, dachte Harry, wenn Vetter John seinen Auftrag für uns ausgeführt hat ... Dann werde ich Silberteller kaufen, venezianische Gläser mit Spiralstielen und Zierhenkeln und diese französischen Gabeln, die sie jetzt in Whitehall benutzen.

Harry ließ sich sein Messeretui und das seiner Frau bringen, ein sehr teures Hochzeitsgeschenk von ihm. Er hoffte, daß Malise, der ihr gegenübersaß, die feine spanische Handwerksarbeit aus Leder und Stahl bemerken würde.

»Willkommen«, sagte Harry. Er hob sein Glas. »Auf das erneuerte Hawkridge House.«

Die Speisen waren, wenn auch schlicht, so doch reichlich und wohlschmeckend: glasierte Fleischpasteten, der Lammbraten, der soviel Aufruhr verursacht hatte – und durch die Verzögerung keineswegs mißraten war –, ein Schinken, eine Platte mit am Spieß gerösteten Tauben und Waldschnepfen, ein dunkelbraunes, scharfes Kaninchenfrikassee. Außerdem gab es eine exzellente Hühnerbrühe, mit Ingwer und Rosenwasser gewürzt, und ein paar nicht allzu schlechte Flaschen Wein, die sein Vetter noch aufgetrieben hatte.

(»Wir stoßen Sir Richard doch nicht etwa vor den Kopf?« hatte Harry John im Salon zugeflüstert, außer sich vor Aufregung. »Oder laufen wir Gefahr, das puritanische Gewissen der Hazeltons zu beleidigen? Andererseits glaube ich mich erinnern zu können, daß ich Master H. einmal ein Gläschen Bordeaux trinken sah.«)

Harrys Gäste sprachen dem Mahl mit Appetit zu. Die drei Hausdiener und zwei Küchenmägde servierten, ohne Bratensoße zu verspritzen oder jemandem auf die Füße zu treten. So mußte Harry, obwohl Tante Margaret bei jedem Bissen mit dem Löffel gegen ihren Teller klapperte, sich ein anderes Ventil für seinen Ärger suchen.

Seine Frau zog seinen nervösen Blick auf sich. Über ihren Teller gebeugt, saß sie schweigend neben seinem Vetter John,

Edward Malise gegenüber. Seit ihrer Ankunft hatte sie genau sieben Worte gesprochen. Harry hatte mitgezählt.

Er öffnete den Mund, um sie zum Sprechen zu zwingen. Dann schloß er ihn wieder. Es war besser, die Aufmerksamkeit nicht auf seine Frau zu lenken. Zum ersten Mal, seit er im Internat von Hackney ein Auge auf sie geworfen hatte, fragte er sich, ob Zeals Vermögen es wettmachen konnte, daß ihm ihr linkisches Benehmen ein Klotz am Bein war.

Zeal Beester war zufriedener, als sie aussah. Ihre Eltern waren an der Pest gestorben, als sie acht war, und seither hatte sie sich damit abgefunden, trotz ihres Vermögens als soziales Wesen übersehen zu werden. Oft schien es einfacher, wenn nicht gar angenehmer zu sein, diese Nichtbeachtung hinzunehmen, als darum zu kämpfen, beachtet zu werden. Zum Schweigen verdammt, hatte sie wenigstens Zeit zum Nachdenken.

Sie musterte die Gesellschaft unter gesenkten Augenlidern hervor, Augenlider wie gewaschene Kiesel. Welche Regeln galten hier? Wem mußte man schmeicheln, und wer besaß wirklich die Macht? Wer könnte ein Freund werden?

Sie bemerkte, daß Harrys Unbefangenheit verflogen war. Einerseits war sie enttäuscht, wie schlecht ihr Ehemann seine neue Rolle spielte. Andererseits hatte dieser Ausdruck ängstlicher Verwirrung auf seinem hübschen Gesicht sie zu dem Entschluß gebracht, ihn zu heiraten. Es war beinahe so, als hätte er ihr ein Geheimnis anvertraut, ohne es zu wollen.

»Noch ein Glas Wein, Herrin?«

Der junge Diener starrte Zeal mit großen braunen Augen an.

Der meint ja mich, dachte sie erstaunt. Sie nickte. Als sie an ihrem Glas nippte, beäugte sie Mistress Margaret Beester, die unverheiratete Tante ihres Gemahls, die ihm als Wirtschafterin zu dienen schien. Und die stets die Zähne bleckte, wenn sie Zeal anzulächeln versuchte.

Sie haßt mich, dachte Zeal. Wünscht, ich wäre hier nie aufgekreuzt.

Auch daran war sie gewöhnt. Von Kusinen, die man gezwungen hatte, das Bett mit ihr zu teilen, wenn sie unvermutet auftauchte, und von Mädchen, die in der Schule schon feste Bündnisse geschlossen hatten. Zeal schaute zu Mistress Hazelton hinüber. Von Tanten, deren eigene Kinder alle gestorben waren und die den Lebenden nicht vergeben konnten, daß niemand sie haben wollte. Mit dem Messer schob Zeal ein Stück Lammbraten über den Teller.

Harrys Vetter John, der zu ihrer Rechten saß, könnte vielleicht ein Freund werden, sofern er sich nicht als Harrys Rivale und Feind entpuppen sollte. Er war ganz offensichtlich hier der Verantwortliche gewesen, bevor Harry kam. Er hatte sich bemüht, ihr einen herzlichen Empfang zu bereiten. Es tat ihr leid, daß sie keinen Ton herausgebracht und ihm nicht gesagt hatte, wie dankbar sie ihm für seine Freundlichkeit war.

Sie warf einen flüchtigen Seitenblick auf sein gedankenverlorenes Profil. Gutaussehend, aber nicht so schön wie Harry. Harry war Gold, sein Vetter Stahl. Oder vielleicht Kupfer, wegen der Farbe seiner Haare. Ein seltsamer, geheimnisvoller Mann. Er schien über irgend etwas aufgebracht zu sein. Bis zum Zerreißen gespannt, und genauso schweigsam wie sie selbst. Zeal fragte sich, was wohl geschehen würde, wenn diese Anspannung von ihm abfiel.

Plötzlich blickte er zu ihr herüber. Zeal errötete und wandte die Augen ab. Er hatte einen bohrenden Blick, der nicht an der Oberfläche blieb wie bei Mistress Hazelton oder diesem Malise auf der anderen Seite des Tisches.

Was den schüchternen alten Pastor anging – er benahm sich noch verschreckter, als Zeal es war.

Ich glaube, ich kann mit dieser Belegschaft zurechtkommen, ging es Zeal durch den Kopf. Vor allem, wenn die Hazeltons und Edward Malise wieder abgefahren sind.

Samuel Hazelton räusperte sich. »Eine köstlich frische Pastete. In London sind sie oft ganz zäh von zu langer Lagerung.«

»*Et un très bon vin*«, bemerkte Malise höflich. Er schwenkte sein Glas und trank erneut.

»*Oui*«, pflichtete Mistress Hazelton ihm bei. Sie starrte Zeal an, als hätte das Mädchen seinen Einsatz verpaßt.

»Zu gütig von Euch«, antwortete Harry, zutiefst dankbar für jedweden Lobeskrümel.

Dann aber vernahm er nur noch Kaugeräusche. Himmel, wo ist der lockere Londoner Plauderton geblieben? fragte er sich verzweifelt. Wie muß Malise leiden, nach all seinen Festmählern bei Hofe! Harry bedachte Gattin, Vetter und Tante mit finsteren Blicken.

Meine Frau versteckt sich in ihrem Lammbraten. Meine Tante mag ja in der Lage sein, ein annehmbares Essen zu kochen, sollte dann aber den Anstand besitzen, in der Küche zu bleiben, wo sie sich nicht mit Edelleuten unterhalten muß. Und was John angeht ... zwecklos! Er kann nur ins Weinglas stieren, stumm wie ein Fisch!

»... Das allgemeine Gebetbuch der Episkopalkirche«, erlaubte sich Dr. Bowler schüchtern vom hinteren Ende der Tafel zu bemerken. »Was haltet Ihr davon, Master Hazelton? Ich meine, in Schottland ...? Englische Soldaten zu schicken? Ich meine, haben wir Engländer das Recht ...?« Er lief rot an, röter als der Wein in seinem Krug, und trat den Rückzug an, während Hazelton nach einer diplomatischen Antwort suchte.

»Ein zu ernstes und militärisches Thema für die Damen«, befand Harry tadelnd.

»Und zu kostspielig! Die Krone wird nach einer neuen Steuer rufen!« Sir Richard Balhatchet, Harrys Nachbar, der sich so schnell wie möglich betrunken hatte, brach einen Diskurs über die Frevelhaftigkeit der endlosen neuen Steuern des Königs vom Zaun, als gebe es immer noch ein Parlament und als wäre er immer noch Mitglied desselben.

Während Balhatchet schwadronierte, schätzte Samuel Hazelton die Kleidung der Diener ab, den Wein, die Delfter Platte auf dem Kaminsims, die türkischen Teppiche auf dem Holzfußboden, die beiden lebensgroßen Porträts eines Mannes und einer Frau an den gegenüberliegenden Stirnseiten des Zimmers, deren Gesichter in der Mitte ihrer weißen Kragen saßen wie die

Staubblätter von Gänseblümchen; die Mühlsteinkragen waren so groß und steif wie Karrenräder. »Ihr müßt die Straße ausbessern lassen«, ließ er sich unversehens vernehmen.

»So bald wie möglich!« stimmte Harry ihm zu. »Ich hatte keine Ahnung, daß sie so schlecht ist!«

Sir Richard war unterdessen zu seinem zweiten Lieblingsthema, dem Mangel an guten Fähren und Furten, übergegangen. »Für Euch Londoner, die Ihr auf dem Fluß reisen könnt, mag das ja nicht weiter schlimm sein.«

»Da wäre ich mir nicht so sicher«, widersprach Malise. »Ein Bekannter von mir ist letzte Woche von einem Lastkahn in die Themse oberhalb von Windsor gefallen, Kutsche, Kutscher, Lakaien, Kissen, Vorhänge, alles.«

»Ich bin froh«, schaltete sich Mistress Hazelton ein, »daß wir nicht weiter als bis nach Hackney reisen müssen, um zu unserem eigenen Landhaus zu gelangen.«

Danach herrschte abermals Schweigen.

John blickte über den Tisch hinweg auf Malise, der zwischen Mistress Margarets tränenreichem Entsetzen und Mistress Hazeltons unverblümtem Unmut in der Falle saß. Malise hatte die glatte, tiefe und gerundete Stirn und den gebogenen Schnabel eines Falken. Ihre Augen trafen sich. John hielt dem Blick mit erwartungsvoller Erregung stand, doch Malise schaute mit einem kaum merklichen, verwunderten Stirnrunzeln weg. Dann fuhr er fort, leicht gelangweilt Artigkeiten an seine beiden Tischnachbarinnen auszuteilen.

Johns Kehle war dermaßen zugeschnürt, daß er nicht mehr schlucken konnte. Schließlich gelang es ihm, den Happen Kaninchenfrikassee mit einem Schluck Wein hinunterzuspülen. Er glaubte nicht, daß selbst Edward Malise mit all seiner Verstellungskunst ein Wiedererkennen hätte verbergen können.

»Verzeiht, Sir Richard?« John hatte die Frage nicht gehört. Er bekam auch die Wiederholung nicht mit, da er vollauf damit beschäftigt war, seinen Weinbecher sicher auf den Tisch zurück zu stellen.

»Ich habe gesagt, ich wußte ja gar nicht, daß Ihr ein solcher Gelehrter und Kenner seid, Mr. Graffham!« brüllte Sir Richard. »Briefe in Latein an all diese flämischen und niederländischen Kerle, wie mir unser Hazelton erzählt. Eine unbekannte Größe, und das nach all diesen Jahren!« Er wandte sich an die übrige Tischrunde. »Ein hart arbeitender Mann – mehr, als richtig oder gut für ihn wäre. Steckt immer bis über beide Ellbogen im Mist, wenn ich ihn sehe, oder liegt auf dem Bauch und starrt eine Schlüsselblume an! Wer hätte das gedacht? Und all das Griechisch und Latein! Wie seid Ihr nur so ein botanischer Gelehrter geworden, Sir?« In seinen rotgeränderten Augen lag ein leichter Vorwurf.

»Unter der wohlwollenden Zuchtrute unseres Doktor Bowler«, erwiderte John.

»Eine angeborene Begabung zum Gelehrten. *Ab incunabilis ...* von der Wiege an«, murmelte Dr. Bowler, gleichzeitig erfreut und entsetzt darüber, plötzlich wieder im Mittelpunkt der Aufmerksamkeit zu stehen. Ich lehrte ihn nur die Disziplin. Die Lust zum Lernen hat er selbst ...« Er ließ ein Stück Brot auf seinen Schoß fallen und tastete danach.

»Ihr seid ein Enthusiast, Mr. Graffham?« fragte Malise plötzlich. »Von Rosen? Weinstöcken?«

Hazelton beugte sich vor, um sich in die Unterhaltung einzumischen.

»Ich studiere alles, was auf diesem Anwesen gedeiht«, erklärte John.

Im Augenblick studierte Malise ihn.

»Seid Ihr ein Enthusiast, Sir?« fragte John kühl. Immer noch kein Schimmer des Wiedererkennens. Doch unter der belanglosen Konversation grub der Mann tief in seiner Erinnerung.

»Nicht im geringsten.«

»Ich auch nicht«, versetzte Hazelton. »Ich bin nur ein schlichter Kaufmann, der sich für Ernten aus Schiffsladungen und Bargeld interessiert. Aber dieses Gerede über Blütenblätter und gebrochene Farben und Blütezeiten ist unter meinen Londoner Freunden erstaunlicherweise in Mode gekommen.«

»Wie Sir George und seine Rosen«, fügte Harry eifrig hinzu.

»Ach ja, Sir George – ein Mitgesellschafter bei der Südjavanischen Handelskompanie«, erläuterte Hazelton, »der uns auf Euren Ruf aufmerksam machte. Er tut so, als wäre ihm alles gleichgültig, was nicht höher als bis zu seinen Knien wächst. Steife Gelenke, behauptet er. Mr. Graffham, könnt Ihr tiefer als bis zu Euren Knien sehen?«

»Nichts in Gottes Schöpfung ist so niedrig, daß es nicht unser Interesse verdiente«, versetzte John leichthin. »Sogar unterhalb meiner Knie.«

»Amen«, schloß Hazelton. Er blickte zu Malise hinüber.

»Ich würde mich gern zurückziehen und mich von dieser entsetzlichen Reise erholen«, verkündete Mistress Hazelton unvermittelt. Sie schob einen Teller mit einem halb aufgegessenen Quittenkuchen beiseite.

Hazelton beendete seine stumme Zwiesprache mit Malise. »Und ich«, erklärte er, »würde gern ein wenig frische Luft schnappen. Sir Harry? Ein kleiner Spaziergang unter Gentlemen? Malise?«

Seine Anordnungen waren subtil formuliert. Dr. Bowler errötete angesichts der Auslassung seines Namens.

»Ausgezeichnet!« rief Harry. »John, du zeigst uns den Weg in die Gärten, und ich erkläre unsere Pläne für den Zierrasen und den Portikus!«

John war sich sicher, daß Hazelton etwas ganz anderes vorgeschwebt hatte.

»Verzeiht«, sagte Sir Richard und verlagerte seine Massen in eine aufrechte Position, »daß ich mich auf mein Pferd schwinge, solang die Sonn' noch am Himmel steht.« Er beugte sich vor, die Knöchel auf den Tisch gestützt, und keuchte triumphierend.

»Warum bleibt Ihr nicht über Nacht, Sir Richard?« fragte Harry.

Tante Margaret schoß John einen schnellen, entsetzten Blick zu.

»Wäre mir ein Vergnügen, junger Freund«, anwortete Sir

Richard. »Ein wahres Vergnügen. Aber ich muß los. Die Pflicht. Ihr wißt schon.« Er wuchtete sich in die Höhe und versuchte unsicher, das Gleichgewicht wiederzufinden.

Die Gäste raschelten und scharrten und verbeugten sich und murmelten, während sie sich erhoben, und die Frauen zogen sich zurück. Im letzten Moment spuckte einer der Bediensteten auf den Boden hinter Mistress Hazeltons Stuhl. Für einen Augenblick vergaß Mistress Margaret Edward Malise und plante selbst einen Mord.

»Ich stoße im Garten zu Euch«, sagte Harry. »Sobald ich Sir Richard sicher auf den Heimweg gebracht habe. Bis dahin überlasse ich Euch der Obhut meines Cousins.«

»Ich weiß nicht«, murrte Mistress Hazelton, an ihren Gatten gewandt, »ich weiß wirklich nicht, warum wir soviel Geld für den Schulbesuch unserer Tochter ausgegeben haben. Sie hat dagesessen wie ein Stock ... hat nicht mal die Gelegenheit ergriffen, als Master Malise Französisch sprach. Ich hab's Euch ja gesagt, es war pure Zeitverschwendung, sie mit Lady Chase nach Paris zu schicken. Keiner wird jemals erraten, was ihre Erziehung gekostet hat!«

»Ihr eigenes Geld«, versetzte Hazelton.

»Das anderen Zwecken hätte zugeführt werden können.«

»Das ist geschehen, Mistress. Das ist geschehen«, erwiderte Hazelton. »Übrigens, mangelnde Nächstenliebe läßt Euer Antlitz unvorteilhaft rot werden.«

John führte die Gruppe aus dem Haupteingang, über den Vorhof und in den Knotengarten. An einer Mauer schimmerten die weißen Tulpen in der Abenddämmerung, die roten stanzten vor der gegenüberliegenden Mauer sanfte dunkle Löcher ins Abendlicht. Hazelton sog die Luft ein, die leicht nach Honig duftete, mit einem leichten, durchaus nicht unangenehmen Hauch von Mist, der frisch entlang der Gamander- und Buchsbaumreihen verstreut worden war.

»Wie es doch die Seele erfrischt, Gottes Werk zu betrachten«, erklärte Hazelton. Er schritt neben John einher; Malise ging hinter ihnen. »Die Stadt ist heutzutage fast gänzlich Menschenwerk.«

»Ihr könnt des Menschen Hand selbst hier entdecken«, entgegnete John liebenswürdig.

»Ja«, erwiderte Hazelton und sog wiederum die Luft ein. »Doch nur so, wie Adam der erste Gärtner von Gottes Paradies war.«

Schweigend umrundeten sie das Zentrum der Anlage. John wünschte, Malise im Blickfeld zu haben.

»Vielleicht könnt Ihr mir eine Frage beantworten, die ich mir schon oft gestellt habe«, wandte er sich an Hazelton. »Legt die Pflanzenwelt im Paradies, mag es sich nun auf der Erde oder sonstwo befinden, denselben natürlichen Drang zur Unordnung an den Tag, wie ich ihn hier in Hampshire vorfinde?«

Hazelton sah John an, um seinen Tonfall richtig einschätzen zu können. »Jegliche Unordnung ist wider die Natur. Die göttliche Ordnung ist der natürliche Zustand. Hier in Hampshire ringt Ihr mit der Verderbnis des menschlichen Sündenfalls.«

»Wollt Ihr damit sagen, daß Nacktschnecken und Raupen auf gesteigerte Frömmigkeit und Gebete reagieren würden?«

Diesmal dauerte der Blick aus Hazeltons Augen länger und ließ einen Funken von Belustigung erkennen. »Ich bezweifle, daß sie sich für gute Werke empfänglich zeigen.« Er hob die Stimme. »Edward, sind Mr. Graffhams Tulpen nicht ausnehmend schön?«

Komm zur Sache, Mann! dachte John. »Ich habe sie aus Leiden bestellt. Inzwischen ist's möglich, Händler aus den Niederlanden schriftlich um ihre Zwiebeln und Fruchtbäume anzugehen.«

»Seid Ihr schon einmal in den Niederlanden gewesen?«

John schüttelte den Kopf. »Aber ich will einmal dorthin, bevor ich sterbe. Ich habe gehört, daß sie dort Blumenfelder haben wie wir Gras auf den Wiesen.«

Hazelton lächelte nun tatsächlich. »Möglicherweise kann ich Euch behilflich sein.«

Sie schlenderten unter einem Torbogen hindurch in den

Neuen Garten, wo der Mittelgang von brusthohen Fruchtmauern gesäumt wurde. Die blaßgrünen Fischgrätskelette der im Spalier stehenden Pfirsich- und Aprikosenbäumchen waren noch nicht vollständig belaubt. Am hinteren Ende der Fruchtmauern hoben die beiden Mastiffs von der Nachtwache, Bellman und Ranter, ihre großen Köpfe und ließen ein kehliges Knurren hören.

John pfiff. Die Mastiffs wedelten mit den Schwänzen, die so dick waren wie der eines Ochsen. Dann gestattete John sich endlich, sich nach Malise umzudrehen.

Malise stand unter dem Bogen, der aus dem Knotengarten hierher führte, als wäre er gerade gestolpert und hätte sich nur gefangen. Johns Nackenhaare sträubten sich.

»Nun, Master Graffham«, fuhr Hazelton fort. »Ich bin kein Mann komplizierter Worte, und Ihr, wie ich vermute, auch nicht. Bitte, setzt Euch!«

Hazelton ließ sich, seine schwarzen Gewandfalten ordnend, auf einer Holzbank nieder. John nahm neben ihm Platz und bemühte sich, ihm zuzuhören.

Malise starrte auf einen Stachelbeerbusch.

Endlich! dachte John.

»Master Malise und ich sind wie die ägyptischen Plagen über Euren Vetter Sir Harry hereingebrochen, bevor er noch Zeit fand, in seinem neuen Bett zu schlafen, weil wir dringend mit Euch sprechen müssen. Ihr müßt für uns in die Niederlande fahren.«

John behielt Malise im Auge. Er hörte kaum auf Hazeltons seltsame Bitte.

»Eure beiden Abhandlungen über den Obstanbau«, fuhr Hazelton fort, »haben Euch einen bescheidenen, aber achtbaren Ruf in jenem Kreis botanischer Enthusiasten verschafft, der von Tag zu Tag zu wachsen scheint. Jener Freund mit den steifen Knien, den ich beim Mittagessen erwähnte, Sir George Tupper, hat uns Eure Klugheit, Bildung und Tatkraft anempfohlen.«

John verschwendete keine Worte auf bescheidenes Abstreiten. Jede Sekunde konnte Malise den Kopf heben.

»Und Euer Vetter hat natürlich in das Loblied mit eingestimmt«, sagte Hazelton. »Werdet Ihr uns helfen?«

»Uns?«

»Der Südjavanischen Handelskompanie – Mitglieder sind
ich selbst, Master Malise, Sir George und einige andere, die Ihr
vermutlich nicht kennt. Und natürlich Sir Harry ...«

»Es tut mir leid«, entgegnete John. »Ich kann Euch nicht
helfen.« Er erhob sich.

»Seid so höflich, mich aussprechen zu lassen, Sir!«

»Es hat keinen Sinn.«

Hazelton zog scharf den Atem ein. Sein schmales, trockenes
Gesicht über dem weißen Kragen lief dunkelrot an. Nur selten
war er so schroff abgefertigt worden.

Edward Malise hob den Kopf. Er horchte, wandte sich jedoch nicht um.

»Bitte vergebt mir jede Kränkung, die meine Absage für
Euch bedeuten mag«, sagte John. »Aber ich bin nicht der Richtige für Euch.«

Hazelton faßte sich. »Ich habe Euch falsch eingeschätzt, Sir.
Ein Mann von Vernunft hätte mich wenigstens ausreden lassen.
Ich habe Euch noch keinen Grund für eine Absage gegeben.«

»Keinen, von dem Ihr wissen könntet.« Immer noch ließ
John Edward Malise nicht aus den Augen.

Malise wandte den Kopf und begegnete Johns Blick.

Schweigen lastete in der Abendluft.

Das Warten hatte ein Ende. Nun würde Malises öffentliche
Anprangerung folgen, sein Ruf nach Bewaffneten, nach Sir
Henry Bedgebury, dem örtlichen Richter. Doch Malise biß die
Zähne auch weiterhin fest zusammen.

Hazelton saß grübelnd auf der Bank. Am heutigen Tag hatte er
drei Überraschungen erlebt – was für einen Mann, der genau
wußte, wie Gott und die Welt funktionierten, überaus beunruhigend war. Dieser Vetter war eine angenehme Überraschung,
dachte er. Ein gebildeter Landmann entspricht perfekt unseren
Zwecken.

Doch dann folgte die impertinente Weigerung dieses Mannes. Und nun, so schien es, gab es eine Mißstimmung zwischen Edward Malise und diesem Mann, den er nicht zu kennen vorgegeben hatte. Hazelton blickte von einem Augenpaar zum anderen. Oh, schlimmer als eine bloße Mißstimmung! Graffham und Malise hätten einander offensichtlich liebend gerne die Kehle durchgeschnitten. Hazelton war über zwei Geheimnisse gestolpert. Im Geschäftsleben waren Geheimnisse für gewöhnlich teuer.

Schließlich brach er das Schweigen. »Wir haben keine Zeit für Bagatellen«, erklärte er. »Mr. Graffham, sagt mir, was Euch so entschlossen davon abhält, in die Niederlande zu reisen, bevor Ihr wißt, was wir von Euch wünschen.«

»Es tut mir wirklich leid ...«

»Laßt mich ausreden, oder sagt klipp und klar, warum Ihr nicht wollt! Ich hätte bessere Manieren von Euch erwartet!«

»Ich hoffe, daß Ihr Gentleman genug seid, nicht weiterhin auf dem Unmöglichen zu beharren!«

»Laßt es sein, Samuel!« sagte Malise scharf.

Hazelton erhob sich. Sein Gesicht lief dunkelrot an. Zwanzig Jahre des Geldscheffelns, seidener Nachtgewänder, eines großen Stadthauses in London und einer entscheidenden Stimme in der Kammer einer mit königlichen Privilegien ausgestatteten Handelsgesellschaft hatten ihn noch nicht selbstsicher genug gemacht, um den unverschämten Befehl eines Mannes hinzunehmen, der sich für einen gesellschaftlich Höherstehenden hielt.

»Da seid Ihr ja!« rief Harry ihnen vom Torbogen des Knotengartens aus zu, bevor Hazelton sich eine Erwiderung zurechtlegen konnte. »Sir Richard ist sicher auf dem Heimweg, und ich habe Pfeifen im Salon bereitlegen lassen. Kurz vor meiner Abfahrt aus London konnte ich noch ein wenig von diesem neuen Virginiatabak kaufen ...«

»Bitte entschuldigt mich«, sagte John. Er verbeugte sich und schlüpfte durch ein kleines Tor in der Außenmauer.

Harry beobachtete Johns Verschwinden mit Verwunderung. »Was ist mit meinem Vetter los?«

Hazeltons Wut ergoß sich über Harry. »Ihr habt ihn falsch eingeschätzt, Sir Harry. Habt mich und Master Malise unsere Zeit mit dieser Vergnügungsreise hier herunter verschwenden lassen.«

»Was hat er getan?« rief Harry aus. »Was meint Ihr mit ›verschwenden‹?«

»Er wollte sich unseren Vorschlag nicht einmal anhören!«

»Aber er *muß*!« Harry schien jeden Augenblick in Tränen auszubrechen. »Es ist die perfekte Wahl!«

»Nichts ist perfekt auf dieser Welt«, versetzte Hazelton zornentbrannt. »Aber ich hatte schon auf etwas Besseres als dieses Ergebnis gehofft! Ich gehe zurück ins Haus. Mit ein bißchen Glück kann ich das Auspacken rechtzeitig verhindern, so daß wir nicht alles wieder verstauen müssen. Morgen früh mache ich mich unverzüglich auf den Heimweg nach London. Malise kann es halten, wie er mag.«

»Aber wir wollten doch morgen mit Sir Richard speisen! Und dann die Jagd ... Ihr werdet Eure Zeit bestimmt nicht verschwenden. Ich habe so viel geplant ...!«

Brüsk wandte Hazelton sich an Malise. »Wenn dieser Idiot von Graffham es nicht tut, bleibt uns fast keine Zeit mehr, jemand anderen zu finden!«

»Laßt es mich versuchen«, bat Harry. »Ich bin sicher, daß ich ihn umstimmen kann!«

»Ihr wart Euch seiner auch vorher sicher«, erwiderte Hazelton.

»Ich glaube«, sagte Malise versonnen, »*ich* sollte mit ihm reden.«

»John?« Harry preßte das Ohr gegen die Tür seines Vetters. »John? Bist du da?« Er öffnete die Tür in einen dunklen, leeren Raum. »Er ist nicht hier«, berichtete er Edward Malise über die Schulter.

»Offensichtlich nicht. Wo bewahrt er seinen Degen auf?«

»Das weiß ich nicht.« Die Frage kam Harry seltsam vor. Einen Moment später schlich er sich vorsichtig in die Schatten von Johns Zimmer. »Der Degen ist hier. An einer Stange, mit seinem Waffengurt.«

»Dann hat er das Anwesen noch nicht verlassen«, folgerte Malise. »Ich werde ihn am Morgen noch einmal befragen.« Er beugte sich durch die Tür und spähte in das halbdunkle Zimmer.

»Soll ich ihn in den Stallungen suchen lassen?« schlug Harry vor. »Vielleicht ist er noch nicht von der Arbeit zurück, was immer er am Abend tun mag.«

»Ich werde ihn morgen früh finden. Er kann sich nicht für immer verstecken.«

»Ihr müßt seine schlechten Manieren verzeihen«, entschuldigte Harry sich lahm. »So viele Jahre von anständiger Gesellschaft abgeschnitten. Aber er hat ein gutes Herz und einen scharfen Verstand. Ihr werdet ihn achten, wenn Ihr ihn erst einmal kennengelernt habt, Edward, das verspreche ich Euch.« Harry wurde langsam ärgerlich. Warum entschuldigte er sich für etwas, das nichts mit ihm zu tun hatte? Hier würde sich einiges ändern müssen! Vor allem, was den Umgang mit Gästen betraf! Sein Vetter sollte sich besser an den Gedanken gewöhnen!

3

John entledigte sich seines blauen Seidengewands, stieg nackt in die eingekapselten Schatten seines Himmelbetts, zog die Vorhänge zu und ließ die Welt außen vor. Steif lehnte er sich in seine Kissen, horchte, wie sein Leibbursche Arthur das Schlafzimmer für die Nacht herrichtete. Plötzlich lehnte er sich zur Seite und warf die Bettvorhänge wieder zurück.

»Arthur, mein Lederwams und die wollenen Kniehosen!«

Schlecht und recht stieg er in seine Kleider, zog die schweren Stiefel an. Als Arthur zu seinem Strohsack auf dem Boden des Vorzimmers zurückgekehrt war, öffnete John eine kleine Holztür und schlüpfte in den engen Gang im Innern der Wand. Der Gang, kaum breit genug für seine Schultern, führte eine schmale Treppe hinunter in die *basse-cour*, an die Ecke der Vorderhalle neben dem Speisesaal. John hatte keine Lust, irgend jemandem zu begegnen.

Von der *basse-cour* aus sah er, wie sich ein flackerndes Licht durch den Speisesaal in Richtung auf Dr. Bowlers winzige Zimmerflucht hinter der Kapelle bewegte. Die Fenster seiner Tante im ersten Stock waren erleuchtet.

Die Hennen sind noch unruhig, dachte John. Obwohl ihr Fuchs doch scheinbar so liebenswürdig ist.

Er schob den Riegel des Tors an der Rückseite des Hundezwingers zurück und glitt in die Nacht hinaus.

Durch den Blutgeschmack im Mund, der von seiner gebrochenen Nase herrührte, roch John das brennende Holz und den Teer der Kutsche. Ein orange beleuchteter Kreis schwärzte die Blätter hoch über den Köpfen und breitete sich aus. John erstickte fast am widerlichen Gestank verkohlten Fleisches.

Er fand sich keuchend auf dem Kamm des Hawk Ridge wieder. Als er zum Haus hinuntersah, erlosch das Licht hinter Tante Margarets Fenstern. Dr. Bowlers Schlafzimmerfenster wurde von der Kapelle verdeckt. Das Haus war dermaßen verändert, daß John kaum wußte, worauf er blickte. Hinter den dunklen Fenstern des Ostturms befand sich das Gesicht, das er im Flammenschein der brennenden Kutsche gesehen hatte.

Als er endlich erwachte – anderthalb Tage, nachdem der verängstigte Bauer ihn seinem Onkel übergeben hatte –, war sein Geist reingewaschen wie ein Flußkiesel in der Strömung.

»Der Teufel hat dein Gedächtnis gestohlen«, teilte Onkel George ihm später mit. »Du hattest einen gräßlichen Geruch nach Schwefel an dir, als dieser Bauer dich zu mir brachte.«

John hatte sich nur an ein mehrere Wochen anhaltendes Kopfweh erinnert, und an die scharfen, gezackten Kanten abgebrochener Zähne.

»Wie viele Männer waren es?« fragte sein Onkel ihn flehentlich. »Wie waren sie gekleidet? Waren es Vagabunden? Wegelagerer? Soldaten?«

Der Junge schien die Fragen nicht gehört zu haben. Er hatte durch die rautenförmigen Fensterscheiben auf die Wellenlinien der Welt dahinter gestarrt, und in seinem Geist war der verzerrte Schatten eines Vogels draußen auf dem Fenstersims.

»Farben, John? Livreen? Abzeichen?« Wie er da gewichtig in seinem Sessel saß, die Hände fest um die Armlehnen geklammmert, hatte George Beester – damals noch schlicht »Mister« – seinen Neffen an ein Gemälde erinnert, das er einst von König Henry gesehen hatte. Er beobachtete, wie die weiche, fischähnliche Ellipse von seines Onkels Mund sich über dem kantigen Kiefer öffnete und schloß.

»John? Hast du gehört, ob ein Namen gerufen wurde? Titel? Irgend etwas Französisches? Waren Edelleute darunter? Ich brauche Beweise!«

Der siebenjährige John wand sich auf seinem Hocker und schüttelte den Kopf. Die Antworten, nach denen es seinen Onkel so sehr verlangte, wimmelten und wanden sich hinter einem verschlossenen Tor in seinem Geist. Ließe er nur eine Erinnerung durchschlüpfen, würde der Rest hinterherdrängen. Er wäre nie wieder sicher vor ihnen. Unter dem dunklen Baldachin seines Betts würden sie all seine anderen Gedanken auffressen. Sie würden ihn ins Tageslicht hinausjagen, ein Netz von Dunkelheit über sein Haupt werfen und ihn auf immer darin verstricken.

»Wo ist Lobb?« fragte er munter. »Darf ich jetzt gehen? Ich will zu Lobb.«

George Beester seufzte und entließ John, damit er seinen Hund suchen konnte.

Für den verwaisten Erben der Nightingale-Besitzungen folgten ständig wechselnde Aufenthaltsorte und eine lange Reihe verschiedener Betten. Ein paar Monate auf seinem eigenen Gut Tarleton, Besuche in seinen anderen drei Häusern. Ein paar Monate mit Onkel George in Hawkridge. Ein Sommer auf einem anderen von Georges Anwesen. Zwei Monate bei einer Tante in London. Vor allem erinnerte er sich an den Schmerz, Vetter und Haustiere, mit denen er gerade erst Freundschaft geschlossen hatte, wieder verlassen zu müssen.

Trotz der Gebete der Erwachsenen und einiger Zauber, die eine bestimmte Tante insgeheim über ihn gesprochen hatte, hatte John sich die nächsten sieben Jahre im Vergessen versteckt. Seine Eltern hatten ihn verlassen, sie waren überfallen und auf eine schreckliche Weise getötet worden. Wie, wußte er nicht mehr genau, und niemand lag daran, es ihm zu erzählen.

John mußte ein neues Leben ohne die Eltern führen, auf den vier Besitzungen, die nun ihm gehörten, und bei Onkeln, Tanten, Vettern, Lehrern und Freunden.

Er schritt über den Kamm des Hawk Ridge in Richtung der Feuchtwiesen.

Seine Erinnerung hatte noch einmal Funken gesprüht, bevor sie wieder gestorben war. In der Küche auf Tarleton Court hatte ein Knecht eine tote Ratte ins Feuer geworfen, als John zehn gewesen war.

»Zum Teufel mit ihr«, hatte der Mann gesagt, ohne nachzudenken.

Der besorgte Blick, den der Mann ihm plötzlich zuwarf, hatte John in Alarmzustand versetzt. Der Anfall von Verlegenheit bei dem Knecht führte dazu, daß sich John die Haare sträubten. Ihre Blicke fraßen sich ineinander.

Der Pelz der Ratte fing blitzschnell Feuer. Das Fleisch warf Blasen, brutzelte, wurde schwarz und löste sich von den Knochen. Die Ratte wand sich, als sich ihre Sehnen zusammenzogen und in der Feuersglut verhärteten.

»Das war's!« erklärte der Diener mit falscher Herzlichkeit. »Du merkst es kaum, so schnell geht's.« Er schob ein angekohltes Holzscheit vom Kaminrand in die Mitte der Esse. Der aschebedeckte Rattenkadaver zerbröckelte, als wäre er hohl. Er war verschwunden – bis auf die wie zum Schrei geöffneten, mit kleinen weißen Zähnen bewehrten Kiefer, die wegkullerten, bis sie am Dreifußgestell eines eisernen Kochgefäßes liegenblieben.

»Master John«, ließ sich der Knecht vernehmen, »möchtet Ihr einen tüchtigen Schluck von dem neuen Apfelmost? Er ist besser als der vom letzten Jahr. Was meint Ihr?«

John erkannte die Absicht des Mannes, ihn abzulenken. Er glaubte, sich übergeben zu müssen, und hatte das Gefühl, eine brüchige, leere Hülle zu sein; er spürte nichts mehr, außer dem anschwellenden Druck seiner Augäpfel gegen die knöchernen Ringe der Augenhöhlen.

Wenn er mich anfaßt, zerbrösele ich wie die Ratte, dachte er, doch sein Geist hielt an diesem Punkt inne.

»Mir geht's gut, Jack. Gut«, sagte er. »Warum machst du so ein Theater?«

Dann, vor elf Jahren, als er vierzehn war, war die Erinnerung in einem von Kaminfeuer beleuchteten Zimmer eines Londoner Privathauses zurückgekehrt. Sein Onkel George Beester hatte John zu einer Direktoriumssitzung der Südjavanischen Kompanie mitgenommen. Beester begrüßte die Kollegen und stellte seinen wohlhabenden Neffen vor, der vielleicht eines Tages ihrem Kreis beitreten würde. Ein Dutzend Männer befand sich in dem Zimmer.

Dann kamen noch zwei Nachzügler. Neue Investoren. Francis und Edward Malise aus einer alten katholischen Familie, die König Henry überlebt hatte, indem sie in die Niederlande geflohen war. Da die Malises jedoch verstockte Papisten waren, hatte der König nach selbstgeschaffenem Recht fast ihr gesamtes Vermögen und all ihre Ländereien an sich gerissen. Die Güter der Malises wurden verkauft oder an verdiente Verfechter von Henrys zweckmäßigem Bruch mit der Römischen Kirche verteilt. Ein oder zwei Männer hatten verstohlene Blicke in Johns Richtung geworfen, als sie vor dem Eintreffen der Malises darüber geflüstert hatten. Die Eltern waren im Ausland verstorben. Dann, unter dem katholischen König James, kehrten die beiden Malise-Söhne nach England zurück und gelangten nach und nach langsam wieder zu Amt und Würden. Man sagte (mit gesenkter Stimme und in gut abgeschirmte Ohren), die neue französische Königin von James' Sohn Charles ebne ihren Weg nach oben, wie sie ihn für viele ebne, die ihrer fremdländischen Sprache mächtig und zudem willens wären, das Kreuz vor der Brust zu schlagen.

»Sind ein bißchen zu eifrig darauf bedacht, sich bei Hofe sehen zu lassen«, murmelte Mr. Henry Porter, Eigner von Küstenschiffen, die Steinkohle und getrockneten Kabeljau transportierten.

Sir James Balkwell, Besitzer großer Teile von Buckinghamshire und örtlicher Richter, erwiderte: »Wen kümmert's, ob ein Mann seine Haare kurz geschnitten oder lang trägt, solange er Geld anlegen kann?«

Als er durch die Wiesen zur Straße hinaufstapfte, schreckte John schlafende Schafe auf, so daß sie blökend flüchteten. Auf der Hügelspitze angelangt, legte er die Arme auf eine Mauer und ließ den Kopf auf den harten, feuchten Stein sinken.

Kostspielige modische Wolken aus Spitze und Lockenhaar, die nicht zu ihren scharfen Gesichtern mit den Hakennasen und den dunklen, hungrigen Augen passen wollten, umschmeichelten die Malise-Brüder. Sie ähnelten sich wie ein Paar Jagdfalken.

Die Brüder entflammten einen ersten Funken von Furcht in Johns Innern, schwach wie ein weit entferntes Wetterleuchten am Sommerhimmel. Er kroch in sich zusammen wie ein Kaninchen unter dem Schatten eines Falken.

Die Neuankömmlinge musterten die versammelten Männer mit scharfen Blicken. Sie legten ein gesetztes Benehmen an den Tag, scharrten jedoch auf ihrer Hühnerstange ein wenig mit den Füßen, sträubten das Gefieder und glätteten es wieder. Sie machten die Runde durch den Raum und ließen sich die Anwesenden vorstellen. Dann blieben sie vor dem Kamin stehen. Edward, der jüngere der Brüder, wandte Sir James Balkwell das Gesicht zu. Der Feuerschein flackerte auf Wangen- und Nasenknochen. Sir James sagte irgend etwas. Edward Malise zeigte beim Lachen seine Zähne und änderte Johns Leben ein zweites Mal.

Die Erinnerung loderte weißglühend auf. John sah, woran sein Onkel ihn vergeblich sich zu erinnern gebeten hatte. Er sah Edward Malise im orangefarbenen Schein der brennenden Kutsche lachen. Seine Mutter krümmte sich im grellen Licht ihrer brennenden Gewänder. Sein Vater sackte tot über Johns Beine, und er selbst flog durch den brennenden Fensterrahmen. Sein Haar loderte. Sein Herz war ein Stück rotglühende Kohle. Seine Arme und Beine waren Flammen.

Er kreischte wie ein Dämon und pflügte sich durch die Leiber der Männer hindurch, quer durchs Zimmer, Flammen wie Blitze auf diese orange angestrahlte, frohlockende, hakennasige Fratze des Teufels schleudernd.

Er warf einen Weinbecher durch die Luft, ließ einen blutroten Regenschauer auf Rocksäume und Spitzenstulpen niedergehen.

Ein Papierbündel fiel aus erschreckten Händen. Die Gesichter der Zwillingsfalken schnappten um sich. Für einen Moment, in dem die Zeit stehenzubleiben schien – die Spanne eines Atemzugs oder des Herabsausens der Henkersaxt –, brannte John sich einen Weg durch den Raum, durch die Stille, welche die Ungläubigkeit der Männer und Johns unbeirrbare Zielstrebigkeit schufen.

Seine Finger, rotglühende Messer, suchten nach Edward Malises lachendem Gesicht. Dann umschlang der ältere Bruder, Francis, John von hinten. Der Junge wand sich wild in den Armen des Mannes. Das zweite Falkengesicht starrte ihm ins Antlitz, vor Anstrengung verzerrt, die Zähne gefletscht. John versuchte zu atmen, doch die Arme des Mannes zerquetschten ihm die Lungen. Er entwand sich dem brutalen Griff und schlug das Gesicht zur Seite, so fest er konnte. Francis Malise stolperte zwei Schritte zurück und kippte um. John sog die Luft wie ein Ertrinkender ein und stürzte sich erneut auf Edward.

Francis Malises Füße tanzten noch zwei Rückwärtsschritte durch die Luft, als wollten sie seine Schultern und seinen Kopf einholen; dann schmetterte sein Kopf mit dem saftig-dumpfen Aufprallgeräusch eines überreifen Kürbisses gegen den Steinboden. Seine Lungen keuchten wie Blasebälge.

John sah ihn nicht fallen. Er schrie und hieb nach den vier Männern, die ihn von dem anderen Bruder loszureißen versuchten. Dann ließ die Stille im Zimmer seine Wut allmählich verrauchen. Er blickte dorthin, wohin auch alle anderen schauten. Francis Malise lag auf den Steinplatten, die Arme weit von sich gestreckt, den Mund offen, den Kiefer ein wenig verrenkt. Alle Augenpaare im Zimmer beobachteten, wie ein kleiner nasser Fleck sich dunkel von den Leisten aus im Schritt seiner blaßblauen, aus Seide und Wolle gewirkten Beinkleider ausbreitete.

John vergrub sich tief in den Schatten des Baums der Herrin. Er lehnte sich an ihren Stamm und umarmte sie, um nicht das Gleichgewicht zu verlieren. Er war ein Schilfrohr im Sturmwind der Vergangenheit geworden.

Fünf Atemzüge lang hatte die Stille im flammenerhellten Zimmer angehalten; dann hatten alle auf einmal losgeschrien.

»Francis!« kreischte Edward Malise, riß sich von den Händen los, die ihn hielten, und warf sich neben seinem Bruder zu Boden. »Holt einen Arzt!«

Henry Porter hob Edwards Haupt an und besah sich den Hinterkopf. Ein Mann namens Witty kniete nieder, um sein Ohr auf Francis Malises Brust zu legen, obwohl die besudelten Hosen bereits seinen Tod verkündet hatten. »Zu spät.«

Sir James Balkwell schickte einen Mann aus, um einen Wachtmeister zu holen.

John starrte den Toten auf dem Boden an. Nur sein Zorn hatte das bewerkstelligt, ohne Messer oder Degen oder Keule. Nie hätte er sich träumen lassen, daß er solche Kraft besaß. Nun brüllten alle auf ihn ein.

Stieren Blicks sah er den Männern in die Gesichter. Sein Onkel schob ihn durchs Zimmer, drückte ihn in einen Sessel. Von dort konnte John nur die Schuhsohlen des Toten sowie eine perspektivisch verkürzte Halbinsel aus Kniescheibe, Brustkorb, verrenktem Kiefer und Nasenlöchern sehen.

Tot. Er hatte das getan. Er hatte sie beide in der Hitze seiner Wut verbrennen wollen.

Das Gesicht seines Onkels schob sich fest entschlossen zwischen John und den Toten. »Warum, John? Kannst du dich jetzt erinnern? War er der Mann?«

»Der Teufel hat ihm aus den Augen geschaut«, sagte eine andere Stimme.

Jegliches Feuer war aus John gewichen. Er zitterte. Ihm war kalt. Er fühlte sich sehr jung, sehr verwirrt, zu Asche verbrannt von seinem eigenen Feuer. Er hatte recht daran getan, die Erinnerung hinter dem Tor verschlossen zu halten. Wenn er sie nur wieder zurückdrängen könnte! Dann würde der Mann, der jetzt tot am Boden lag, sich vielleicht wieder erheben und verlangen, daß man John kräftig den Hintern versohlte.

Edward Malise hob den Kopf und blickte John an.

»Sag's mir!« flehte Onkel George. »Warum hast du ihn angegriffen?«

»Ich bin sicher, daß er ihn nicht töten wollte«, ließ sich eine andere Stimme vernehmen.

»Er wollte *mich* töten.«

John blickte in die dunklen, nach Beute spähenden Augen.

»Er wollte mich töten«, wiederholte Edward Malise. »Ihr habt es alle gesehen!«

»Ihr habt meine Eltern umgebracht«, sagte John.

John weinte auf die glatte graue Rinde. Er schauderte und umklammerte den Baum der Herrin. Er weinte, als hätte er nie zuvor geweint. Soviel Leid, dachte er. Mutter! Vater! Der Schmerz des Verlustes! Ich kann ihn nicht ertragen!

Ein Igel raschelte unbemerkt zwischen den Blättern. Später trottete ein Fuchs vorbei, unbeeindruckt von der stillen Gestalt, die den Baum umarmte. Der scharfe Wildgeruch des Fuchses brachte John wieder in die Wirklichkeit zurück.

Er spürte die Kälte seines feuchten Hemdkragens. Tief sog er die Nachtluft ein und rutschte am Baum herunter, um sich auf die Fersen zu hocken, gegen den Stamm gelehnt. Er fühlte sich ein wenig getröstet, und die Erinnerung verblaßte.

George Beester stieß einen langen, zufriedenen Seufzer aus, straffte sich und wandte sich Edward Malise zu. Die Stimmen der anderen Männer verebbten wie eine ins Meer zurückrollende Woge. Gespanntes Schweigen legte sich um John, seinen Onkel und Malise.

Malise schüttelte den Kopf, als wäre er benommen. Er legte eine Hand auf die Leiche seines Bruders. »Vergebt mir, Gentlemen, ich begreife diesen Wahnsinn nicht ...«

»Ihr habt neben der Kutsche gestanden und gelacht!« rief John wutentbrannt aus. Gewiß konnten alle diese weisen älteren Herren die Heuchelei dieses Mannes durchschauen.

»Wann?« verlangte Malise zu wissen. »Was für eine Kutsche?«

»Eure Männer verkeilten die Tür, so daß sie nicht herauskonnten ... meine Mutter, mein Vater und die Amme!«

Malise fuhr sich mit der Hand über die Augen und holte tief Atem. »Könnte wohl jemand anderes dieses verrückte Verhör fortführen? Diesem jungen Mann erklären ... ihm klarmachen, was er getan hat ...« Wieder trafen sich flüchtig ihre Blicke. »Es sei denn, er ist besessen. Dann ist ihm nicht mehr zu helfen.«

John zitterte vor Wut angesichts des mitleidigen, heuchlerischen Untertons, der in der Stimme des Mannes lag.

»Er ist nicht von irgendwelchen Dämonen besessen«, versetzte George Beester, »sondern von Erinnerungen, die kein Kind haben sollte.« Er erhob die Stimme, so daß jeder im Zimmer ihn verstehen konnte. »Als mein Neffe sieben Jahre alt war – manch einer von Euch mag sich daran erinnern – wurden meine Schwester und ihr Gemahl bei lebendigem Leib in ihrer Kutsche verbrannt. Der Junge war bei ihnen, überlebte jedoch. Obwohl ich viel Zeit und Geld darauf verwandte, konnte ich ihre Mörder nie entlarven. Zwar wußte ich, wer ihren Tod gewünscht haben könnte ...«, Beester seufzte erneut und musterte Malise mit zufriedener Gewißheit, »doch ich hatte keinen Beweis. Der Junge selbst erinnerte sich an nichts mehr, was in jener Nacht geschehen war – bis heute abend, als er Euch und Euren Bruder erblickte.«

»Eure Folgerungen sind zu absurd, als daß sie mich beleidigen könnten!« rief Malise.

»Dann sollte Euch die Antwort leichtfallen«, sagte Beester.

Malise forschte in den Gesichtern der Umstehenden nach Anzeichen von Feindseligkeit oder Unterstützung. »Ich schwöre, daß ich unschuldig bin. Ich habe die Eltern dieses Jungen nicht umgebracht, obwohl einige von Euch wissen dürften, daß ich guten Grund hatte, sie zu hassen, so wie meine ganze Familie die letzten beiden Generationen hindurch. Die Gebeine meiner Ahnen wurden durch diese Geier von Nightingale-Emporkömmlingen aus ihren Gräbern gezerrt. Oder habt Ihr die barbarischen Plünderungen König Henrys etwa schon vergessen? Verbannt Ihr seine Opfer so schnell aus Euren Gedanken, wie die Sternkammer die Bedeutung des Worts Gerechtigkeit vergessen hat?«

»Eine Unmenschlichkeit rechtfertigt nicht die andere«, erwiderte Sir James. »Und alte Geschichten von Besitzstreitigkeiten und Exil widerlegen die Beschuldigung des Jungen auch nicht.«

Streng sah er Malise an. »Darüber hinaus solltet Ihr Euch hüten, mit dem Wort ›Unmenschlichkeit‹ hausieren zu gehen.«

»Ihr wißt so gut wie ich, daß nur Wegelagerer die Eltern des Jungen getötet haben können! Das geschieht ja oft genug. Den Malises wird das schuldbeladene Gewissen der Nightingales angelastet!«

»Wo wart Ihr und Euer Bruder in jenem Sommer?« fragte Sir James. »Im August vor sieben Jahren?«

»Wie könnte ich in diesem Augenblick eine solche Frage beantworten ...? Und ich hab's auch gar nicht nötig! Ich bin soeben fälschlicherweise von einem verschreckten, verängstigten Jungen beschuldigt worden, dessen Verstand, wie sein Onkel ja gerade selbst bestätigt hat, durch sein tragisches Erlebnis geistig verwirrt wurde.«

John öffnete den Mund, doch seines Onkels Griff schloß sich fest um sein Handgelenk.

»Vor sieben Sommern«, wiederholte Beester.

Malise starrte George Beester ins Gesicht. »Jetzt fällt's mir wieder ein. Ja, ich entsinne mich. Mein Bruder und ich, wir waren in den Niederlanden ... wir kämpften in einer flämischen Einheit gegen die Spanier und hatten den Grafen de Flores angegriffen, ein ergebnisloses Scharmützel.«

Ein oder zwei Mitglieder der Kompanie ließen ein Raunen

hören. Engländer, die als Söldner dienten, in einer ausländischen Armee! Ehemalige Soldaten, die nun mit ihrem Blutgeld in Handel machten.

Malise spürte den Anflug von Feindseligkeit. »Ich werde Beweise dafür vorlegen. Sobald das geschehen ist, erwarte ich Genugtuung von Euch. So wie ich auf die Gerechtigkeit Gottes und auch der Menschen vertraue, diesen jungen Mann seiner gerechten Strafe für den Mord an meinem Bruder zuzuführen.«

Malise sah in die schweigende Runde und begegnete abschätzenden Blicken. »Es ist sieben Jahre her, und der Junge war zu jener Zeit erst sieben. Führt Ihr so die Geschäfte Eurer Kompanie? Indem Ihr Wahrheit und Vernunft mit Füßen tretet – auf die vage Erinnerung eines geistig verwirrten Kindes hin? Sir James ...?« Unterstützung heischend wandte er sich an Sir James Balkwell.

»Wir alle sind ebenso entsetzt wie Ihr«, sagte Balkwell zu Malise. »Und wir bedauern Euren furchtbaren Einstand in unsere Kompanie. Was die geschäftlichen Aktivitäten betrifft, Sir, so prüfen wir alle Vorhaben ruhig und vorurteilslos. Niemand hier hat jemals Wahrheit oder Vernunft mit Füßen getreten.«

»Dann bin ich also derjenige, der unter Anklage steht?« fragte Malise. »Dieser Mann ...«, er wies auf George Beester, »... hat mich so gut wie des Mordes beschuldigt – nachdem sein Satansbalg von einem Neffen gerade meinen Bruder umgebracht hat!« Sein Blick kehrte zu den schlaffen Gliedern und dem in seltsamem Winkel herabhängenden Unterkiefer des Toten zurück.

»Der Junge muß vor Gericht gestellt werden«, entschied Balkwell. »Es bedarf keiner Untersuchung, um zu diesem Ergebnis zu gelangen ...«

»Es war ein Unfall!« protestierte Beester. »Es war ganz bestimmt ein Unfall. Der Junge mag ihn angegriffen haben – und das mit gutem Grund –, aber er wollte ihn nicht töten!«

»Wir sind mehr als genug, um zu bezeugen, was sich abgespielt hat«, erklärte Balkwell. »Kluge Männer, die Augen im Kopf haben und wahrheitsgemäß berichten werden, was sie gesehen haben.« Er wandte sich an Edward Malise. »Es tut mir leid, daß Ihr Euch in einem so tragischen Moment angeklagt fühlt. Doch der Junge hat gleichfalls eine Beschuldigung gegen Euch erhoben, und die müssen wir ebenso wohlüberlegt untersuchen wie jede andere Angelegenheit. Wie meine Gefühle auch aussehen mögen, ich kann die Meinung seines Onkels nicht teilen, daß es sich um einen Unfall gehandelt hat. Wie auch Ihr habe ich deutlich die Absicht in den Augen des Jungen gesehen. Aus diesem Grunde wünsche ich zu prüfen, was ihn dermaßen gegen Euch aufgebracht hat.«

Ich habe im Zorn einen Mann getötet, dachte John. Eine so tödliche Verderbnis meiner Seele müßte ich doch spüren! Doch er spürte nichts als Zorn.

Im Gefängnis war seine jüngst wiedererlangte Erinnerung noch immer so scharf wie zersplittertes Glas. Sieben Jahre waren seit dem Hinterhalt ins Land gezogen, doch John kam es so vor, als wären nur wenige Tagen vergangen. Er lag auf seiner Pritsche, hörte, roch, sah und fühlte immer und immer und immer wieder. Rauch, schmorendes Fleisch, die Schreie der Pferde und seiner Mutter. Sein eigenes loderndes Haar. Malises Falkenschnabel. Der Knecht seines Vaters, der ihn gerettet hatte und wahrscheinlich ums Leben gekommen war, als John durchs Dickicht kroch, um schließlich den Bauernhof zu erreichen.

John hoffte, daß seine Erinnerungen sich selbst verzehren würden, wenn er sie immer wieder durchlitt. Doch zuerst einmal verzehrten Zorn, Trauer und Schuld *ihn*. Wieder und wieder durchsiebte er seine Erinnerungen auf der Suche nach einer Einzelheit, einem Satz, einem Namen, nach irgend etwas, das seinem Onkel als Beweis gegen die Malises dienen konnte.

Und wieder und wieder fragte er sich: warum? Warum hassen die Malises meine Familie so sehr? Dieser Hinterhalt war eine Verzweiflungstat gewesen. Das Wort »Geier« haftete ihm im Gedächtnis. Er schloß die Augen und sah wieder das flakkernde Licht auf Francis Malises Leiche und das Antlitz des

Bruders. Weitere Worte trieben an die Oberfläche wie sterbende Fische. John rollte sich auf seiner Pritsche zusammen. Waren die Nightingales wirklich Geier gewesen?

Nach drei Wochen im Gefängnis bekam John Angst, nicht vor dem Tod, sondern vor dem Sterben. Der Strang – er hatte einmal miterlebt, wie Freunde eines Verurteilten sich unter dem Galgen von Tyburn an seine Füße gehängt hatten, um die gräßliche Langsamkeit der Strangulation zu beschleunigen. Bestenfalls würde man ihm den Tod eines Gentleman auf dem Block zugestehen. Er versuchte sich einzureden, daß er einfach von diesem Leben ins nächste springen würde, ohne die blutige Bescherung und das rübenähnliche Ding zu sehen, das einst seine Seele beherbergt hatte.

Er wußte, daß man ihn für schuldig befinden würde, denn es war die Wahrheit. Er hatte Francis Malise getötet, im Zorn.

Er wußte, daß die Menschen das Recht hatten, ihn nach dem irdischen Gesetz zu bestrafen, und er hatte eigentlich erwartet, auch an der Seele zu leiden. Doch ganz im Gegenteil – er war immer noch froh, es getan zu haben. Diese Erkenntnis erschütterte ihn zutiefst. Mit vierzehn begann er zu ahnen, daß Gut und Böse, die Werke Gottes und die Werke Satans, am Ende doch nicht durch eine Grenze getrennt wurden, die so deutlich erkennbar war wie ein Flußufer. Als Kind war man entweder gut, oder man war böse. Normalerweise kannte man den Unterschied, und wenn man erwischt wurde, folgte die Bestrafung. Kannte man den Unterschied nicht, hatte man es schlicht verabsäumt, Gottes Willen zu erkennen.

Jetzt, da er seinen kindlichen Glauben am nötigsten gebraucht hätte, erfüllte ihn erbärmlicher Zweifel. John rief Gott an, er möge ihm die Zweideutigkeit seines Gebotes »Du sollst nicht töten« erhellen. Wenn er reuelosen Triumph verspürte, was war dann mit Soldaten, die im Namen des Königs töteten? Und was mit den Soldaten, die auf der anderen Seite töteten? Die langen Stunden, die John in seiner Gefängniszelle wartete, boten hinreichend Gelegenheit für eine göttliche Antwort, doch der Herr faßte sie nicht beim Schopfe.

Ist das wieder eines dieser Erwachsenengeheimnisse? fragte sich John. Daß wir in Ungewißheit wandeln wie die Blinden? Daß Glauben bloß verordnen und hoffen heißt?

Sein Onkel hatte John die Unterbringung in einem Raum inmitten der Schuldner des Fleet-Gefängnisses statt einer unterirdischen Zelle erkauft. Auch ließ er die Münzen seines eigenen Verdachts in die Taschen von Schwatz und Einfluß fallen. Sir James Balkwell war nicht der einzige, der glaubte, Johns Anklage könne auf Wahrheit beruhen. Er und die anderen waren erleichtert, daß man offensichtlich keine Eile an den Tag legte, den Jungen vor Gericht zu stellen.

»Keine echten Engländer, und Mörder noch dazu«, nannte George Beester die Malises, wo immer er ein aufnahmebereites Ohr fand. »Katholiken ... französischer Name. Zu König Henrys Zeit in die Niederlande verjagt. Und jetzt schleichen sie sich wieder zurück, ermutigt von der staunenswerten Tatsache, daß eine französische Königin auf dem Thron von England sitzt, und beschützt von ihren papistischen Speichelleckern.«

Als erfolgreicher, aus eigener Kraft emporgestiegener Geschäftsmann kannte Beester die enge Verbindung zwischen Prinzipien und Portemonnaies und besaß überdies die Mittel, diese Verbindung für die Sache seines Neffen arbeiten zu lassen. Doch selbst so reichten seine Bemühungen nicht aus, obwohl er auf zahlreiche geneigte Ohren traf.

Sechs Wochen nach Johns Verhaftung besuchte George Beester den Jungen im Gefängnis. John rappelte sich von seiner Pritsche auf.

»Man wird dich nächste Woche vor Gericht stellen«, teilte Beester ihm mit. »Die Mehrheit dieser ehrenwerten Männer, die Zeugen von Francis Malises Tod waren, haben erklärt – wenn auch widerwillig –, daß du ihn absichtlich verletzt hast. Das Gesuch, die Angelegenheit als Unfall zu behandeln, wurde zurückgewiesen. Und Edward Malise hat die Unterstützung der Katholischen Partei, die das Ohr der Königin besitzt, für seine Sache gewonnen. Ihr Wort steht gegen die zögerliche Haltung der anderen Seite.«

Beester ließ sich auf einem kleinen Schemel nieder und streckte die Beine weit von sich, um seine Körpermassen auszubalancieren. »Ich glaube nicht, daß ich dich vor Gericht zu retten vermag, es sei denn, wir könnten eine ebenso schwere Beschuldigung gegen Malise vorbringen. Versuch, dich an mehr zu erinnern! Nur ein winziges Detail ... ein Name, der gerufen wurde ... eine Livree.«

John schüttelte den Kopf. »Es tut mir leid. Ich habe es versucht ... Onkel, hatten die Malises irgendein Recht dazu?«

»Hat dir der Teufel ins Hirn gepißt?« George Beester lief rot an. »Du unwissender, böser junger ...« Er unterbrach sich. »Entschuldige! Die Frage ist für einen Jungen in deiner Lage nur recht und billig.« Er musterte seine stämmigen Knie. »Sie hatten kein Recht dazu. Aber das, was sie vorschützten, war ein *Grund*. Und Malise war gerissen genug, dies von Anfang an zuzugeben. Sein Großvater entschied sich für die falsche Seite, gegen König Henry, während dein Großvater sich für die richtige entschied. Die Malises haben alles versucht, um ihre Ländereien zurückzugewinnen. Dein Vater hatte vier Monate vor seinem Tod einen Prozeß in letzter Instanz gewonnen.«

»Ländereien«, sagte John erstaunt. »Das Leben meiner Eltern für Ländereien?«

»Die Malises haben Ungerechtigkeit und Verfolgung geltend gemacht.«

»In gewisser Weise hatten sie recht.«

»Sei nicht töricht! Die Gerichte haben entschieden, daß sie im Unrecht waren. Das ist die Wahrheit, und dabei bleibt es, jedenfalls in dieser Welt. Die Malises sind Mörder. Kein Gesetz, weder göttlich noch menschlich, gab ihnen das Recht, den Henker zu spielen.«

»Ich habe Francis Malise getötet.«

»Aber mit größerem Recht. Und ich behaupte immer noch, daß es ein Unfall war. Und ich habe Unterstützung für beide Anklagepunkte. Aus diesem Grund darfst du nicht vor Gericht erscheinen! In moralischer Hinsicht ist deine Schuld immer noch ein wenig zweifelhaft. All diese offiziellen Worte und Papiere indes werden kein Deuteln mehr zulassen. Die dafür vorgesehene Strafe wird verhängt werden. Ich muß vorher handeln.«

»Ich habe ihn getötet.«

Beester beugte sich vor. »Schwöre mir noch einmal, daß du Edward Malise neben der Kutsche meiner Schwester gesehen hast!«

»Ich schwöre es«, sagte John, »bei allem, was du verlangst.«

Sein Onkel blickte dem Jungen prüfend in die Augen. Dann knurrte er: »In Ordnung. Mehr braucht nicht gesagt zu werden. Sie werden dich nicht auch noch bekommen.« Beester stand auf und glättete seine Gewänder. Er sah keine Veranlassung, dem Jungen mitzuteilen, daß alle vier Besitzungen der Nightingales, einschließlich Tarleton Court, von Vertretern der Krone konfisziert worden waren und in deren Händen verbleiben würden, solange der Prozeß noch in der Schwebe war.

»Wenn diese beiden schuldig sind«, sagte Beester, »kann es möglicherweise irgendwann einmal bewiesen werden. Nur schade, wenn du dann schon tot wärst.«

Er ging zu der unverschlossenen Tür herüber. »Hast du dieses Messer, das ich dir gegeben habe, noch griffbereit?«

John nickte.

»Wenn sich das Gerücht verbreitet, daß ich versuche, deinen Prozeß hinauszuzögern, könnten sich Malise oder ein hilfreicher Spießgeselle versucht fühlen, wieder einmal Gottvater zu spielen. Hier drinnen gibt es nicht genug Wachen. Sei auf der Hut!«

Die schwere, hölzerne Zellentür knirschte über den Boden. John erwachte. Er spitzte die Ohren. Hörte das schwache Kläffen eines Hundes in der Ferne. Im Innern der Zelle rieb Stoff an Stoff. Die gepreßte Stille angehaltenen Atems erfüllte die Dunkelheit. John spürte die Veränderung eher, als er sie sah. Jemand hatte die Tür seiner Zelle geöffnet. Er ließ die rechte Hand unter seine Baumwollunterlage gleiten und umfaßte den Griff des Dolchs, den sein Onkel ihm zugespielt hatte.

Er wartete und lauschte, außer dem Aufruhr in seinem Körper noch etwas anderes zu hören.

Wieder schabte Stoff an Stoff in der Dunkelheit nahe der Tür. Behende wie eine Kreuzotter glitt John seitlich aus dem Bett. Als er auf dem eiskalten Boden lag, horchte er von neuem. Über das heftige Pochen seines Herzens hinweg vernahm er einen rauhen Atemzug, und noch einen. Der Eindringling brauchte dringend Luft und konnte nicht länger stillbleiben. Wie viele waren es?

Lautlos krümmte John sich am Fuß seines Bettes zusammen. Wenn er jetzt angriff, hätte er den kurzfristigen Vorteil der Überraschung. Er veränderte seinen Griff um das Messer. Die Atemgeräusche hatten sich nicht von der Tür fortbewegt.

»John?« Zusammen mit einem gepreßten Atemzug suchte sein Namen sich einen Weg durch die Dunkelheit. »Neffe John? Ich bin's, Mistress Beester.«

Jetzt erahnte er einen Schatten neben der Tür.

»Deine Tante ... Onkel Georges Frau.«

Johns Hand umklammerte das Messer noch fester.

»John, bist du da?«

Der dunkle Schemen bewegte sich, schien einen Schritt zurückzutreten.

»Tante Jane?«

»Es war die richtige Tür! Gott sei Dank! Komm rasch her!« Das Flüstern klang ungeduldig und furchtsam. »Komm schnell! Dein Onkel wartet unten auf der Straße ... Komm!«

John stand freudig erregt auf. Er machte einen Schritt und stieß gegen den Tisch. Er zögerte in der Düsternis. Und wenn sie nun nicht wirklich da war? Es wäre entsetzlich, würde es sich um einen Dämon handeln, der seine unsterbliche Seele versuchte. Er würde verschwinden, und John müßte sich seinen Mut aus dem Nichts wieder aufbauen.

»Gütiger Himmel, jetzt komm schon!« Stoff raschelte. Eine kalte, aber feste Hand strich an seinem Handgelenk vorbei, tastete danach, hielt es fest.

John stürzte durch die Dunkelheit auf die Gestalt zu.

»Schließ die Tür!« flüsterte sie.

Sie durchquerten einen schmalen Gang und gelangten an

eine kleinere Tür auf der schräg gegenüberliegenden Seite. Johns Tante öffnete sie und tauchte mit dem Jungen in ein enges Treppenhaus ein. Die Stufen wanden sich um eine steinerne Spindel herum in einen Schacht aus Dunkelheit hinab, hinab, hinab. John folgte dem schleifenden Geräusch, das die Rocksäume seiner Tante verursachten, die steinernen Stufen hinunter, während die Knie im Rhythmus seines Abstiegs ruckten. Patsch! patsch! riefen seine Füße. Er versuchte leiser zu gehen, während er dem raschelnden Schatten seiner Tante in den Schacht hinab folgte. Tap, tap. Tap, tap. Die Wirklichkeit begann durch seine Betäubung zu brechen. Tap, tap. Mit einer Hand stützte er sich, um nicht das Gleichgewicht zu verlieren, an der spiralförmig verlaufenden Außenwand ab. Die verwitterten Steine pieksten ihn in die Fingerspitzen. Die kalte, feuchte Luft hatte den faulenden Ledergeruch von Fledermäusen. Er entkam. Lebend.

Ein Vestibül. Eine massive Tür, einen Spaltbreit offen. Ein Portal. Ein Durchgang. John roch den Gestank von Innereien und Abwasser, als sie eine Brücke über den Wassergraben des Gefängnisses überquerten und durch ein weiteres Tor schritten. Dann eine Straße. Eine unbeleuchtete Kutsche – und sein Onkel.

»Rein! Rein!«

Pferdehufe knirschten über Stein. Fließendes Wasser plätscherte durch einen im Schatten liegenden Graben. In der Kutsche angekommen, schlang John die Arme um seinen Onkel, nachdem die Tür zugeknallt worden war.

»Du bist noch nicht außer Gefahr«, erklärte Beester und klopfte John auf die breite junge Schulter. »Wir müssen dich noch heute nacht aus London herausbringen.«

»Wie hast du es gemacht?« wollte John wissen. »Wie hast du die Schlösser geöffnet? Wo waren die Gefängniswärter?«

»Aaah«, machte George Beester zufrieden. »Wir leben in einer nachlässigen Zeit.« Er zögerte. Er freute sich über seine kluge Voraussicht; in den vierundzwanzig Stunden nach Francis Malises Tod hatte er soviel Geld wie möglich aus den Besitzungen des Jungen gezogen, bevor die Mühlen der Sternkammer zu mahlen begannen. John hatte sich die Freiheit mit seinem eigenen Geld erkauft, ohne daß es seinen Onkel etwas gekostet hatte. Es war eine elegante Transaktion gewesen. Dennoch war sich Beester nicht sicher, ob der Junge diese Eleganz zu würdigen wissen oder seinen neuen Stand im Leben verstehen würde.

»Bist du dir im klaren darüber, Neffe, daß jetzt all deine beweglichen und unbeweglichen Güter im Besitz der Sternkammer sind? Deine Flucht besiegelt, daß sie als Pfand an die Krone fallen. Deine augenblickliche Freiheit ist alles, was von deinem Erbe übrig ist.«

»Das ist mehr als genug!« erklärte John leidenschaftlich. »Ich danke dir! Und dir auch, Tante!«

»Ich fürchte, das ist alles andere als genug«, erwiderte Beester. »Wie du noch merken wirst.« Er betrachtete die schattenhaften Rechtecke der verdunkelten Fenster, die draußen vor der Kutsche vorbeiglitten. »Und jetzt muß ich dich irgendwo in einem sicheren Bau verstecken.«

Sein Onkel brachte ihn von einem Dock in der Nähe der London Bridge mit einem Boot flußaufwärts. John kauerte im Bug. Er sah die schlafende Stadt vorübergleiten, dann die großen dunklen Häuser am Strand, dann das Durcheinander von Gebäuden, aus dem Whitehall bestand. Später dann die Ansiedlung von Chelsea und sehr viel später den Palast von Richmond. Und weil er erst vierzehn war, betrachtete er das Ganze als ein unglaubliches, höchst spannendes Abenteuer.

Das ist das wahre Leben, sagte er sich, während die entfernten, dunklen Ufer vorüberglitten und weit draußen Hunde bellten. Mir wird eine Prüfung zuteil. Der Zweifel schlief immer noch in seiner verlassenen Gefängniszelle. In seiner Euphorie, den Schrecken von Strang und Block entronnen zu sein, wußte John nun genau, daß seine Hellsichtigkeit zurückkehren würde. Seine Geschichte würde dort enden, wo sie enden sollte: nach wilden Schlachten, abenteuerlichen Reisen und Rückeroberung seines Königreichs an der Seite einer blauäugigen Prinzessin.

Er lehnte sich gegen den Baum der Herrin, zu müde, um sich zu bewegen. Eine Weile lauschte er dem Rauschen und Raunen ihres Meerjungfernschwanzes über seinem Haupt. Dann bemerkte er das Rascheln und Schnüffeln des Igels im Laub zu seinen Füßen, die Gefahr des schon vor langer Zeit vorbeigestrichenen Fuchses. Seine Hose war feucht von der Erde. Seine Beine schmerzten.

Meine Tante hat recht. Ich muß auf der Stelle fort. Ich lasse nicht zu, daß sie mich ein zweites Mal verhaften. Und Malise hier auf dem Grund von Hawkrige House zu töten wäre eine schändliche Art, meinem Onkel und seinen Erben ihre Wohltaten zu vergelten. Ich würde dem armen, alten Harry seine Chancen bei Hofe für alle Zeiten vermasseln.

Er malte sich aus, jetzt in sein Zimmer zurückzugehen und zu packen. Sich zur Mühlwiese davonzustehlen, sein Pferd zu satteln und fortzureiten.

In welche Richtung? fragte er sich. Wie entscheide ich mich?

Er blieb noch eine Zeitlang stehen, ohne sich zu rühren. Malise hatte ihn erkannt, hatte aber nichts gesagt. Warum?

Entweder spielt er mit mir, oder er will etwas. Ich hätte dem, was Hazelton mir mitzuteilen versuchte, mehr Aufmerksamkeit schenken sollen.

Ich werde heute nacht nicht davonlaufen, beschloß er ein wenig später. Ich bin zu müde, und es gibt noch soviel vorzubereiten. Wenn ich mein Leben nicht als Landstreicher und Geächteter fristen will, muß ich meine Flucht vorbereiten. Da Malise bis jetzt noch nicht Alarm geschlagen hat, wird er möglicherweise auch noch ein wenig länger warten.

John konnte nicht mehr nachdenken.

Zum Abschied legte er seine Hand an den Baum der Herrin. Du hast mich also schließlich überdauert, dachte er.

Bitte, bitte, bitte, raunte sie.

Ich wäre ein Idiot, fuhr es John plötzlich durch den Kopf, wenn ich alles aufgäbe, bevor ich weiß, was Malise will.

4

*25. Mai 1636. Mild und still. Kein Tau. Turteltauben wieder im
Buchensteilhang. Äpfel endlich in voller Blüte.*

Tagebuch des John Nightingale, bekannt als John Graffham

Zeal erwachte vorsichtig, wie ein kleines Tier, das vor seinem
Bau in die Luft schnuppert. Sie hielt die Augen geschlossen.
Nach ihrer Erfahrung war dort draußen vor ihren Lidern nur
selten etwas, das sich eilig zu begrüßen lohnte. Resigniert holte
sie Luft; dann schnupperte sie erneut, schläfrig und überrascht.
Das Leinenlaken und die daunengefüllte Decke, die sie bis zu
den Augenbrauen hochgezogen, rochen nach Sonnenlicht. Eine
kleine, unvermutete Wohltat, die sie dem Konto des Tages gut-
schrieb.

Sie reckte ihre schlanken, nackten Glieder. Abrupt schlug sie
die Augen auf. Anstatt an den jähen Kanten ihrer schmalen
Londoner Schulpritsche abzustürzen, lagen ihre Finger und Zehen, obwohl sie diese so weit wie möglich ausstreckte, noch
immer in der Weichheit eines riesigen Federbetts.

Sie stützte sich auf die Ellbogen, atmete schnell. Sie befand
sich an Deck eines schiffsgroßen Betts, das unter vollen Segeln
über ein fremdartiges Meer aus blankpolierten Holzdielen glitt.
Die gebauschten, in Falten drapierten Bettvorhänge ließen den
fernen Horizont der rautenförmigen Fensterscheiben undeutlich
durchschimmern. Die Morgensonne hatte die aus Dunkelheit
und schwankenden Schatten bestehende Höhle der letzten

Nacht verwandelt. Die braune Bettdecke war in Wirklichkeit verblichene rote Seide. Die Vorhänge waren von einem tiefen Mitternachtsblau. Im Fackel- und Kerzenschein der vergangenen Nacht hatte sie die dicken Ausbuchtungen und Kehlungen der vier Bettpfosten oder den staubigen Gobelin über dem Kamin, auf dem Herakles den Giganten Antaeus über seinem Haupt in die Höhe stemmte, gar nicht gesehen. Die bauchigen Bettpfosten ließen Zeal an rundliche Frauenbeine denken, die von strammsitzenden Strumpfbändern eingeschnürt wurden. Zeal stellte sich vor, daß die Beine zu tanzen begännen.

O ja! Sie stieß einen glücklichen Seufzer aus.

Eine neue, unentdeckte Welt. Ein zweites Westindien, eine zweite Virginiaküste. Früher hatte die Notwendigkeit, immer neues Terrain erforschen zu müssen, sie manchmal ermüdet. Aber dies hier war etwas anderes.

Sie vernahm einen merkwürdigen, weit entfernten, an- und abschwellenden Lärm, den sie später ergründen wollte.

Mein eigenes Zimmer auf immer und ewig, dachte sie. Endlich! Das ist es! Sie warf sich wieder in die Kissen, um sich von der Ungeheuerlichkeit dieser Vorstellung zu erholen. So werde ich von nun an jeden Morgen aufwachen. Keine Ortswechsel mehr! Endlich habe ich den Rest meines Lebens begonnen.

Ihr frisch angetrauter Gemahl Harry lag im Zimmer nebenan in seinem eigenen Bett, wo Zeal ihn noch für einige Zeit zu belassen gedacht.

»Gemahl«, sprach sie noch einmal leise zur blauen Seide des Baldachins empor. »Gemahl.« Probeweise. Sie kniff die Augen fest zusammen und schüttelte den Kopf, erfreut und ungläubig. Was dieses eine Wort doch ausmachte! Sie war dasselbe Mädchen wie zuvor, doch weil sie nun einen Gemahl ihr eigen nannte, hatte ihr Leben sich mehr verändert, als sie vorerst begreifen konnte. Die Menschen behandelten sie anders.

»Herrin.«

Entschlossen schob sie die Erinnerung an Mistress Margarets harte Augen und gebleckte Zähne beiseite. Und an Harrys wütende Blicke über die Speisetafel hinweg.

Ich habe es getan, dachte sie begeistert. Ich habe es getan! Irgendwie, trotz meines Onkels ... Ich habe es fest genug gewollt ... Ich brauchte es nur fest genug zu wollen und mich nicht darum zu kümmern, ob es richtig oder pflichtgemäß oder tugendhaft war.

Ein erneuter Anfall von Ängstlichkeit brachte sie dazu, sich auf der Seite zusammenzurollen.

Auch wenn es selbstsüchtig und eigensinnig ist, so darf ich doch nichts darauf geben, was mein Onkel und meine Tante denken!

Vierzehn Jahre lang hatte sie sich bemüht, durch Artigkeit zu gefallen, hatte jedoch erkennen müssen, daß sie weder jemals artig genug sein noch es all den verschiedenen Leuten recht machen konnte. Sie war ihren Eltern eine pflichtbewußte und liebende Tochter gewesen, doch sie hatten Zeal – damals acht Jahre alt – für die höheren Freuden des Himmels verlassen. Daraufhin hatte sie versucht, den verschiedensten Verwandten zu gefallen, die sie aufnahmen. Eine geldliche Zuwendung, die Zeals ererbter Besitz abwarf, sorgte allerdings dafür, daß die Ausgaben für ihre Unterkunft und Verpflegung mehr als beglichen wurden.

Schon bald geriet sie in Verwirrung. Gerade, wenn sie die ausgesprochenen und unausgesprochenen Regeln des einen Haushalts begriffen hatte, wurde sie in einen anderen verfrachtet, wo sie wieder von vorn beginnen mußte. Die eine Tante – aus dem puritanischen Familienzweig – hatte stille, zurückhaltende Kinder geschätzt, die andere – eine Schönheit mit gesellschaftlichen Ambitionen – zog geistreiche vor. Der eine Onkel bestand auf viermaligem Gebet pro Tag, während der andere gegen selbstgerechte Frömmelei und selbstgefälligen Mumpitz wetterte. Mehrere Kusinen hatten sie damit aufgezogen, daß sie dünn und verhärmt und häßlich aussähe, wohingegen ihre Kusine Chloe, die sie für ziemlich schön hielt, neidisch auf Zeals rotgoldene Locken, blaue Augen und helle Haut war.

Was Mistress Hazelton betraf ... Zeal zog die Knie noch ein bißchen enger an den Leib. Mistress Hazelton musterte sie mit diesem eigenartigen, abwesenden kleinen Lächeln, ganz gleich, was sie tat. In den vier Jahren, seit ihr Onkel Samuel Hazelton die Vormundschaft über sie gekauft hatte, hatte Zeal versucht, sich nicht allzuviel darum zu kümmern, was sie möglicherweise falsch machen könnte, und zu übersehen, daß Mistress Hazelton jedesmal die Lippen zusammenkniff, wenn sie mit ihr sprach.

Ihr Onkel machte alles nur noch schlimmer, wenn er sie verteidigte. Er ließ seine Frau spüren, daß er Freude hatte an Zeals Wunsch, Latein zu lernen, und an ihren Fragen, was seine Geschäfte betraf (die auch ihre Geschäfte waren, denn zusammen mit der Vormundschaft hatte er sich den Nießbrauch ihres Vermögens erkauft). Als ihr Onkel sie vor zwei Jahren auf das Internat in Hackney geschickt hatte, um ihr Betragen sowie ihre Tanz- und Stickkünste zu verbessern, war Zeal erschöpft von den vielen Anläufen.

Aber schließlich habe ich doch Anker geworfen, dachte sie. Wenn ich mich hier als Herrin durchgesetzt habe, kann ich mir aussuchen, ob mein zukünftiger Weg gut oder schlecht sein wird. Egal, ob dieses Anwesen nun gut oder schlecht ist, ich werde von ganzem Herzen das Beste daraus machen.

Hinter den rautenförmigen Fensterscheiben fing sich die Morgensonne in den blaßgrünen Baumwipfeln. Zeal streckte sich aus und reckte noch einmal die Glieder. Die verschlissenen Leinentücher streichelten sanft über ihre Haut. Sie spreizte ihre winzigen rosa Zehen wie eine Katze ihre Pfoten und preßte den Kopf in die nachgiebigen, einladenden Federkissen. Jetzt konnte sie den merkwürdigen Lärm draußen erkennen. Es war das unablässige leise Blöken der Schafe.

Lady Beester. Was für ein Theater alle Welt um einen Titel machte. Das »Lady« hatte sogar Mistress Hazelton den Mund gestopft, trotz ihres frömmlerischen Lippenkräuselns über die unzüchtigen Kapriolen des Landadels. Wieder lächelte Zeal zur Unterseite des blauseidenen Betthimmels empor. Was wirklich zählte, war die Tatsache, daß Sir Harry Beester ihr Harry war.

Wie ein Wunder war er aufgetaucht, ein überaus *gentil parfait knight*, und hatte sie von der kläffenden Meute befreit, die hinter ihrem bescheidenen Vermögen hergehechelt war. Großer, hübscher Harry, golden wie Apollon, und freundlich. Ein wenig einfältig manchmal, aber nach sechseinhalb Jahren des Herumgeschubstwerdens maß Zeal beim Abwägen der menschlichen Seele der Freundlichkeit allergrößte Bedeutung zu.

Außerdem war Harry unterhaltsam. Obwohl er schon zweiundzwanzig war, erschien er ihr manchmal genauso jung oder gar noch jünger als sie. Streiche oder auch ein gelegentliches nostalgisches Versteckspiel verschmähte er keineswegs. Er hatte weder seine Hand in ihr Mieder gesteckt, um ihre Brustwarzen zu zwicken, noch hatte er seine Zunge in ihren Mund gezwängt, wie andere Freier es getan hatten. Und was das wichtigste war, er hatte erklärt, daß er gut verstehen könne, wie sehr der Gedanke sie ängstigte, ein Kind zu bekommen. Er hatte es nicht eilig mit einem Erben. Diese Dinge konnten warten, bis sie bereit sein würde. Er hatte ihr einen feierlichen Eid darauf geschworen. Trotz der düsteren Einwände ihres Onkels, daß Harry ein Mitgiftjäger wie all die anderen sei, glaubte Zeal einen guten Tausch für ihr Geld gemacht zu haben.

Sie ruhte im Schatten ihres riesigen Betts, sachte atmend, aufgeregt wie ein Kind, das zum ersten Mal einen Vorgeschmack auf die Macht seines eigenen Willens bekommt. Auch Harry sollte seinen Handel nicht bereuen. Sie würde die nützlichste Ehefrau werden, die ein Mann sich nur wünschen konnte. Sie wußte, daß sie als gesellschaftliche Zierde eine Enttäuschung für ihn war, doch sie würde ihn damit überraschen, wie gut sie Hawkridge House führte.

Sie musterte die unbekannten Objekte ihrer Wahlheimat und machte sich bereit, sie sich einzuverleiben. Zinnschüssel und Zinnkrug auf dem Tisch. Ein Spiegel. Das Ende einer schweren, geschnitzten Eichentruhe. Die verblichenen, samtbezogenen Sitzpolster auf der Nischenbank unter dem nächstgelegenen Fenster. Die silbriggrünen Bäume draußen.

Vor ihrem Fenster vernahm sie außer dem Schafblöken nun Stimmen. Die Inventarliste ihrer neuen Welt wurde plötzlich ellenlang. Die friedvolle innere Wärme schwand dahin.

Wenn ich vorhabe, eine so nützliche Ehefrau zu werden, fange ich am besten gleich damit an, dachte sie trocken.

Sie schob die gesteppte Überdecke beiseite, rutschte über den Morgen Leinenlaken und über die Bettkante zu Boden. Zitternd sah sie sich nach einem Hemd oder einem Gewand um. Ihr Atem bildete ein zartes Wölkchen in der kalten Luft. Die Zimmer auf der Nordseite des Hauses wurden bis in den Juni hinein morgens nicht warm.

Nackt und barfüßig schlich sie zum Fenster hinüber und blickte hinaus.

Die Spuren von emsigen Melkerinnen, Wäscherinnen, Hunden, Knechten und Hühnern verliefen schon kreuz und quer über die *basse-cour*. Harrys Vetter John bog zielstrebig um eine Ecke des Hofs, den Kopf gesenkt wie ein Hund über einer erregenden Fährte. Mistress Margarets Stimme erscholl durch ein offenes Fenster.

Ein kalter Klumpen bildete sich in Zeals Magen. Das Gewicht ihrer neuen Welt lastete schwer auf ihrer Brust. Sie stellte den rechten Fuß auf den linken, um ihn zu wärmen.

All diese Leute erwarten von mir, daß ich ihnen sage, was sie tun sollen.

Sie erinnerte sich an Mistress Margarets Nadellochpupillen und verkniffene Lippen, als sie Zeal in Hawkridge House willkommen geheißen hatte.

Sie kennt das Haus. Sie weiß genau, was sie hier tun und sagen muß, und sie wird auf meine Fehler lauern.

Zeal klappte den Deckel der geschnitzten Eichentruhe hoch. Bis auf ein paar Leinenfetzen war sie leer. Keine Kleider. Gänsehaut prickelte auf ihren Unterarmen; die feinen goldenen Härchen stellten sich auf.

Habe ich hier eine Kammerzofe zum Ankleiden, oder kleide ich mich selbst an, wie in der Schule?

Bei den Hazeltons hatte ihre Zofe Rachel auf einem Rollbett in ihrem Zimmer geschlafen. Hier war sie allein. Sie ließ den Truhendeckel zuknallen.

Ob sie schon alle gefrühstückt haben? Essen sie im Speisesaal oder auf den Zimmern? Wie soll ich Rachel herbeirufen, wenn ich splitternackt bin?

Zeal stellte den linken Fuß auf den rechten.

Mir ist kalt. Und Mistress Margaret haßt mich. Und beim Nachtmahl gestern, dem ersten in unserem neuen Heim, habe ich Harry verärgert.

Sie hatte sich gefühlt, als würden die wütenden Blicke an der Tafel sie aufspießen – Harrys, Mistress Margarets und die ihrer Tante. Sie hatte nirgendwo mehr hinschauen können. Nicht einmal zu Harrys Vetter, John Graffham, der einen so freundlichen Eindruck gemacht hatte, als die Kutschen eingetroffen waren. Aber er hatte Zeal während des Abendessens gar nicht beachtet.

Sie schlang die Arme um ihre vollen Brüste mit den rosigen Nippeln. Beide Füße waren jetzt vor Kälte ganz taub.

Wie konnte ich letzte Nacht nur glauben, ich würde mit all diesen Leuten zurechtkommen? Ich werde für meine Anmaßung büßen. Ich werde die Strafe dafür erhalten, meinen eigenen Weg gehen zu wollen. Ich werde nie herausbekommen, was hier richtig und was falsch ist. Ich werde es nie lernen, dieses Haus zu führen. Harry wird wütend sein. Sein Vetter wird mich bemitleiden. Ich werde für den Rest meines Lebens unglücklich sein.

Sie stieg wieder ins Bett zurück, zog sich die Steppdecke bis zum Hals und starrte in die Vorhangfalten am Bettende. Nein, ich werde nicht weinen, schwor sie sich. Ihre mißliche Lage hatte sie sich ganz allein selbst zuzuschreiben. Wie schon so oft in ihrem kurzen Leben gestattete sie sich eine letzte Atempause, bevor sie sich jedwedem Übel stellte, das ihr das Leben, der liebe Gott oder eigenes Verschulden als nächstes auftischte.

Die Tür öffnete sich.

»Wo wünscht Ihr Euer Frühstück einzunehmen, Madam?«

Zeal war über alle Maßen erfreut, ihre Zofe Rachel zu sehen, eine höchst fromme junge Frau von sechsundzwanzig Jahren, die Mistress Hazelton eigenhändig ausgewählt hatte. An diesem Morgen war die mürrische, pockennarbige Rachel Zeals Schlüssel zu dem neuesten fremden Regelwerk. Sie konnte Rachel bitten, das herbeizuschaffen, was sie selbst nicht zu finden vermochte. Konnte die Last der Unsicherheit auf *sie* abwälzen. Zeal traf ihre erste Entscheidung als Herrin von Hawkridge House.

»Ich werde hier speisen«, erklärte sie bestimmt. »Ich mag dieses Gemach. Wie gefällt es dir hier, Rachel?«

Es sah so aus, als würde der Aufenthalt in einem fremden Haus auch Rachel dazu bringen, einem vertrauten Gesicht gegenüber etwas mehr Warmherzigkeit zu empfinden. »Es ist nicht so schlimm, wie ich befürchtet hab', Madam.«

Kurz darauf, nunmehr in Leinkittel, hochtaillierte Jacke, Strümpfe und Pantoffel gekleidet, ließ Zeal sich mit Brot, Ale und Käse am Fenster nieder. Sie fühlte sich schon besser. Als Rachel ihr beim Ankleiden half, hatte sie sich in Erinnerung gerufen, daß bis jetzt noch jeder Umzug einen Augenblick hilflosen Entsetzens bei ihr hervorgerufen hatte. Jedesmal, wenn sie in einen neuen Haushalt gekommen war, hatte sie die ersten ein, zwei Tage sterben wollen. Und jedesmal hatte sie sich zusammengerissen und das Beste aus der Situation gemacht. Sie hatte sich diesen Flecken selbst ausgesucht und konnte nur sich selbst die Schuld geben, wenn sie scheiterte. Sie hatte Mistress Hazeltons Haushalt als Idealvorgabe. Sie hatte sich durch monatelanges Lernen auf diese Aufgabe vorbereitet. Sie würde auch diesen Anfall von Panik niederkämpfen, so wie alle anderen zuvor.

Rachel stellte eine kleine Truhe neben ihre Herrin. Während das Mädchen einen Holzscheit aufs Feuer legte und ein weites Tageskleid, Mieder, Unterröcke und Ärmel ausschüttelte, nahm Zeal ein Buch aus der Kiste. »Das Juwel der Guten Hausvrouwe«. Es war Pflichtlektüre in der Schule gewesen. Daneben lag »Der Lehrreiche Hausrat«, ein Buch, das Mistress Hazelton ihr anläßlich ihrer Verlobung geschenkt hatte. Zeal selbst hatte sich »Die Vernünftige Küche oder Gewissenhafte Haushaltsführung« bei einem Buchhändler in St. Paul's bestellt, als ihre Heirat beschlossene Sache gewesen war. Sie hatte die drei Bücher auswendig gelernt. Die Vorschriften, die das Käsemachen und Destillieren, das moralische Wohlergehen der Dienerschaft, das Zählen der Weißwäsche und die Bestellung von Bier regelten, schwirrten ihr durch den Kopf. Jeden Tag lernte sie ein bißchen mehr. Eines Tages würde sie in allen hausfraulichen Belangen firm sein. Während sie das Brot mampfte und das Ale schlürfte, las sie, schloß die Augen, murmelte vor sich hin und las weiter.

Eine gute Hausfrau darf weder zulassen, daß die Tischdiener beim Servieren der Mahlzeit ihre Hände an den Vorhängen abwischen, noch daß ein Mann in die Kamine pißt, rief Zeal sich ins Gedächtnis. Eine gute Hausfrau muß unablässig ein Muster an Fleiß und Frömmigkeit für alle Angehörigen der Gutsfamilie darstellen. Sie muß die Haushaltsausgaben kontrollieren und Verschwendung in der Küche vermeiden. Sie muß auf Reinlichkeit in der Molkerei und bei der Leibwäsche ihrer Mädchen achten. Sie muß ihrem Ehegemahl in allen Dingen gehorsam sein. Sie muß eine Wunde verbinden können. Hier auf dem Land, wo sie nicht soviel darüber zu wissen brauchte, wie man sauberes Wasser kauft oder einen frisch gefangenen Fisch erkennt, mußte sie lernen, wie man Salatköpfe pflanzt, Kohl einlegt oder ein Schwein räuchert.

Zeal lehnte sich zurück und blies die geröteten Wangen auf. Entschlossen erhob sie sich. Sie fing am besten gleich damit an, ihren Pflichten nachzukommen. Hände nicht an den Vorhängen. Nicht in die Kamine pinkeln. Nach Motten, Mäusen, Staub Ausschau halten. Käselaibe zählen, Leintücher wenden … nein, die Leintücher zählen und die Käselaibe wenden. Vor Anstrengung, sich das Gelesene ins Gedächtnis zu rufen, schloß sie die Augen und bewegte die Lippen wie im Gebet … Molkerei, nicht bei Tisch spucken, Abendgebete, Tinkturen, Eier …

Wie soll ich Leintücher zählen oder irgend etwas wenden, fuhr es ihr plötzlich durch den Kopf, wenn ich nicht weiß, wo sich alles befindet?

»Rachel!« rief sie. »Bitte schüttel mir ein anderes weites Gewand aus, und such mir ein älteres Mieder aus schwarzer Baumwolle mit einfachem Kragen. Und keine durchbrochene Spitze an den Ärmeln, mit der ich an Türgriffen und Kerzenhaltern hängenbleibe!«

Sie ließ ihre Zofe auf den Knien inmitten eines Wustes aus Wolle, Steifleinen, Seide und Leder aus den Reisetruhen zurück.

In der Vorkammer ihres Zimmers vernahm sie von unten, aus der Eingangshalle, Mistress Margarets Stimme. Zeal verdrückte sich wieder in ihre eigenen Gemächer. Sie würde sich ihrer Vorgängerin zwar früher oder später stellen müssen, aber jetzt noch nicht.

Niemand antwortete ihr hinter der Tür auf der anderen Seite, die in Harrys Gemächer führte. Zeal betrat den leeren Raum, um in die gefahrvollen Gewässer vorzustoßen, die sie auf ihrer pflichtgetreuen Reise zur perfekten Ehefrau durchsegeln mußte.

Bevor eine halbe Stunde vergangen war, hatte Zeal mehr Spaß gehabt als je zuvor im Leben. Vom ersten zaghaften Lüften eines Truhendeckels, um die verbliebenen Leintücher auf dem Boden des Behältnisses zu untersuchen, stieß sie schnell zu dem intensiven, verworfenen Vergnügen erlaubter Neugier vor. Nichts ist so schön wie die freudige Erregung, fremde Kisten, anderer Leute Schränke und verschlossene Türen zu öffnen. Daß es ihre Pflicht war herumzuschnüffeln, steigerte ihr Vergnügen noch.

Hinter Harrys Gemächern entdeckte sie einen kleinen Raum oberhalb der Kapelle am Ostende des Hauses. Sie schob die Nase über den Sims des Innenfensters und spähte glücklich auf bunte Fliesen und geschnitzte Kirchenbänke hinunter. Eine halbnackte Akrobatin balancierte auf einem der Blätterknäufe der Kirchenbank. Auf anderen sprangen Delphine empor, und munter dreinblickende Hähne reckten die Hälse in die Luft, um zu krähen. Ein Affe hockte in einem Hut auf seinem zusammengerollten Schwanz. Kein Totenschädel oder sonst ein *memento mori* in Sicht.

Ich wußte, daß ich dies Fleckchen Erde mögen würde, dachte sie. Der Staubfilm auf der Fensterbank steigerte ihre Freude.

Mistress Margaret braucht also doch meine Hilfe.

Zielstrebig machte sie kehrt, durcheilte Harrys und ihre eigenen Gemächer und begab sich in den noch unerforschten Teil des Hauptflügels.

»Einen schönen guten Morgen, Herrin.« Eine Hausmagd auf dem Treppenabsatz machte einen Knicks.

»Ja, ist er nicht herrlich?« erwiderte eine errötende und glückliche Zeal.

Sie wurde noch glücklicher, als sie die Nase in eine Reihe weiterer Zimmer steckte, stöberte und spähte und linste. Sie sprühte vor Eifer. All ihre alten Ängste waren vergessen.

Ihr Atem ging schneller, als sie sich durch muffige Schätze wühlte. Kämme, in denen noch Haare steckten. Hölzerne Zinken. Ringe, bei denen die Steine aus der Fassung gefallen waren. Ein zerfaserter Strohhut und vergilbte Seidenstrümpfe, die immer noch die Ausbuchtungen nicht mehr vorhandener Köpfe und Zehen zeigten. Hüte, Kragen und ein vollständiger Seidengarten, der mit verblichenem Kettenstich und französischen Knoten auf einen einsamen Kinderhandschuh gestickt war.

Sie nieste ob des Staubs in den Kisten und schlug nach winzigen Motten, die mit staubgrauen Schwingen aufflatterten. Sie würde Lavendel und Wermut zwischen die Kleider legen lassen. Mistress Margaret war wohl schon ein bißchen zu alt, um ein Auge auf alle Kisten und Truhen zu haben. Zeals Hilfe mochte am Ende gar willkommen sein.

Sie hob die zerknitterten Musselinschichten eines Destillationssiebs heraus und geschlitzte Ärmel, die immer noch die Ausbuchtungen von Ellbogen erkennen ließen, und die konzentrischen Ringe eines altmodischen eisernen Reifrocks, dessen Schnüre noch die Spuren jener Knoten aufwiesen, die den Umfang der Taille seiner einstigen Besitzerin bezeichneten, vielleicht einer jüngeren Mistress Margaret. Zeal starrte den Reifrock an. Komisch, dachte sie. Auch Mistress Margaret muß einmal so jung gewesen sein, wie ich es bin.

Auf dem Boden einer Kistenbank fand sie Teile einer alten Rüstung; das Metall war verzogen wie der Panzer eines getrockneten Käfers. Sie ähnelte derjenigen, die Zeals Großvater besessen hatte, von Kämpfen verbeult, ein wenig angerostet und dunkel. Zeal versuchte sich den Mann vorzustellen, der diese Rüstung einst getragen hatte. Verwegen, behende trotz des schweren Metalls, mit stechenden Augen, die wütend durch das Visier blitzten. Ein bißchen wie Harrys Vetter John. Zeal ließ die Hand in den einen der mit Scharnieren versehenen Panzerhandschuhe gleiten und versuchte, die Finger um einen imaginären Schwertgriff zu schließen. Die Metallkanten schnitten ihr ins Fleisch.

Wie stark man sein muß, so etwas tragen zu können! Und solche Taten zu vollbringen. Zeal kam sich ein wenig komisch vor und zog die Hand wieder heraus. Doch der Ritter ihrer Phantasie gesellte sich zu der wachsenden Schar von Geistern und Lebenden, deren Habseligkeiten Zeal aus Truhen und Schränken zerrte und an sich riß. Zum ersten Mal seit dem Tod ihrer Eltern schrieb sie eine neue Geschichte der Welt, in der sie nicht mehr am Rande stand, sondern im Mittelpunkt.

Hinter einem Salon im ersten Stock und zwei Schlafkammern wandte Zeal sich nach links in die Lange Galerie, die den gesamten ersten Stock vom Westflügel des Hauses einnahm. In der Galerie hätten acht Kutschen hintereinander Platz gehabt. Sie bestand ganz aus vergoldetem Holz – der gewachste Fußboden und die Wandvertäfelung waren mit geschnitzten Bossen und Falzen versehen –, das gesprächig unter Zeals Füßen und Händen knarrte. Die Sonne schien durch die Fenster an der langen Außenwand und der südlichen Stirnseite herein. Die Galerie war warm und roch nach Honig und Bienenwachspolitur.

»Aaah«, machte Zeal laut. Sie hob ihre Röcke und rannte von der Tür zum Fenster auf der gegenüberliegenden Seite. Der Boden vibrierte wie eine riesige Trommel unter ihren Füßen. Das Echo ihrer Schritte hallte von den holzverkleideten Wänden zurück. Glücklich keuchend setzte sie sich einen Moment auf den hölzernen Stuhl unter dem Fenster.

In der Mitte der langen, fensterlosen Innenwand befand sich ein Kamin. Zeal ging zu ihm hinüber und rümpfte die Nase. Mit Sicherheit gab es hier ein Problem, das aus der Welt geschafft werden mußte. Und diese Entdeckung machte sie noch ein bißchen glücklicher.

John stand früh auf und horchte eine Zeitlang an der offenen Tür seines Zimmers. Dann zog er die wollenen Arbeitshosen, das Leinenhemd und sein Lederwams an. Die seidenen Kniehosen und das gepolsterte Wams, die Arthur für ihn bereitgelegt hatte, beachtete er nicht. Er nahm ein rasches Frühstück auf seinem Zimmer ein, bestehend aus einem Becher Ale und einem Stück kalter Fleischpastete.

Kommentarlos faltete Arthur Johns Festtagskleider zusammen und verstaute sie wieder in einer Truhe. Arthur war vierundzwanzig, blond und sommersprossig. Auf einem Gut bei Basingstoke geboren, war er im Alter von zehn Jahren nach Hawkridge House geschickt worden, um hier als Hausknecht zu dienen. Als Jungen hatten er und John zusammen gefischt, geschwatzt, gerungen und waren Schwimmen gegangen, sooft John das Gut seines Onkels besucht hatte. Mit elf hatte Arthur ihm den Baum der Herrin gezeigt und ihn so lange herausgefordert, bis er seine Hand auf jene Stelle gelegt hatte, wo sich ihre Schenkel trafen.

Als John im Alter von vierzehn plötzlich für immer nach Hawkridge kam, war der damals zwölfjährige Arthur wie die meisten Gutsangehörigen, die John kannten, von dem geheimnisvollen Drama fasziniert gewesen, das sich an einem fernen Ort abgespielt, Johns Namen von Nightingale in Graffham verwandelt und ihn an diesen Flecken geführt hatte, der, wie man schließlich begriff, ein Versteck darstellte.

Als die beiden Jungen sich wiederbegegneten, benahm Arthur sich äußerst schroff. Er wollte nicht, daß John von ihm dachte, er nutze die Vertrautheit aus, die sie als Kinder verbunden hatte. John hingegen war mit anderen Dingen beschäftigt und schien mit seinen Gedanken weit weg zu sein. Ein paar Monate machten sie noch so weiter – Arthur abweisend und allzu schnell darauf bedacht, den Hut zu ziehen, John in Gedanken versunken, doch mit dem Gefühl, einen weiteren Verlust erlitten zu haben. Dann aber begann John sich Arthur wieder zu nähern, mit ihm zu reden, seine Meinung einzuholen, und Arthurs Kamm schwoll wieder ab.

Als John nach und nach die Leitung des Guts übernahm, bat er Arthur mehr und mehr um Hilfe, die ihm leicht gereizt und trotzig gewährt wurde. Das Verhältnis der beiden jungen Männer entspannte sich allmählich und gedieh zu einer Art respektvoller Kameradschaft, die indes nie wieder ganz die kindliche Ungezwungenheit von einst annahm. Schließlich wurde Arthur offiziell vom Hausknecht zu Johns Leibburschen befördert. Er schenkte John seine Treue und eine Aufrichtigkeit, die nie schmeichlerisch war. John dankte es ihm, in dem er Arthurs sicheres, aber eintöniges Leben bunter gestaltete. Zudem hatte Arthur das eher flüchtige, jedoch befriedigende Vergnügen, dem Mann an der Spitze nahe zu sein; alle glaubten, er würde Johns Gedanken kennen, auch wenn dem nicht so war. Ihre Beziehung war freundlich und vertrauensvoll, doch sie war auch noch nie auf Herz und Nieren geprüft worden.

Nun beobachtete John Arthur nachdenklich und erwog, ihn ins Vertrauen zu ziehen, beschloß dann aber, damit noch zu warten. Er nahm seinen Ledergurt und den Dolch vom Haken an der Wand und begab sich durch eine Seitentür in den kleinen Raum über der Kapelle, wo er sich ans Fenster stellte und auf die *basse-cour* hinunterschaute.

Das satte Plumpsen und Schwappen der Milchkannen drang durch die offene Tür der Molkerei. Ein Junge fegte verträumt den Ziegelfußboden. Eine Katze döste zusammengerollt auf einem Faß in der Sonne. Zwei Wäscherinnen traten aus dem Waschraum, die Köpfe über einem schweren Korb mit nassen Leintüchern zusammengebeugt, die sie zum Bleichen auf dem Rasen auslegen wollten. Nichts deutete auf das mögliche Erscheinen von Bewaffneten hin, die Malise gerufen haben könnte.

Na ja, dachte John mit trockenem Humor, auf alle Fälle habe ich schon seit Jahren keinen so aufregenden Tag mehr erlebt. Ich wüßte gern, ob es mein letzter hier sein wird. Er benutzte seinen Sarkasmus, um ein verwirrendes Gefühl des eigenen Versagens vor sich selbst zu verbergen.

Er schritt in sein Amtszimmer hinunter, wo er ein dünnes Bündel Papiere, einen Beutel mit Münzen und seine Pistole zusammensuchte; dann verschloß er alles in einem Schrank, der in die Wand eingelassen war. Er öffnete die Türen und Schubladen seines Sammlerkabinetts, um sie alsbald wieder zu schließen. Einer von Malises Männern schlenderte über den Vorhof. John beobachtete ihn einen Augenblick. Dann verließ er das Gutskontor, um sein Messer am Wetzstein im Schuppen draußen vor der Küche zu schärfen.

Sein Onkel brachte John sicher nach Hawkridge House und reiste sofort wieder ab, ein einsamer Reiter und sein Diener, die nur vom Hauspersonal und zwei Stallburschen gesehen wurden.

Tante Margaret wohnte damals bereits seit fünfzehn Jahren auf dem Anwesen und hatte sich mit einem Leben als alte Jungfer abgefunden. Zuerst hatte sie gezetert und geschrien, daß es ihrer aller Ruin sei, falls man John hier entdecken und von neuem ergreifen würde. Dann aber, immer noch düstere Prophezeiungen vor sich hin murmelnd, hatte sie Umschläge auf Johns Wunden und Hautausschläge gelegt, die er sich im Gefängnis (sogar in seinem oberirdischen Gemach) zugezogen hatte. Sie ertränkte ihn beinahe in Heiltinkturen, Absuden und nahrhaften Brühen. Sie tauchte ihn unter Wasser, um ihn von Flöhen und Läusen zu befreien. Sie betete zweimal am Tag für ihn, auf den mit Tulpen und spanischen Granatäpfeln geschmückten Fliesen der Kapelle kniend, den Kopf gesenkt zwischen der Akrobatin, dem Affen und einem Gockel, der von einem Fisch verschlungen wird.

»Armes, armes Lämmchen. Arme kleine Seele, zweifach beraubt. Mein armer lieber Neffe, so tapfer und doch so unglücklich!«

»Mir geht es gut, Tante! Mir geht's gut! Ich brauche keine Arzneien!«

Doch sie verfolgte ihn mit Minze und Rosmarin, mit Knoblauch und Weidenrinde und mit der Panik unerwartet übernommener Verantwortung. Wie sein Onkel begriff Margaret besser als John, daß der Schmetterling nun seine Entwicklung umkehren und wieder zur Raupe schrumpfen mußte.

Eine Woche nach Johns Ankunft tauchten zwei Soldaten auf. Sie führten höfliche Verhöre. Niemand von Bedeutung hatte Beweise dafür, daß Beester für die Flucht seines Neffen verantwortlich war, wie sehr manch einer ihn auch verdächtigen mochte. John erlebte die Vorstellung seiner Tante natürlich nicht mit, da er im Dachgeschoß versteckt war, doch er pickte ehrfürchtige Bemerkungen der Dienerschaft auf. Die Soldaten ritten noch am selben Tag wieder fort, gut verköstigt und ohne Arg.

John verbarg sich zwei weitere Wochen im Haus, in deren Verlauf er sich über seine neuen Lebensumstände klar wurde. Er verbarg sich in den Verstecken seiner Kindheit, im Dachstuhl der Kapelle oder in den Mansarden über der Langen Galerie, um seiner Tante und den neugierigen Hausbediensteten aus dem Weg zu gehen. Allein in den leeren, offenen Zimmern über der einschläfernden Hektik des Hauses, dachte er darüber nach, was es hieß, geächtet zu sein – außerhalb des Gesetzes, jenseits aller normalen Tagesabläufe, die einen Mann daran hinderten, aus dem Leben seiner Mitmenschen zu entschwinden wie ein Aschenkrümel durch den Schornstein. Er machte sich mit der Tatsache vertraut, daß er jetzt kein Heim, kein Geld mehr hatte. Was Unterkunft, Verpflegung, Kleidung, Erziehung und Vergnügungen anbelangte, war er völlig auf die Großzügigkeit seines Onkels angewiesen, der bereits soviel für ihn ausgegeben und riskiert hatte. Nie würde er nach Tarleton Court oder auf ein anderes seiner drei Anwesen zurückkehren. Die Männer und Frauen, die ihn seit seinem siebten Lebensjahr ihren Herrn genannt hatten, dienten nun einem anderen Herrn, als habe er, John, nie existiert. Er weinte um seinen Jagdhund Galen, in dessen Pferch im Hundezwinger von Tarleton Court er oft geschlafen hatte, nachdem das Tier zu groß für das Bett des Jungen geworden war.

Nachdem er zwei Wochen lang solche und ähnliche Gedanken gewälzt hatte, kam John zu dem Ergebnis, daß er sich entscheiden müsse, entweder hier inmitten der Mäuse- und Fledermausskelette zu sterben oder in die Welt da unten zurückzukehren, die sich wie ein Vorhang vor ihm zugezogen hatte. Er mußte die Vorhänge mit Gewalt wieder auseinanderreißen oder sich einen Weg hindurchschneiden. Anderenfalls würde die endgültige Trennung seiner Seele und seines Körpers im Akt des Sterbens nichts als ein belangloser Nachhall des wirklichen Todes sein, den er bereits erlitten hatte.

Also kam er vom Dachstuhl herunter und riß seiner Tante zum Trotz aus seinem neuen Gefängnis aus und zeigte sich auf dem Gut – zur Erleichterung und großen Zufriedenheit aller Arbeiter und Pächter, die über nichts anderes mehr gesprochen hatten, seit John eingetroffen war. Einige wußten, wie Arthur, daß John ein Neffe von Sir George war. Doch wenn ihr Herr und Mistress Margaret ein Geheimnis aus der Ankunft des Jungen machen wollten, dann waren sie es zufrieden, an der Verschwörung teilhaben und herumrätseln zu können.

Während er die nach Gras duftende Luft mit einer so tiefen Freude einsog, daß er den Tränen nahe war, schritt der vierzehnjährige John mit den langen Beinen eines halbwüchsigen Hengstfohlens die überwucherten Felder ab. Er sah zusammengebrochene Mauern und Zäune, heruntergleitende Dachziegel, durchhängende Strohdächer und rissige Balken.

Sir George war mehr Kaufmann als Landwirt. Auf alle Fälle zog er sein wollproduzierendes Gut in Somerset und sein Londoner Stadthaus diesem winzigen, von aller Welt abgeschnittenen und unergiebigen Sumpf in Hampshire vor, wo die Nachricht von Königin Elizabeths Tod erst drei Wochen später eingetroffen war und nicht wenige glaubten, England befinde sich immer noch im Krieg mit Spanien.

John entdeckte das fehlende Dach auf dem achteckigen Taubenschlag und den fehlenden hölzernen Tragbalken in der Mitte, an den die Leiter angelehnt werden mußte, wenn man Eier einsammeln oder Tauben für den Kochtopf fangen wollte. Bis vor kurzem hatte John die Macht und das Vorrecht zum Handeln besessen und dann verloren, doch binnen einer Woche hatte er begonnen, die Dinge wieder in Ordnung zu bringen.

Wenn er seine Tatkraft schon nicht, wie es sich für einen Gentleman gehörte, auf Jagd, Studium, Tanz und Politik verwenden konnte, solange er sich hier verstecken mußte, würde er sie eben für andere Dinge nutzen.

John war klug genug, gemächlich zu beginnen. Er fand heraus, daß man niemanden auf dem Gut darüber belehren mußte, daß er – nach seinen Vettern James und Harry – der dritte in der Erbfolge Sir Georges war, und das verlieh seinen Worten Gewicht. Dennoch begann er bescheiden, indem er Mauern ausflicken, Dachziegel auf dem großen Haus ersetzen und Katen reparieren ließ. Zuerst wandte er sich brieflich an seinen Onkel. George Beester war es zufrieden, seinen Neffen nach Belieben walten zu lassen, solange es den Zustand des Guts verbesserte und nicht allzuviel kostete.

Kühner geworden, durchstreifte John die Hügel und wieder zugewachsenen Rodungen, wo er Gestrüpp und schützendes Dickicht für das Jagdwild bestimmte. Er legte den Verlauf überwucherter Feldgrenzen neu fest und stellte – dem Rat des Plinius und Columella gemäß – neue Bienenkörbe auf. Als nächstes verpflichtete er einen Rutengänger, ließ einen Brunnen ausheben und eine Pumpe anbringen, um den Küchengarten zu bewässern. Als sein erstes Jahr auf dem Gut sich dem Ende zuneigte, hatte er Mauern errichten lassen, um der Buchen- und Eichenwildnis weiteres Gartenland zu entreißen.

Der Beifall sowohl seines Onkels als auch der Mehrheit der Gutsangehörigen erstaunte ihn ein wenig. Er hatte noch nicht einmal ansatzweise begriffen, wie dankbar die meisten Menschen sind, wenn jemand anders die Entscheidungen für sie trifft, um so mehr, wenn dies mit Feingefühl und Anstand geschieht.

Seine Tante hatte alle Hände voll zu tun, die sechzehnköpfige Hausfamilie – Diener, Gäste, Pastor und sich selbst – zu verköstigen, die sich jeden Mittag und Abend im Großen Speisesaal zu Tisch setzte. Als Königin von Vorratskammer und Küche herrschte Margaret auch über die Gärten, die ihre Kochtöpfe füllten. Hoch beglückt überließ sie ihrem energiegeladenen Neffen die unlösbaren Probleme, die Schnecken, Spatzen, Würmer, Hagel, zu viel Regen, zu wenig Regen, Brand, Frost, Welkekrankheit, Kaninchen, Diebe sowie die Auswahl der richtigen Kohlsaat aufwarfen. John packte all diese Probleme an. Er entwarf Pläne, stellte lange Listen auf, schrieb Briefe in Latein (unterzeichnet mit dem neuen falschen Namen, den sein Onkel ersonnen hatte) nach London, Antwerpen und Amsterdam, um Rat und Schößlinge zu erbitten. Was er nicht wußte und nicht erfragen konnte, suchte er sich aus seiner wachsenden Bibliothek griechischer und römischer Gelehrter heraus.

Ein Prinzlein wird nicht gern zum Bettler. Ob sein Onkel es nun zur Notiz nahm oder nicht, ob es ihn kümmerte oder nicht, John vergalt ihm seine Fürsorge mit tadellosen Mauern, wasserdichten Dächern und gesundem Vieh, seiner eigenen Selbstachtung zuliebe. Er begrünte die Mauern und erfüllte die Luft mit dem Duft der Roten Boskop, *Pommes de Rambure*, geruchsintensiven Gravensteiner, Goldparmänen, Jonathan, Scharlachbirnen, Damaszener, Chamäleonkirschen, Berberaprikosen, Löwenpfirsiche und der Muskatpflaumen.

Sir George kam nur zweimal zu Besuch. Er war erfreut über die inoffizielle Verwaltertätigkeit seines Neffen, für welche die kleine Jahrespension reichte, die Beester dem Jungen ohnehin ausgesetzt hatte. Doch nachdem Johns drittes Jahr zur Hälfte vorüber war, schickte sein Onkel ihm einen neuen Pastor als Verbündeten und Gefährten.

Dr. Bowler hatte viele Jahre lang als Hauslehrer der vereinten Familien Beester und Nightingale gewirkt und eine ganze Generation von der Taufe bis zum Ehegelöbnis begleitet. Er kam auf einem schmutzverkrusteten Karren an, ängstlich und von festverschnürten Bündeln umgeben, die sämtliche Bände von Caxtons Herbarium, Scribonius, Vergil, die *Recettaria Fiorentina*, Plinius (komplett), Cato, Varro sowie Framptons Übersetzung des spanischen Werks »Ergötzliche Neuigkeiten aus der Neuen Welt« enthielten. Auf seinem Schoß lag das Ei eines Helmkasuars, das die erste Kuriosität in Johns Sammlung werden sollte.

Sir Georges Geste war nicht allein auf Großzügigkeit zurückzuführen. Dr. Bowler war ein entsetzlicher Geistlicher. Ihm ging jedweder Sinn für das moralische Absolutum ab. Die Stimme des Herrn drang nur undeutlich zu ihm durch. Sobald er starke Überzeugungen hegte, die sich mehr der einen als der anderen Seite zuneigten, zweifelte er an seinem Recht, entgegen den Ansichten eines anderen auf seinen eigenen zu bestehen. Gemeindemitglieder, die nach Bestrafung lechzten, waren genauso unzufrieden mit ihm wie diejenigen, die sich nach Absolution sehnten. Sir George glaubte, der kleinen Gemeinde von Hawkridge, dem alten Mann und vor allem der eher fordernden Gemeinde wohlhabender Wollhändler in der Nähe von Exeter einen Gefallen getan zu haben, in der Dr. Bowler zuvor als Geistlicher gewirkt hatte.

Bowler stellte jedoch auch seine Fähigkeiten als Lehrer in Frage. »Ich fürchte, ich könnte dich in die Irre leiten«, erklärte er John mehr als einmal. »Die Erziehung ist ein überaus gefährlicher Sporn für die menschliche Seele. Sie führt zu Verständnis, und Verständnis führt zu Sympathie. Ich bin bestürzt, wie überzeugend und verständlich ich manchmal die Worte überführter Ketzer finde, ja selbst Ungläubiger. Woher soll ich wissen, ob ich nicht eines Tages gar so weit gehen werde, ihnen zuzustimmen?«

Doch er paßte zu John, und John paßte zu ihm. John für sein Teil hegte noch immer wie weiland im Gefängnis den Verdacht, daß der menschliche Glaube möglicherweise aus der Verzweiflung geboren sei. Daß der Glaube an ein Paradies, welches über seinen kleinen Garten Eden hinausging, den er hier bereits besaß, somit nur aus dem unbedingten Bedürfnis nach einer besseren Welt erwuchs. Trotz Dr. Bowlers Vorbehalten gegenüber dem Unterricht teilten sie die Leidenschaft, wissen zu wollen.

»Hast du schon gelesen«, pflegte Dr. Bowler etwa zu sagen, wenn er mit einem Buch in der Tür zu Johns Amts- oder Schlafzimmer auftauchte, »daß das Einweichen der Kerne in Honig vor dem Einpflanzen die Melonen süßer macht? Hältst du es für wahrscheinlich, daß die Süße, in so geringer Menge zugeführt, sich dennoch solcherart zu verbreiten vermag, daß sie eine Wirkung auf ein halbes Dutzend Früchte zeitigt?«

»Laßt es uns ausprobieren«, erwiderte John. »Die eine Hälfte der Kerne mit Honig, die andere Hälfte ohne, in dasselbe Beet gepflanzt.«

»Das wird ein Vergnügen, die Ergebnisse zu prüfen!«

Und zwei emsige Arbeiter machten sich auf der Stelle ans Werk, das Melonenbeet vorzubereiten.

Bowlers Unsicherheit trieb John dazu, die Existenz unwiderlegbarer Wahrheiten zu beweisen – daß beispielsweise ein von einem Busch abgeschnittener Setzling immer genauso wie die Mutterpflanze wurde, während ein Samen sich oft anders entwickelte. John sagte sich immer, daß er dem alten Mann als auch sich selbst und seinem Onkel zuliebe darum ringe, die erschreckende Unordnung der Natur zu besiegen und in eine greifbare Form zu bringen. Elf Jahre lang hatte er sich selbst dazu getrieben, die Ordnung aufrechtzuerhalten und zu verhindern, daß das Entsetzen ihn oder die Menschen, die er liebte, ein weiteres Mal heimsuchte.

Während John darauf wartete, Malises Absichten zu erfahren, warf er sich mit einer Hemmungslosigkeit von einer Aufgabe auf die nächste, die sogar seine Untergebenen erschreckte, welche ja an seinen unerbittlichen Enthusiasmus gewöhnt waren. Im Küchengarten spornte er die Jäterinnen an, die bereits emsig auf Händen und Knien zwischen dem frischen blassen Grün der jungen Gemüsepflanzen zugange waren. Er dünnte eine Spätsaat junger Küchenkräuter aus und topfte sie um. Zusammen mit dem Küfer kümmerte er sich um das zerbrochene Rad an Harrys Kutsche.

Als er auf dem Weg zu einem Vorratsschuppen die *basse-cour* überquerte, war Lady Beesters blasses Gesichtchen am Fenster ihres Zimmers aufgetaucht und wieder verschwunden wie ein Kaninchen in seinem Loch. Weitere Anzeichen von Harry oder seinen Gästen entdeckte John nicht.

Als kurz nach Mittag die Glocke des Brauhausturms zum Essen läutete, zögerte John, überlegte und sah schließlich ein, daß er kein zweites Mahl mit Edward Malise durchstehen würde, nicht jetzt, wo sie einander erkannt hatten. Er entschuldigte sich bei seiner Tante, holte sich Brot und kaltes Fleisch aus der Küche, schlenderte durch die Gärten zu den Feldern dahinter, oberhalb der Mühle, wohin sein Pferd vorübergehend gebracht worden war, um in den Ställen Platz für die Londoner Gäule zu schaffen. John lehnte sich kurz gegen die Mauer, aß und kaute viel zu schnell. Er schaute seinem Pferd beim Grasen zu und überlegte sich, wie er im Notfall am besten an Sattel, Zaumzeug und Satteltaschen käme. Dann erklomm er den Hawk Ridge und suchte die Straße nach Reitern ab. Sie war leer.

Nach dem Mittagsimbiß gönnte John sich zwanzig Minuten mit dem Rücken in der Sonne. Den Kopf frei bis auf die Gedanken an den ewigen Kampf zwischen der Symmetrie und dem Drang der Natur zum Chaos, stand er mit Bindfäden zwischen den Zähnen da, während er die Äste eines jungen Pfirsichbaums an die warme, backsteinerne Südwand band. Die Blüten hatten sich bereits auf den kurzen, mit grauer Rinde bedeckten Spornen geöffnet.

Ich bin spät dran mit dieser Arbeit, dachte er, aber bis jetzt war keine Zeit dafür. Ein Vogelschwarm glitt schwingenrauschend über seinen Kopf hinweg – ein Geräusch, als würde man eine Handvoll Sand verstreuen. Im Augenwinkel erblickte John noch einen von Malises Männern.

Er machte sich in Richtung Taubenschlag auf, der in einem Haselnußgehölz oberhalb des höchstgelegenen Weihers stand, um nachzusehen, ob genug Mist für die neuen Rosen vorhanden war, die Sir Richard Balhatchet aus London mitzubringen versprochen hatte. Taubenmist war der beste Dünger und blieb seinen kostbarsten Pflanzen vorbehalten. Der Dung von Geflügel und Schweinen wurde für Bohnen und Kohl verwendet. Hausabfälle wurden brachliegendem Land untergepflügt, um den Boden fruchtbar zu machen.

Malises Mann folgte ihm.

Aha, dachte John. Ich soll ihm also nicht entwischen. Warum gehst du nicht zu deinem Herrn und sagst ihm, er soll kommen und sich erklären?

Als John die *basse-cour* überquerte, beugte seine Tante sich aus einem der oberen Fenster des Hauses.

»John! Warte! Ich muß mit dir sprechen. Ich weiß nicht, was ich tun soll!«

John drehte sich halb um. Malises Mann drückte sich auf dem von Bäumen gesäumten Durchgang zwischen Küche und Garten herum.

Während seine Tante herunterkam, öffnete John das Tor zum Hundezwinger und hockte sich hin, um die schweren, gerundeten Flanken von Cassie, der trächtigen Hündin, zu tätscheln. Heute stand sie sicher auf allen vieren und trug geduldig die Last, die sie mit sich herumschleppte. Sie versuchte gar nicht erst, wie gewöhnlich Johns Ohren abzulecken, obwohl sie in ihrer Reichweite waren, sondern preßte nur den Kopf gegen seine Schulter und blieb so stehen. Er fand die Geste merkwürdig ergreifend.

»Hast du Angst, altes Mädchen?« fragte er sie. »Oder glaubst du, daß ich getröstet werden will?«

»Warum solltest du den Wunsch haben, getröstet zu werden? Hat Malise dich wiedererkannt?« Tante Margaret wartete Johns Antwort gar nicht erst ab. »Ich hoffe, dem ist nicht so. Harry kann ohne dich nicht auskommen – er hat nichts dazugelernt, seit er fünf war.«

John richtete sich auf. Seine Tante erinnerte ihn immer an bestimmte Kräuter – ein wirres, holziges Knäuel mit einem Glorienschein aus unordentlichem Flaum. Am heutigen Nachmittag sah sie zudem aus, als wäre sie einem achtlosen Gärtner unter die Füße geraten. Ihre Körperhaltung war schief, die Finger verkrampft, der Hals steif und ihr Gesicht so gerötet, daß es wie verbrüht aussah. Ihre Miene schwankte zwischen Wut und Tränen.

»Ich weiß wirklich nicht, was ich tun soll!« wiederholte sie.

»Komm mit mir zum Taubenschlag!«

Mistress Margaret rannte so zügig los, daß John seine Schritte verlängern mußte, um mitzuhalten.

»Ich kann nicht mehr hierbleiben, John!« stieß sie plötzlich hervor. »Nicht mit dieser schnippischen kleinen Ziege als Herrin! Ich hab's dir ja gesagt, daß sie mich vertreiben würde! Und ich weiß nicht, wo ich hin soll!«

»Lady Beester?« fragte John perplex. »Dieses schweigsame kleine Mädchen will dich vertreiben?«

»Sie ist ein Ungeheuer!« rief Tante Margaret aus. »Und ich kann nirgendwo hin! Nirgendwo!«

John bugsierte sie von der *basse-cour* zum Bogen des Haupttors und nickte vier Wäscherinnen zu, die im Waschhaus Kleider trockenschlugen.

»Du hättest die Göre beim Mittagessen erleben sollen! Man könnte meinen, sie wäre schon ihr Leben lang Hausherrin gewesen und nicht erst seit fünf Sekunden!«

Sie stapften zwischen Hennen und Perlhühnern hindurch zu dem schmalen Rasenstück, das die Hofmauer vom mittleren Weiher trennte.

»Das hört sich ja an, als hätte sie eine wundersame Wandlung erlebt. Ist sie denn nicht mehr der bleiche, stumme Schatten von gestern? Was hat sie getan?«

»Sie hat die Schlüssel von mir verlangt!« erklärte Mistress Margaret schrill. »Und in meinen Truhen und Schränken herumgewühlt.«

»Aber das würde jede neue Hausherrin tun.«

»Ich habe diesem Haus dreißig Jahre lang vorgestanden«, sagte seine Tante, und ihre Stimme war plötzlich eiskalt angesichts seines Verrats. »Ich bin die wahre Herrin von Hawkridge House.«

Vorsichtig bemerkte John: »Unser aller Leben hat sich verändert. Liebste Tante, wir müssen uns damit abfinden ...«

»Sie behauptet, wir hätten *Motten*!«

Beinahe hätte John gelacht. »Aber wir haben natürlich keine, oder?«

Seine Tante schwieg, während sie den Bowlingrasen überquerten und durch die Hecke hindurch zu dem Haselnußdikkicht gelangten, das den Taubenschlag umgab.

Ein Pfautäuberich watschelte über das Gras der Lichtung; aufgebläht wie das Focksegel einer Galeone in steifer Brise, gurrte er inbrünstig einer schneeweißen Henne hinterher, die er mit seinem harten, obsidianschwarzen Auge fixiert hatte.

»Natürlich haben wir Motten«, gab Mistress Margaret schließlich mit so leiser Stimme zu, daß John sie kaum verstehen konnte. »Jeder hat Motten! Es ist unmöglich, sie aus der Wäsche zu bekommen, ganz gleich, wieviel Lavendel und Wermut man zwischen die Laken stopft. Außerdem haben wir Mäuse und Käfer und Spinnen und Fledermäuse.« Sie atmete tief ein und aus. »Aber es sind *meine* Motten und Mäuse und Käfer und was auch immer. *Ich* bekämpfe sie seit ... sechsundzwanzig Jahren ... *sie* nicht!« Sie brach so heftig in Tränen aus, daß das Taubenpaar flatternd davonstob.

John beobachtete, wie die Tiere wieder landeten, unglaublich weiß auf dem Dach des Taubenschlags. Er fühlte sich so trostlos wie Noah, als dieser den leeren Schnabel seines Boten erblickte. Um dich herum erstrecken sich nur endlose Wüsteneien. Es war bedeutungslos, ob Malise ihn entfliehen ließ oder nicht. Er konnte ohnehin nirgendwo anders hingehen.

Dies hier ist wahrhaftig der Garten Eden, dachte John. Nur habe ich es nie tief genug empfunden. Er umarmte seine Tante. »Es tut mir leid. Es tut mir wirklich leid.« Hier stand noch ein Wesen, das zu beschützen er versäumt hatte. »Du gehörst hierher. Das Mädchen ist jung und unerfahren. Hab ein wenig Geduld mit ihr!«

»Ich kann nicht«, schluchzte Mistress Margaret an der Brust ihres Neffen. »Ich fühle mich ... ich weiß nicht ...« Sie schluchzte noch ein bißchen lauter, »... so gedemütigt!« Sie löste sich von John und straffte den Rücken, tupfte die Augen mit dem Handrücken ab und schneuzte sich mehrmals.

»Wir haben sehr viele Jahre ohne die geringste Veränderung erlebt«, sagte John. »Wir sind ein bißchen verwöhnt ...«

»Ich will mich nicht ändern!« Ihre Stimme klang wütend, doch ihre Augen blickten ängstlich. »Unternimm etwas, John! Bitte!«

John stieß ein gepreßtes, trockenes Lachen hervor, das eher einem Keuchen ähnelte. »Dann solltest du mit Harry reden.« Er ging zu dem Taubenschlag hinüber, um nachzusehen, ob die untere Tür sicher verschlossen war. Er durfte nicht vergessen, Tuddenham den Schlüssel dazulassen.

»Er wird voll und ganz auf ihrer Seite stehen, oder etwa nicht? Und behaupten, daß sie jetzt hier die Herrin ist. Er wird es nicht verstehen. John, bitte, rede du mit ihr oder mit ihm, aber tu etwas! Bitte, noch bevor du gehen mußt!«

John sah die Angst in den alten verweinten Augen mit den dicken Tränensäcken. »Ich werd's versuchen«, sagte er. Wenn man mir noch Zeit genug läßt.

Das Mädchen war natürlich im Recht. Aber vielleicht konnte man sie dazu bringen, ein bißchen behutsamer mit der *amour propre* ihrer Vorgängerin umzugehen. Falls sie alt genug war, Mitleid zu empfinden.

Während seine Tante wieder in Richtung Haus verschwand, konnte John das Warten plötzlich nicht mehr länger ertragen.

Geräuschlos pirschte er um das runde Haselnußgehölz und schlüpfte durch die den Weihern nächste Lücke auf den Bowlingrasen. Malises Mann wartete im Innern der Bresche zu Johns Rechter und linste zum Taubenschlag hinüber. John stürzte sich auf ihn. Der Mann schrie vor Überraschung und Entsetzen gellend auf.

»Sag deinem Herrn, er soll mich selbst fragen!« befahl John dem unglücklichen Knecht. »Ich warte im Knotengarten auf ihn. Sag ihm, es ist an der Zeit, sich für den Todesstoß bereitzumachen!«

Malise ließ John fast bis zum Sonnenuntergang warten.

Er trat auf Johns Schatten, wo dieser über den Ziegelweg des Knotengartens fiel. »Ich hätte Euch im Schmutz dort unten beinah übersehen«, sagte er. Seine Falkennase und die starren

Augen folgten John wie einem Kaninchen, das sich auf den Boden duckt.

Ohne aufzusehen, schritt John voran und zog sein schattenhaftes Selbst unter Malises eleganten, mit Rosetten geschmückten schwarzen Schuhen hervor. Er streckte seinen braungebrannten Unterarm aus und kappte den Kopf einer verblühten weißen Tulpe. Ein Blütenblatt fiel zu Boden und blieb wie der Kopf eines alten Löffels im Schmutz liegen. John warf den Stengel auf den Abfallhaufen im Ulmenholztrog. Malise beobachtete John, während dieser noch zwei weitere Tulpen köpfte. Die beiden Männer waren allein in dem kleinen, ummauerten Garten.

»Harry ist durch den Tod seines Onkels ganz schön vorangekommen.«

John blickte angesichts dieser Bemerkung auf. »Niemand kommt durch den Tod eines anderen voran. Aber manche Todesfälle sind erfreulicher als andere – sowohl für die Verblichenen als auch für die Erben.«

Malises Augenlider zuckten. Dann zog er die Brauen in die Höhe und nickte, als würde er in diesem einen Punkt nachgeben. Er schaute John beim Köpfen von vier weiteren Tulpen zu.

»Genießt Ihr die Maskerade?« fragte Malise schließlich. »Der einstige Herr von Tarleton Court und dreier weiterer Güter? Der zukünftige Höfling? Gefällt es Euch wirklich, den ungeschliffenen Gutsknecht zu spielen, dessen größte Wünsche eine volle Wampe und ein Weib mit heißem Schoß sind?«

Johns Hände zögerten einen Augenblick. Dann schnitt er der Tulpe den Kopf ab und warf einen weiteren Stengel in den Trog. Seine Augen ruhten auf dem Messer.

»Ich bewundere Euch«, ließ Malise sich abermals vernehmen. »Ich könnte die Demut nicht aufbringen, das alles zu ertragen.«

John wandte sich nun noch grimmiger seiner Arbeit zu. Wieder ein Schnitt, und ein weiterer grüner, in einer traurigen Ellipse herabhängender Stummel blieb zurück. Noch eine alternde Schönheit, die beiseite geräumt wurde, um Platz für die Blüte des nächsten Jahres zu machen. Die Muskeln unter seiner braunen Haut strafften und entspannten sich mit jedem Messerhieb.

»Wie könnt Ihr nur Befehle von Sir Harry entgegennehmen, diesem Esel?« Malises Tonfall kündete von höflicher Skepsis.

Ins Auge oder in die Kehle, dachte John. Schmutzig, aber ganz einfach. Das Blut pochte ihm in den Schläfen. »Ihr befindet Euch in seinem Haus«, erwiderte er, »und genießt seine Gastfreundschaft.«

Malise tat diese belanglose Anstandsregel mit einem Achselzucken ab. »Harry ist dafür geschaffen, benutzt zu werden. Er ist eine gesellschaftliche Hure.«

Er provoziert mich mit Absicht, dachte John. Darum ist er hergekommen. Er will ein neues Verbrechen herausfordern, für das er mich hängen lassen kann!

Gesenkten Hauptes hielt er nach Malises Männern Ausschau. Er erspähte ein Flimmern von Blau direkt vor dem Tor, in Rufweite. Nun, er würde ihm den Gefallen nicht tun!

»Ihr mögt ja Euren Vetter mit Euren Verbeugungen und Kratzfüßen und Eurem demütig dienstbeflissenen Gebaren täuschen«, fuhr Malise fort. »Doch für mich seid Ihr so durchsichtig wie Glas. Kein ehrlicher Freisasse hat eine solche Wut und eine solche Gier in den Augen wie Ihr. Selbst Hazelton, gewiß nicht der Feinsinnigsten einer, spürt, daß Euch irgend etwas umtreibt.«

John ging zu einem anderen Blumentopf weiter. Er fühlte sich seltsam schwerelos. Der Zorn war zu einer Seifenblase unter seinem Brustbein geworden.

Malise folgte ihm. Sein unbefangener Plauderton unterstellte ein gemeinsames Wissen. »Ihr habt ohne Zweifel bemerkt, daß ich Euch gestern bei meiner Ankunft zunächst nicht wiedererkannt habe. Ihr wart noch bartlos und sangt die Oberstimme, als Ihr meinen Bruder ermordet habt.«

»Harry hat es Euch nicht erzählt?«

»Weiß er überhaupt Bescheid?« Malises Stimme klang erheitert. »Obwohl wir zugeben müssen, daß er nicht eben den schärfsten Verstand hat, hätte ich es mir nie träumen lassen, daß er ausgerechnet *diesen* Vetter mit einem solchen Fanfarenstoß auf die Bühne zerren würde.«

John hockte sich auf seine Fersen und seufzte, seltsamerweise überglücklich, Harrys Unschuld bestätigt zu bekommen.

»Die Narben in Eurem Bart haben mich Verdacht schöpfen lassen. Und die Art und Weise, wie Ihr Hazelton verärgert habt.« Malise hielt inne, als erwarte er, daß John etwas sagen werde, fuhr dann aber fort: »Ich glaube, ich muß Sir Harry dankbar sein. Bis gestern wußte ich nicht einmal, ob Ihr noch in England weiltet oder überhaupt noch unter den Lebenden. Ich hatte die Hoffnung fast schon aufgegeben, Euch noch einmal aufzustöbern.«

»Und nun, da Ihr mich gefunden und wiedererkannt habt, was wollt Ihr von mir?«

Malise lächelte freundlich. »Was ich immer schon von Euch gewollt habe – Euer Leben für das meines Bruders.«

John erwiderte den Blick der goldbraunen Falkenaugen; dann schaute er auf seine Hände, wendete das Messer in der Handfläche, beinahe zerstreut, und versuchte, ruhig zu atmen. Schließlich hob er den Blick wieder. »Da geht es uns ähnlich. Genau das will ich auch von Euch.«

»Euer Leben?« Um Malises Mundwinkel zuckte es.

»Das Eure.«

Das intime Schweigen völligen Verstehens einte sie. In den letzten elf Jahren hatte John hin und wieder die Erinnerung seines siebenjährigen Ichs an jenes Falkenantlitz neben der Kutsche in Zweifel gezogen; jetzt war er sich vollkommen sicher.

Malise weiß mehr über mein Leben als irgend jemand sonst auf diesem Anwesen. John fühlte sich auf gefährliche Weise aus der Bahn geworfen, verstört durch ihr finsteres Band gegenseitigen Verstehens. »Gewiß, es steht unentschieden. Ich habe versucht zu vergessen.«

»Natürlich habt Ihr das. Das Unrecht begann und endete auf Eurer Seite. Ihr schuldet mir immer noch etwas.«

Töte ihn jetzt, sagte sich John. Ganz gleich, was du dir vorher überlegt hast. Bevor alles zu kompliziert wird. Er fordert dich geradezu heraus, den Augenblick zu nutzen. Mach schon, tu es jetzt! Du könntest es hinter dich bringen, bevor seine Männer ihm zu Hilfe eilen.

Er erhob sich und sah, wie Malise sich straffte. Doch er bückte sich und hob den Trog auf. »Ich hatte mich schon entschlossen, Euch nicht hier, auf dem Grund und Boden meines Vetters, zu töten. Ich war der Meinung, eine solche Tat würde gegen das Gebot der Gastfreundschaft verstoßen, der Ihr mit solcher Verachtung begegnet.«

Malise ließ ein gekünsteltes Lachen hören. »Euer gesunder Menschenverstand ist eingerostet. Ihr könnt keine Entschlüsse mehr fassen. *Ich* halte Euer Leben in meiner Hand. Ich könnte jene beiden Männer, die Ihr draußen am Tor erspäht habt, herbeirufen und Euch töten lassen. Doch ich ziehe das Vergnügen vor, dem Henker bei seiner Arbeit zuzusehen. Unglücklicherweise muß dieses Vergnügen noch ein Weilchen warten. Ich kam hierher, um Euch anzuwerben, bevor ich wußte, wer Ihr wart. Bevor Ihr am Strick baumelt, müßt Ihr noch etwas für mich erledigen. Einen Auftrag, den ...«

»... den schon Hazelton mir gestern abend aufschwatzen wollte?«

»In der Not frißt der Teufel Fliegen, heißt es.«

»Wollt Ihr mit mir um mein Leben schachern?«

»Wer weiß, ob die Dankbarkeit mich nicht besänftigt ...?«

»Ihr wollt, daß ich für Euch arbeite«, fragte John ungläubig, »während Ihr den Strick um meinen Hals ganz nach Lust und Laune enger zieht und lockert?« Hohn schwang in seiner Stimme mit. »Fahrt zur Hölle, wo Ihr gezeugt und geboren und ausgebrütet wurdet!«

Er wandte sich mit dem vollen Trog ab, begab sich durch den Torbogen in den Obstgarten und durch ein Seitentor weiter in den Stallungshof. Weder Pferde noch Knechte waren zu sehen.

John vernahm Malises Schritte hinter sich. Seine feuchten Hände rutschten vom Holzgriff des Trogs ab. Der Tag war so überaus faszinierend geworden, wie er es erwartet hatte.

Er warf die Tulpenstengel auf den Misthaufen, ergriff eine Heugabel, die an der Wand lehnte, und schleuderte eine Gabel frischen Mists von einem hölzernen Karren auf den Haufen.

»Ich rate Euch, mir zuzuhören!« Malises Selbstbeherrschung bekam die ersten Risse.

»Ihr ratet *mir*?«

»Wer sonst könnte Eure Zwangslage besser verstehen?«

Schweigend warf John noch eine Gabel Mist auf den Haufen. Dann unterbrach er die Arbeit und stützte sich auf den Griff der Forke. »Da Ihr mich aus irgendeinem unerfindlichen Grund braucht, will mir scheinen, daß es Eure und nicht meine Zwangslage ist.«

»Meine Zwangslage ist nur unangenehm«, sagte Malise. »Die Eure ist lebensgefährlich.«

John schüttelte den Kopf. »Nur, wenn Ihr meint, es mache mir noch etwas aus.«

»Es macht Euch etwas aus, Mister Nightingale! Es macht Euch etwas aus.« Malises Stimme war plötzlich voll von ungezügelter Wut. »Und wenn Ihr meint, es mache Euch augenblicklich nichts aus, so werdet Ihr Euch während der langen kalten Stunden in Eurer Gefängniszelle doch eines Besseren besinnen. Es wird Euch etwas ausmachen, wenn man Euch die Haare stutzt und den Kragen abreißt, um Euren Nacken zu entblößen. Es wird Euch etwas ausmachen, wenn Euch die Augen aus den Höhlen quellen und Eure Freunde unterm Galgen heulend an Euren Beinen hängen, um die gräßliche Langsamkeit des Sterbens zu beschleunigen.«

John war wieder sieben Jahre alt, und er sah dem Teufel in die Augen. Eine zerbröckelnde Schlangenhaut unter den Zweigen des Baums der Herrin. »Ich würde gern meine Arbeit zu Ende bringen.«

»*Ich* entscheide, was hier geschieht«, erwiderte Malise schroff. »Nicht Ihr! Ihr Brut eines Aasfressers ... Ihr ...« Er zitterte; seine Wut brachte ihn den Tränen nahe. »Ihr unbedeutender *Habenichts*!«

John straffte sich und packte die Heugabel mit beiden Händen. Malise machte einen Schritt zurück. Durch schäumendes Blut und einen Schleier vor den Augen schätzte John die Entfernung ab. In Malises Augen sah er den Gedanken aufblitzen, daß er jetzt sterben würde.

»Zu Hilfe!« brüllte Malise.

Das Geräusch rennender Füße erklang auf dem Ziegelpflaster der Wege.

Johns Muskeln spannten sich. Die Knöchel seiner Fäuste, mit denen er die Heugabel umklammerte, wurden weiß. Er konnte sich nicht zügeln. Vorsatz oder nicht. Seine Arme begannen sich zu bewegen. Die Zinken der Heugabel schwangen durch die Luft. In letzter Sekunde riß er die Forke von Malises Brust fort und stieß sie in den Misthaufen. Als Malises Männer mit gezogenen Schwertern durch das Tor zum Stallungshof stürzten, riß John die Heugabel hoch und schleuderte Malise einen Batzen Dung und Stroh ins Gesicht. Dann trat er zurück und rammte die Zinken der Forke in den Boden. Die beiden Pferdeknechte erstarrten. Mit gezogenen Schwertern und offenstehenden Mündern glotzten sie ihren Herrn verwirrt an. Ein paar Sekunden lang bewegte sich nichts auf dem Hof, mit Ausnahme der Strohhalme und Mistklümpchen, die leise aus Malises Haar und von seinen Schultern rieselten.

Die Diener starrten John an, der sie in Seide begrüßt hatte, als sei er hier der Herr oder zumindest der Verwalter, und der nun in Wollhosen und Lederwams wie ein Feldarbeiter dastand. »Sir?« wandte einer von ihnen sich versuchsweise an Malise.

Malise beachtete den Burschen nicht. Er streifte sich Mistbrocken aus den Falten seines Mantels, vom Gürtel und aus den Rosetten seiner hochhackigen Schuhe. Er pflückte Strohhalme aus den Fältchen seines Spitzenkragens und seiner Spitzenmanschetten. Seine Hand zögerte, entfernte dann einen Klumpen Mist am Griff seines Messers und ließ die Scheide zurück gegen seinen Oberschenkel klatschen. Die Haut spannte sich um seinen Schädel. Der Rücken seiner Falkennase sah schneeweiß aus. Die Augen waren halb geschlossen, als habe er Schmerzen.

»Sir?« wiederholte der Diener.

Malise bedeutete ihm zu schweigen. Er wandte sich ab, mit verkrampften Bewegungen, als sei er krank.

John erkannte die tödlichen Qualen der Selbstbeherrschung. Nachdem die beiden Pferdeknechte ihrem Herrn aus dem Stallungshof gefolgt waren, lehnte er die Mistgabel an die nächste Wand. Dann sich selbst.

O Harry, dachte er. Worauf habe ich um deinetwillen verzichtet! Ich hätte es tun sollen. Mit seinen eigenen Männern als Zeugen wird Malise mir nie verzeihen, ganz gleich, welche Gefälligkeit ich ihm erweisen werde.

Kurz darauf dachte er triumphierend: Ich habe nicht zugelassen, daß er mich von meinem Weg abbringt. Es sah so aus, als habe er, zumindest für den Augenblick, eine ungeahnte Macht über Malise.

Ich muß immer noch herausfinden, warum.

Die schwerelose Seifenblase in seiner Brust dehnte sich immer weiter aus.

Und Vetter Harry hat mich nicht verraten.

Malise nahm das Abendessen auf seinem Zimmer ein.

»Nun?« wandte Hazelton sich an John, während die anderen ihre Plätze an dem langen Eichentisch einnahmen.

»Tut mir leid.«

Hazelton kniff die Lippen zusammen und sah weg. Sein stummer Zorn übertrug sich auf die anderen. Harry, John, Mistress und Master Hazelton, Mistress Margaret, Lady Beester und Dr. Bowler verharrten in beklommenem Schweigen, während das Ale eingeschenkt wurde. Rachel, Arthur und die übrige Dienerschaft tauschten Blicke und hielten die Köpfe gesenkt. Die Abendsonne tauchte den Speisesaal in trügerische Wärme.

»Hat Malise nicht mit dir gesprochen?« wollte Harry von John wissen.

Tante Margarets Augen weiteten sich. Sie warf John einen verzweifelten, fragenden Blick zu.

»Hat er nicht Meldung erstattet?«

»Ich habe ihn nicht gesehen, seit ...« Harry unterbrach sich.

»... Seit du und Master Hazelton ihn auf mich angesetzt habt«, beendete John seinen Satz.

Hazelton schmetterte seinen Bierkrug auf den Tisch. Er erhob sich. »Ich habe einen zweiten kostbaren Tag verschwendet. Bitte entschuldigt mich, ich werde jetzt meine Vorbereitungen treffen, um morgen in aller Frühe nach London aufzubrechen.« Er stolzierte aus dem Speisesaal, gefolgt von seinem widerwilligen Leibdiener.

»Nun, ich werde mich den Strapazen dieser entsetzlichen Reise nicht so bald wieder unterziehen«, erklärte seine Frau mit Entschiedenheit.

»Selbstverständlich nicht«, erwiderte Harry verzweifelt. »Ihr müßt unbedingt so lange bleiben, wie Ihr beabsichtigt hattet. Wir werden Euren Gemahl überreden ...« Er sah Hazelton hinterher. Das Gebaren des puritanischen Kaufherrn bei seinem Abgang hatte nicht den Eindruck hinterlassen, als ließe er sich zu irgend etwas überreden. »Sollten wir ihm nicht etwas zu essen auf sein Zimmer schicken? Tante Margaret ...?«

Harry ließ den Blick über die um seine Tafel versammelte Gesellschaft schweifen. Die Initiatoren seines Verderbens. Jeder einzelne von ihnen war ein Hemmnis seiner Hoffnungen. Und dieses jämmerliche Haus! Alle Träume waren nun so gut wie begraben. Wie ungerecht, daß derart wundervolle Zukunftsaussichten sich so in ihr Gegenteil verkehrt hatten! Am liebsten hätte er die Hände vors Gesicht geschlagen und geweint.

Mistress Hazelton verließ die Tafel, um ihrem Gatten einen Imbiß aufs Zimmer zu schicken. Sie selbst nagte zielstrebig einen Kaninchenschenkel ab. Dr. Bowler beobachtete John mit ängstlichen Blicken. Zeal musterte alle Anwesenden unter gesenkten Lidern hervor. Mehrere Minuten lang sagte niemand ein Wort.

Harry erhob sich genauso abrupt wie Hazelton. »Wärt Ihr alle so freundlich, meinen Vetter und mich zu entschuldigen? Wir haben dringende Geschäfte unter vier Augen zu besprechen.«

Er zerrte John die Haupttreppe hinauf, der Verschwiegenheit seiner Privatgemächer entgegen. »Was zum Teufel hast du gesagt, um Edward von meinem Tisch zu vertreiben?«

John wandte sich noch einmal um und zog das geschnitzte Holzgitter der Hundetür über die Treppe.

»Er hat doch mit dir geredet?« verlangte Harry zu wissen.

»Du scheinst es ja bereits zu wissen. Was hat dich zu der Annahme verleitet, er könne mich eher überreden als Hazelton?« John blickte seinen Vetter an, während ein bösartiger Anfall wiedererwachten Mißtrauens ihn durchzuckte.

Im Dämmerlicht des Treppenhauses sah Harry plötzlich verschlagen wie ein Wilderer aus. Er räusperte sich. »Ich weiß nicht ... er schien der Meinung zu sein ...« Er räusperte sich erneut. »Wie dem auch sei, er sitzt im Direktorium der Kompanie. Ich dachte, er würde den ganzen Schlamassel besser verstehen als ich und könnte es dir richtig erklären.«

»Was für ein Schlamassel?«

»Master Hazelton hat versucht, es dir letzte Nacht zu erklären, aber du wolltest ihm ja nicht zuhören.«

»Jetzt höre ich zu.«

»Nicht hier.«

Schweigend stiegen sie vier Stufen empor. Nur das Knarren der Eichenbohlen war zu hören.

»Wenn du zuhörst, heißt das, daß du vielleicht zustimmst?« fragte Harry schließlich.

»Vermutlich nicht. Doch ich bin zu dem Entschluß gelangt, daß ich wissen muß, was du von mir willst.«

»Ich verstehe dich nicht!« rief Harry verzweifelt. »Ich verstehe dich wirklich nicht! Es wäre sowohl in deinem als auch in meinem Interesse ...!«

»Malises Interessen werden nie die meinen sein.«

»Wieso nicht?«

Auf dem Treppenabsatz steckte ein Hausdiener Fackeln in die eisernen Halter an den Wänden der Flure. Zwei weitere Diener zerrten Schlafsäcke aus einem Schrank im Vorzimmer zur Rechten. In Harrys Gemächern auf der anderen Seite des

Treppenabsatzes waren Bedienstete emsig damit beschäftigt, alles für die Nacht herzurichten.

»Komm mit in mein Zimmer«, sagte John. In diesem Augenblick mochte ein eingeweihter Harry weniger gefährlich sein als ein uneingeweihter.

»Ich weiß, daß er Katholik ist«, protestierte Harry, als er John durch den kurzen Gang folgte, der hinter die Turmkammer führte. Sie kamen durch einen Schlafsaal für männliche Hausbedienstete und bogen nach rechts zum Ostflügel ab, wo Harry wohnte. »Aber seine Familie gewinnt an Einfluß«, fuhr er fort. »Unsere kleine französische Königin soll seine Gesellschaft schätzen. Du hast ja keine Ahnung, wie sehr ich ihn umworben habe ... Er kann mir helfen, Vetterchen ... uns allen helfen.«

»Sichtbar zu werden?«

»Genau«, sagte Harry.

Johns Leibbursche Arthur stand am Bett und schüttelte die Tagesdecke aus. John entließ ihn.

Als die Tür sich geschlossen hatte, fragte er Harry: »Weißt du wirklich nicht, daß ich unsichtbar bleiben muß? Ich habe mich die letzten elf Jahre hier versteckt, um zu vermeiden, daß man mich sieht.«

Harry blickte verunsichert drein, als wäre ihm schon wieder irgendein heikles lateinisches Verb entfallen. Dann runzelte er die Stirn, als fürchtete er, auf den Arm genommen zu werden. »Ich verstehe nicht.«

»Als ich vierzehn war, habe ich Edward Malises Bruder getötet«, sagte John.

»Oh!« krächzte Harry, als würde er aufs Rad geflochten. Seine blauen Augen öffneten sich wie Austern. »Nein!« Er klappte den Mund auf und zu. »Das ist nicht möglich! Das kann nicht sein!«

»Es tut mir leid, daß ich zwischen dir und dem Ruhm stehe, aber ich fürchte, es ist die Wahrheit.«

»Und er weiß, wer du bist?«

»Ja. Bei seiner Ankunft wußte er's noch nicht, aber später erkannte er mich wieder.«

Harrys ließ die breiten Schultern sinken. Verständnislos starrte er auf sein ruiniertes Leben und schüttelte langsam den Kopf. Dann dachte er verdienstvollerweise an John.

»O Vetter! Gott der Herr möge mir vergeben! *Ich* habe ihn hierhergebracht. Oh, Vetter, ich bin ein Esel!« Weit aufgerissene blaue Augen starrten John an. »Nein ... ein Judas bin ich! Ich habe meinen Cousin verkauft ... mein eigen Fleisch und Blut ... für dreißig Silberlinge. Aber ich schwöre dir, ich wußte es nicht ..« Die edle rosige Stirn furchte sich, als er sein Gedächtnis nach Anhaltspunkten durchforstete, an die er sich hätte erinnern müssen. »Ich glaube jedenfalls nicht, daß ich es wußte.« Seine Augen schlossen sich, als wären ihm die Lider zu schwer geworden. Er schluckte. »Vergib mir! Ich schwöre dir, ich wußte nichts davon.«

In dem Alter, in dem Harry sich damals befunden hatte, hätte John mit der scharfen Nase eines Fuchses solche Familiendramen gewittert. Doch Harry war da anders geartet.

Harry verlor sich in Schuldgefühlen und Verwirrung. Dann nahm er wie ein Jagdhund eine neue Fährte auf. »Deshalb hat er also letzte Nacht gesagt, daß er dich vielleicht überzeugen könnte ...!«

Endlich dämmert es ihm, dachte John.

»Seinen Bruder?« wiederholte Harry. Es sah aus, als wollte er John eine letzte Chance geben, einzugestehen, daß er nur einen Scherz gemacht habe.

»Mir sollte der Prozeß gemacht werden, doch Onkel George hat mich aus dem Gefängnis verschwinden lassen. In meinem Fall gingen die Meinungen über Recht und Unrecht auseinander. Die Verfolgung fiel nicht allzu eifrig aus.«

Eine Erinnerung stieg wie Bodennebel in der Sonne in Harry auf. »Und Onkel George hat dich hier versteckt ...? Oh, jetzt fällt mir wieder ein, daß du plötzlich nicht mit uns nach London gereist bist ... Mutter sagte ... Wird Malise dich verraten?« Harry riß die Augen noch ein Stückchen weiter auf. »Wirst du ... hängen?«

»Malise ist versessen darauf, mir den Schemel unter den

Füßen wegzutreten.« John ging ans Fenster und öffnete es, um in den Knotengarten hinunterzuschauen. Der schwere, süße Duft des frisch gestutzten Lavendels drang ins Zimmer. »Aber zuerst will er noch etwas von mir. Und du, liebster Vetter, mußt mir nun erzählen, was er will.«

Harry sank in den schweren eichenen Lehnstuhl und raffte die Fetzen seiner Würde zusammen. »Du machst mich ganz nervös, wie du hier herumschnüffelst, als wärst du ein Tier.«

John lehnte sich mit den Hüften an die hohe Bettkante. »Nun red schon!«

Harry fuhr mit den Fingern durch die Falten seiner Spitzenmanschetten. »Du mußt mir schwören, nichts zu sagen.«

John hob lakonisch die Hand.

»Ein Gerücht könnte uns das Genick brechen. Die Kompanie steckt in entsetzlichen Schwierigkeiten ...«

»Die Kompanie?«

»Die Südjavanische Kompanie, die Hazelton gestern abend erwähnte. Ich habe Onkel Georges Geschäftsanteile geerbt ... Wir haben ein königliches Privileg. Im Augenblick jedenfalls.«

Als John keine Antwort gab, fuhr Harry fort: »Ein Privileg, zwischen London und etlichen ostindischen Inseln Handel zu treiben ... natürlich nicht mit den Molukken. Die Britische Ostindische Kompanie trägt mit der Holländischen den Kampf um die wichtigsten Gewürzinseln unter sich aus. Aber da draußen liegt eine reiche Welt, John, und es gibt noch andere Inseln für Männer, die wagemutig genug sind, sie zu finden. Du solltest es einmal riechen, wenn unsere Schiffe beladen zurückkommen! Mich hat man einst an Bord der *Maid von Boston* mitgenommen – das ist eins unserer drei Schiffe. Sie duftete nach Zimt und Gewürznelken!« Für einen Augenblick erstrahlte sein Antlitz in visionärer Verklärung.

»Und die Schwierigkeiten, die ihr geheimhalten müßt?«

Harrys Gesicht verdüsterte sich wieder. »Wir werden unser Privileg verlieren, und dann sind wir erledigt. Dieses Jahr haben die verfluchten Holländer zwei unserer drei Schiffe versenkt, und wir brauchen Geld, bevor unser letztes – eben jene *Maid von Boston* – nach London zurückkehrt. Sie wird aber erst in drei oder vier Monaten erwartet, und wer weiß, ob ausgerechnet dieses Schiff sicher in den Heimathafen einlaufen wird?«

»Könnt ihr Mitaktionäre nicht die nötige Summe auftreiben?«

»Wir haben keine gemeinschaftlichen Kapitaleinlagen«, erläuterte Harry. »Es handelt sich um eine gesetzlich geregelte Gesellschaft. Die Mitglieder investieren von Unternehmen zu Unternehmen, ganz wie es ihnen gefällt. Und wir sind nicht so gewaltig wie die Ostindische Kompanie. Wir haben keine Gesellschafter vom Hofe. Aus diesem Grund ist Edward auch so wichtig ... er würde uns neue Mitglieder zuführen.« Harry ließ seine Manschette Manschette sein und starrte düster auf seine Schuhspitzen. »Wir müssen das wenige Geld, das wir aufbringen können, in ein Unternehmen investieren, das einen schnellen und sicheren Profit verspricht ... Ich wünschte, du würdest dir das von Samuel Hazelton erklären lassen.«

»Warum braucht ihr so dringend Geld?«

»Um das Privileg erneuern zu lassen!« seufzte Harry, als würde sich das von selbst verstehen. »Und diese elenden, verstockten Schotten sind an allem schuld!«

John lachte.

»Das ist nicht komisch!« rief Harry aus. »Der König kann es sich ohne Unterstützung des Parlaments nicht leisten, seine Armee an der schottischen Grenze zu unterhalten; er treibt auf jede ihm mögliche Weise Geld ein. Direkte Steuergesuche, Drohungen, Verkauf von Titeln und Privilegien. Er beharrt darauf, daß die Südjavanische Kompanie ihren Freibrief durch einen umfassenden Beweis ihrer Dankbarkeit und Treue bestätigen läßt. Und er hat uns nur fünf Wochen Zeit zum Zahlen gelassen, oder er wird unser Privileg widerrufen und es an jemand anderen verkaufen. Und dann sind wir am Ende! Selbst wenn die Fahrt der *Maid von Boston* uns Gewinne einbringt, könnten wir nichts mehr damit anfangen.«

»Ihr braucht dieses Privileg wirklich so dringend?«

»Ohne den Freibrief würde uns das Geld in der Tasche festfrieren. In London kann man ohne ein verdammtes Privileg oder eine Lizenz mit nichts, aber auch gar nichts Handel treiben, nicht einmal mit Mausefallen! Und das alles ausgerechnet jetzt, wo ich lerne, wie man sein Geld vermehren kann! Es ist so schrecklich ungerecht!« Harry starrte finster zu Boden. »Ich werde nicht noch einmal von vorn anfangen, John! Nein, das werde ich nicht! Ich weiß jetzt, wie mein Leben aussehen könnte! Ich brauche deine Hilfe!«

John musterte seinen Vetter. »Das ist eine traurige Geschichte«, sagte er, »aus einer Welt, die mir so fremd ist wie Ostindien.«

»Aber deshalb ist es ja so perfekt«, versetzte Harry. »Wir wollen, daß du nach Amsterdam reist, um Blumen zu kaufen. Du weißt mehr über Blumen als jeder andere, den ich kenne.«

»Blumen?« fragte John ungläubig. Malise hatte eine Heugabel Mist ins Gesicht hingenommen, um Blumen zu kaufen?

»Tulpen. Du weißt es vielleicht nicht, aber in den Niederlanden werden Tulpenzwiebeln zur Zeit mit Gold aufgewogen. Wir haben einen Agenten hingeschickt, und er hat uns berichtet ...«

»Du willst, daß ich auf die Schnelle ein Vermögen für die Südjavanische Kompanie mache, indem ich Tulpenzwiebeln kaufe?«

»Ich wünschte, du würdest es dir von Hazelton erklären lassen. Ich könnte es auch, aber du bringst mich manchmal ganz durcheinander.«

»Ich gebe zu«, erwiderte John, »daß du mein Interesse geweckt hast. Doch so gern ich auch meine Neugier befriedigen würde, ich habe keinen Grund, mit Hazelton zu reden. Und ich kann nicht für Edward Malise arbeiten.«

»Bitte, Vetterchen«, bettelte Harry. »Ich verstehe jetzt deine Abneigung, wirklich, ich verstehe es! Aber du würdest nicht sosehr für Malise arbeiten, sondern eher für mich ... und für Lady Beester. Und für dich. Ganz zu schweigen von Tante Margaret und all den anderen kleinen Ferkeln, die an den Zitzen dieses Guts hängen!«

»Wie das?« fragte John, und seine Stimme klang plötzlich gefährlich. »Warum ist es jetzt auf einmal nicht mehr für Malise und die Kompanie, sondern für mich und Tante Margaret und all die anderen kleinen Ferkel?«

»Wenn du nicht als unser Agent nach Amsterdam gehst, werde ich dieses Gut veräußern müssen.«

»*Nein!*«

»Ich tue es nicht gern«, antwortete Harry müde. »Aber es ist die einzig vernünftige Lösung. Unser Onkel hat so gut wie kein Bargeld hinterlassen. Das Londoner Stadthaus muß ich behalten, und das Gut in Somerset produziert zumindest Wolle für den Verkauf und verschafft mir, wenn auch geringe, Einkünfte. Dieser Flecken hier aber modert vor sich hin.«

»Das Leben hier kostet nicht viel«, hielt John ihm entgegen. »Wir produzieren genug, um die wenigen Extras, die wir brauchen, wie Zucker und Tabak, selbst zu kaufen. Schraub deinen Ehrgeiz ein wenig herunter! Leb als Landedelmann, als Sir Harry Beester von Hawkridge! Das ist nichts Ehrenrühriges. Ich bin sicher, du könntest Mittel und Wege finden, für deinen sozialen Aufstieg zu sorgen.«

»Du begreifst immer noch nicht«, sagte Harry kläglich. »Ich habe Schulden.« Er erhob sich und trat einen Holzscheit zurück ins Feuer. »Ziemlich hohe, fürchte ich.«

»Wie hoch?«

»Na ja, ich mußte das Stadthaus herrichten lassen«, murmelte Harry. »Ich muß in London angemessen auftreten … die neue Kutsche, Polstermaterial, Livreen, Geschirr, Fransen für das Pferdegeschirr und eine Kutschbockdecke für den Wagenlenker. Zwei Pferde … ein Paar hatte ich schon. Die Hemden für das Gut und dein Gewand, ein neues Bett für das Stadthaus. Und Wandbehänge und Teller und all den anderen Staat.« Er holte tief Luft und sprudelte weiter. »Kleidung für mich, natürlich, und für meine Gemahlin, unsere Hochzeitsgewänder und Brillantohrringe für sie, zur Verlobung. Und noch ein paar andere Kleinigkeiten. Und Geschenke, als ich um Zeal geworben habe, und Präsente für Master und Mistress Hazelton.«

John überschlug die Summe im Kopf. »Sonst noch was?«

»Ich mußte Onkel Johns Titel bestätigen lassen, und das war auch nicht umsonst!« verteidigte Harry sich. »Und alljährlich sind gewisse Abgaben zu leisten. Und natürlich mußte ich ein Bankett für meine Mitaktionäre von der Kompanie geben, um meinen Einstand feierlich zu begehen. Und dann mußte ich eine Kammerzofe für meine Frau anstellen, und *ihre* ganze Garderobe anschaffen ... und zwei Reisetruhen. Und außerdem brauche ich jetzt Diener, die ich vorher nicht gebraucht habe. Und eine neue Anrichte für unser Londoner Haus ... Und ...« Verzweifelt hielt er inne. »Ich kann mich nicht mehr an alles erinnern. Ich bin mir sicher, daß ich es irgendwo aufgeschrieben habe. Ich bin in diesen Dingen nicht so gut wie du.« Er schlug die Hände vors Gesicht. »Und darum brauche ich auch deine Hilfe«, murmelte er zwischen den Fingern hervor. »Ich brauche genügend Bargeld, um unsere Handelslizenz aufrechterhalten zu helfen, so daß ich darauf hoffen kann, mein Vermögen wiederzuerlangen. Und außerdem habe ich mir bereits Geld auf das Gut geliehen.«

John verspürte körperliche Übelkeit. »Was ist mit dem Geld deiner Frau?«

Harry hob ihm empört das Gesicht entgegen. »Für manches, was ich gekauft habe, habe ich auch bezahlt!«

»Du hast ein Vermögen verpfändet«, sagte John. »Ich kann nicht glauben, daß du ein zweites verschwendet hast.«

»Investiert«, erklärte Harry.

»In die beiden versenkten Schiffe?«

Harry nickte. »Und in die *Maid von Boston*. Ich rechne mit beträchtlichen Profiten, sobald sie wieder nach England kommt ... falls sie kommt. Aber dann ist es zu spät, um den König zufriedenzustellen.«

»Wie könnt ihr es euch leisten, in Tulpen zu investieren?«

»Ich habe privat ein Darlehen auf die Fracht der *Maid von Boston* aufgenommen«, gestand Harry. »Ich kann den König nicht mit diesem Geld bezahlen, weil ich dann nichts mehr zum Investieren hätte, um weiteres Geld für die Rückzahlung des

Darlehens zu machen. Es ist dumm, zu dumm, daß der König nicht bis zur Rückkehr des Schiffes warten will!«

»Verfügt Lady Beester noch über irgendwelche anderen Rücklagen aus ihrer Mitgift?« John bemerkte, daß Vetter Harry seinen Blick mied.

»Sie hat mir ... Hazelton ... die Erlaubnis gegeben, zu, ... äh, investieren.«

Eine reine Formalität, dachte John. Wie hätte sich dieses Kind auch gegen Gatten und Onkel durchsetzen sollen? »Weiß sie, wie es finanziell um euch steht?«

»Das geht sie nichts an!«

»Vielleicht ist sie ruiniert. Sie könnte der Meinung sein, daß sie das sehr wohl etwas angeht.«

»Sie wird sich damit abfinden«, erklärte Harry trotzig. »Sie ist nicht an Luxus gewöhnt. Erst war sie ein Mündel unter Amtsvormundschaft, dann unter Mistress Hazeltons Kuratel und dann auf diesem Internat. Ein freudloses, beschränktes Leben. Mit mir hat sie bis jetzt schon mehr Vergnügen für ihr Geld bekommen, als Hazelton ihr auch nur von weitem gezeigt hat ...« Er brach plötzlich ab. »Aber darum geht es gar nicht, Vetterchen. Wir müssen die Situation retten. Wirst du helfen?«

John ging zur Tür und rief Arthur, damit er die Fackeln entzündete. »Geh, Harry! Ich muß nachdenken.«

»Was darf ich Hazelton sagen?«

»Ich weiß es nicht.« John trat wieder ans Fenster. »Nein, sag ihm, daß ich ihm zumindest Gehör schenken werde.«

»Sag, daß du in die Niederlande reist, um für uns zu verhandeln!«

»Harry, Harry, Harry. Was macht dich so sicher, daß ich es könnte, selbst wenn ich wollte? Ich bin ein einfacher Landmann, kein Kaufherr. Ich möchte nicht das Werkzeug deines endgültigen Ruins sein.«

»Ich weiß, daß Hazelton deine Fragen zufriedenstellend beantworten kann. Es wird dir gelingen. Dir ist ja immer alles ...« Ein neuer Gedanke unterbrach seinen Redefluß. »*Wolltest* du Malises Bruder töten?«

»O ja«, sagte John. »Ich wollte es.« Er konnte Harry genau folgen. »*Das* ist mir gelungen.«

Harry nickte, als wäre er beruhigt. »Ich werde Hazelton jetzt Bescheid geben.« Sie wußten beide, was er meinte.

»Da bist du ja!« sagte Harry erleichtert. Er stand neben seinem Bett, die Arme über dem Kopf des Dieners ausgebreitet, während dieser die Kniehosen aus dem Taillenband seines Wamses aushakte. Hazelton wartete in dem schweren eichenen Lehnstuhl neben dem Kamin. Malise saß mit demonstrativer, aber nicht ganz überzeugender Nonchalance in einem kleineren, ledergepolsterten Sessel mit Armlehnen. Er wandte den Blick ab, als John das Zimmer betrat. Vier Pfeifen und eine Dose mit Harrys Virginiatabak lagen unberührt auf einer Truhe.

»Ihr habt Euch also doch noch entschlossen, uns die Ehre zu erweisen«, bemerkte Hazelton.

»Das ist durchaus keine Ehre«, versetzte John knapp. »Mein Vetter hat darauf bestanden.« Er nahm sich den vierbeinigen Stuhl, den man für ihn übriggelassen hatte, und wischte sich die Hände an der Hose ab. Er hatte gerade seine abendliche Runde mit Tuddenham durch die Stallungen und den Schafpferch beendet.

»Gibt es einen bestimmten Grund für dieses Gespräch?« wollte Hazelton wissen.

»Ich bitte Euch nochmals um Verzeihung, sollte ich Euch gestern abend beleidigt haben«, erwiderte John. »Ich habe Euch beim Wort genommen, daß Ihr ein Mann seid, der Zeitverschwendung haßt. Ich fürchte, ich habe Eurem Sinn für Sparsamkeit etwas zu drastisch gehuldigt.«

Hazelton nickte, wieder halbwegs besänftigt. »Wir haben nur eine Nacht verloren, falls wir nun zu einer Vereinbarung kommen.« Er ließ seinen Blick fragend von John zu Malise und wieder zurück wandern.

»Nur zu, Samuel, sprecht Ihr für uns alle«, sagte Malise. »Die Höhe Eurer Investitionen rechtfertigt dies.« Er lehnte den Kopf gegen die hohe Rückenlehne und musterte John mit dem

176

starren, kühlen Blick eines Anatomen, der zur Obduktion schreitet.

Hazelton errötete. Er glättete eine schwarze Seidenfalte auf seinem Oberschenkel und rückte eine Ecke seines weißen Leinenkragens zurecht. Er schwieg gerade so lange, daß es nicht aussah, als gehorche er dem Befehl, den Malise ihm mit so lässiger Arroganz erteilt hatte.

»Mr. Graffham, um mich Eurer eigenen Wortkargheit zu befleißigen, Master Malise und ich stehen unter Zeitdruck. Wir sind im Namen des Direktoriums der mit einem königlichen Privileg versehenen Südjavanischen Kompanie hier, in der auch Euer Cousin Anteilseigner ist. Ich bin Schatzmeister der Gesellschaft. Kurzum, wir transportieren Wolltuche, Seife und Eisenwaren mit unseren Kauffahrern zu jenen Ostindischen Inseln, die sich nicht in den Klauen der Britischen Ostindienkompanie befinden. Unsere Schiffe kehren mit Muskat, Gewürznelken, Kopra und Zimt beladen zurück, Frachtgut, das wir alsdann durch rechtmäßig lizensierte Händler weiterverkaufen lassen.«

Seine erhobenen Augenbrauen fragten stumm, ob John ihm bis hierher hatte folgen können.

John nickte.

»Nun braucht die Kompanie einen Agenten, der in Amsterdam für sie tätig wird, und zwar unverzüglich. Wie ich Euch gestern abend zu erklären versuchte, scheint Ihr der richtige Mann für uns zu sein.«

»Abgesehen von den unbedeutenden Vorgängen auf diesem Gut habe ich keinerlei Erfahrung in geschäftlichen Dingen«, gab John zu bedenken. »Ich bin des Holländischen nicht mächtig und bezweifle, daß auf dem Marktplatz viel Latein und Griechisch gesprochen wird. Nach dem zu urteilen, was mein Vetter mir zuvor mitgeteilt hat, benötigt Ihr einen Handelsmann.«

»Hat er Euch ganz genau erklärt, was wir von Euch erwarten?«

»Ja«, meldete Harry sich eifrig zu Wort. Sein Diener hatte ihm in einen langen, lose fallenden Hausmantel geholfen. Nun hockte er auf der Bettkante und streckte den linken Fuß aus, damit der seidene Strickstrumpf entfernt werden konnte. »In Tulpen investieren.«

»Die Londoner Handelsagenten verstehen nur etwas von Geld und Märkten«, sagte Hazelton. »Für dieses Unternehmen benötigen wir botanische Kenntnisse wie die Euren.« Obwohl er Johns Entschuldigung eingangs akzeptiert hatte, vollführten seine Lippen und Zunge immer noch unbehagliche Verrenkungen ob dieser bescheidenen Schmeichelei.

»Dafür braucht Ihr keinen Fachmann«, hielt John dagegen. »Schreibt einfach an Händler in Leiden oder Amsterdam und sagt, was Ihr wollt! Jeder Obergärtner kann Euch sagen, was Ihr bestellen müßt. Eure Zwiebeln werden mit dem nächsten Schiff eintreffen.«

»Haben all jene des Griechischen und Lateinischen mächtigen Briefpartner Euch nicht wissen lassen, daß der Tulpenkauf in den Niederlanden heutzutage keine simple Angelegenheit mehr ist, die man Dienern überlassen könnte?«

»Die Holländer sind ganz verrückt nach Tulpen«, warf Harry ein. »Sie haben schon Häuser, Kutschen, ja ganze Schiffsladungen für eine einzige Zwiebel gegeben!«

Schweigend und mit erhobenen Brauen sah Hazelton zu, wie der Diener Harrys zweites Strumpfband löste. Dann wandte er sich wieder John zu. »Zur Zeit herrschen in Holland keine normalen Verhältnisse – wir haben einen Agenten herübergeschickt, um sich mit eigenen Augen ein Bild zu machen. Euer Obergärtner würde reichen, wenn die Waren, die wir zu erwerben hoffen, lediglich Blumen wären wie die, die ich gestern abend in Eurem Garten sah. Doch Ihr müßt wissen, daß die Holländer nicht mehr mit einfachen Blumen handeln. Tulpen sind eine Handelsware geworden wie Salpeter oder Holz oder Kohle. Weniger nützlich, gewiß, aber im Augenblick – und in den richtigen Händen – um etliches wertvoller.«

»Die ›richtigen Hände‹ scheinen mir immer noch nicht die meinen zu sein«, meinte John.

»Könnt Ihr eine Tulpenzwiebel von einer Gemüsezwiebel unterscheiden?« fragte Malise unvermittelt.

John erlaubte sich, angesichts dieser Städterignoranz die höfliche Ungläubigkeit eines Landmannes an den Tag zu legen. »Mit größter Wahrscheinlichkeit, sofern weder Tulpen- noch Gemüsezwiebel eine seltene und unbekannte Sorte sind.«

»Unser Agent in Amsterdam fand die Unterscheidung äußerst schwierig«, erklärte Hazelton. »Er behauptete, er hätte ein Vermögen auf einer Scheibe Brot essen können und wäre um keinen Deut klüger geworden.«

»Tulpen- und Gemüsezwiebeln sind unterschiedlich genug«, stellte John mit Bestimmtheit fest. »Ich würde mir seine Brotscheiben gern einmal genauer ansehen. Aber ich würde keinen Eid darauf leisten, daß ich den Unterschied zwischen der einen oder anderen Tulpensorte im Trockenzustand besser als andere bestimmen könnte.«

»Im Trockenzustand?« wiederholte Hazelton. »Was bedeutet das?«

»Ohne Blätter und Blüte, nach dem Ausgraben.«

»Wie kann man dann überhaupt die eine von der anderen unterscheiden?«

»Im Trockenzustand überhaupt nicht, wie ich bereits sagte. Im frischen Zustand geben die Blätter durch Farbton und Textur gewisse Anhaltspunkte«, erläuterte John. »Manche, zum Beispiel, sind blaßgrün und schlaff, andere bläulich und steif. Doch um sie einwandfrei identifizieren zu können, muß man die Blüte selbst sehen.«

»Wollt Ihr damit sagen«, fragte Hazelton, sichtlich erschreckt durch diesen Gedanken, »daß man nur kaufen kann, wenn die Dinger blühen?«

»Wenn Ihr zweifelsfrei wissen wollt, was Ihr kauft.«

»Laßt mich das noch einmal festhalten«, stieß Hazelton unglücklich hervor. »Wenn sie nicht gerade blüht, könnt Ihr eine Zwiebel, die tausend Pfund wert ist, nicht von einer anderen unterscheiden, die einen Penny wert ist?«

»Nicht mit absoluter Sicherheit«, antwortete John.

»Siehst du!« sagte Harry krächzend, das Kinn zur Decke emporgereckt, während die Bänder seines Kragens aufgeknotet

179

wurden. »Deshalb brauchen wir *dich*, Vetterchen. Um uns solche Dinge zu sagen!«

Hazelton wandte sich an Malise. »Dieser Punkt ist Timmons in seiner Schaumschlägerei über Zwiebeln offensichtlich entgangen.«

»Die meisten Tulpensorten blühen jetzt aus«, fuhr John fort. »Zumindest in Kürze. Die Zwiebeln werden im Juni aus dem Beet genommen. Ihr seid in diesem Jahr schon recht spät dran, falls Ihr sie noch im Blütezustand erleben wollt.«

Hazelton, Malise und Sir Harry tauschten bestürzte Blicke.

»Bist du dir denn sicher, den Unterschied zwischen trockenen Zwiebeln nicht erkennen zu können?« fragte Harry flehentlich.

»Ein mehr auf Tulpen spezialisierter Botaniker wäre vielleicht in der Lage dazu«, sagte John. »Wie Master Parkes, der bei dem älteren Tradescent in die Lehre gegangen ist, oder Doktor Hutchins, der den berühmten Zwiebelgewächsgarten in Southwark angelegt hat.«

Hazelton starrte auf seinen schwarzen Schoß. »Alles muß innerhalb der nächsten fünf Wochen über die Bühne gehen. Kauf *und* Verkauf.« Er dachte kurz nach; dann fuhr er fort: »Timmons sagte, dieser Holländer würde offenbar das ganze Jahr über kaufen und verkaufen. Wir müssen davon ausgehen, daß wir das auch können.« Er unterbrach das eingehende Studium seines Schoßes und taxierte John mit einem abschätzenden Blick. »Begreift Ihr nun, wie Ihr uns helfen könnt?«

»Ich begreife, welches Risiko Ihr eingeht, und es erscheint mir außerordentlich hoch. Die Dringlichkeit Eures Anliegens verstehe ich hingegen noch nicht ganz.«

»Ich habe es schon zu erklären versucht.« Harry kämpfte mit den zahlreichen Stoffschichten seines Leinenhemds und Mantels. »Daß wir binnen fünf Wochen das Geld aufbringen müssen, um unser Privileg erneuern zu lassen.«

»Der englische Kronschatz ist am Ende«, murmelte Hazelton. »Ist es schon immer gewesen, seit die glorreiche Bess ihn geplündert hat, um ihre Kriege gegen die irischen Rebellen und gegen Spanien zu finanzieren. Schon ihre kurzlebigen Nachfolger hatten Krongüter und Einnahmequellen gegen Treuegelöbnisse eingetauscht. Und dann erst James! Vereint die Kronen von Schottland und England. Für einen Schotten mit einer katholischen, französischsprechenden königlichen Schlampe als Mutter, der England regieren zu können glaubte, waren treue englische Untertanen nicht gerade billig …«

»Ich protestiere!« ließ Malise sich vernehmen. »Ich dulde keinen Verrat!«

»Verrat?« rief Hazelton zornig. »Eine schlichte finanzielle Tatsache, wie Ihr sehr wohl wißt. Ich habe nichts dagegen, daß Seine Majestät König Charles jeden Penny aus seinen Untertanen herauspreßt, den er herauspressen kann, um die Löcher zu stopfen, welche die Extravaganzen seines Vaters und die kostspieligen Narrheiten von dessen Favoriten gerissen haben. Daß Ihr und ich zu den Ausgepreßten gehören, ist halt unser Pech.«

Malise klappte den Mund zu und lehnte sich wieder zurück.

»Ganz im Gegenteil«, fuhr Hazelton mit einem kaum merklichen triumphierenden Funkeln in den Augen fort, »muß ich als Handelsmann den Einfallsreichtum Seiner Majestät loben, mit dem er immer neue Steuern auferlegt und immer originellere Pläne ausheckt, seinen Untertanen noch mehr Geld aus der Tasche zu ziehen. Not kennt kein Gebot, gewiß. Gerüchte sagen, daß seine Soldaten, die er an die schottische Grenze geschickt hat, um die rebellischen Horden dort oben zurückzuwerfen, nun mangels Nahrung und Sold desertieren. Unsere dringliche Not spiegelt nur die unseres Herrschers wider. Ihr habt recht, Mr. Graffham. Das Risiko, das wir eingehen, falls wir die Bedürfnisse unseres Königs nicht oder nicht rechtzeitig befriedigen, ist außerordentlich hoch.«

»Meine Unkenntnis wird dieses Risiko noch erhöhen«, sagte John.

Malise stieß einen Laut der Ungeduld aus. »Laßt mich Eure Eignung etwas näher umreißen. Wir könnten niemals einen Master Parkes oder Doktor Hutchins mit unserem Auftrag beleidigen.« Er lächelte gewinnend.

Harry schnappte nach Luft. John hingegen legte nur den Kopf ein wenig schief, wie die Hündin Cassie, wenn sie auf einen Befehl wartete.

»Die Paarung von Gartenbau und Spekulation zeugt ein seltsames Raubtier, für das man einen seltsamen Wärter braucht«, fuhr Malise fort. »Wir wollen uns eine seltene Manie auf dem Handelsmarkt eines fremden Staates zunutze machen, der zwar unser diplomatischer Verbündeter ist, aber dennoch jede Gelegenheit nutzt, unsere Schiffe von den Sieben Meeren zu jagen.«

Hazelton versuchte, Malise zu unterbrechen. Harry stotterte protestierend.

»Bei der momentanen Hysterie in Holland«, sagte Malise, »wetteifern Schornsteinfeger und Wäscherinnen mit Kaufherren und Landbesitzern darum, alles, was sie haben, auf die neueste Tulpensorte zu setzen. Der Regent von Amsterdam und die Ratspensionäre der anderen Provinzen versuchen zur Zeit, diesen Verrücktheiten durch Gesetze Einhalt zu gebieten. Erfolglos, wie ich hinzufügen möchte.«

Malise tat sowohl Harrys als auch Hazeltons Einspruch mit erhobener Hand ab. »Kurz gesagt, kein achtbarer Agent kennt sich mit dieser Handelsware aus. Und kein achtbarer Gelehrter würde es wagen, sich auf diesem fragwürdigen Markt zum Narren zu machen. Ihr erfüllt Euren Zweck für uns, weil Ihr weder ein achtbarer Agent noch ein achtbarer Gelehrter seid.«

Ein Abgrund des Schweigens tat sich auf wie das Rote Meer vor den Israeliten. Harrys Wimpern trommelten auf seine Wangenknochen. Hazelton betrachtete die beiden Augenpaare, die sich über den türkischen Teppich hinweg ineinander versenkt hatten, und mühte sich, seiner Verzweiflung Herr zu werden. Schon zuvor hatte er Haß gesehen, aber nie so unverhüllt.

Malise hat uns alles zerstört, dachte er. Es sei denn, ich kann den Schaden wiedergutmachen. Außerdem ist er ein Lügner. Ich habe dem Mann nie über den Weg getraut, und ich tat gut daran.

Harry, der sich stellvertretend für seinen Rekruten getroffen fühlte, warf sich persönlich in die Bresche. »Es ist nichts Unehrenhaftes dabei ...«, setzte er an.

»Ist schon gut, Harry«, winkte John ab.

»Ihr habt eine reizende Art, jemanden zu überzeugen«, bemerkte Hazelton schließlich in ätzendem Tonfall. »Ihr werdet ihm noch den Kopf verdrehen, bevor ich ihn verlocken kann.«

»Aber es ist nicht –«, sagte Harry.

John brachte sie beide zum Schweigen. »Master Malise macht keine Mördergrube aus seinem Herzen, nicht anders als Ihr und ich, Master Hazelton. Ich vermag an seiner Offenheit keinen Anstoß zu nehmen. Im Gegenteil, er hat mir dabei geholfen, meine Aktivposten besser einschätzen zu können.«

Er straffte sich auf seinem Stuhl. So rasch, wie ein Mauersegler eine Mücke aus der Luft pflückt, durchzuckte ihn eine Erinnerung an vergessene Möglichkeiten. Ein kleiner Junge, vor langer Zeit, hoch auf dem Pferderücken, im Sonnenlicht des Stallungshofs von Tarleton Court, ein junger Apoll, der die Himmel durchmaß. Dann war es vorbei. Er atmete lange und bedächtig aus. Warum hatte diese Erinnerung ihn ausgerechnet jetzt überfallen?

Harry blieb hartnäckig. »Edward, ich muß protestieren! Es ist nicht verwerflich, mit den Holländern Handel zu treiben. Ein Holländer ist Hofmaler in Whitehall. Ich habe mit eigenen Augen das wundervolle Porträt gesehen, daß er von Seiner Majestät angefertigt hat.«

»Besitzt die Südjavanische Kompanie eine Lizenz zum Handel mit Tulpen?« wollte John von Hazelton wissen.

»Und erst auf dem Felde der Architektur«, fuhr Harry unbeirrbar fort. »Lord Hughes, mit dem ich noch am Tage vor unserer Abreise hierher speiste, läßt einen holländischen Architekten ein neues Herrenhaus auf seinem Anwesen in Suffolk bauen.«

»Harry ...«, sagte John.

»Und seht Euch doch Euren eigenen Kragen an, Edward – ist das englische oder holländische Spitze?«

Malise warf Hazelton einen Blick zu. *Du* hast diesen Trottel deine Nichte heiraten lassen. *Du* hast zugelassen, daß ihr Geld in seine Hände gefallen ist. Sieh *du* jetzt auch zu, wie du mit ihm fertig wirst!

Hazelton beachtete weder Harry noch Malise. Ein Esel und ein Lügner. Seine Mitstreiter hatten sich eher zu Fußfesseln als zu Sporen entwickelt. »Ein wichtiger Punkt, Mr. Graffham. Nein, wir besitzen keinen Freibrief für den Tulpenhandel in Holland.«

»Würde ich gesetzwidrig handeln?« Die Frage schien John zu amüsieren.

Hazelton sah die Gedanken in den grauen Augen in Johns gebräuntem Gesicht mit den merkwürdig femininen Brauen aufblitzen. Ich habe ihn schon bei unserem ersten Treffen richtig beurteilt. Hinter der Geschichte dieses Vetters steckt mehr, als Harry weiß oder erzählt. Ich wüßte gerne mehr. Unwissenheit ist immer gefährlich.

»Außerhalb der englischen Gesetze«, beschied er John. »Aber nicht gegen sie. Dieser augenblickliche Wahnsinn erwächst, wie so häufig, aus zügelloser Freiheit. Der Tulpenhandel wird nicht von den Gilden kontrolliert. Jeder, wie es scheint – selbst der Dümmste und Verderbteste – kann spekulieren, sofern er über genug Geld verfügt. Ihr werdet sowohl kaufen als auch verkaufen – im Ausland. Die Holländer werden unser Geld nur allzugern nehmen. Erledigt die Aufgabe richtig, und niemand in England wird je davon erfahren.« Hazelton warf diesen letzten Ball en passant ins Spiel, um sich sodann in die Eichenschnitzereien seines Lehnstuhls zurücksinken zu lassen.

Gerissen. Gerissen, dieser Mann, dachte John. Kein Wunder, daß er reich ist. Er lächelte ansatzweise. »Vertraut Ihr mir, oder seid Ihr bloß verzweifelt?«

Hazelton lächelte zurück, obwohl ihm soeben ein beängstigender Gedanke gekommen war. »Als ich gestern hier eintraf, war ich verzweifelt. Jetzt, nachdem wir uns begegnet sind und miteinander gesprochen haben ...«, er glättete erneut die schwarze Seide über seinen Knien, »... nehme ich die Wette an.«

»In diesem Fall«, versetzte John, »weiß ich keinen Vorwand mehr, mich zu weigern.«

Harry stieß einen Freudenschrei aus. »Ah!« rief er. »Ich hab' ja gleich gesagt, daß er's tun wird.«

Malise blickte auf seine Hände.

Ich bin ihm wieder entwischt, dachte John. Aus der Kutsche, aus dem Gefängnis, und jetzt erneut – fürs erste jedenfalls. Wie lange verkraftet er das noch? Beinahe hatte er Mitleid mit Malise.

Hazelton nickte nur. »Ihr werdet morgen früh mit nach London kommen.«

»Nein«, widersprach John. Für den Augenblick war er Malise entwischt, aber dieser würde ihm nie gestatten, noch einmal hierher zurückzukommen. Dieses Leben war nun vorüber. Egal, ob Harry das Gut veräußern mußte oder nicht.

»Aber wir müssen Euch noch weitere Instruktionen erteilen«, protestierte Hazelton, »Vorbereitungen für Eure Reise treffen – und das Geld besorgen.«

»Ich brauche noch zwei weitere Tage hier«, erklärte John. Seine Hände hatten dieses Gut die letzten elf Jahre geformt. Seine letzten Fußabdrücke hier würden nicht das Holterdiepolter einer übereilten Flucht verraten. Er mußte für diese Saukerle alles ins Lot bringen. »Erteilt mir Eure Instruktionen hier.«

»Ich werde nach London gehen«, meldete Malise sich unversehens zu Wort. Er sprang auf, als wollte er sich sofort aufs Pferd schwingen.

»Aber ...!« rief Harry. »Was ist denn mit ...?« Seine Laune sank wieder ins Bodenlose. Er hatte damit gerechnet, seinen Vetter ziehen zu lassen und Malise hierzubehalten, nicht anders herum.

Malise war schon an der Tür, ihn hielt es nicht mehr im Zimmer. »Wir mögen ja Euren Vetter ersuchen, die wundersame Brotvermehrung für uns zu vollbringen«, erklärte er, die Hand auf der Türklinke. »Doch selbst er, Sir Harry, kann nicht übers Wasser wandeln. Er braucht ein Schiff. Und das Geld, *bien entendu*, und einen Wächter, um auf das Geld aufzupassen. Irgend jemand muß Vorsorge dafür treffen. Bitte laßt meine Kutsche so bald wie möglich vorfahren.«

»Wartet!« Hazelton war plötzlich aus Gründen, die er nicht verstand, die Kontrolle über dieses Treffen entglitten. Offensichtlich hatten sie einem Aufschub zugestimmt, den sie sich nicht leisten konnten. »Ich muß eine letzte Frage stellen.« Er wandte sich an John.

»Bitte.«

»Schwört Ihr mir als gottesfürchtiger Christenmensch, daß Ihr keinen Grund habt zu wünschen, daß unser Unternehmen scheitern möge?«

Malise blieb auf halbem Weg in der Tür stehen.

»Oh«, machte Harry mit ganz leiser Stimme.

»Ich schwöre«, sagte John, ohne Malise dabei anzuschauen, »daß ich nur für Euren Erfolg arbeiten werde.«

Hazelton, Harry und John lauschten schweigend, wie Malise behutsam die Tür schloß.

»Dann muß ich wohl zufrieden sein«, sagte Hazelton.

5

26. Mai 1636. Seit fünf Tagen kein Regen. Maulwurfsgrille zirpt.
Tuddenham daran erinnern, für mich auf den Markt in Basingstoke
zu gehen. Ich würde gern Cassies Welpen sehen, bevor ich gehe.

Tagebuch des John Nightingale, bekannt als John Graffham

Malise machte sich in Begleitung von nur einem Diener zu Pferd
nach London auf, gleich am nächsten Morgen.

Harry hatte natürlich Verständnis dafür. Seine Zukunft
stand ebenso auf dem Spiel wie die der anderen. Aber es war
trotzdem nicht fair, daß Malise anstelle von John ging. Wenn
John nur nicht so stur darauf beharrt hätte, alles auf diesem
Gut in perfekter Ordnung zurückzulassen – als wäre er unent-
behrlich. Harry versuchte Trost darin zu finden, daß er der
Südjavanischen Kompanie den so dringend benötigten Agenten
verschafft hatte. Doch in Wahrheit weckte die plötzliche Wichtigkeit seines Vetters in ihm den Wunsch zu weinen, wie ein
ausgeschlossenes, enttäuschtes Kind.

»Ihr müßt sofort zurückkommen, wenn Ihr unsere Angelegenheit erledigt habt«, forderte er, während er den Hals zu dem
hoch zu Roß sitzenden Malise emporreckte. »Ich habe traum-
hafte Vergnügungen für Euch arrangiert, Edward! Jagden. Ban-
kette. Konzerte. Ihr könnt Euch nicht vorstellen, wie vortrefflich
wir uns hier amüsieren werden!«

John fegte über das Gut hinweg wie ein Sommersturm, wobei
er Tuddenham, Cope, seine Tante, Gärtner und Stallburschen
in seinem Sog wie Wolkenfetzen durcheinanderwirbelte. Er in-

spizierte, riet und mahnte. Er verfaßte Listen und Anweisungen für Dr. Bowler, der sie dann jenen, die nicht lesen konnten – also praktisch allen –, vorlesen sollte. Er knöpfte sich Harry vor und instruierte ihn mit mehr Dringlichkeit als Taktgefühl über jährlich zu leistende Abgaben, Witwengelder, Renten, die notwendigen Reparaturen an den Armenhäusern des Dorfs und seine Rolle als inoffizielles Haupt des örtlichen Kirchenrats.

»Ob ich wohl dieses Kind taufen sollte, wenn es denn schließlich geboren ist?« fragte Dr. Bowler. »Ich weiß, daß ich es eigentlich nicht tun sollte, aber ich kann den Gedanken nicht ertragen, daß kleine Kinder in der Hölle schmoren... Ich bin sicher, daß der Herr nie wollte ... Ich meine, wenn du dir Christus' Worte ansiehst ... Und was ist eigentlich mit der undichten Stelle in der Sakristei?«

»Laßt es mich noch mal kurz zusammenfassen«, sagte Tuddenham. »Ihr wollt den Taubenmist auf die Rosen. Schweinemist auf den Kohl, Salat und Krauskohl. Und *alle* Kuhfladen vom Hof in die brachliegende Parzelle neben der Längswand des Küchengartens für nächsten Winter eingraben?«

»Nicht alle«, wies John ihn an. »Vergiß die Mistbeete für die Melonen nicht. Für sie gibt's auch Kuhdung, um die Hitze zu speichern.«

»Du wirst es doch nicht vergessen, John, nicht wahr?« drängte seine Tante ihn. »Worum ich dich gebeten habe? Die kleine Göre wird von Tag zu Tag unerträglicher. Heute morgen habe ich sie in der Molkerei ertappt, wie sie die Käselaibe durcheinanderbrachte.«

Die Hündin Cassie begann, unruhig in ihrem Zwinger auf und ab zu laufen, wobei sie hin und wieder stehenblieb, um sich unter ihrem Schwanz zu lecken.

»Sie wird heute nacht werfen«, behauptete der junge Stallbursche, dessen Vater John einen der Welpen versprochen hatte.

Die aus Sämlingen gezogenen Lilien hatten zu welken begonnen.

»Du kannst dich nicht um alles kümmern«, tadelte Dr. Bowler ihn am Abend. »Es ist doch nicht so, daß du nie mehr zurückkehrst. Wir werden auch ohne dich ein paar Wochen, ja sogar Monate zurechtkommen.«

John holte tief Luft, um dem alten Mann die Wahrheit über seine Zukunft anzuvertrauen, aber er wußte nicht, was er sagen sollte.

Bowler schaute ihn von der Seite an. »Komm, wir setzen uns irgendwo hin, wie wir's immer nach dem Abendessen getan haben. Das wird mich beruhigen.« John stimmte zerstreut zu. Unterwegs begann Dr. Bowler zu summen, jedoch nicht fröhlich, sondern so, wie eine Katze schnurrt, wenn sie Schmerzen hat.

»Hol ein Binsenlicht«, trug John dem jungen Stallburschen auf. »Ich werde bei ihr wachen. Jetzt dauert's nicht mehr sehr lange.«

Als der Mond um die Ecke der *basse-cour* gewandert war, hatte Cassie vier Welpen zur Welt gebracht. John tätschelte ihre Flanken und wickelte die neugeborenen Hündchen in Fetzen alter Scheuerlappen. Zwischen der Geburt des zweiten und dritten Welpen war ihm noch etwas eingefallen, das er Harry erklären mußte; es ging um einen bereits halbwegs von ihm geschlichteten Streit zwischen zwei Pächtern um eine Feldgrenze, die der eine (so behauptete jedenfalls der andere) überpflügt hatte.

»Danke, altes Mädchen«, sagte er zu der Hündin, »daß ich wenigstens eine Sache zu Ende bringen konnte.«

Er weckte den jungen Stallburschen, der sich in dem leeren Zwinger der Mastiffs zum Schlafen zusammengerollt hatte. »Drei Hündinnen und ein Rüde«, erklärte John. »Dein Vater kann eins der Weibchen haben, wenn er will.«

Der Junge strahlte übers ganze Gesicht und verschwand.

Das Binsenlicht brannte aus. John blieb im Dunkeln sitzen. Nur noch ein Tag. Ich werde es nie schaffen, alles wohlgeordnet zu hinterlassen.

Dann setzte er sich fast kerzengerade an der Wand von Cassies Zwinger auf. Wie es so oft geschieht, hatte die Dunkelheit die heimliche, schleichende Annäherung von Gedanken begünstigt, die das Tageslicht verscheuchen würde wie Spatzen von einem Gemüsebeet.

Ich will nicht, daß sie ohne mich zurechtkommen! dachte John. Ich will, daß in Harrys Händen alles zusammenbricht. Ich will, daß meine Abwesenheit so deutlich zu spüren ist wie meine Anwesenheit.

Er fühlte sich plötzlich tief beschämt und gleichzeitig auf seltsame Weise befreit. Er blieb noch ein bißchen im dunklen Hof sitzen, um dann, ganz plötzlich, zu Bett zu gehen.

27. Mai 1636. Immer noch trocken. Mehlschwalben fliegen. Der letzte Tag.

Tagebuch des John Nightingale, bekannt als John Graffham

Am nächsten Morgen schickte er Arthur zu Lady Beester, um anzufragen, ob sie ihm nach dem Mittagessen eine Unterredung gewähren würde.

»Sie ist wie vom Erdboden verschluckt«, berichtete Arthur wenig später mit offensichtlicher Zufriedenheit. »Ihre Zofe Rachel ist deshalb sehr schlechter Laune. Dieses kleine Mädchen rührt die Dinge auf, das ist mal sicher.«

»Tatsächlich?« fragte John interessiert. »Ich habe noch nicht genug von ihr gesehen, als daß ich verstehen könnte, wie sie das anstellen sollte. Die neue Gemahlin meines Vetters scheint immer sehr artig zu sein, wenn ich zugegen bin.«

»Unsere neue Herrin tut nichts Unziemliches«, beeilte sich Arthur zu versichern. »Das wollte ich damit nicht sagen, Sir. Sie tut nur, was sie tun muß.« Er grinste übers ganze Gesicht.

»Verstehe«, erwiderte John. »Nun ja, halte weiter nach ihr Ausschau, und laß dir von Rachel keine Angst einjagen.«

»Es ist nicht so sehr Rachel, die mir Angst einjagt, sondern Ihr, der Ihr mich in diesen Schlammpfuhl voller Heringsfresser schleppt.«

»Du magst sie, nicht wahr?«

Arthur zuckte die Schultern. »Ihr wißt schon. Ein neues Gesicht ist hier ein seltenes Vergnügen. Obwohl sie mehr betet, als ihrem Verstand guttut.«

»Dann ist sie ja entschieden nichts für dich, alter Junge«, neckte John ihn gutmütig. »Vergiß nicht, uns beiden Überschuhe für diesen Schlammpfuhl einzupacken. Und halt weiter Ausschau nach deiner neuen Herrin! Ich bin im Stallungshof.«

Nachdem er dort seine Arbeit erledigt hatte, verabschiedete John sich von seinen Gärten. Welcher Verderbtheit würden sie sich wohl hingeben, wenn er fort wäre?

Seiner Hände Werk lag wohlgeordnet und tröstlich um ihn herum: die blaßroten Mauern mit den grätenförmig hochgebundenen Bäumen, die Quadrate mit artigen Gemüsen, die zu Girlanden geflochtenen Weinstöcke, so adrett gestutzt wie Harrys Schnurrbart, die von Unkraut befreiten Gehwege und niedrigen Hecken aus Buchsbaum und Gamander, die akkurat wie die Konturen einer Kupferstichplatte um die einzelnen Beete gezogen waren. Zeugnisse des glühenden Eifers, mit dem er in die Schlacht gegen die vernunftlose Unordnung der Natur gezogen war. Gehorsame Untertanen seiner Regentschaft über diesen kleinen Winkel von Gottes irdischem Paradies, der auf so eklatante Weise hinter seinem himmlischen Urbild zurückblieb. Lebendige Antworten auf unerträgliche Fragen. Beweis dafür, daß er gelebt hatte.

Er stellte sich vor, wie ein Meer stumpfgrünen Unkrauts langsam über die gepflegten Teiche seiner Gemüse und Kräuter flutete. Armadas räuberischer Finken segelten über die Mauern. Armeen von Nacktschnecken quollen aus ihren feuchten, schattigen Biwaks. Der General ist fort! Die Nachricht würde sich in Windeseile vom Neuen Garten bis zum Obsthain verbreiten. Im Ried der Weiher würde es flüstern. Der General ist fort. Attacke!

Ich muß in Amsterdam Erfolg haben! dachte er. Ich darf nicht zulassen, daß dieses Fleckchen Erde verkauft wird, auch wenn ich nie zurückkehren kann.

Dann wünschte er sich plötzlich, der Abschied läge schon hinter ihm, er sei schon fort und habe bereits das begonnen, was immer er beginnen mußte. Sein altes Leben war unbemerkt zwischen all den Listen und Anordnungen gestorben. Er öffnete das Tor auf der gegenüberliegenden Seite des Neuen Gartens, überquerte die Wehrbrücke am niedrigsten Punkt des dritten Weihers und stieg ein letztes Mal den Hang hinan zum Obstgarten.

Ein Wölkchen von blassem Rosa erzitterte, als hätte es ein eigenes Leben. Blütenblätter regneten herab. Da war jemand in einem der Apfelbäume. Geräuschlos bewegte John sich durch das hohe, feuchte Gras. Sicher einer der Gutsbengel. Na, er würde ihn ein bißchen erschrecken! Es war ein Spielchen, das er oft mit ihnen spielte. Kinder hatten Spaß an Augenblicken ungefährlichen Schreckens. Dann würde er den Jungen zu Cope schicken, damit er ihm bei den Finken und Spatzen im Neuen Garten helfen könnte. Er streckte die Hand aus, um den Knöchel zu packen.

Die bloßen Füße, die sich um den Ast krümmten, waren weiß und feinknochig, mit Nägeln so schillernd wie Fischschuppen. Sie waren sehr sauber. Die Rundung der Knöchel war glatt wie ein Schneckenhaus, die Schienbeine zart. Darüber verschwanden feste, milchweiße junge Beine in den Apfelblüten und im Schatten eines hochgerafften Unterrocks. John ließ die Hand wieder sinken. Er starrte in das Dunkel zwischen den Schenkeln hinauf. Sein Atem ging schneller, und seine Lenden brannten.

Ganz gewiß kein Junge. Eine Milchmagd? Eine zweite Cat? Er hatte nicht vorgehabt, Cat von einer anderen verdrängen zu lassen. Er war kein frivoler Mensch. Doch andererseits …

Ein Zweig knackte.

»He!« rief er hinauf, schroffer als beabsichtigt. »Laß die Blüten dran! Sonst kriegen wir keine Früchte.«

Ein Fuß rutschte ab. Fand wieder Halt.

»O Gott!« sagte eine Mädchenstimme. Eine Hand griff nach einem niedrigeren Ast, und ein Gesicht tauchte auf. »O nein!« Sie beugte sich herunter und starrte John offenen Mundes an. Dann zerrte sie den Unterrock hastig über ihre Beine.

Für einen Augenblick, immer noch von der Innenseite ihrer

Schenkel abgelenkt, erkannte er sie nicht. Dann vertiefte sich ihr Erröten und breitete sich bis zu den Ohrspitzen aus. Ohne den weißen Puder und die roten Lippen, die sie zu den Mahlzeiten trug, konnte John das Gesicht immer noch nicht recht unterbringen. Aber keine Milchmagd trug solche Ohrgehänge oder hatte, jetzt, wo er darüber nachdachte, so saubere Füße.

»Oh, Ihr seid es«, sagte sie mit einer Spur von Erleichterung.

»Mylady ...«, stammelte er und wußte nicht, über wen von ihnen beiden er entsetzter war.

»Ich hielt Euch für einen der Gärtner. Wartet! Ich komme runter.« Sie begann herabzuklettern, ihre Siegesbeute, den Apfelblütenzweig, immer noch fest umklammernd.

John blieb nichts anderes übrig, als ihr seine Hand anzubieten. Sie ergriff sie anmutig, eine vollendete Tanzschülerin, die eine Pavane anführte, und überwand die letzten paar Fuß mit einem Sprung, behende wie ein Kätzchen.

»Es tut mir leid ...«, setzte er unbeholfen an, wobei man ihm zugute halten mußte, daß er nicht damit rechnen konnte, Harrys junge Frau auf einem Baum zu finden.

»Ich habe gar nicht an die Äpfel gedacht«, entschuldigte sie sich. »Ich werde eine Woche lang keinen Apfelmost trinken, um es wiedergutzumachen.« Sie sah ihn mit großen Augen an, um Absolution zu erhalten.

»Es sind Eure eigenen Äpfel, meine Dame«, versetzte John, auf der Suche nach dem richtigen Tonfall, mit dem er der Kindfrau seines Cousins begegnen wollte, die da mit nackten Füßen, halb geöffnetem Mieder und im Unterrock vor ihm stand. Er traute diesen großen, unschuldigen Augen nicht ganz.

»Harrys Äpfel«, berichtigte sie ihn mit nüchterner Präzision.

Ihr schien alles viel weniger auszumachen als ihm, doch er hatte ja auch noch damit zu kämpfen, die lockenden Geister von Cat und ihrer flüchtigen Nachfolgerin zu verscheuchen. Und obgleich er Zeal Beester nun endlich gefunden hatte, war es nicht ganz die Situation, in der er das heikle Thema von Tante Margarets Gefühlen zur Sprache bringen wollte.

Im Festtagsgewand und zugeschnürt hatte die Frau seines Vetters knochig gewirkt, mager wie ein Kätzchen unter seinem trügerischen dichten Pelz. Ungeschnürt und im Unterkleid schien es, als dehne sie sich aus. John kam zu dem Ergebnis, daß ihm wohler zumute wäre, wenn sie sich wieder anziehen würde.

»Kleidet Ihr Euch eigentlich immer so?« fragte sie ihn unvermutet.

Er lachte angesichts dieser entwaffnenden Unverfrorenheit. Dann wurde ihm bewußt, daß sie seine Gedanken erraten hatte und ihn aufzog. »Und Ihr?«

Ihr Mund entspannte sich zu einem Lächeln. »Sooft ich kann.«

»Mir geht's genauso«, gab John zur Antwort.

Sie nickte und legte ihren blühenden Zweig behutsam zu Boden, als habe sie vor, sich neben ihm niederzulassen. Doch sie blieb stehen, unsicher, was sie nun, da ihre Hände leer waren, als nächstes tun sollte. Sie blies sich eine lose Strähne rotgoldenen Haars vom Mund weg. Als sie zurückfiel, strich das Mädchen sie mit den Fingern beiseite und folgte ihr mit den Augen, bis diese fast über Kreuz standen wie bei einem Kind, das seine eigene Stirn zu sehen versucht.

John beobachtete sie, amüsiert und immer noch ein wenig durcheinander. »Welch glücklicher Zufall, daß wir uns getroffen haben, Madam«, setzte er an. »Ich habe Euch schon länger gesucht. Ich bin allerdings nicht auf die Idee gekommen, in den Bäumen nachzusehen.«

Sie lächelte andeutungsweise über seine Worte, erfreut, aber wachsam. »Auch ich habe mir gedacht, daß ich Euch gern vor Eurem Weggang noch einmal sprechen würde.«

»Ich fühle mich geschmeichelt, Herrin. Aus welchem Grund?«

Nun war es an ihr, zu lächeln. »Fühlt Euch lieber nicht geschmeichelt. Ich habe noch ein paar Fragen, was dieses Anwesen betrifft. Und Ihr seid offensichtlich derjenige, dem man diese Fragen stellen muß.«

Nachdem sein galanter Ball so entschlossen abgeschmettert worden war, fragte John: »Was wollt Ihr wissen?«

»Alles.«

»Eine bescheidene Bitte. Aber solltet Ihr Euch nicht erst ankleiden?«

»Aber natürlich, wenn es Euch beruhigt.«

Nun war sich John sicher, daß sie ihn auf den Arm nahm. Obwohl sie, vom Boden aus betrachtet, durchaus sittsam war, linste John zu ihrem Überrock und dem losen Gewand hinüber, die im Gras unter einem nahen Baum lagen.

Sie lächelte mit zu Boden gesenktem Blick und hob das Knäuel aus Seide, Musselin und Spitze mit gespieltem Abscheu hoch. »Vielleicht seid Ihr Harry doch ähnlicher, als ich dachte.«

John wollte schon vehement ableugnen, daß er Harry auch nur ansatzweise ähnelte, machte dann aber, erheitert darüber, wie rasch und mühelos das Mädchen ihn aus der Reserve gelockt hatte, den Mund wieder zu. Dann erst fiel ihm die distanzierte Haltung Harry gegenüber auf, die sich in ihren Worten andeutete. Er konnte nicht widerstehen, an diesem Punkt nachzuhaken.

»Inwiefern ähnlich, Madam?«

»Nun ja«, erklärte sie, »als ich hier ankam, glaubte ich, Ihr wäret eins von Harrys Projekten, wie beispielsweise ich, die er zu einer feinen Dame machen möchte, oder das Haus. Zuerst dachte ich, Ihr würdet das mögen. Dann hab' ich gemerkt, daß Ihr es nicht mögt.«

John amüsierte sich prächtig. »Ihr habt recht. Ich mag es nicht. Harry wird mich bald als hoffnungslosen Fall aufgeben – wenn er es nicht schon getan hat.«

»Ich wünschte, er würd's auch mit mir aufgeben!« Sie schüttelte das Kleiderknäuel in ihren Händen mit wenig Hoffnung aus.

»Dennoch solltet Ihr Euch vielleicht ... bedecken.« John wandte ihr höflich den Rücken zu. Beim Warten dachte er über die unvermutete Gelassenheit und die Neigungen des früheren Mündels dieser beiden Hazelton-Krähen nach. »Ich dachte, alle jungen Mädchen lieben nichts so sehr wie schöne Gewänder und Juwelen«, bemerkte er.

»Für die auf der Schule trifft das zu«, pflichtete sie ihm bei; ihre Stimme klang leicht gedämpft.

»Aber für Euch nicht?«

»Ich *hasse* die Mode!« Ihr Kopf mußte wieder aus den Kleiderschichten aufgetaucht sein. Ihre Stimme tönte wie die von König Harry in Azincourt. »Ich wäre besser ein Mann geworden.«

John grinste zu einem Apfelbaum empor. »Harry ist ein Mann, und er liebt die Mode.«

»Ja, aber wenn ich ein Mann wäre, würde ich für mich selbst entscheiden, ob ich sie mögen würde oder nicht!«

Die nun einsetzende Stille wurde von Knistern und Rascheln unterbrochen.

Manch pflichtbewußte Ehefrau wäre froh, wenn man sie zwingen würde, sich herauszuputzen, überlegte John. »Habt Ihr Euch Harry ausgesucht?« fragte er plötzlich und wünschte sofort, er hätte nicht gefragt. Es war eine nüchterne Frage, und sie schien zu jung oder von Natur aus unfähig zu sein, richtige Fragen einfach am Schutzschild geselligen Geplauders abprallen zu lassen.

»Ja«, antwortete sie mit fester Stimme. »Jetzt könnt Ihr Euch wieder umdrehen.«

Sie war den Umständen entsprechend gut mit ihren Kleiderschichten zurechtgekommen; dennoch wäre die Hilfe einer Zofe dringend angeraten gewesen.

»Ich habe mir Harry selbst ausgesucht«, wiederholte sie. Ihre Augen huschten zu John hinüber, bemerkten sein Erstaunen und verzeichneten es in der Rubrik »Erwartungsgemäßes«.

John fühlte sich verläßlich, erwachsen, verantwortungsbewußt. Er suchte nach einem ungefährlichen Fluchtweg aus diesem Terrain, das er impulsiv beschritten hatte. Zu seinem Erstaunen setzte sie sich unter den Apfelbaum.

»Harry wurde mir nicht aufgezwungen, falls Ihr das vermutet habt. Ich habe ihn mir ausgesucht.«

John hörte grimmigen Triumph aus ihrem Tonfall heraus. Er zögerte; dann ließ er sich ihr gegenüber im Gras nieder. »Eurem Onkel schwebte jemand anderer vor?«

Wieder suchte sie flüchtig seinen Blick. Verläßlichkeit, durch Verständnis wettgemacht. »Ja.« Sie schüttelte sich übertrieben wie vor ein paar Minuten, als sie ihren Überrock aus dem Gras gepickt hatte. »Über vierzig Jahre alt, mit schwarzen Zähnen. Zwei Frauen hatte er schon unter die Erde gebracht. Er hat mich überhaupt nicht gesehen, selbst wenn ich direkt vor seiner Nase saß. Er hat sich noch nicht einmal die Mühe gemacht, es wenigstens vorzutäuschen! Er und mein Onkel hockten beisammen und redeten und schmiedeten Pläne, wie sie meine Mitgift nutzen würden, stundenlang, während ich zuhörte. Und wahrscheinlich noch viele weitere Stunden, während ich nicht zuhörte.«

»Wieso hat Hazelton dann zugelassen, daß Ihr Harry überhaupt begegnet seid? Das sieht mir nach einem verhängnisvollen Irrtum aus.«

Das gefiel ihr. Sie verzog die Winkel ihres dünnen kleinen Mundes und starrte ins Gras. »Sie hatten mich ins Internat abgeschoben ... Es war uns allen recht. Harry gehörte zur Hackney-Meute.«

Sie bemerkte Johns verständnislosen Blick. »Die Mitgiftjäger, die in den Schulen von Hackney und Islington herumhingen und die reichen Erbinnen ausschnüffelten. Harry schien der Beste von ihnen zu sein.« Sie versuchte, ihre linke Spitzenmanschette aus den Bänderschleifen ihres Oberärmels zu befreien. »Ein Mädchen wurde sogar mit Gewalt entführt ... aber es kam alles in Ordnung. Sie weigerte sich, vor den Altar zu treten, und die Familie mußte sie zurückgeben.«

John hörte nun mit unverhülltem Vergnügen zu, die Arme um die Knie geschlungen. Die *amour propre* seiner Tante würde warten müssen.

»Irgendwann hätte es mich ja doch erwischt«, führte Mistress Zeal Beester aus. »Also habe ich das Beste draus gemacht. Wenn ich schon unter der Knute irgendeines Mannes leben muß, ist Harry wenigstens weitaus amüsanter als mein Onkel oder dessen alter Freund mit den schwarzen Zähnen.«

Und einfacher zu handhaben, dachte John mit plötzlicher Erleuchtung.

»Harry sieht wirklich ziemlich gut aus, findet Ihr nicht auch?« fragte Zeal mit Besitzerstolz und ängstlichem Blick.

»So gut wie der goldschenklige Pythagoras«, stimmte John ihr zu. Dann spürte er, wie er beim Wort »Schenkel« errötete. Die Angst verschwand aus ihren Augen. »Damit wäre jetzt wohl alles geregelt. Ich weiß, wo ich bin«, erklärte sie bestimmt.

Harry würde sich entschieden leichter lenken lassen als ihr Onkel, sinnierte John. Besonders, wenn sie noch ein wenig älter wäre und die Macht, die Satan Eva verliehen hatte, in vollem Umfang begreifen würde. Selbst jetzt hatte Harry schon alle Hände voll zu tun. John ertappte sich dabei, daß er abermals verstohlen grinste.

»Und außerdem«, fügte Lady Beester hinzu, »mag ich dieses Fleckchen hier ziemlich gern … Hawkridge House. Es ist so friedlich, daß ich die ganze Zeit entweder flüstern oder schreien möchte – wenn Ihr wißt, was ich meine.«

»Ja, ich weiß es.« John erwärmte sich mehr und mehr für dieses seltsame Kind. Und das war ein wesentlich angenehmeres Gefühl als Mitleid. Er bedauerte, daß er sie nicht näher kennenlernen würde. Und es tat ihm leid, daß er ihr Gespräch nun auf ihre neue Rolle als Hausherrin, die sie zu genießen schien, und auf die Sorgen seiner Tante bringen mußte.

Er sah ihr dabei zu, wie sie eine Biene beobachtete, die um ihren Kopf herum surrte.

»Habt keine Angst«, beruhigte er sie. »Bleibt einfach sitzen und rührt Euch nicht, Bienen stechen nicht, es sei denn, sie fühlen sich dazu gezwungen. Der Angriff ist ihre letzte heldenhafte Tat auf Erden. Sie müssen ihre Waffen zur Verteidigung des Bienenkorbs aufsparen. Ein Stich mit ihren kleinen Speeren, und sie sterben.«

Die Biene landete auf ihrem nackten Unterarm. Sie senkte den Kopf, um den schwerfälligen, rundlichen Körper inmitten der schimmernden Flügel aus der Nähe betrachten zu können. »Sie hat winzige Häkchen an den Füßen«, sagte sie voller Ehrfurcht. Den Blick noch immer auf die Biene gerichtet, begann sie aus dem Gedächtnis zu zitieren – in Latein. »Ist doch die Natur so groß, daß sie sozusagen aus dem Schatten eines Tierchens etwas Unvergleichliches gemacht hat.«

John sah sie überrascht an. Dann führte er ihr Plinius-Zitat fort. »Welche Nerven, welche Kräfte dürfen wir mit solcher Wirksamkeit und Emsigkeit, ja wahrhaftig welche Männer mit solcher Einsicht vergleichen? Sicher haben sie der Menschheit gegenüber darin den Vorzug, daß sie nichts kennen als das Gemeinsame.«

»Der Honig kommt aus der Luft und bildet sich meist beim Aufgange der Gestirne ...«, trug sie vor. »Oder so ähnlich.«

»Ihr lest Latein?«

Sie nickte. »Mein Onkel hat es mir beigebracht. Ich habe alles von Plinius und Cato und Varro gelesen.«

»Wenn Ihr Plinius und die anderen Meister an Eurer Seite habt, werdet Ihr mich nicht mehr viel fragen müssen. Ich lasse Euch die Schlüssel zu meinen Büchern da, wenn Ihr wollt.«

Die Biene schwang sich wieder in die Lüfte. Zeal sah ihr hinterher. »Es ist ganz anders, wenn alles wirklich ist, nicht nur in Büchern steht. Ich werde wohl trotzdem Eure Hilfe benötigen.«

John wandte den Blick ab. Er war schon fort. Er dümpelte bereits auf fremden Meeren. Er wollte nicht, daß die neuen Enterhaken ihrer Hilfsbedürftigkeit das Ende so hinauszögern würden, daß er es nicht mehr ertrug. »Die Pflanzen und Tiere selbst werden es Euch lehren, wenn Ihr ihnen Eure Aufmerksamkeit schenkt.«

Sie spürte den Hauch von Kälte in seinem Verhalten und machte ihren Fauxpas unverzüglich wett. »Ich danke Euch, daß ich die Bücher während Eurer Abwesenheit benutzen darf. Wirklich, ich bin sehr viel dankbarer dafür, als es gerade geklungen haben mag. Aber werdet Ihr mir helfen, wenn Ihr von dort zurückkommt, wo Ihr hingeht?«

»Ich werde alles tun, was in meiner Macht steht«, erwiderte John lügnerisch.

»Gut. Harry wird jede Hilfe brauchen, die wir ihm geben können.« Sie band John fest in ihr Bündnis ein.

Der heimliche Verräter schaute auf seine Hände hinunter.

»Dieser Ort wird meine Erlösung sein«, stellte sie fest.

»Nicht Euer Ruhm?«

Sie warf ihm einen verblüfften Blick zu. »Was? Oh, Ihr denkt an Harry?«

»Es tut mir sehr leid«, entschuldigte er sich. »Ich wußte es besser.«

»Entschuldigt Euch nicht! Es ist kompliziert, Fremde kennenzulernen. Ich werde vermutlich noch weit schlimmere Dinge zu Euch sagen.«

»Eure Erlösung«, mahnte John sie sanft. Er mußte dieses merkwürdige Gespräch auf seine Tante lenken und seine Hausaufgaben erledigen.

»Ich werde so hart arbeiten, daß ich mir Gottes Gnade wieder verdiene …«

»Wieder?«

Sie legte die Kuppe ihres Zeigefingers in die passende rosige Mulde eines Apfelblütenblatts. John vernahm einen gewaltigen, langen, zittrigen Stoßseufzer. Sie sah ihm mit einem offenen Blick voller Schrecken und Stolz in die Augen. »Ich bin eine verlorene Seele«, gestand sie ihm.

Er durfte jetzt nicht lachen, also runzelte er die Stirn. »Verloren?«

»Verdammt«, hauchte sie. »Zu ewigen Höllenqualen.« Sie preßte die Lippen fest aufeinander. Es war ihr bitterernst.

»Seid nicht töricht!« Er hätte beinahe die Hand übers Gras hinweg ausgestreckt, um sie zu tätscheln und zu beruhigen, so wie er Pferde und die Hündin Cassie tätschelte und beruhigte. »Dafür weilt Ihr noch nicht lange genug auf Erden! Was könnt Ihr schon von Verderbtheit wissen?«

Sie zuckte die Achseln. »Ich bin alt genug, um mein Herz zu prüfen und mein Tun abzuwägen … Ich bin schon immer schlecht gewesen, seit ich ein kleines Kind war. Alle haben mir das gesagt.«

Mistress Hazelton. John hegte mörderische Gedanken. Und wie viele andere Menschen, von denen ich nicht weiß? »Mein armes liebes Kind ...«

»Ich war ein respektloses, ungehorsames Kind«, fuhr sie fort. »Ich habe meiner Tante Widerworte gegeben... Ich habe versucht, von der Schule wegzulaufen. Und ich habe meinem Onkel getrotzt, um Harry heiraten zu können, wißt Ihr? Er mußte mir am Ende meinen Willen lassen, aber er hat es nicht gerne getan. Und das ist die schlimmste der naturgegebenen und sündhaften Schwächen meines Geschlechts!«

Der Himmel sei uns gnädig, dachte John. »Ich verstehe«, sagte er laut. »*So* schlecht?« Doch in diesem Moment glitt jegliche Ironie von ihr ab.

»Also«, sagte Lady Beester. »Also ...« Ihre Stimme klang wieder fröhlicher. »Als ich dreizehn war ... letztes Jahr ... prüfte ich mein Herz ein zweites Mal und erkannte erneut, wie wenig ich den Erwartungen entsprach. Und da traf ich einen Entschluß.«

John hielt den Atem an.

»Da ich mit ziemlicher Wahrscheinlichkeit nach meinem Tod in der Hölle schmoren werde«, erklärte sie und beugte sich vor, »werde ich zu meinen Lebzeiten tun, was mir gefällt. Soweit ich das vermag ... soweit man mich läßt. Mein Leben ist nun einfacher. Ich weiß, wo ich stehe. Selbst etwas Schreckliches zu wissen ist besser, als gänzlich orientierungslos zu sein. Ich habe mir gedacht, daß ich mich kurz vor meinem Tod Gottes Gnade anheimstellen werde. Vielleicht läßt er mich noch mal davonkommen, höchstwahrscheinlich aber nicht.«

John stieß den Atem aus, als hätte sie ihm einen Hieb in den Magen versetzt. »Das glaubt Ihr?«

Sie nickte. »Ich wünschte, es wäre nicht so, aber das glaube ich.«

»Ihr habt alle Hoffnung aus Eurem Herzen verbannt?«

»Hoffnung bringt mich nur wieder durcheinander. Ich hoffte,

meine Mutter würde nicht sterben, aber sie starb. Ich hoffte, Mistress Hazelton würde mich mit der Zeit liebgewinnen, aber sie hat mich nicht liebgewonnen. Ich hoffte ...« Ihre Stimme verlor sich.

Schweigend saßen sie im Gras.

Ihre Jugend ist wirklich, aber irreführend, dachte John. »Habt Ihr Harry das alles erzählt?«

Sie bedachte ihn mit einem raschen Blick, nicht ängstlich, vielmehr unvermutet ironisch.

»Könnt Ihr Euch ernsthaft vorstellen, daß ich es *ihm* erzähle?« Und dann: »O Gott, Ihr sagt es ihm doch nicht weiter, nicht wahr?«

»Ich gelobe ewiges Stillschweigen.«

Sie nickte. Nach einem Augenblick fragte sie: »Nun?«

»Ich denke, daß Ihr tapfer, aber töricht seid.«

Sie entspannte sich, ließ sich auf ihre Hände zurücksinken. »Ich habe Harry schon gesagt, daß ich keine Babies mag«, erklärte sie aufgeräumt.

»Und was hat er geantwortet?«

»Er hat gelacht und gemeint, ich würde mit der Zeit schon auf den Geschmack kommen. Und er hat mir versprochen ...« Sie blickte weg. »Na ja, egal. Ich werde lernen, die Tränke und Tinkturen zu bereiten, die einen unfruchtbar machen.«

Armer Harry, ging es John durch den Kopf. Mein armer, liebenswürdiger Vetter. Auf was hast du dich da eingelassen?

»Meine Schwester ist im Kindbett gestorben«, erklärte Zeal. »So viele ...« Sie schauderte. »Da habt Ihr's«, fuhr sie fort. »Seht Ihr? Verderbtheit. Ich bin ein widernatürliches Weib.«

»Ihr seid noch kaum Weib geworden«, sagte John behutsam. »Und ihr habt noch Zeit, Eure Ansichten darüber zu ändern, was für eine Frau Ihr seid.« Während er versuchte, sie sich *nicht* ein wenig erwachsener vorzustellen, hörte er sich selbst wichtigtuerisch werden.

Sie bedachte ihn zum ersten Mal mit einem kühlen Blick. »Jetzt redet Ihr daher wie ein alter Mann. Das hatte ich nicht von Euch erwartet.«

»Darf ich das als Kompliment auffassen?«

»Wenn Ihr nichts dagegen habt, auch eine verlorene Seele zu sein.«

Johns Rückgrat versteifte sich. Seine Gesichtsmuskeln strafften sich. »Warum? Was habe ich getan, Madam?« Wer hatte es ihr erzählt?

»Schaut doch nicht so drein«, tadelte sie. »Ich habe keine Ahnung, was Ihr getan habt. Aber Ihr seid anders, wie ein Pferd oder ein Hund. Nicht hinter unzähligen Kleiderschichten verborgen wie Harry oder meine Tante oder dieser Malise. Eure Mitte ist zu sehen, zwischen Hemd und Hose.«

Ich hab' schon ganz andere hinters Licht geführt, Mistress, dachte John. Hab' meine Lebensaufgabe draus gemacht. Nackter Bauch oder nicht.

»Macht es Euch etwas aus?« fragte sie. »Ich habe Euch seit unserer Ankunft beobachtet ... die letzten drei Tage über. Möglicherweise wißt Ihr es noch nicht ...« Gnädig bot sie ihm einen Ausweg an. »Aber ich glaube, Ihr habt Euch so wie ich entschieden. Und vielleicht werde ich das tun, was Ihr getan habt – mich durch Arbeit erlösen.«

John holte erneut tief Luft. Das also hatten diese niedergeschlagenen Augen die ganze Zeit getan! »Manch einem von uns wird eine solche Entscheidung möglicherweise aufgezwungen.«

»Das ist dasselbe.«

Der sechsundzwanzigjährige Mann und das vierzehnjährige Mädchen starrten einander über das Gras des Obstgartens hinweg an. John verspürte das verrückte Verlangen, ihr seine wahre Lebensgeschichte aufzubürden.

»Glaubt Ihr an Gott?« wollte sie wissen.

»Ich bin wohl so etwas wie ein vorsichtiger Ketzer. Der Tod scheint mir eine dunkle Grenze zu sein, die sich durch das menschliche Wissen zieht, nicht eine triumphale Reise irgendwohin. Aber ich weiß es nicht.«

Hinter Johns Rücken gluckte die Henne leise in ihrem Eimer. »Wißt Ihr schon, daß hier oben noch ein anderes Nest ist?« fragte Zeal.

John schüttelte den Kopf. Unausgesprochene Worte drückten gegen seine Zähne.

Sie grinste triumphierend. »Dann laßt es mich Euch zeigen, Mr. Graffham. Und ich bin erst seit drei Tagen hier.« Sie machte Anstalten, sich zu erheben.

Er hatte keine Zeit, seinen Neigungen nachzugeben, und außerdem wäre es diesem Kind gegenüber nicht fair. Er mußte ihr Gespräch nun in eine Richtung lenken, die ihm seine Mission für Tante Margaret auszuführen erlaubte; er würde keine zweite Chance mehr bekommen. Er bot ihr die Rechte dar und ergriff ihre kleine, kühle Hand. »Drei ausgefüllte Tage, wie ich hörte.«

Sie hielt inmitten eines Durcheinanders aus Spitzen und Falten inne, halbwegs wiederaufgerichtet. »Von wem?«

»Meiner Tante.«

Ihr Siegerstrahlen verdunkelte sich wie Rasen unter einer Gewitterwolke. Sie wandte den Blick ab und kniff die Lippen zusammen.

John kam sich vor, als hätte er Cassie getreten oder einer Katze den Schwanz in der Tür eingeklemmt.

»Sie haßt mich«, stieß Zeal hervor. »Sie wünscht sich, daß ich nie hierhergekommen wäre.«

»Auf die Füße, Madam«, sagte John.

Sie richtete sich auf, beruhigte sich und entzog ihm brüsk ihre Hand.

»Meine Tante ist ganz aus dem Häuschen. Sie ist alt und war daran gewöhnt, ungestört vor sich hin zu leben wie eine Spinne in der Scheunenecke. Sie haßt nicht Euch als Person. Sie haßt es, weggewischt zu werden, auch wenn es notwendig sein mag, Spinnweben zu beseitigen. Sie hat Angst und fragt sich, wo sie ein anderes sicheres Eckchen auftreiben könnte.«

Zeal runzelte die Stirn. »Bin *ich* denn gefährlich?« Es klang ungläubig.

»Das fürchterlichste Ereignis in den letzten elf Jahren.«

»O Gott!« stieß Zeal aus. »Ehrlich?«

»Ehrlich.«

Sie errötete wieder vom Hals bis an die Ohrspitzen. »Ich

fasse es nicht ...« Sie stand reglos da, als lausche sie in sich hinein, um Anzeichen für ihre Gefährlichkeit zu entdecken. »*Sie hat Angst vor mir?*«

John lachte lauthals los. »Arme Tante Margaret.«

Zeals Antlitz glühte nun in freudiger Skepsis. »Aber sie ist *alt*!«

»Eben.«

Zeal stand da und dachte nach. Sie nickte.

John beobachtete, wie sie begann, die Achse der ihr vertrauten Welt zu verschieben. Ein neues Fleckchen Land in ihre Karte einzuzeichnen wie eine neu entdeckte Schiffsroute zu einem noch weiter entfernten Ozean. Einen weiteren neuen Horizont zu erobern, dem sie entgegensegeln konnte, und neuen Gefahren.

»In Ordnung«, erklärte sie. »Ich werde ihr gestehen, wie unwissend ich bin. Sie kann mir alles beibringen, was sie weiß. Dann sollte sie sich besser fühlen. Danke, daß Ihr es mir gesagt habt. Soll ich Euch nun das Nest zeigen?« Sie wischte alle Probleme der Welt mit einem spektakulären Lächeln voller winziger weißer Zähne beiseite.

Während er Zeal durch das hohe Gras des Obstgartens folgte, dachte John, daß Tante Margaret keine Chance hatte. Und Harry auch nicht. Und es tut mir leid, daß ich nicht hier sein werde, um zuzuschauen.

Als Zeal sich vornüberbeugte und ein struppiges hellgrünes Grasbüschel zwischen den eisgrauen Wurzeln eines Birnbaums teilte, lud John sich eine schwere Last auf die Schultern. Harry durfte Hawkridge House nicht verkaufen.

Zweiter Teil

6

1. Juni 1636. Möwen, die ich noch nie gesehen habe, mit schwarzen Schnäbeln. Eine hockt auf unserem Mast.

Tagebuch des John Nightingale, bekannt als John Graffham

An Deck der Londoner Segelschaluppe balancierte John mit weit gespreizten Beinen die Dünung aus und blickte nach vorn auf eine Welt, die ganz anders war als alles, was er bisher gesehen hatte.

Gibt es hier mehr Land als Wasser, fragte er sich, oder mehr Wasser als Land? Wie soll ein Mann da wissen, wohin er seine Füße setzen kann?

Zwei weite Flächen von der Farbe dunklen grauen Eisens verschmolzen unter einem grauen Himmel. John konnte sie nur auseinanderhalten, da sie auf verschiedene Weise das Licht verschluckten. Das glitzernde Wasser stemmte seine gigantische Schulter gegen das Land. Das stumpfe Land hielt dem Druck stand und zwang das Wasser wieder aus seinem angestammten Terrain heraus. Die beiden Elemente standen einander gegenüber wie ringende Titanen, getrennt nur von winzigen Graten aus Lehm und Zweigen.

Das rostfarbene Segel knallte und peitschte hoch über Johns Kopf. Nachdem sie anderthalb Tage lang ostwärts über den *Oceanus Germanicus* gesegelt waren, fuhr die Schaluppe nun wieder auf westlichem Kurs um die Schneckenwindung der Zuiderzee herum.

Direkt voraus (jedenfalls auf der Karte, die Simeon Timmons John gegeben hatte), an der Mündung der Amstel, lag eine der reichsten Städte Europas, reicher als London, *entrepôt* des Ostsee- und Ostindienhandels, das Herz einer Allianz von niederländischen Provinzen, die England dazu zwang, sich mit letzter Kraft an den noch übriggebliebenen Fetzen der Ostindischen Inseln und der Karibik festzuklammern. Als John sich nach Westen wandte, während die Schaluppe durch das stahlfarbene Wasser pflügte, konnte er zwischen sich und England nichts als einen hellen grauen Dunstschleier erkennen.

Er beugte sich vor in die Gischt, ein Kolumbus oder da Gama, der mit wilder Wucht über die Ränder seiner Seekarte hinaussegelte. Amsterdam, die Amsterdamer Börse, Cornelius Vrel, Justus Coymans – alle Wörter und Namen, die Hazelton ihm genannt hatte, waren so bar jeder Substanz wie die Gerippe des vertrockneten Grases vom letzten Jahr. Das bunte, vielfältige, üppige Leben auf Hawkridge House war einer Zukunft aus grauem Dunst gewichen.

Hinter John lehnten drei bewaffnete Männer in Diensten Sir George Tuppers an der Reling, Hazeltons Rosenliebhaber mit den steifen Knien, der außerdem Vorsitzender des Direktoriums der Südjavanischen Kompanie war. Unter Deck bewachten Arthur und drei weitere von Sir Georges Männern, alle mit geladenen Pistolen bewaffnet, eine Truhe, die mit soviel Gold gefüllt war, um das Anwesen von Hawkrige einschließlich mehrerer guter Viehweiden zu kaufen.

»Ich brauche Euch wohl nicht darauf hinzuweisen ...«, hatte Hazelton mit geballten Fäusten gesagt. »Geht keine unnötigen Risiken ein!«

»Piraten«, hatte Sir George Tupper plötzlich hervorgestoßen. Das Hauptquartier der Südjavanischen Kompanie befand sich in seinem Haus. Dort hatte John den Agenten Simeon Timmons getroffen, jenen Mann, der eine Tulpe nicht von einer Gemüsezwiebel unterscheiden konnte. »Desertierte Soldaten und Matrosen«, führte Tupper aus. »Sie schätzen die kurzen Entfernungen und die Verstecke in Küstennähe. Ist weniger gefährlich für sie, als ihre Beute auf hoher See zu machen. Ihr werdet meine Männer brauchen. Schickt sie zurück, sobald Ihr an Land gegangen seid! Besser keine englischsprachige Armee durch Amsterdam marschieren lassen; würde nur unnötige Neugier erregen. Sucht Euch eine sichere Bleibe, und dann schickt sie zurück!«

»Ihr habt nur zweieinhalb Wochen«, mahnte ihn Hazelton.

»Vertraut niemandem! Cornelius Vrel war Timmons damals behilflich, jetzt aber ist er als Anleger unser geschäftlicher Rivale. Versucht, diesen Händler namens Coymans zu finden, ohne Vrel einzuschalten.« Seine Fäuste ballten sich noch enger um Zügel, die er nicht mehr in Händen hielt. »Nur zweieinhalb Wochen! Laßt Euch nicht zu sehr beeindrucken! Vertraut Eurem gesunden Menschenverstand! Denkt immer daran, daß Ihr es lediglich mit emporgekommenen Heringsfischern zu tun habt, die zufällig ein glückliches Händchen für den Handel haben.«

Er erinnert mich daran, wie ich selbst Hawkridge House verlassen habe, mit all meinen Listen und verzweifelten Anweisungen.

Johns stärkste Erinnerung, als er mit dem Dingi von Tuppers privatem Landungssteg ablegte, war die an den Lärm, den die Geldtruhe gemacht hatte, als drei Männer sie ins Boot gehievt hatten.

Die Schaluppe glitt an einer kleinen Insel vorüber, die vor Galgen nur so strotzte. Der Skipper tauchte neben John an der Reling auf. »Außerdem ertränken se se«, sagte er mit makabrer Heiterkeit. Den Passagieren die Insel zu zeigen war ein Vergnügen, das seine Wirkung nie verfehlte. »Manchmal hängen se se gar nich auf, sondern schmeißen se nur ins Wasser, mit Gewichten an 'n Füßen.«

Die Leichen hingen dicht wie Äpfel, in unterschiedlichen Reifestadien.

»Die Holländer mögen keine Verbrecher oder Sünder. Oder Engländer.«

Der Käpt'n spuckte ins Wasser. »Außer, se ham Geld zum Ausgeben.«

Es gelang John, den Mund ansatzweise zu einem Lächeln zu verziehen. »Dann kehre ich am besten jetzt gleich um.« Er beobachtete, wie die Galgeninsel hinter ihnen zurückblieb.

Der Schaluppenführer lachte ungläubig auf – er hatte die Eskorte gezählt, ihre Pistolen gesehen und das Gewicht der Truhe geschätzt – und begab sich, Befehle brüllend, wieder nach achtern, um das Ruder umzulegen.

Unversehens tauchte eine scharf umrissene Welt aus dem feuchten grauen Dunst vor ihnen auf. Schiffe dümpelten geisterhaft auf dem Wasser. Masten ragten drohend gen Himmel. Hunde bellten durch die milde, feuchte Luft. Ein Hahn krähte. John hörte Rufe und Glockengeläut. Er roch Zimt und Teer. Die Schaluppe glitt unter dem hoch aufragenden Heck eines vor Anker liegenden Ostindienfahrers vorbei.

John legte den Kopf in den Nacken, um den Namenszug hoch oben am Bug lesen zu können. Die *Republik*. Ihr stufenförmiges Heck reckte sich empor wie die Hinterbeine einer Katze, die einen Buckel macht, höher als der Turm von St. Paul's. Ihr Bauch wölbte sich wie der eines Ochsen und lief vorn in einen niedrigen, bösartig scharfen Bugspriet aus. Das Schiff war fast gänzlich mit roter und goldener Farbe bemalt, die Taue klatschten gegen die mächtige Bordwand, und seine Segel waren festgezurrt wie die Ärmel eines Grafen. Fünf Kanonendecks reckten ihre reptilienartigen Schnauzen aus den Geschützluken hoch über Johns Kopf. Als sie an der Ankerkette vorbeiglitten, die in schrägem Winkel ins Wasser stieß, stellte John fest, daß sie dicker war als seine Schultern breit.

Die *Republik* ist doppelt so groß wie alles, was auf der Themse vor Anker liegt, dachte John. Nicht einmal des Königs Flaggschiff *Endeavour* kommt ihr gleich. Ein englischer Handelsfahrer mit nicht mehr als vierzig Kanonen an Bord hätte auf den Meeren nicht die geringste Chance gegen dieses Ungetüm.

Er beobachtete, wie die gewaltigen hölzernen Flanken des Schiffes vorbeiglitten. Es könnte gut dasjenige sein, das die beiden Schiffe der Südjavanischen Kompanie auf den Grund des Ozeans geschickt hatte.

Vier weitere Ostindienfahrer lagen im tiefen Wasser vor Anker, zwei zur Rechten hinter der *Republiek*, zwei zur Linken. Wie Kathedralen überragten sie die Häuser und Hütten der Schaluppen und Leichter.

Das sind keine Schiffe schlichter Heringsfischer, die zufällig ein glückliches Händchen für den Handel haben, dachte John. Der Handel bedarf keines so hochmütigen Übermaßes. Nelken und Muskat kann man auch ohne Vergoldungen, Flaggen, geschnitzte Girlanden oder Kanonen transportieren. Diese Schiffe sind für den Krieg gebaut. Sie dienen dem Zweck, andere zu besiegen und zu erobern.

Flüchtig stellte John sich vor, er wäre ein Wilder, der mit zerbrechlichem Speer und papierdünnem Schild entsetzt und fassungslos in seinem Versteck oberhalb des Strands kauerte, während diese wunderschönen Ungeheuer sich einer molukkischen Küste näherten.

Sie nahmen ihren Lotsen von einem Schlepper an Bord.

»Wir fahren durch die Delphine in den Hafen!« rief der Kahnführer.

Die Delphine waren eine doppelte Palisade aus Holzpfählen, die sowohl die Mündung der Amstel als auch die Stadt schützte, die sich entlang beider Ufer des Flusses erstreckte. Die einzelnen Pfähle bildeten eine doppelte Stepplinie durchs Wasser, die bald ihren Weg kreuzen würde und in einiger Entfernung zur Linken wie zur Rechten im Nebel verschwand, der dicht über dem Wasser schwebte. Kleine Boote hatten auf beiden Seiten der Doppelpalisade festgemacht. Im Innern der Umfassung wuchsen die Masten kleiner Schiffe gen Himmel, so dicht wie Bäume in einem überfluteten Wald. Die riesigen Handelsfahrer, die ja auch Kriegsschiffe waren, mußten ihrer Größe wegen draußen vor der Pfahlsperre vor Anker gehen.

Hinter den Delphinen erblickte John nun die Stadt selbst – Reihen niedriger Dächer, so spitz wie Haizähne, und die beiden hohen Türme der Alten und der Neuen Kirche auf den gegenüberliegenden Ufern der Amstel. Weitere Kirchtürme – einige schlank und spitz, andere gerundet wie ein sich nach oben verjüngender Zwiebelhaufen – stießen durch die ordentlichen Zeilen der mit roten Ziegeln gedeckten Steildächer gen Himmel. Doch selbst hier blieb unentschieden, welches der beiden Elemente vorherrschte: das Land oder die See. Wo London Straßen hatte, hatte Amsterdam Wasser.

Oude Kerk zur Linken, *Nieuwe Kerk* zur Rechten. John wiederholte insgeheim die Geographiestunde, die Simeon Timmons ihm hatte angedeihen lassen. Er holte die Karte hervor, die Timmons ihm gegeben hatte. Amsterdam krümmte sich innerhalb paralleler Halbkreise aus Befestigungsmauern und Wallgräben in dichtgepackten Windungen.

»Wie die Hälfte einer durchgeschnittenen Zwiebel«, hatte Timmons gesagt. Der Mann hatte nur noch Zwiebeln im Kopf.

Der Fluß war der Pfeil durch das Herz der Stadt.

Sie überholten ein Fährboot, das Leute von einem der vor Anker liegenden Schiffe an Land setzte, und schlüpften durch eine Bresche in der Palisade. John schob sich vorsichtig über das schmale Stück Deck, das die Öffnung des Laderaums umgab, nach achtern.

»Ich setze Euch auf der *Oude Zijde* des Hafens beim Sankt-Antonius-Tor an Land«, erklärte der Schaluppenführer. »Dort könnt Ihr Euch ein kleineres Boot mieten.« Er konzentrierte sich vorübergehend darauf, einer weiteren Fähre auszuweichen. »Ich zahl' den holländischen Zoll auf keinen Fall, um durch den *dam* in die Amstel zu dürfen. Diese Käsefresser nehmen noch schlimmere Zölle als die Engländer!«

Die niedrige Horizontlinie aus Hafendocks und spitzgiebligen Häusern wurde durch einen hohen, gewölbten Damm, den eine Maschinerie von Schleusenkammern und -toren überragte, säuberlich in zwei Hälften geteilt.

»Der Fluß schneidet durch die Stadt wie ein Messer durch eine Pastete«, fuhr der Schaluppenführer fort. »Hinter dem *dam* könnt Ihr die Amstel rauf bis vor die Pforten des Rathauses segeln und Euer Schiff vor Eurem Haus andocken, wenn Ihr genug Geld für beides habt. Für uns aber heißt's: durch die Armeleutetür.«

Ich schaffe es ja doch nicht, ging es John durch den Kopf. Habe Schiffbruch auf einem Kieselstein erlitten, bevor ich auch nur die erste Klippe erreicht habe. Verständnislos erwiderte er den Blick des holländischen Kapitäns. Wenn ich mir nicht mal ein Boot besorgen kann, wie soll ich dann alles andere schaffen? Coymans finden? Ohne Cornelius Vrel einzuschalten?

Wenn er eine fremde Landschaft betritt, verändert sich die innere Wegekarte der Gedanken und Gefühle eines Menschen. Wenn er eine Tür öffnet, wird keine Wand vor dieser Tür sein, falls gestern noch keine Wand dort war. Er muß wissen, daß sein Bett sich nicht von selbst im Zimmer bewegt hat, wenn er sich beim Erwachen fragt, wo er ist. Nur wenn er sich von einem Punkt zum anderen bewegen kann, ohne nachzudenken, vermag sein Geist sich Dingen zu öffnen, die seine Aufmerksamkeit erfordern.

John stand benommen auf dem feuchten, glitschigen Kopfsteinpflaster einer fremden Hafenstraße, in einem Land, das ein flaches Labyrinth aus Erde und Wasser war, Kisten und Bündel standen um seine Füße. Arthur hockte bleich und nervös auf der Geldtruhe.

Drei Seemänner, an Fässer und Poller gelehnt, machten sich einen Spaß daraus, offenkundige, wenn auch unverständliche Spekulationen über diese ausländischen Neuankömmlinge anzustellen. John sah, wie sie Sir Georges Männer musterten.

»Je eher ihr wieder zurück nach London kommt, desto besser«, sagte John zu ihnen.

Eine rauhe Sprache, die Johns Ohren mit halb verstandenen Gesprächsfetzen malträtierte, erfüllte die Luft. Er war kaum in der Lage, die Stimme des Schiffseigners aus dem Lärm herauszufiltern, der um ihn herum ertönte. Fässer wurden mit Donnerhall an ihm vorbei übers Pflaster gerollt; sie hinterließen den Geruch nach Teer und gesplittertem Holz.

»Was in Himmels Namen ..?« stieß Arthur plötzlich hervor; die drückende Last der Verantwortung war vorübergehend vergessen.

Die drei Männer, die über den Pier auf sie zukamen, sahen

völlig anders aus als alle Menschen, die John – außer auf Gemälden – jemals erblickt hatte. Ihre Haut war von einem tiefen, dunklen Braun. Sie trugen seidene Turbane, in die Silberfäden eingewoben waren, und Talare wie Könige aus dem Morgenland. Von acht Dienern in Röcken gefolgt, schritten sie fast unbemerkt durch die in Wolle und Leder gekleideten Seeleute und Hafenarbeiter, den Duft von Sandelholz hinter sich herziehend.

»Die Heiligen Drei Könige«, murmelte John verdutzt. Er folgte den drei Männern mit den Augen. »Ein bißchen weit ab von Bethlehem, oder wir sind an einem noch fremderen Gestade, als ich dachte.«

Mit Hilfe von Pantomime, ein bißchen Latein, einigen französischen Fetzen – und Silberstücken – machte John dem Kahnführer schließlich seinen Wunsch verständlich, eine Unterkunft und eine Transportmöglichkeit dorthin zu finden. Die Kisten der Engländer und ihre schwere, rasselnde Geldtruhe wurden in ein schmales Ruderboot gehievt, das inmitten einer auf und ab tänzelnden kleinen Flotte am Fuße einer Wassertreppe vertäut lag. John und Arthur kletterten hinterdrein.

»Noch so ein verdammtes Boot«, fluchte Arthur. »Ich wollte es vorher nicht sagen, Sir, aber ich kann nicht schwimmen.«

»Wer kann das schon«, entgegnete John, »in diesen Wassern.«

Ihr Boot glitt am Ufer vorbei, nach links, fort vom zentralen Flußdamm. Es überholte die Heiligen Drei Könige und deren Gefolge, um dann nach rechts in einen Kanal einzubiegen, der kaum breiter war als das Boot. Eine niedrige Fußgängerbrücke fegte beinahe Johns Hut in die Gracht. Sie fuhren unterhalb des Straßenniveaus dahin, zwischen tropfnassen Steinwänden. John legte den Kopf in den Nacken, um die hohen, spitzen Giebel, die Kräne und Winden, Lagerhäuser und Schleusentore zu betrachten.

Sie gelangten in ein überraschend weiträumiges, rechteckiges Hafenbecken, das von Marktbuden gesäumt wurde; im Hintergrund ragten zwei weitere Kirchtürme auf. Ein Leichter lag fest an einer klippenähnlichen Hauswand neben den offenen

Flügeltüren einer Lagerhalle auf Höhe des Wasserspiegels vertäut. Der Duft von Muskat drang aus den Säcken auf dem Deck des Leichters. Eine Prozession schwarzgekleideter Kinder, der Größe nach aufgereiht wie die Orgelpfeifen, marschierte am Rand des Hafenbeckens entlang.

Ihr Boot bog in einen anderen engen Kanal ab, an einem Nonnenkloster vorüber, unter weiteren Brücken hindurch. Sie schrammten dicht an anderen Booten vorbei, manchmal waren ihre Köpfe nur wenige Zoll von den Schuhen und Stiefeln auf den Straßen oberhalb der Grachten entfernt.

John bemerkte, daß Arthur seine Pistole fest umklammert hielt. Weiter als bis zum Markt von Basingstoke war Arthur nie von Hawkridge House fort gewesen.

Und ich bin genauso verloren wie er, dachte John.

Das Boot bog wieder in einen breiten, von Häusern gesäumten Kanal ein.

»*Singel*«, sagte einer der Bootsleute. Er deutete mit einer weit ausholenden Geste auf die Gracht. Sie prallten sanft gegen eine Wassertreppe.

Das Logierhaus neigte sein hohes, schmales Antlitz leicht dem Kanal entgegen, als würde es sein Spiegelbild im Wasser bewundern. Es war zwei Fenster breit und fünf Fenster hoch, von einem spitzen Schnabelgiebel bekrönt. Direkt unter dem Dachfirst ragte über einer dicken Holztür eine Eisenstange hervor, an der statt einer Flagge ein doppelt geführtes Seil und eine Rolle hingen.

John stieg die steilen Steinstufen vom Kanal hinauf auf die kopfsteingepflasterte Straße; dann eine noch steilere Treppenflucht von der Straße hoch bis zum *stoep* des Gebäudes.

Mevrouw Padtbrugge, die Hausherrin, erinnerte John an eine Pfingstrosenknospe, so rundlich und prall war sie in ihr schwarzes Seidenkleid gezwängt. Sie sprach kein Englisch, schien sich jedoch mit dem, was der Bootsführer ihr erzählte, zufriedenzugeben. Sie lächelte zurückhaltend.

»*Klaar*«, sagte sie. Sie schob John ins Haus und schloß mit fester Hand die Tür.

John folgte ihr. An einem Seil, das in der Mitte des Treppenschachts hing, zog er sich über vier Stockwerke eine hölzerne Wendeltreppe hinauf, die so eng war, daß die Röcke der Frau an beiden Wänden entlangstreiften.

Wie, zum Teufel, sollten sie die Geldtruhe hier hinaufbekommen?

Auf seinem Zimmer angelangt, lugte John aus dem offenen Fenster hinunter auf den Kai tief drunten.

Mevrouw Padtbrugge holte das Seil vom Haken am Ende der Eisenstange ein; dann ließ sie das eine Ende des Seils zur Straße hinunter. Dort unten, auf der Straße, packten Arthur und ein Bediensteter des Gästehauses die Geldtruhe in ein Netz, welches dann ans Seil gehängt wurde. Dann zogen die Männer am anderen Ende des dicken Taus, und die letzten flüssigen Mittel der Südjavanischen Kompanie erhoben sich langsam in die Lüfte, wild umherschwingend, dem Fenster im fünften Stock entgegen. Ein Wasser- und ein Aalverkäufer, ein kleiner Junge und zwei vorbeischlendernde Bootsleute schauten zu und gaben gute Ratschläge, während die Wirtin nach dem Netz angelte. Sie bekam es zu fassen und zog es mit Schwung ins Zimmer, wo es mit einem beängstigend metallischen Klirren landete.

John war recht zufrieden mit dem Ort, an den Gestikulieren, Silbermünzen und eine Portion Glück sie gebracht hatten. Ein sicheres Standquartier. Sie befanden sich in der Spitze eines Turms, und Mevrouw Padtbrugge machte nicht den Eindruck, als würde sie Diebe oder anderes Gelichter in ihrem makellosen Reich dulden. Beim bloßen Gedanken mußte John lächeln.

Er wurde ins Erdgeschoß gebeten, um im Licht der untergehenden Sonne in dem Vorderzimmer, das zur Straße hinaus lag, sein Abendessen einzunehmen. Mevrouw Padtbrugge stellte ihm – in Holländisch – ihre fünf sauber geschrubbten und wohlerzogenen Kinder vor: Jakob, Jan, Maria, Joseph … John verlor die Übersicht.

Zwei andere Logiergäste erschienen, nicht ganz so sauber geschrubbt wie die Padtbrugge-Sprößlinge, aber ebenso höflich.

»Ein Engländer!« rief der eine aus. »Willkommen in Amsterdam! Ich bin Hein Snijder, Buchbinder aus Zandaam, und das feinste Leder und Pergament gibt's nun mal in Amsterdam.« Der zweite Logiergast, Pieter Zwellen, sprach kein Englisch und roch nach Fisch. Es schien keinen Mynheer Padtbrugge zu geben. Snijder vertraute John mit gedämpfter Stimme an, daß die *Mevrouw* Witwe sei.

In den letzten Strahlen der Spätnachmittagssonne nahmen sie an der langen Tafel Platz. Der mit einer weißen Haube geschmückte Kopf der Witwe neigte sich unter einem Gemälde, das Abraham zeigte, wie er seinen Sohn Isaak opfert; die Unterhaltung stockte. Mevrouw Padtbrugge sprach für alle das Tischgebet; dann bewirtete sie ihre Gäste mit Kalbsbrust, Hirschbraten im Teigmantel, Salat, Kohlrouladen, gedünstetem Spinat, gehäckselt mit Johannisbeeren und Butter, eingelegten Heringen, verschiedenem Käse, Bretzeln, Brot, Äpfeln, Birnen, Nüssen und einem guten Rheinwein.

Die Witwe selbst aß nur wenig von diesem üppigen Mahl, freute sich indes mit einer Großzügigkeit, die John angesichts ihrer schmalen Lippen und der Ernsthaftigkeit ihrer Gebete überraschte, über den Appetit ihrer Gäste.

»Bitte eßt«, bat sie John, mit Gesten verdeutlichend, was ihre Worte nicht vermochten. Sie rief die Tischmagd noch einmal zurück, um ihm ein weiteres Stückchen auf den Teller legen zu lassen.

»Sie sagt, Verschwendung ist eine Sünde«, dolmetschte Snijder, der Buchbinder.

Die Magd goß Wein in Johns grünen Römer nach.

»Ich bin Botaniker«, beantwortete er Snijders Fragen. »Bin nach Amsterdam gekommen, um die großen botanischen Gelehrten von Leiden und Amsterdam um Rat zu bitten.«

Snijder erzählte es weiter.

John sah, daß alle drei erwachsenen Augenpaare seine Kleidung abschätzten und sie als unpassend für einen Gelehrten einstuften. Die Witwe musterte Johns rauhe, gebräunte Hände, die beiden männlichen Gäste sein vernarbtes Kinn.

John kaute unschuldig auf einem Bissen Kohlroulade. »Und um ein paar Zwiebeln zu kaufen«, verbesserte er sich. »Für den Garten des Guts, auf dem ich in England arbeite.« Er hätte viel darum gegeben, hätte das der Wahrheit entsprochen.

Er bemerkte, daß die drei Augenpaare ihn nun als Obergärtner mit ein wenig Bildung und über seinen Stand hinausgehenden Ideen einstuften. Die Witwe und Snijder schienen es zufrieden zu sein, der Fischhändler nicht.

»Ihr solltet nach Leiden oder Haarlem gehen«, riet ihm der Buchbinder. »Dort sind die besten Züchter. Ich fahre jedes Jahr mit meiner Frau hin, nur um die Felder in voller Blüte zu erleben. Wie schade, daß Ihr dies Schauspiel verpaßt habt.«

John hätte das Thema gern vertieft, doch er gehörte nicht mehr sich selbst; er hatte eilige Herren und keine Zeit für private Vergnügungen.

»Man sagte mir, ich solle mich hier in Amsterdam an einen Händler wenden«, warf er ins Gespräch, holte im Geiste tief Luft und wagte es. »Justus Coymans?«

Der Buchbinder schüttelte den Kopf und übersetzte für die Witwe und Zwellen. »Coymans?«

Auch Mevrouw Padtbrugge schüttelte den Kopf.

Der Fischhändler sagte etwas. Snijder dolmetschte: »Er hat auch noch nie von einem Coymans gehört.«

Der Argwohn des Fischhändlers, was John betraf, wurde sichtlich größer. Wieder musterte er Johns Hände.

»Offenbar ist er keiner von den Großen, die in aller Munde sind«, fuhr Snijder fort. »Die Bols und Quackels, die Catoleyns und van Damms. Er ist hier in Amsterdam zu Hause, sagtet Ihr?«

Der Fischhändler musterte John unablässig über seinen kauenden Kiefer hinweg. Er stellte eine Frage.

»Was für Zwiebeln?« wollte Snijder wissen.

»Tulpen.«

Aha. Der Fischhändler lächelte plötzlich, endlich zufriedengestellt. »Seid nur vorsichtig«, ließ er via Snijder ausrichten. »Ich persönlich mag es gar nicht, was da vor sich geht. Zu viele neue Gesichter in Amsterdam. Zu viele Leute, die verrückte Risiken eingehen. Das ist widernatürlich. Man kann die Dinger nicht essen, man kann sie nicht tragen oder sonst etwas wirklich Nützliches mit ihnen anstellen!«

»Da kann ich Euch nicht zustimmen!« rief Snijder leidenschaftlich, nachdem er seiner Übersetzerpflicht Genüge getan hatte. »Tulpen erfüllen einen Zweck. Denkt an die Schönheit! *Pulchritudo!*«

»Ich bin ganz auf Eurer Seite«, bemerkte John.

Der Fischhändler sagte wieder etwas, und Snijder gab eine zornige Antwort.

»Was hat er gesagt?« wollte John wissen.

»Er sagte: ›Vergeßt die Schönheit, wenn sie so viel kostet!‹« Snijder säbelte wild an einem zähen Hering herum. »Der Mann lebt in einer anderen Welt als ich.«

Die Witwe versuchte zu beschwichtigen, um sich dann an John zu wenden. Er verstand das Wort *boers*.

»Die Börse?«

»Sie sagt, wenn Coymans kein Züchter ist, könnte er Händler sein. Und wenn er Händler ist, könnte man ihn möglicherweise an der Börse auf dem *dam* finden.«

»*Zwelf.*« Die Witwe hielt alle zehn Finger und dann noch einmal zwei in die Höhe. Dann wieder zwei.

»Begebt Euch morgen mittag zwischen zwölf und zwei Uhr dorthin! Erkundigt Euch da nach Eurem Mann! Wer weiß, vielleicht findet Ihr ihn.«

Als John sich zum zweiten Mal die enge Spindel der Holztreppe zu seinem Baumhaus-Zimmer hinaufquälte, mußte er plötzlich an seinen langen, windungsreichen Abstieg aus dem Gefängnis denken, den er als John Nightingale begonnen und als John Graffham beendet hatte. Schwer atmend erreichte er das Obergeschoß.

Er übernahm Arthurs Flinte und schickte ihn zu seinem Abendessen im Hinterhof des Hauses hinunter. Dann verriegelte er die Tür zur Treppe und lehnte sich auf den Sims der Luke. Er blickte hinaus auf die Baumwipfel entlang des Kanals.

Diese Häuser brauchten Wurzeln wie Backenzähne, um sich tief in den Sand und Morast zu krallen. Wie schon beim Anblick der »Republiek« fühlte John sich ernüchtert. Er durfte nie den Fehler begehen, den Hazelton und andere Engländer offenbar machten: ein Volk zu unterschätzen, das dem Meer eine ganze Stadt abgerungen hatte.

Nachdem Arthur zurückgekehrt, seinen Mantel zu einem Kissen zusammengefaltet und an die Truhe gelegt hatte, zog John sein niedriges Bett vor die Tür. Er versuchte zu schlafen, doch das hohe, schmalbrüstige, ächzende Haus schien wie ein Schiff auf hoher See zu schwanken, wobei sein Bett sich im Ausguck befand. Ich bin zu hoch, dachte John schläfrig. Darum kann ich die Schafe nicht hören.

Als Zeal die Küche betrat, schlug die Stille wie ein Blitz in das Stimmengewirr ein. Löffel klapperten gegen Schalenwände. Eine Messerschneide klirrte.

»Guten Morgen«, sagte sie strahlend.

»Guten Morgen, Herrin. Morgen. Morgen, Herrin.« Die Köche und Küchenburschen standen in den Posen des Scheuerns, Schneidens und Umrührens erstarrt da, als hätte ein böser Zauber sie getroffen, mit Ausnahme einer Magd, die eine Pfanne mit fingergroßen Fischen über einem kleinen Holzkohlefeuer in einem Backsteinofen in der Ecke rüttelte und deren Arm vor und zurück fuhr, während ihre Augen Zeal fixierten.

Diese rauchige, duftgeschwängerte Höhle verwirrte Zeal noch immer, und was hier alles vor sich ging, entzog sich auch nach fast einer Woche Aufenthalt ihrer Kenntnis. Diese Küche wirkte gewaltig im Vergleich zu Mistress Hazeltons winzigem, aufgeräumtem Londoner Kämmerchen, wo man nur bereits fertig zubereitete Braten und Pasteten aufwärmen oder Milch für die heißen Mischgetränke mit gewürztem Bier und Wein erhitzen mußte. Der Kamin war ein kleines Haus für sich, vor dem Schöpflöffel, Gabeln und trocknende Wäsche hingen; seine gewölbte Höhlung war gefüllt mit gewundenen Ketten, Ratschen, Kurbeln, Winden, Bratspießen, Haken, Dreifüßen und Töpfen, die, dichtgedrängt wie reife Früchte an einem Ast, herunterbaumelten oder hin und her schwangen.

Zeals Blicke glitten mit wachsender Panik über holzgeschnitzte Küchengeräte, deren Zweck sie immer noch nicht begriff, über Körbe mit verschiedensten Gemüsen und über Schüsseln mit einem nicht zu identifizierenden Brei.

Ein totes Schwein lag der Länge nach ausgestreckt auf dem großen Holztisch in der Mitte der Küche. Es schien Zeal durch seine geschwollenen rosa Lider hindurch anzuschielen. Sechs Tauben ließen die schlaffen Köpfe über die Tischkante baumeln und starrten mit gebrochenen schwarzen Augen zu ihr hoch.

Zu viele Augen in diesem Raum. Zu viele fremde Dinge, von denen sie nichts wußte.

»Ist alles in Ordnung, Herrin?« fragte die Frau, offenbar die Oberköchin.

»Ja.« Zeal holte noch einmal Luft. »Danke.«

Wenn sie jetzt kehrtmachen und hinausgehen würde, wäre das ein unverkennbarer Rückzug.

»Würde wohl jemand so freundlich sein und mit mir in den Neuen Garten kommen?« fragte sie.

»Peter, du wirst der Herrin bei den Küchenkräutern helfen!« befahl die Köchin einem Jungen, der Zwiebeln geschnitten hatte. »Jetzt hast du die Gelegenheit, dich hervorzutun. Ihr werdet Überschuhe haben wollen, Herrin.«

Zeal folgte dem errötenden Peter mit vergleichsweise unbeschädigter Würde durch eine andere Tür in den Garten. Heute nacht würde sie noch einmal ihre Bücher zu Rate ziehen und dabei allem, was mit Kochen und Küche zu tun hatte, besondere Aufmerksamkeit schenken.

»Ich weiß wirklich, wie man es macht«, versicherte Zeal Mistress Margaret später am Vormittag. Sie befanden sich in der Käserei, die sich an die Molkerei in der *basse-cour* anschloß. »Laßt es mich versuchen!« Sie wußte es aus ihren Büchern, hatte es aber noch nie zuvor probiert. In London hatte die Mistress den Käse stets gekauft. Sie hatte ihn nie selbst gemacht.

Mistress Margaret kniff die Lippen zusammen und trat zurück. Ihre Hände rutschten an den Rändern ihrer Schürze hinunter und stießen in der Mitte des Saums zusammen. Dann glitt eine Hand wieder hinauf und schloß sich um den Gürtel, dort, wo ihre Schlüssel gehangen hatten, die sie nun diesem kleinen Fratz hatte geben müssen, der sich Hausherrin nannte. Die Finger ihrer freien Hand fuhren ziellos durch die Luft.

Zeal schnitt ein Stück Quark aus dem schneeweißen Wall, der durch das trübe Molkemeer des Quarktrogs kaum zu sehen war. Angesichts der Härte in Mistress Margarets Blick hätten Zeals Hände beinahe gezittert. Vorsichtig hob das Mädchen die brüchige, wabbelige Quarkmasse auf der Spitze ihres Messers empor und ließ sie auf den Tisch gleiten. Dann erhitzte sie das Ende eines Schürhakens in dem kleinen Feuer, welches das Käsehaus gerade warm genug heizte. Sie murmelte ein stilles Gebet vor sich hin, berührte den Quark mit dem Schürhaken und zog ihn blitzschnell zurück. Der Quark zischte, stank und blieb kurz am Schürhaken kleben.

Zeal beäugte den abgebröckelten Faden, den der geschmolzene Quark gezogen hatte. »Zu kurz. Wir müssen den Quark noch ein bißchen länger stocken lassen.«

»Es war lang genug«, widersprach Mistress Margaret schroff. »Der Faden muß einen halben Zoll lang sein. Das ist ein halber Zoll.«

»Nicht ganz.«

Sie starrten einander über den hölzernen Quarktrog hinweg an. Mistress Margarets Gesicht war puterrot. Zeals war kalkweiß. Zwei Milchmägde sahen ihnen zu, ihre Wangen waren ganz rosig vor Aufregung.

»Ich glaube nicht, daß edle Damen aus London viel Erfahrung im Käsemachen haben«, versetzte Mistress Margaret. »Wenn Ihr es zu lange stocken laßt, werden nicht einmal die Schweine Euren Käse fressen.« Sie holte Atem.

Zeal erinnerte sich an ihr letztes Gespräch mit John.

Da Mistress Margaret Zeals Schweigen irrtümlicherweise für einen Rückzug hielt, schlug sie erneut zu. »Jeder kann Käse machen. Aber Käse, den man *essen* kann ... das ist ganz etwas anderes!«

Zeal spürte die Blicke der Milchmägde auf ihrem Nacken brennen. Sie konnte schon hören, wie der Spott der beiden sich wie ein Lauffeuer über das Gut ausbreitete. Zur Schlafenszeit würden es sogar die Frösche in den Weihern wissen, daß Zeal in der Schlacht der Tröge geschlagen worden war. Andererseits hatte John sie darum gebeten, nett zu der alten Frau zu sein.

»Aus Büchern lernt Ihr das nicht!« erklärte Mistress Margaret triumphierend.

»Um so mehr tut es not, daß ich aus Erfahrung lerne!« gab Zeal trotz aller guten Vorsätze scharf zurück.

Mistress Margaret kniff den Mund zusammen und wandte den Blick ab. Die Milchmägde tauschten verstohlene Blicke.

»Natürlich mit Euch als Lehrerin«, setzte Zeal verbindlich hinzu.

»Wie Ihr wünscht, Herrin«, erwiderte Mistress Margaret gleichgültig. »Tut mit dem Käse, was Ihr wollt! Laßt den Quark stehen, bis er verdorben ist! Ihr habt das Sagen. Wenn Ihr mich nun entschuldigen wollt ... vielleicht kann ich mich wenigstens in der Destille nützlich machen.«

Zeal trug den beiden Milchmägden auf, den Quark durchs Sieb abtropfen zu lassen und zu zerbröseln. Sie versprach, später zurückzukommen und ihnen zu helfen, die Quarkfladen in Tuch einzuschlagen und in die Käsebottiche zu füllen, wo sie trocknen und hart werden konnten. Sie nickte gnädig angesichts der tiefen Knickse der Frauen und verließ die *basse-cour*, um ein Fleckchen zu suchen, wo sie sich ein paar Minuten ungestört hinsetzen und zittern konnte. Siege hatten ihren Preis.

Sie folgte einer Duftspur – Zitrone, Lavendel, Fuchs, Humus, Gras – auf die Kuppe des Hawk Ridge. Sie hatte den Hügelkamm schon die ganze Woche lang beäugt. Der Wind war leicht, aber beständig. Der Himmel wechselte rasch von Bewölkung zu Sonnenschein und wieder zurück zu schwarzen Wolken.

Selbst wenn die Sonne herauskam, war das Himmelblau so dick und dunkel wie Tinte – ein blaues Zelt, das dicht über der Erde aufgeschlagen worden war.

Zeal sank ins Gras und schnupperte mit durchgedrücktem Rücken in der schwülen Luft nach Botschaften. Die Grashalme waren sanfte Schwerter, die ihre Verletzungen hinwegfegten. Bienen summten. Ein plötzlicher Sonnenstrahl trieb sie wie einen Pflock in den Boden.

Das Haus, von dem eigenartig wechselhaften Licht in Schatten getaucht, wirkte selbstgefällig in Zeals Augen. Ein schönes Mädchen aus blaßrotem Backstein mit hübschen Verzierungen. Dann trafen die Sonnenstrahlen wieder auf das Gebäude, und jetzt sah es schlicht zufrieden aus, wie es da auf der flachen Geländestufe zwischen der abfallenden Zufahrt und den Weihern lag und von dem umgeleiteten Fluß am Bauch gekitzelt wurde. Von der Hügelkuppe aus konnte Zeal sehen, wie das Haus hierhin und dorthin gewachsen war, mit Einbuchtungen und unvermuteten Ecken und Winkeln.

Kein Wunder, daß es mich immer noch verwirrt, dachte sie. Es ist nicht gerade die ordentliche viereckige Kiste, in die ich mein neues Leben packen wollte.

Sie lehnte sich zurück, auf die Hände gestützt. Sie mochte diese verwinkelte Rückseite des Hauses lieber als die eher nüchterne Vorderseite, die sie bei ihrer Ankunft erblickt hatte, mit ihrem zentralen Portikus und den symmetrisch aus der Baumasse hervortretenden Seitenflügeln. Diesem hinteren Teil des Hauses ging die Ordnung und Disziplin ab, die Harry an der Architektur zu rühmen pflegte und die Zeal ein bißchen zu männlich und zu römisch fand. Von hier aus entzog sich das Haus dem Betrachter fortwährend um unvermutete Ecken und stellte verlockende Geheimnisse in Aussicht. Es trachtete nicht nach Erhabenheit. Wenn sie dafür sorgte, daß es sauber und ordentlich blieb, würde es nicht mehr von ihr verlangen.

Eine Biene landete auf ihrer Kniespitze. Sie sah, wie der Körper des Tierchens bebte, und meinte das leise Kratzen der mit Widerhaken versehenen Füßchen auf ihrer Schürze hören zu können. Das zittrige Gefühl nach ihrem Kampf mit Mistress Margaret war wie weggefegt. Eine tiefe Ruhe erfüllte sie.

Ich werde einen Weg finden, deine Tante zu beruhigen, versprach sie dem abwesenden John.

Der Himmel nahm die Farbe von Schiefer an. Zeal wurde es plötzlich kühl unter einem Wolkenschatten, obwohl die Hügelkuppe hinter dem Haus noch immer in der Sonne lag. Ihr war zu kalt, noch länger sitzen zu bleiben; doch zurückgehen wollte sie nicht. Ich bin noch nicht bis zu den Gutsgrenzen vorgestoßen, dachte sie. Und ich will nicht warten, bis John wiederkommt, um sie mir zu zeigen.

Sie warf einen Blick zurück auf das Haus.

Mistress Margaret wird es nur recht sein, wenn ich noch ein Weilchen fortbleibe.

Halbwegs davon überzeugt, daß sie es nur aus Mitleid mit der alten Frau tat, machte Zeal sich durch einen Haselnußhain auf den Weg über die Kuppe des Hawk Ridge, fort vom Haus.

»Oh!« Zeal spähte ungläubig und ein wenig furchtsam über den schwach ausgetretenen Pfad. Sie blickte sich um, um sicherzugehen, daß sie nicht beobachtet wurde, bevor sie den Buchensteilhang erklomm, näher zu dem Baum hin. Sie wurde rot, blickte sich erneut um. Dann streckte sie die Hand aus und berührte den Brustkorb, direkt unterhalb der sehr festen, grauen, von spitzen Nippeln bekrönten Brust. Er war hart unter ihren Fingern, ganz so, wie es sein sollte. Warum hatte sie erwartet, daß es sich anders anfühlen würde? Immer noch errötend, blickte sie rasch in die Krone des Baums hinauf.

Sein Blattwerk war blaßgrüne Spitze, aufgenäht auf das dunklere Grün einer Eiche. Zeals Augen glitten über die Waden, an den Knien vorbei und entlang der Oberschenkel zum Venushügel. Sie verschränkte die Hände hinter dem Rücken und kam sich verderbt vor, weil sie eine solche Schamlosigkeit betrachtete. Sie stellte sich vor, die Blätter und raschelnden Zweige würden »Verderbtheit, Verderbtheit« wispern. Doch sie war auch fasziniert.

Ihre Augen schreckten vor dem *pudendum* zurück zu den Brüsten, und wieder zurück. Angesichts dieser so freizügig zur Schau gestellten weiblichen Fülle kam sie sich wie ein junger Schößling vor, ein Pfeilschaft.

Hatte John sie auch gesehen? Sie so berührt, wie Zeal sie jetzt berührte? Sie wußte, daß Harry den steilen Hang des Hains niemals so weit hinaufsteigen würde. Sie stellte sich plötzlich vor, wie John auf den Fersen hockte, den Rücken gegen den Baum gelehnt, den Kopf zurückgelegt, so daß er an der nackten grauen Schulter ruhte. Und diese Verbindung von Baum und John brachte Zeal noch mehr durcheinander.

Dann erblickte sie die frischen Erdhügelchen zu ihren Füßen, zwischen den knorrigen grauen Wurzeln. Mit pochendem Herzen kniete sie sich hin und grub. Eine Botschaft auf einem Papierfetzen, vermodert, fleckübersät, kaum noch lesbar. »Erlöse uns vo ... bel.« Erlöse uns von dem Übel.

Irgend jemand hielt diesen Baum für eine Macht, die erlösen konnte, eine Macht auf der Seite des Guten.

Zeal wünschte, die Kreatur besäße einen Kopf. Mit einem Kopf wäre sie vielleicht weniger furchteinflößend.

Der John ihrer Phantasie schaute sie an mit einem leicht abwesenden, nachdenklichen Blick seiner blaßgrauen Augen, so wie es der wirkliche John vor seiner Abreise im Obstgarten getan hatte, als hätte er ihr noch etwas sagen wollen.

Zeal vergrub den Zauber wieder.

Hier gab es nichts, vor dem man so große Angst haben mußte.

Sie rannte zum Haus zurück wie in die Umarmung eines alten Freundes.

»Hier gibt es eindeutig zu viele Frauen!« erklärte Harry leidenschaftlich.

Zeal und Mistress Margaret hoben die Köpfe von ihrer Handarbeit, Dr. Bowler und Tuddenham, der Gutsverwalter, von ihrer allabendlichen Partie Glückshaus.

»Die Köchinnen sind Frauen. Die meisten Küchenbediensteten sind Frauen ... Küchenmägde! Keins der vornehmen Londoner Häuser hat Mägde! Man könnte meinen, wir befänden uns im Krieg und alle Männer wären zu den Soldaten gegangen!«

»Wir setzen die Arbeitskräfte ein, die wir zur Verfügung haben«, hielt Mistress Margaret dagegen; sie warf Harry einen schrägen Blick zu, die Augen vor Besorgnis weit aufgerissen. »John braucht die Männer für die schweren Arbeiten auf dem Feld und in den Ställen.« Sie duckte sich wieder über ihre Gobelinstickerei für einen Stuhlbezug.

»Es überrascht mich nur, daß er nicht auch Frauen als Stallburschen arbeiten läßt! Ich darf gar nicht daran denken, was Malise und die Hazeltons davon gehalten haben.« Harry kickte ein Holzkohlestück in den Kamin des Kleinen Salons zurück, in dem sie sich nach dem Abendessen niedergelassen hatten. »Aber ich kann es mir nur zu gut vorstellen! Und warum sie alle so frühzeitig wieder abgereist sind.« Er ging zu einem der Fenster hinüber. »Mein Gott, warum hört dieser Wind nicht auf?«

Zeal wandte den Kopf, um zu lauschen. Der Wind heulte gegen das prasselnde Feuer an.

»Morgen werden wir damit beginnen, die Wälle zwischen den Weihern auszuheben«, meinte Harry. »Falls ich Männer dafür auftreiben kann.« Er blickte in die Runde, um Anerkennung für seinen bitteren Scherz zu ernten. Er bekam keine. »Wir werden einen Anfang machen, diesen verdammten Flecken wieder auf Vordermann zu bringen.« Er musterte Bowler und Tuddenham scharf, um etwaige mißbilligende Blickkontakte mitzubekommen.

Mistress Margaret legte die Stickerei auf ihre Knie und knabberte hingebungsvoll an einem Fingernagel.

»Solltet Ihr nicht besser warten, bis John zurück ist?« warf Zeal leichtsinnig ein.

»Das geht John überhaupt nichts an!«

»Er könnte Euch vielleicht Ratschläge über manche Dinge erteilen, die Ihr wissen solltet, bevor Ihr beginnt.«

»Das bezweifle ich.« Harry starrte seine Frau wütend an.

»Wieso legt Ihr soviel Wert auf seine Meinung? Ich dachte, Ihr hättet begriffen, daß er für die Rückständigkeit dieses Anwesens verantwortlich ist.«

»Wir sind doch erst so kurze Zeit hier«, erwiderte Zeal versöhnlich. »Wir sollten dieses Fleckchen erst einmal genau kennenlernen, bevor wir anfangen, alles allzusehr zu verändern.«

»Ihr hört Euch an wie mein Vetter! Bloß keine Änderungen!«

»Ich mag Hawkridge, wie es ist.«

Mistress Margaret warf Zeal einen gleichermaßen ironischen wie erstaunten Blick zu.

»Tja, diese Einstellung vergeßt Ihr am besten schleunigst, denn hier wird sich einiges ändern!« Zornig ließ Harry sich wieder in seinen Sessel neben dem Feuer fallen.

Zeal stand auf und trat ans Fenster. Draußen bogen sich finstere Baumwesen, schwankten im Wind. Sie schienen ihre Wurzeln in kurzen, schwerfälligen Tanzschritten zu bewegen. Näher und näher am Fenster schüttelten sie ihre dunklen, zottigen Hexenlocken. Sie zitterten und krümmten sich.

Zeal heuchelte Angst, wie ein Kind. Die dunklen Frauen lagen flach auf dem Wind, triefend vor Nässe, als tauchten sie aus einer Welle auf. Näher und näher, um dann wieder zurückzuweichen.

Hier drinnen bin ich in Sicherheit, dachte Zeal. Die Bäume taumelten, nicht unzufrieden, und tanzten hinweg.

7

2. Juni 1636. Sommer schon weiter als in Hampshire. Viele Rosen in voller Blüte. Auf den Straßen von Amsterdam gibt es mehr exotische Tiere als in allen Menagerien Englands zusammen.

Tagebuch des John Nightingale, bekannt als John Graffham

»Die Börse?«

»*Boers?*« Der Bootsführer schien ihn zu verstehen. John blickte zu den Straßen über seinem Kopf hinauf und versuchte sich den Weg einzuprägen, während sie durch ein Labyrinth düsterer grüner Kanäle spritzten und platschten.

Er hatte Arthur zurückgelassen, Brot und Käse mampfend, den Rücken gegen die Geldtruhe gelehnt und seine Pistole im Schoß.

»Habt Ihr gesehen, wie gestern abend alle unsere Ankunft beobachtet haben?« hatte Arthur gefragt. »Wie sie insgeheim das Gewicht der Truhe abschätzten, als wir sie hochgezogen haben? Das gefällt mir nicht.«

»Ergreif deine Chance, Mann! Hawkridge gibt uns nicht viele solcher Chancen, uns als Helden zu erweisen. Und ich möchte diese Kiste auch loswerden – noch mehr als du.« John überprüfte den schweren Riegel vor der Tür der Zugbalkenluke und stieg die Wendeltreppe hinunter.

Das Boot glitt in das große rechteckige Becken, in das sie schon am Vortag gelangt waren, überquerte es, fuhr unter Brücken hindurch, wartete auf die Schleuseneinfahrt und befand sich plötzlich inmitten des Mastenwalds, den John aus der Entfernung gesehen hatte und der sich durch die Dächerspitzen in der Mitte der Stadt emporgereckt hatte, wo eigentlich keine Schiffe hätten sein dürfen. Der Bootsführer hielt bei einer Wassertreppe an, die unter dem Bug eines am Kai liegenden Dreimasters verborgen war. Während John die Stufen erklomm, rollten Fässer vom Schiffsheck über eine Planke über seinem Kopf auf den hochgelegenen Kai.

Ein riesiger Marktplatz breitete sich am Ufer der Amstel aus. In der Nähe des Kaiendes stand eine Art Zollgebäude. Auf den beiden Firstenden seines spitzgieblichen Dachs drehten sich bronzene Wetterfahnen mit Fortuna oder Neptun in der sanften Brise. Dahinter erhob sich ein öffentliches Gebäude, das vor Fahnen und Wachen nur so strotzte.

»Boers!« rief der Bootsführer von unten John zu. Er deutete nach vorn, durch Käufer, Verkäufer, Bettler, Hunde, Hafenarbeiter und Lastenträger mit Schubkarren auf ein drittes Gebäude, das wie eine massive Brücke über der Amstel aufragte.

Die neue Amsterdamer Börse war 1608 errichtet worden, auf dem Rokin nahe dem Rathaus und der städtischen Waage, die John bereits aufgefallen waren. Von außen wirkte sie auf John wie eine mauerbewehrte Stadt, komplett mit Kathedral- beziehungsweise Uhrturm. Lange, gerade Mauern, in regelmäßigen Abständen von flachen Pilastern unterteilt, umschlossen ein etwa feldgroßes Stückchen des kostbaren Amsterdamer Bodens.

Es war indes eine mauerbewehrte Stadt mit emporgezogener Brücke. Draußen vor dem verschlossenen Hauptportal, unter dem hohen Uhrturm, hatten sich Männer zusammengeschart wie Hühner um einen Bauern mit Körnerkorb.

John lehnte sich mit dem Rücken an das Geländer der Bogenbrücke, die das Wasser vor der Börse überspannte, und betrachtete die Männer. Die Wohlhabenden trugen Seide, die weniger Wohlhabenden Barchent. Fast alle waren in Schwarz gekleidet, den gestrengen Mahnungen der städtischen *Predikanten* gehorchend. Leuchtende zwiebelartige Kopfbedeckungen erhoben sich hier und da zwischen den dunklen Hüten und Federn – die Turbane der Mohren und Äthiopier in ihren farbenfrohen Gewändern, ähnlich denen der »Heiligen Drei Könige« am Hafendock. John entdeckte auch ein paar moskowitische Vollbärte und Pelzhüte.

Zweihundert Leute oder mehr. Selbst wenn Coymans darunter war – wie, zum Teufel, sollte er ihn finden?

Eine Kutsche rollte auf den Platz und hielt. John sah einen Mann in schwarzer Seide aus dem Getümmel hasten und in die Kutsche steigen. Augenblicke später stieg der Mann erneut aus, machte sich Notizen und stürzte sich wieder in die wimmelnde, plappernde Menge vor der Börse. Die Kutsche fuhr ab. John beobachtete vier weitere Kutschen und vier weitere eifrige Börsenmakler, die dasselbe stumme Spiel aufführten.

Diese Börse ist ganz offensichtlich ein Ort, dachte John bei sich, wo einige Gentlemen gern ihr Geld, aber nicht sich selbst sehen lassen.

Während er weiter beobachtete, wurden die Gestalten, die sich ein Stück abseits gehalten hatten, plötzlich in die Menge gesaugt. Die Menschenmasse verdichtete sich und strömte auf das Hauptportal der Börse zu wie Wasser in einen Abfluß. Die große Turmuhr setzte zum Mittagsläuten an. Der Platz entleerte sich in die große, mauerbewehrte Zitadelle. John verließ seinen Beobachtungsposten auf der Brücke und folgte der Herde.

»U mag niet naar binnen.«

Es war nur zu deutlich, was der Mann gemeint hatte. Enttäuscht spähte John an dem Wachtposten vorbei in den weiträumigen Arkadenhof der Börse.

»Ich muß da hinein«, erklärte er freundlich auf Englisch. »Ich suche einen Freund.«

Der Wächter an der Tür entgegnete etwas. Er bedauerte höflich, aber bestimmt.

John stieß enttäuscht den Atem aus. »Justus Coymans. Ist Justus Coymans da drin?« Er versuchte es erneut, diesmal mit Latein.

Der Wächter verdrehte die Augen angesichts der Begriffsstutzigkeit dieser Ausländer. John holte seine Börse hervor, um es auf eine andere Weise zu versuchen.

»Er will Euch verständlich machen, daß man Mitglied sein muß, um dort hineinzudürfen.« Die Stimme eines alten Mannes. Er sprach englisch, war jedoch kein Engländer. Rollende Rs und ein sanfter, gehauchter Luftausstoß bei den Zischlauten. »Die Holländer sind überaus gastfreundlich, aber um irgendwo hereinzukommen, wo wirklich etwas los ist, muß man stets Mitglied sein.«

Sein Antlitz war so braun wie das eines Pflügers, dabei aber zarthäutig und von feinen Runzeln durchzogen wie ein gut eingefetteter Glacélederstiefel. Kleine, rege blickende schwarze Augen saßen zu seiten seiner messerscharfen Nase, unter einem hochmodernen Biberpelzhut und über einer akkurat gestutzten Dreifaltigkeit aus Spitzbart und Schnauzer.

John verspürte große Dankbarkeit, daß er verstand und verstanden wurde. »Ich hatte nicht bedacht, wie teuflisch schwer es sein würde, mich einer fremden Sprache zu bedienen.«

Der alte Mann lachte. »O ja, das ist es in der Tat, und ich kann Euch eine Menge darüber erzählen, denn ich habe ein überaus teuflisches Leben geführt.« Er legte John leicht die Hand auf den Ellbogen. Der Mann war klein, reichte John gerade bis zum Kinn. »Kommt! Ich werde den Dolmetscher für Euch spielen.« Er führte John zurück zum Börseneingang.

Rasch sprach er mit dem Wächter. »Ihr seid mein Gast«, erklärte er John.

Der Wachmann nahm eine Handvoll Münzen entgegen. Dann schritten die beiden Männer durch einen Bogen in einen riesigen, von Kolonnaden umstandenen, offenen Hof.

»So«, sagte der alte Mann, »jetzt seid Ihr am Hof von Königin Geld. Und nun?«

John stand da wie gelähmt. Der Hof wimmelte nur so von Menschen. Waren das die strengen, humorlosen Käsehändler, wie Hazelton und seine Kollegen es ihn hatten glauben machen wollen?

Diese Männer schrien und schubsten, sprangen in die Höhe, umarmten sich, packten einander am Ärmel, klopften sich auf den Rücken, klatschten in die Hände. Sie kratzten sich am Kopf, verdrehten die Augen, ließen die Knöchel knacken. Sie schritten auf und ab und wandten sich um. Riefen sich Begrüßungsworte über zwanzig Meter hinweg zu und beugten sich vor, um einem anderen etwas ins Ohr zu flüstern. Sie bildeten Paare und Gruppen, lösten sie wieder auf und fanden sich neu zusammen, schneller als betrunkene Tänzer beim Maienreigen. Hier und da lauerte eine einsame, reglose Gestalt, wachsam wie ein Falke.

»Was wollt Ihr denn hier tun?« wiederholte der alte Mann seine Frage. »Kauft oder verkauft Ihr?« Er schien großes Vergnügen an Johns Verwunderung zu finden.

Noch immer erstaunt dreinblickend, erwiderte John: »Weder noch. Ich hielt nach einem Mann Ausschau und glaubte törichterweise, ihn ausmachen zu können.« Er sah genauer hin. »Hier stehen ja gar keine Waren zum Verkauf an.«

»Ihr irrt Euch«, versetzte der Alte. »Hier stehen alle Güter der Welt zum Verkauf – Salpeter, japanische Lackkunst und Mingporzellan, Malakkapfeffer, türkische Teppiche, eingelegter Ingwer, Diamanten, Perlen, Rubine ...« Seine schwarzen Augen musterten John mit großem Interesse.

»Ich sehe nichts davon.«

»Es wird alles auf dem heißen Wind des Atems herbeigeschafft. Seht!« Der alte Mann deutete mit einer sauberen, dünnhäutigen und runzligen Hand über den Hof. »Rasch, seht, an jener Säule! Dort schweben zweihundert Ballen chinesischer Rohseide!« Er zeichnete einen weiten Bogen in die Luft. »Und dort, an jener Säule, anderthalb Tonnen Ingwer aus Indien. Und dort ...!« Er fuchtelte mit den Armen durch die Luft wie ein Mann, der einen Drachen steigen läßt. »Ah, dort. Sie gleiten gerade zu Boden, siebenhundert Pfund englischer Seife.«

Zwei Männer, der eine in schwarzer, der andere in indigofarbener Seide, schlugen sich mit schulmeisterlichen Klapsen in die Hände.

»*In blanco*, mein Freund. Auf dem Papier. Der reinste Windhandel. Die Holländer kommen hierher, um verrückt zu spielen, damit sie in allen anderen Lebenslagen so reizend normal bleiben können.«

»Könnt Ihr auch irgendwelche Tulpenzwiebeln erspähen, die wie Akrobaten durch die Luft sausen?« fragte John.

Die Antwort ließ eine Zeitlang auf sich warten. »Hmmm«, machte er schließlich. »Hier werdet Ihr keine Tulpen finden. Sie haben ihre eigenen *collegia*. Wo Ihr natürlich auch Mitglied sein müßt. Ich glaube, wir sollten wieder nach draußen gehen.«

»Senhor Francisco Gomez de Fernandez«, stellte der alte Mann sich mit einer leichten Verbeugung vor. »Portugiese von Geburt, aber kaum mehr.« Das Haar unter Gomez' Hut schimmerte silbrigweiß, obwohl sein Kinnbart und der eingewachste Schnurrbart pechschwarz waren.

John zögerte nur eine Sekunde. »John Nightingale, schlichter *Mister*.« Der Name schmeckte süß wie eine sonnengewärmte Aprikose. Warum auch nicht? Er war hier nichts weiter als ein Agent, das Substantiv zum lateinischen Verb *agere*, handeln. Sein Name spielte keine Rolle, außer für ihn selbst. Seit Jahren hatte er seinen wahren Namen nicht mehr laut ausgesprochen. Er sagte es noch einmal. »John Nightingale.«

Sie setzten ihre Hüte wieder auf.

»Ich danke Euch, Sir«, fuhr John fort, »für die Freundlichkeit, die Ihr mir soeben erwiesen habt.«

Gomez schüttelte abwehrend den Kopf. »Es ist ein Vergnügen, wieder einmal Englisch sprechen zu können. Ich habe London vor zehn Jahren verlassen ... Ihr sagtet, daß Ihr jemanden sucht.«

Ich kann dem Mann doch nicht vertrauen, nur weil er Englisch spricht! dachte John. Indes, *pace* Hazelton, irgendwo muß ich ja anfangen.

»Justus Coymans«, antwortete John.

»Coymans«, wiederholte Gomez mit seltsam ausdrucksloser Stimme. »Coymans.« Er ging von der Börse fort und am Wasserrand entlang. »Nun gut, dort drinnen werdet Ihr ihn bestimmt nicht finden. Kommt, Ihr dürft mich zu einem *drink* einladen und Euch in einer anderen Sprache als Holländisch mit mir unterhalten.«

Teils amüsiert, teils auf der Hut ließ John zu, daß er ins Schlepptau genommen wurde. Zumindest kannte Gomez Coymans, auch wenn er ihn nicht gerade zu schätzen schien.

»Wein, Ale oder Milch?« fragte Gomez. »Für mich Milch. Mein Magen ist mit dem Alter ziemlich griesgrämig geworden.« Er glättete seinen Hut an den Manschetten seiner Jacke und legte ihn auf den säuberlich zusammengefalteten Umhang. Er war sogar noch älter, als John gedacht hatte, wie er nun aus der Nähe erkennen konnte. John nahm im Geiste die Hand vom Degengriff.

»Nachts schmerzt er, mein Magen.« Gomez winkte die Schankmagd heran. »Ihr seid also nach Amsterdam gekommen, um reich zu werden.«

»Weshalb sagt Ihr das?«

Gomez neigte nur geheimnisvoll den Kopf.

»Ich bin ein leidenschaftlicher Botaniker«, fuhr John fort. »Ich will mein Wissen erweitern und ein paar Tulpenzwiebeln kaufen.«

»Dann laßt uns auf Flora anstoßen.« Gomez hob seinen Krug mit Milch und die Augenbrauen. »Die Göttin der Pflanzenblüte und die Mutter des Reichtums.«

»Wie ich bereits sagte, trachte ich nicht nach Reichtum.«

Gomez schüttelte sein silbernes Haupt. »Ach, Senhor Nightingale, lügt mich nicht an. Ihr seid nicht gekommen, um Euch hübsche Blümchen anzusehen – bewaffnet mit Justus Coymans' Namen.«

»Man muß mich in London falsch informiert haben«, wandte John ein.

»Das glaube ich nicht«, meinte Gomez. »Wenn Ihr Coymans sucht, sucht Ihr halt Coymans.«

John gestand lächelnd seine Niederlage ein. Ich kann immer noch mit Cornelius Vrel als Mittelsmann arbeiten, dachte er. Ihm heute eine Nachricht ins Haus schicken. Ihn morgen treffen. Ich verliere nur einen Tag.

»Ich werde Euch heute abend zu Coymans' Haus bringen«,

sagte Gomez, »wenn Ihr es wünscht.« Seine Äuglein blitzten vor Eifer.

John legte den Kopf zurück und leerte seinen Römer. Warum sollte Vrel weniger riskant sein als der elegante, zerbrechliche alte Gomez mit seinem gefärbten Bart? Er mag ja übereifrig sein, aber ich kann ihm die Kehle genauso schnell durchschneiden wie er mir die meine. Und ich habe nur zweieinhalb Wochen.

Johns Körper war verkrampft vor Wachsamkeit und Vorsicht. »Das wäre überaus freundlich«, erwiderte er. »Coymans' Haus, heute abend.« Sobald die Worte heraus waren, fühlte er sich besser. Dann grübelte er über den Eifer in Gomez' Augen.

»Verlangt Ihr ...?« Er zögerte. Was erwartete der alte Mann von ihm? Oder würde er nun gekränkt sein?

Gomez verstand. Er lächelte flüchtig und ging rasch über das peinliche Thema hinweg. »Macht Euch keine Sorgen. Wenn es zu etwas führt, bezahlt Coymans mich.« Dann beugte er sich vor, als habe er Angst, John könne ihn mißverstehen. »Ich würde Euch auch ohne Entgelt hinbringen, aber Coymans traut niemandem, den er nicht bezahlt.«

»Halt! Bleibt, wo Ihr seid!« Der Mann sprach Englisch.

John erstarrte zur Salzsäule, mit Ausnahme seiner rechten Hand, die zum Dolch glitt.

Der Mann saß da mit den Füßen auf dem Tisch, einen Arm über die Stuhllehne geschlungen, die Hand war nicht zu sehen. »Rührt Euch ja nicht!«

Das Zimmer war heiß und hell erleuchtet vom Schein der Fackeln und Kerzen. Auf dem Tisch herrschte das Durcheinander eines gerade beendeten üppigen Gelages. Zerknüllte Servietten, verschütteter Wein. Obstschalen, Knochen, Löffel, die in Gläsern steckten. Der Geruch von Bier, Blumen und Tabakqualm, der aus weißen Tonpfeifen quoll. Sieben Männer starrten John an, in Hemdsärmeln, die Strümpfe und Gürtel waren gelockert. Ihre mit Federn geschmückten Hüte hingen über den Stuhllehnen; einer lag auf dem Boden wie ein Hahn, der unter einen Karren geraten war.

John ließ seine Hand auf dem Dolchgriff und trat weiter ins Zimmer. Feine Rauchschwaden hingen in der Luft.

Der Mann, der gesprochen hatte, ließ seine Füße auf dem Tisch, hob jedoch die Hand, die hinter der Stuhllehne versteckt heruntergebaumelt hatte. In seiner gewaltigen Faust hielt er eine Pistole, die er auf John richtete.

»Seid so nett und tretet wieder genau dorthin zurück, wo Ihr eben gestanden habt!«

In der nun einsetzenden Stille kam eine Magd ins Zimmer und begann, die Teller abzuräumen.

»Eure rechte Hand war ein wenig näher an Eurer Hüfte, glaube ich«, sagte der Mann mit der Pistole. »Einen Schritt zurück, hab' ich gesagt!«

John merkte, daß Gomez ihn am Ärmel zupfte. Er trat zurück und wandte sich halb um. »Senhor Gomez, das hier sieht mir nicht nach einem Marktplatz aus. Ist es möglich, daß Ihr Euch in der Adresse geirrt habt?«

»Seht mich an!« schnauzte der Mann mit der Pistole.

John drehte sich um, mit klopfendem Herzen und ein wenig verblüfft. Er erblickte einen großen Mann, das Gesicht rot, glänzend vor Fett und Ausgelassenheit. Lohfarbenes, rotstichiges Haar wuchs aus einer mächtigen Stirn hervor. Seine Augen waren klein, mit Lachfältchen in den Winkeln, doch sie blickten kalt wie eine Gracht im Winter.

»So ist's brav.« Der Mann schwang seine Füße auf den Boden und richtete die Pistole mit beiden Händen auf John, die Ellbogen vor sich auf den Tisch gestützt. Er hob herausfordernd den Kopf und spähte über den Waffenlauf.

Zwei der anderen Männer hieben plötzlich mit der flachen Hand auf den Tisch. »*Een!*« brüllten sie. Wieder hämmerten sie auf den Tisch. »*Zwee!*« Das Krachen ihrer Handflächen auf der polierten Tischoberfläche hallte wie ein Pistolenschuß. »*Drie!*«

Der Mann spannte den Hahn der Waffe.

»*Vier!*« Die Stimmen der Männer wurden lauter.

Unwillkürlich versteifte sich John angesichts des drohenden Einschlags der Bleikugel. Irgend jemand lachte laut auf.

»Ruhig«, sagte Gomez leise. Seine Hand lag immer noch leicht auf Johns Ellbogen.

»*Vyf!*«

»Wie lange noch, Saski?« fragte der Mann mit der Pistole auf holländisch.

Ein dünner Kerl, der hinter dem Tisch saß, stieß ein paar geknurrte Worte hervor. Seine linke Hand flitzte vor und zurück, verharrte in der Schwebe, stieß wieder herab, stach zu, fuhr mit raschen Strichen über ein Blatt Papier vor ihm. »Eine Minute, eine Minute ...«

»*Zes!*« Jetzt hieben die Männer mit beiden Händen auf den Tisch.

»Der hier ist nicht besonders kooperativ«, meinte der Mann mit der Pistole. »Ich glaube nicht, daß ich ihn noch lange festhalten kann.«

»Was, zum Teufel, soll das?« begehrte John auf. »Heißt Ihr so Fremde willkommen? Meine Börse ist nicht eben prall gefüllt, falls Ihr es darauf abgesehen habt.«

»*Klaar!*« rief der Mann mit dem Papier.

»Eine Minute fünfundvierzig Sekunden«, ließ sich eine tiefe Stimme vom Tafelende her vernehmen, das im Schatten lag. John erkannte, daß es in irgendeiner Weise ums Zeitnehmen ging.

Der Mann mit der Pistole erhob sich. »Willkommen, Francisco, mitsamt Eurem Freund!« Er legte die Waffe neben ein abgenagtes Hühnchen und kam um den Tisch herum. In seinem Rücken drängten sich die anderen Männer um Saski.

»Wie aus dem Leben!« rief einer aus. »Die hochgezogenen Augenbrauen und alles andere. Ein perfekter Engländer!«

John begriff nur zu gut, daß er eine Quelle großer Erheiterung war.

»Kommt herein«, forderte Coymans sie auf. Er legte Gomez einen Arm um die Schultern. »Kommt doch herein!« wandte er sich auf Englisch an John. »Euer Leben ist jetzt nicht mehr in Gefahr. Aber Ihr müßt einsehen, daß ich es nicht riskieren konnte, Saski zu stören.«

John unterdrückte schwer atmend die Wut, die in ihm aufstieg. Die Männer lachten nun offen über ihn.

»Kommt und seht Euch selbst, wie ein Fremder Euch sieht«, befahl Coymans, »bevor sein Auge durch Euer erstes Wort oder Eure erste Tat vernebelt wurde. Seht Euch selbst, klar und deutlich. An einem Anfang. In dem Augenblick, bevor unsere Freundschaft uns zu verwandeln begonnen hat – ganz wie es sein muß, wie das Meer und ein Stein, die beide aufeinander einwirken.« Er beugte sich vor und entriß Saski das Blatt.

John war aufs Papier gebannt worden, mit leicht dahingeworfenen, schwungvollen Strichen. Ohne Details, aber so wirklichkeitsgetreu wie ein Vogel beim Fliegen. Das Gesicht zeigte einen alarmierten und verblüfften Ausdruck. Hochgezogene schwarze Augenbrauen, die ein erschrecktes, auf dem Kopf stehendes V bildeten. Die Hand am Dolchgriff, zum Kämpfen bereit, jedoch noch abwartend. Gomez schattenhaft in seinem Rücken. Auch wenn er nur zum Spaß erschreckt worden war – der üble Streich hinterließ einen bleibenden Eindruck.

Er lachte. »Ist Saski immer so aufrichtig?«

Der dünne Mann schob eine weitere Zeichnung über den Tisch. Coymans zeigte sie John. Sie stellte Coymans dar, wie er die erste Zeichnung herüberreichte, sich vorbeugte, eifrig Johns Aufmerksamkeit suchend, das Haar zerzaust vom Trinken und der fortgeschrittenen Stunde, ein gespieltes Flehen um Vergebung in den schnellen Strichen, die seine breiten Schultern und Arme wiedergaben. »Eine Minute dreizehn Sekunden«, tönte die tiefe Stimme vom Tafelende.

»Vergeben?« fragte Coymans.

»Ich vergebe Euch den Schrecken, den Ihr mir eingejagt habt«, antwortete John. »Eure Manieren bedürfen noch ein bißchen mehr der Entschuldigung.«

»Ein Glas Bier? Ein Liedchen? Ein Gedicht?« fragte Coymans. »Francisco, was braucht es, um Euren neuen jungen Freund zu versöhnen? Die Magd, nebenbei bemerkt, gehört mir.«

»Wartet!« rief Saski. Seine linke Hand vollführte einen letzten kurzen Schwung. »Fertig!« Er hielt Gomez in die Höhe. Der stille Beobachter. Der Körper war kaum vorhanden, nur von einigen vertikalen Linien angedeutet; alles lag in den Augen und den harten, dünnen Schnurrbartenden.

»Eine Minute zehn Sekunden! Seine beste Zeit heute abend!« dröhnte der Zeitnehmer.

»Aber sie ist nicht vollständig!« beschwerte sich ein anderer. »Er macht sie nie fertig!«

»Bring Saski von dem flämischen Wein!« rief Coymans; dann wandte er sich an John. »Was kann ich für Euch tun?«

John und Gomez nahmen inmitten des Chaos aus herumgereichten Bildern, unverständlichen Witzen, Wein- und Biereinschenkens und Coymans' Herumgebrülle Platz, während ein stetiger Strom von Hausmägden Berge von Trockenobst und runde Trommeln schwärzlichen, gelben und orangefarbenen Käses aus der Küche herbeischleppte. Im Zentrum der *mêlée* saß Saski, still und aufmerksam. Nur seine Augen bewegten sich – und seine linke Hand, die vorschnellte, zuhackte, übers Papier glitt und das Leben im Flug festhielt wie eine Schwalbe, die eine Mücke aus der Luft schnappt.

»Ihr habt mir noch keine Antwort gegeben, junger Mann«, setzte Coymans wieder an. »Was wollt Ihr? *Que voulez vous?*«

»Sein Name ist John Nightingale«, erklärte Gomez. »Ihr müßt noch eine Weile höflich zu ihm sein, Justus. Ihr habt immer noch etwas abzubüßen.«

»Also, womit kann ich dienen, Herr Engländer John Nightingale?« sagte Coymans, stützte sich auf den Tisch und beugte sich vor. Das feine Leinen seiner weiten Hemdsärmel bauschte sich um seine Ohren, und das Kerzenlicht schimmerte rötlich durch den Heiligenschein seines lockigen Haars.

Johns gebräunte Hand schoß über das leinene Tischtuch und schloß sich um die Pistole, die neben dem abgenagten Hühnchen lag. Er hob sie hoch und spannte den Hahn. Stemmte beide Ellbogen auf die Tischplatte und richtete die Waffe direkt auf Coymans' Gesicht. Seine grauen Augen waren so flach und stählern wie die Wasser der Zuiderzee.

»Ich will, daß Ihr mich sehr reich macht, Herr Holländer Coymans!«

Diesmal erstarrte die Magd mitten in der Bewegung, den Krug, aus dem sie gerade hatte einschenken wollen, in der Hand.

Coymans' Gesichtsmuskeln spannten sich über seinem großen, quadratischen Schädel. Seine Augen waren zwei flackernde Kerzenflammen.

»Bitte bewegt Euch nicht«, sagte John. Er horchte auf ein verräterisches Rascheln von Stoff in seinem Rücken, hörte aber nur das atemlose Schweigen von Männern, die die Luft anhielten.

»Ich habe meine Börse nicht dabei«, erklärte Coymans. Er hob die Stimme. »Hat einer von Euch, meine Freunde, zufällig die seine dabei, um diesen Gentleman hier zufriedenzustellen?«

»Niemand rührt sich!« befahl John. »Übersetzt, Senhor Gomez!« Er riskierte einen schnellen, feindseligen Blick über die Schulter zu den anderen, die um den Tisch herum saßen. Dann schaute er den Künstler an. »Saski?«

»*Klaar.*« Mit ungerührtem Gesicht schob der dürre Maler ein Blatt Papier über den Tisch, zwischen Coymans und John hindurch. Mit raschen, fließenden Linien skizziert, starrte Coymans in den Pistolenlauf. Inmitten der Knitterfalten, des abstehenden Haars, der vollen, glänzenden Wangen und des Schnurrbarts hatte Saski zwei kleine, überraschte Augen plaziert, verdunkelt von Furcht.

»Eine Minute dreißig Sekunden«, stellte der Zeitnehmer fest. Er hielt einen ausgestreckten und einen am untersten Gelenk abgeknickten Finger hoch, damit John die Zahl nachhalten konnte. Gelächter und Erleichterung machten sich explosionsartig in der Tischrunde breit. Nur Coymans und John blieben ernst.

John sicherte die Pistole wieder, drehte sie um und reichte sie Coymans. »Vergeben?« fragte er.

Coymans nahm die Pistole entgegen. Für einen Moment musterte er sie versonnen. »Gewiß. Ich kenne meine schlimmsten

Seiten bereits. Schon seit Jahren, sonst hätte ich Freund Saski nie in mein Haus gelassen.«

»Nur ein tapferer Mann lädt sich Mahner ins Haus«, lenkte John ein. »Ich beglückwünsche Euch.«

Coymans ließ die Pistole verschwinden. Er schüttelte sich, strich sich die Schnurrbartenden mit flinken Bewegungen seiner breiten Hand glatt. Er hob die Stimme zu ihrer vorherigen, rauhen Lautstärke. »Wie angenehm die Engländer doch sind, meint Ihr nicht auch? Wissen ihre Worte so elegant zu setzen wie ihre Waffen! Wenn man immer nur wüßte, wessen sie sich gerade bedienen! Bier für dieses Tischende, bitte! Bier für die Unterhalter! *Bier!* Wir treten nicht umsonst auf. Mein Glas ist leer, und in dem vom Herrn Engländer John Nightingale war noch gar keins drin. Ihr solltet euch was schämen!«

Die Unterhaltung schwoll wieder zur alten Lautstärke an. Gläser hoben und senkten sich. Pfeifenrauch stieg in die Schatten der Zimmerdecke wie hauchdünne Fakirseile. Saski beobachtete und zückte seinen kleinen Stift aus schwarzem, mit Schnur umwickeltem Blei.

Englisches Antimonsulfid oder *grafio piombino*, nach der satten Schwärze der Striche zu urteilen, stellte John mit beiläufigem Interesse fest. Er besaß selbst einen solchen Bleistift und schätzte ihn, da er handlicher als Feder und Tinte war, um in Feld oder Wald lebende Tiere zu zeichnen. Wachsam saß er da und versuchte, aus dem Wirrwarr fremdländischer Laute eine Bedeutung herauszufiltern, versuchte sich darüber klarzuwerden, welche Art Männer hier versammelt war, doch Wein und Ausgelassenheit hatten ihre Konturen verwischt. Er beobachtete Gomez beim Reden. Der alte Mann war den Anwesenden bekannt, gehörte aber mit Sicherheit nicht zu ihnen. Doch wie beurteilt man Ausländer? Die Pistole war immer noch da, wenn auch nicht mehr sichtbar. John spürte, daß Coymans ihn am Arm berührte.

»Ihr wollt reich werden?« fragte der Holländer ruhig. »Selbst ohne Börse bin ich der richtige Mann dafür.«

»Ich *muß* reich werden«, entgegnete John.

»Ist dieses ›müssen‹ relativ oder absolut?«

»Absolut.«

»Verstehe.« Coymans lehnte sich in seinen Sessel zurück. »Wieviel könnt Ihr investieren?«

»Genug.«

»Na, na, Mr. Nightingale. Das hilft mir nicht weiter. Seid Ihr hier, um Schiffe oder Pasteten zu kaufen? Wenn ich Euch ein Vermögen verschaffen soll, muß ich wissen, ob ich Stroh oder Ostsee-Eiche zur Verfügung habe.«

John wog insgeheim ab, wie sicher Arthur hoch oben unter dem Dach im Haus der Witwe am Singel war, auf der Truhe hockend, die Pistole auf dem Schoß. »Mit Stroh kennt Ihr Euch demnach nicht aus?«

»Vielleicht doch, sofern Ihr gewillt seid, all Euer Stroh aufs Spiel zu setzen.«

»Ich kann überhaupt nichts aufs Spiel setzen. Wir können uns kein Risiko erlauben.«

Coymans schnaubte. »Ihr wollt Reichtum ohne Risiko?«

»Genau.«

Coymans Spott äußerte sich nun unverhüllt. »So was gibt's nicht auf Gottes weiter Erde, mein Freund.«

»Dann muß ich es eben erschaffen, zum ersten Mal.«

»Oh«, rief Coymans zur Decke empor, mit nach oben gewandten Handflächen zu den Göttern flehend. »Wunderbar! Hört Euch den Engländer an! Er ist in mein kleines Land herabgestiegen, um Wunder zu vollbringen. Eine neue Schöpfung: Reichtum ohne Risiko – ein ›erstes Mal‹, das selbst mir all die Jahre entgangen ist.«

»Geschieht es zum ersten Mal, daß Eure Landsleute allesamt dem Wahnsinn verfallen sind?« wollte John wissen. »Oder passiert ihnen das häufiger?«

Coymans beruhigte sich wieder. »Ich verstehe Euch ... Seid Ihr ein gesetzestreuer Mann?«

John zögerte nicht. »Natürlich.«

»Das ist schade«, erwiderte Coymans. »Ich hatte schon geglaubt, einen Weg aus Eurem Dilemma gefunden zu haben.« Er musterte John und verzog nachdenklich den Mund, so daß seine Schnurrbartenden auf und ab hüpften. »Macht nichts. Kommt mit nach oben in mein Empfangszimmer. Da können wir ungestört von dem Lärm, den meine ungehobelten Freunde hier veranstalten, miteinander plaudern.«

»Wie reich ist reich?« Coymans hockte sich vor das Feuer, das mehr des Lichts als der Wärme wegen brannte. Über seinem Haupt schwang ein holzgeschnitzter Neptun sein holzgeschnitztes Netz über den Kaminsims hinweg auf drei holzgeschnitzte Seepferdchen. »Es ist an der Zeit, offen miteinander zu reden.«

John schaute sich neugierig um. Sie befanden sich in einem holzgetäfelten Gemach mit dicht verschlossenen Läden. Die Fenster, wenn sie denn geöffnet wären, würden den Blick auf die vor dem Haus verlaufende Hauptstraße und die neben ihr entlangführende schmale Gracht freigeben. Über die Hauptstraße hinweg hätte Coymans die große Gracht hinauf gute Sicht auf alle Schiffe gehabt, die durch die St. Anthonispoort in die Stadt kamen; zudem hätte er feststellen können, in welchen kleinen Seitenkanal sie abbögen. Abgesehen von einem schweren Eichentisch, einem Kabinettschränkchen mit Intarsien auf einem Ständer sowie zwei Stühlen war das Zimmer leer. Keine Hinweise auf den Besitzer. Keine Tulpen. Überhaupt keine Blumen.

John sah Gemälde in schweren, vergoldeten Rahmen, mehr als hundert an der Zahl, doch anstatt die Wände zu zieren, standen sie hintereinandergestapelt auf dem Boden, die nackte Leinwand und die Rückseite der Rahmenbretter dem Auge des Betrachters zugewandt. Aus einer voluminösen ledergebundenen Mappe waren Zeichenblätter auf die Platte des Eichentischs geglitten, ohne jedoch mehr als eine einsame skizzierte Hand oder eine gestochene Wolkenspitze zu enthüllen.

»Kommt«, sagte Coymans, »ohne die gefährlichen Banditen da unten könnt Ihr mir jetzt in aller Sicherheit anvertrauen, wieviel Stroh Ihr in Eure Säcke gestopft habt.«

»Ich muß aus viertausend Pfund zwanzigtausend machen.«

»In welcher Zeit?«

»Zwei Wochen.«

Coymans erhob sich. »Ihr wollt Euer Geld binnen zweier Wochen verfünffachen, ohne auch nur ein einziges kleines Gesetz zu brechen? Bitte, verschwendet meine Zeit nicht länger!«

»Also gut.« John wandte sich zum Gehen.

»Wohin wollt Ihr?« fragte Coymans.

»Gomez bitten, mich jemand anderem vorzustellen.«

»Aber ... aber, lauft doch nicht gleich davon wie ein aufgeschrecktes Kaninchen!« sagte Coymans. »Setzt Euch!« Er deutete auf einen der beiden Stühle. »Ich habe gelogen. Ihr verschwendet meine Zeit durchaus nicht. Ich wollte Euch nur weichklopfen, bevor ich Euch meinen Provisionssatz nenne.«

John lachte und nahm Platz. »Wenn er zu hoch ist, verschwendet Ihr *meine* Zeit.«

»Zwanzig Prozent«, erklärte Coymans, »aber nur vom Profit. Hier in Amsterdam gibt es Halunken und Halsabschneider, die versuchen würden, Euch eine Provision abzuknöpfen, die sich nach Investitionssumme rechnet, ob Gewinn oder Verlust.«

»Ihr macht mir meine Zwanzigtausend«, versetzte John, »und könnt alles behalten, was darüber hinausgeht.«

»Ihr seid entweder sehr unwissend oder sehr gefährlich«, meinte Coymans. »Ich muß herausfinden, was von beiden – Euer Stein in mein Meer, Freund. Das Schleifen beginnt.«

John legte seine langen Beine erneut übereinander. Neben Coymans wirkte er geschmeidig und gelassen. Rote Lichter vom Feuer tanzten auf seinen Haaren. »Ich wollte Euch ersuchen, ein paar Tulpenzwiebeln zu kaufen und wieder zu verkaufen. Ihr seid doch Tulpenhändler? Allerdings redet Ihr eher wie ein Diamantschleifer und scheint mit Kunst zu handeln.« Er blickte flüchtig zu einem Bilderstapel hinüber.

»Ich bin kein Tulpenzüchter wie Bols, Barent Cardoes oder Jan van Damme«, erklärte Coymans. »Ich züchte nichts. Ich kaufe und verkaufe nur. Deshalb wohne ich hier so bequem im Schatten der Amsterdamer Stadtmauer, während die Züchter draußen auf ihren dem Meer abgerungenen Schlammpoldern bei Haarlem herumplanschen.«

»Cardoes hat als erster die ›Prinzen‹-Abart der gefransten Tulpen gezüchtet«, wandte John ein. »Kann er sich noch keinen Palast leisten?«

Coymans sah plötzlich verärgert aus. »Wenn Ihr einen Fachmann wollt, dann geht woanders hin. Aber Cardoes und van Damme machen Euch keine Ziegel aus Eurem Stroh, mein Freund. Sie züchten nur Tulpen; ich mache das Geld!«

John neigte den Kopf wie die Hirschhündin Cassie. Ein Menschenschlag wie Coymans' war ihm neu. Gewohnheiten und Verhalten unbekannt. Giftigkeit unbestimmt. Doch er hörte scharfe, wilde Zähne hinter der jovialen Tarnkappe zuschnappen. »Geld wird fürs erste reichen«, sagte er.

»Wann könnt Ihr mir mir Eure viertausend Pfund bringen? Je eher ich anfange, desto eher kriegt Ihr Eure Ziegel.«

John schüttelte den Kopf. Samuel Hazelton insgeheim seinen Dank abstattend, erklärte er: »Ich kann ohne klingende Münze spekulieren. Das Geld wird Euch zur Verfügung stehen, sobald eine Zahlung fällig ist.«

Coymans nickte, energisch seine Zustimmung bekundend. »Gut pariert! Es gibt Leute in Amsterdam, die sich mit Eurem Geld aus dem Staub gemacht hätten, wärt Ihr so dumm gewesen, es ihnen auszuhändigen. Sucht mich morgen abend hier auf, dann werdet Ihr erfahren, wie es uns ergangen ist! Eßt mit mir zu Abend!« Das war ein munter vorgetragener Befehl.

»Ich würde morgen gern mitkommen«, erklärte John fest.

Coymans' Augen blinzelten und wurden noch einige Grad kälter.

»Als Schüler«, fuhr John fort, »um zu lernen, wie man Gold züchtet. Meine Erfahrung beschränkt sich bislang leider auf die Schaf- und Kohlzucht.«

Die Schnurrbartenden hüpften wieder nachdenklich auf und ab. »Gut. Wir treffen uns morgen vormittag kurz vor zwölf am *dam*, neben der Stadtwaage. Bringt genügend Bares mit, um Wein und Fleisch für mehrere Freunde zu bezahlen – sehr hungrige und durstige Freunde. Da Ihr darauf besteht, werde ich Euch lehren, wie man in den Wind handelt.«

»Könnt Ihr mich nicht schon heute abend anlernen?« Es würde ohnehin schwierig genug werden, den Ereignissen in einer fremden Sprache zu folgen.

Coymans stand ein paar Sekunden lang ungewöhnlich reglos da. Die kleinen, kalten Äuglein wanderten über Johns Gesicht. Dann stieß er eine Tür auf.

»MARIEKA!« brüllte er ins Treppenhaus. »Mr. Nightingale dürstet nach Aufklärung. Bring ihm unser Musterbuch! Sofort! Der Mann hat es eilig.«

John hörte aus der Halle drunten die schneidende Stimme einer jungen Frau, die sich offensichtlich nicht drängen ließ. Er fragte sich, ob sie wohl die Magd gewesen war, die so ungerührt den Tisch abgeräumt hatte, während Coymans einen seiner Gäste mit einer Pistole bedroht hatte.

Leichtfüßige Schritte kamen die knarrende Eichentreppe hinauf. Die junge Frau, die das Zimmer betrat, war beinahe so groß wie John. Sie hielt eine lederbezogene Kassette in den Armen, die ihre obere Körperhälfte verdeckte. Für Bruchteile einer Sekunde hatte John den Eindruck, sie würde zwei Köpfe besitzen. Das eine Gesicht über der Lederkassette war lang, kräftig, lächelnd, blauäugig und wurde umrahmt von einem lockigen, leicht zerzausten Haarschopf wie dem von Coymans, nur daß dieser eher von einem hellen Goldton als lohfarben war. Das andere Antlitz war klein und grau mit einem bleichen Mittelpunkt, in dessen Zentrum zwei glänzende, bösartige schwarze Augen saßen.

»Meine Schwester Marieka«, stellte Coymans vor. »Liebste, Mr. Nightingale ist Engländer; zudem ein neuer Kunde. Ich möchte, daß du ihn verführst, seine Sinne benebelst und ihn auf jede erdenkliche Weise zu Wachs in meinen Händen machst.«

John verneigte sich. Die junge Frau lächelte, um Verständnis für ihren Bruder bittend. Sie legte die Kassette auf den Tisch. »Ich kann mir nicht vorstellen, warum Justus meinen Gehorsam für selbstverständlich erachtet«, sagte sie in fast akzentfreiem Englisch. »Ihr und ich, Mr. Nightingale, werden entscheiden, ob und wie weit ich seine Anweisungen ausführe.«

Der Affe auf ihrer Schulter bleckte die Zähne in Johns Richtung.

Nach dem ersten Schrecken beachtete John das Tier kaum noch. Marieka Coymans vereinte zwei Frauen in einer Person, beide schön, aber völlig gegensätzlich, Frau und Kleinkind, offen und verschlossen, weite Wiese und erlesener *hortus conclusus*. Ihre hohe, breite Stirn und das ausgeprägte Kinn waren edel. Diese großzügig weiten Räume und offenen Meere hätten selbst der Göttin Athene gut angestanden. Der mittlere Teil des Gesichts war eine liebliche, ein klein wenig überladene Kurvenlandschaft. Die Nüstern ihrer langen, geraden Nase, auf der sich ganz schwach eine Knolle andeutete, wölbten sich dicht über den festen, süßen Rundungen eines kleinen, weichen Mundes. Der obere Bogen ihres gerundeten Kinns unterstrich die reife Fülle ihrer Unterlippe. Ihre großen Augen, sowohl wissend als auch amüsiert und mit schweren Lidern, zeigten John, daß sie genau wußte, wie sehr sie ihn aus der Fassung gebracht hatte.

John versuchte, ihr Alter zu schätzen. Sie besaß die Selbstsicherheit und Würde einer älteren Frau – viel älter als Cat, obwohl die ihr vermutlich acht Jahre voraus hatte -, doch ihre Haut war so frisch wie junge Blätter. Sie mochte nicht älter als zwanzig sein.

Als sie die Lederkassette auf dem einzigen Tisch des Gemachs abgelegt hatte, erblickte er die Schultern einer jungen Frau und eine Büste, die schamlos locker in ihrem Mieder saß. Doch ihre Hände waren von der weichen Zartheit ihres Mundes und ihrer Nüstern. Sie legte die Hände mit den spitz zulaufenden Fingern an ihren hochgewachsenen Körper, als würde sie ihnen Asyl gewähren. Dann fuhr die eine Hand zu der Mulde unter ihrem Hals, während die andere im grauen Pelz des Äffchens Zuflucht fand.

John juckte es in den Fingerspitzen, die üppige Weichheit ihres Fleisches zu erkunden, dessen leichtes Übermaß, beispielsweise unter der Rundung ihres Kieferknochens, nicht minder verführerisch war wie die entblößten Viertelkugeln ihrer Brüste, in die der harte Rand ihres Mieders schnitt. John verschränkte die Hände hinter dem Rücken, damit sie seine Gedanken nicht unbewußt preisgeben konnten. Eine verräterische Wärme stieg in seinen Lenden empor.

Stumm fluchte er. Die Chancen, daß man ihm in den nächsten zwei Wochen die Kehle durchschneiden würde, standen ohnehin nicht schlecht. Das schlimmste an alledem war, daß Marieka Coymans um das Jucken in seinen Fingern und die Wärme in seinen Lenden wußte. Er las dieses Wissen in ihrem Blick, der ihn ebenso ruhig taxierte wie der ihres Bruders, wenn auch nicht so kühl.

»Ich muß mal nachsehen, ob meine Gäste nicht ihre Teller klauen«, ließ Coymans sich wieder vernehmen. »Dichter und Künstler glauben, sie hätten ein Recht, sich hernieden von solchen Erdenklötzen wie mir aushalten zu lassen. Bring ihn nach unten, Liebste, wenn du mit ihm fertig bist!«

John hörte, wie Coymans' schweren Schritte die Holztreppe hinunter ins Erdgeschoß knarrten.

Der Affe stieß sich mit den Hinterbeinen ab und flog durch die Luft auf Neptuns hölzerne Krone über dem brennenden Kaminfeuer. Marieka Coymans öffnete die Lederkassette und nahm ein großformatiges Aquarell heraus.

»Einige von den Tulpenzwiebeln, mit denen mein Bruder handelt ... *Der Prinz von Dänemark.*« Sie breitete das Bild vor John aus.

»*Der Prinz?*« Er hob fragend die Stimme. Zwar zeigten die Bilder Blumen, aber nicht so, wie er erwartet hatte.

Eine halbnackte Frau blickte ihn frech aus dem Gemälde heraus an, den einen Fuß ein wenig vorgestellt, als wollte sie aus der Bildfläche heraustreten. Mit der einen Hand bot sie dem Betrachter ihre rechte Brust dar. In der anderen hielt sie eine weiß- und burgunderfarbene Tulpe.

»Eine rosarote, gefiederte Abart«, sagte Marieka bescheiden. »Ein reiner weißer Körper mit burgunderfarbenen Flammen. Steigt rapide im Wert. Ich glaube, Justus hat gestern fünf Stück für achttausend Gulden verkauft.«

Sie nahm ein weiteres Aquarell aus der Kassette. »Und nun

eine weitere rosarote, aber geflammte Tulpe. *Diana.*« Tulpen nahmen die Stelle der Pfeile im Köcher der Göttin ein, die einen Bogen und nicht mehr als den Hauch eines Schleiers trug.

»Ihr seht, *Diana* unterscheidet sich vom *Prinzen* lediglich dadurch, daß sie einen geringeren Weißanteil hat. Und – obwohl man das nur feststellen kann, wenn man eine richtige Blume berührt – die Blütenblätter sind ein wenig knackiger.«

»Eine wirklich schöne Textur«, stimmte John ihr würdevoll zu. Er hielt die Hände fest hinter dem Rücken verschränkt.

»Und als nächstes die *Gelbe Krone*«, erklärte Marieka in ähnlich würdevollem Tonfall. »Eine *bizarde*, geflammt.« Eine einzelne rot-goldene Blüte lag über dem üppigen, gerundeten Bauch einer dahingegossenen Huri. »Nicht so selten wie *Semper Augustus*, hat aber größere Aussichten, im Wert zu steigen.«

Und bei mir steigt etwas in der Hose, dachte John. Und das kleine Biest weiß es ganz genau. Er mußte schlucken, bevor er antworten konnte. »Sie sind alle höchst verführerisch, Mistress, doch ich war schon ins Netz gegangen, bevor Ihr mir die Bilder gezeigt habt. Euer Bruder und ich hatten uns bereits geeinigt. Wozu all diese *parabola*?«

Marieka blickte ihn mit großen, erstaunten blauen Augen an, in denen nur ein winziger Funken Spott lag. »Zum Spaß! Wozu sonst? Amüsiert Ihr Euch denn nicht?«

John schluckte erneut und blickte ihr abschätzend in die Augen. Hätte sie ihm diese Bilder in Hawkridge House gezeigt, hätte er sie für eine Hure gehalten. Hier war er sich nicht sicher. Sie entstammte anscheinend, nach Haus und Kleidung zu urteilen, einer angesehenen Kaufmannsfamilie. Vielleicht waren die holländischen Frauen ja von Natur aus freizügiger … na ja, vielleicht nicht alle … es gab auch eine Mevrouw Padtbrugge.

Mariekas blaue Augen verfinsterten sich scheinbar vor Besorgnis. »Ist Spaß in England etwa nicht erlaubt? Behält Euer König den ganzen Spaß für sich und seine französische Gemahlin?«

John bemerkte, daß irgend etwas an seinem linken Knie zerrte. Er sah hinunter. Der Affe war unbemerkt vom Kamin-

sims heruntergeklettert und löste gerade Johns linkes Strumpfband. Seine Finger zupften an der Stiefelstulpe herum. Dann
zog er den oberen Teil seines Strumpfs heraus und wühlte in
den Haaren auf seiner Wade.

Johns Ausruf hörte sich gereizter an, als er beabsichtigt
hatte. Das Äffchen hüpfte in großen Sätzen vom Boden auf den
Tisch und weiter über Fensterbank und Stuhllehne in Mariekas
Arme. Es schmiegte sich an ihre Brust, die langen dünnen Ärm-
chen um sie geschlungen, und starrte John wütend über die
Schulter an wie ein eifersüchtiges Kind.

»Ein paar Brocken Spaß fallen hin und wieder auch für die
unteren Schichten ab«, sagte er. »Selbst unsere Pächter dürfen
jeden zweiten Samstag lächeln und an sämtlichen Festtagen im
Sommer schallend lachen.«

Marieka streichelte den pelzigen Schädel des Affen, während
dieser unter langen Wimpern hervor zu ihr aufsah. Sie blickte
John durch die ihren hindurch an. »Vertragen es diese schallend
lachenden Pächter besser als Ihr, gefoppt zu werden?«

Ich werde ihr diesen verdammten Affen aus den Armen reißen und sie küssen, dachte er. Er las in ihren Augen, daß sie
seine Gedanken erraten hatte.

Oder ich muß mich zurückziehen. Heute abend hat man
mich schon zweimal zum Narren gehalten. Und außerdem soll
ihr Bruder für mich an der Börse spekulieren und mich nicht
mit seinem Degen durchbohren.

»Ich bin in die Niederlande gekommen, um mit Eurem Bruder Geschäfte abzuwickeln, Madam. Wie Ihr sehr wohl wißt,
finde ich Euch überaus reizend. Doch Ihr gehört, bitte vergebt
meine Unhöflichkeit, unglücklicherweise nicht zur Sache.«

Sie beugte den Hals und küßte den pelzigen Schädel des
Äffchens. Locken goldenen Haars ringelten sich und glitten
sanft über die lange, süße Biegung ihres kräftigen Nackens. John
beobachtete, wie sie die Lippen auf den Affenkopf preßte. Sie
hob den Blick und ertappte ihn dabei, daß er sie anstarrte.

Marieka lächelte. Ihm war, als hätte man ihm einen Schlag
vor die Brust versetzt. Ihre Mundwinkel verzogen sich, zurück

in die weiche Fülle ihrer Wangen. Die Mitte ihrer Oberlippe straffte sich über den weißen Zähnen. Sie stand da, lächelnd und zärtlich den Rücken des Äffchens streichelnd. Sie fuhr mit ihrer milchweißen Hand das Rückgrat des Tiers herunter und ließ seinen Ringelschwanz zwischen ihren Fingern hindurchgleiten.

»Zuerst müßt Ihr Freundschaft mit Erasmus schließen«, forderte sie, »oder Ihr werdet bei meinem Bruder nichts erreichen.«

John blieb stur an seinem Platz. Gott steh mir bei! dachte er.

Sie sah ihm in die Augen. »Kommt.«

John ging langsam zu ihr und fuhr mit dem Zeigefinger leicht über Erasmus' pelzigen Rücken.

»Das ist schön«, sagte sie, immer noch lächelnd, ihm noch immer in die Augen blickend. »Das gefällt ihm.«

Ihre Ungezwungenheit und Arroganz machten John mit einemmal wütend. Im Schutze ihrer Familie und ihrer Stellung führte sie sich auf wie eine Hure. »Muß ich Erasmus noch zu Bett bringen, bevor ich irgend etwas erreichen kann?«

»O nein, er kommt schon mit.«

Warum?

Grimmig marschierte John am spiegelnden Band des Kanals entlang zum Haus der Witwe zurück. Sie konnte doch nicht aus heiterem Himmel vom Pfeil Amors getroffen sein, nicht in einer Viertelstunde unbehaglichen Plauderns. Warum all diese theatralischen Inszenierungen, von Bruder und Schwester gleichermaßen? Warum will Coymans, daß ich gedemütigt, verwirrt, benebelt und zu Wachs in ihren Händen werde?

Er warf einen verstohlenen Blick über die Schulter, um festzustellen, ob er verfolgt wurde.

Sei gewarnt, du Hinterwäldler! Auch wenn das nur ihr ganz normaler Humor ist und nichts bedeuten muß – du bist unter seltsame Kreaturen geraten, soviel steht fest!

Erneut spähte er prüfend hinter sich, doch das undurchdringliche Dunkel der engen Seitengäßchen hätte ein ganzes

Bataillon von Coymans' Spionen verbergen können. Zudem waren die Straßen immer noch belebt, obwohl Mitternacht schon lange ausgerufen war. Auf Hawkridge hätte John ohne Zögern und ganz genau zwischen Geräuschen, die dorthin gehörten, und solchen, die nicht dorthin gehörten, unterscheiden können.

Er zog sich eine Weile in den Schatten zurück, um die Straße zu beobachten. Falls Coymans herausfand, wo er logierte, wären das leichtverdiente viertausend Pfund, ganz ohne Handeln.

Ich muß Arthur und das Geld morgen früh woandershin bringen. Aber wohin?

Er ging weiter. Hinter ihm glitt eine Gestalt in einem Umhang durch einen gelblichen Lichtkegel, der aus einem Fenster fiel. John lehnte sich an das Geländer einer Bogenbrücke, bis die Gestalt in einem Haus verschwunden war.

Und diese Schwester! Diese selbstgefällige kleine Hexe!

Es juckte ihn immer noch in den Fingerspitzen, ihren Hals und ihre Lippen zu streicheln. Indem er seine Wut in eisige Höflichkeit und ironische Galanterie verwandelte, hatte er zu entkommen gedacht, doch Marieka hatte seine Grobheit offenbar genossen, wußte sie doch nur zu gut, was dieser Grobheit zugrunde lag. Sie hatte nur gelächelt und dieses verfluchte Vieh gestreichelt und ihn eingeladen, in der nächsten Nacht mit ihr zu speisen.

Nur aus Spaß.

Wenn du dem Bruder mißtraust, und das tust du, sagte sich John, dann mußt du die Schwester genausosehr fürchten.

Die Straße hob und senkte sich unter seinen Schritten wie Meereswogen, hinauf über Brückenbogen, die hoch genug waren, daß Schiffe mit umgelegten Masten darunterherfahren konnten; dann führte die Straße wieder hinunter bis auf die Höhe des Kais. John schwamm zurück durch eine Finsternis, in der es von Schwärmen fremdartiger Fische wimmelte, und zog sich schließlich am Mast, den die Achse der Wendeltreppe im Haus der Witwe bildete, zur Oberfläche empor. Oben angekommen, war er froh, in den Lauf von Arthurs Pistole zu blicken.

8

3. Juni 1636. Pflanzen werden hier oft als bloße Zierde verwendet. Affen als Schoßtierchen für die Damen gehalten. Marktwaren sind meist vertraute Sorten.

Tagebuch des John Nightingale, bekannt als John Graffham

»Verflucht!« stieß John am nächsten Morgen hervor. »Wir könnten genausogut versuchen, eine Schafherde unbemerkt durch die Stadt zu treiben!«

Selbst nachdem sie das Geld auf verschiedene Säckchen aufgeteilt hatten, rasselte und klimperte es noch wie Gefängnisketten. Doch John fiel kein Ort ein, an den er es sonst hätte bringen können. Das Zähneschnappen mitten in Coymans' jovialem Gebaren hatte dazu geführt, daß er nun Haken schlug wie ein verschreckter Hase.

Arthur sagte: »Ich habe mich hier oben recht sicher gefühlt, nachdem das Seil hereingezogen war und ich nur diese Wendeltreppe im Auge behalten mußte.«

John nickte. Es gefiel ihm zwar nicht, aber im Augenblick fiel ihm nichts Besseres ein. Mevrouw Padtbrugge schien ihm eine höchst unwahrscheinliche Komplizin für Diebe zu sein. Andererseits – konnte er sich da *so* sicher sein? In England hätte er dem Eindruck vertraut, den er von ihr gewonnen hatte.

Arthur runzelte die Stirn, als er seinen Arbeitgeber musterte.

»Was ist los, Mann?« brauste John auf.

»Es sieht Euch gar nicht ähnlich, so unentschlossen zu sein. Wenn Ihr dermaßen besorgt seid, bin ich zu Tode erschrocken!«

»Mir geht es ausgezeichnet!« Zu viele kleine Ferkel droben in Hawkridge hingen davon ab.

Er überließ Arthur, der sich wieder gerüstet hatte, einem weiteren langen, öden Wachtag.

Coymans wartete schon auf dem offenen Platz des *dam*, dessen eine Seite von der Börse, die andere vom Damrak begrenzt wurde, dessen Wasser von Masten wimmelte; zur Rechten erhob sich der hellgraue Turm der Neuen Kirche über die roten Dächer einer Häusergruppe. Zwischen Kirche und Damrak stand die klobige, mit einem Portikus versehene Stadtwaage, wo der anschwellende Reichtum Hollands gewogen und geprüft wurde, bevor er in einer goldenen Flut aus den Schiffen in die Taschen der Kaufleute und die Schöße ihrer Eheweiber floß. Neptun und Fortuna drehten sich träge auf ihren Eisenstangen an den beiden Dachenden der Waage.

Tief unter Neptuns Dreizack, auf dem steinernen Kai, lehnte Coymans an einem Poller, dessen dicker Bauch von aufgeschossenen, teerigen Tauen gebildet wurde. Die Masten der ankernden Schiffe schlugen hinter den zwei roten Federn seines riesigen, breitkrempigen Huts mit sanften Pendelschwüngen den Takt der träge verrinnenden Zeit.

»Seid Ihr heute morgen immer noch gesetzestreu?« Coymans blickte kurz über Johns Schulter hinweg, bevor er ihm in die Augen sah.

»Ja«, lautete Johns lapidare Antwort.

»Zu schade. Ich habe hier herumgesessen und mir den Kopf zermartert, wie ich Euch reich machen kann, ohne Eure viertausend Pfund aufs Spiel zu setzen. Der einfachste Weg, der nicht das geringste finanzielle Risiko birgt, wäre natürlich, Tulpenzwiebeln zu verkaufen, die Ihr gar nicht besitzt und auch nicht vorhabt, jemals in Euren Besitz zu bringen.«

»Das hört sich aber gar nicht risikolos an.« Johns Blick wurde zu dem Schiffsdeck unter ihm gezogen, auf dem Kisten mit erstaunlichem Zartgefühl auf den Kai hochgeschwungen wurden.

»Das ist Porzellan aus China. *Kraacke-ware*.« Coymans hob

den Arm und rief dem schwarzgekleideten Mann an Deck über die Köpfe der Schauermänner hinweg einen Gruß zu. »… Ich habe nicht gesagt, daß es risikolos ist. Ich dachte, Ihr hättet lediglich Angst um Euer Geld. Um Euren Hals wart Ihr gestern abend nicht sonderlich besorgt, hatte ich den Eindruck.«

»Mein Hals kommt direkt nach dem Geld«, sagte John.

»Dann werdet Ihr nie einen guten Betrüger abgeben!« Coymans setzte sich abrupt in Bewegung und überquerte den belebten Platz, wobei er über niedrige Schubkarren gebeugten Lastträgern auswich. »Ist aber vielleicht auch gar nicht so schlecht. Mein Plan würde Euren raschen Abgang nach England erfordern und eine Rückkehr für ziemlich lange Zeit unmöglich machen. Was sehr schade wäre, denn ich mag Euch von Minute zu Minute mehr.« Coymans bleckte seine weißen Zähne in Johns Richtung. »Und bei einer solchen List könnte ich Euch natürlich nicht persönlich in ein *collegium* einführen – ich muß schließlich hier leben. Trotzdem ist es bedenkenswert … keine Investition außer Geld für Essen und Wein und ein bißchen wohlberechnete Kumpanei.«

»Würden holländische Käufer einem Engländer trauen?« fragte John trocken.

Sie folgten der Längsseite der Börse, weg vom Meer, auf den Zeh der Amsterdamer Socke zu.

»Um Gottes willen, niemals, nein! Ihr müßtet mit Hilfe eines Börsenmaklers arbeiten. Aber ich kenne ein oder zwei Leute, die bereit wären, einen unwissenden Fremden zu übervorteilen – würden sie jedenfalls glauben. Sie hätten Euch im Handumdrehen mit ihrer Speichelleckerei eingeseift, und schon wäre es zu spät.«

»Was für ein Glück, daß ich da auf einen ganz anderen Menschenschlag gestoßen bin!«

Coymans schien dieses Geplänkel zu erheitern. »Ihr hattet Glück, daß Ihr über Gomez gestolpert seid. Er wußte, wohin er Euch bringen mußte, um Eure Bedürfnisse zu befriedigen!«

Sie machten kehrt und wanden sich durch mehrere enge Gassen, überquerten vier Grachten und einen Blumenmarkt, wo das Kopfsteinpflaster Blüten trieb wie eine Frühlingswiese. Coymans hielt an.

»Wir sind da. Am *emporium mundi*. Das Herz des Welthandels. Die *Weiße Katze*.«

John blinzelte aus dem strahlenden Morgen in die bräunlichen Schatten einer Schenke. Tabakschwaden kringelten sich, stiegen empor und legten sich als Dunstschleier unter die Deckenbalken. Gläser klapperten und klirrten. Stimmen fluchten und grollten inmitten von Räuspern, Spucken und Husten. Umhänge und Hüte glitten von Stühlen. Frauen stützten sich mit munterer, aufgesetzter Anteilnahme auf Männerschultern.

»Da drinnen ist ja immer noch gestern abend.«

»Nein, nein!« rief Coymans, um den Lärm zu übertönen. »Hier drinnen ist schon morgen abend! Vergeßt die Vergangenheit! Im Herzen des Welthandels steht immer die Zukunft vor der Tür!«

Coymans rauschte durch die Schatten der *Weißen Katze*, mit wehendem Umhang, Arme und Stimme zum Gruß erhoben. John schlüpfte hinter ihm her. Während er auf die gebrüllten Erwiderungen hörte und neugierigen Blicken begegnete, ging ihm durch den Kopf, daß er ebensogut einen Trompeter hätte anheuern können, um seinen Premierenauftritt im holländischen Tulpenhandel anzukündigen.

Er nahm die forschende Hand einer Frau von seiner Schulter, küßte galant die Finger und gab mit einer Grimasse des Bedauerns die Hand ihrer Besitzerin zurück. In der Börse auf dem Rokin hatte er wenigstens das typische Marktgetümmel wiedererkannt. In dem hektischen Herumgerenne und dem Handschlagritual hatte er die Energie von geschäftlichen Transaktionen gespürt. Die Männer hier in der *Weißen Katze* lümmelten sich wie glückliche Frösche in einem zähen Brei aus Rauch und Bier herum. Doch Coymans hielt sich nicht mit dem großen Vorraum auf. Mit erstaunlicher Geschwindigkeit – in Anbetracht der Anzahl teurer Freunde, denen er begegnete – führte er John zu einer schweren, holzverschalten Tür neben dem riesigen Kamin auf der Rückseite des Raums.

Das Zimmer dahinter war ebenso groß wie der Vorraum, hatte jedoch geschlossene Läden. Hier herrschte die Nacht noch unangefochten. John hätte am liebsten die Flucht ergriffen. Männer saßen Schulter an Schulter zusammengepfercht – hier gab es keine Frauen. Der Lärm, den sie veranstalteten, prallte von den dunklen Wänden zurück. Ihre vorstehenden Gesichtspartien glühten orangerot im Licht Dutzender Kerzen, die in Haltern aus der Wand, von den Tischen und aus dem Boden wuchsen wie feurige Bäume. Als er neben Coymans kurz in der Tür innehielt, spürte John die nur Bruchteile von Sekunden während atemlose Stille, die einsetzte, wenn eine fette Made über einem hungrigen Fischschwarm ins Wasser plumpste. Dann brach der ohrenbetäubende Lärm wieder los.

Coymans wurde belagert.

»Was kauft Ihr heute, Justus? Was ist es heute? Die *Witwe*? Ist es die *Witwe*?« fragten sie ihn flehentlich. »Edel oder gewöhnlich, Coymans ... wonach steht Euch heute der Sinn?« Männer zupften ihn am Ärmel, versuchten ihn aufzuhalten, indem sie ihm die Hand auf die wuchtige Brust legten.

»Wartet ab und schaut zu«, beschied Coymans ihnen, »und haltet Eure Gulden bereit!«

John beobachtete und mühte sich, das Gesagte zu verstehen. Irgendein Mann schwatzte ihm dummes Zeug ins Ohr.

»Bitte nur in Englisch oder Latein«, sagte John. »Ich spreche kein Holländisch.«

»*Schweizer*«, murmelte der Mann mit einer warmen Atembö. »Sagt es Coymans! Ortiz und Jacobs kaufen beide verdeckt im *Unterrock*. Verratet es niemandem sonst! Ich bin mit dreitausend Gulden dabei.«

»*Schweizer?*« John drehte den Kopf, um in die Augen des Mannes zu schauen. »Aber das sind doch mit die gewöhnlichsten! Ich habe dieses Frühjahr zwei Scheffel davon in meinen Garten gesetzt, für ein paar Pfund!«

Der Mann wirkte amüsiert, tippte sich an die Nase und wiederholte: »Sagt es Coymans! Er versteht schon.« Jählings ließ er John stehen.

Coymans' Hand packte John am Arm und wirbelte ihn wie einen widerspenstigen Fisch durch die Menge. »Eure Börse, mein Freund!«

»Was kaufe ich denn? Ihr habt mir noch gar nichts erklärt.«

»Ihr kauft nichts außer dem Privileg, Euren Namen auf dieser Schiefertafel zu sehen. Als vollwertiges Mitglied des Kollegiums. Es ist der einzige Weg, um hier Geschäfte tätigen zu dürfen. Rasch!« Coymans hielt einen kleinen Mann in schwarzer Seide mit akkurat gestutztem Bart und einer unter dem Kinn zusammengebundenen weißen Haube an. Er verfiel wieder ins Holländische. »Ein neues Mitglied für Euch, Snoeck. Ein spendabler Engländer.«

John bekam das Wort »Engländer« mit.

»Ein neues Mitglied«, wiederholte Coymans für John auf Latein. Er zählte Gulden aus Johns Börse ab.

Der kleine Mann in Schwarz nickte John höflich zu und fragte Coymans auf holländisch: »Bürgt Ihr für ihn? Was für Sicherheiten haben wir?«

»Ich werde für ihn die Geschäfte abschließen«, erklärte Coymans. »Er zahlt nur.«

Der Mann lachte. Er klang nicht unfreundlich, doch John ließ die Muskeln seiner Hände spielen und hatte Mühe, seinen gleichermaßen aufrichtigen wie begeisterten Gesichtsausdruck beizubehalten. Das ärgerliche Erröten, das über seinem weißen Spitzenkragen höher und höher stieg, konnte er hingegen nicht unterdrücken.

Ich wünschte, ich würde diese gottverdammte Sprache beherrschen! dachte er. Man kommt sich vor wie ein Kind, über dessen Kopf hinweg die Erwachsenen kluge Bemerkungen machen.

Der kleine Mann schob sich zwischen Tischen und Stühlen hindurch zu einer sechs Fuß hohen Schiefertafel, die an der Rückwand befestigt war. Mit schwungvoller Gebärde schrieb er Johns Namen darauf und stellte ihn den übrigen Anwesenden vor. Drei Jungen in Schürzen teilten Alekrüge aus. Man trank auf Johns Wohlergehen.

»Und nun?« wollte John von Coymans wissen.

»Nun macht Ihr Geschäfte.«

Nicht eine einzige Tulpenzwiebel war zu sehen.

»Wie?« fragte John.

»Das überlaßt mir.«

Widerwillig gehorchte John. Für den Augenblick. Er fragte sich, ob Hazelton und die anderen ihn über- oder die Schwierigkeiten unterschätzt hatten.

Coymans ließ ihn allein. John beobachtete, wie die beiden roten Federn im Kerzenschein auf und ab hüpften und hin und her wogten. Einmal verschwanden sie. Dann machte John Coymans inmitten eines dicht zusammengedrängten Grüppchens in einer Ecke neben dem Kamin aus, zusammen mit dem Mann, der dreitausend Gulden in Schweizer investiert hatte.

»Zehn Gulden für Wein und Speisen bitte!« ließ sich der kleine Mann in Schwarz höflich vernehmen.

»Ich habe doch schon gezahlt.«

»Nein, nein, das war für die Mitgliedschaft. Jetzt kommt das Weingeld.«

John gab es ihm. Ein gräßlicher Gedanke, den er sich bislang verkniffen hatte, drängte sich ihm urplötzlich auf. Was, wenn Coymans schlicht ein Betrüger war? Er und seine Spießgesellen könnten John so lange prellen, wie er gutgläubig genug war, ihnen sein Bargeld auszuhändigen. Bevor Coymans nicht neunzehntausend Pfund gemacht hätte, wäre es jederzeit leichter für ihn, sich einfach Johns viertausend unter den Nagel zu reißen.

Er beobachtete Coymans. Der Mann war hier bekannt. Wenn dieser Flecken wirklich eine Börse war – aber wie sollte er das zweifelsfrei wissen? –, dann war auch Coymans offensichtlich ein Börsenmakler. John war zufriedener mit seiner Logik als mit den Voraussetzungen, auf denen sie basierte.

Coymans begrüßte mit lautem Handschlag einen gewaltigen Mann in Gold und Blau, der fast genauso viel Platz einnahm wie er. Drei andere Männer stürzten sich mit eifrigen Fragen auf die beiden.

Johns Magen entkrampfte sich ein wenig. Coymans war

zweifellos ein Schurke, aber nicht in einem Maßstab, der sich auf Geld für Wein und Schiefertafeln beschränkte. Sein Wohnhaus, seine Gemälde, seine von speichelleckerischen Gästen umlagerte Tafel, die Selbstgefälligkeit seiner Schwester, all das waren die Früchte einer Schlechtigkeit von weit größerem Maßstab.

»In Ordnung, laßt uns gehen!« Unvermittelt tauchte Coymans wieder neben John auf. »Nachdem Ihr dies hier für den Notar oben unterschrieben habt. Die Geschäfte für diesen Tag sind erledigt.« Er bahnte sich seinen Weg durch eine Horde von Fragern wie ein König durch eine Bettlermenge.

»*Schweizer*«, teilte er ihren eifrigen Gesichtern mit. »*Schweizer*. Ja, es stimmt. Ich habe *Schweizer* gekauft, so viele, wie ich nur konnte.«

John hörte das Wort *Schweizer* wie nachlässig in die Menge geworfene Münzen fallen.

»Ihr speist heut abend mit uns? Die Einladung meiner Schwester ist sogar noch inständiger als die meine!« Coymans lüftete seinen Hut mit übertriebener Höflichkeit. »Kommt um sechs! Und nun entschuldigt mich bitte! Der *dam* liegt in dieser Richtung ... folgt einfach dem Kanal.«

»Wartet!« John packte Coymans fest am Arm. »Ich stelle eine Bedingung, wenn ich mich schon zu Eurem – und Eurer Schwester – neuen Spielzeug machen lasse. Ihr müßt mir sagen, was hier vor sich geht! Was ist in der *Weißen Katze* passiert?«

Ärger blitzte in Coymans' Augen auf. »Ihr habt für sechstausend Gulden *Schweizer* gekauft. Zweihundert Scheffel.«

»*Schweizer?*« brach es aus John heraus. In seinem Magen bildete sich ein eiskalter Klumpen. »Die gewöhnlichste Gartensorte nach den einfarbig gelben und roten *Goudas!* Was ist mit Euren phantastisch wertvollen *Dianas* und *Gelben Kronen* passiert, die so ein großes Wertsteigerungspotential haben, wie mir Eure Schwester gestern abend versicherte? Warum habt Ihr mein Geld für die billigste Sorte zum Fenster rausgeworfen?«

Coymans seufzte. »Es kommt nicht auf die Sorte an, die wir kaufen. Es muß uns darum gehen, was von dem Zeitpunkt, da wir kaufen, bis zu dem Zeitpunkt, da wir verkaufen, mit ihrem Preis geschieht. *Schweizer* können genausogut wie *Imperiale* oder *bizarden* im Wert steigen. Die einzelne Zwiebel vielleicht nicht soviel, Ihr aber, mein zynischer Freund, nennt zweihundert Scheffel davon Euer eigen!«

»Wieviel habt Ihr bezahlt?«

Bei Coymans machte sich wieder Gereiztheit bemerkbar. »Rechnet Euch die Gesamtsumme selbst aus. Dreißig Pfund pro Scheffel, zahlbar in fünf Tagen.«

»Das ist mehr, als ich letzten Herbst bezahlt habe.«

»Selbstverständlich. Das ist ja der springende Punkt, den Ihr aber bislang noch nicht begriffen habt.«

»Ich bemühe mich«, erwiderte John. »Großes Ehrenwort, ich bemühe mich.«

Coymans strahlte wieder. Dann lachte er. »Ihr seht aus wie ein Ochse auf dem Weg zur Schlachtbank. Seid unbesorgt! Kommt zum Abendessen. Betrinkt Euch. Wartet auf den morgigen Tag. Dann werdet Ihr begreifen. Versucht, die köstliche Spannung zu genießen.« Er brachte seine lohfarbenen Barthaare ganz dicht an Johns dunkleren Lockenschopf heran. »Vergeßt, was Ihr für wertvoll gehalten habt, mein gelehrter Freund! Ihr zieht diese Sache mit mir nur aus zweierlei Gründen durch – Gulden und Vergnügen. Ohne das eine ist das andere nicht viel wert. Zusammen sind sie mehr wert als alles andere.«

Zum ersten Mal nahm John Coymans ab, was dieser gesagt hatte.

»Wir sehen uns um sechs Uhr?«

John nickte. Er schaute den breiten Schultern und wippenden roten Federn nach, bis sie um die Ecke eines schmalen Sträßchens verschwanden. Gulden und Vergnügen. Das erklärte alles andere – die theatralischen Inszenierungen, die Energie, den Lärm. Der Mann machte das alles um des Spaßes als auch um des Geldes willen.

Ich muß ein Auge auf meine Börse und die Hand am Degengriff haben und mich bemühen, so spaßig wie möglich zu sein.

John stieg die Steinstufen zu dem hohen *stoep* empor, der die Vordertür von Coymans' Haus über die Flutlinie hob. Die Tür stand offen, um die Abendsonne einzulassen. John linste durch schimmernde Staubpartikel, die in den Sonnenlichtkegeln tanzten. Von der hinteren Wand der geräumigen Eingangshalle, die mit quadratischen Platten aus schwarzem und weißem Marmor ausgelegt war, starrte ihn das lebensgroße Porträt eines Mannes, der nicht ganz Justus Coymans entsprach, gestrengen Blickes an. In der einen großen Hand, über die eine Manschette aus Pelz fiel, hielt er eine prall gefüllte Börse, in der anderen einen Schädel. Ein Globus stand auf dem bemalten Tisch neben ihm. John vernahm die zarten, gedämpften Klänge eines Spinetts. Als er das Haus betrat, verstummte die Musik.

Marieka posierte mit dem Affen auf dem Arm in einem Türrahmen. Erasmus hing an ihr wie ein schwerer grauer Gürtel, festgeschnallt mit seinen langen Armen, von deren Knochen Messerschneiden aus Pelz hingen. Der Spinettdeckel in dem holzgetäfelten Gemach in Mariekas Rücken war aufgeklappt. Ein Stuhl war hastig zurückgeschoben und verlassen worden. John sah im Augenwinkel einen Rock weghuschen, als die Magd, die nach ihm Ausschau gehalten hatte, sich in den hinteren Teil des Hauses zurückzog.

Als er Marieka anschaute, fühlte John sich erleichtert. Sie war hübsch genug, aber keine Hexe, nur eine junge Frau mit ungewöhnlich weicher Haut und eigenartig widersprüchlichen Gesichtszügen.

Sie begrüßte ihn herzlich.

Ein Fisch muß nur genug Hunger haben, um einen Wurm vor seiner Nase baumeln zu sehen, wo gar keiner ist, rügte John sich insgeheim. Gestern abend war ich überreizt, irregeführt von fremdländischen Gepflogenheiten. Er verspürte einen Hauch von Enttäuschung.

»Tretet ein in mein Musikzimmer«, forderte Marieka ihn auf. »Ich werde Euch noch ein wenig für mich behalten, so daß wir miteinander plaudern können, ohne daß Justus uns vorschreibt, was wir tun sollen. Ich nutze gern die Gelegenheit, mein Englisch zu üben. Es ist zwar nicht so gut wie mein Französisch, aber das habe ich ja auch von Kindesbeinen an gesprochen.«

John fielen die en passant präsentierten Kostbarkeiten des Zimmers auf – Gemälde, Porzellan, türkische Teppiche, venezianische Spiegel, ein schöner Globus (derselbe wie auf dem Porträt in der Eingangshalle) und ein Eber aus Marmor. Außer auf den Bildern gab es keine Blumen.

»Bitte setzt Euch.« An dem mit einem türkischen Teppich bedeckten Tisch bot sie ihm einen Stuhl an. »Mein Bruder hat noch Geschäftliches zu bereden. Er hat andauernd Geschäftliches zu bereden!« Sie ließ ihren hohen, breitschultrigen Körper anmutig auf einen anderen Stuhl sinken und schaute John erwartungsvoll an. Ihre hohe Stirn war heiter wie der Abendhimmel, ihr Babymund jedoch in einem Anflug boshaften Vergnügens verzogen.

John erklärte, wie froh er über seine Anwesenheit und wie gütig die Einladung sei. Er lobte ihr Englisch – es bedurfte keiner Übung, um seine offensichtliche Perfektion zu verbessern. Er versicherte sich selbst, daß er heute nicht mehr als Neugier verspürte. Was sollte dieses boshaft vergnügte Lächeln?

John wandte den Blick von ihrem Mund ab und besah sich ein Notenblatt auf dem Tischteppich und eine Theorbe mit zwei gerissenen Saiten, die an dem Spinett lehnte. Er warf einen zweiten Blick auf die Bilder an den Wänden. Warum diese Gespanntheit? Worauf wartete das Mädchen? Sollte er jetzt etwas Bestimmtes sagen? Er wurde ein wenig ärgerlich.

Der Affe löste sich von Mariekas Hals und zupfte mit verschlossenem, vertieftem Gesichtsausdruck am Spitzensaum ihres Ärmels herum. Dann gingen die schwarzen Finger mit gleichbleibender Intensität dazu über, einen Floh im grauen Fell des eigenen Beins zu verfolgen. John wurde kurzfristig an Tante Margarets ruhelosen Finger erinnert. Dann erblickte er, was Marieka so erwartungsvoll gestimmt hatte.

Sie hatte direkt unter einem großen Gemälde Platz genommen. Über ihrem goldenen Haupt schüttete eine nackte blonde Pomona, die römische Göttin der reifenden Frucht und der

Obstbäume, eine Kaskade von Äpfeln, Kirschen, Orangen, Pflaumen, Weintrauben und Pfirsichen in die Arme eines verblüfften und dankbaren Schäfers (oder Bauern) in entfernt klassischer, ländlicher Gewandung. Ein wahrer Berg von Obst purzelte von einem Karren, der andeutungsweise hinter ihr zu sehen war, das Ganze spielte sich inmitten einer Landschaft mit Felsen und den dunstverhangenen Säulen zerfallener Tempel ab, eher italienisch als holländisch.

Die etwas überlebensgroße Göttin trug lediglich eine überaus detailliert wiedergegebene Halskette, Perlenohrringe sowie den Hauch eines Gazeschleiers, der wie ein Flügel über ihrer Schulter schwebte. Sie hatte breite Schultern und lange, feste Arme, kräftig genug, um die Gaben der Erde zu tragen. Ihr Fleisch war so warm und saftig wie ihre Früchte, und der Maler hatte ihre Brustwarzen mit genau demselben Rot wie dem der Kirschen getüpfelt. Sowohl ihr Haar als auch ihr Antlitz waren das von Marieka.

Unwillkürlich studierte John den Körper der Göttin und stellte sich das Fleisch vor, das sich ihm gegenüber in Lagen von Steifleinen, Wattierungen und Seide verbarg.

Diese junge Holländerin war empörend. Außerdem glaubte er nicht, daß sie plötzlich in Liebe zu ihm entbrannt war. Sie spielte mit ihm wie ihr Bruder. Was er nicht schätzte. Darüber hinaus dankte er Gott, daß der dicke Stoff des Wamses sein steifwerdendes Glied verbarg.

»Gefällt es Euch?« Ihre Augen funkelten.

»Eine ausgesuchte Arbeit«, erwiderte John mit würdevoller Miene. »Könnt Ihr mir die Allegorie erklären? Die Göttin erkenne ich wieder.«

Das Äffchen sprang von Mariekas Schoß auf den Tisch und begann, den Globus zu drehen.

»Dann wird Euch auch nicht entgangen sein«, erklärte Marieka und glättete ihre Röcke, »daß der Mann, dem die Göttin ihre Gaben zuteil werden läßt, schlicht gewandet ist. Er ist ein ganz gewöhnlicher Sterblicher, ein bescheidener Bauer, kein Fürst oder Edelmann. Wir in Holland haben keine Fürsten. Die

Reichtümer der Erde sind für jeden da. Das soll uns das Gemälde lehren.«

Hatten ihre Brustwarzen wirklich diese Farbe frischen Kirschrots, oder hatte der Maler das nur erfunden?

»Seid Ihr schockiert?« fragte sie.

»Welche Antwort würde Euch denn mehr erheitern?«

Der zarte rosige Mund straffte sich.

Ich habe ihr den Spaß verdorben, dachte John. Man erwartet von mir, daß ich erröte und stammele und die Beine übereinanderschlage.

»Ich hatte gehofft, Euch zu erheitern«, sagte sie.

»Oh, Ihr erheitert mich ungemein, seid ganz unbesorgt.«

»*Merde!*« stieß sie deutlich hörbar hervor. Sie streckte den Arm nach dem Affen aus. »Laßt uns meinen Bruder aufsuchen! Gestern abend, als Ihr ein wenig Wein getrunken hattet, wart Ihr charmanter.«

Ich bin zum Verspeisen vorgesehen, ging es John beim abendlichen Gelage durch den Kopf. So gewiß wie die Hühnchen, Käse und Pasteten. Sie spielen beide mit mir. Das sollte mir Warnung genug sein, mich jetzt davonzumachen, solange sie mir das Fell noch nicht über die Ohren gezogen haben.

Er blickte finster über den langen Tisch mit den Essensresten, durch Dunstschwaden aus Tabak- und Holzqualm. Am gegenüberliegenden Ende der Tafel wandte Marieka sich gerade von dem Mann ab, mit dem sie geplaudert hatte, und erteilte der Magd einen Befehl. Winzige Funken vom goldfarbenen Licht des Feuers und der Kerzen glommen in ihren Locken. Dann beugte sie sich wieder vor, ließ einen weißen Arm über den Tisch gleiten. John konnte nicht hören, was sie sagte, doch er spürte die Energie, die sie belebte. Er sah, wie ihr Mund die Worte formte, die sie zu einem Mann in etwa seinem Alter sagte.

Der eine tut es ebenso gut wie der andere, dachte er bitter. Er beobachtete, wie begierig sie die Worte des Mannes einsog. Sie schüttelte ungeduldig den Kopf, lachte protestierend auf und konnte kaum die Zunge zügeln, bis er geendet hatte.

Plötzlich schaute sie an ihrem Tischpartner vorbei geradewegs zu John hinüber. Obwohl sie ihn ertappt hatte, sträubte
er sich, den Blick abzuwenden. Mit einem Gefühl unerklärlichen Entsetzens sah er, wie sie still wurde. Ihre blauen Augen
verschleierten sich versonnen. Ihre hohe, glatte Stirn zog sich
zu einem leichten Runzeln zusammen. John war ein Objekt
angestrengten Nachdenkens.

Was dachte sie im Innern dieser Stille? Er mußte es herausfinden.

Dann schien sie ihn als lebendiges Wesen wahrzunehmen.
Die Umrisse ihrer Wangen rundeten sich. Ihre Oberlippe hob
sich und ließ gepflegte weiße Zähne sehen. Ihre Augen glänzten.
Ihre Energie raste mit der Explosionskraft von Kanonenfeuer
über den Tisch hinweg auf ihn zu.

Das Berechnende in diesem Lächeln befreite John von dem
Entsetzen, das ihre Stille in ihm geweckt hatte. Er nickte kurz,
kam zu dem Entschluß, daß er mit einem professionellen Flirt
umgehen könne, sogar dann, wenn der Bruder offenbar den
Zuhälter abgegeben hatte. Solange er nur nicht vergaß, daß
alles rein geschäftlich war.

»Speisen immer so viele Gäste an Eurer Tafel?« wandte John
sich an Coymans, der sich ihm zur Linken am Kopfende befand.
John gegenüber saß Saski, schweigsam wie immer; seine linke
Hand flog und kritzelte übers Papier.

»Manchmal sind es sogar noch mehr. Ich liebe es, Körner
auszustreuen, die die Hühnerschar dann aufpickt.« Coymans'
Augen hatten sich vom Trinken gerötet. Sein gewaltiger Kopf
hing schwer zwischen seinen Schultern. »Manche halten mich
meiner Freigiebigkeit wegen für einen Narren.« Er blickte flüchtig zu Saski hinüber. »Aber das ist mir nur recht. Ihr dürft nie
einen zu gerissenen Eindruck machen, Engländer. Laßt niemals
Eure wahre Schärfe erkennen! Ich weiß nichts über Euch, aber
ich kenne Euch bereits besser, als gut für Euch wäre.«

Noch eine Warnung, dachte John.

Am anderen Ende des Tisches wurden Rufe laut. Der Affe,
Erasmus, stieß sich von seinem Lauersitz ab und flog durch die

Luft wie ein böser Geist. Er landete, plop, auf Schultern, Hüten, ungeschützten Schößen. Er federte sich ab und sprang, keckerte und klapperte vor Aufregung mit den Zähnen. Von einer Schulter beugte er sich herunter und schnappte sich die weiße Tonpfeife aus dem Mund des Rauchers.

John hörte Mariekas Lachen, ein kristallklares Vogelzwitschern über dem Grölen der Männer.

Das Äffchen krümmte und streckte sich und hüpfte mit weiten, grazilen Sprüngen zwischen den Gläsern und Messern über die Tafel. Es ließ die weiße Tonpfeife zwischen Krümel abgebrochenen Brots fallen und streckte eine schwarze, unbehaarte Handfläche aus, um einen der Spitzenknoten zu lösen, mit denen Johns rechter Ärmel an seinem Wams befestigt war.

Selbst ihr verdammtes Schoßtier nimmt sich Freiheiten bei mir heraus, dachte John. Erasmus beäugte ihn mit unverhüllter Abneigung. Als er erneut die Hand ausstreckte, schlug John sie leicht beiseite. Erasmus bleckte die Zähne.

Einer der holländischen Gäste rief irgend etwas in die Runde, worauf die anderen in schallendes Gelächter ausbrachen.

»Er sagt, daß der Affe Euch für meine Schwester zurechtmacht«, übersetzte Coymans. »Ihr solltet ihn nicht daran hindern.« Er wirkte belustigt.

»Und Ihr schlitzt ihm nicht den Wanst auf, um Eure Körner zurückzubekommen?«

»Ist doch alles nur Spaß«, sagte Coymans, senkte den Blick und nahm einen tiefen Schluck aus seinem Glas.

Nichts als raus hier! sagte sich John. Hier steht mehr auf dem Spiel als Geld.

Saski reichte ihm eine Zeichnung über den Tisch. Sie zeigte Mariekas Augenblick der Stille.

Nach dem Essen wurden Karten und Würfel hervorgeholt. Marieka lehnte sich auf Johns Schulter, während er spielte. Er verlor eine Handvoll *stuyvers*.

»Kommt«, flüsterte sie ihm ins Ohr. »Ich möchte noch einmal mit Euch reden.«

»Vorsicht«, mahnte Coymans. »Du machst die anderen eifersüchtig.«

John schob bereitwillig seinen Stuhl zurück, während die anderen unflätig brüllten. Saski zeichnete, behielt das Blatt jedoch für sich. Marieka ergriff einen Kerzenhalter und führte John ins Musikzimmer, in dem es nach dem lärmenden Chaos im Speisesaal sehr still war.

»Warum erzürnt es Euch so, daß ich um Euch werbe?« wollte Marieka von ihm wissen.

»Es sind die Gründe für Euer Werben, Madam.«

»Was Ihr für die Gründe *haltet*.«

»Und was *sind* Eure Gründe?«

Sie schürzte genießerisch die Lippen. »Erasmus mag Euch.«

»Das ist eine glatte Lüge.«

»Dann haßt er Euch.«

»Einverstanden. Und wieso ist das ein Grund für Euch, um mich zu werben?«

»Weil er mich besser kennt als jedes andere Wesen. Wir haben keine Geheimnisse voreinander, Erasmus und ich. Er kann Eure Gedanken spüren. Und er haßt Euch. Er ist so eifersüchtig, wie ich ihn seit Jahren nicht mehr erlebt habe. Das zeigt mir, wie es in Wahrheit zwischen uns steht.«

Sie blickte über die geringe Spanne, die sie trennte, zu ihm auf. »Spürt Ihr es wirklich nicht?«

Er spürte es. Hitze und Schwäche wie ein tödliches Fieber. Dem Tod, wenn er an seine Tür geklopft hätte, wäre leichter zu widerstehen. Hilflos hob er die Hände in einer Geste der Ergebung. »Natürlich spüre ich es.«

»Warum nimmst du dir dann nicht, was du kriegen kannst?« sagte Marieka. »Selbst deine englischen Dichter sagen das!«

Sie war Aprikosen, Pfirsiche, Birnen, und ihre Brustwarzen waren so rot wie Granatapfelkerne. John streichelte feinflaumige Pfirsichhaut und biß in Ohrläppchen, die so weich und knackig wie junge Blätter waren. Ihr Bauch rundete sich wie eine Melone. Pomona glitt in einem Sturzbach von reifen Früchten aus ihrem Füllhorn, taumelte ihm zu Füßen, machte seine Finger feucht und blendete seine Augen mit ihrem Überfluß.

»Koste mich, schäle mich!« rief die Göttin. »Nasch mich, bis zum Kern! Leck meine Säfte auf! Pflanz dich in mich!«

Trunken von Überfluß preßte er sie aus wie einen Apfel.

Er lag auf ihr, während der Schweiß auf seinem Rücken abkühlte. Er hob den Kopf gerade genug, um das Mandelpaar ihrer geschlossenen Lider zu küssen. Dann die hohe, wolkenhafte Stirn. Und dann, ganz zärtlich, den weichen, verwundbaren Babymund. Unter seinen Lippen spürte er ihr Lächeln. Ihre Arme schlossen sich enger um seinen Hals. Er fühlte sich vollkommen glücklich und völlig entsetzt.

»Ich muß gehen«, flüsterte er.

»Mehr!« sagte sie. »Nein! Geh nicht!« Sie zog ihn an sich. »Dann wird mir so kalt! Bleib bei mir!«

Er erschlaffte wieder auf ihr. Wie viele andere hatten schon so auf ihr gelegen? Seltsamerweise spielte das keine Rolle. Der Hauch von Makel erregte ihn.

Er spürte, wie etwas Pelziges an seinem Schenkel entlangstrich, dann ein Gewicht auf seinem bloßen Rücken, das nicht Mariekas Hand oder Bein war.

»Ist dieses elende Vieh etwa die ganze Zeit hiergewesen?«

»Natürlich«, Marieka lachte. »Ich hab's dir doch gesagt.«

John versuchte, den Kopf auf den Rücken zu drehen. Erasmus war ein Schatten in seinem Augenwinkel, lächelnde Lippen, gebleckt über scharfen, spitzen Zähnen, und Augen wie ein Kobold.

Am nächsten Morgen traf John Coymans, wie er an demselben Poller am Ufer des Damrak lehnte. Das Porzellanschiff unter ihnen war verlassen bis auf einen gelangweilten Seemann, der auf dem Bug Wache schob. »Heute gehen wir in den *Unterrock*«, erklärte Coymans. Er ließ sich nicht anmerken, ob er wußte, daß John das Bett seiner Schwester erst kurz vor Morgengrauen verlassen hatte.

Sie machten sich auf den Weg, in die entgegengesetzte Richtung als am Vortag, durch eine schmale, von spitzen Giebeln gesäumte Straße zwischen der Börse mit ihrem Arkadenhof und der blaßgrauen Nieuwe Kerk.

»Dort gibt es ein weiteres *collegium*«, erklärte Coymans. »Wo sie seit gestern schmoren wie Aale in Ingwer.«

John hörte einen selbstzufriedenen Unterton aus Coymans' Stimme heraus. »Ihr wart nicht zufällig derjenige, der den Ingwer dazugegeben hat?«

Coymans blickte zunächst verdutzt, dann hoch erfreut drein. »Eine großzügige Handvoll, und einmal gut umgerührt!«

»Seid Ihr ein Meisterkoch?«

»*Sans pareil.*« Coymans feixte mit gespielter Bescheidenheit.

John erkannte, daß er den Mann wegen – nicht trotz – seiner unverblümten Schurkerei mochte. Es gab zu viele ehrenwerte Samuel Hazeltons auf dieser Welt. Er unterdrückte ein Gähnen und ein Lächeln. Er hatte es auf einmal nicht mehr so eilig, seinen Auftrag in Amsterdam zu erledigen, als es ihm eigentlich hätte sein sollen.

Er wünschte, der Tag sei schon vorüber, aber nur, damit die Nacht um so eher begänne.

»Bitte setzt es Eurem Lehrling auseinander«, bat er.

»Schaut mir erst einmal zu«, erwiderte Coymans. »Mal sehen, wie schnell von Begriff Ihr seid.«

Der *Unterrock* war größer als die *Weiße Katze*, der öffentliche Vorraum weniger verräuchert. Hier preßten nicht so viele Frauen ihre Busen gegen Männerohren, und hier trugen mehr Männer schwarze Seide und feine Wollstoffe.

»Justus!« Ein rotwangiger Mann von etwa dreißig Jahren sprang von einem der Tische auf. Er wirkte fett, war es aber nicht. Sein feistes Gesicht schien nur an Stirn und Kinn Knochen zu haben. John hatte in den Straßen viele Männer dieses Schlages gesehen. Dünne Schnurrbartsträhnen hingen lustlos über den Winkeln seines vollen Mundes; die rosige Haut war bartlos. Sein mittelbraunes Haar, Umhang und Kragen waren sämtlich von einfachem Schnitt. Seine leinenen Hemdsärmel wurden ohne Spitzenmanschetten von einem schlichten Bund am Handgelenk zusammengehalten. Er drängte sich verzweifelt an Stühlen und Schultern vorbei, um zu Coymans zu gelangen.

»Dirck Koopman«, sagte Coymans mit gesenkter Stimme zu John. »Mehr Ehrgeiz als Verstand. Mynheer Koopman!« rief er dem anderen dann laut entgegen.

Koopman sprach leise und eindringlich.

Die drei Männer begaben sich nach draußen auf den von Bäumen gesäumten Boulevard, der entlang der breiten, tiefen Gracht direkt hinter dem Hafen verlief. Koopman spähte über die Schulter, um dann in dringlichem Tonfall einen Schwall holländischer Worte hervorzusprudeln.

Coymans hörte zu, schürzte die Lippen und ließ seine Schnurrbartenden auf und ab hüpfen.

»Koopman möchte Eure *Schweizer* kaufen«, übersetzte Coymans für John. »Schlagt das Angebot aus.«

»Wieviel bietet er? Wir wollen die verdammten Dinger doch loswerden!«

»Schlagt es einfach aus!«

»Nur, wenn Ihr mir sagt, was hier vor sich geht. Ich dachte, wir müßten die Abschlüsse in den Kollegien tätigen.«

»So lautet die Vorgabe, in der Tat.« Mit sichtlichem Bedauern wandte Coymans sich Koopman zu. »Da ist noch ein Händler am anderen Ufer der Gracht. Und er beobachtet uns gerade«, fügte er hinzu.

Der Mann sprach mit zwei alten Frauen und einem Lastenträger im Lederschurz und bemühte sich, sein Interesse an Coymans und Koopman nicht allzu augenfällig werden zu lassen.

Koopman richtete einen weiteren Wortschwall direkt an Johns Adresse.

»Ihr könnt es Euch nicht leisten, Euren Ruf als ehrbarer Händler zu gefährden«, schnitt Coymans ihm das Wort ab.

John warf ihm einen flüchtigen Blick zu. »Auf gar keinen Fall!« erklärte er. »Mein Ruf ist kostbarer als mein Gold, et cetera.«

»Genau!« Coymans' Zähne blitzten. Das Bedauern, das er Koopman übermittelte, war unendlich, indes von einem Hauch

Scheinheiligkeit getrübt, die schlecht zu seinem breiten, vom Trinken geröteten Gesicht passen wollte.

Koopman fuhr unterdessen fort, John anzuflehen.

»Seit gestern steigen die *Schweizer* im Preis«, erläuterte Coymans. »Die Hausse setzt sich heute weiter fort. Doch wie Ihr gestern so trefflich bemerkt habt, sind *Schweizer* eine recht gängige Sorte, und viele Leute können sie zum Verkauf anbieten. Koopman arbeitet an einer kleinen Spekulation. Er plant, den Markt aufzukaufen, um dann den Preis heraufzusetzen, ohne daß ein Konkurrent ihn unterbieten kann.«

»Ausgezeichnet. Verkauft ihm die verdammten Dinger!«

Coymans schüttelte betrübt den Kopf, ein Mann, den eine schmerzliche Entscheidung quält.

»Darf ich zu Eurem Wohle vorschlagen, daß Ihr besser daran tätet, Euch in den *Unterrock* zu begeben? Weil Ihr dann vielleicht ein noch höheres Angebot erhaltet.«

»Wieviel höher?«

Coymans kniff die Augen zusammen. »Ihr besser gehen. Nach drinnen.«

»Völlig richtig«, bemerkte John. »Ich sollte wirklich hineingehen.« Es folgte eine intensive Unterhaltung auf holländisch.

»Er bietet Euch ein Reuegeld von zehn Gulden pro Scheffel für das Risiko, Geschäfte außerhalb des *collegium* zu tätigen«, sagte Coymans. »Wir machen Fortschritte. Überdenkt dies Angebot, ich bitte Euch!«

John nickte. Coymans musterte Koopman.

Koopman nickte dem Mann auf der anderen Seite des Kanals zu. Der Mann nickte zurück.

»Ah«, ließ Coymans auf englisch verlauten, »so also läuft der Hase! Gut. Wir können ungefährdet weitermachen.«

Erneut lauschte John dem unverständlichen Wortschwall. Koopman war stiller geworden. Hektische rote Flecken glühten auf seinen runden Wangen. Nun schien Coymans die Vorschläge zu unterbreiten. Koopman nickte.

»Er legt noch einmal fünfzehn Gulden pro Scheffel drauf«, verkündete Coymans. »Wir sind fast am Ziel.«

John lauschte angestrengt, als könne bloße Bemühung eine fremde Sprache entschlüsseln.

Plötzlich nickten sowohl Koopman als auch Coymans.

»Geschafft!« sagte Coymans. »Umgerechnet auf Eure Währung neununddreißig Pfund pro Scheffel, einschließlich des Reuegelds für das Risiko für die ersten zweihundert Scheffel.«

John stockte der Atem. Im Jahr zuvor hatte er drei Pfund pro Scheffel für die *Schweizer* gezahlt, die er auf Hawkridge gepflanzt hatte. Coymans hatte Johns zweihundert Scheffel am Vortag für nur dreißig Pfund gekauft.

»Und obendrein«, fuhr Coymans fort, »hat er sich einverstanden erklärt ... laßt mich sehen ... zehn Pfund mehr pro Scheffel zu zahlen, damit der Preis steigen kann – für Eure restlichen zweihundert Scheffel.«

»Ich habe doch gar keine ...«, setzte John an. Wie konnte er verkaufen, was er nicht besaß? Aber er schluckte nur. »Was immer Ihr mir ratet.«

»Wir werden uns in zwei Stunden abermals mit Koopman treffen, um die Papiere aufzusetzen und notariell beurkunden zu lassen. Und um das Geld zu kassieren. In Anbetracht der Bewegung auf dem Markt hat Koopman sich bereit erklärt, den Kaufpreis für die vierhundert Scheffel unverzüglich zu begleichen. Außerdem ...« – Zufriedenheit machte sich wieder in Coymans Stimme breit – »... verzichtet er darauf, sein Diskontrecht für die verzögerte Lieferung der restlichen zweihundert Scheffel geltend zu machen. Ihr habt zehn Tage ohne Zinsen. Akzeptiert das Angebot!«

John akzeptierte. Aber Justus Coymans würde ihm noch einiges erklären müssen!

Nachdem er einen flüchtigen Blick die Straße herauf und herunter geworfen hatte, streckte Koopman die Hand aus. Ein wenig schüchtern schlug John ein.

Als sie sich umschauten, hatte Koopman sich bereits dem Händler auf dem anderen Grachtenufer genähert.

»Koopman ist ein Amateur«, stellte Coymans glücklich fest. »Man darf nie versuchen, einen Markt aufzukaufen, der so groß ist wie dieser. *Schweizer!*« Er schnaubte verächtlich. »Dieses Geschäft scheint heutzutage so einfach zu sein, daß jeder unzufriedene Narr meint, ein Vermögen machen zu können. Straßenfeger, Waschweiber. Koopman ist Schankkellner!« Coymans keuchte vor Lachen. »Wohlgemerkt, manche schaffen es sogar. Ich kenne Straßenfeger, die sind gerissener als Richter.« Freundschaftlich legte er einen Arm um Johns Schulter. »Reichtum ist die einzig wahre Demokratie, Engländer. Hat ein Mann ihn erst einmal, ist er ein König.«

»Und nun«, erwiderte John, »vorausgesetzt, Ihr habt keine dringenden Geschäfte zu erledigen, stehen uns zwei volle Stunden zur Verfügung, in denen Ihr mir erklären könnt, was Ihr soeben mit meinem Geld angestellt habt.«

»Kümmert Euch das, solange Ihr Euren Profit einstreicht?«

»Wir teilen uns den Profit. Ich würde auch gerne den Spaß mit Euch teilen.«

Coymans blieb mitten auf der Straße stehen. »Aaah!« stieß er zufrieden hervor. »Mein Freund! Mein wahrer Gefährte! Schon als Ihr meine eigene Waffe über meinen eigenen Tisch auf mich gerichtet habt, wußte ich, daß es uns vom Schicksal bestimmt war, Freunde zu werden.« Er zog John mit wehendem Umhang in eine Umarmung. »Wie könnte ich eine solche Bitte abschlagen, von einem solchen Mann wie Euch!«

»Genug, genug«, versetzte John kühl. »Beginnt mit dem Ingwer.«

Coymans zuckte bescheiden die Schultern. »Ich habe selbst *Schweizer* gekauft, gestern und vorgestern, in großen Mengen. Und der ein oder andere meiner Freunde hat es mir gleichgetan, um den Preis hochzutreiben. Und Ihr habt der Preisentwicklung gestern einen weiteren Schubs versetzt. Man braucht nur ein paar wenige Käufer und viele Gerüchte. Das Schöne an diesem besonderen Fall ist, daß wesentlich mehr Leute es sich leisten können, *Schweizer* zu kaufen als die wertvolleren Zwiebeln. Und viele kleine Käufer treiben den Preis ebenso sicher in die Höhe wie wenige größere. Der Ansturm auf *Schweizer* ist losgebrochen. Wie Koopman bemerkt hat.«

»Und diese zusätzlichen zweihundert Scheffel«, fuhr John fort, »die ich mich zu liefern verpflichtet habe, jedoch gar nicht besitze ...?«

»Ihr besitzt sie noch nicht«, stimmte Coymans ihm zu. »Ihr werdet mit dem Kauf der Zwiebeln warten, bis ich den Ingwer wieder aus dem Topf genommen habe. Sie werden Euch wesentlich weniger kosten, als Koopman heute zahlt. Vermutlich weniger als gestern. Noch mehr Profit, um Euer absolutes Bedürfnis zu befriedigen.«

»Ist das legal?«

»Warum denn nicht?« Coymans klang empört. »Woher hättet Ihr wissen sollen, daß ich in ein oder zwei Tagen meinen Bestand wieder auf den Markt werfe, zu einem geringeren als dem Tagespreis? Dann werden die Kurse zu fallen beginnen. Da mein Gewinnbedürfnis indes nicht so dringend wie das Eure ist, werde ich völlig damit zufrieden sein, zumal wenn man bedenkt, daß ich zum absoluten Tiefkurs gekauft habe. Ich werde meine gesamten *Schweizer* los sein, bevor die Preise auf den Stand sinken, den ich ursprünglich bezahlt habe – und der zweifellos dem entspricht, den Ihr letzten Herbst für Eure Gartenware bezahlt habt. Ihr seid nur zufällig im richtigen Augenblick eingetroffen, um *Schweizer* zu kaufen. Zu einem anderen Zeitpunkt hätte es genausogut die *Gelbe Krone* sein können oder irgendeine neue Sorte, die im verborgenen in einem Hintergarten oder auf irgendeinem versteckten Tulpenfeld gezüchtet worden ist.«

Das gab John zu denken. »Es ist ziemlich hart für Koopman. Er wird für weniger verkaufen müssen, als er mir heute gezahlt hat.«

»Wenn er nur einen Funken Verstand besitzt, wird er seine Aufkaufspekulation vergessen und mit dem Abstoßen anfangen, sobald die Preise ein wenig anziehen. Habt Ihr ihn mit dem Händler auf dem anderen Kanalufer sprechen sehen? Koopman hat vielleicht schon weiterverkauft, bevor wir noch außer Sicht waren. Auch wenn ich ihn verlästert habe – es ist noch gut möglich, daß sein Verstand über seine Habgier triumphiert.«

Aber was ist mit all den Straßenfegern und Waschweibern,

fragte sich John. Würden sie es lustig finden, wenn der Preis für *Schweizer* unter denjenigen fiel, den sie selbst bezahlt hatten?

»Natürlich«, fuhr Coymans fort, »auch wenn alles ziemlich legal ist, sollten nicht zu viele Leute davon erfahren. Mein Gold ist genauso viel wert wie mein Ruf, et cetera.«

John lachte. »Was Euren Ruf angeht, habt Ihr von mir nichts zu befürchten.«

»Nein«, sagte Coymans. »Das glaube ich auch nicht. Trotz des Lateins.«

»Ist es so offensichtlich, daß ich ein Schurke bin?«

»Ihr könntet zur Familie gehören.«

Johns wachsende Begeisterung für sein fremdes, neues, vorübergehendes Leben kühlte sich unversehens ab. Nach einem Augenblick sagte er: »Es muß schneller vonstatten gehen. Heute ist bereits mein dritter Tag hier. Ich habe ausgerechnet, daß ich etwa elftausend Pfund Gewinn gemacht habe. Wir müssen schneller vorgehen.«

»Schneller und ohne Risiko?« Coymans wurde für kurze Zeit sehr ernst. »Und dennoch rein wie die Schürze einer guten Hausfrau am Sonntagmorgen? Ihr verlangt zuviel.«

»Tue ich das?« John blieb auf der Straße stehen und durchbohrte Coymans mit der vollen Kraft seines Blicks. »Wirklich?«

Er hatte sich nie gefragt, ob seine Aufgabe unmöglich sei. Unmöglich für ihn, ja. Aber nicht, ob er sich ohne jede Chance ins bodenlose Meer der Unmöglichkeit stürzte.

»Ja«, sagte Coymans. »Ich genieße die Herausforderung, die Eure Regeln für das Spielchen bedeuten. Kämpfen mit einer auf dem Rücken gefesselten Hand, wenn Ihr so wollt. Verspricht ein spannendes Spiel zu werden. Aber wenn Ihr meine ehrliche Meinung hören wollt, wie Eure Chancen stehen – soviel Geld, in so kurzer Zeit – nun, sie stehen schlecht. Ich würde mein Geld nicht auf Euren Erfolg setzen. Wollt Ihr aufgeben?«

John wandte sich um und blickte in das graugrüne Kanalwasser hinunter. »Summe und Zeitspanne stehen fest. Bei beiden habe ich keine Wahl.« Er dachte an Koopman und die Straßenfeger und Waschweiber. »Und es muß sauber zugehen.«

»Dann bleibt das Risiko«, schloß Coymans.

Wenn John es versuchte und scheiterte, war Hawkridge House verloren. Man würde Zeal Beester, Tante Margaret, Dr. Bowler und die anderen vertreiben. Andererseits – wenn er gar nichts tat, wäre das Gut auch verloren. Wenn er es versuchte, bestünde wenigstens die Möglichkeit auf Erfolg.

»Ihr seid keine Spielernatur«, wandte Coymans ein. »Sonst wüßtet Ihr, wie genußreich es sein kann, Risiken einzugehen.«

John besann sich noch ein wenig länger. »Ich werde Euch beweisen, daß Ihr im Irrtum seid, indem ich eine Wette mit Euch abschließe. Mein Hut gegen den Euren, daß Ihr mich nicht dazu bringen könnt, das Risiko zu genießen, das ich eingehen werde.«

»Aber Euer Hut hat nur eine Feder; meiner hat zwei!« protestierte Coymans.

»Deshalb werdet Ihr Euch um so mehr anstrengen zu gewinnen.«

Während ihres Geplänkels trat ein grüblerischer, doch mehr und mehr zielstrebiger Ausdruck in Coymans' Augen. »Ihr werdet tun, was ich sage? Ohne all diese Vorhaltungen und Widerworte?«

»Keinesfalls«, entgegnete John. »Wenn mehr auf dem Spiel steht, werde ich auch mehr fragen und mehr Widerworte geben, falls ich nicht einverstanden sein sollte mit dem, was ich begreife. Ist das klar?«

Coymans' Augen waren jetzt eiskalt. »Ekelerregend klar. Doch ich muß Euch darauf hinweisen, daß nicht Ihr allein das Risiko tragt. Wenn die Sache schiefgeht, könnt Ihr mit eingezogenem Schwanz nach England zurückkriechen, ich aber muß hier leben. Ich werde nicht zulassen, daß ein Zögern oder ein Fehler von Euch auch mich zu Fall bringt. Versteht Ihr das?«

»Wißt Ihr«, antwortete John, »wir reden jetzt offener und ehrlicher miteinander als je zuvor. Wenn Ihr schwört, immer so ehrlich zu mir zu sein, setze ich Geld und Hut leichten Herzens aufs Spiel.«

Eine notwendige Lüge.

»Es wäre besser, Ihr würdet mir einfach Euer Geld überlassen und Euch aus allem heraushalten«, meinte Coymans.

»Nein!«

»Ihr seid ein Bruder ... ein wahrer Freund. Aber Ihr seid auch ein Novize. Eine Gefahr für mich und Euch.«

»Dann weist mich ein«, verlangte John. »Wäre das nicht spaßig?«

Coymans ließ die Oberlippe zwischen den Zähnen verschwinden, so daß seine Schnurrbartspitzen fast senkrecht emporstanden. Seine Augen wurden nicht wärmer. »Also gut. Mein Hut gegen den Euren. Und laßt uns beten, daß wir beide unsere Köpfe behalten, um die Hüte noch tragen zu können.«

An diesem Abend sorgte Marieka dafür, daß John beim Essen an ihrer rechten Seite saß. Er brachte kaum einen Bissen hinunter. Sie machte erst gar nicht den Versuch, sondern saß einfach schweigend inmitten der rauhen Gesellschaft da, halb vom Feuerschein beleuchtet, halb im Schatten. Sie schaute John an und streichelte das Fell auf Erasmus' Kopf, während das Äffchen in ihrer Körperwärme döste.

Sei auf der Hut! Sei auf der Hut! Doch noch während John sich ermahnte, geriet sein Blut in Wallung. Er war es müde, vorsichtig zu sein. Elf Jahre Vorsicht glitten von ihm ab wie ein schlecht befestigter Umhang.

Marieka beugte sich zu ihm hinüber und hauchte: »Ich beobachte deinen Mund, und ich erinnere mich.«

»Erinnern ist nicht genug.« Er konnte jetzt nicht mehr zurück, selbst wenn er zu dem Entschluß gelangen sollte, daß es sein müßte. Es schien jedoch keinen Grund für einen Rückzug zu geben, noch nicht.

Am anderen Ende der Tafel war Justus Coymans tief in eine lärmende Unterhaltung verwickelt. Von Zeit zu Zeit schielte er zu seiner Schwester und seinem neuen Protegé hinüber. John konnte keine Anzeichen der Verärgerung entdecken. Coymans schien mehr an den Zeichnungen interessiert zu sein, die Saski ihm von Zeit zu Zeit herüberreichte.

Zwei Gäste erhoben sich, um ein mehrstimmiges Lied mit schmelzend süßer Melodie und offensichtlich schmutzigem Text vorzutragen. Ein anderer begann, zum mitreißenden Tanzrhythmus mit einem Löffel auf den Tisch zu klopfen.

»Komm«, sagte Marieka, »mach mir noch mehr Erinnerungen!«

Ihr Bett war weich gefedert und ächzte wie ein Schiff.

»Hierher«, sagte sie. Sie spreizte die langen, kräftigen Schenkel und schob seinen Kopf nach unten, auf daß er die Blütenblätter aus Fleisch koste, spiegelglatt glasiert wie eine Morellenkirsche.

Wenn sie sich hingab, erteilte sie Befehle.

»Hier entlang, hierher, mein Liebster! Fühle! Komm! Näher!«

Eine perverse Liebesraserei erfaßte ihn, und er widersprach ihr. Als er sie von ihren eigenen Wünschen fort auf den Pfad seines Willens zwang, entdeckte er ein geheimes Glitzern der Befriedigung in ihren halb geschlossenen Augen. John, der Sieger, drängte sich durch die scharfe weiße Zahnreihe der Besiegten. Er schmeckte das Salz seines eigenen Blutes zusammen mit dem Salz ihres Schweißes.

Als er fertig war, lag er keuchend da, gestrandet wie ein Wal. Mariekas warmes Bein lag über seinem Bauch, ihr Atem auf seiner Schulterspitze.

So möchte ich bleiben, dachte er.

»Wir dürfen uns nie mehr bewegen«, sagte Marieka, »nicht um Haaresbreite.«

Ich segle blind, über den Rand der Karte hinaus. Mahlströme und Ungeheuer am Horizont. Und ich möchte geradewegs weitersegeln, mit weit geöffneten Augen.

5. Juni 1636. Regen. Beim Tulpenhandel geht es hauptsächlich um Sorten mit gebrochenen Farben. Die Züchter übertreffen sich gegenseitig darin, immer neue Hybriden zu entwickeln.

Zur Blütezeit sollen die Frauen diese geflammten und
gefransten Tulpen anstelle von Juwelen tragen. Meine armen
bescheidenen Goudas würden es nicht wagen, in solch
illustrer Gesellschaft das Haupt zu heben.

Tagebuch des John Nightingale, bekannt als John Graffham

Am nächsten Morgen kehrte John zu Coymans' Haus zurück,
das er nur verlassen hatte, um Arthur für ein paar Stunden
abzulösen.

»Diese Tulpengeschichte verlangt ja mehr harte Arbeit, als
es bei Rindviechern der Fall ist«, hatte Arthur festgestellt. »Verausgabt Euch nicht zu sehr, Sir.«

John war es schwergefallen, seinem Leibburschen in die Augen zu sehen.

»Ich schlage vor«, sagte Coymans, »Ihr legt Euer gesamtes
Geld in ein oder zwei Zwiebeln einer einzigen seltenen Sorte an,
eine, deren Preis schnell steigt und weiter zu steigen verspricht.
Wir werden gucken, wie es läuft. Wartet, bis Höchstkurse erzielt
werden oder bis Ihr abreisen müßt, was auch als erstes eintreten
wird. Auf diese Weise brecht Ihr keine Gesetze und könnt vielleicht dennoch Eure Zwanzigtausend machen.«

An diesem Morgen waren die Läden in Coymans' Empfangszimmer im ersten Stock geöffnet. John schaute aus dem Fenster
auf die Boote, die über das Hafenbecken hinwegglitten.

»Das ganze Geld auf nur eine oder zwei Tulpenzwiebeln setzen?« Die Vorstellung hinterließ in John ein seltsames Gefühl
der Leere.

»Richtig. Es ist natürlich auch möglich zu verkaufen, solange
der Preis zu steigen scheint, und dann alles auf eine andere
Rarität zu setzen.«

»Und wenn der Preis nicht rechtzeitig hoch genug steigt?«
Ihm kam ein ganz anderer Gedanke. »Was ist, wenn der Preis
fällt?«

»Dieses Risiko, mein Freund, habt Ihr einzugehen beschlossen.«

»Und es gibt keine andere Möglichkeit?«

Coymans lachte. »Ist etwa jedermann in Amsterdam ein Millionär? Habt Ihr gestern und vorgestern nichts dazugelernt?«

Keine Wahl. Spring!

»Also gut«, sagte John. »Welche Schenke verkauft solch kostbare Blumen?« Zittern vor Kälte oder Erregung. Ein wenig kurzatmig. All die Tausende. Für ein oder zwei Blumen. Nach dem sorgfältigen Haushalten auf Hawkridge House.

»Ich bin im *Unterrock*«, ließ Coymans ihn wissen. »Um ein bißchen die Ohren zu spitzen.«

»Wie lange?«

»Heute. Überlaßt es ruhig mir! Morgen werden wir die Geschäfte abschließen.«

»Zu lange!« erklärte John. »Ich habe nur noch zehn Tage, einschließlich der zwei zum Rücktransport des Geldes ... und das ist mit gutem Wind zurück nach England gerechnet.«

»Seit wann könnt Ihr vom Risiko den Hals nicht voll kriegen? Ihr verlangt das Unmögliche von mir. Ich verschaffe es Euch. Aber blinden Auges, ohne Informationen, kann auch ich das nicht. Wißt Ihr, diese Sache hat sich für mich zu einer Prestigeangelegenheit entwickelt, einmal ganz abgesehen von meiner Provision. Ich werde nicht zulassen, daß Ihr Euer Geld zum Fenster hinauswerft. Wenn Ihr mir diesen einen Tag nicht zugesteht, bin ich nicht länger für Euch tätig.«

John starrte ihn wütend an. »Dann nehmt Euch den heutigen Tag. Aber ich komme mit.«

»Ihr würdet mir nur in die Quere geraten und ohnehin nichts verstehen.«

»Ihr mögt ja das Geld machen, aber ich bin für die Blumen zuständig. Wie Eure bescheidenen Züchter auf ihren Schlammfeldern widme ich mich dieser Aufgabe mit Wißbegierde und aus ganzem Herzen. Wie wollt Ihr wissen, daß die Zwiebeln, die Ihr bekommt, von der Sorte sind, für die Ihr bezahlt?«

»Das weiß ich nicht«, räumte Coymans ein. »In dieser Jahreszeit muß ich dem Verkäufer vertrauen, so wie mein Käufer mir vertrauen muß. Allerdings bin ich dafür bekannt, Betrüger nicht besonders freundlich zu behandeln. Andererseits bin ich nie so dumm gewesen, eine *Schweizer* als *Semper Augustus* zu verkaufen.«

»Wüßtet Ihr denn, wenn Ihr es schon einmal getan hättet?« Nun war es an Coymans, John wütend anzustarren. »Nein. Und Ihr?«

»Nicht mit absoluter Gewißheit«, gab John zu. »Aber mit größerer Wahrscheinlichkeit als Ihr. Wenn ich schon mein ganzes Geld auf eine oder zwei Tulpenzwiebeln setzen soll, will ich mit Euch kommen und mir ansehen, was geboten wird.« Ihm kam ein weiterer Gedanke. »Was könnte bewirken, daß die Preise sinken? Abgesehen von der Möglichkeit, daß jemand uns unterbietet, wie Ihr es mit den *Schweizern* vorhabt?«

»Eine Kontrolle durch den Gesetzgeber«, erwiderte Coymans, »wie die, welche die Regenten im Moment diskutieren. Oder eine allgemeine Panik unter den Käufern, die sämtliche Preise abstürzen läßt, nicht nur den unserer Rarität. Oder aber das Auftauchen einer neuen Tulpenzwiebel, die eine ganz ähnliche Blüte hat. Eine dieser Möglichkeiten – oder ganz einfach Pech.«

»Was sagt er?« verlangte John zu wissen.

Sie befanden sich im Hinterraum des *Unterrock*.

»Die *Witwe* kommt zur Versteigerung. Hat sich gestern für sieben Gulden pro As verkauft.«

»As?«

»Ungefähr zwei Gran.«

»Für eine *Tulpe*?« John war wie vom Donner gerührt. Selbst im Augenblick höchsten Verlangens nach einer Blume oder Pflanze hätte er es sich nie träumen lassen, daß man solche Summen ausgeben könnte. »Unmöglich! Verrückt!« Er konnte es nicht tun; er würde es niemals über sich bringen, so viel Geld für so wenig Substanz lockerzumachen.

Coymans schüttelte ungeduldig den Kopf. »Nicht nur für die Zwiebel selbst, auch für das Recht, sie weiterverkaufen zu dürfen. Ihr müßt aufhören, an Blumen zu denken. Denkt an Gold, an hauchdünnes Porzellan oder eine Schiffsladung Eiche mit gerader Maserung! Die *Witwe* ist eine Chance für Euch!« Er nahm eine der Zeichnungen Saskis aus der Tasche, glättete sie und überflog ein paar Notizen, die er sich auf der Rückseite gemacht hatte.

»Wie sieht die *Witwe* aus?« fragte John. Er konnte im Gedenken an die fromme Großzügigkeit der voll erblühten, schmallippigen Mevrouw Padtbrugge genausogut auf sie setzen.

»Wie zur Hölle soll ich das wissen? Und was hätte das schon groß zu bedeuten?«

»Findet heraus, wie sie aussieht!«

Coymans zog den Kopf zwischen die Schultern und blickte finster drein.

»Erkundigt Euch!« Johns Stimme war leise, aber scharf. Er baute sich mit einer Unerbittlichkeit vor Coymans auf, daß seine Gutsarbeiter ihn nicht wiedererkannt hätten.

Coymans wirbelte davon, hinein in das Meer gestikulierender Leiber. John beobachtete, wie er sich einem Mann nach dem anderen näherte und wie ein Kopf nach dem anderen verblüfft geschüttelt wurde. Endlich fand Coymans den Richtigen. Er kam zurück. »Rote Basis, goldene Flammen, fein gefiedert.«

»Dann ist sie nichts für mich«, erklärte John. So viel zu der *Witwe*.

»Es ist Eure Entscheidung«, versetzte Coymans, »mein lästiger Freund.«

»Rot und Gold ist eine gängige Musterung.«

»Das hat dem Preis nicht geschadet, wie Ihr seht.«

»Die Chancen, daß eine ähnliche Hybride auftaucht, sind zu groß. Ich habe es bei meinen *Goudas* mehr als einmal erlebt«, erklärte John. »Ich weigere mich, der *Witwe* den Hof zu machen.«

»Wem dann?« fragte Coymans verzweifelt. Sein Blick jedoch taxierte John mit neuem und wachsendem Interesse.

»Stellt mich vor«, sagte John. »Ich werd's Euch nach der Begegnung wissen lassen.«

»Fragt!« befahl John erneut, diesmal im *Weißen Wams*. »Welche Färbung hat *Prunelle*?«

Immer noch finster dreinblickend, tat Coymans wie geheißen. »Weiß mit burgunderfarbenen Streifen. Gefiedert.«

»Einfache Streifen sind nicht selten, sogar bei diesen Farben«, stellte John fest. »Aber es wäre zu überlegen.«

»Nein«, widersprach Coymans. »Mir ist ein Gerücht zu Ohren gekommen, daß ein Züchter namens Bols im September Brutzwiebeln zum Verkauf anbieten wird. Schon das Gerücht würde ausreichen, unseren Preis zu drücken, falls es sich verbreitet.«

»Also gut«, sagte John, »vergeßt *Prunelle*!«

In der *Kleinen Henne* holte Coymans ohne Johns Aufforderung Informationen ein. Der Regen hatte aufgehört. John wartete draußen und beobachtete, wie das Himmelsnaß die Dachtraufen herunterrann, um sich mit den Streitkräften des Meerwassers zu vereinigen, die die Grachten anschwellen ließen. Coymans tauchte wieder aus der *mêlée* des Hinterraums auf.

»Hier stehen zwei zum Angebot. *Royal Agate*, geflammt. Burgunder auf Weiß. Zwei Gulden pro As gestern. Heute um fünfundzwanzig Prozent gestiegen, bis jetzt. Und der *König von Kandy*. Nur sehr wenige Exemplare auf dem Markt, deshalb ist seine Preisentwicklung immer noch schwer vorherzusagen. Aber er ist noch nicht ganz so vielversprechend wie bei die *Witwe* oder *Royal Agate*. Dunkelrote Flammen auf weißer Basis, mit Grün schattiert. Hat seinen Namen zu Ehren des jüngst abgeschlossenen Vertrags zwischen Holland und besagtem König bekommen.«

»Mit Grün schattiert?« vergewisserte sich John. Er verspürte einen jähen Stich von Verlangen, beinahe so heftig wie der, den Marieka in ihm auslöste. Weiße Basis, dunkelrote Flammen, mit Grün schattiert. Nie zuvor hatte er eine solche Tulpe gesehen. »Wer verkauft sie?«

Coymans deutete auf jemanden.

»Macht mich mit ihm bekannt!« verlangte John.

»Ihr könnt nur über mich kaufen«, ließ der Händler ihn

wissen, von Coymans gedolmetscht. »Der alte Bols spekuliert nicht gern. Er wird sich keiner anderen Händler bedienen. Altmodischer Züchter ... hat noch nicht begriffen, was wirklich vor sich geht.« Er grinste selbstgefällig.

»Der Schwiegersohn des Züchters«, erklärte Coymans.

Schon wieder Bols. »Verkauft er im Augenblick noch andere Tulpen?« fragte John.

Coymans übersetzte.

»Noch nicht.« Der Händler zwinkerte. »Tretet in zwei Monaten noch mal an mich heran.«

»Woran arbeitet er?« erkundigte sich John.

Wieder zwinkerte der Händler. »Könnt Ihr Euch den *König von Kandy* mit einer tieferen, äthiopischen Nuance im Teint vorstellen?«

John schluckte. Er konnte. Er konnte den *König von Kandy* oder seinen äthiopischen Vetter sehen, wie sie, in Reih und Glied gepflanzt, das lange Beet des Knotengartens in eine kostbare Stickerei verwandeln würden. Auf dem warmen, blaßroten Backstein würde sich die dunklere Wärme der burgunderfarbenen Blütenblätter um so besser abheben. Er würde weiße Tulpen in das Stickmuster einsetzen, um das Weiß von der Basis des *Königs* wiederaufzunehmen. Diese leichte Grünschattierung würde die strenge Formklarheit der Tulpen mit der regelmäßigen grünen Textur des Buchsbaumrahmens verbinden.

Coymans zog John beiseite. »Zieht Ihr den *König* in Betracht?« fragte er ruhig.

»Es handelt sich um eine überaus seltene Kombination«, gab John zur Antwort. »Wenigstens meiner Erfahrung nach. Habt Ihr schon von vielen Tulpen dieser Art gehört?«

»Nein.«

»Wir müssen wissen, wie viele Bols noch in der Wiege hat«, erklärte John.

Coymans ließ seine Schnurrbartenden hüpfen, während er die Lippen schürzte und wieder straffte. »Ich könnte versuchen, das herauszufinden.«

»Kann ich ihn besuchen?«

Coymans schien auf der Hut zu sein. »Warum?«

»Ich würde es halt gerne«, versetzte John leichthin. »Ich könnte ihn bei dieser Gelegenheit nach Brutzwiebeln fragen.«

»Einfach so?« Coymans' Stimme klang nun gleichermaßen amüsiert wie ungläubig.

»Warum nicht?«

»Ja, warum eigentlich nicht?« Coymans zog mit einer ironischen Geste den Hut vor John. »Vielleicht wird ja das eine Unschuldslamm das andere erkennen. Laßt Kinder mit Kindern reden, während die Älteren daneben stehen und von ihnen lernen!«

»Und all jene ...« Bols breitete die Arme weit über einem Feld aus, auf dem eine Schar gebückter, in der Erde wühlender Jungen vergilbende Blätter aus der Erde zupfte und in Körbe warf. Das Feld erstreckte sich in allen Himmelsrichtungen bis zu einem unendlich fernen Horizont, nur unterbrochen von den schmalen Furchen der Kanalböschungen. In weiter Ferne konnte John die Schulter eines größeren Deichs ausmachen, der das Meer zurückhielt.

»All jene stammen von einer einzigen Mutterzwiebel der *Minerva* vor sieben Jahren«, erklärte Bols mit ehrfürchtigem Besitzerstolz. »Wahrhaftig, dies sind Gottes Lilien auf dem Felde. Ich wünschte, Ihr hättet sie blühen gesehen.«

»Erstaunlich! Ich hätte den Anblick genossen.« John sog den Wind ein, der über die weite Fläche blies und der selbst hier, wo man das Meer nicht sehen konnte, mit Salz gesättigt war. Coymans stand ungeduldig daneben und dolmetschte.

»Wenn Ihr nichts gegen einen kleinen Fußmarsch einzuwenden habt – ich habe ein Feld mit spät blühenden Tulpen, die noch in Blüte stehen. Möchtet Ihr es sehen?«

»Gern!«

Coymans zog fragend die Augenbrauen empor, doch John hob herausfordernd den Kopf und grinste zurück. Er würde sich an diesem Nachmittag eine kleine Freude gönnen, Geschäft hin, Geschäft her.

Bols ging mit John an seiner Seite über einen schlammigen Pfad voran, während Coymans ihnen dicht auf den Fersen folgte.

»Und düngt Ihr Eure Tulpenzwiebeln?« ließ John durch Coymans fragen.

»Niemals!« rief Bols entsetzt. »Dünger führt nur zu Fäulnis. Man braucht Tang ... am Strand gesammelt, gut ausgespült und in der Sonne getrocknet. Dann fein zerhäckselt.«

Coymans gab diese Information mit ausdrucksloser Stimme weiter, doch John und Bols tauschten verschwörerische Blicke angesichts ihrer gemeinsamen Leidenschaft.

»Aber Ihr müßt den Tang in Süßwasser ausspülen«, fügte Bols hinzu.

Bols' kahler Schädel war so braun und glänzend wie eine seiner Zwiebeln. Seine achtzig Jahre zeigten sich nur an den scheckigen, runzligen Händen, deren Finger schwielig wie die Ballen einer Hundepfote waren, und an seinem fast zahnlosen Mund. Vor fünfundfünfzig Jahren hatte er seine Stelle als Gärtnerlehrling auf einem Gut aufgegeben, um Blumen für den Verkauf auf den Märkten von Amsterdam und Leiden zu züchten. Jetzt waren seine aufgekrempelten Hemdsärmel aus Seide, und seine Holzpantinen schonten feine Lederschuhe.

Er führte seine Besucher durch den abgeschlossenen Hof zwischen zwei großen Scheunen und einer Ansammlung von Schuppen, zurück in die flache Weite mit dem unendlich fernen Horizont.

»Da!« rief er aus. »Einfarbige Züchtungen. So gut wie ausgeblüht, aber ein bißchen ist noch zu sehen.«

Wie bestellt schlüpfte die Nachmittagssonne durch einen Schlitz in der grauen Wolkenbank und tauchte das Tulpenfeld in einen strahlenden Lichtstreifen.

Coymans war bereit zum Übersetzen, doch John brachte keinen Ton heraus. Bols stand stumm an seiner Seite.

Zwei Morgen matschigen Schwemmlands erglühten in einem satten, durchscheinenden Gelb. Sonnenlicht und Blütenblätter schimmerten gemeinsam in der leichten Brise. Geschmolzenes Gold ergoß sich über die Erde. Ein plötzlicher Windstoß zwang die Tulpen zu einer Verbeugung, die wie eine Woge durch ihre Reihen lief. Goldbestäubte Flocken von Blütenblättern sanken zitternd zu Boden.

Bols und John seufzten tief vor Freude.

»Der Atem ihrer Seele«, sagte Bols.

»Unablässig wiedergeboren«, sagte John.

Coymans sah die beiden Männer mit hochgezogener Braue an, während er übersetzte.

»Ich habe noch nie so viele Blumen auf einmal gesehen«, meinte John. »Kohlköpfe, ja, und andere Nutzpflanzen, aber nicht diesen göttlichen Fingerabdruck von der Hand unseres Herrn, geschaffen allein zur Erbauung der Seele.«

Sein Körper fühlte sich schwerelos an, und seinem Geist schwindelte es ein wenig angesichts dieser Pracht, so wie er sich beim Anblick anderer Unermeßlichkeiten immer fühlte – Kathedralen, Berggipfel, das Meer.

Coymans vollführte seltsame Augenverdrehungen, während er Johns Worte übersetzte. Bols wirkte zufrieden. John stand immer noch benommen und von Sehnsucht erfüllt da.

»Ihr seid ein junger Mann. Ihr könnt ein solches Feld besitzen, bevor Ihr einen Krückstock braucht«, bemerkte Bols. »Sie werden sich für Euch vervielfachen. Gebt ihnen nur Nähe und die Freiheit, sich ihre eigenen Gefährten zu suchen. Unkeusche Kreaturen, die sie sind!« Bols strahlte John mit der durchtriebenen Niedertracht eines unartigen Jungen an und wartete, daß Coymans mit seiner Übersetzung nachkam. »Ihr müßt nichts weiter tun, als die besten auszuwählen und ihre Ableger oder Samen zu nähren. Letztes Jahr hat mir diese Parzelle mehr als ein Dutzend neue Hybriden beschert. Einige davon mögen durchaus wertvoll sein.« Bols beschrieb einen Viertelkreis und deutete auf ein anderes Feld mit blaugrünen Blättern. »Die dort wurden vor vier Jahren als Samen gepflanzt. In nur drei Jahren werden sie blühen.«

»Noch mehr von Euren Schätzen wie *Prunelle* oder der *König von Kandy*?« fragte John.

»Nein, nein!« Bols sah schockiert aus. »Doch nicht hier draußen! Noch nicht! Kommt mit zu den Schuppen. Ich zeig' sie
Euch. Hein!« Er brüllte nach seinem Gehilfen, der eilfertig aus
einer der Scheunen auftauchte.

»Das ist mein Liebling – eine gute Mutterpflanze.« Zärtlich
entfernte Bols die Torferde um eine Zwiebel, die in einem Topf
wuchs, um John den Kranz von tränenförmigen Ablegern rund
um die Basis zu zeigen. »Die hier sind so weit, daß man sie
abbrechen und zum Weiterwachsen eintopfen kann.« Er streichelte die Zwiebel mit seinem verhornten Daumen, als wäre sie
der Kopf eines Vogels oder Kätzchens, und reichte sie dem jungen Hein zum Eintopfen. »Vor zwei Jahren hat sie sechs Brutzwiebeln hervorgebracht – vier, die diesen Sommer verkauft
werden können, und zwei weitere, die ich für die Zucht behalten
habe. Soweit ich weiß, ist selbst der alte van Damme noch nicht
mit einer Tulpe hervorgetreten, die dieser hier gleichkommt.«

»Eine *Prunelle*?« wollte John wissen.

»*Prunelle* ist da drüben«, sagte Bols und deutete mit einem
Kopfnicken in Richtung der Schuppen. »Dies hier ist der *König
von Kandy*. Eine Idee meines Schwiegersohns, der Name. Zeit-
gemäß, sagt er. Eine Huldigung an unsere Diplomatie in Ostindien. Nicht wie meine üblichen Götter und Göttinnen.«

John und Coymans sahen einander nicht an.

»Wie viele Zwiebeln habt Ihr denn noch übrig?« erkundigte
sich John.

»Drei. Diese und die beiden Zuchtzwiebeln, die ich gerade
erwähnte. Und achtzehn Brutzwiebeln, nicht wahr, Hein? Und
natürlich die anderen vier, die besagter Schwiegersohn Jan mich
zu verkaufen überredet hat.«

Der Junge nickte.

»Ich möchte noch so lange leben, um ein ganzes Feld mit
Seiner Majestät blühen zu sehen.«

»Ich bin sicher, das werdet Ihr«, sagte John.

»Wie lange wird's denn noch dauern?« schaltete Coymans
sich unvermittelt ein.

»Acht Jahre«, erklärte Bols munter. »Nicht länger.«

»Warum verkauft Ihr dann in diesem Sommer vier Zwiebeln?« wollte John wissen. Die Zeit arbeitete gegen Bols. »Ihr kämt schneller an Euer Feld, wenn Ihr sie alle zur Zucht behieltet.« Er vermied es, Coymans anzuschauen.

Hein blickte von seinen Blumentöpfen auf. Dies war offensichtlich eine Frage, die er sich selbst schon gestellt hatte.

»Mein Schwiegersohn hat mich dazu überredet«, erwiderte Bols, und seine Laune schien sich ein wenig zu verschlechtern. »Meine Tochter erwartet ihr fünftes Kind. Jan – das ist mein Schwiegersohn – bat mich, diese vier Zwiebeln als Erbteil für das Kind verkaufen zu dürfen. Was soll ich tun? Schließlich ist es mein Enkel.« Bols, wieder heiterer geworden, ließ beim Lächeln sein Zahnfleisch sehen. »Eine schöne Blume für eine andere opfern, eh? Na ja, was kann's schon schaden? Ich werde vielleicht nicht mehr lange genug leben, daß ich das Feld sehen kann. Aber das Kind wird es sehen.«

»Ich kann mir kein schöneres Vermächtnis vorstellen«, sagte John.

Bols blickte prüfend zum Himmel und dann auf seine schmutzverkrusteten Holzschuhe. Dann bat er Hein, ihm den Topf mit dem *König von Kandy* zurückzugeben. »Hier«, sagte er. Er grub die Zwiebel wieder aus und riß eine der Brutzwiebeln ab. »Nehmt sie mit meinen besten Empfehlungen! Pflanzt ein königliches Geschlecht in England!« Er legte den kleinen, saftigen Zahn in Johns Handfläche. John wehrte ab, plötzlich von brennenden Schuldgefühlen übermannt. Er war zum Spionieren hergekommen und verdiente diese Großzügigkeit nicht.

Bols schloß Johns Finger um den Schatz. »Schickt mir einfach eine Zwiebel zurück, wenn Ihr eine neue Farbkreuzung erhaltet. Ich hoffe auf mehr Grün. Van Damme hält das für unmöglich. Wir werden ihn Lügen strafen.« Er bleckte sein nacktes Zahnfleisch in vorweggenommener Schadenfreude.

»Abgemacht!« John warf Coymans einen flüchtigen Blick zu. »Das ist mein ganz privater Schatz.«

»Wieviel ist sie im Vergleich zu einer ausgewachsenen Zwiebel wert?«

»Das wißt Ihr besser.«

Coymans überlegte kurz. »Versteckt sie! Je weniger Exemplare man vermutet, desto besser für uns. Nehmt das verdammte Ding mit zu Euch nach Hause, und hegt und pflegt es die nächsten fünfzig Jahre lang, wenn Euch danach ist.«

»Kommt im Frühjahr wieder, junger Mann«, befahl Bols, an John gewandt. »Dann werden wir Euch Dinge zeigen, die Euch vor Ehrfurcht auf die Knie sinken lassen, nicht wahr, Hein? Und ich hätte nichts gegen ein Säckchen englischer Kreide, wenn es Euch keine Mühe macht.«

Mit dem Versprechen, an die Kreide zu denken, und mit wiederholten Einladungen überhäuft, stieg John wieder in Coymans' kleinen Grachtenkahn, an der Brust den kleinen *König von Kandy*, sicher in einem Taschentuch verpackt, und im Kopf die Information, deretwegen Coymans und er gekommen waren.

»Ihr müßt seinem Schwiegersohn alle vier Zwiebeln abkaufen«, belehrte Coymans ihn leise. Er schielte zu ihrem Bootsführer hinüber. Ihre Stimmen waren zwischen den hohen Wänden des Kanals gefangen, der quer durch die Felder zum konzentrischen, halbmondförmigen Grachtengürtel Amsterdams verlief. »Dann haben wir den gesamten Markt aufgekauft. Dann ist keine Zwiebel mehr übrig, die unseren Preis ins Wanken bringen könnte!« Er nahm seinen Hut ab und setzte ihn geistesabwesend wieder auf. »Ich glaube, wir haben es geschafft!« Er stieß heftig und flach den Atem aus. »Bringt das Euer Blut nicht in Wallung, mein englischer Freund? Wenn die Regenten uns nicht mit Gesetzen ins Geschäft pfuschen, werde ich die nächsten zehn Tage genießen!«

Sie fanden Bols' Schwiegersohn am nächsten Tag in der *Kleinen Henne*. Coymans nahm ihn beiseite. Jan wollte dreitausend Pfund für jeden seiner vier *Könige*.

»Handelt ihn runter!« verlangte John. »Das kann ich nicht bezahlen.«

»Ich hab's versucht.« Coymans' Gesicht war bereits zornesrot.

John verspürte einen vorübergehenden Anfall von Wahnsinn. Er konnte einen solchen Preis für vier Tulpenzwiebeln unmöglich auch nur in Betracht ziehen.

Wahnsinn verbreitet sich wie die Pest, ging es ihm durch den Kopf. Ich habe mich angesteckt. So wie sich dieser erste Spion der Südjavanischen Kompanie – Timmons – mit Sicherheit angesteckt hat. Gemeinsam werden wir diese neue Pest nach England einschleppen. Hazelton, Harry und Malise sind schon infiziert, auch wenn sie es noch nicht wissen.

»Versucht es noch einmal«, befahl John. Das ist die einzige Chance, wenn es denn eine gibt, dachte er. »Treibt ihn runter! Ihr müßt es schaffen!«

Coymans versuchte es. Er flehte. Er ließ seinen Charme spielen. Er schimpfte.

»Er kennt den Wert seiner Ware so gut wie ich, der Teufel soll ihn holen«, sagte Coymans, nahm den Hut vom Kopf und drehte ihn wild zwischen den Händen. »Er will sie versteigern lassen. Behauptet, der *König* stände schon auf der Liste für morgen.«

»Ist das noch so ein unmögliches Spiel?« fragte John.

Coymans glättete die Federn zwischen den Fingern, setzte den Hut wieder auf, zupfte sich am Bart, kreuzte die Arme vor der Brust, rülpste, kratzte sich am Ohr. »Es ist so dicht am ›Möglich‹, daß es mich krank macht!«

Der Schwiegersohn hob die Brauen und gab Laute des Bedauerns von sich.

»Also Versteigerung«, sagte Coymans. »Zur Hölle mit diesen Neulingen. Wenn er ein richtiger Händler wäre, hätte er mehr Respekt vor mir und meinem Ruf. Diese Anfänger meinen, sie müßten nur soviel Geld wie möglich scheffeln und sich dann aus dem Staub machen. Sie denken nicht an die kommenden Jahre, die schlechten Zeiten, wenn sie ein bißchen Nachsicht bitter nötig haben werden.« Er beobachtete, wie der Händler sich seinen Weg durch die Menge bahnte. »Er wird versuchen, da anzufangen, wo wir aufgehört haben.« Sein Tonfall war bösartig. »Wir haben keine Chance.«

John erschrak, als Coymans plötzlich hinter dem Händler her stürmte, den umstehenden Männern ein breites Grinsen zuwarf, Jan am Arm packte und ihn dorthin zurückzerrte, wo sie zuvor gestanden hatten. Dann redete er schnell und leise auf ihn ein.

John beobachtete, wie Bols' Schwiegersohn von gekränkter Würde zu vorsichtigem Interesse umschwenkte, bis schließlich ein gefährliches Funkeln in seine Augen trat.

»Er zieht drei von den *Königen* von der morgigen Auktion zurück«, teilte Coymans John mit, »weil sie jetzt uns gehören, für dreitausend Pfund das Stück. Ich habe den Fehlbetrag ausgeglichen. Er wird morgen nur einen *König* zum Verkauf anbieten.«

»HALLELUJA!« Coymans warf den Kopf zurück und brüllte vor Freude. »Mir und dem E-e-engländer sei's gedankt!« Er fuchtelte mit seiner großen Hand durch die Luft, und andere Stimmen erhoben sich gehorsam im Chor.

»HALLELUJA!«

»Was feiern wir denn?« erkundigte sich Marieka.

»Ein Geheimnis«, antwortete Coymans. »Ich erzähl's euch, wenn wir unser Vermögen eingeheimst haben.« Er prostete John am anderen Tafelende zu.

»Wir?« fragte Marieka. »Ich dachte, nur Mr. Nightingale würde zahlen.« Sie duftete nach Rosen und Sandelholz, und ihr Knie war warm an Johns Bein, selbst durch all ihre Röcke hindurch. Seine Haare waren zerzaust, seine Wangen brannten. Er war betrunken wie ein Abt, von einem Glas Wein und der Tatsache, daß er es noch immer nicht glauben konnte. Erst vor einer Woche hatte er Schnecken im Knotengarten von Hawkridge House gejagt und sein Herz hinter sich hergeschleppt wie ein Ochse seine Fußfesseln. Er fischte seinen Hut vom Boden und ließ ihn dicht über den Tisch segeln.

Coymans fing den Hut auf, grüßte John damit und setzte ihn schief auf sein wirres Haar. »Dein Mr. Nightingale, meine Liebste, ist so ein weiser und kluger Mann, daß dein Bruder den

Verstand verloren und in das Geschäft eines Kunden investiert hat.«

»Du hast investiert?« Marieka riß die Augen auf und öffnete ihre rosigen, geschwungenen Lippen in gespieltem Erstaunen. »Wieso trägst du diesen Hut?«

»Ich hatte nicht genügend Kapital«, erklärte John. »Justus ist für den Fehlbetrag aufgekommen.«

Die weit aufgerissenen Augen wandten sich ihm zu. »Du mußt noch klüger sein, als ich bislang ahnte, wenn du meinen Bruder zu einer solchen Aktion verleiten kannst!«

»O Fortuna ...!« sang Coymans falsch. »Kommt schon, irgend jemand, der dieses Lied kennt ... singt es für mich!«

Hinter diesem Handel steckte noch mehr, da war John sich ziemlich sicher, doch Coymans würde nicht mit der Sprache herausrücken.

»O Fortuna ...« Die Stimmen der Gäste erhoben sich zum Lobpreis des Glücks, wechselhaft wie der Mond ...

Coymans lehnte sich behaglich in seinem Sessel zurück, den halbleeren Krug in der Hand, während die Locken rund um sein Gesicht in die Höhe standen und unter Johns Hut hervorquollen. Saski zeichnete, Mariekas Knie preßte sich heiß wie ein Stück Glut gegen Johns Schenkel, und Erasmus angelte mit flinken schwarzen Fingern im Salat herum.

9

Die Schreie kamen von der *basse-cour*. Zeal raffte ihre Röcke und stürzte aus dem Neuen Garten hinaus um die kniffligen Pfade des Knotengartens herum und durch die schmale Passage zum rückwärtigen Hof. Ein junger Küchenbursche lag ausgestreckt an der Mauer des Hundezwingers. Es war Peter, der für sie stets Gemüse in die Küche brachte. Ein zweiter Bursche und eine Milchmagd beugten sich über ihn und schlugen Bienen von Peters Gesicht herunter, das unter den roten Beulen, wo er gestochen worden war, bereits anzuschwellen begann. Ein Küchenmädchen hüpfte auf und nieder, fuchtelte in der Luft herum und kreischte. Andere Mägde und Knechte, ebenfalls gellend, wedelten mit Schürzen und Tüchern. Eine der Milchmägde versuchte, sie alle zu beruhigen. Kinder tauchten in Torbögen und Fenstern auf, als die spannende Neuigkeit sich verbreitete.

Die Luft summte von den kleinen, blitzschnellen dunklen Schemen der Bienen. Sie flogen im Zickzack über den Köpfen der Mägde und Knechte, stürzten hinab und surrten im Kreis herum. Zeal hörte ihr wütendes Brausen und Zischen aus den Stimmen in der *basse-cour* heraus.

»Peter ist bös' gestochen worden!« rief eine Magd. »Und eine ist Hesters Ärmel raufgekrochen!«

»In diesem Butterfaß sitzt ein Schwarm«, gab eine andere Stimme zu bedenken.

»Zurück!« rief Zeal. Konnten sie denn nicht sehen, daß die Bienen nur immer aufgeschreckter wurden, je mehr sie um sich schlugen und kreischten?

»Peter hat versucht, sie wegzuscheuchen«, sagte die Magd. »Seht, was sie ihm angetan haben!«

Zeal drängte sich durch das Getümmel zu dem Burschen vor. Zwischen den roten Beulen, die Gesicht und Hals verunstalteten, war er kalkweiß geworden. Sein Mund war blau angelaufen.

»Wo ist Tuddenham?« rief jemand. »Wo steckt er nur?«

»Sät Bohnen auf dem Fernen«, gab ein anderer zur Antwort.

Mistress Margaret tauchte in der Haustür auf. »Simon, geh und hol Tuddenham ... Wenn John doch nur hier wäre!«

»Mistress Margaret!« rief Zeal drängend.

»O Gott!« stieß die alte Frau in stummer Verzweiflung hervor, als sie Peter erblickte. »Bringt ihn sofort ins Haus. Ich mache schon mal Umschläge fertig, obwohl ich nicht weiß, ob's nicht schon zu spät ist.«

»Ihr beiden ...«, Zeal deutete auf zwei Knechte, »bringt Peter zu Mistress Margaret ins Haus.«

Das Butterfaß vibrierte von einer einzigen wütenden Stimme, die durch die Trommelform noch verstärkt wurde. Zeal trat näher.

»Herrin, geht zurück. Ihr werdet gestochen wie Peter!«

Die Bienen kochten in dem Butterfaß hoch und beinahe über.

»Werft ein Tuch drüber!« schlug ein Knecht vor.

»Wir brauchen Rauch ...«

»Es ist nicht nötig ...«, versuchte die Milchmagd wieder zu sagen.

Zeal hörte Panik aus dem summenden Butterfaß heraus. »WERDET IHR WOHL JETZT ALLE PLATZ MACHEN! UND DEN MUND HALTEN!« Sie hatte nicht gewußt, daß ihre Stimme so laut werden konnte.

In dem plötzlichen verblüfften Schweigen zog sich alles zu den Mauern und in Türbögen zurück.

Zeal wandte sich an die Milchmagd, die hier die einzige vernünftige Person zu sein schien. »Wie lange dauert es, um zum Fernen und wieder zurück zu laufen?«

»Nicht sehr lange«, antwortete die Frau. »Aber Tuddenham gibt sich nicht gern mit den Bienen ab. Mr. John macht das sonst immer, wenn sie schwärmen. Und er holt auch immer selbst den Honig.«

»Hier ist Feuer für den Rauch.« Ein Küchenbursche hielt ihr einen Topf mit glühenden Kohlen hin.

Zeal hatte nicht die leiseste Ahnung, wie sie die winzigen, aufsteigenden Rauchfähnchen in das Butterfaß hinein bekommen sollte. Es würde mit Sicherheit nicht genügen, die Bienen einzuschläfern, wie sie gelesen hatte. Das Summen im Butterfaß hörte sich jetzt nicht mehr so an, als würde im nächsten Augenblick eine Panik ausbrechen, und so trat Zeal näher heran. Außerdem schienen die umhersurrenden Bienen ruhiger geworden zu sein, und es waren weniger als zuvor.

»Da ist eine in Eurem Haar, Herrin!« schrie ein Mädchen.

Zeal hockte sich neben dem Butterfaß auf die Fersen; ihre Röcke bauschten sich um sie. Die Tonhöhe des Summens hatte abgenommen, und das winselnde Geräusch im Faß war verstummt. Eine Biene setzte sich am Ellbogen auf Zeals Ärmel. Sie beobachtete, wie das Tier den Stoff abtastete, als wollte es herausfinden, wo es sich befand. Dann flog es wieder los; Zeal meinte Furcht in seinem Verhalten zu spüren.

Armes Ding, dachte Zeal. Ich hätte auch Angst.

Sie legte eine Hand an das Butterfaß. Das Holz fühlte sich lebendig an. Sie legte die andere Hand an die andere Seite des Fasses, das zwischen ihren Händen vibrierte.

»Herrin, tut das nicht!« rief jemand. »Ihr könntet getötet werden!«

»Wir können die Bienen nicht hierlassen«, versetzte sie.

»Legt ein Tuch drüber, wie ich gesagt habe, und dann quetscht sie alle tot!«

Zeal vergewisserte sich, daß keine Bienen auf der Außenseite des Butterfasses herumkrabbelten. Dann legte sie beide Arme um das Faß, stand auf und hob es an. In völliger Stille ging sie schwankenden Schrittes mit dem schweren Gefäß aus Holz und Eisen auf das Tor der *basse-cour* zu. Sie bewegte sich langsam, sorgfältig darauf bedacht, ihre Fahrgäste nicht durcheinanderzurütteln. Ein Heiligenschein aus Bienen flirrte um ihren Kopf und ihre Schultern.

Ich weiß nicht, wieso ihr so dumm wart, überhaupt dort reinzufliegen, erzählte sie ihnen.

Eine Prozession folgte Zeal um die *basse-cour*, an den Weihern entlang über die Wehrbrücke und in den Obstgarten hinauf: die Knechte, die Küchenmädchen, drei Milchmägde und neun Kinder. Dr. Bowler erhob sich von seinem Platz unter einem Baum und reihte sich mit dem Buch unterm Arm hinter Zeal ein. Tuddenham stürzte durch das Tor zum Neuen Garten.

»Sagt ihm, er soll einen leeren Bienenkorb auftreiben«, raunte Zeal über die Schulter hinweg Dr. Bowler zu, »und ihn zum Obstgarten bringen. Rasch!« Jedesmal tastete sie mit dem Fuß den Boden ab, bevor sie einen Schritt machte, und betete, daß sie nicht über den Saum ihres Unterrocks stolperte. Wie eine flirrende Wolke stieg sie den unebenen Hang der holprigen Obstgartenwiese hinauf, wobei sie verzweifelt ihr Gedächtnis nach Anweisungen Plinius', Columellas und des »Juwel der Guten Hausvrouwe« durchforstete, was in einem solchen Fall als nächstes zu tun war.

Ich hoffe nur, ihr seid alle so voll mit Honig und so schläfrig, wie ihr sein sollt, sprach sie dem summenden Butterfaß zu.

Tuddenham wartete schon im Obstgarten auf sie, mit einem leeren Weidenkorb, den er mit der Öffnung nach unten hielt wie eine leere Tasse.

»Wer hilft mir dabei, das Butterfaß umzustülpen?« fragte Zeal.

Nach einer kleinen Pause sagte Dr. Bowler: »Ich.«

Tuddenham hielt den Bienenkorb auf Armeslänge von sich.

Ich habe euch davor bewahrt, erstickt oder zerquetscht zu werden, teilte Zeal den Bienen mit. Bitte tut ihr mir jetzt auch einen Gefallen. Verhaltet euch so, wie ihr sollt.

Mit Dr. Bowlers Hilfe stülpte sie das Faß über dem leeren Bienenkorb um. Zwei Sekunden lang passierte gar nichts. Sacht schüttelte Zeal das Butterfaß. Ein wimmelndes Bienenknäuel kugelte heraus und landete mit einem Plumps im Weidenkorb. Zeal stellte das Faß ab, nahm dem kreideweißen Tuddenham den Bienenkorb ab, drehte ihn schnell richtig herum und setzte ihn auf einen hölzernen Korbständer, der noch vom Vorjahr frei war. Sie trat zurück.

Bleibt drin! befahl sie ihnen.

Die wilden Jubelrufe schreckten sie auf. Sie hatte gar nicht bemerkt, wie viele Leute ihr von der *basse-cour* gefolgt waren. Die Menge im Obstgarten brachte einen Hochruf aus. Zeal war ein bißchen verwirrt durch den Lärm, so als hätte man sie gerade aus dem Schlaf gerissen. Eine oder zwei Bienen krabbelten aus der kleinen Bogenöffnung heraus und erkundeten die nähere Umgebung ihrer hölzernen Haustür.

»Jetzt brauchen sie nur noch eins, um dauerhaft heimisch zu werden«, erklärte Dr. Bowler. Er rief sechs der Kinder zu sich, um den Bienen ein Willkommensständchen in ihrem neuen Heim zu bringen. Dreimal umrundeten sie den Bienenkorb, sechs glockenhelle Soprane und ein Bariton.

Als die anderen sich wieder an die Arbeit machten, setzte Zeal sich ins Gras und beobachtete ihre Bienen, wie sie aus dem Korb heraus- und wieder hineinflogen.

Sie roch das Unglück, kaum daß sie durch das Tor der *basse-cour* getrabt war. Peter war gestorben, noch bevor die Bienen in ihrem neuen Korb waren. Zeal weinte sich ob dieses gräßlichen Einbruchs in ihre neue Welt eine Woche lang in den Schlaf.

Es verblüffte und bestürzte sie, daß der Tod des Jungen die plötzliche Bewunderung und Ehrfurcht, die einige der Gutsangehörigen nunmehr für sie hegten, noch zu verstärken schien. Sie waren offenbar der Meinung, Zeal habe eine Art Wunder vollbracht – obwohl es wirklich ganz leicht war, wenn man nicht den Kopf verlor – , während sie in Wahrheit für etwas Schreckliches verantwortlich war.

Ich hätte Peter nicht so wegschaffen lassen und der Fürsorge von jemand anderem übergeben sollen. Und es war auch Mistress Margaret gegenüber nicht fair gewesen, ihr – in ihrem Alter – die Verantwortung für den Jungen aufzubürden.

Zeal fragte sich, ob John jemals so kläglich versagt hatte. Sie wünschte sich sehnlichst, mit ihm über die komplizierten Themen Tod und Bienen reden zu können. Mit Harry konnte sie nicht reden. Er war äußerst wütend darüber gewesen, daß sie ein so verrücktes Risiko auf sich genommen hatte. Er hatte sich sogar angewöhnt, sie mit einem unfreundlichen Zucken um die Lippen »Unsere Heilige Jungfrau von den Bienen« zu nennen.

7. Juni 1636. Regen. Ich frage mich, warum die Holländer sich nicht alle Archen bauen.

Tagebuch des John Nightingale, bekannt als John Graffham

»Mir bleiben nur noch zehn Tage, bevor ich nach England zurücksegeln muß«, teilte John Coymans mit.

»Ich bedaure zutiefst, kann Euch indes nur raten, zu essen, zu trinken und Euch zu vergnügen.«

»Wie ein Angeklagter sich vergnügt, während er auf sein Urteil wartet.«

»Ich bin froh, daß meine Schwester Euch jetzt nicht gehört hat.«

John wurde rot. »Ich bitte um Verzeihung. Es ist eine finstere Nachtwache, von der Gegenwart eines Engels erhellt.«

Coymans brüllte vor Lachen. »Ein Engel! Marieka und ein Engel? O mein lieber Nightingale, ich verliere meinen Glauben an Eure Weisheit. Meine Schwester ist ein liebenswertes, verzogenes Gör. Aber was kann man anderes erwarten, wo sie doch seit ihrem sechsten Lebensjahr nur mich als Vorbild auf dieser Welt hat?« Auf einen Schlag hörte er zu lachen auf. »Nur Marieka bestimmt über Mariekas Leben. Doch mißversteht die Freiheit nicht, die ich ihr lasse. Die ist mir lieb und teuer, mein engster Freund, die einzige Frau, der ich vertrauen kann. Sie sucht sich ihre Bonbons selbst aus. Ich sorge dafür, daß sie nicht vergiftet sind.«

»Oder so fremdartig, daß sie ihr auf den Magen schlagen?«

»Für diese Sorte habe ich Abführmittel«, versetzte Coymans mit einem breiten, ehrlichen Lächeln. »Geht zu ihr.«

»Ich komme mit Euch.«

»Heute nicht. Ihr habt Euren Part gespielt, und das sehr überzeugend. Überlaßt den Rest nun mir. Ihr werdet bei der Auktion zu sehr leiden und mir nur in die Quere kommen. Ich mache mich jetzt auf den Weg und gebe noch ein wenig Ingwer in einige Töpfe.«

Um John abzulenken, nahm Marieka ihn zu einer Gemälde-ausstellung in einem Privathaus in der Nähe des Damrak mit. Bilder bedeckten die Wände des Zimmers vom Boden bis zur Decke. Der Hausherr und Mäzen unterbrach ein angeregtes Gespräch, das er mit zwei Männern am Fenster geführt hatte, und sprang auf, um Marieka zu küssen. Er begrüßte auch John recht herzlich, aber so, als erwarte er nicht, ihm noch einmal zu begegnen.

Marieka zog John schnell an einigen Landschaften vorbei und blieb unter einem konventionellen Blumenstilleben stehen, das mit größter Genauigkeit bis ins Detail einer Ameise auf dem Blütenblatt einer Pfingstrose wiedergegeben war. Sie blickte zu dem Gemälde empor.

»Das ist von Saski.«

»Schwer zu glauben«, meinte John. »Es hat so gar keine Ähnlichkeit mit seinen Zeichnungen.« Ein Brillenglas funkelte auf dem weißen Damasttischtuch, auf dem der Blumenkrug stand. Saski hatte präzis die braunen Ränder eines Wurmlochs in einer Knospe wiedergegeben. Seine Blumen steckten schmuck, drall und ein wenig glasig in ihrem Delfter Krug, weit weniger lebendig als die Striche seiner Skizzen, die so kühn und treffsicher aufs Papier stürzten wie ein Mauersegler. Bewundernswert, aber nicht so schön wie die Realität, die zu übertreffen sie sich mühten.

»Oh, die Kunst geht nach Brot«, verteidigte Marieka den

Maler. »Nicht alle seine Mäzene sind so mutig und großzügig wie Justus ...«

John schlenderte ein Stückchen weiter und blickte zu einer Vase mit glänzendsaftigen Tulpen hoch.

Marieka sah John an. »Du hörst mir ja gar nicht zu.«

»Was für Neuigkeiten gibt's vom *König von Kandy*?« erkundigte sich John am Abend mit trockenem Mund.

Coymans wirkte verhalten, seine Gesten waren weniger großspurig. John hörte Vorsicht und List aus seiner Stimme heraus. »Er hat heute die *Witwe* überflügelt. Hat seinen Preis auf der Versteigerung verdoppelt, dann hat der Käufer weiterverkauft. Und *seinen* Kaufpreis verdoppelt. Der *König* brutzelt!«

John saß da, Mariekas Arm um seinen Hals, leichtfertig und entsetzt zugleich. »Wann bieten wir unsere zum Verkauf an?« Selbst die Wärme von Mariekas Arm fühlte sich unwirklich an.

Coymans zwinkerte. »Ich habe heute unauffällig mit zwei Liebhabern gesprochen. Und jeden der beiden wissen lassen, daß der andere interessiert ist.«

Als noch acht Tage blieben, verkaufte der Mann, der als letzter die einzelne Zwiebel des *Königs von Kandy* erworben hatte, sie mit einem Gewinn von fünfzig Prozent.

»Nicht schlecht, aber nicht genug«, erklärte Coymans. »Wir warten.«

An diesem Nachmittag schlenderte Marieka mit John durch den kleinen, von Mauern umschlossenen, geometrisch angelegten Garten hinter dem Haus. John hatte noch nie eine solche Präzision in den kugelförmig beschnittenen Buchsbäumen oder so militärisch stramme Rosen gesehen.

»Ihr habt also doch lebendige Blumen«, sagte er.

»Aber Justus' gemalte Blumen sind interessanter, findest du nicht auch?«

»Im Gegenteil. Vielleicht wolltest du sagen, daß sie weniger *Spaß* machen.«

»Ich wüßte wirklich nicht, was du an ihnen so interessant findest«, entgegnete Marieka. »Diese hier haben keinerlei Bedeutung. Du kannst sie nicht essen oder trinken oder verkaufen, und du kannst nicht mit ihnen flirten. Sie haben nichts von dem Stoff, aus dem meine Träume sind.«

John und Marieka sahen sich über vier Fuß sauber geschrubbte Trittsteine hinweg an, geradezu fasziniert von der Möglichkeit, sich zum ersten Mal zu streiten, seitdem sie Liebende geworden waren. Und dann trieb dieser flüchtige Blick in den Abgrund sie einander in die Arme, um so leidenschaftlicher, als sie den leisen Schauder des Verlusts verspürt hatten.

Am nächsten Tag trafen sich die Regenten zu einer Sitzung; das Gerücht ging um, man werde sich mit weiterreichenden Gesetzen zur Kontrolle des Tulpenhandels befassen.

»Sie werden alle Abschlüsse von Ende April an für null und nichtig erklären«, behauptete ein Mann im *Weißen Wams*.

»Vom Ende des nächsten Monats an ...«

Der *König von Kandy* ruhte sich an diesem Tag aus.

Und auch am nächsten.

»Das gefällt mir nicht«, murrte Coymans, »muß in Bewegung bleiben.«

An diesem Abend fehlte er beim Essen.

Wir werden es nicht schaffen, dachte John. Beinahe eine Verzehnfachung unseres Ausgangskapitals. Es ist unmöglich. Selbst ohne ein neues Kontrollgesetz.

Marieka entführte John tagsüber in der kleinen Schaluppe ihres Bruders auf die Kanäle, die das Land durchzogen. Sie ließ den Bootsführer daheim und segelte das Schiff eigenhändig. Sie glitten die schnurgeraden, schimmernden Abzugsgräben entlang bis zum Horizont, der plötzlich verschwamm und sich in eine endlose Fläche grauer, kabbeliger See verwandelte. Auf der Deichkrone aßen sie Schinken und kalte Fleischpasteten, genau auf der Frontlinie der Schlacht zwischen Land und Wasser.

Als noch sechs Tage blieben, bevor John nach England zurückkehren mußte, wechselte die einzelne Tulpenzwiebel wiederum ihren Besitzer.

John rechnete nach. Zum Tageskurs würden seine Zwiebeln

etwas mehr als die Hälfte dessen einbringen, was er brauchte. »Was meint Ihr, Coymans? Ist es noch möglich, das Spiel zu gewinnen?«

»Die Regenten debattieren immer noch das Für und Wider«, entgegnete Coymans. Scheinbar ohne Grund starrte er geraume Zeit finster vor sich hin. »Das im letzten Jahr verabschiedete Gesetz wurde nicht von allen eingehalten. Möglicherweise haben wir nichts zu befürchten. Auf jeden Fall müßt Ihr heute mit mir kommen. Ich brauche Euch, um einigen potentiellen Käufern zu erklären, warum es so unwahrscheinlich ist, daß plötzlich eine dem *König* ähnliche neue Züchtung auf den Markt kommt.«

Gegen Mittag fand John sich im *Unterrock* wieder, wo er durch Schwaden von Tabakqualm hindurch zu einem Kreis aufmerksamer Gesichter sprach und die Chancen für bestimmte Farbsprünge bei Tulpen erläuterte.

»Und jetzt bringen wir unsere drei *Könige* zur Versteigerung«, erklärte Coymans. »In einer öffentlichen Auktion.«

»Siebentausend Gulden pro Zwiebel.«

»Siebentausendundzehn.« Der Bieter hatte sich in dem Kreis aufmerksamer Gesichter befunden, die Johns Ausführungen zu Farbsprüngen bei Tulpen gelauscht hatten.

»Einer meiner reichen Tulpenliebhaber«, murmelte Coymans.

»Und fünfzig.«

»Achttausend.«

Gütiger Gott, dachte John. Für eine Blume. Wieviel ist das in Pfund? Wieviel mehr? Sein Hirn stolperte über widerspenstige Ziffern.

Coymans beugte sich vor, scharfen Blickes und schwitzend.

»Achttausendfünfhundert.« Schweigen legte sich über die Stimmen der Männer.

»Wir schaffen's noch«, wisperte Coymans.

»Achttausendsechshundert.«

Im Hinterraum des *Unterrock* herrschte nun völlige Stille.

307

Durch die geschlossene Tür drang gedämpftes Gelächter aus der Schankstube des Wirtshauses.

»Und sieben fünfzig.« Ein anderer als Coymans' reicher Tulpennarr.

»Bietet jemand neuntausend?« rief der Auktionator.

Die Stille vertiefte sich. Der Tulpennarr hatte die Arme um seinen Oberkörper geschlungen und wiegte sich zwischen den Qualen der Unentschlossenheit und der Begierde hin und her.

»Höre ich neuntausend?« fragte der Auktionator.

Eine Schweißperle rann an Coymans' Nasenflügel herunter in seinen Schnäuzer.

»Das genügt!« flüsterte John mit plötzlicher Entschiedenheit. Der Preis war bereits über die Grenzen der Vernunft hochgeschnellt. Panik ergriff ihn. Nimm das Geld! »Es macht nichts, wenn es nicht ganz reicht. Wir werden noch etwas anderes unternehmen. *Nehmt das Gebot an!!*«

Coymans beachtete ihn nicht. »Zieht die Zwiebeln zurück«, sagte er.

In dem nun einsetzenden Schweigen hörte John seine eigene Stimme »Nein!« rufen.

Dann sprengten andere Stimmen in seinem Gefolge das Schweigen.

»Der Besitzer möchte nicht zurückziehen«, rief der Mann, der das letzte Gebot gemacht hatte. »Der Verkauf ist gültig. Die *Könige* gehören mir! Für achttausendsiebenhundertundfünfzig!«

Der reiche Tulpenliebhaber wiegte sich immer noch vor und zurück, als leide er Höllenqualen.

Bösartig wandte Coymans sich an John. »Haltet den Mund! Ihr habt die Zwiebel ausgesucht. Das hier ist mein Part.«

»Ich spüre es!« sagte John. »Wir sollten jetzt verkaufen.«

»Das liegt nicht in Eurem Ermessen!« zischte Coymans. »Vergeßt nicht, daß mein Geld Euren Kauf erst ermöglicht hat! Ihr werdet mich nicht mit in den Ruin reißen!« Er wandte sich wieder dem Auktionator zu. »Zieht die Zwiebeln zurück!«

Der Auktionator wandte sich fragend an John.

»Er will wissen, ob Ihr zustimmt, die Zwiebeln zurückzuziehen«, stieß Coymans mit gepreßter Stimme hervor. »Was werdet Ihr tun?«

Eiswasser floß durch Johns Adern. Sein Mund trocknete aus. Die Panik, sein Geld herauszuziehen, saß ihm immer noch im Nacken. Doch Coymans hatte ihn bei seiner Ehre gepackt. Wenn er sein Geld nicht aufs Spiel gesetzt hätte, wäre John jetzt nicht hier und könnte sich gar nicht das Hirn darüber zermartern, ob er den Preis von 8750 Gulden akzeptierte oder nicht. Aber wenn John nun sein Geld herausnahm, wäre er fast am Ziel. Es mußte einen anderen Weg geben, den Fehlbetrag auszugleichen. Vielleicht reichten ja auch seine bisherigen Gewinne aus, um den König zufriedenzustellen, bis die »Maid von Boston« nach London zurückkehrte. Er schluckte.

»Und wenn ein Gesetz verabschiedet wird?« fragte er Coymans. »Bevor wir es ein zweites Mal versuchen können?«

»Zieht sie zurück!« stieß Coymans zwischen den Zähnen hervor. Sein Gesicht war so rot wie die Feder an seinem Hut. »Oder ich bringe Euch um, das schwöre ich!«

Das Verkaufsangebot zurückziehen und möglicherweise alles verlieren? Hawkridge House für Tante Margaret, die junge Zeal Beester, Dr. Bowler verlieren ...? Coymans war es todernst mit seiner Drohung. Es bedeutet soviel für ihn, dachte John. Und zweifellos gibt es da noch etwas, das er mir nicht erzählt hat.

»Wegen Eurer früheren Hilfe, nicht wegen der jetzigen Drohung«, sagte John und nickte dem Auktionator zu. »Zieht die Zwiebeln zurück.«

Immer noch wutentbrannt wirbelte und schäumte Coymans neben Johns beherrschten Schritten die Gracht entlang. »Ihr Idiot! Ich hätte es nie zulassen dürfen, daß Ihr mitkommt.«

Er ist sich selbst noch nicht sicher, dachte John. Ich wünschte, er wäre es! »Erklärt es mir«, verlangte er kurz und bündig. »Ihr müßt mich erst noch überzeugen! Für Euch mag ja Geld auf dem Spiel stehen, aber ich trage die Verantwortung für mehr Leben als mein eigenes. Es behagt mir nicht, meine Zukunft Eurer Geldgier wegen zu verwetten. Oder hat das

Spielchen Euch so in seinen Bann geschlagen, daß Ihr Euren Verstand über Bord geworfen habt?«

»Ich habe beinahe das Unmögliche für Euch erreicht, und Ihr verlangt, daß ich Euch *überzeuge*!« Coymans hieb heftig mit seiner behandschuhten Faust gegen einen Baumstamm.

»Was für ein Spiel spielt Ihr wirklich?«

Coymans' Äuglein blitzten starrsinnig wie die eines wütenden Ebers. »Das braucht Ihr nicht zu wissen.«

»Ich muß es wissen.«

»Muß!« äffte Coymans ihn höhnisch nach. »Der lästige Lehrling *muß* etwas wissen!«

»Oder ich ziehe alles zurück!«

»Das könnt Ihr nicht!«

»Warum nicht? Pleite ist Pleite. Ich bestimme selbst, welche Form sie annimmt.«

Sechs zornige Schritte lang schwieg Coymans. »Der Mann, der achttausendsiebenhundertfünfzig Gulden geboten hat, hätte nicht zahlen können«, erklärte er schroff. »Ein Söldner, gerade erst aus Spanien zurück. Er besitzt keine zehn *stuyver*.«

»Warum bietet er dann mit?« John konnte die Antwort schon ahnen.

»Weil ich es ihm aufgetragen habe.«

John blieb stehen und hielt Coymans mit eisernem Griff fest. »Ihr habt gesagt, es würde ehrlich zugehen! Ich habe das Risiko nur unter dieser Bedingung akzeptiert! Ihr habt gesagt, Ihr mögt keine Betrüger. Na gut, ich kann Lügner und Betrüger noch weniger ausstehen!« Jetzt war John wütend. »Wenn ich Euch recht verstehe, hat Euer Söldner den Preis hochgetrieben, für meine Tulpenzwiebeln. Nicht genug damit, daß Ihr ein Betrüger seid, Ihr habt auch mich zu einem gemacht!«

»Wenn wir die Zwiebeln zu dem überhöhten Auktionspreis verkauft hätten, könntet Ihr recht haben. Aber wir haben ja zurückgezogen. Wem haben wir damit geschadet? Welche Absicht Ihr auch zu entdecken meint, sagt mir, inwiefern wir das Gesetz übertreten haben?«

»Wozu dann das alles?«

Coymans fand allmählich sein Gleichgewicht wieder. »Habt Ihr meinen reichen Freund denn nicht gesehen? Er konnte sich kaum noch zügeln, als er meinte, die Zwiebeln verloren zu haben. Nun wird er eine zweite Chance bekommen und außerdem eine kleine Verschnaufpause, um sich an die heute gebotenen Preise zu gewöhnen. Und wenn er uns anbietet, aus eigenem freien Willen und nach reiflicher Überlegung neuntausend Gulden pro Zwiebel zu zahlen, kann man sicherlich weder mir noch Euch einen Vorwurf machen.«

»Das stinkt«, sagte John.

»Für die empfindliche Nase des Anfängers vielleicht. Aber glaubt mir, Ihr dürft ruhigen Gewissens schlafen.«

»Warum sollte er morgen kaufen, wenn er sich heute geweigert hat?«

»Er wird nicht morgen kaufen. Er wird übermorgen kaufen. Morgen wird er jene einzelne Zwiebel kaufen, deren Entwicklung wir verfolgt haben. Dann wird das Verlangen, alle vier zu besitzen, unwiderstehlich sein.«

»Er ist nicht dumm genug, diesen Preis zu zahlen.«

»Ihr wärt es vielleicht nicht. Ich vermutlich auch nicht. Aber ein Teil dieses Spiels besteht darin, seine Mitspieler zu verstehen. Ich verstehe ihn. Er ist dumm genug.«

»Wieso sollte er die einzelne Zwiebel erwerben?«

»Da er heute abend erfahren wird, daß Ihr Eure drei zurückgezogen habt, weil Ihr vorhabt, sie zu kaufen. Um alle bekannten *Könige* zu besitzen. Und um dann den Preis für alle vier auf zwanzigtausend Gulden pro Zwiebel zu steigern.« Coymans lächelte erneut. »Als guter Holländer wird er den Gedanken nicht ertragen, daß ein Engländer den Markt für ein solches Spitzenerzeugnis niederländischer Gartenkunst beherrscht.«

Der darauffolgende Tag war unerträglich. John blieb am Morgen in der Pension der Witwe Padtbrugge, um Arthur ein paar freie Stunden zu verschaffen. Coymans machte sich auf, um die Habgier seines reichen Tulpennarren weiter anzustacheln. Kurz vor Sonnenuntergang begab sich John schon wieder zum Zechgelage in Coymans' Haus.

Sie waren an diesem Abend nur zu elft. Marieka und John, Justus Coymans und sein Sekretär, Saski, ein Kapitän, zwei Schauspieler, ein Gewürzhändler und zwei Musiker. John, Marieka und Coymans bildeten den verhaltenen Mittelpunkt der Gesellschaft, um den herum der Frohsinn in unbeständigen Wellen anstieg und wieder abebbte.

»Er hat angebissen«, erklärte Coymans mit Entschiedenheit. »Spiegel. Er ist verängstigt, aber auch gierig. Er hat die einzelne Zwiebel gekauft, wie ich vorhergesagt habe. Neuntausend Gulden. Wir treffen ihn morgen abend, um für unsere drei Zwiebeln abzuschließen. Ein Privatgeschäft zu unseren Bedingungen.«

»Wird er zustimmen?«

»Wenn er sich mit uns trifft, wird er auch zustimmen. Und ich werde einen Notar mitbringen, um einen späteren Sinneswandel zu vereiteln. Wir werden auf der Stelle den Vertrag unterschreiben.«

Und wenn Spiegel sich nicht mit uns trifft, was dann? John verspürte ebensowenig Lust, die Frage auszusprechen, wie Coymans, sie zu hören.

John preßte Mariekas Hand gegen seinen Mund. Ihre Finger dufteten nach Pfirsichsaft und Zitrone. Es verlangte ihn nach Mariekas Gesellschaft, ihrer Wärme, ihrer Aufmerksamkeit, auf eine geistesabwesende Art und Weise, so wie er oft Cassies Gesellschaft genossen hatte. Zum ersten Mal jedoch, seit sie sich begegnet waren, verlangte es ihn nicht danach, sie zu lieben.

Er und Coymans konnten noch nicht tun, was ihnen das dringendste Bedürfnis war. Doch sie wußten auch nicht, was sie in der Zwischenzeit mit sich anfangen sollten.

Die Gesellschaft blieb am Tisch sitzen, in der undefinierbaren Spannung gefangen, die von Coymans und John ausstrahlte. Saski zeichnete schlaffe Schultern und Becher umklammernde Hände. Mit schnellen Strichen bannte er aus dem Gleichgewicht geratene Körper, unentschlossene Bewegungen und halbherzige Gesten aufs Papier. Und Coymans, niedergeschlagen wie ein begossener Pudel.

Die kleinen schwarzen Finger des Äffchens fummelten ständig herum, knackten Flöhe, zupften an irgendwelchen Bändern. Mit Leib und Seele schien er damit beschäftigt, seine Achselhöhlen und Leisten abzusuchen. Eine Aura unterdrückter Wut umgab ihn, aller Zorn war in den forschenden Fingerspitzen konzentriert. Saski zeichnete zerstreute Augenpaare, welche die egozentrische Intensität des Tiers im Augenwinkel wahrnahmen.

Die Schauspieler und der Kapitän warfen ihre Messer nach einem Astknoten im Deckenbalken; sie fehlten, und Messer fielen klirrend auf den Fliesenboden, bis Coymans gereizt aufschrie. Später spielte Marieka auf dem Spinett, bis ihr Repertoire an Liedern erschöpft war.

John kehrte sehr spät zum Schlafen ins Haus der Witwe zurück, betrunkener, als er beabsichtigt oder bemerkt hatte. Ein Bote von Coymans riß ihn um sechs Uhr am nächsten Morgen aus dem Schlaf.

»Kommt sofort!« bestellte ihm der Bote.

»Hat Spiegel einen Rückzieher gemacht?« fragte John, immer noch außer Atem. Er schleuderte seinen Umhang auf die Bank unter dem strengen, den Schädel in der Hand haltenden Porträt von Coymans' *père*. Sein Kopf schmerzte von der erzwungenen Untätigkeit und vom Wein der letzten Nacht.

Coymans faßte ihn am Ellbogen und geleitete ihn die Holztreppe hinauf in seinen privaten Empfangssalon im ersten Stock, dessen Läden wieder verschlossen waren. Dort ließ er John los und stieß die Läden eines Fensters auf, um über die rechteckige Wasserfläche vor dem Haus nach draußen zu blicken.

»Schlimmer!« stieß er hervor. »Wir hätten jederzeit einen anderen reichen Mann auftreiben können, der bereit gewesen wäre, holländisches Eigentum gegen die Engländer zu verteidigen, koste es, was es wolle.« Er wirbelte vom Fenster herum und durchmaß das Zimmer in großen Kreisen. »Der alte Bols wird jene Zuchtzwiebeln verkaufen, die er uns gezeigt hat. Dieser Satansbraten von Schwiegersohn muß ihn dazu überredet haben, die Hausse auszunutzen, die wir erzielt haben.«

»Ist das nicht Bols' gutes Recht?« wandte John sachlich ein.

»Dürfen wir so kleinlich sein, ihm das anzukreiden? Was schadet uns das schon?«

»Was uns das schadet?« Coymans hielt wie vom Donner gerührt inne. »Was uns das schadet?« wiederholte er. »Gott bewahre mich vor Neulingen! Begreift Ihr denn nicht, was das für den Preis aller Zwiebeln bedeutet? Wir verkaufen nicht mehr drei von den einzigen vieren auf der ganzen Welt, sondern drei von sieben oder wer weiß wie vielen! Genaue Zahlen sind Schall und Rauch. Die bloße Vorstellung und die Gerüchte sind es, was zählt. Bestenfalls wird unser Freund Spiegel unsere drei Zwiebeln heute abend nicht kaufen. Nicht zu dem von uns geforderten Preis. Er wird abwarten und die Augen offenhalten, versuchen, ein bißchen mit Bols zu feilschen. Bols muß uns nur ein ganz klein wenig unterbieten, und wir sind erledigt. Ich habe ein bewundernswertes Kartenhaus aufgebaut. Zieht nur eine Karte heraus, ja, wackelt nur ein bißchen an einer, und alles bricht in sich zusammen!«

»Könnt Ihr Spiegel nicht anbieten, den Preis ein wenig zu senken?« schlug John vor. »Den bestmöglichen Abschluß mit ihm erzielen und dann etwas anderes ausprobieren, um den Restbetrag, den ich noch brauche, zu verdienen?«

»Ich muß Bols dazu bringen, noch zu warten. Nur ein paar Tage.«

»Von morgen an bleiben mir nur noch drei Tage.«

»Ich weiss, wie viele Tage Euch noch bleiben!«

An diesem Nachmittag traf Coymans John an, wie er ruhelos die Kieswege auf und ab schritt, zwischen kniehohen, scharfkantigen Buchsbaumhecken in dem kleinen, mauerumwehrten Garten hinter dem Haus.

Coymans strahlte Wut und Enttäuschung aus. »Spiegel will sich heute abend mit uns allen treffen: Bols, Ihr, ich und Spiegel. Ein Kampf von Angesicht zu Angesicht. Der Preis kann nur fallen.«

»Was habt Ihr ihm geantwortet?«

»Daß wir ihn heute abend wissen lassen, ob wir einverstanden sind.«

Am nächsten Abend warteten Spiegel, Coymans, John und ein Notar namens Waard in einem Winkel des *Goldenen Hähnchens*. Spiegel wirkte übertrieben munter und ein wenig nervös. Coymans war ruhiger geworden und hatte wieder dieses Funkeln in den Augen. Sie unterhielten sich über Politik und Klatsch, nur nicht über Tulpenzwiebeln.

John hob seinen Bierkrug und stellte ihn wieder hin, ohne einen Schluck getrunken zu haben. Seinem Magen ging es zu schlecht, als daß er etwas heruntergebracht hätte, und sein Kopf schmerzte seit dem gestrigen Morgen.

Bols kam nicht.

Die vier Männer inmitten des Lärms wurden immer stiller.

»Es ist keine Weltreise«, wunderte sich Spiegel. »Er kann direkt bis vor die Schanktür segeln.«

Spiegel, Coymans und der Notar Waard stopften Tabak in ihre langstieligen weißen Tonpfeifen, hantierten mit den Zündkohlen herum, sogen Luft an, wischten sich die Tabakkrümel von den Kleidern, bliesen dichte, nervöse Rauchwölkchen in die vernebelte, von Bierdunst geschwängerte Luft. Coymans bestellte eine weitere Runde.

Eine Stunde. Immer noch kein Bols.

Die vier Männer versanken in Schweigen. Der Lärm in der Schänke schwoll an, je betrunkener die Männer um sie herum wurden.

»Mynheer Bols kommt nicht«, stellte Spiegel fest.

Coymans nickte. »Sollen wir ohne ihn beginnen? Wir haben ihm mehr als genug Zeit gegeben, falls er ernsthaft erwägen sollte, an Euch zu verkaufen.«

Spiegel zündete seine Pfeife erneut an. »Ich schlage vor, daß wir uns morgen abend wieder treffen. Es sieht dem alten Bols gar nicht ähnlich, ohne triftigen Grund eine Verabredung nicht einzuhalten.«

John blickte Coymans an, entsetzt von der Aussicht, einen weiteren Tag zu verlieren.

»Morgen abend könnte ich schon einen anderen Käufer gefunden haben«, gab Coymans zu bedenken.

»Nicht im Freiverkehr, das gelingt Euch nicht«, versetzte Spiegel. »Nicht zu dem Preis. Nicht, solange niemand weiß, was Bols vorhat. Und ich möchte lieber nicht davon ausgehen, daß Ihr hinter meinem Rücken bereits auf einen anderen ›privilegierten‹ Privathandel *ex collegio* spekuliert. Ich gehe das Risiko ein.« In seinem Lächeln lag eine Spur Gehässigkeit. »Ich weiß, daß Geduld Euch schwer ankommt, Justus.«

Die Anstrengung, die hinter der Fassade von Coymans' Lächeln sichtbar wurde, war furchterregend. »Natürlich, mein Freund. Ich muß mich Eurem Wunsch fügen.«

Zwei Tage, dachte John. Nur noch zwei Tage! Ich schaffe es nicht! Ich war ein Narr, die Zwiebeln von der Versteigerung zurückzuziehen! Im Geiste probte er schon, wie er Harry, Hazelton und Sir George sein Versagen eingestehen würde.

Tante Margaret, es tut mir so leid! Und Dr. Bowler und die kleine Zeal ... Wie wird Malise reagieren? fragte John sich plötzlich. Wird die Freude über mein Versagen den Schmerz in seiner Börse überwiegen? Welche öffentliche Bestrafung wird er für mich fordern? Ich hätte Hawkridge House in jener ersten Nacht verlassen sollen, nachdem Harry und Malise eingetroffen waren. Bevor ich wußte, was auf dem Spiel stand, bevor ich einwilligte, das Unmögliche zu versuchen.

»Also dann, morgen abend«, sagte Spiegel soeben. »Hier. Ich werde Bols eine Nachricht übermitteln, um sicherzustellen, daß er auch kommt. Selbst wenn er sich entschieden haben sollte, nicht sogleich zu verkaufen, muß ich doch wissen, was er mit seinen *Königen von Kandy* anzufangen gedenkt. Hätte nicht unbeträchtliche Auswirkungen auf meine Handlungsweise, Ihr versteht?«

»Ich verstehe sehr wohl«, entgegnete Coymans.

Nachdem sie das *Goldene Hähnchen* verlassen hatten, vergrub Coymans sich tief in seine Gedanken, wie ein Dachs in seinem Bau. Als John zum Reden ansetzte, hob er abwehrend die Hand. »Ich denke nach. Stört mich nicht.«

John erstickte beinahe vor Wut auf sich selbst, daß er Coymans nachgegeben und die Zwiebeln von der Versteigerung zurückgezogen hatte. »Wir müssen sie morgen noch einmal zur Auktion bringen«, erklärte er. »Und den Preis nehmen, den wir bekommen können. Das läßt uns immer noch einen Tag für ein letztes verzweifeltes Hasardspiel.«

»Ich weiß nicht«, meinte Coymans. »Ich weiß es einfach nicht. Wir treffen die Entscheidung morgen früh. Geht heim und schlaft, wenn Ihr könnt. Seid um acht am Damrak. Gute Nacht.« Er wandte sich schroff ab und verschwand in einer Gasse, deren Hausgiebel so fluchteten, daß sie nahezu den gesamten Himmel verdeckten.

John erblickte Coymans am nächsten Morgen auf der anderen Seite des Damrak, durch eine Palisade von Masten hindurch, in angeregtem Gespräch vertieft. Coymans kam zu John herüber. Er sprühte nur so von Energie.

»Ein Wunder ist geschehen, mein Freund. Wir sollten jetzt in die Kirche gehen und Dank sagen. Ein Wunder!«

»Was ist passiert?«

Coymans' Gesichtsausdruck wurde ernst. »Ein getrübtes Wunder, hätte ich wohl sagen sollen. Gestern am frühen Morgen hat es Bols erwischt, in seinem Schuppen. Niemand weiß genau, warum, aber man munkelt, sein Herz habe versagt. Wahrscheinlich zuviel Aufregung. Der alte Mann hat in den letzten Jahren seine Schlammpolder ja kaum verlassen ...«

»Bols ist tot?« Die Welt erbebte in ihren Grundfesten und hörte kurzfristig auf, sich zu drehen. John spürte, wie ihm das Herz stockte.

»Gestern morgen«, wiederholte Coymans, wobei er John genauer ins Visier nahm. »Darum ist er nicht gekommen.«

»Das nennt Ihr ein Wunder?« Johns Stimme war nicht lauter als sonst, aber sehr, sehr kalt.

»Das ist mehr als nur gewöhnliches Glück«, fuhr Coymans fort. »Mein Freund ...« Er legte John einen Arm um die Schulter. »Ich diagnostiziere eine Ehrenkolik. Einen Prinzipienausfluß. Ein Gewissensfieber. Doch laßt mich Euch von dieser überflüssigen Krankheit heilen ...«

»Das ist in der Tat mehr als nur gewöhnliches Glück«, sagte

John. Er tat einen Schritt zur Seite, fort aus Coymans' Umarmung. »Und ich kann über Eure Freude nur staunen.«

»Also gut. Reden wir offen.« Coymans hielt inne und blickte John fest in die Augen. »Ich bedauere den Tod eines Mitmenschen. Aber er hat die ihm zugemessene Zeit gelebt, länger als andere. Er starb mit der Aussicht auf enormen Reichtum. Wahrscheinlich ist ihm vor Vorfreude und Habgier eine Ader geplatzt. Ich hoffe, einmal ebenso glücklich zu sterben. Ich bedauere seinen Tod, gewiß, aber deshalb werde ich nicht unter die Heuchler gehen und behaupten, daß sein Tod *nicht* die glücklichste Wendung sei, welche die Vorsehung mir und Euch in den Schoß hätte legen können. Und wenn Ihr nur halb so ehrlich seid, wie Ihr vorgebt, werdet auch Ihr Eure verstohlene Freude eingestehen. Ruin und Scheitern sind abgewendet.«

»Weil Bols tot ist, wird Spiegel jetzt Euren Preis bezahlen? Was ist mit seinem Schwiegersohn? Warum sollte er den Verkauf nicht weiterführen?«

»Das«, stellte Coymans fest, »ist der springende Punkt unseres Wunders. Bols hatte sich in seinen Schuppen begeben, um seine *Könige* für ihre Reise nach Amsterdam vorzubereiten. Unglücklicherweise für seinen Schwiegersohn und glücklicherweise für uns hatte er dieses Vorhaben noch nicht ausgeführt. Es hat den Anschein, daß nun, da Bols tot ist, Unsicherheit darüber herrscht, welche Zwiebeln der *König* und welche andere Sorten sind.«

»Und um sicherzugehen, müssen seine Erben das nächste Frühjahr abwarten, um die Blüten zu sehen.«

Coymans strahlte. »Das ist der Kernpunkt, mein Freund, der Kernpunkt! Was uns betrifft, so könnten die Zwiebeln des alten Mannes genausogut gar nicht existieren!«

»Was ist mit seinem Gehilfen ... Hein? Weiß der Junge nicht, welche Zwiebeln die richtigen sind?«

»Offenbar nicht«, entgegnete Coymans. »Zumindest sagt man, er könne sie nicht finden.«

»Dann treffen wir uns also heute abend wieder mit Spiegel?«

»Spiegel kann meinetwegen zum Teufel gehen«, freute sich

Coymans. »Heute nachmittag geben wir sie noch einmal zur Versteigerung. Spiegel darf *in collegio* bieten, vorausgesetzt, er hat nichts gegen ein bißchen Wettbewerb einzuwenden!«

An der Tür zum Hinterraum des *Unterrocks* wurden sie von einer Menschenmenge umlagert. Hände zerrten an ihren Jakkenärmeln. John bewegte angesichts des Schwalls von Fragen verneinend den Kopf. Coymans schüttelte seine inquisitorischen Quälgeister ab wie einen Hagelschauer.

»Drei!« rief er. Er streckte drei Finger in die Höhe und drehte sich im Zentrum des Raums im Kreise. »Drei *Könige!* Wer möchte Herr von drei *Königen* sein? Auf der ganzen weiten Erde weiß man nur von vieren!« Er schritt den kleinen freien Raum in der Mitte des Zimmers auf und ab, fixierte jeden einzelnen der Männer in dem dichtgedrängten Kreis mit seinem Blick. »Wer wird der König der *Könige* werden?«

Der Auktionator rief zur Ordnung. »Drei *Könige von Kandy*«, verkündete er. Er schrieb die Worte auf seine Schiefertafel. »Es kann geboten werden. Wer eröffnet mit neuntausend?«

Am Anfang wollte John sich nur flach auf den Boden werfen und den Kopf wie ein verängstigter Hund unter seinen Pfoten begraben. Die Rufe im finsteren Hinterraum des *Unterrocks* waren verrückt, das Gekreische von Wahnsinnigen, der Lärm in einem Tollhaus. Dann, als immer mehr Stimmen beim Bieten herausfielen, verstummten, setzte Stille ein.

Spiegel hatte mit geboten. Er sah hilflos und erschrocken aus, als wisse er nicht, wessen Stimme sich seines Atems und seiner Zunge bemächtigt hatte, um diese Ziffern herauszuschreien.

Der zweite Hauptbieter war der Mann, der sich während der letzten Versteigerung in stummer Qual hin und her gewiegt hatte, Coymans' anderer reicher Tulpenliebhaber. Jetzt hatte er sich entschieden. Seine Stimme brüllte die Gebote von Spiegel nieder, ein ums andere Mal. Seine Augen blickten so entschlossen und unerbittlich wie die eines trotzigen Kindes.

Eine dritte Stimme ließ sich vernehmen, schrill vor Erregung. Dann Spiegel. Und wieder der andere. Der Auktionator sah den ersten Mann an, den mit der schrillen Stimme. Er schloß die Augen, schüttelte den Kopf.

Spiegel rief etwas.

Der andere zerfetzte Spiegels Angebot in der Luft, bevor es noch hatte aufsteigen können.

Ein Stöhnen ging durch die Menge.

Spiegel zögerte, rief dann wieder etwas.

Die Stimmen der beiden Bieter wurden leiser und leiser. Das Schweigen in dem Raum lastete schwerer und schwerer.

John zitterte und bohrte sich die Fingernägel in die Handflächen. Obwohl er kein Wort verstand, spürte er, wie etwas Ungeheuerliches in der dicken Luft, die nach Bier, Tabak, feuchter Wolle und animalischer Furcht roch, zu wachsen begann. Das, was sich dort abspielte, lag jenseits der Normalität.

Ein Blick auf Coymans bestätigte das Ungeheuerliche. Er schien dicht über dem Boden in der Luft zu schweben. Seine Augen blitzten. Seine Lippen waren wie zu einem lautlosen Knurren zurückgezogen. Die weiße Brüsseler Spitze seines Kragens hob und senkte sich im Rhythmus seines Herzschlags. Davon abgesehen regte sich kein Haar, kein Muskel an ihm.

Im nachhinein konnte John sich nur noch an dieses Gefühl erinnern, daß etwas Besonderes geschah. Das Ereignis selbst ging unter im Dröhnen seines Blutes in den Ohren und in jener seltsamen Schwäche seiner Augen, die nicht mehr klar zu blicken vermochten. Er roch das Ereignis eher, als daß er es sah. Ein stechender, wilder Geruch überragte die vertrauten Schweißausdünstungen erregter menschlicher Leiber.

Der Auktionator stellte eine Frage. Wiederholte die Frage. Sagte dann etwas mit ausdrucksloser, ungläubiger Stimme.

»Vierzigtausend!« flüsterte Coymans. »Vierzigtausend Gulden für jede Zwiebel!«

Für einen Moment hielt das Schweigen noch an. Dann explodierte die Menge. Man klopfte John auf den Rücken und schlug ihm in die Hände, bis sie purpurfarben anliefen. Hoch über den Köpfen der Menge entdeckte er Coymans, mit puterrotem Gesicht, Funken sprühend, und aus seinen kleinen, kalten blauen

Augen leuchtete tiefe Befriedigung. Coymans führte John und den Käufer nach oben in ein kleines Privatgemach, zusammen mit dem Notar, um die Papiere unverzüglich zu unterschreiben. John sollte das Geld am nächsten Tag entgegennehmen, Coymans die Tulpenzwiebeln am Tag darauf übergeben.

Ich muß mir sofort eine Schiffspassage zurück nach England besorgen, dachte John. Auf der Stelle abfahren, sobald ich mein Geld in Händen halte.

»Euer Hirn und mein Mumm, alter Freund!« raunte Coymans John mit gesenkter Stimme zu, als sie die Treppe wieder hinunterstiegen. »Wir sollten wieder mal zusammenarbeiten! Kommt mit Eurer Provision zurück, sobald Ihr Euer Gold in England abgeliefert habt! Das nächste Mal machen wir Euch reich, nicht immer nur die anderen Bastarde! Es macht sogar noch mehr Spaß, für sich selbst zu arbeiten!«

John lachte. Er fühlte sich jämmerlich schwach vor Erleichterung, konnte es immer noch nicht fassen. »Ich muß gestehen, daß mir der Spaß hin und wieder vergangen ist.«

»Entsetzen ist Spaß«, sagte Coymans. »Und um Euch die Rückkehr noch schmackhafter zu machen, habe ich mich entschlossen, nicht alles über unserer Zielmarke hinaus zu beanspruchen. Ich werde nur meine ursprüngliche Provision von fünfundzwanzig Prozent nehmen. So bleibt Euch ein Rest, den Ihr beim nächsten Mal investieren könnt, mit mir als Makler.«

»Äußerst großzügig«, erwiderte John. »Vor allem, da Eure ursprüngliche Provision lediglich zwanzig Prozent betrug.«

Coymans zeigte sich erfreut. »Mit jedem Tag scheint Ihr weniger begriffsstutzig zu werden. Ich könnte Euch beinah so sehr mögen, wie's meine Schwester bereits tut.«

Und ich muß mich so schnell wie möglich von dir befreien, dachte John. Unser Glück, über das du so frohlockst, rührt nur daher, daß ein alter Mann gerade zur rechten Zeit gestorben ist.

Johns Gesicht fühlte sich heiß an; ihm war schwindlig. Wieder trank er einen Schluck Wein und bemühte sich, die Hochstimmung zu heucheln, die man von ihm erwartete. Er sehnte sich danach, tiefe Befriedigung, Ungläubigkeit und glücklichen Überschwang zu empfinden, konnte es jedoch nicht.

Er lächelte über die Terrasse hinweg seinem Gastgeber in der Geißblattlaube zu und verspürte wegen seines Unbehagens im Angesicht der unermüdlichen Gastfreundschaft dieses Mannes einen Hauch von Schuld. Abgesehen von Bols' Tod belastete ihn das rein physische Problem, all dieses Geld zu besitzen. Coymans und halb Amsterdam wußten, wieviel er hatte.

Sie hatten sich alle nach draußen begeben, um nach dem Festmahl Obst und Zuckerwerk im Garten einzunehmen, herausgelockt von den warmen Strahlen der untergehenden Sonne nach sieben öden grauen Tagen. Die Gäste saßen auf Bänken um die kleine, fähnchengeschmückte Terrasse oder lümmelten sich, auf die Ellbogen gestützt, auf dem Steinboden. John hockte auf der Terrasse, den Rücken gegen einen der beiden steinernen Obelisken gelehnt, die den Eingang zu den gewundenen Gartenwegen und ihren Kanonenkugeln aus Buchsbaum bewachten. Ein Fliederstrauch verströmte seinen Honigduft. Die Knospen einer rosig angehauchten, John unbekannten weißen Rose öffneten sich hinter ihm zur vollen Blüte. Eine der beiden weiblichen Gäste an jenem Abend forderte John mit Blicken auf, die Noisetterose zwischen ihren Brüsten zu bewundern.

Marieka reichte einen Korb mit Früchten herum. Pomona bei der Arbeit. Über die Schulter hinweg warf sie John einen verruchten Blick zu.

Er zollte dem Scherz Beifall und fuhr fort, schlecht von ihrem Bruder zu denken. Coymans mochte sehr wohl auch andere Freunde haben, Freunde mit schnellen Schiffen und noch schnelleren Messern, die einem Engländer Gewichte an die Füße binden und ihn so unbekümmert im Meer ersäufen würden wie die Scharfrichter die Verbrecher vor der Galgeninsel.

John beobachtete, wie Marieka einen Apfel schälte. Sie gab sich der Beschäftigung mit ganzer Seele hin. Ihre volle Unterlippe war unter ihre weiße, makellose obere Zahnreihe geklemmt. Ihre milchweiße Hand, die ihn auf so viele verschiedene Arten und an so vielen verschiedenen Stellen berührt hatte, diente jetzt nur dazu, das scharfe kleine Messer zwischen Fruchtfleisch und Haut des Apfels zu treiben. Sie schälte eine lange rote Schalenspirale ab. Sich Johns Blicken nicht bewußt, seufzte sie sichtlich zufrieden, als die Schale sich in einem einzigen langen Band löste. Sie schnitt ein Stückchen von der Frucht ab und reichte es Erasmus. Dann schnitt sie eine Spalte ab und ließ sie zwischen die köstlichen Rundungen ihrer Lippen gleiten. Sie kaute, kostete und schluckte. Schließlich legte sie Frucht und Messer neben sich auf die steinerne Bank. Ein ungewohnter, leicht verloren wirkender Ausdruck trat in ihre Augen.

Und nun? fragten sie. Was kommt als nächstes?

Laß es mich dir zeigen! Eine Woge des Verlangens überflutete John angesichts dieser Verlorenheit, stärker als alles, was ihr herausforderndes Gebaren und ihre Kraft jemals in ihm erregt hatten. Die anderen beiden Frauen verblaßten neben Mariekas strahlender Glut zu bloßen Schatten.

Er zwang sich, wieder ans Geschäft zu denken. Brauche ein Schiff ... Überfahrt. Brauche jemand, dem ich vertrauen kann. Leider nicht Marieka, die einzige Frau, der Coymans vertraute. Die fromme und untadelige Mevrouw Padtbrugge, deren Haus nichtsdestotrotz die Vermutung nahelegte, daß dort ein recht weltlicher Geschäftssinn am Werke war? Gomez? Vielleicht.

Er erinnerte sich an den Tonfall von Gomez' Stimme. »Wenn Ihr nach Coymans sucht, sucht Ihr halt nach Coymans.«

»Wo kann ich Gomez finden?« fragte er Coymans.

Argwohn flackerte in Coymans' vom Wein geröteten Augen.

»Ich schulde ihm noch handfesten Dank dafür, daß er uns miteinander bekannt gemacht hat.« John hob sein Glas.

Coymans prostete ihm seinerseits zu. »Nun ja, gut, der alte Mann wird's gebrauchen können. Seine besten Tage sind vorbei. Er wohnt in der Warmoesstraat, über dem Bäckerladen.«

Saski stand von seiner Bank auf, um John eine Zeichnung der apfelschälenden Marieka zu geben. Er winkte ab, um ihm zu bedeuten, daß er sie behalten solle. John hob sein Glas erneut zum Dank. Zwei Männer verschwanden im Haus und kehrten mit Geige und Flöte zurück.

»Eine Gigue! Eine Gigue!« rief eine der Frauen. Marieka zog einen Gast von der Steinterrasse hoch und fing zu tanzen an, wobei Erasmus unsicher auf ihrer Schulter schwankte. Irgend jemand begann, mit einem Löffel auf die Bank zu trommeln, und eine betrunkene Stimme grölte: »Lala la! Diedel diedel dei!«

»Tanz mit mir!« rief Marieka John zu, als sie in einem Seitengalopp an ihm vorbeiglitt. Er erhob sich mühsam, vom Wein ein wenig wackelig auf den Beinen. Marieka schleuderte Erasmus ihrem ersten Tanzpartner zu und wirbelte in Johns Arme.

»Dreh mich rum, bis ich fliege!«

Er packte sie um die Taille und drehte sich auf der Stelle. Ihre Arme verstärkten den Griff um seinen Nacken. Zuerst zog ihr Gewicht schwer an ihm, wurde aber dann geringer, als auch er in Drehung geriet. Sie kreiste um ihn herum wie ein Rad um seine Nabe, Röcke und Füße hoben vom Boden ab. Verschwommen nahm John andere herumwirbelnde Unterröcke und Füße wahr. Der Garten löste sich auf und drehte sich um ihn, erhellt von Lichtblitzen der niedrigstehenden, sich ebenfalls drehenden Sonne. Sie bewegten sich zu schnell, als daß Geräusche sie hätten einholen können. John lehnte sich zurück, glich ihr Gewicht aus, bis sie beide in perfekter Balance schwebten, im Auge der Stille. Mariekas Füße wirbelten hoch über dem Boden durch die Luft. Gedämpft erreichte sie das Geräusch klatschender Hände. Das Klatschen wurde wilder und wilder. John drehte sich schneller. Mariekas Gewicht zog schwerer an ihm. Er lehnte sich noch weiter zurück, stemmte sich gegen die Fliehkraft.

Wenn ich aufhöre, fallen wir beide, dachte er. Ich muß mich für immer weiter drehen. Er packte sie fester, und sie flogen. Die Sonne blitzte in immer kürzeren Abständen auf. Das Händeklatschen überschlug sich. Die Absätze seiner Stiefel trommelten auf den Boden. Und dann begann sie ihm zu entgleiten.

Schweiß machte seine Hände rutschig. Die Muskeln schmerzten von der Anspannung des Griffs. Er schien sie nur noch mit den Fingerspitzen zu halten. Er verlangsamte seine Drehgeschwindigkeit. Langsam, langsam holte er sie herunter wie ein Segel. Er hörte, wie ihre Schuhe über den Boden schleiften, sah, wie die aufgebauschten Röcke wieder um ihre Beine zusammensackten. Schließlich standen sie still, ließen sich nicht los, keuchend, während der Garten sich weiter um sie drehte.

»Geh nicht!« sagte Marieka mit wilder Stimme an Johns Hals. »O Gott! Bitte, geh nicht!«

Wie kann ich dies alles nur verlassen? fragte John sich später in ihrem Bett. Die Endgültigkeit machte sie beide verwegen. Sie bot sich ihm großzügig ein letztes Mal dar, und er überließ sich erneut dem Schwindel. Heute nacht störten ihn die dunklen Hexen-Witwen-Augen des Affen nicht, der sich auf das Kopfende des Betts gehockt hatte. Die beiden wälzten sich umher, rollten sich zusammen wie Schnecken, verstrickten sich tiefer und tiefer in einem verworfenen, ekstatischen Knäuel.

Dann öffnete er sich wie die Segel einer Galeone, straff gebläht vom Wind, heiß in der salzigen Sonne. Angeschlagen, aber dennoch von Wohlbehagen durchdrungen.

»Ich muß morgen zurück nach England. Ich weiß nicht, wie ich es fertigbringen soll, dich zu verlassen, aber ich muß.«

»Ich weiß«, sagte Marieka. »Aber du mußt zurückkommen, wenn du deine Geschäfte erledigt hast. Ich befehle es dir.« Sanft biß sie in seine linke Brustwarze. »Justus wird dich reich machen, und ich werde dich glücklich machen.«

»Und wir werden alle viel Spaß haben«, sagte er mit einem Hauch von Sarkasmus. Doch er vergrub seine Hände in ihrem glänzenden, lockigen Haar und kostete ihren Mund noch ein letztes Mal.

Ich könnte zurückkommen, dachte er. Dies muß nicht das letzte Mal sein. Falls Malise seine Drohung ernst meint, wäre Amsterdam ein Ort, an dem ich Zuflucht finden könnte. Vielleicht irre ich mich, was ihren Bruder angeht. Ich könnte zurückkommen und das Ganze noch einmal tun.

Er küßte sie wieder, hielt dann ihr Gesicht ein Stückchen von sich weg, so daß er ihr in die Augen sehen konnte.

Ich wüßte gern, welche Wahrheit Saski jetzt zeichnen würde.

10

17. Juni 1636. Holländische Gärten sind so makellos wie
holländische Häuser. Ich glaube, die Mevrouwen
müssen jedes Blättchen so sorgfältig schrubben wie ihre
Fußböden. Kein Unkraut würde es wagen, in
Amsterdam zu sprießen. Meiner Seele bin ich kein so
fleißiger Gärtner gewesen.

Tagebuch des John Nightingale, bekannt als John Graffham

»Sag mir Bescheid, wenn du weißt, wann du absegelst!« bat
Marieka ihn am nächsten Morgen. »Ich möchte kommen und
dir zum Abschied winken, schwarz verschleiert.«

Hat dein Bruder dich gebeten rauszufinden, wann ich abreise? John zerrte heftig an seinem Stiefel, bevor er Antwort gab.

Mariekas Augen verengten sich. »Ich werde mich jetzt noch
nicht verabschieden. Ich könnte es nicht ertragen, Lebwohl zu
sagen, wenn ich weiß, daß du noch sieben oder acht Stunden in
Amsterdam bist! Versprich mir, daß du wenigstens einen Boten
schicken wirst. Versprich's mir!«

»Ich verspreche es«, sagte er widerwillig.

»Aber den Abschiedskuß werde ich dir jetzt schon geben.«
Marieka legte ihm beide Arme fest um den Hals. Dann löste sie
sich von ihm und suchte seinen Blick. »Bitte komm zurück!«

John blieb jählings stehen und lehnte sich an das Geländer eines
Kanalufers. Sein Herz hüpfte wie ein scheuendes Pferd. Er tat
so, als würde er auf den schmierigen Hut eines vorbeifahrenden
Bootsführers hinunterschauen. Er wurde verfolgt, wirklich und
wahrhaftig. Er hatte keine Truggebilde aus den unbekannten
Schatten eines fremden Landes heraufbeschworen.

Der Mann hinter John blieb stehen, als würde er einem Zahnarzt am Grachtenufer zuschauen, der einen ängstlichen Kunden zu beruhigen versuchte. Er hatte eine quadratische, kahle Stirn, Augen wie schwarze Johannisbeeren, die tief in den aufgedunsenen Teig seiner Nase und Wangen eingesunken waren, und einen ungestutzten graumelierten Seemannsbart. Form- und federloser schwarzer Filzhut und Kniehosen über sackartigen, farblich abgestimmten grauen Strickstrümpfen. Eine fröhliche Hintergrundfigur in einer Schenke, ein unauffälliger Mann am Rande einer Menschenmenge. Ein harmlos wirkender Zeitgenosse, nur daß John ihm nunmehr ein wenig zu oft begegnet war. Er erinnerte sich an die Stirn, eine erstaunlich große Fläche nackten Fleisches zwischen Hut und Seemannsbart. Da war noch ein anderes Gesicht, ganz am Rande von Johns Erinnerung. Eine eher gebückte Gestalt mit einem Stock und fehlenden Schneidezähnen, die einen Korb mit Eiern trug.

John wandte den Kopf ein wenig in Richtung der Menschenansammlung, die sich um den Zahnarzt gebildet hatte. Diese sackartige Kleidung konnte schieres Fett oder auch Muskeln verbergen. Die ungepolsterten Schultern jedenfalls waren beängstigend breit.

Der Patient auf dem kleinen hölzernen Schemel des Zahnarztes kreischte auf. Ein Mann aus der Menge packte seine wild herumfuchtelnden Arme und hielt sie fest. Johns Verfolger lachte mit den anderen und warf einen Seitenblick in Johns Richtung. John starrte auf einen geheimnisvollen Schatten, der auf dem Grund des Kanals flackerte. Natürlich bin ich verfolgt worden, dachte er und verfluchte sich selbst. Warum habe ich nicht auf meine innere Stimme gehört, als ich noch ich selbst war und nicht betrunken von ausländischen Schnäpsen, die zu stark für mein dummes, eingebildetes Hirn waren? Ich hätte schwerlich noch besser sichtbar sein können, so wie ich mit Coymans umhergezogen bin. Und mit Marieka bin ich so sorglos umgegangen, als wäre ich ihr Mann.

Ob Coymans dahintersteckte? Aber Coymans hätte es kaum nötig, ihn verfolgen zu lassen. John hatte sich täglich und freiwillig danach gerissen, seinen Kopf in das Maul eben dieses Löwen zu stecken.

Ganz Amsterdam muß wissen, daß ich dieses Geld habe. Ich bin so nahe dran! Jetzt darf nichts mehr passieren!

Ein säuberlich aufgehäufter Gebirgszug aus Frühkohl, Möhren und Kohlrabi glitt unter ihm vorüber, dann ein Boot voller schwarzgekleideter Kinder. Ein Hund schnüffelte an seinem linken Knöchel.

John bückte sich, streckte die Hand zum Streicheln aus. Er kraulte erst das schwarze, dann das weiße Ohr. Den Hund zu kraulen beruhigte ihn ein wenig. Er dachte angestrengt nach, während er die faltigen, wellenförmigen Lefzen streichelte. Dann versetzte er dem flachen Hundeschädel einen letzten Klaps und machte sich zielstrebig auf den Weg in Richtung Warmoesstraat.

Der Bäcker wies ihn eine schmale Stiege hinauf, die zunächst zu einem als Schlafplatz dienenden Treppenabsatz über dem Laden und dann weiter in ein Treppenhaus führte, das in Johns Augen nicht größer als ein hohler Baum aussah. Er meinte schon, daß er für die Hilfe, die er benötigte, wohl an die falsche Adresse geraten sei. Da er nun aber schon einmal hier war, stieg er den Treppenabsatz hinauf und quetschte sich in den hohlen Baum. Die leiterähnlichen Stufen endeten auf einem winzigen Flur vor einer unverhältnismäßig schweren Holztür. John klopfte.

Eine Männerstimme rief etwas auf Holländisch.

»Senhor Gomez? Hier ist John Nightingale.«

John lauschte: Stille, dann langsame Schritte auf einem Holzboden und schließlich das schabende Geräusch zurückgeschobener Riegel. Er konnte vorgeben, er sei bloß gekommen, um Lebewohl zu sagen und einen Beweis seiner Dankbarkeit zu überreichen.

Gomez trug einen Hausmantel aus Brokat. »Was ist los?« fragte er eilfertig. »Was ist los? Na, kommt erst einmal!« Eine zarte alte Hand langte durch die Tür und zerrte John mit erstaunlicher Kraft ins Zimmer.

»Es tut mir leid, Euch zu stören ...«, setzte John an. Dann erblickte er den Raum, den er soeben betreten hatte.

Gomez schaute zu, wie John sich umsah. »Überrascht? Ihr kränkt mich nicht, wenn Ihr zugebt, daß Ihr überrascht seid.«

»Nach der Bäckerei und dieser Stiege ... Verzeiht mir, ja, ich bin überrascht.«

»Hier kommt nicht viel über die Treppen hinein.« Gomez löste den Gürtel seines Hausmantels und band ihn ordentlicher wieder zu.

Unter dem Hausmantel trug er ein Hemd aus weißem Linnen, feiner als alles, was John jemals zu Gesicht gekommen war. Seine Schnurrbartenden, die noch nicht gewachst waren, hingen wie flaumige kleine Eichhörnchenschwänze unter der ausgeprägten, gegerbten Nase herunter. »Das meiste fliegt dort hinein.« Er deutete auf das offene Fenster, vor dem ein Seilzug von einem Querbalken baumelte. »Das hier war der Mehlspeicher, bis der Bäckermeister das Haus nebenan erwarb und nun statt dessen den ebenerdigen Raum dort benutzt.«

»Heute ist es aber ein ganz anders gearteter Speicher«, erwiderte John ehrfürchtig und mit neu erwachter Hoffnung, was den alten Mann betraf. Ganz offensichtlich hatte Coymans dieses Gemach hier nie gesehen. »Das würde man nach dem Untergeschoß niemals erwarten.« Verwundert starrte er auf die dichtgestapelten Gemälde, die sanft federnden Berge aus maurischen Teppichen, die Silberkandelaber, die Bücher. Obwohl nur spärlich möbliert, war der riesige Raum doch so voll wie Johns Knotengarten im Hochsommer, er besaß auch ähnliche Pfade und kleine Lichtungen, auf denen man sich bewegen konnte. Er roch nach Honig, verstaubtem Leder und dem Zimt, dessen Duft die gesamte Hafengegend erfüllte. Gomez selbst verströmte einen Hauch von Sandelholzgeruch.

»Es bringt nichts ein, die Welt wissen zu lassen, was man hat«, erklärte Gomez. »Die Unsichtbaren leben am längsten.«

»Aus diesem Grunde habe ich Euch aufgesucht. Ich bin zu sichtbar geworden.«

»Ich *wußte*, daß etwas nicht stimmte, als ich Eure Stimme

vor meiner Tür hörte«, antwortete Gomez. »Also setzt Euch und erzählt es mir.« Er führte John an einem Spinett vorbei, auf dem sich Teller aus blau-weißer chinesischer *kraacke-ware* stapelten, dann einen schachtartigen Gang zwischen hoch aufragenden Bücherklippen entlang, unter einem mindestens einen Morgen großen Knüpfteppich hindurch, der von einem Deckenbalken herunterhing, und zu zwei mit Elfenbein eingelegten Stühlen an einem Tischchen. Auf dem Tischchen stand ein Schachbrett; die Partie zwischen den ebenhölzernen und den elfenbeinernen Figuren war unterbrochen. Der schwarze König würde nach zwei Zügen im Schach stehen.

»Ich schummele«, gestand Gomez. »Ich bestimme, wer gewinnen soll, und führe den Ausgang des Spiels dann herbei. Es beruhigt mich an schlechten Tagen.«

»Dann seid Ihr genau der Mann, den ich brauche, um mich bei meinen nächsten Zügen zu beraten!« stieß John erleichtert hervor. Er legte sein Problem dar.

»Wer hätte gedacht, daß Tulpen so gefährlich sein können«, versetzte Gomez. »Armer Bols. Ich hab' davon gehört.«

»Eine Versteigerung könnte jedem Mann das Herz im Leibe stillstehen lassen ...« Johns blaßgraue Augen musterten Gomez scharf. »Mehr habt Ihr dazu nicht zu sagen?«

Gomez zuckte die Achseln. »Ich wüßte nicht, was ich groß dazu sagen sollte. In seinem Alter mußte Bols damit rechnen, bald an die Reihe zu kommen.« Er stand auf. »Wartet hier. Ich bin bald wieder zurück. Lest etwas, während ich fort bin. Erweitert Euren Gesichtskreis und erhebt Eure Seele!« Er wies auf eine Klippenfassade hoch aufgetürmter Bücher. »Dort drüben findet Ihr Plinius, *Historia Naturalis*, alle siebenunddreißig Bände. Ich hoffe doch sehr, zurück zu sein, bevor Ihr sie durchhabt.« Er tauschte den Hausmantel gegen einen Seidenumhang und ging davon, die Schnurrbartenden noch immer so flaumig wie Eichhörnchenschwänze.

Wenig später vernahm John ein Klopfen. Er entriegelte die schwere Tür wieder und sah sich Gomez gegenüber.

»Hier«, sagte Gomez. »Ich bitte um Entschuldigung für

mein Versäumnis. Etwas zum Frühstück.« Er drückte John einen Brotlaib in die Hand, der immer noch fast zu heiß zum Anfassen war. »Unter dem Spinett findet Ihr Käse.« Er verschwand wieder durch den hohlen Baum.

Das Brot war kaum abgekühlt, als Gomez erneut zurückkam.

»Ihr könnt heute segeln, kurz nach Einbruch der Dämmerung, vom Sankt-Antonius-Tor, wo Ihr auch angekommen seid, wie Ihr sagtet. Findet Ihr allein dorthin? Ich werde bei der Schaluppe auf Euch warten. Ihr müßt unter den anderen nach ihr Ausschau halten. Die *Sneek*.«

John mußte lachen. »Ich danke Euch«, sagte er schließlich, immer noch lächelnd.

»Was ist?« Für einen Moment war Gomez verwirrt. Dann lächelte er. »Oh, ja, ich verstehe. ›Sich verkrümeln‹ auf englisch. *Sneek*. Ist der Name einer holländischen Stadt. Ja. Ha, ha. Ganz schön komisch.« Seine Finger ertasteten die Schlaffheit seines rechten Schnurrbartendes. »Wie dem auch sei, man muß im voraus zahlen. Und in der Zwischenzeit haben wir noch eine Menge zu tun. Sobald Ihr wieder in Eurem Quartier seid, schickt Euren Diener mit drei festen Säcken zu mir.« Er bückte sich und verschwand hinter einer mit Kupfernägeln beschlagenen Lederkiste. »Ich muß mich als würdiges Mitglied herausstaffieren.«

»Mitglied wovon?« wollte John wissen.

Gomez erhob sich mit seinem Rasierkästchen und einem Pelzhut. »Von dem überaus kleinen, auserlesenen Klub von Männern, denen man trauen kann.«

John blieb zögernd in der Warmoesstraat stehen. In welche Richtung? Jetzt würden ihm seine Füße offenbaren, was er wirklich von Marieka Coymans hielt. Dann wandte er sich seinem Quartier bei der Witwe Padtbrugge zu. Er hatte jetzt keine Zeit, Marieka zu besuchen. Sie würde sich mit ihrem Abschiedskuß zufriedengeben müssen. Die Wahrheit jedoch war, daß er es nicht riskieren wollte, sie auf die Probe zu stellen.

Kurz nach dem Mittagsmahl öffnete John einem sehr großen, ehrlichen Mitglied von Gomez' Klub der Vertrauenswürdigen die Tür zu seinem Gemach im Obergeschoß von Witwe Padtbrugges Logierhaus. Ein entfernter angeheirateter Verwandter, hatte Gomez verlauten lassen. Der Mann war offenbar nicht an eine so bescheidene Umgebung gewohnt.

»Mynheer Nightingale ...?« Die ein wenig kurzatmige Stimme der Witwe drang an der massigen schwarzen Gestalt vorbei zum oberen Absatz der Wendeltreppe. »Wein?«

»*Nee dank U, Mevrouw*«, erwiderte die massige Gestalt.

Rein geschäftlich also, dachte John. Kein leichtfertiger Verkehr mit verdächtigen Ausländern. Beschränken wir uns also aufs Geschäftliche. Er trat zur Seite, um den Mann hereinzulassen; dann schob er den Riegel vor die Tür.

»Arthur«, befahl John.

Sein Leibbursche, der bereits von seinem Botengang zu Gomez zurückgekehrt war, stand steif in Habachtstellung da, um sein nervöses Vergnügen an diesen aufregenden Vorgängen nach so vielen Tagen der Gefangenschaft zu verbergen. Er kniete sich neben sein Bett, schlitzte die Matratze auf und zerrte klimpernde Münzsäckchen hervor. Dann schüttete er sie auf Johns Bett aus. Ihr Besucher begann, die Münzen in akkuraten Türmchen aus Gold und Silber zu sortieren. Mittlerweile entfernte John ihre Umhänge von einem Stapel Gold- und Silberteller. Er schnallte drei große Ledertaschen auf. Schließlich schloß er die Truhe auf und hob den Deckel.

»Ah«, machte der Besucher. »Ja.« Er starrte in die Truhe. Dann bückte er sich, stieß, laut hörbar wie ein Blasebalg, die Luft aus und stemmte einen Goldbarren hoch. Er prüfte ihn, gab ihn an John weiter, bückte sich erneut, schob einen silbernen Löffel beiseite und bat um Feder, Papier und Tinte.

»Werdet Ihr einen Brief unterzeichnen, der besagt, daß Ihr den Marranen als Euren rechtmäßigen Agenten bevollmächtigt?«

John zog verwirrt seine schwarzen Augenbrauen in die Höhe. »Wen?«

»Den portugiesischen Marranen«, gab der Mann ihm zur Antwort. »Den alten Mann, Gomez.«

»Mit Vergnügen.« John unterschrieb wie verlangt. Gomez, portugiesisch, ein Marrane – was immer das sein mochte. Noch mehr Feinheiten, die John in seiner ausländischen Unwissenheit entgangen waren. Es tat ihm fast leid fortzumüssen, wo es hier für ihn noch soviel zu lernen gab. Und mit so unterschiedlichen Lehrern wie Coymans und Gomez. Und Marieka.

Sein Besucher begann das Geld zu zählen und die anderen Gegenstände aufzulisten. Bis er mit der Aufstellung fertig war – zwei Stunden später –, hatte John mehr als einmal sehnsüchtig an den zurückgewiesenen Wein der Witwe Padtbrugge gedacht.

Am Nachmittag lieferte ein Fuhrmann vier schwere Holzkisten von Gomez an. Nachdem sie mit Hilfe der Seilwinde hochgehievt worden waren, schickte John Arthur auf einen kleinen Spaziergang entlang der Gracht. Vor Zufriedenheit strahlend, kam Arthur zurück. Ein Mann mit vier fehlenden Vorderzähnen und einem Stock verkaufte Eier auf dem anderen Ufer, erzählte Arthur, genau gegenüber einer Bogenbrücke.

»Und dieser Gehstock könnte selbst einen angreifenden Bullen aufhalten«, berichtete Arthur. »Der Mann ist nicht älter als dreißig.«

»Sehnst du dich immer noch danach, den Helden zu spielen?« wollte John von ihm wissen.

Arthur nickte.

John durchbohrte ihn mit seinem eindrucksvollsten Blick. »Nun, dann wirf diesen Ehrgeiz auf der Stelle über Bord! Ich habe keine Lust, dich auf dieser Seite des Oceanus Germanicus zu verlieren – sonst betet mich deine Rachel noch in die Hölle. Schwör mir, daß du keinen plötzlichen Anfall von Tapferkeit erleiden und dich der Angelegenheit gewachsen zeigen wirst!«

»Wenn Ihr es sagt.« Arthur legte eine diplomatische Pause ein. »Ich hoffe, in dieser Hinsicht auch auf Euch zählen zu dürfen, Sir.« Er hüstelte. »Daß Ihr Euer Temperament im Zaum haltet, meine ich.«

Ein Weilchen später löste »die Stirn« »den Eierverkäufer«

ab. Doch keiner von beiden ließ sich blicken, als die fünf schweren Kisten bei Einbruch der Dämmerung eine nach der anderen mit Hilfe der Seilwinde aus dem fünften Stock in Höhe der Baumwipfel auf einen Karren heruntergelassen wurden.

Das gefällt mir nicht, dachte John. Ich hatte erwartet, zumindest einen von ihnen zu Gesicht zu bekommen. Ich habe meine Feinde gern im Auge. Jede von diesen Gestalten, die über das Pflaster gespült werden, könnte diejenige sein, die man fürchten muß. Ich hoffe, mit meinen Befürchtungen falsch zu liegen, aber ich bin mir sicher, daß ich recht habe.

Die Witwe küßte ihn auf beide Wangen und gab ihm eine lange Liste unverständlicher Anweisungen mit auf den Weg.

»Ich schicke Euch ...«, setzte John an, um alsdann innezuhalten. Ihm fiel nichts ein, was er aus England hätte schicken können, das sie hier in Holland nicht längst schon besaßen. Und er wußte auch nicht, von wo er es schicken sollte. Wäre er nach Hawkridge House zurückgekehrt, hätte er ihr wenigstens ein bißchen Honig schicken können, der mit dem Duft englischer Blüten aromatisiert war. »Einen Brief«, sagte er am Ende. Selbst aus dem Gefängnis würde er ihr einen Brief schicken können.

Sie winkte ihm nach, als der Karren über das Steinpflaster davonrumpelte und holperte, eine Knospe, die sich so weit geöffnet hatte, wie sie sich jemals öffnen würde. John winkte zurück, doch sein Augenmerk galt bereits den dunklen Gassenöffnungen und tiefer werdenden Schatten unter den Bäumen am Kanalufer.

Sie trudelten geräuschvoll unter der fahlen Steinfassade der Neuen Kirche vorbei in Richtung Hafen, dann über eine Brücke über das Damrak, unterhalb von Marktplatz und Stadtwaage gelegen, auf die *Oude Zijde* hinüber. John spitzte die Ohren, um über das Ächzen des Karrens, das metallische Klirren der Hufeisen auf dem Pflaster und den üblichen abendlichen Lärm hinweg etwas zu hören ... nur: Was waren hier die üblichen Geräusche? Außer dem Karren und den Hufeisen auf dem Kopfsteinpflaster hörte er Messerklingen an Stein entlangschaben und Wölfe keuchen.

Ungefährdet schepperten und ratterten sie über einen leeren Marktplatz.

Als sie nach links in die Warmoesstraat bogen, kam John sich mittlerweile dumm vor. Was für ein Umstand, nur weil er es plötzlich mit der Angst zu tun bekommen hatte. Als er den dunklen Befestigungsturm des Sankt-Antonius-Tores düster am Ende der engen Gasse aufragen sah, über einer zahnähnlichen Reihe von Dächern und von Kerzenschein erleuchteter Fenster, begann er sich schon eine Entschuldigung für Gomez zurechtzulegen, warum er ihm soviel Mühe bereitet habe.

Der Karren hielt an. Der Fuhrmann erklärte etwas auf Holländisch.

Die Gasse vor ihnen war zu eng, wie es schien.

John deutete die Warmoesstraat entlang zurück auf einen breiteren Weg durch die Hafenanlagen. Der Fuhrmann schüttelte den Kopf und wuchtete eine der Kisten von seinem Gefährt herunter.

John fluchte vor sich hin. Er spähte nach vorn und hinter sich. Eine ruhige Straße. Zwei Gestalten ein ganzes Stückchen weiter unten. Eine Katze. Sonst war nichts zu sehen. Alles hatte sich in die Häuser zurückgezogen, um Erbsensuppe mit Schinken, Käse und diese Berge von Möhren, Kohl und Kohlrabi zu vertilgen.

John fluchte noch einmal und stieg vom Karren. Er hievte eine zweite Kiste zu Boden. Arthur tat es ihm gleich.

Arthur kann die Pistole nicht festhalten, wenn er Kisten ablädt, dachte John plötzlich alarmiert. Dann knallte seine Stirn gegen den Karrenboden. Er lag einen Moment dort, und der Karrenboden war hart und kalt unter dem wirbelnden Nebel in seinem Kopf. Sein Schädel dröhnte und schmerzte vorn und hinten.

Ich bin nicht gefallen.

Schwer angeschlagen, wälzte er sich herum, bis er am Boden saß, mit dem Rücken gegen das Hinterrad gelehnt. Ein Zugseil aus Schmerz hielt seine Augen fest geschlossen.

Man hat mich niedergeschlagen.

Er zwang sich, das eine Auge einen Spaltbreit zu öffnen, und erblickte ein dunkles Bein. Einen schweren Stiefel. Die auf und ab hüpfende Spitze einer Degenscheide.

Hölle und Verdammnis! Ich hatte also doch recht.

»Arthur?« flüsterte er.

Der Stiefel und die Degenscheide wirbelten davon. John wurde heftig seekrank. Er würgte und versuchte, auf die Beine zu kommen. Wurde wieder zu Boden geworfen. Sein Degen hatte sich zwischen seinen Beinen festgeklemmt. Er würgte erneut, ließ seine Lider wieder auf Halbmast heruntersinken. Schatten tanzten um den Karren herum. Der Karren selbst schien sich zu bewegen, doch das Rad war immer noch eine harte und kalte Stütze an seiner Schulter.

»Arthur?« stieß er wieder hervor, dringlicher diesmal.

Stimmen redeten in jener verfluchten Sprache, die er fast zu verstehen glaubte. Leise und schnell. So eindringlich wie seine eigene.

»ARTHUR!«

»Hier.« Hinter ihm.

Der Stiefel tauchte mitsamt seinem Pendant wieder am hinteren Teil des Karrens auf. Die Angreifer luden die Kisten ab. Der Degen lag immer noch unter Johns Beinen.

Er legte die Hand an sein Messer, um sie dann mit Mühe wieder wegzuziehen. Er sah Hüte und Umhänge, sehr hoch über sich. Hüte, die zu tief in die Stirn gezogen waren, als daß er hätte bemerken können, ob »die Stirn« sich darunter verbarg. Er versuchte sich ein wenig aufzusetzen, um besser sehen zu können.

Einer der Stiefel trat ihn hart in die Seite. Ein Bär schlug seine Zähne in die Körperpartie unter Johns Rippen. Er fiel auf die Seite, lag da, nach Luft schnappend, um sich dann auf die Knie zu quälen. Er kroch zwei Schritte. Das Kopfsteinpflaster schnitt ihm in die Knie. Er zog sich am Vorderrad auf die Füße.

Die Hüte duckten sich nun in die Schatten der Gassenmauern. Die Docks lagen jenseits der Hüte. Warum schnappten die Diebe sich nicht einfach die Kisten und machten sich aus dem

Staub? John hatte nicht damit gerechnet, daß sie noch vor Ort die Kisten öffnen würden. Öffnet bloß die Kisten nicht!

Er vernahm einen zornigen Fluch. Sein Schiff nach England lag am anderen Ende dieser Gasse.

»Arthur?«

Ein schattenhafter Umriß quälte sich neben ihm in eine aufrechte Position. Für einen Augenblick klammerten sie sich an den Karren wie Seeleute an eine Spiere, die von einem sinkenden Schiff an die Oberfläche gespien worden war.

John holte vorsichtig Atem. Die Bärenkiefer in seiner Flanke lockerten sich ein wenig. Er atmete tiefer ein. Sein Kopf grollte jetzt nur noch leicht, anstatt zu dröhnen. »Kannst du gehen?«

»Ich bringe diese vermaledeiten Scheißkerle um«, murmelte Arthur.

John sah sich nach einem anderen Fluchtweg um. Zu weit. Genauso gefährlich. Die Hüte würden sie in beiden Richtungen schnappen, wenn sie es drauf anlegten. Er zog seinen Degen. »Tut mir leid, Arthur. Ich hatte ja nicht gedacht, daß sie die Kisten an Ort und Stelle aufmachen würden. Ich glaube, es sind drei. Am Ende wirst du vielleicht doch noch den Helden spielen müssen.«

»Dem Himmel sei Dank!« murrte Arthur. »Sonst würd' ich vor Wut ersticken.«

John stieß sich vom Karren ab, kämpfte ums Gleichgewicht und ging, gefolgt von Arthur, auf die Gasse zu, an deren Ende sich sein Schiff nach England befand und wo die Hüte sich über die Kisten beugten.

Die Schatten waren zu undurchdringlich, als daß sie die Hüte hätten erkennen können. Langsam, ganz langsam pirschten John und Arthur sich näher heran, die Ohren gespitzt, um auch das leiseste Stoffrascheln oder Stiefelknirschen auf dem Pflaster mitzubekommen. John kauerte sich hin. Er sah den schwachen Umriß des etwas helleren Himmels am Ende der Gasse, ohne die Silhouetten der Hüte. Er duckte sich noch tiefer und spähte auf Kniehöhe in die Gasse. Ein paar rechteckige Umrisse. Keine Hüte.

Sie stießen noch ein Stückchen weiter vor. Die Kisten waren geöffnet. Keine Schatten hinter ihnen.

»Ich glaube, sie sind weg«, sagte Arthur.

Immer noch auf der Hut, pirschten sie sich Schritt für Schritt zum Ende der Gasse vor. Sie war leer.

»Wir können von Glück sagen, daß die Kerle nicht rachsüchtig waren«, meinte John. »Fühlst du dich auch so dämlich wie ich?«

»Überaus heroisch, danke«, versetzte Arthur.

Die *Sneek* lag etwa hundert Fuß zu ihrer Rechten an einer Wassertreppe vertäut. Als sie das Schiff gefunden hatten, wollte John sich nur noch auf etwas Weiches fallen lassen und die Augen schließen.

Gomez wartete oben an den Stufen, zusammen mit dem Kapitän der Schaluppe und zwei Seeleuten. »Was ist passiert?« rief er. »Wir glaubten, etwas gehört zu haben, konnten aber nicht ausmachen, wo! Geht es Euch gut? Eure Stirn blutet ja!«

»Es ist nichts«, winkte John ab. »Wir hatten Grund, mißtrauisch zu sein, Ihr und ich. Und Arthurs Schlepperei heute nachmittag hat sich gelohnt. Ich weiß nicht, wer die Männer sind, aber für Literatur haben sie nichts übrig. Eure Bücher befinden sich dort hinten in der Gasse.«

»Und hier ist Euer Vermögen«, sagte Gomez. Er händigte John einen kleinen, schmalen Lederbeutel aus. »Metamorphosiert.«

John nahm das Beutelchen und öffnete es. Ein winziges, zusammengefaltetes Pergamentstückchen war darin. »Das ist alles?« fragte er skeptisch und mit plötzlich aufkeimendem Entsetzen. Er versuchte, den lateinischen Inhalt des Schriftstücks zu entziffern, das an einen gewissen Jacov Fernandez gerichtet war. Die Beule auf seiner Stirn begann wieder wie wild zu pochen. Münzen, Barren und Teller aus Gold, ganz zu schweigen von silbernen Löffeln und vergoldeten Kerzenleuchtern, hatten sich einfach in Luft aufgelöst. Von dem ganzen sperrigen Vermögen war nichts als ein feines, krakeliges Wortgebilde übriggeblieben, das er auf zwei Fingern balancieren konnte. Der alte Mann hatte ihn elegant und zur Gänze übers Ohr gehauen. »Das ist alles?«

»Das ist alles. Wir haben Euren Hort fein säuberlich ausgeräumt, sobald Ihr und Eure Spürhunde das Haus der Witwe verlassen hatten. Keine Menschenseele ist uns gefolgt. Der Köder hat funktioniert.«

John wog Beutelchen und Pergament in der Hand. Er dachte daran, daß er Gomez vertraut hatte. Er dachte daran, daß er es immer noch tat, obwohl das Hämmern in seinem Schädel es ihm schwermachte, überhaupt einen klaren Gedanken zu fassen. »Wie unscheinbar es ist«, sagte er. »Und leicht. Und beinah unsichtbar. Eine magische Verwandlung.«

»Nicht magisch«, widersprach Gomez. »Geschäftlich. Das ist Euer Wechsel. Wir großen Kaufherrn können nicht stets schwere Geldtruhen durch die Lande schleppen, also treffen wir Abmachungen.« Vergnügt beobachtete er John. »Es ist alles da drin. Wiegt es nicht in Eurer Hand, als würdet Ihr erwarten, daß es schwerer wird. Und hört mir zu ...« Er führte John ein Stück fort von den anderen Männern am Rand der Docks. »Wäre Euer Geld anstelle meiner Bücher in jenen Kisten gewesen und wäre es gestohlen worden, würdet Ihr jetzt keinen Penny mehr besitzen. Ihr müßt Euch jedoch im klaren sein, daß Ihr ebenso mittellos seid, wenn Euch dieses Pergament gestohlen wird. Mein Vetter Jacov wird das Geld nur bei Vorlage dieses Dokuments auszahlen. Nicht nur an Euch, sondern an jeden, der dieses Dokument in Händen hält. Dieser Fetzen getrockneter Schafshaut ist bares Geld – nicht mehr und nicht weniger. Behütet es gut!« Er blickte John abermals in die Augen und seufzte. »Ihr werdet mir glauben, wenn Ihr bei Vetter Jacov vorbeischaut.«

»Ich glaube Euch schon jetzt«, widersprach John ein wenig zu eifrig. »Ihr seid ein Zauberer, Sir, und ich bin Euer verwirrter, aber dankbarer Lehrling.« John verstaute das Beutelchen in seinem Hemd, direkt am Leib, und ergriff die warme, trockene Hand des alten Mannes. »Ich sehe Euch wieder, wenn Ihr zurückkommt«, sagte Gomez. »*Até à vista.*«

339

»Ich gestehe ungern, daß ich aller Wahrscheinlichkeit nach nicht zurückkehren werde.«

»*Até à vista, adeus*«, wiederholte Gomez. »Und nun begebt Euch auf Euer Schiff, bevor unsere List entdeckt wird und Eure Freunde aus der Gasse es noch einmal versuchen. Richtet Vetter Jacov meine Empfehlungen aus. Geht schon, geht! Geht! Ich bin ein alter Mann, und mir wird kalt.«

Anderthalb Tage später, kurz nach Einbruch der Morgendämmerung, als die *Sneek* vorsichtig in die weit ausgebreiteten Arme der Themsemündung einlief, hatte John einen Entschluß gefaßt.

»Arthur.«

»Sir?« Sein Diener rutschte von der Reling der Schaluppe herunter, wo er seine Befreiung von der schrecklichen Kandare all dieses Reichtums genossen und geübt hatte, wie er Rachel (unter anderem) die außergewöhnliche Geschichte seiner letzten aufregenden Stunden in Amsterdam erzählen würde. Diese Stunden hatten ihn für die Langeweile der Tage zuvor entschädigt.

John reichte Arthur eine schwere Börse.

»Wofür ist das?« In diesem Augenblick nahm Arthur seinem Herrn die Belohnung beinah übel. Bezahlt zu werden ließ den Glanz jener spannungsgeladenen, gemeinsam durchlebten Momente auf dem Karren verblassen – Seite an Seite verwundet zusammenzustehen, Schulter an Schulter die Gasse zu betreten, einen möglichen Hinterhalt und die gierig ausgebreiteten Arme von Gevatter Tod vor Augen …

»Sorg damit für deine Zukunft. Über meine eigene weiß ich noch nichts.«

»Meint Ihr, falls Mr. Gomez Euch übers Ohr gehauen hat?« Arthur war überzeugt davon, daß die magische Verwandlung von Gold zu Pergament ein einziger Schwindel war, doch es lag nicht an ihm, Fragen zu stellen.

John schüttelte den Kopf. »Ich muß darauf vertrauen, daß Gomez mich nicht betrogen hat. Nein, es geht darum, daß du deine Zukunft möglicherweise nicht an meiner Seite verbringst.«

Arthur fuhr zurück, als hätte John ihn geschlagen. Sein sommersprossiges Gesicht wurde aschfahl. »Ihr entlaßt mich? Wollt Ihr das damit sagen? Was, zum Teufel, hab' ich verbrochen? An Eurer Seite hab' ich gekämpft!« In seiner Stimme klang Fassungslosigkeit.

»Dich entlassen? Nein, natürlich nicht ... Ich meine, ja, doch. Zu deinem Besten.«

»Seit wann ist es zum Besten eines Mannes, ihn aus seiner Stellung zu feuern? Wohin soll ich gehen?«

»Ich möchte dir deine Stellung erhalten, Arthur. Ich kehre vielleicht nicht nach Hawkridge House zurück. Dich aber möchte ich in die Lage versetzen, daß du zurückgehen kannst, wenn dir der Sinn danach steht.«

»Sir?« Arthur stand starr und ungläubig da.

»Ich kann nicht nach Hawkridge House zurück.«

Arthur lachte vor Schreck laut auf. »Tut mir leid ... Sir! Ich wollte nicht ... Macht keine Scherze, Sir!« John *war* Hawkridge House – Sir Harry hin, Sir Harry her.

»Vielleicht habe ich keine Gelegenheit mehr, es dir zu sagen ...« John schluckte. Es war schwerer, als er gedacht hatte. »Ich mache keine Scherze. Es kann sein, daß in London bereits Soldaten auf mich warten. Und wenn nicht heute, dann doch, sobald man von meiner Rückkehr erfährt.«

»Soldaten ...?«

»Eine alte Geschichte. Bevor ich nach Hawkridge House kam. Meine Vergangenheit hat mich eingeholt, als ich sie beinah schon vergessen hatte.«

»Was für eine Geschichte, Sir? Wenn Ihr erlaubt, daß ich frage.«

»Mord.«

Arthur biß sich auf die Unterlippe und starrte John heftig blinzelnd an. »Er hatte es gewiß verdient«, erklärte Arthur mit fester Stimme. »Da hab' ich gar keine Zweifel.«

»Ich auch nicht. Aber heute bin ich mir nicht mehr so sicher, ob ich das Recht hatte, mich zu seinem Henker aufzuschwingen.«

»Wie alt wart Ihr?«

»Vierzehn.«

Der blonde junge Mann wog die Geldbörse in der Hand und dachte nach. »Mit Verlaub, Sir – wenn dem so ist, warum seid Ihr dann überhaupt zurückgekommen?«

John schaute fort, über das rissige Zinnwasser hinweg. Sie glitten an vor Anker liegenden Kauffahrern vorbei. Leichter und Fährbötchen woben ein Netz zwischen beiden Ufern, das umso dichter wurde, je weiter flußaufwärts sie kamen. John klopfte sich an der Stelle, wo Gomez' Beutelchen steckte, auf die Brust seines Wamses. »Ich muß diese Leben ihren Besitzern zurückbringen.«

Wie John war auch Arthur schnell von Begriff. Diese Fähigkeit war ein Teil des Bandes, das sie vereinte. Und außerdem hatte er gehört, was Gomez am Dock beim St. Antoniustor gesagt hatte. »Laßt mich diese Leben für Euch zurückbringen, wohin auch immer. Ihr geht irgendwo in Southwark an Land, versteckt Euch und schickt mir später, wenn Ihr wollt, Nachricht, wo ich Euch finden kann.«

Ein vernünftiger Vorschlag.

»Danke«, erwiderte John. Der Vorschlag war in der Tat vernünftig, und Arthurs Aufrichtigkeit konnte John blind vertrauen. Mit einer glaubhaften Geschichte über seine mysteriöse Flucht würden Arthur zudem keine Nachteile erwachsen. Hazelton würde ihm vermutlich sogar eine Belohnung zukommen lassen. *Falls Gomez mich nicht betrogen hat,* dachte John. »Danke, aber ich kann nicht!«

Arthurs sommersprossiges Gesicht wurde düster. »Ihr könnt mir vertrauen, Sir.«

»Das weiß ich doch, du Narr!« Wieder wandte John den Blick ab. *Aber wenn Gomez mich hintergangen hat, muß ich zur Stelle sein. Arthur kann die Nachricht vom endgültigen Ruin nicht überbringen.* »Ich möchte nur, daß mein Ruhm noch einmal kurz erstrahlt, bevor ich weglaufen muß.«

Das konnte Arthur verstehen. Er gab John die Börse zurück. »Dann riskiere ich es – mit Euch. Und das hier werdet Ihr nötiger haben als ich.«

»Sei ein vernünftiger Junge, und schließe einen Kompromiß. Behalte wenigstens das Geld. Ich weiß nicht, wann ich dir den nächsten Lohn zahlen kann.«

»Genug der Worte«, versetzte Arthur. Er würde es bedauern, Rachel nicht wiederzusehen, falls es soweit kommen sollte. Doch Strohsäcke auszuklopfen und Feuer zu machen waren fade Aufgaben für einen Mann, der fremdländische Mörder abzuwehren geholfen hatte. Mehr oder weniger, gestand er sich ehrlich ein. Doch wie aufregend es wäre, der Knappe eines geächteten Abenteurers zu werden. Hätte Arthur nicht das Pech gehabt, in der Nähe von Basingstoke zur Welt gekommen zu sein, wäre er möglicherweise weggelaufen und als Schiffsjunge zur See gefahren.

Sie waren auf einem Lastkahn gesegelt, der die tückischen Untiefen der Flußmündung meisterte, um seine Fracht am Londoner Hafen zu entladen und weniger, um seine Fahrgäste irgendwo an der Küste sicher an Land zu setzen. In der Flußmitte lagen Kauffahrer vor Anker, friedlich wie Spielzeugschiffe, während die Fährbötchen, Jollen, Segelschaluppen und Dingis im Frühlicht umherkreuzten, flußauf und flußab, von Ufer zu Ufer, voll beladen mit Menschen, Gemüse, Holz, Kohle, Pferden, Schafen, Rindvieh, Kutschen und Karren. Häuser drängten sich auf dem Nordufer, der Stadtseite, zusammen. Stromaufwärts, gleich hinter den Gärten einer großen Bierschenke, standen auch auf den Feldern des südlichen Flußufers die Gebäude immer dichter.

St. Katherine's Stairs. Iron Gate Stairs. Hinter den Trokkenfeldern der Abtei von St. Mary's Grace erhoben sich grüne Hügel, ein wenig verschwommen im Dunst des Kohlerauchs. Traitor's Gate und der Tower. Und dann waren sie in der Stadt.

Samuel Hazelton hatte der um sich greifenden Mode getrotzt, aufs Land zu ziehen und Londons Nebel aus Kohlerauch und schwarzem Staub zu entfliehen. Viele seiner Kollegen und Bekannten kamen jeden Morgen hoch zu Roß aus Covent Garden, Charing Cross und von noch weiter weg in die Stadt geritten. Hazelton zog es vor, nahe am Zentrum der Geschäftswelt zu wohnen.

John und Arthur gingen über die Wassertreppe am Customs Wharf an Land, bezahlten einen Mann dafür, auf ihre Habseligkeiten aufzupassen, nahmen eine Fährjolle zur Old Swan Stairs oberhalb der London Bridge und begaben sich über die Old Swan Lane zur Thames Street. Als sie zu Hazeltons großem Stadthaus auf dem St. Laurence Hill gelangten, zauderte John ein wenig. Dies war der erste Bau, in dem Malise lauern konnte.

Hazelton hatte die letzten fünf Nächte nicht geschlafen. Sein gefurchtes Gesicht war aschfahl. Als John ins Empfangszimmer im ersten Stock gebeten wurde, saß Hazelton in einem schweren Lehnsessel am Feuer, eine Decke um die Beine gewickelt. Er erhob sich nicht.

»Setzt Euch, Sir. Bitte setzt Euch. Angenehme Reise gehabt? Ich persönlich ziehe Kutschen dem Schiff vor. Wann seid Ihr angekommen?«

John nahm Platz und bekam einen Krug Ale angeboten. Hazelton erkundigte sich, ob die Überfahrt ruhig gewesen sei, ließ sich über den anhaltenden Regenmangel aus sowie darüber, welche Auswirkungen er auf die englischen Ernten zeitigen werde. Dann begann er darüber zu klagen, daß er durch einen hartnäckigen, unerklärlichen Schmerz in seinen Beinen völlig entkräftet sei.

John erkannte, daß der Mann eine Heidenangst hatte.

»Es ist erledigt, Sir«, sagte John.

»Erledigt oder unerledigt?« Hazeltons Zunge schnalzte gegen seinen ausgetrockneten Gaumen.

»Erledigt! Vierzigtausend Pfund!«

»Vierzigtausend? Verloren, meint Ihr? Oder zurückgebracht?« Hazelton blinzelte und spähte an John vorbei, als würde er nach Taschen oder Kisten Ausschau halten. »Wer bewacht es? Wo ist es?«

»Hier bei mir, in diesem Zimmer.« John zog Gomez' Beutelchen hervor und erhob sich, um Hazelton den Wechsel zu überreichen.

Der Schuldschein zitterte in der Hand des Älteren. »Wer ist dieser Jacov Fernandez?«

»Ein Diamantenhändler in der Lombard Street.«

»Kann man ihm vertrauen?«

»Ich vertraue seinem Vetter in Amsterdam.«

Ein Hauch von Trotz schwang in Johns Stimme mit. Hazelton leckte sich seine dünnen, trockenen Lippen und strich das Pergamentstück auf seinen Knien glatt. »Vierzigtausend«, wiederholte er ausdruckslos. Er blickte zu John hoch. »Habt Ihr das Geld jemals in Euren Händen gehalten? Oder stand es immer nur auf dem Papier?«

»Es hing mir am Hals und hätte mich beinah erdrosselt. Ich wünschte, man hätte mir vorher gesagt, wie unhandlich so ein Vermögen ist.«

Hazelton hörte kaum zu. Er erhob sich mühsam und trat über die Decke, die zu Boden fiel. »James!« rief er durch die Tür des Salons. »Meinen Umhang.« Er wandte sich an John. »Wo wohnt dieser Fernandez?« Seinem Diener trug er auf: »Benachrichtige Sir George Tupper. Er soll sich mit uns treffen. Am ...«

»Brunnen in der Fenchurch Street«, beendete John den Satz.

»Wir vergewissern uns wohl besser selbst, ob Euer Vertrauen gerechtfertigt war!«

Jacov Fernandez wohnte über der düsteren, beengten Höhle seines Diamantengeschäfts, hinter schweren Türen, Schlössern, Riegeln, Gittern und Fensterläden.

Sir George, Hazelton, John und eine kleine Schar von Bediensteten warteten vor der Tür, bis das Klicken, Rasseln, metallische Quietschen und hölzerne Ächzen der Schlösser, Riegel und Ketten endlich verstummte. Schließlich lugte ein Diener durch die halb geöffnete Tür auf die Straße. Die vielen Leute schienen ihm schreckliche Angst einzujagen.

John händigte ihm den Brief aus, den Gomez an seinen Vetter gerichtet hatte. Der Diener schloß die Tür wieder. Erneut lauschten sie den Klick- und Rassellauten. Kurz darauf kehrte der Diener zurück, ließ eine verkürzte Version der Schlösser- und Kettensymphonie erklingen und bat die Besucher herein.

Fernandez begrüßte sie in einem schweren Seidengewand und einer enganliegenden, altmodischen Kappe. Er war ein wenig jünger, blasser und rundlicher als sein Vetter Gomez. Die Enden seines Schnäuzers fielen lässig auf seinen Pfeffer-und-Salz-Bart hinunter. »Wer von Euch hat diesen Brief gebracht? Wie geht es meinem Vetter? Man kann sich nie darauf verlassen, was die Leute in ihren Briefen schreiben. Sie sprechen nicht gern darüber, wenn es ihnen schlecht ergeht.«

»Er ist bei guter Gesundheit«, antwortete John, »und schickt Euch einen holländischen Käse. Hier ist er.«

Fernandez lachte und warf einen raschen Blick auf Tupper und Hazelton. »Ich danke Euch für die Mühe. Wenn ich das gewußt hätte, hätte ich ihm einen englischen zukommen lassen.«

»Und er schickt Euch dies hier«, meldete Hazelton sich mit heiserer Stimme zu Wort. »Könnt Ihr ihn einlösen?«

Er reichte Fernandez den Wechsel. Der Diamantenhändler legte den Käse hin und las. Als er wieder aufsah, war der Anflug von Schüchternheit aus seinem Gesicht veschwunden.

»Selbstverständlich«, gab er zur Antwort. »Laßt mir einen Tag Zeit, das Geld für Euch zu besorgen.« Er legte den Wechsel wieder in Hazeltons ausgestreckte Hände.

Tupper und Hazelton suchten das anonyme kleine Gemach auf schlechte Vorzeichen ab, doch es war mit Bedacht so ausgestattet worden, daß es keinerlei Geheimnisse preisgab. Als Fernandez sie höflich hinaus geleitete, versetzte er John einen vertraulichen Klaps auf den Rücken. Er hatte sich sein Urteil über die drei Männer gebildet.

Zurück auf der Straße und noch den ganzen Tag vor sich, sagte Tupper: »Ich werde Erkundigungen einziehen ...«

»Ich auch«, pflichtete Hazelton ihm bei.

Man kann ohnehin nichts mehr ändern, dachte John bei sich. Was auch immer ihr über Fernandez herausbekommt.

»Werdet Ihr uns heute abend wieder begleiten?« wollte Hazelton wissen.

Oder werde ich machen, daß ich aus der Stadt komme, bevor mein Spießgeselle Fernandez Euch enttäuscht? dachte John. »Natürlich«, erwiderte er. Kurz darauf fragte er: »Gibt es irgendwas Neues von meinem Vetter?«

»Nein«, erwiderte Hazelton schroff. »Er hat sich nicht mehr in London blicken lassen, seit Ihr nach Amsterdam gefahren seid. Er ist zweifellos zu beschäftigt damit, die Zügel in Hawkridge House in die Hand zu nehmen.« Er humpelte noch ein paar qualvolle Schritte. »Edward Malise ist ebenfalls untergetaucht. Irgend jemand hat mir erzählt, er habe sich wieder ins Ausland begeben.« Er schaute John an, der jedoch seinem Blick auswich.

Sir George verabschiedete sich und vereinbarte mit ihnen, sich um halb fünf am Nachmittag wieder am Brunnen zu treffen, mit zwei Bewaffneten und einer Kutsche.

Sobald John und Hazelton allein waren, senkte der ältere Mann die Stimme, so daß die Bediensteten nichts hören konnten, und fragte: »Was steht zwischen Euch und Malise?«

»Das kann ich Euch nicht sagen.«

»Ihr habt die Gabe, mich zu verärgern«, erklärte Hazelton mit wohlbemessener Herzlichkeit. »Ich veranstalte hier keine Kinderspielchen.«

»Ich auch nicht. Es tut mir leid. Es war nicht meine Absicht, Euch zu verärgern.«

»Ich muß wissen, warum Malise der Meinung war, Euch herumkriegen zu können, und warum er dann scheiterte. Es war doch nicht Malise, der Euch veranlaßt hat, Eure Meinung zu ändern, nicht wahr? Trotz Eurer reizenden kleinen Ansprache, daß Ihr Aufrichtigkeit vorzieht und endlich Euren wahren Wert für uns erkannt habt?«

»Ihr habt recht.«

»Das ist meist der Fall«, sagte Hazelton, als würde er eine

schlichte Tatsache feststellen. »Wir sind da. Wollt Ihr mir beim Frühstück Gesellschaft leisten?«

John nahm die Einladung an und folgte dem sich mühsam in den ersten Stock quälenden Hazelton in den Salon.

»Erzählt es mir!« befahl Hazelton, als sie ungestört waren. »Eure Beziehung zu Malise hat Auswirkungen auf unser beider Zukunft.«

»Meine Verschwiegenheit schützt meine Zukunft. Es geht um meinen Hals.«

»Falls Fernandez zu seinem Wort steht«, drängte Hazelton, »und wir am Ende siegen – eine Hoffnung, die ich mir langsam zu gestatten beginne –, dann könnte es sein, daß wir ... die Kompanie ... Euch erneut einzusetzen wünscht. Doch ohne mehr zu wissen, würde ich das nicht gern tun.«

John war drauf und dran, den Ring aus Feuer, die Schreie, das lachende Gesicht im Flammenschein und die letzten elf Jahre auf Hazeltons schwarzem Schoß abzuladen. Doch es war noch zu früh. Hazelton mochte mit der Zeit zu einem Verbündeten werden, aber dies hier war eine geschäftliche Unterredung und kein Freundschaftsangebot.

»Solltet Ihr die Möglichkeit haben, mir einen neuen Auftrag zu geben, werde ich Euch nicht im ungewissen lassen.«

Hazelton war abermals verärgert, doch es gab nichts mehr, was er hätte sagen können.

Wenige Minuten nach halb fünf lauschten die drei Männer wieder dem Gesang von Fernandez' Schlössern. Der Diamantenhändler war nun, wie Hazelton, vollständig in Schwarz gewandet und erwartete sie.

Ein Wunder der Metamorphose, dachte John, als er beobachtete, wie die gegerbte Schafshaut sich in Gold zurückverwandelte. Und was noch wunderbarer war, er trug nicht länger die Verantwortung dafür.

»Ich habe Eurem Vetter bereits gesagt, daß er ein Zauberer ist«, wandte John sich an Fernandez. »Und Ihr seid ebenfalls einer.«

»Das ist eine Frage der Bequemlichkeit«, entgegnete Fernandez. »Wie Ihr zugeben müßt. Nur die Magie, sein Wort zu halten. Wie könnten die Menschen irgend etwas erreichen, wenn sie ihr Wort nicht hielten?«

Hazelton und Tupper legten ein gespanntes, höfliches Interesse an den Tag, als Fernandez' Gehilfe Münzen, Barren und Teller vor ihnen aufstapelte. Der Himmel über London war schon fast dunkel, als endlich alles gezählt, gewogen, geprüft und in den von Hazelton mitgebrachten Kisten verstaut worden war. Die Kisten wurden sodann unter Bewachung in Sir Georges Kutsche verladen, die man fünfzig Meter entfernt von Fernandez' Haus in einer Straße abgestellt hatte, die breit genug für das Gefährt war.

Sir George, Hazelton und John schwiegen nervös während der zweistündigen Fahrt zu Sir Georges Haus am Strom kurz vor der Stadtgrenze. Ein flußaufwärts fahrendes Schiff wäre zwar schneller gewesen, hätte aber Aufmerksamkeit auf die Fracht gelenkt.

Am Ende verschloß Sir George das Geld sicher im Kontor der Südjavanischen Kompanie. Die drei Männer standen vor dem Kaminfeuer in seinem privaten Empfangszimmer.

»Dem Herrn sei Dank!« stieß Hazelton plötzlich inbrünstig hervor. Ein roter Fleck brannte auf jeder seiner eingefallenen grauen Wangen.

»Wohlgetan, Sir! Wohlgetan!« Tupper versetzte John einen anerkennenden Klaps auf den Arm, dann klopfte er Hazelton auf die Schulter. Sie grinsten und holten tief Luft und tätschelten sich erneut die Arme.

»Ich bin über Dankgebete fast hinaus«, meinte Tupper. »In heiliger Scheu erstarrt, wenn Ihr so wollt. Und ich habe noch nie einen Schlingel getroffen, der einem rettenden Engel unähnlicher sah ... Wohlgetan, Sir, noch einmal! Trinkt. Trinkt! Der Rebsaft wurde erfunden, um in Augenblicken wie diesem unserer sterblichen Unzulänglichkeit ein Kissen unterzuschieben. Ich muß mich betrinken, oder ich platze!«

»Wahrscheinlich möchte unser junger Freund erst einmal

seine Provision erhalten.« Hazelton blickte Tupper mit hochgezogenen Brauen an.

»Gewiß. Gewiß.« Tupper schloß seinen Wandschrank ein zweites Mal auf und nahm drei Lederbeutel heraus. »Die habt Ihr Euch verdient. Es ist auch eine Prämie für den Überschuß dabei, den Ihr erzielt habt. Ich nehme an, Ihr werdet Euch nun auf den Weg zurück nach Hawkridge machen, um Sir Harry die gute Neuigkeit zu überbringen?«

»Zurück?« John nahm die Beutel von Tupper entgegen. Gott, wie schwer sie waren!

»Ein Bote mit Euren Neuigkeiten wird doch wohl willkommen sein. Warum solltet Ihr nicht zurückkehren?« Tuppers prahlerische Stimme hallte noch nach, während sein Blick sich bereits wieder schärfte. Er und Hazelton schauten sich an.

Malise ist im Ausland, dachte John. Ich könnte zurückgehen. Ganz kurz. Die Freude drohte ihn zu überwältigen, schmerzhaft und gründlich wie eine tödliche Krankheit.

Ich darf die Gärten wiedersehen. Die Menschen. Die Tiere.

Aber kann ich es ertragen, alles ein zweites Mal zu verlassen?

Es war ihm gleich. Die Freude war so unbändig wie die Lust. Er würde gehen, ob er es ertragen konnte oder nicht. Sein vertrautes Leben würde noch ein wenig länger dauern. Er konnte noch einmal in seine alte Haut schlüpfen, so kurz es auch währen mochte.

Er wandte sich an Bols' Geist. Ich werde Euren kleinen *König* also doch noch heimbringen, um diese Dynastie zu gründen. Wenn meine Ankunft in Amsterdam durch Zufall zu Eurem Tod geführt hat, werde ich wenigstens dafür sorgen, daß Euer Feld blüht.

Dritter
Teil

11

25. Juni 1636. England. Wilde Rosen, Großer Purpurner Eisenhut
(aconitum pur.), kleine Malve und gemeine Malve, Bibernellrose
in den Rainhecken allesamt in voller Blüte. Pieper und Kohlmeisen
singen. Äpfel werden allmählich rot. Wie dieser Überfluß mein
Herz erfreut.

Tagebuch des John Nightingale, bekannt als John Graffham

»John! Ich hätte ja so gern Musik gehabt, John!« sagte Dr.
Bowler. »Ich wollte dich musikalisch nach Hawkridge House
zurückholen, aber Harry ... Sir Harry ... sagte, daß ... es zuviel
Zeit ... Es war nicht möglich.«

Bowler hatte draußen am Vorhoftor gewartet, nahe dem
höchsten Punkt der Buchenallee. John stieg vom Pferd und umarmte seinen alten Lehrer inmitten hochspringender Hunde und
fröhlich jubelnder, sich um ihn drängender Kinder. Die Glocke
im Brauhausturm läutete immer noch seine Ankunft ein. Ein
Junge hüpfte in die Höhe, um die Zügel von Johns Pferd zu
packen.

»Eure Begrüßung ist mir Musik genug«, versetzte John.
»Wie ist es euch allen denn während meiner Abwesenheit ergangen?«

»Gut genug, daß du nicht verzweifeln wirst, und schlecht
genug, daß du nichts befürchten mußt.« Bowlers kleine Äuglein
funkelten. Dann wandte er den Blick ab, peinlich berührt von
der eigenen Boshaftigkeit.

Die Hirschhündin Cassie brach zwischen zwei Buchen hervor, kam die Zufahrt heraufgestürmt und legte die Vorderpfoten
auf Johns Schultern. Er lachte und umarmte sie, wobei er den

Kopf ein wenig aus der Blasrichtung ihres heißen, glücklichen Hundeatems wegdrehte.

»Papa sagt, Cassies Kleines kann bei mir und meinem Bruder schlafen!« Der Junge, dessen Vater den Welpen bekommen hatte, hüpfte neben John auf und ab und bemühte sich, hektisch gestikulierend seine Aufmerksamkeit zu erregen. »Soll ich's Euch zeigen?«

Ein kleines Mädchen zupfte John am linken Ärmel.

»... Ja, ja!« sagte John zu ihr. Dann nickte er zum Einverständnis dem Jungen mit Cassies Welpen zu. »... Runter, Mädchen«, beruhigte er Cassie, zu dem Kind an seinem Ärmel sagte er: »... Ich habe genug holländische Honigwaffeln für euch alle mitgebracht, wenn ihr höflich darum bittet und endlich aufhört, mir vor den Füßen rumzutanzen.«

Solcherart umringt schritt er die Zufahrt bis zum Vorhoftor hinunter. Ein Junge führte mit stolzgeschwellter Brust Johns Pferd am Zügel. Arthur folgte, immer noch beritten, während seine Augen nach einer Person Ausschau hielten, die noch nicht da war. Der gelbe Köter nahm den Platz neben Johns linkem Bein ein und ließ sich selbst von Cassie nicht vertreiben.

»Preiset den Herrn, all seine Werke ... «, intonierte Dr. Bowler plötzlich in seinem hohen, klaren Bariton. Er hob die Hände und brachte für die nächste Zeile einen recht holprigen Kinderchor zusammen. »An allen Orten seiner Herrschaft! Preise den Herrn, meine Seele ...«

»John!« erklang die aufgeregte Stimme seiner Tante vom Vorhoftor. »O John! Du bist wieder da!« Sie hob ihre Röcke und schlingerte in ihrem arthritischen Gang die sanft ansteigende Zufahrt hinauf.

»Was sonst?« rief John zurück.

»John ...« Bowler hielt mitten im Singen und Dirigieren inne. »Noch ein Wort, bevor du völlig in Beschlag genommen wirst.« Er kreuzte die Arme vor der Brust und schob die Hände unter die Achseln, als wolle er sie an einem kalten Tag wärmen. Die Kinderstimmen verebbten unschlüssig.

»Sprecht, *magister*.«

Bowler fuhr sich unglücklich mit der Zunge über die Lippen. »Ich möchte dir diesen strahlenden Tag eigentlich nicht verderben ...«

»Ihr könntet seinen Glanz nicht trüben, selbst wenn Ihr's versuchen würdet«, versetzte John, obwohl ihn eine böse Vorahnung beschlich. »Heraus damit!«

»Hast du es geschafft?« fragte Bowler leise und furchtsam. »Wozu du ausgezogen bist? Du weißt schon, das Geld ...« Bowler verlor plötzlich den Glauben an das, was er zu wissen glaubte. »Harry hat da eine Bemerkung fallenlassen ...« Er errötete, löste seine Arme wieder und verbarg sie hinter dem Rükken. »Das Gut stehe auf dem Spiel ...«

John hatte Erbarmen mit ihm. »Ja, mein lieber Doktor, ich habe es geschafft. Alles ist gut.«

Wie schön es war, dies jemandem zu erzählen, dem er etwas bedeutete! Wie herrlich, die guten Neuigkeiten mit jenen Menschen zu teilen, die davon profitieren würden!

»Ich muß ein angemessen bescheidenes Gesicht bewahren, aber – ganz unter uns – ich bin außer mir vor Freude und Erleichterung!«

»Ah«, machte Dr. Bowler in stiller Zufriedenheit. »Wir waren schrecklich in Sorge ... nicht, daß auch nur einer von uns an dir gezweifelt hätte, versteh das bitte richtig.« Seine Wangen nahmen wieder Farbe an. »Aber Harry hatte eine so entsetzliche Laune. Keiner von uns wußte so recht, was geschah oder geschehen würde. Es war, als warteten wir auf die Jahrtausendwende. Alarmierend. Ich habe die Kirchenvorsteher dazu gebracht, daß sie in der Gemeinde auf ein neues Dach drängen.« Er warf John einen Seitenblick zu. »Ich gehe doch recht in der Annahme, daß das Kirchendach immer noch in unseren Zuständigkeitsbereich fällt?«

»So ist es.«

»Dem Herrn sei Dank!« stieß Bowler inbrünstig hervor.

»Ich bin mir nicht sicher, wieviel er mit der Sache zu tun hatte«, gab John zu bedenken. »Ich erzähl' Euch später mehr ... Mistress Margaret!«

Tante Margaret ließ ihre Röcke fallen und schlang die Arme um John.

»Meine liebe Tante!« John blickte auf den kleinen Kopf hinunter, aus dessen Haube weiße Haarsträhnen blitzten. »Ich hoffe, das sind Freudentränen ... Cassie, aus, sag' ich!«

Die kleine Prozession schritt durch das Tor. Drei Gänse senkten ihre Köpfe, stellten die Flügel auf und zischten die Hunde an. »Harry ist auf der Jagd«, erklärte Tante Margaret. Ein Hauch von Tadel schwang in ihrer freudigen Stimme mit. »Ist heute morgen ausgeritten, bevor der Bursche vom Bedgebury-Gut mit der Nachricht über die Felder rannte, daß du gesichtet worden seist. Behauptete, seine Nerven würden die Warterei nicht mehr mitmachen.« Mit tränennassen Augen blickte sie zu John hoch.

»Er hat's geschafft!« teilte Bowler ihr mit vor Bewegung zitternder Stimme mit. »Alles wird gut.«

»Ich wünschte, irgend jemand würde mir erklären, was überhaupt vor sich geht«, beklagte sich Tante Margaret. »Niemand erklärt hier einer alten Frau etwas. Aber gute Neuigkeiten sind gute Neuigkeiten.« Sie fand ein Taschentuch in ihrem Ärmel und wischte sich die Augen. »Ich werd' dir ein bißchen Brot und Ale besorgen. Wo Ihre Ladyschaft sich aufhält, weiß ich auch nicht. Wie lange reitest du schon, ohne zu essen, durch die Gegend? Ich hätte dich nie so einfach ziehen lassen sollen!« Ihr Taschentuch und die losen Haarsträhnen wieder an Ort und Stelle zurückstopfend, wirbelte sie die Eingangsstufen hinauf und ins Haus hinein. »Agatha! Agatha!« Ihre Stimme verlor sich in Richtung Speisekammer.

John blieb auf der obersten Stufe des Eingangsvorbaus stehen. Wie zerwühlt und aufgerollt die Landschaft aussah. Wie freundlich, umhegend, einladend und verständlich.

»Wer ist sonst noch hier?«

»Nur die Familie.«

Also war er hier für den Augenblick noch sicher. Keine Bewaffneten, kein Büttel. Edward Malise war im Ausland. John konnte kurz Atem schöpfen.

Die Kinder trollten sich, nachdem ihnen Honigwaffeln versprochen worden waren. Cassie trottete ins Haus, wo man ihre Krallen auf dem Fliesenboden klicken hörte. Der gelbe Köter drehte sich immer wieder um die eigene Achse, bis er sich am Fuße der Treppen ein flaches Nest in den Kies gewühlt hatte, genau unter einem der steinernen Adler. Die Glocke im Brauhausturm läutete immer noch.

Zurück. Er ist zurück. Zurück. Er ist zurück.

Offiziell eingeläutet. Gegen jede Wahrscheinlichkeit und nicht für lange, aber zurück.

»Ich hätte Hazelton die Wechsel gern eigenhändig überreicht«, meinte Harry. »Aber gut gemacht, Vetter, trotzdem.« Er roch nach Pferd. Seine Jagdstiefel hinterließen eine Schmutzspur auf dem türkischen Teppich. »Ich werde sofort morgen früh nach London aufbrechen, zu Pferde. Du kannst mir meine Sachen in der Kutsche nachschicken. In der Kompanie sind jetzt wichtige Dinge zu erledigen. Zuerst aber müssen wir uns natürlich überlegen, wie wir deinen Triumph feiern, ohne daß wir den anderen allzuviel erklären müssen.«

Die anderen reimen sich schon wesentlich mehr zusammen, als du dir träumen läßt, dachte John. Und wenn es dich so sehnsüchtig danach verlangt, eine Hauptrolle in diesem Stück zu spielen, hättest du in London auf mich warten sollen, wie Hazelton.

Heißhungrig biß er in das Brot und den Käse, den seine Tante in den Kleinen Salon gebracht hatte.

Harrys ungeheure Erleichterung verriet, daß er sicher gewesen war, daß John scheitern werde. Er hatte nicht in London gewartet, weil er die Schande nicht ertragen hätte, Hazelton und den anderen gegenüberzutreten, wäre John mit leeren Händen zurückgekehrt.

»Warum erheben du und ich nicht im stillen unsere Gläser auf die Zukunft von Hawkridge House? Mit Sir Harry Beester am Ruder?«

Harry nickte erleichtert. »Ich glaube auch, daß in diesem

Fall Geheimhaltung angeraten ist. Was wirst du als nächstes tun? Weiß Malise, daß du wieder hier bist?«

»Hazelton sagte, er befinde sich im Ausland. Vorerst bin ich in Sicherheit. Später – ich weiß es nicht. Ich werde meinen Namen noch einmal wechseln müssen. Vielleicht für eine Schiffsreise mit Tradescant nach Amerika anheuern. Oder mich weit, weit weg von London stehlen und mir ein kleines Stück Land suchen, das ich mit der Provision der Kompanie erwerben kann.«

»Wirst du hier erst noch alles in Ordnung bringen?«

»Soweit man mir Zeit dazu läßt.«

»Und dann kann ich dir auch bei deiner Flucht helfen«, bot Harry eilfertig an. »Ich werde in aller Heimlichkeit den Transfer deines Gehalts von Onkel George in die Wege leiten ...« Die Freuden des Ränkeschmiedens ließen Harrys Augen aufleuchten.

»Vetter John!« Eine glückliche Mädchenstimme unterbrach sie.

»Lady Beester!« John erhob sich hastig und machte eine Verbeugung, wobei er immer noch Brot und Käse in den Händen hielt.

Zeal zögerte; sie wußte nicht recht, ob sie John umarmen solle, wie Tante Margaret es getan hatte, oder ob sie die ihrer neuen gesellschaftlichen Stellung angemessene höfische Geste erwidern solle. Ihr Gesicht strahlte unbewußt vor Freude. John warf einen flüchtigen Blick zu Harry hinüber.

Zeal hatte an diesem Morgen ein ehemals schönes Gewand angelegt, bei dem sie irgendwann die Ärmel entfernt und den Überrock um die Taille hochgebunden hatte. Getrocknete Grashalme hatten sich in den Spitzen ihrer Unterärmel verfangen, die sie halb hochgekrempelt hatte. Der Saum ihres brokatenen Unterrocks hatte einen Schmutzrand, und ihre bloßen Unterarme waren undamenhaft gebräunt.

»Ich war darauf vorbereitet, Euch zu begrüßen, aber dann bin ich zum Obstgarten mit den Bienen raufgegangen. Und dann habe ich die Glocke gehört.« Zeal ging auf ihn zu und ergriff seine freie Linke mit beiden Händen. »Wir sind ja so froh, daß Ihr zurück seid, nicht wahr, Harry? Und ich muß Euch so viele Fragen stellen.« Sie ließ seine Hand los. »Und, hat Eure Arbeit im Ausland Euch erlöst?«

»Erlöst?« fragte Harry brüsk.

»Mehr, als ich zu hoffen wagte, Madam«, gab John zur Antwort.

Sie strahlte ihn an, errötet und zufrieden, drauf und dran, noch mehr zu sagen. Dann meinte sie: »Und so dürftig werdet Ihr belohnt? Mit nichts als Brot und Käse? Ich habe Fleischpasteten für Euch in der Küche!«

»Wieviel es auch sein mögen – ich kann sie alle vertragen«, versetzte John. »Ich habe mich sechs Wochen lang von ausländischem Fraß ernährt. Nur her damit, meine Dame!«

Zeal grinste erheitert. »Ihr habt so gute Manieren, wenn Ihr nur wollt. Bessere als manch einer bei Hofe.« Sie schoß Harry einen Blick zu.

Tu das nicht! dachte John. Vielleicht bist du zu jung, um zu wissen, was du da tust. Aber das kann den Schaden nicht verhindern, den du damit anrichtest.

»Ich hole die Fleischpasteten«, erklärte Zeal energisch.

Als die Tür sich hinter ihr geschlossen hatte, fragte John: »Wie kommen sie und Tante Margaret miteinander aus?«

»Ich würde sie am liebsten beide gegen die Wand klatschen«, entgegnete Harry grimmig. »Frauen, Kinder und Tiere! Welcher vernünftige Mann gibt sich schon freiwillig damit ab! Wenigstens kannst du diese beiden jetzt, wo du zurück bist, auseinanderhalten!«

»Diese Unwissenheit, John!« rief Tante Margaret später am Abend aus, während sie sich über ihren Schlummertrunk – heiße Milch mit Gewürzwein – und kaltes Fleisch hermachte. »Es ist schwer zu glauben, daß eine ausgesuchte Londoner Erziehung ein Mädchen so jämmerlich unwissend ins Leben entlassen kann. Ich will nicht behaupten, daß sie sich nicht bemüht. Und außerdem hat sie ziemliches Glück gehabt ... Du hast zweifelsohne schon von der Sache mit den Bienen gehört. Und der Tod des armen Peter hat sie sichtlich hart getroffen ... Aber im Ernst, John, wenn ich nicht die ganze Zeit aufpassen würde – ich kann dir gar nicht sagen, was für ein schreckliches Durcheinander sie womöglich anstellen würde. Wenigstens gibt sie manchmal zu, daß ich ihr meines Alters wegen etwas beibringen könnte. Aber sie verläßt sich immer noch zu sehr auf ihre vermaledeiten Bücher.« Mistress Margaret wischte sich den Mund grazil mit ihrem Taschentuch ab, um dann dessen Spitzensaum mit ihren gekrümmten Fingern zu erforschen.

»Als ich ein kleines Mädchen war, haben wir noch auf die Älteren gehört! Da haben wir uns nicht auf diese trügerischen *Wörter* verlassen, wenn's um unsere Ausbildung ging! All diese neumodischen Ideen ... Neuerungen, genau das sind sie nämlich. Und wir alle wissen, daß Neuerungen die Seele für den Reiz des Neuen empfänglich machen und somit geradewegs zur Leichtfertigkeit verleiten!« Sie blickte finster ins Feuer, stopfte ihr Taschentuch wieder in den Ärmel und glättete entschlossen ihre Röcke. »Ich bin froh, daß du wieder hier bist und mir dabei helfen kannst, dieses Kind vor Irrwegen zu bewahren.«

John sank spät in sein Bett, benommen von zuviel Bier zur Feier des Tages, von unerwarteten Zuneigungsbekundungen und der Last der Sorgen, die sich in dem Moment wieder auf seine Schultern gesenkt hatte, als er durch das Tor des Vorhofs getreten war.

Wie soll ich das alles ein zweites Mal aufgeben? Der Alkohol schliff die scharfen Kanten dieses Gedankens ab.

Da John nie fort gewesen war, seit er auf dem Anwesen Zuflucht gefunden hatte, hatte ihn bislang auch nie jemand vermißt. Es war schön, vermißt zu werden. John gab einen behaglichen Bierrülpser von sich. Er schnupperte den wohlbekannten herben Geruch des ledernen Kopfbretts und den leichten Muff der wollenen Bettvorhänge. Er wälzte sich herum und genoß die perfekte Übereinstimmung zwischen seinem bleischweren Kopf und seinem eigenen, vertrauten Kissen. Für eine Nacht würde er so tun, als wäre er heimgekommen, um zu bleiben.

Abermals wälzte er sich ruhelos auf die andere Seite. Er meinte, Zimt riechen zu können. Ein paar Nächte zuvor hatte Mariekas blonder Kopf neben seinem gelegen, auf den Brokatkissen ihres vergoldeten Betts in Amsterdam, und Erasmus hatte die Decke über ihren Füßen mit dem Gewicht seines Körpers beschwert. John schlug die Augen auf und starrte in die Dunkelheit. Eine jähe Kälte überfiel ihn. Er würde Marieka nie wiedersehen.

Gütiger Gott! Er rollte sich auf die Seite und krümmte sich vor Schmerz zusammen, die geballten Fäuste gegen den Mund, die Ellbogen gegen den Bauch gepreßt. Er begehrte sie. Er würde sie nie wieder besitzen. Andere dankbare Bittsteller würden sich an den großzügigen Gaben der Göttin gütlich tun.

Ich will sie. Mein Gott, ich will sie!

Schließ diese Tür, befahl er sich. Oder du wirst verrückt. *Dies* hier ist wieder dein wirkliches Leben, wie kurzfristig es auch sein mag. Ein Mann sollte Herr seines Geistes sein – und seines Körpers.

Doch jenes Bett in Amsterdam fühlte sich wirklicher an als dieses hier, jener Körper aus der Erinnerung lebendiger als dieser leibliche hier. Dieses Leben fühlte sich zerbrechlicher an als jenes, das er für immer in Amsterdam zurückgelassen hatte.

Sein altes Leben hier auf Hawkridge House hatte nicht gewußt, daß ihm ein Ende bestimmt war; es hatte einfach weitergemacht und auf seine Rückkehr gewartet. Niemand hier schien zu erkennen, wie nahe dieses Leben seinem Ende war – nicht nur für ihn. Für sie alle. Und sogar die Leute, die es wußten, schienen es vergessen zu haben, kaum daß er einen Tag zurück war.

Harry hatte finster dreingeblickt und gesagt, John könne gewiß einen neuen Kirchenvorsteher für denjenigen finden, der letzte Woche so ungelegen verstorben war. Tante Margaret hatte seine Hilfe für den Husten ihres Terriers in Anspruch genommen. Zeal hatte ihn mit sich gezerrt, um ihm die Borde mit Käselaibern zu zeigen, die in der Käserei vor sich hin reiften, sowie einen neuen Bienenkorb im Obstgarten. (Sie hatte ihm die Geschichte mit dem Bienenschwarm nicht erzählt, aber er hatte sie bereits dreimal gehört.) Cope hatte ihn die neuen Frühbeete bewundern lassen. Gemeinsam hatten sie über Maßnahmen gegen die anhaltende Dürre gegrübelt.

Ich werde hier gebraucht, ermahnte John sich. Ich habe dazu beigetragen, diese Welt zu schaffen. Und so lag er im Dunkeln und baute sich einen Wall aus Alltäglichkeiten, der sich gegen jene andere Welt und Marieka stemmen sollte wie ein Deich gegen das Meer.

Tuddenham hatte Mäuse in dem kleinen Getreidelager entdeckt, trotz der neuen Sattelsteine. Man hatte Cassies Welpen vor John zur Schau gestellt. Er hatte das reparaturbedürftige Kirchdach sowie das gebrochene Bein eines Arbeiters inspiziert, den man zur Erntezeit bitter benötigen würde. Der Rechtsstreit um die Feldbegrenzung war von den gegnerischen Parteien bis zu Johns Rückkehr vertagt worden.

»Ihr müßt mit Sir Harry reden«, beschied John sie streng.

»Ja, Sir. Das wer 'n wir machen. Aber wir hätten es gern, daß Ihr dabei seid, Sir, wenn's geht.«

Ich muß ihnen die ganze Wahrheit sagen, wenn ich wieder fortgehe. Wenigstens waren die Ferkel allesamt glücklich vom Koben im Stallungshof rauf auf den Schweineacker umgezogen. Entschlossen behielt John das Bild von dem Ferkel vor Augen, das aufgeregt zum anderen Ende der Koppel ausgebüchst war, plötzlich erstarrte, als es merkte, wie weit es die anderen hinter sich gelassen hatte, und in grellem Entsetzen zurück rannte.

Schließlich übermannte ihn ein nebelhafter, erlösender Schlaf.

»Zu schade, daß du so bald schon wieder nach London mußt«, hatte John beim Abendessen zu Harry gesagt. »Ich bin ganz raus. Ich hätte es nötig, daß du mich einweist. Und bestimmt habe ich vor meiner Abfahrt vergessen, dir viele Dinge zu sagen.«

»In der Tat!« versetzte Harry, das Friedensangebot verschmähend. »Aber ich kann es nicht ändern. Ich möchte in

London dabeisein, wenn das Wild zur Strecke gebracht wird. Ich muß mich dort sehen lassen als einer der neuen Begründer der Kompanie. Die Probleme hier werden eben warten müssen, bis ich zurück bin.«

Hinter Harrys schlechter Laune steckte die halb eingestandene Wahrheit, daß es, wenn er in London weilte, weniger offensichtlich wäre, daß John wieder das Ruder übernommen hatte. Und außerdem könnte Harry so dem Problem mit den noch immer getrennten Weihern aus dem Weg gehen.

John wird sowieso wieder das Ruder übernehmen, dachte Harry, ob ich nun hier bin oder nicht. Fast wünschte er sich, daß Malise wieder nach England zurückkommen und seinen Vetter ein für allemal aus dem Weg schaffen würde.

Er beobachtete John, wie er mit Tante Margaret scherzte und Dr. Bowler dann vergnügt eine Bemerkung über die Abgeschiedenheit des Landlebens zurief. Beflissen wie immer. Es war nach seinem jüngsten Erfolg bei den holländischen Heringsfressern nur noch schlimmer geworden.

Harry hatte Johns taktvolles Vorgehen durchaus bemerkt, empfand es indes als gönnerhaft.

»... glaubt, daß Iphigenie vielleicht eingeschläfert werden muß«, führte Dr. Bowler gerade aus und beugte sich über den Tisch zu John vor, »aber er wollte deine Rückkehr abwarten. Du mußt sie dir morgen mal anschauen.«

Harry funkelte den Pastor über den Rand seines Bierkrugs hinweg wütend an. Noch so ein gönnerhafter Zeitgenosse. Nichts als lateinische Verben und Grundbaß! *Pizzicato* blabla, und blabla *nobis pacem!* Er würde ihn gern einmal in Whitehall erleben! Nicht, daß Bowler einen solchen Ort jemals von innen zu sehen kriegen würde! Und sein lieber Vetter auch nicht, nebenbei bemerkt.

Harry konnte nicht abstreiten, daß er seinem Vetter für dessen Erfolge in Amsterdam eine Menge schuldete – obwohl John ja andererseits nur getan hatte, was ihm aufgetragen worden war. Harry brachte ein Lächeln zustande, als Dr. Bowler ein Prosit auf Johns Heimkehr ausbrachte.

Ich bin wirklich dankbar! dachte Harry. Ich bin es wirklich.

»Ich schließe mich diesem Trinkspruch an, Vetterchen«, sagte er und schwenkte sein Glas, um die ganze Tischrunde mit einzubeziehen. »Willkommen daheim!«

John hatte sich tapfer geschlagen da drüben unter all diesen Ausländern; das gab Harry unumwunden zu. Aber Vetterchen würde schon merken, daß London und Whitehall eine ganz andere Herausforderung darstellten. Da war es schon gut, daß er dieser Herausforderung nie würde ins Gesicht blicken müssen. Entflohene Verbrecher verkehrten nun mal nicht am königlichen Hof.

Harry trank den Krug Bier aus und fühlte sich besser. Dann trank er noch einen Krug. Die Nacht war warm, und das hausgemachte Bier kam frisch aus den wassergekühlten Kellern.

Und es sind meine Keller, dachte Harry. Mein Ale. Warum mache ich mir überhaupt Gedanken? John wird sich rasch genug davonschleichen müssen, sobald Malise zurückkommt. Ich bin hier immer noch der Herr im Hause. Ich kann ihn rauswerfen, wann es mir paßt. Aber vorerst werde ich ihn hierbehalten. Ich brauche ihn zur Zeit sogar, damit ich mit klarem Kopf nach London fahren kann.

»... Ihr werdet mir also sagen, wenn ich es richtig mache?« fragte Zeal Mistress Margaret.

Harry hatte nicht mitbekommen, um was es ging.

»Ihr dürft mich in Essig einlegen, wenn irgend jemand Euch jemals etwas sagt, Mylady«, versetzte Mistress Margaret bissig.

Alles lachte, Zeal eingeschlossen.

Harry sah, wie das kleine Gesichtchen seiner Frau sich lachend in die Strahlen der Abendsonne drehte, die schräg durch das Fenster ins Zimmer fielen. Braun wie eine Milchmagd! Er stieß einen Seufzer aus. Und dieses ungebändigte Haar. Ich gebe die Hoffnung auf.

»John«, rief Zeal in das Gelächter. »Bitte, sagt Eurer Tante ...«

»»Ihr dürft mich in Essig einlegen, wenn irgend jemand jemals ...««, äffte John seine Tante mit hoher, quäkender Stimme nach, um sich alsdann vor einer spielerischen Ohrfeige zu ducken.

Ich nehme den kleinen Fratz vermutlich am besten mit nach London, dachte Harry und fühlte sich plötzlich einsam. Bevor sie sich noch mehr für ländliche Sitten erwärmt.

»Ich befehle Euch mitzukommen!«

»Seid nicht albern.« Harry sieht aus wie ein Kleinkind, das kurz vor einem Wutanfall steht, dachte Zeal. »Ich meine, seid vernünftig. Wie lange werdet Ihr in London bleiben?«

»Weiß ich nicht.«

Sie hatte sich gewundert, warum er ihr nach dem Abendessen in ihr Gemach gefolgt war, anstatt im Kleinen Salon zu bleiben, zu rauchen und ein paar Runden Glückshaus zu spielen.

»Dann schickt mir Nachricht, sobald Ihr es wißt. Ich kann bis morgen früh ohnehin nicht all meine Schrankkoffer und Truhen gepackt haben.«

Ich kann hier nicht fort! dachte sie panisch. Ich will hier nicht fort! Ich werde niemals weggehen, nie! Und ich habe noch soviel zu tun, jetzt, wo Vetter John wieder da ist und mir helfen kann.

Zeal nahm Zuflucht zu einer Verschlagenheit, die sie im Laufe der letzten Jahre im Umgang mit gleichgültigen Fremden geschmiedet und geschliffen hatte. »Wollt Ihr mich wirklich um Euch haben, wenn Ihr bis zum Hals in diesen wichtigen Angelegenheiten steckt? Ich werde Anleitung brauchen, bevor ich all Euren wichtigen Freunden gegenübertreten kann.«

»Ich dachte, Ihr hättet hier bessere Manieren als in Whitehall entdeckt.«

»Ich habe doch nur Spaß gemacht. Ich kenne Whitehall überhaupt nicht, aber es jagt mir Angst ein. Wahrscheinlich werde ich dumm herumstehen und den Mund aufreißen und gaffen und einen Fauxpas nach dem anderen begehen.«

Mit ihren in die Hüften gestemmten Händen, dem Haar, das einen leuchtenden, metallischen Heiligenschein um ihr Gesicht bildete, halb entkleidet, sah sie in Harrys Augen wie ein junges Fischweib aus, dem nur die blutige Schürze und der Gestank fehlte.

»Ich könnte es nicht ertragen, Euer Ansehen zu schädigen!« Seine Lippen entspannten sich ein wenig.

Na also, dachte sie. Schon besser.

»Es mag klüger sein«, erklärte Harry mit dem feierlichen Gesichtsausdruck eines Mannes, der tief in sich hinein horchte, »mich die nächsten paar Wochen ganz aufs Geschäft zu konzentrieren. Wenn an dieser Front alles unter Kontrolle ist, kann ich nach Euch schicken lassen, Euch Etikette lehren und auf Vordermann bringen. Euch meine ungeteilte Aufmerksamkeit widmen. Ich hatte keine Zeit, als wir geheiratet haben. Hatte zuviel andere Dinge zu erledigen. Keine Zeit für die Braut, hä?« Er lachte.

Zeal lachte vorsichtig zurück. Irgend etwas in Harrys Augen brachte sie dazu, die Arme vor der Brust zu verschränken.

»Euch Etikette lehren. Euch in die Hand nehmen«, murmelte Harry und lauschte mit Interesse den eigenen Worten.

Zeal behielt ihr Lächeln bei, wurde jedoch wachsam wie ein Kaninchen.

»Was Ihr so habt«, sagte Harry grüblerisch, »in die Hand ...«

O nein! fuhr es Zeal durch den Kopf.

Sie wich zurück, als Harry auf sie zukam, doch sein Griff reichte weiter als ihr Schritt. Seine Lippen trafen ihren Mundwinkel, weil sie den Kopf abwandte. Ihre Oberlippe blieb an der Kante eines ihrer Zähne hängen. Sie schmeckte Salz.

»Ihr habt es versprochen! Ihr habt versprochen, es nicht zu tun!« Sie wand sich und zappelte mit der Kraft eines in Panik geratenen Kätzchens.

»Ist doch nur ein Kuß!« Er ließ sie so unvermittelt los, daß sie zurücktaumelte und über den Saum ihres Unterrocks stolperte.

Zeal schoß ihm wütende Blicke zu, während sie ihre Füße befreite. »Ihr habt es versprochen!«

»Nur ein freundschaftlicher Kuß!« murrte Harry empört. »Was darf ich denn tun? Sagt, Madam, darf ich Eure Hand nehmen? Darf ich Euch aus der Kutsche helfen? Die Treppe hinaufgeleiten? Klärt mich auf, damit ich Euch nicht mißverstehe. Wie nahe darf ich Eurer geheiligten Person kommen? Hä? Gattin!«

Verflucht! dachte Harry. Wie kann ich diesen kleinen Fratz ausgerechnet in dem Moment begehren, da sie mich zum Narren hält und aussieht wie eine Schlampe?

»Seid nicht böse!« bettelte Zeal. Ein tief, tief verborgener Instinkt riet ihr, ganz still und ganz klein zu werden. Unsichtbar. Sie zog sich in sich selbst zurück und beobachtete ihren Gatten aus der Deckung heraus wie ein Nachtfalter, der vorgibt, ein Stück Baumrinde zu sein, oder eine Fasanhenne, die sich in einen getrockneten Farnwedel verwandelt.

Eine Pause trat ein.

»O Gott!« rief Harry. »Ich gebe die Hoffnung auf. Seid unbesorgt! Ich lasse Euch allein, auf daß Ihr an Eurem Schnuller lutschen und mit Euren Püppchen spielen könnt!«

Er knallte die Zimmertür hinter sich zu. Nach einer diplomatischen Pause, während Harrys Schritte sich entfernten, schob Zeal den Riegel vor.

26. Juni 1636. Die Melonen, deren Kerne ich in Honigwasser eingelegt habe, sehen genauso aus wie diejenigen, denen dieses süße Vergnügen verwehrt wurde. Alle Topfkräuter sind schlaff vor Trockenheit ...

Tagebuch des John Nightingale, bekannt als John Graffham

Der nächste Morgen stand ganz im Zeichen von Harrys Aufbruch nach London. Satteltaschen mußten mit so viel Kleidung vollgestopft werden, daß sie bis zur Ankunft eines Gepäckkarrens ausreichen würde. Harry mußte einen der Hausdiener instruieren, was ihm in Truhen und Schrankkoffern nachgeschickt werden sollte. Sein bestes Reitpferd lahmte; sein zweitbestes mußte erst eingefangen und von der Weide geholt werden. Sein Pferdeknecht hatte einen Reitstiefel verloren. Harrys Messeretui mußte auf Hochglanz poliert und seine Handschuhe parfümiert werden. Er wollte einen Brief an seinen entfernten Nachbarn Sir Richard Balhatchet schicken. Die Reisenden benötigten Brot und kaltes Fleisch und Ale als Wegzehrung. Es wurde Mittag, bevor Harry, Pferdeknecht und Leibdiener die Buchenallee hinauftrabten und im grünen Meer des sommerlichen Blattwerks verschwanden. John spürte, wie das ganze Gut einen kollektiven Seufzer der Erleichterung ausstieß und eine kurze Verschnaufpause einlegte.

Nachdem die allgemeine Freude sich gelegt hatte, nahm dieser Tag für John fast den gleichen Ablauf wie der Tag zuvor. Warmherzige Begrüßungen und ungelöste Probleme prasselten wie Getreidekörner aus einer übervollen Schürze auf ihn nieder. Zeal verfolgte ihn ebenso erbarmungslos wie Cassie und der gelbe Köter und fragte ihm Löcher in den Bauch. Er gab ihr auf alles eine Antwort, gerührt von ihrer Wißbegierde. Indem er sie einwies, entdeckte er das selbstsüchtige Vergnügen, sich noch einmal in Erinnerung zu rufen, wieviel er selbst bereits gelernt hatte.

John konnte nun verstehen, warum die junge Lady Beester seine Tante das Fürchten lehrte: Das Mädchen hatte deutlich erkennbar die Zügel von Hawkridge in die gebräunten Hände genommen. Eine Person, die bereits verängstigt war, könnte ihren Eifer durchaus als Herrschsucht mißdeuten. John hatte man schon ähnliches vorgeworfen.

Der junge Cope indes schien nicht verängstigt zu sein. Er gaffte mit offenem Mund und errötete und lächelte und holte herbei, was immer Zeal haben wollte. Wenn John Zeal instruierte, konnte er an der leicht schmollenden Haltung des Obergärtners die Rolle ablesen, die Cope während seines Aufenthalts in Amsterdam gespielt hatte. Welcher Mann könnte schon einem solchen Interesse für die Dinge widerstehen, die er kannte und am meisten liebte?

»Ihr seid gewachsen!« teilte John ihr mit.

»Findet Ihr? Meine Röcke sind allerdings immer noch lang genug.«

Sie schien mehr Platz einzunehmen als zuvor. John betrachtete das Mädchen, während sie beratschlagten, wo der Winterkohl gepflanzt werden sollte, und gemeinsam mit Tuddenham und Cope überlegten, wie man die Setzlinge feucht halten konnte, falls die Dürreperiode anhielt. Bei ihrer Ankunft war Zeal ein Splitter gewesen, den man in das Geschehen getrieben hatte; sie hatte andere Leute angeschaut, als befände sie sich in Wahrheit gar nicht im selben Zimmer mit ihnen. Nun betrat sie die Räume wie ein Paukenschlag und stürmte über den Rasen wie ein Wirbelwind.

»Mir scheint, daß Ihr Euch entschlossen habt, hier zu leben«, sagte John unvermittelt.

Sie sah erschrocken aus. Dann lachte sie auf. »Das Fleckchen hier hat mir die Entscheidung abgenommen. Es ist wunderschön. Ich werde für immer hierbleiben ... oder, bis ich sterbe.« Sie streckte ihr Gesicht in die leichte Brise, wie ein Reh, das die Duftmarken saftiger Weiden und weit entfernter Hunde erschnupperte. Ihr Haar brannte mit kleinen Lichtern in der Sonne. John lächelte vergnügt beim Anblick dieses gesunden, glücklichen jungen Tieres.

Wenn ich auch sonst nichts in Amsterdam bewerkstelligt habe, dachte John, so habe ich doch Hawkridge House gerettet, damit sie es lieben kann. Harrys Seen und Portiken und neunundfünfzig Statuen spielen gar keine Rolle. Wenn ich gehen muß, wird sie Hawkridge für mich lieben. Ich glaube, daß sogar der alte Bols das Gefühl haben könnte, sein Opfer sei nicht umsonst gewesen.

John streckte den Arm nach der nächsten Fruchtmauer aus, um den harten grünen Knubbel einer jungen Aprikose zu prüfen. Dann zog er den Arm jäh zurück.

»Was habt Ihr wirklich dort drüben getan?« fragte Zeal plötzlich. »In Amsterdam?«

John verspürte einen Anflug von Schuldbewußtsein und verbannte Marieka aus seinen Gedanken. »Ich bin den neuen Alchimisten begegnet.«

»Das war eine ernstgemeinte Frage.« Zeal stemmte die Hände in die Hüften und runzelte mit gespieltem Ernst die Stirn.

»Und ich habe Euch eine ernstgemeinte Antwort gegeben. Ich hatte mit Männern zu tun, die lebendige Materie in Gold verwandeln.«

»Wie?« Sie war mißtrauisch und amüsiert.

John grub tief in seiner Hosentasche und holte ein in Tuch eingeschlagenes Päckchen hervor. Er wickelte den Sprößling des *Königs von Kandy* aus und hielt ihr den perlfarbenen Reißzahn auf der Handfläche hin.

»Was ist das?«

»Der Samen eines Goldbaums.« Er schaute sie an und riß unschuldig die Augen auf.

Zeal runzelte die Stirn und beugte sich näher über seine Hand.

»Ein widernatürliches Wunder«, sagte John.

Sie hörte etwas aus seinem Tonfall heraus und blickte auf. »Ihr mochtet diese Alchimisten nicht?«

»Ich mochte sie«, erwiderte John vorsichtig. »Aber ich frage mich, ob das gut war. Genauso ist es mit ihrer Magie. Ich kann die Schlechtigkeit in ihren Zaubertricks noch nicht genau erkennen, aber mir ist nicht wohl bei der Sache.«

Sie starrten beide auf seine Handfläche.

»Der Mann, der mir das geschenkt hat, ist tot, und sein Tod war der Grundstein unseres Glücks ...« John unterbrach sich abrupt. Er hatte nicht vorgehabt, soviel zu sagen. »In Wahrheit wird dieses winzige Ding in meiner Hand innerhalb von drei Jahren zu einer wundervollen Schönheit heranwachsen ... falls es die Nackt- und Weinbergschnecken überlebt.« Er wich ihrem prüfenden Blick aus. »Es handelt sich um eine kleine Tulpe, Herrin.«

»Dieses winzige Zähnchen?« Sie half ihm, wieder einen leichteren Ton anzuschlagen.

»Eine Tulpe, schöner als alles, was ich oder Ihr jemals erblickt habt: weiß und purpur, sagte man mir, mit einem ganz hellen Grün schattiert, gefranst wie ein Handschuh, aber feiner, als der Mensch es jemals bewerkstelligen wird. Blütenblätter, die knackig und weiß zugleich sind. Man möchte nur dasitzen und sie stundenlang ehrfürchtig bestaunen.«

»Dieses komische kleine Ding?« Ihre Stimme zog ihn auf, doch ihre Augen prüften ihn immer noch. Sie hatte deutlich gehört, was er gesagt hatte, bewußt oder nicht.

»Glaubt Ihr mir etwa nicht?«

»Ich würde ja gern.«

Er spitzte die Ohren und vernahm einen winzigen Seufzer.

»Dann wird unser Cope die nächsten drei Jahre Sankt Georg spielen und es grimmig gegen all jene schleimigen Drachen verteidigen – um Euren Glauben zu festigen.« Er lächelte sie an. »Kommt, wir wollen ihn zu Bett bringen.«

Kaum ausgesprochen, erschien ihm seine Wortwahl äußerst unglücklich. Doch Zeal bemerkte sein Unbehagen offenbar nicht. Sie gingen zu dem Schuppen, der sich an die Nordwand des Neuen Gartens lehnte.

Während Cope zögernd herumstand und immer noch ein ungutes Gefühl hatte, wenn John die Arbeit selbst tat, bereitete dieser einen Topf vor, den er in den Schatten einer der Mauern des Knotengartens stellen wollte.

»Darf ich mich um ihn kümmern?« fragte Zeal sehnlich.

»»Um diesen komischen kleinen Zahn?«« neckte John sie. »Drei Jahre lang?«

Sie ging nicht auf seinen ironischen Tonfall ein. »Ich habe noch nie etwas so lange beim Wachsen beobachtet.«

Armes Kind, dachte John. So herumgeschubst zu werden. »Auch keinen kleinen Hund, kein kleines Kätzchen?« Oder einen Affen?

Sie schüttelte den Kopf. Faßte sich dann an den Haarknoten in ihrem Nacken, der sich durch die Erschütterung lockerte und sich zu lösen drohte.

»Dann ...« John wandte den Blick von der Hand in ihrem

Haar ab und pflanzte sich gebieterisch vor ihr auf. »Ich ernenne Euch hiermit offiziell zum Kämmerer des *Königs von Kandy* ... sobald Seine Majestät volljährig geworden ist. Bis dahin werdet Ihr seine Amme sein müssen.«

Er kniete sich hin und setzte den Topf ab. Zärtlich steckte er die Brutzwiebel in den Humus des Blumentopfs.

Zeal hockte sich inmitten eines Wusts von Röcken neben ihn und starrte in den Topf, als erwarte sie, einen blaugrünen Trieb vor ihren Augen emporsprießen zu sehen.

John sah von der Seite auf die gespannte Biegung ihres schlanken weißen Halses, die kleine Knochenschwellung unterhalb ihres Nackens und die gelöste Locke rotblonden, drahtigen Haars. Eine zweite Schwellung lag ein bißchen tiefer, im Schatten ihres Kragens. Die zarte Linie ihrer Wirbelsäule bog sich unter dem enganliegenden Rückenteil ihres Mieders hinab in die Geheimnisse ihrer Röcke. Unterhalb der Taille so unwirklich und ätherisch wie ein Engel. John fragte sich plötzlich, ob ihre Brustwarzen kirschrot wie Mariekas oder braun wie Cats sein mochten. Er schnellte empor wie vom Blitz getroffen und trat entsetzt zurück.

»Haben wir noch einen Wurf Kätzchen in der Scheune?« wollte er von Cope wissen. »Lady Beester möchte uns vielleicht den einen oder anderen Mäusefänger großziehen, während sie auf ihren König wartet.«

»O ja!« Sie sprang auf und wirbelte so schnell herum, daß ihre Röcke sich in der Buchsbaumhecke verfingen. »Bitte! Was muß ich tun? Brauchen sie Milch? Was für ein Spaß! Wißt Ihr, ich habe tatsächlich vor zwei Nächten eine Maus in meinem Zimmer gesehen ...«

Wenigstens hatte er sie erfolgreich auf andere Gedanken gebracht. Ohne das Ablenkungsmanöver mit den Kätzchen hätte sie mit Sicherheit seine lasterhaften Gedanken ebenso schnell erraten, wie sie zuvor seinen Tonfall entschlüsselt hatte. Sie hatte aus seinen beiläufigen Respektlosigkeiten über Alchimisten mehr herausgehört, als er sich selbst eingestehen mochte. Und sie hatte recht.

John ließ Zeal mit Cope in der Scheune zurück; sie saß im Heu und versuchte, vier halbwilde Kätzchen auf ihren Schoß zu locken. Er mußte allein sein und sich prüfen – und erkannte, daß sein Anfall von Fleischeslust Marieka gegolten hatte. Da sie weit fort war, hatte seine Lust sich einfach das nächstbeste Objekt auserkoren.

Wieder durchschritt er den Neuen Garten, überquerte die Wehrbrücke und klomm durch den Obstgarten zum Gipfel des Hawk Ridge empor. Selbst auf dem Kamm fühlte er sich noch von Bäumen und Büschen beengt. Er holte einmal tief Luft und ließ seine Gedanken zu den flachen, nassen, weiten grauen Horizonten Hollands schweifen.

Meine Augäpfel, dachte er sarkastisch, sind durch diese weiten Entfernungen überdehnt worden. Genau wie meine moralischen Grundsätze.

Seine Nase erinnerte sich immer noch an den Salz- und Fischgeruch der See, selbst hier, inmitten des süßen Dufts von zerdrücktem Gras, Waldmeister und wilder Minze. Letzte Spuren von Muskatnuß, Zimt und Nelken, die den Hafen Amsterdams mit ihrem Aroma erfüllten, hingen immer noch in den Falten seiner Kleidung, zusammen mit Mariekas Moschus und Rosenwasser.

Er streckte sich der Länge nach im gelb werdenden Gras aus und blickte zum Himmel empor.

Ich bin zurück. Erfolgreich. Wohlbehalten. Im Moment sind meine eigenen Gedanken meine schlimmsten Feinde.

Er fuhr mit den Händen durchs Gras. Die scharfen, seidigen Halmschneiden glitten sanft, aber gefährlich über die weiche Haut zwischen seinen Fingern. Rascheln und Raunen und Piepsen erfüllten seine Ohren. Eine Lerche stürzte hinunter und stieg empor und stürzte sich über seinem Kopf wieder zu Boden. Viel, viel höher schwebte der stille Punkt eines Habichts durch die Luft.

Der Himmel war diesig. Die Nachmittagssonne schien zwar, aber diffus wie eine Laterne hinter einem Schirm. Graue Wolken bauschten sich wie Bäume hinter den Kronen eines Eichen- und

Buchenhains, jedoch zu hoch, um Regen zu bringen. Alle waren offensichtlich froh, ihn wiederzusehen. Und er war froh, sie wiederzusehen. In einem Fall zu froh, wie es schien. Er befand sich wieder auf vertrautem Terrain und war zuversichtlich, was die anstehenden Aufgaben betraf. Malise war vorübergehend im Ausland.

John setzte sich wieder auf und legte die Unterarme über die Knie.

Warum also wünsche ich mir dann beinahe, daß das Schlimmste passiert, und das auch noch schnell?

In dieser Nacht holte John Saskis Skizze von Marieka hervor, auf der sie zu sehen war, nachdem sie den Apfel gegessen hatte. John wäre es lieber gewesen, wenn der Künstler einen anderen Moment eingefangen hätte, nicht jene eigenartig verwundbare, leere Stille, die diesen gefährlichen, sehnsüchtigen Beschützerinstinkt in ihm weckte. Doch da war der Doppelbogen ihrer vollen Lippen, den er begierig bewundern konnte, die Biegung ihres Halses, die zerbrechliche Zartheit ihrer Nasenflügel und ihres Mundes zwischen den edlen Kontinenten von Stirn und Kinn.

Die Luft zwischen seinen Bettvorhängen war staubig und heiß. Die Vorhänge schienen ihn zu ersticken. Er wollte Marieka, hier, jetzt, nackt, die Arme ausgebreitet, mit ihren Kirschbrustwarzen und durchtrieben vor Lust. Sein Glied wurde steif, als er sich Marieka in Erinnerung rief.

Nun, mein Junge, du kannst sie nicht haben! Dieses sündige Abenteuer ist vorbei. Und hier gibt es auch niemanden für dich!

Er dachte an die Linie von Zeals Wirbelsäule unter dem straffen Stoff ihres Miederrückens, an den Wust von Röcken um jene schlanken milchweißen Schenkel, an denen sein Blick unwissend und mit sprießendem Verlangen emporgeglitten war. Ihre nackten Zehen waren so glatt und rosig wie Apfelknospen gewesen.

Er seufzte und wälzte sich auf die andere Seite. Zweieinhalb Jahre mit Cat hatten ihn nicht gelehrt, wie man mit einer Marieka fertig wurde. Kurz darauf stand er auf und tapste nackt zum Fenster hinüber, das auf den Kräuter- und Knotengarten hinausging; sein nickender, eigensinniger Satanswicht war ihm immer ein Stückchen voraus.

Wenn Adam in seiner Unschuld schon so leicht zu verderben gewesen war, wie hatte sich der Herr dann vorgestellt, daß es ihm mit diesem kleinen, permanent befestigten Teufel ergehen würde?

John konnte die tiefschwarzen, ineinander verflochtenen Reihen von Buchsbaum und Gamander ausmachen, die sich von den schwarzen Schatten der Wege und Beete abhoben. Der Mond von Wolken verhüllt. Alles ein Schatten unter Schatten. Das Haus war tief in einem Meer aus Schatten versunken. John schloß die Augen und erblickte den weiten, flachen, nassen holländischen Horizont.

Was wäre geschehen, wenn Malise nicht Mitglied in der Südjavanischen Kompanie gewesen wäre, ihn nie aufgespürt hätte, wenn John Marieka hierher hätte bringen können? Sie verdiente etwas Besseres als ihres Bruders *demi-monde*. Doch was würden jene spöttischen blauen Augen von Hawkridge House denken? Wie bald würden sie fragen: Und jetzt? Was kommt als nächstes?

Er stellte sich Erasmus inmitten der Hühner vor. Das war schon unterhaltsamer. Vielleicht würde ein Hecht ihn erwischen. Oder ein Falke. Ausgesprochen nette Vorstellung!

So wie die Dinge lagen, würde Malise nicht für immer im Ausland bleiben. Johns Aufenthalt hier war zweifellos nicht mehr von Dauer.

Nachdem Satan nun für eine Weile niedergerungen war, wanderte John durchs Zimmer, um auf den Vorhof hinauszuschauen. Ein schattenhafter Hund trottete über den Kies, kurzbeiniger als Cassie, dunkler und dicker als der gelbe Köter. Bellman oder Ranter, einer der Mastiffs, der seine nächtliche Wachrunde lief. Die großen Torflügel waren zugezogen und verschlossen. Einst hatten Wölfe und Geächtete und Raubritter von anderen Herrensitzen schlafende Güter heimgesucht. Heute waren es Bettler, vertriebene Gutsarbeiter, die durch die Einfriedung von Feldern ihr Land verloren hatten, und desertierte Soldaten.

John seufzte noch einmal und machte auf nackten Füßen kehrt. Dann wirbelte er wieder zum Fenster herum. Er konnte nicht einschlafen. Er hatte keine Cat mehr. Er wagte es nicht, in dieser Stimmung den Baum der Herrin aufzusuchen; sie schien ihn stets aus der Bahn zu werfen. Er sah, wie der schattenhafte Hund – zick! – auf den Hauseingang zu und – zack! – wieder von ihm weg trottete, als wäre ihm plötzlich etwas Besseres eingefallen. Und dann entdeckte John den Schatten im Eingang.

Der Mastiff hätte die Nacht in Fetzen gerissen, wäre der Schatten am Eingang ein Fremder gewesen. Trotzdem konnte es nicht schaden, selbst noch einmal nachzusehen.

Seine Laune besserte sich, kaum daß er ein Ziel vor Augen hatte. Er warf sich ein leinenes Hemd und eine Kniehose über, schlüpfte mit nackten Füßen in ein Paar Hausschuhe und stieg über die kleine Treppe im Ostflügel in den darunterliegenden Büro- und Küchentrakt hinab. Degen und Dolch ließ er in seinem Amtszimmer liegen. Von der Tür, die zwischen Küche und Kräutergarten auf den schmalen Durchgang entlang der Hauswand führte, trat er geräuschlos durch den Torbogen auf den Vorhof. Der Kies verriet seine Anwesenheit.

»Wer ist da?« Die Stimme einer jungen Frau, überrascht, aber nicht ängstlich.

»Mylady«, sagte John, fast genauso überrascht. »Ich finde Euch ständig an Orten, wo ich Euch nicht vermuten würde.« Seine Schritte knirschten durch die Nacht.

»Ist das nicht spaßig?«

John hörte Mariekas Stimme aus dem Schatten sprechen. »Für Euch vielleicht«, versetzte er.

Es folgte gekränktes Schweigen.

»Verzeiht«, bat John.

»Mir gefällt es hier.« Zeal klang, als glaubte sie sich verteidigen zu müssen. »Ich komme oft nachts hier heraus.«

»Was hält Harry davon?«

»Er weiß es nicht.«

»Ich verstehe«, meinte John. Nach seinen nachmittäglichen Gedanken im Garten behielt er einen sicheren Abstand zwischen ihnen bei.

»Wie dem auch sei, er ist ja in London.«

Sie saß auf der obersten Stufe, auf einer Höhe mit den Köpfen der beiden Adler, die Arme um ihre Knie geschlungen. »Werdet Ihr mich jetzt ausschimpfen?« fragte sie.

»Sollte ich das?«

Nach einem Augenblick des Nachdenkens sagte sie: »Tut mir leid. Ich bemitleide mich nur. Manchmal habe ich den Eindruck, daß alle Welt mich ausschimpft.«

»Wer ist denn alle Welt?« Er blieb mit seinen Hausschuhen auf dem Kies stehen. Sie bewegte ihre Hände zum Schoß. John erblickte den dunklen Schatten eines Kätzchens, das sich in der Hängematte ihres Nachthemds zusammengerollt hatte.

»Harry, nehme ich an. Und Mistress Margaret. Sie schimpft am schlimmsten, wenn ich recht habe. John, ich habe mich wirklich bemüht, nett zu ihr zu sein, wie Ihr gesagt habt. Ich hab's wirklich versucht ... Ich bin so froh, daß Ihr wieder da seid!«

»Damit ich Harry und Tante Margaret für Euch ausschimpfen kann?«

»O ja, bitte.« Ihr dunkles Profil war den buckligen Umrissen der Buchenallee zugewandt, die gerade noch hinter der Mauer zu sehen waren. »Obwohl Ihr Euch verändert habt, seit Ihr zurückkamt.«

»Tatsächlich?« fragte er unbeteiligt. »Wo wir einmal beim Thema sind – Ihr habt Euch auch verändert. Ich meine das allerdings als Kompliment. Ihr offenbar nicht. So hat es sich zumindest angehört.«

»Ihr seid furchtbar nett gewesen, mir all meine Fragen zu beantworten und mir den *König von Kandy* zu geben und dieses Kätzchen ...« Sie beugte ihren schattenhaften Kopf herunter und strich sich übers Haar. »Aber ich fühle mich unbehaglich in Eurer Gegenwart.«

Das Ablenkungsmanöver mit den Kätzchen ist also fehlgeschlagen, dachte John unglücklich.

»Im Innern seid Ihr gar nicht so ruhig.« Sie kuschelte sich an die kleine Katze. »Wenn Ihr zum Beispiel, so wie jetzt, da herumsteht und von einem Bein aufs andere tretet, dann fühle ich mich gezwungen, irgend etwas zu sagen, anstatt nur ganz friedlich dazusitzen, wie wir es damals im Obstgarten getan haben.«

Der Teufel führte ihm die Zunge. »Wäre es besser, wenn ich mich hinsetzen würde?«

»Vielleicht.« Sie schob ihre Hüften über die ausgetretene Steinstufe.

Kaum hatte er sich niedergelassen, wünschte er, er hätte es nicht getan. Nur der dünne Stoff seines Hemds und ihres Nachtgewands war zwischen ihrer beider nackter Haut. Er schlang die Arme um die angezogenen Knie und zog sich hinter seinen Schutzwall zurück.

Schweigend saßen sie da. Der schattenhafte Mastiff tauchte um die Ecke des Westflügels auf, trottete über die Kiesfläche und verschwand in Richtung der Gärten. Eine Eule rief im Obstgarten. Frösche, Enten und Insekten quakten und summten in der Dunkelheit. Eine Fledermaus flitzte durch die Nacht.

»Ist es jetzt besser?« fragte John.

»Schlimmer!« Ihre Stimme klang verzweifelt. »Ich spüre, daß wir beide auf etwas warten.« Sie wandte ihm ihr dunkles Gesicht zu. »Ich weiß nicht, auf was.«

John wußte es. Er lehnte sich an ihren warmen Arm. Der Schatten ihres Gesichts hob sich seinem entgegen. Sie hatte zu atmen aufgehört.

Eine gräßliche Pause trat ein. Ihr Antlitz schwebte immer noch unentschlossen in der Dunkelheit. John stöhnte auf und zog sich schroff zurück. Er tastete nach ihrer Hand, fand sie und küßte sie. Sie sackte in sich zusammen.

»O Gott, Zeal. Bitte, verzeih mir! Ich möchte dich nicht unglücklich machen.«

Was mache ich denn da? fragte er sich grimmig.

Seine Zunge schlingerte wie ein herrenloser Karren. »Könnt Ihr mir verzeihen? Ihr habt recht – ich habe mich verändert, und ich weiß nicht, wie. Ich bin wohl ein bißchen durcheinander ...« Seine Zunge lallte immer weiter.

Gemeiner Kerl! wütete er gegen sich selbst. Gib doch zu, daß du ziemlich genau wußtest, daß sie keinen Rückzieher machen würde! Dem Herrn sei Dank, ich bin gerade noch rechtzeitig zur Vernunft gekommen. Mit Marieka zu sündigen, wie wundervoll es auch gewesen war, hatte einen Makel auf seiner Seele hinterlassen.

Es wird schon so schwer genug für Zeal werden, dachte er, ein Leben mit Harry zu verbringen.

Zeal entzog ihm ihre Hand.

»Ich kann nicht glauben, daß Ihr wirklich einen Beschützer gegen Harry und meine Tante braucht«, sagte er. »Aber ich werde tun, was ich kann, solange ich noch hier bin.«

»Danke«, erwiderte sie mit dünnem Stimmchen. Sie fragte nicht, wie lange das noch der Fall sein würde.

»Der Tau fällt. Wir sollten zurück ins Haus gehen.«

»Das denke ich auch«, gab sie zur Antwort. Und blieb sitzen.

»Soll ich Euch zurück geleiten?«

Sie erhob sich, drückte das Kätzchen mit einer Hand an ihre Brust. Mit der anderen strich sie das Vorderteil ihres Nachthemds glatt. »Ich wünschte, Ihr *hättet* mich vorhin geküßt.« Eine Spur von Ärger schwang in ihrer Stimme mit. »Ich wollte wissen, wie es gemacht wird, bevor ich das Ganze mit Harry anfange. Ich meine, nicht nur dieses Zunge-gegen-die-Zähne-Quetschen wie bei der Hackney-Meute!«

»Ihr tätet besser daran, mit Harry zu üben«, sagte John mit heiserer Stimme.

Je eher er vom Gut verschwand, desto besser. Nicht nötig, auf Malise zu warten, bis der ihm einen Schubs gab.

John ließ eine stumme Zeal am Fuß der großen Treppe stehen, schloß das Hundegatter hinter ihr und ging wieder nach draußen in den Garten.

Ich bin eine Gefahr für sie und für mich selbst. Und für

Harry. Er fand sich raschen Schrittes die *allée* gestutzter Weißbuchen durchmessen, die am Westflügel entlang verlief. Dieser Kuß hatte gewiß Mariekas Phantom gegolten und war aus dem wollüstigen Fieber der letzten Nacht geboren. Das Gift der Sünde verbreitete sich wie die Pest.

Als er zum dritten Mal die *allée* der Länge nach durchschritten hatte, hatte er sich eingestanden, daß er mit der jungfräulichen Gemahlin seines Vetters ins Bett gehen wollte.

John war so erleichtert wie Zeal unglücklich, als am folgenden Nachmittag ein berittener Bote eintraf. John sollte in einer Woche im Londoner Stadthaus von Sir George Tupper, Direktor und Gesellschafter der Südjavanischen Kompanie, zu Abend speisen.

12

*3. Juli 1636. London. Sir Georges Damaszenerrosen sind sehr
schön. Habe ihn um Ableger gebeten, obwohl nur Gott der Herr
weiß, wo ich sie einmal pflanzen werde.*

Tagebuch des John Nightingale, bekannt als John Graffham

»Ich wußte nicht, daß du hier bist!« rief Harry mit unverhülltem
Entsetzen aus. »Was machst du hier? Warum bist du nicht in
Hawkridge House? Ist das nicht gefährlich für dich?«

»Sir George hat mich eingeladen«, gab John seinem Vetter
zur Antwort.

»Sir *George?*« Harrys dunkelrotes Gesicht wirkte braun im
Kerzenlicht. »Wo wohnst du?«

»Hier.«

»In *diesem* Haus? Hat Sir George ...?« Harry fing sich allmählich. »Welche Ehre für unsere Familie«, erklärte er, immer
noch außer Atem vor Schreck. »Zweifellos.« Er blinzelte sehr
schnell. »Mit der Zeit darf ich vielleicht sogar darauf hoffen,
meinen Wildfang von Gattin hier willkommen zu heißen. Obwohl wahrscheinlich nicht für die Nacht und das darauffolgende
Frühstück.«

»Dein Vetter vom Lande wird sein Bestes tun, dir keine
Schande zu machen«, versetzte John mit einem kaum merklichen Anflug von Schärfe in der Stimme. Armer Harry. Hauptsächlich seines Vetters wegen hatte er sein Haar gebändigt, seinen Bart gestutzt und sich in ein Gewand aus meergrüner Seide
mit rosarotem Seidenfutter gezwängt, das zu den rosaroten

Seidenrüschen auf seinen cremefarbenen, hochhackigen Ziegenlederschuhen paßte; um die Knöchel war ihm kalt.

»Wie außergewöhnlich«, sprach Harry zu sich selbst. »Ich frage mich nur, warum ...« Dann kamen ihm Johns Worte zu Bewußtsein. »Oh, du siehst sehr gut aus, Vetterchen. Ganz wunderbar. Mach dir keine Sorgen.«

In der Tat ließ die engere Paßform der neuen Kniehosen Johns lange, kräftige Beine besser zur Geltung kommen als die altmodischen Pluderhosen.

»Aber du solltest wenigstens einen Handschuh tragen«, riet Harry ihm. »Deine Hände sind viel zu braun für einen Londoner Gentleman.«

»Du bist der Londoner Gentleman«, widersprach John, »nicht ich.«

Auch gut, dachte Harry, bei diesen Bauernschultern, die durch den engeren Schnitt der neuen Londoner Wämse gnadenlos bloßgestellt werden.

»Das ist also dein berühmtes London, Harry?« erkundigte John sich höflich. »Erklär mir seine Wunder.«

Der Lärm von Sir Georges Gästen plätscherte und sprudelte um sie herum wie ein Fluß über Felsen. Trotz der abendlichen Dunkelheit war der Garten, in dem sie standen, von Fackeln taghell erleuchtet.

Kein richtiger Garten, dachte John mit dem Anflug eines geistigen Naserümpfens. Mehr ein Lusthof. Zuviel Stein.

Die Ecken der Wege und französischen Rabatte waren mit sternförmigen Steinplatten und goldenen, mit vergoldeten Holzfischen gesprenkelten Netzen markiert. Käfige mit Finken und Lerchen hingen an Stangen, doch ihr Tschilpen war gar nicht zu hören inmitten der lauten, lachenden Stimmen von hundert Gästen und dem Krächzen der Katzendarmsaiten, die ein Streichquartett soeben auf der erhöhten, auf die Themse blickenden Terrasse stimmte. Halb verdeckt hinter einer heruntergelassenen Bühnenleinwand stand ein Karren, der einen riesigen Käfig trug. Hinter dessen Gitterstäben warteten drei Frauen, bekleidet mit Perlschnüren und Phönixfedern.

Und mit nichts sonst, wie es schien.

»Die Schausteller«, erklärte Harry, der Johns Blick gefolgt war. »Du brauchst nicht rot zu werden. Es ist heutzutage in London nichts Besonderes, daß Frauen in Privathäusern auftreten. Aber nur ganz besondere Frauen.« Er lachte über seinen eigenen Scherz. »Dr. Bowler würde zweifellos rot anlaufen, aber die Musik, die später erklingen wird, würde ihn vor Neid erblassen lassen. Richtige Musik von Notenblättern ... nicht diese frommen Kirchenliedchen und bäurischen Schrammelweisen!« Harry blickte allmählich wieder zufrieden drein. »Es *ist* doch wundervoll, nicht wahr, Vetterchen?«

John nickte zustimmend. Das Parfüm der Gäste vermischte sich mit dem Geruch der Rosen, der Fackeln, der verfaulenden Pflanzen und der Abwässer.

»Schau! Das ist der Tanzmeister der Königin. Und eine ihrer Hofdamen! Natürlich französisch. Drei Damen, die ich alle nicht von der Bettkante schubsen würde ...« Harry senkte seine Stimme ein bißchen. »Die da, in den antiken Kostümen. Najaden oder Nymphen oder so was Ähnliches.« Harry beugte sich vertraulich zu ihm vor. »Ich steige, John. Langsam, aber ich steige!« Er betrachtete die Menschenansammlung mit kaum verhaltenem Entzücken. »Da ist ein Graf, in dunklem Grau und Perlen ... ein *echter* Ritter. Und der da, in Grün. Und der da.« Er folgte den beiden letztgenannten Edelleuten mit Blicken, während sie vorbeischritten, in ein Gespräch von zweifellos gewichtigem Inhalt vertieft.

»Diese Leichtlebigkeit sollte dich nicht zu falschen Schlüssen verleiten, Vetterchen«, belehrte Harry John. »Diese Leute regieren die Welt ... Das ist übrigens ein Herzog, da drüben, neben dem Springbrunnen ... Oder sie sind Freunde von Leuten, die regieren. Die Hazeltons dieser Welt haben natürlich auch ihren Platz. Aber diese Leute hier zeigen es nicht so demonstrativ, wenn sie sich mühen. Jetzt kannst du mit eigenen Augen sehen, was ich dir zu erklären versuchte, als ich zum ersten Mal nach Hawkridge House kam. Ich will einer von diesen Männern werden!«

»Aber du gehörst nicht von Geburt dazu.«

Harry errötete noch tiefer. »Ich bin kein so großer Esel, daß ich nach einem Grafen- oder Herzogstitel trachten würde. Sir George Tupper, unser Gastgeber, hat seine Baronie fünf Jahre später gekauft als Onkel George die seine. Ich bin nicht der Narr, für den du mich hältst. Was ich will, ist möglich. Vor fünfzig Jahren wäre ein Mann wie Sir George nicht so schnell aufgestiegen – einst hat er gegerbte Felle gedroschen, jetzt darf er Adlige unterhalten.«

Die größte Viole, deren Töne die gleichen Gefühle erzeugten wie verbrannter Zucker, leitete eine Pavane ein, in die der Rest des Quartetts einfiel.

»Und jetzt wird getanzt!« freute sich Harry. »Vetterchen, sieh dir nur diese Londoner Frauen an! Bitte entschuldige mich.« Harry stürzte von dannen.

John zog sich in den Schatten einer Eibenhecke zurück, von wo er nachdenklich die Bemühungen seines Cousins verfolgte, eine Partnerin für die Pavane zu ergattern. Sir George, der einstige Gerber, führte eine der adeligen Najaden zum Tanz. Harry hatte recht, daß es ihm nach all den Jahren des Untertauchens an Weltläufigkeit mangelte. Immerhin war Justus Coymans ein gewisses Bildungserlebnis gewesen. Vielleicht wirkte Harry nur wie ein Narr, wenn er sich in der falschen Welt bewegte.

»Schöner Fremder mit den finster gerunzelten schwarzen Brauen, wollt Ihr mit mir tanzen?«

Überrascht wandte John sich um. Die Frau trug ein antikes Kostüm wie die drei Najaden; eine ihrer Schultern war ziemlich nackt. Er verneigte sich. »John Graffham, Madam.«

»Und ich bin Allegoria.« Eine kräftige, kühle Hand glitt in die seine. »Ich ziehe es vor, Euch Enigma zu nennen. Warum habt Ihr Euch nicht schon früher in London blicken lassen?«

»Woher wollt Ihr wissen, daß dem nicht so ist?« Das Gespräch erheiterte ihn.

»Wenn Ihr wirklich schon in London gewesen wärt, hätte ich Euch bemerkt«, versetzte sie. »Sprecht Ihr französisch?«

Über ihre Schulter hinweg erblickte John Edward Malise.

Und in derselben Sekunde erblickte Malise ihn. Der nächste Dreivierteltakt trug sie aneinander vorbei und außer Sicht.

»Gebt acht!« beschwerte sich Allegoria in scharfem Tonfall. »Ich trage Sandalen!«

»Verzeiht, Madam«, erwiderte John mit trockenem Mund. »Ich bin aus dem Takt gekommen.«

Als er und Allegoria sich am Ende der Terrasse drehten, war Malise verschwunden. Narr! Du hättest dich sofort bei deiner Ankunft in London nach ihm erkundigen sollen, schimpfte John mit sich selbst. Du hast dich von all den Londoner Wundern genauso einlullen lassen wie Harry.

Sobald der Tanz zu Ende war, würde er sich bei Sir George entschuldigen und verschwinden. Malise war bestimmt seine Männer holen gegangen.

Ich hatte die Chance, meine Flucht in die Wege zu leiten, war aber zu sorglos, sie zu ergreifen.

Die nächsten drei Minuten beschäftigte John sich ausschließlich damit, seinen nächsten Zug zu planen und Allegoria nicht auf die tatsächlich fast nackten Füße zu treten.

Als die Pavane beendet war, wurde Allegoria von einem hochgewachsenen, extrem dünnen blonden Mann in Blaßblau und Gold entführt. »Ich werde Euer Rätsel noch lösen«, rief sie ihm beim Weggehen über die nackte Schulter hinweg zu. »Nach der Farbe Eurer Hände zu schließen, könntet Ihr gut ein Mohr sein. Bleibt noch ein wenig in London!«

»Ihre Schwester ist mit einem französischen Grafen verheiratet!« Harry tauchte wieder auf. Er tupfte sich die Wangen mit seinem spitzenumsäumten Taschentuch. »Aber wie hast du nur ihre Bekanntschaft gemacht?«

»Sir Harry Beester! Mr. Graffham.«

Sie wandten sich um. »Sir George.« Durch Zufall sprachen sie im Chor.

»Sir George, ich ...«, setzte John an.

»Willkommen, Ihr zwei«, begrüßte Sir George die Vettern. »Sir Harry, meine Gattin brennt ungemein darauf zu erfahren, wie Eure junge Frau sich in das Landleben schickt. Würdet Ihr wohl so freundlich sein, sie nicht länger auf die Folter zu spannen?«

Harry schwankte zwischen der Empfindung, sich durch Lady Tuppers Interesse geschmeichelt zu fühlen (Sir George hatte über seinem Stand geheiratet, in eine Landbesitzerfamilie aus Norfolk), und dem starken Verdacht, daß man ihn sich auf elegante Weise vom Hals schaffte. Während er sich in Richtung Lady Tupper zurückzog, schaute er sich zweimal nach seinem Vetter um, der immer noch an Sir Georges Seite stand.

»Sir George ...«, setzte John erneut an. Mit einem Anfall von Furcht blickte er in das teilnahmslose Gesicht seines Gastgebers. Malise hatte Sir George beauftragt, ihn einzuladen. Bewaffnete warteten schon im Haus.

»Hinein«, befahl Sir George und schob John mit einer breiten, keinen Widerspruch duldenden Hand nach drinnen. »Raus aus diesem Getöse ... es wird noch schlimmer, wenn diese drei Weiber im Käfig erst ihre Katzenmusik anstimmen. Ich habe da jemanden, der Euch gern kennenlernen möchte. Ist heute abend sogar eigens zu diesem Zweck hergekommen. Danke, daß Ihr Euch auf eine so knappe Nachricht hin von Hampshire herbemüht habt. Aber ich glaube, was mein Gast und ich zu sagen haben, dürfte Euch interessieren.«

Das hörte sich nicht wie das Vorspiel zu einer Verhaftung an, sinnierte John, während er durch einen in die Eibenhecke geschnittenen Bogen schritt.

Von entgegengesetzten Ecken der Terrasse aus beobachteten Harry und Edward Malise, wie John das Fest verließ, Sir Georges Arm um die Schultern.

Der Fremde, der in Sir Georges Empfangszimmer Platz genommen hatte, hob John eine langgliedrige, elegante Hand entgegen. Soldaten waren keine im Zimmer.

»Mallender«, stellte er sich vor. »Ihr müßt Mr. Graffham sein. Bitte, setzt Euch. Und Ihr auch, Sir George.«

Ein Diener schenkte drei Gläser Rotwein ein und zog sich zurück.

»Ein guter flämischer Roter, wenn ich mich noch recht an Euer letztes Nachtmahl erinnere, Sir George«, äußerte Mallender.

»Derselbe, Mylord.«

»Ihr habt gute Arbeit in den Niederlanden geleistet, wie ich höre«, wandte Mallender sich an John. »Wir möchten, daß Ihr noch einmal dorthin geht.«

Ungläubig blickte John von Tuppers kastenförmigem Haupt mit dem Kahnführergesicht zu den etwas weniger tiefen Furchen und messerscharfen Knochen Mallenders. Er rechnete immer noch halbwegs damit, daß man ihn verhaftete.

»Um was zu tun, Mylord?«

Mallender lehnte sich zurück und versenkte die Nase in seinem Weinglas. Sir George beugte sich wie auf ein Stichwort vor und erklärte: »Ihr habt Hazelton gegenüber verlauten lassen, daß die Tulpenpreise bei Eurer Abreise immer noch im Steigen begriffen waren. Nach meiner Erfahrung entwickeln sich diese Dinge nach einem bestimmten Muster. Die Hysterie nimmt zu, bis sie ihren Gipfel erreicht. Es kommt zu einer Börsenkrise. Die Preise fallen. Die beste Zeit für Investitionen ist die Phase, wenn die Hysterie noch zunimmt, kurz bevor die Krise einsetzt. Und das ist jetzt der Fall.«

»Ihr seid möglicherweise schon zu spät dran«, wandte John ein. Er richtete seine Gedanken mühsam auf das anstehende Gesprächsthema. »Als ich Holland verließ, versuchten die Regenten bereits, den Markt durch eine strengere Gesetzgebung in den Griff zu bekommen. Manche beachteten die Gesetze, manche nicht. Es gibt kein erkennbares Muster, auf das man bauen könnte. Täglich kursieren andere Gerüchte. Selbst ich, der ich nicht viel von Börsenmärkten verstehe, kann mir nicht vorstellen, daß dieser Wahnsinn endlos weitergehen wird. Er muß sich irgendwann brechen wie eine Welle, vielleicht an einem winzigen, unscheinbaren Kieselsteinchen.«

»Geht nach Amsterdam und findet heraus, wohin das Stimmungsbarometer der Spekulanten ausschwingt«, erklärte Tupper. »Es liegt ganz in Eurem Ermessen. Falls es tatsächlich zu spät ist, verspeist einfach ein paar von diesen Heringen und kommt heim.«

»Diesmal besteht also keine absolute Notlage, oder?«

»Gibt es denn überhaupt etwas Absolutes?« warf Mallender hin. »Die Not indes ist sicherlich groß.«

»Sprecht Ihr im Namen der Kompanie, Sir?« wollte John wissen, der mit einem Mal merkte, daß der Wind aus einer anderen Richtung wehte.

»Die Armee des Königs im Norden braucht immer noch Verpflegung«, erwiderte Mallender. »Und England braucht immer noch mehr Schiffe.«

John drehte den Kopf zur Seite und starrte ins Feuer. Schon wieder des Königs Armee. Nicht über die Südjavanische Kompanie, sondern direkt. Des Königs Armee an der schottischen Grenze, immer noch von Hunger und Desertion geschwächt, und Schiffe, um diese riesigen holländischen Ostindienfahrer zu bekämpfen. Wie bin ich nur hierhergeraten? fragte er sich. Wie komme ich dazu, mir solche Vorschläge anzuhören? Das ist noch unwirklicher als ein Affe mit Namen Erasmus, der mich für eine wohlhabende holländische Hure entkleidet.

»Ich bin befugt, vierzigtausend Pfund zu investieren«, erklärte Mallender. »Ein recht großer Brotlaib und dennoch zu klein, um unsere Fünftausend lange genug zu speisen. Erschreckt Euch das?«

John hielt sich am Stuhl fest, um nicht das Gleichgewicht zu verlieren. »Das ist eine schreckliche Bürde für einen schlichten Landmann.«

»Wer könnte seinem Land besser helfen als ein schlichter Landmann?« versetzte Mallender leichthin.

»Falls er es vermag.«

Mallender wischte Johns Bescheidenheit mit einer ungeduldigen Handbewegung beiseite. »Sir George ist recht offen zu mir gewesen, was die einstigen Probleme der Südjavanischen Kompanie betrifft. Ihr habt eine schwierige und heikle Aufgabe auf beeindruckende Weise bewältigt. Nichtsdestoweniger sage ich Euch ganz unverblümt: Wenn es einen ungefährlicheren Weg gäbe, unsere Brote zu vermehren, so hätten wir ihn längst beschritten. Unsere einstmals treuen Untertanen scheinen vergessen zu haben, daß sie ihrem König Unterstützung schulden, wenn er in Not ist.«

»Die Pflicht ...«, meldete Sir George sich zu Wort. »Vergeßt die Pflicht nicht, Mr. Graffham.«

»Und die angemessene Bezahlung natürlich«, führte Mallender fort. »Pflicht und Lohn – ein verführerisches Pärchen.«

Der eine dressiert mich, der andere steckt mich auf den Spieß, dachte John. Fein säuberlich wie einen Kapaun.

Dann erkannte er, warum er das Angebot annehmen mußte. Ein zum Tode Verurteilter kann nicht verlieren, wenn er eine Münze um sein Leben wirft.

»Ich würde keinen einzigen roten Heller aus dem arg strapazierten Kronschatz nehmen wollen«, erklärte er. »Die Dankbarkeit meines Königs wäre mir Lohn genug.«

Mallender legte den Kopf in den Nacken und spähte an seiner Nase entlang. »Wenn doch nur mehr Engländer so denken würden.« Er musterte John mit einem kaum merklichen Lächeln. »Gibt es eine bestimmte Form, die diese nicht pekuniäre Dankbarkeit annehmen könnte?«

»Das festzustellen wäre später noch genug Zeit, Mylord. Aber ich schwöre Euch, es wäre nichts, das Seiner Majestät den Schlaf rauben könnte.« Es sei denn, Malise würde mittels der Königin zurückschlagen.

Mallender wirkte amüsiert. »Das ist ein vernünftiges Gegenangebot. Heißt das, Ihr stimmt zu?«

»Darf ich mir Bedenkzeit ausbedingen, Sir?«

»Nicht, wenn diese Bitte das höfliche Vorspiel zu einer abschlägigen Antwort ist.«

»Dann muß ich mich nicht bedenken, sondern hätte gern nur ein bißchen Zeit, um die Angelegenheiten auf dem Landsitz meines Vetters zu regeln.«

»Eine Woche.« Mallender erhob sich abrupt und stellte sein noch volles Glas auf einen Tisch.

John und Sir George sprangen auf.

»Sir George, Ihr werdet ein zweites Treffen in die Wege leiten, sobald Mr. Graffham die Schweine und Schafe seines Vetters versorgt hat?«

»Bleibt noch einen Moment«, sagte Sir George, als Mallender gegangen war. »Ich kann mir vorstellen, daß Euch der Kopf auch so schwirrt, aber ich möchte Euch noch mehr auftragen.«

»Mich kann jetzt nichts mehr überraschen.«

Sir George bückte sich, um den Kopf eines Windhunds zu kraulen, der gerade mit klickenden Krallen in den Raum getapst war. »Samuel Hazelton hält Euch für ehrgeizig.«

»Dann hat er schärfere Augen als ich.«

»Ist bei Fremden nicht ungewöhnlich.« Sir George beobachtete den Hund, der sich vor dem Kaminfeuer niederließ, knurrte und seufzte. »Auch ich bin ein Fremder. Und ich sehe Hunger.«

»Worauf, Sir?«

»Weiß nicht. Dafür bin ich zu sehr Fremder.« Sir George wandte sich um und blickte John ins Gesicht. »Verdammt, Mann, erzählt's mir schon!«

»Warum sollte ich einem Fremden meine geheimsten Sehnsüchte offenbaren ... wie gastfreundlich und gütig er auch sein mag?«

»Damit sie befriedigt werden.«

John holte einmal tief Luft und schüttelte lächelnd den Kopf. »O Sir George. Diese Worte eines Versuchers haben einen schwefligen Nachgeschmack.«

»Ihr könnt haben, was Ihr wollt.«

Bitte, bitte, bitte, hatte der Baum der Herrin geraunt.

John schloß die Augen. Er hätte den Wein heute nacht nicht anrühren sollen.

»Ihr glaubt mir nicht.« Sir Georges Stimme war ausdruckslos, aber liebenswürdig. Er stand da, in bequemer Haltung, die beiden untersetzten Beine fest in den Boden gestemmt, Hände auf dem Rücken.

»Gott hat die Welt nicht geschaffen, damit jeder bekommt, was er will. Wir können die Schöpfung nur deuten – und uns fügen.«

»Was macht Euch so sicher?«

Mein ganzes Leben, wollte John schon sagen. »Das, was ich sehe.«

»Und was habt Ihr in Amsterdam gesehen?«

»Was sagtet Ihr, Sir? Ich kann Euch nicht folgen.«

»In Amsterdam habt Ihr eine Nation ohne Fürsten gesehen«, sagte Tupper. »Eine erfolgreiche, blühende Nation. Wo jeder Mann aus eigener Kraft zum Fürsten werden kann, mit Verstand, harter Arbeit und Gottes Hilfe. Manch einer wird behaupten, daß ein solches fürstenloses Gemeinwesen widernatürlich sei. Doch wenn ich diesen Leuten glaubte, würde ich meine eigene Existenz in Frage stellen.«

Johns schwarze Brauen stießen über der Nasenwurzel zusammen. Ein eisernes Band schien sich um seine Brust zu schließen. »Worauf wollt Ihr hinaus, Sir?«

»Nicht auf Hochverrat, Mr. Graffham. Ihr werdet in rein finanzielle Angelegenheiten verwickelt. Ich verleite Euch lediglich zur Freiheit der Möglichkeit.«

Tupper glich denn auch in nichts dem Versucher. Er ähnelte eher einem großen Salisbury-Widder. Quadratische Stirn und leicht hervorstehende Augen. Ein enganliegender Schopf blonden, gekräuselten Haars, kurz geschnitten und mittlerweile ergrauend. Breite Schnauze, schmale Nüstern und langgezogene Oberlippe, muskulöser Nacken und Schultern, die an die weiche Masse eines ungeschorenen Schaffells erinnerten.

»Besprecht Ihr solche Themen auch mit ihm?« John blickte zur Tür, durch die Mallender verschwunden war.

»Nur weil wir geschäftlich miteinander verbunden sind, heißt das noch nicht, daß ich den Mann mag oder ihm auch nur traue.« Tupper füllte Johns Glas nach. »Versteht mich nicht falsch«, fuhr er fort. »Ich habe nichts gegen Fürsten. Ich glaube nur, daß sie für mein eigenes Leben ohne Bedeutung sind – mit Ausnahme ihrer Fähigkeit, Steuern zu erheben. Mr. Graffham, mein Vater wohnte in einem Kaninchenstall an der Londoner Stadtmauer. Ihr könnt mit eigenen Augen sehen, was ich heute besitze. Ihr entstammt zumindest der Mittelschicht. Warum solltet Ihr die Hände freiwillig von den Reichtümern dieser Welt lassen?«

»Nicht aus eigener Entscheidung!« Die Worte schlüpften ihm so heraus.

»Das nehme ich Euch nicht ganz ab«, erwiderte Tupper. »Würdet Ihr darauf verzichten, Euch ein eigenes Anwesen zu kaufen, anstatt Sir Harrys Vermögen aufzupäppeln? Würdet Ihr auf einen Platz in der Südjavanischen Kompanie verzichten?«

John glotzte nur noch stumm.

»Hat's Euch die Sprache verschlagen?«

»Ihr wißt ja gar nicht, wer ich bin. Oder wer ich war.«

»Mein Vater war Abdecker«, erklärte Sir George. »Obwohl ich Sir Mallender dies nicht andauernd unter die Nase reibe.«

Ein Abdecker ist kein Verbrecher. Aber John nickte.

»Ich weiß, wozu Ihr fähig seid«, fuhr Tupper fort. »Und darauf kommt es Männern wie mir an. Und Männern wie Hazelton.«

»Ihr beschwört Traumbilder herauf, Sir George, die noch erstaunlicher sind als goldene Fische und ein jaulender Phönix.«

»Ich entdecke da ein Funkeln in Euren Augen, Graffham, ein Funkeln, das ich kenne.«

Warum nicht? dachte John. Warum eigentlich nicht?

Lange Zeit saß er schweigend da. »Ist mein Vetter darüber informiert, was Ihr mir antragt?«

»Er war dabei, als wir beratschlagten, ob wir erneut investieren sollten, und hat einen ziemlichen Wirbel veranstaltet. Wenn die Zeit gekommen ist, wird er seine rechtmäßige Stimme haben, Euch zu wählen.«

»Und Malise?«

»Ach ja ...« Sir Georges Widderaugen betrachteten John nachdenklich. »Hazelton hat mich gewarnt.«

»Ist Malise Teilhaber bei diesem Unternehmen?«

Sir George schüttelte den Kopf. »Er hielt sich im Ausland auf, als wir es planten. Wie Ihr wißt, investieren die Gesellschafter von Unternehmen zu Unternehmen. Ich glaube nicht, daß Hazelton Malise erlaubt hätte, in dieses Unternehmen zu investieren. Er sagte, er werde eine zweite unverschämte Ablehnung von Euch nicht hinnehmen.«

»Ich versprach ihm eine Beichte, bevor ich weitere Aufträge für die Kompanie übernehmen würde. Ihr würdet möglicherweise beide Eure Meinung ändern.«

»Dann werdet Ihr morgen Eure Beichte vor Hazelton ablegen.«

»Ich hatte gehofft, auf der Stelle nach Hawkridge reiten zu können ...«

»Heute abend? Seid kein Narr! Immer schön eins nach dem anderen. Ihr bleibt hier. Wir werden mit Samuel frühstücken. Ihr werdet Eure Beichte ablegen. Dann schicke ich Euch auf einem meiner eigenen Schiffe den Fluß hinauf. Und nun kommt wieder nach draußen und lernt, die Früchte der Arbeit zu genießen.« Sir George legte John seinen schweren Arm um die Schultern und bugsierte ihn wieder zu den Laternen und goldenen Fischen.

John lehnte an der steinernen Balustrade über der Themse, im entlegensten, in tiefstem Schatten liegenden Winkel der Terrasse. Er versuchte, mit Hilfe des Gestanks und der Dunkelheit des Wassers sein seelisches Gleichgewicht wiederzuerlangen. Die Laternen der Fährboote pflügten von einem Ufer zum anderen.

Die Anspannung löste sich in seinen Eingeweiden, rollte sich auseinander wie eine Schlange, die in der Frühlingssonne erwacht, kalt und beängstigend.

Bitte, bitte, bitte, raunten die Bugwellen eines Fährboots, die gegen die Steine von Sir Georges Flußwall plätscherten.

Bitte um einen Platz in der Südjavanischen Kompanie. Geld, um dir deinen eigenen Landsitz kaufen zu können. Eine Begnadigung für Edward Malises Tod, erteilt von einem dankbaren König. Und warum auch nicht?

Und wenn ich nach Amsterdam zurückkehre, dachte John bei sich, kann ich Marieka wiedersehen.

Ein Schatten lehnte sich neben ihm an die Balustrade. »O

393

Meteorenglanz des Ehrgeizes«, ließ sich Malises Stimme vernehmen, »erhellt das Firmament für einen flüchtigen Augenblick, bevor die Finsternis wiederkehrt.«

John stieß sich von der Balustrade ab.

»Verlaßt mich nicht so schnell«, sagte Malise freundlich.

»Mit Bedauern, aber ich muß.«

»Mit dem gleichen Bedauern teile ich Euch mit, daß Ihr das keineswegs müßt. Nun, da Ihr die Kastanien für die Kompanie aus dem Feuer geholt habt, verlange ich, was Ihr mir schuldet.«

John wandte sich zum Gehen.

»Ein Büttel wartet draußen.«

John blieb stehen.

Warum habe ich mich nicht erkundigt, ob Malise zurückgekehrt war? Ich bin wahnsinnig unvorsichtig gewesen. Habe mich im Wunschdenken geübt, ich sei nicht in Gefahr.

»Es wäre überaus gütig von Euch, wenn Ihr Euch nach draußen verfügen wolltet, anstatt Euren Gastgeber dadurch in Verlegenheit zu bringen, daß Ihr Euch inmitten seiner Gäste arrestieren laßt.«

Malise rührte sich in der von Kerzen erleuchteten Dunkelheit, ganz nahe bei ihm. Er bestand nur aus ein paar substanzlosen, zuckenden Lichtreflexen – sein einer Wangenknochen, sein Nasenrücken und die linke Schulter. Seine Stimme bebte. Johns Hand glitt zu seinem Messer.

»Hinter Euch ist ein Bewaffneter.«

Niemand sonst befand sich in Nähe der Balustrade. Harry war in der Menge nicht auszumachen.

»Wie ich Euch schon einmal sagte, ziehe ich es vor, Euch hängen zu sehen. Aber falls ich dazu gezwungen wäre, könnte ich mein Vergnügen durchaus beschleunigen.«

John nahm die Hände vom Körper. »*Concedo.*« Ich stimme der Logik zu, aber ich unterwerfe mich ihr nicht. Er blieb in Alarmstellung.

Über die Mauer springen? Steigt oder sinkt die Flut? Waren Steine unter der Mauer? Warum habe ich vorher nicht besser darauf geachtet?

»Gehen wir«, forderte Malise. »Ich bin nicht in Feststimmung, noch nicht.«

»Mir ist die Feststimmung auch plötzlich vergangen«, versetzte John. Wenn ich um Hilfe rufe, dachte er, wer würde wohl in diesem Garten voller Menschen meine Partei ergreifen?

Jetzt erblickte er Harry, der sich wie eine Blume der Sonne jenem Mann entgegenreckte, den er John als Grafen vorgestellt hatte. Würde er sich auf Johns Seite stellen, gegen einen aufstrebenden Günstling der Königin? Hier inmitten der Männer, die all das verkörperten, wonach es ihn so sehnsüchtig verlangte? Oder wäre Harry froh, sich eines Stachels in seinem Fleische entledigen zu können? Stelle ihn lieber nicht auf die Probe, sagte sich John.

»Da Ihr so verflucht scharf darauf seid, der Höflichkeit Genüge zu tun«, sagte John, »laßt mich Sir George eine gute Nacht wünschen.«

Malise zögerte.

»Oder muß ein Habenichts wie ich Euch Manieren beibringen?« fragte John.

»Ich werde den Henker bestechen, damit er Euch einen besonders langsamen Würgeknoten knüpft«, stieß Malise mit gepreßter Stimme hervor. »Oder die ersten sechs Schwerthiebe verpfuscht.«

»Da drüben ist er.« John drehte sich zu dem Mann in seinem Rücken um. »Mit Eurer Erlaubnis ...« Er glitt durch die Menge auf den vielfarbigen Seidenhaufen zu, der sich um Sir George drängte, Malises Mann immer dicht auf den Fersen.

»Sir George, ich bin gekommen, um Lebewohl zu sagen. Master Malise bestürmt mich heftig, heute nacht eine andere Unterkunft zu nehmen.«

»Häh?« Tupper sah erst verblüfft, dann verärgert aus, und schließlich blinzelte er mit schweren Lidern. »Einen Augenblick, meine Herren. Nicht so hastig. Entschuldigt mich, meine Lieben ...« Er löste sich aus dem Knäuel bunter Seidengewänder.

»Verschmäht Ihr meine Gastfreundschaft bereits für so einen

Arschkriecher von Höfling?« verlangte er von John zu wissen. »Ist Euch der Ehrgeiz so schnell zu Kopf gestiegen?«

»Sir George«, erklärte Malise, der nun aus der Menge auftauchte. »Laßt uns hineingehen. Ich erkläre es Euch am besten unter vier Augen.«

Sir George warf Malise einen eisigen Blick zu. »Nun, wenn Ihr uns das *nahelegt*, schlage ich vor, daß wir gehorchen.«

Zum zweiten Mal an diesem Abend fand John sich in Sir Georges Empfangszimmer wieder.

»Ich verhafte diesen Mann wegen Mordes«, erklärte Malise.

Tupper wandte John mit einem nicht sonderlich erstaunten »Aha« sein gewaltiges Widderhaupt zu. »Tatsächlich? Wer ist denn ermordet worden? Einer meiner Gäste? Das will ich doch nicht hoffen. Das würde den Abend mit Sicherheit verderben!«

Malise zögerte kurz, um diese unvermutete Herausforderung durch einen emporgekommenen Abdeckersohn abzuwägen.

»John Nightingale, die letzten elf Jahre unter dem Namen John Graffham bekannt, hat meinen Bruder Francis getötet, in den Amtsräumen der Südjavanischen Kompanie. Mindestens zwei Eurer heutigen Gäste waren Zeugen des Mordes.«

»Ich entsinne mich, jetzt, da Ihr es erwähnt. Obwohl ich damals nicht dabei war.« Sir George wandte sein kantiges Widdergesicht wieder in Johns Richtung. »Wie viele Jahre ist das her?«

»Elf«, gab John resigniert zur Antwort. »Das wäre meine Beichte vor Hazelton gewesen.«

Tupper nickte mit der Befriedigung eines Mannes, der seine Erklärung bekommen hat. »Dann seid Ihr also jener Neffe des alten Beester, der mit all den Katholiken und Schuldnern und was sonst noch ins Ausland geflohen sein soll. Der Junge, der alle diese Anschuldigungen vorgebracht hat ...« Tupper schaute wieder Malise an. »Ich erinnere mich auch noch zufällig, daß Sir James Balkwell ihm mehr als halbwegs glaubte.«

Sowohl John als auch Malise starrten Tupper verdutzt an.

»Seine Anschuldigungen waren verrückt ... völlig haltlos«, ereiferte sich Malise.

»Jedes einzelne Wort ist wahr«, entgegnete John grimmig.

»Eine höhere Gewalt als meine bescheidene Person muß in dieser Angelegenheit entscheiden«, sagte Tupper. »Geh und hol Lord Mallender«, befahl er Malises Mann. »Sofort.«

»Es gibt nicht den geringsten Anhaltspunkt dafür, daß mein Bruder und ich uns in Nähe der Kutsche aufhielten, als sie verbrannte!« Malise konnte sich kaum beherrschen, selbst vor Mallender nicht. »Zu dem Zeitpunkt, an dem wir nach Nightingales haltloser Behauptung seine Eltern ermordet haben, waren wir nicht einmal in England. Die flämischen Soldlisten werden das beweisen. Zwanzig begüterte, ehrenwerte Männer haben gesehen, wie er meinen Bruder getötet hat! Wie könnt Ihr das Wort jener Gentlemen gegen das eines geistesgestörten Kindes in die Waagschale werfen?«

Mallender musterte John. »Ein ungelöster Fall. Eindeutige Schuld auf der einen, ein möglicher Grund für einen Gnadenerlaß auf der anderen Seite. Eines Mannes Wort gegen das eines anderen. Oder war es am Ende doch ein Unglücksfall? Ich bin kein Jurist, aber ich entsinne mich noch der damaligen Diskussionen.« Er wandte sich an Malise. »Könnt Ihr Euch in Geduld üben?«

»Mylord, ich habe mich elf Jahre lang in Geduld geübt!«

»Was bedeuten da ein paar Wochen mehr für diese fixe Idee, die schon so lange im Zaum gehalten wurde?«

»*Fixe Idee*, Sir?« Malise ging beinahe in die Luft. Dann fiel ihm mit seinem scharfen diplomatischen Gespür Mallenders Tonfall auf. Er änderte seine Gesprächsführung wie ein Mann, der, seinen Feind umkreisend, das Messer von der einen in die andere Hand wechselt. »Aus gutem Grund werde ich mich bemühen, sogar noch größere Geduld zu üben. Solange Ihr mir versprecht, daß es irgendwann zu einem Prozeß kommen wird.«

»Seid versichert, daß es gute Gründe gibt. Gründe der allerwichtigsten Art.«

Malise zuckte zusammen. »Und Ihr versprecht mir meinen Prozeß?«

»Werdet nicht anmaßend, Sir!« Mallenders Stimme war eisig.

Wieder einmal, wie einst im Stallungshof, wurde John Zeuge, wie die Qualen der Selbstbeherrschung die Sehnen und Muskeln in Malises Körper verkrampften. Zwei Knochenwülste traten weiß auf seinem falkengleichen Nasenrücken hervor. »Ich beuge mich Eurem Rat, Mylord.«

»Ausgezeichnet. Und glaubt bitte nicht, daß es Euch etwas einbringen würde, Euren Fall in der Zwischenzeit einer höheren Autorität vorzutragen – auf Französisch.«

»Auf Französisch, Sir?« Malises Augen wurden so ausdruckslos wie ein erloschenes Stück Kohle. »Das würde ich mir nie anmaßen, wie ihr schon sagtet.«

»Ausgezeichnet«, wiederholte Mallender. »Guten Abend, Sir.«

»Und nun zu unserem Knastbruder«, fuhr er an John gewandt fort, nachdem Malise und dessen Begleiter das Gemach verlassen hatten. Er schnalzte mehrmals mit der Zunge gegen seine langen, gelben Zähne. »Seid Ihr schuldig?«

»Ja, Mylord.«

Mallender seufzte. »Ich kann es nicht durchgehen lassen, daß Ihr das Gesetz in die eigenen Hände genommen habt. Wir alle sind derselben Gewaltenhierarchie unterworfen. Wenn nur ein Mann sich auflehnt, bedroht er das ganze Gebäude.« Er blickte Sir George mit erhobenen Brauen an. »Wir wären schön dumm, würden wir ihn mit vierzigtausend Pfund aus dem Kronschatz ins Ausland schicken, nicht wahr? Einen Mann, der möglicherweise nichts sehnlicher wünscht, als unterzutauchen und ein neues Leben zu beginnen? Was für ein Geschenk!«

»In der Tat«, pflichtete Tupper ihm bei. Seine riesigen Hände lagen zu Fäusten geballt in seinem Schoß.

»Und er wäre schön dumm, würde er seine Chance nicht ergreifen, falls Ihr sie ihm bietet«, gab John zu bedenken. »Welchen Weg weist Ihr uns also, Mylord?«

Mallender warf einen flüchtigen Blick auf die Tür, durch die Malise verschwunden war.

»Den Weg zu einer Berufung vor der höchsten aller Gewalten, wie sie sich für uns Sterbliche in der Person Seiner Majestät, König Charles, manifestiert.«

»Ihr werdet Euch für eine Begnadigung verwenden?« wollte Sir George wissen.

»Wie sonst könnten wir Mr. Nightingale ohne Bedenken zurück nach Amsterdam schicken?«

Sir George lockerte die geballten Fäuste. John sackte mit wackligen Knien auf den nächstbesten Stuhl; er war darüber hinaus, sich Gedanken ums Protokoll zu machen.

»War das zufällig der Lohn, den Ihr einzufordern hofftet?« erkundigte sich Mallender.

John nickte.

»Trotzdem, Nightingale«, fuhr Mallender fort. »Ich würde es nicht schätzen, als Esel dazustehen, wenn alles vorüber ist. Ihr werdet Euren Gnadenerlaß bekommen – vorausgesetzt, ich kann den König tatsächlich überzeugen –, wenn Ihr mit dem auf wundersame Weise vermehrten Geld zurückkehrt.«

»Selbstverständlich, Mylord«, stieß John aus trockener, zugeschnürter Kehle hervor. Wieder ein Nightingale zu sein, hier in seinem Heimatland, in seiner Muttersprache zu reden, nicht nur für eine kurze, geliehene Zeitspanne auf fremder Scholle sein altes Ich spielen zu dürfen!

John verbeugte sich geistesabwesend, als Mallender das Zimmer verließ. Ich könnte wieder Anspruch auf Tarleton Court erheben, dachte er, dessen Herr ich mein halbes Leben lang gewesen bin. Er hätte das Geld ohnehin zurückgebracht, ganz gleich, was Mallender denken mochte. Aber dieses Versprechen würde ihm gottähnliche Entschlossenheit und unerbittliche Zielstrebigkeit verleihen.

Sir George unterbrach Johns Gedankengang. »Ich werde Hazelton morgen früh Eure Beichte übermitteln, bezweifle allerdings, daß es ihn sehr überraschen wird. Nach all dem, was passiert ist, müßt Ihr London auf der Stelle verlassen. Ich werde Euch bis Windsor zwei bewaffnete Knechte mit auf den Weg geben für den Fall, daß Malises Ungeduld sich als stärker erweist als sein gesunder Menschenverstand.« Er dachte kurz nach. »Und ich möchte, daß einer meiner Leute Euch nach Amsterdam begleitet. Ein Mann als Rückendeckung ist nicht genug.«

John blickte auf und nickte. »Weiß Malise, daß ich gehe?«

»Höchstwahrscheinlich noch nicht. Er ist gerade erst aus dem Ausland zurück. Aber er wird es rasch herausfinden, falls er es darauf anlegt. Ich kann nicht allen Mitgliedern der Kompanie den Mund stopfen, damit sie nicht tratschen.«

»Was, in aller Welt, machst du denn?« fragte Harry in der Tür von Johns Gastzimmer im Hause Sir Georges. »Du hast diese Frauen verpaßt und den Gesang auch.«

»Ich packe, um zurück nach Hawkridge zu fahren«, erwiderte John. Er warf Arthur seine Reitstiefel zu. »Für eine Woche. Dann bin ich wieder unterwegs nach Amsterdam.«

»Sir George hat dich also gefragt?« Harry lehnte sich an den Türrahmen und schaute Arthur dabei zu, wie dieser eine Satteltasche zuschnallte. »Ist es nötig, daß ich mitkomme?«

»Nein«, erwiderte John scharf, von einem verschwundenen Handschuh abgelenkt. »Arthur, sieh mal zwischen den Bettdecken nach ...«

»Vielleicht sollte ich mitkommen«, sinnierte Harry.

»Wie du willst.« John straffte sich und blickte seinem Vetter forschend ins Gesicht. »Du bist gerade erst zurückgekehrt. Wirst du all deine Londoner Wunder nicht vermissen?«

Wenn John ihn angefleht hätte, mit nach Hawkridge House zu kommen, hätte Harry irgendwelche Entschuldigungen vorgebracht und wäre in London geblieben. Doch wie die Dinge lagen, gelangte er zu der Einsicht, daß es lebensnotwendig für ihn sei, John zu begleiten und dessen Abreise vom Gut zu überwachen.

Um zwei Uhr am selben Morgen verließen sie die Stadt auf einem Boot. Sie fuhren die Themse hinauf, die Pferde hatten sie an Bord. Neben Arthur und Harrys beiden Männern wurden die Vettern bis Windsor von zwei Waffenknechten Sir Georges begleitet. John glaubte nicht, daß Malise ihn aus London verfolgen würde. Dennoch war er dankbar für die Eskorte. Für Malise hatten die Mühlen des Gesetzes zumindest schon einmal zu langsam gemahlen.

John teilte es Zeal zwei Tage später mit, als sie sich – ziemlich förmlich – im Knotengarten ergingen und beratschlagten, was während seiner Abwesenheit getan werden mußte.

Zeal erbleichte. »Zurück zu Euren Alchimisten?« flüsterte sie. Sie blickte ihm geradewegs ins Gesicht, zum ersten Mal seit jener Nacht, als John sie unter dem Eingangsvorbau angetroffen hatte. »O John, nehmt Euch vor ihren Zaubertricks in acht!«

»Ich habe nichts zu befürchten.«

»Warum habt Ihr dann Angst vor ihnen?«

»Worüber redet Ihr?« verlangte Harry vom Alleetor her zu wissen.

»Amsterdam«, sagte Zeal unglücklich.

»O ja. Vetter John ist wieder mal auf Mission im großen Sumpf von Europa«, bemerkte Harry verbittert. »Wie sollen wir nur die ganze Zeit ohne ihn zurechtkommen?«

In dieser Nacht wurde John von Schreien geweckt. Schwach und dünn wie der Nachhall eines Traums, doch sie hörten und hörten nicht auf. Mit einem Ruck zerrte er die Bettvorhänge zurück. Das Kreischen wurde lauter und deutlicher. Eine Frau schrie wie ein Tier, das geschlachtet werden soll.

John schwang sich aus dem Bett, stieß das nächste Fenster auf und lauschte mit schief gelegtem Kopf. Die Schreie kamen nicht von draußen, sondern aus dem Innern des Hauses. John schnappte sich den Morgenmantel, der auf der Truhe am Bettende lag, streifte ihn über, sprang über Arthur hinweg, der auf einem Rollbett im angrenzenden Ankleideraum lag, und stürmte auf die obere Treppengalerie.

Hier waren die Schreie sogar noch lauter. Arthur war erwacht und folgte John mit gezücktem Dolch auf den Treppenabsatz. Ein verquollenes, ängstliches Gesicht tauchte in der Eingangshalle am Fuße der Treppe auf. Tante Margaret war bereits da, zusammen mit Pris, ihrem Mädchen. Agatha Stookey kam die Stufen hinaufgerannt.

»John!« rief Tante Margaret. »Harry bringt sie um! Er will die Tür nicht öffnen!«

Die Schreie wurden lang und regelmäßig.

In Zeals Vorzimmer stand Rachel, die Arme um den Oberkörper geschlungen und in Tränen aufgelöst.

»Er will die Tür nicht aufmachen!« jammerte sie. »Was tut er nur?«

Die Tür zu Zeals Schlafgemach war von innen verriegelt. John hämmerte mit den Fäusten dagegen.

Die Schreie verstummten.

»Fahr zur Hölle!« brüllte Harrys Stimme im Innern des Zimmers. »Verschwinde hier!«

»Harry! Um der Liebe Gottes willen, was geht da vor?«

»LASST UNS IN RUHE!«

John ließ die Hände sinken. Er und Tante Margaret schauten sich an.

»Mylady?« rief John. »Ist alles in Ordnung?«

Stille. John legte den Kopf gegen die geschnitzte Holztäfelung der Tür. Nichts.

»Geht wieder zu Bett!« erklang Harrys Stimme plötzlich von der Innenseite der Tür. »Das hier geht dich nichts an, verflucht noch mal!«

»Mylady?« rief John noch einmal.

»Geht fort.« Nach Harrys Gebrüll klang ihre Stimme sehr leise, wie das Miauen eines neugeborenen Kätzchens. Sie legte eine Pause ein, wie um Atem zu schöpfen. »Bitte!«

John drehte sich um. Hinter ihm, im Vorzimmer, drängten sich die Bediensteten. »Ein Ehestreit, wie's aussieht«, stellte er mit ruhiger Stimme fest. »Wir alle sind zu sehr an die Friedlichkeit des Junggesellendaseins gewöhnt ... und an ländliche Sitten. Zurück ins Bett.«

Rachel ließ sich wieder auf ihrem Feldbett nieder; noch immer schniefte sie verunsichert und starrte verängstigt auf die verriegelte Tür. Arthur trat einen Schritt auf sie zu, besann sich dann jedoch eines Besseren. Er und Agatha entschuldigten sich formvollendet, mit Gemurmel und wieder holten Verbeugungen.

»Geh wieder ins Bett, Pris«, befahl Tante Margaret ihrem Mädchen. »Einen Krug Ale, John? Oder *eau de vie*, um dir beim Einschlafen zu helfen?«

»Nein, danke«, sagte John geistesabwesend. Zeal hatte nicht zum Spaß so geschrien. Er fragte sich, ob er die Tür zwischen den Holzvertäfelungen, den engen Geheimgang zwischen den Wänden, benutzen sollte, um in Zeals Schlafgemach einzubrechen.

»Ich hab dir ja gesagt, daß sie von so was nichts weiß«, erklärte Tante Margaret, die von »so was« noch weniger wußte. »Armes Ding«, sagte sie. »Armes, dummes kleines Ding.«

Als John zu seinem Frühstück – Ale und Brot – zurückkehrte, nachdem er die Stallungen inspiziert hatte, war weder von Harry noch von Lady Beester etwas zu sehen.

»Beide haben heute morgen auf ihren Zimmern gefrühstückt«, erklärte Tante Margaret. »Jeder für sich.«

John ging zur Treppe, zögerte, stieg ein paar Stufen hinauf, kam wieder herunter und ging in sein Amtszimmer, wo er in seinen Büchern zu lesen versuchte.

Ein wenig später, als er ein paar letzte Änderungen im Gutsinventar vornahm, überquerte Harry den Vorhof geräuschvoll in Richtung Stallungen, in Reitkleidung, gesenkten Haupts und schnellen Schritts. John stand auf, um ihn vom Fenster anzurufen, zog sich dann aber wieder zurück. Harry erteilte einem Pferdeknecht die Anweisung, seinen braunen Wallach zu satteln, und verschwand um die Ecke des Ostflügels.

Kurz vor dem Mittagsläuten steckte Tante Margaret ihren Kopf durch die Tür des Arbeitszimmers. »Rachel kann Ihre Ladyschaft nirgends finden«, sagte sie. »Sie ist nicht zufällig hier bei dir gewesen?«

John verneinte kopfschüttelnd. Er wünschte, Zeal *wäre* hiergewesen.

Tante Margaret blieb, wo sie war. Die Finger der einen Hand nestelten an der Nagelhaut des Daumens der anderen.

»Du machst dir Sorgen?« fragte John.

Mistress Margaret schürzte die Lippen – eine Geste, mit der sie jegliche Verantwortung für möglicherweise offenbarte Gefühle von sich wies. »Ich dachte nur, sie könnte nach der letzten Nacht ein bißchen durcheinander sein ...«

Erneut schürzte sie die Lippen und kratzte sich am Nasenflügel. »Sie ist ein Quälgeist. Vom ersten Augenblick an ... Ich belästige dich nicht gern damit ...«

John erhob sich. »Hat Rachel in den Gärten nach ihr gesucht?«

»Und in den Außengebäuden. Und ich bin überall im Haus gewesen. Sogar in den Kellern.« Ihre ruhelosen Finger lüpften den Rock, um einen Fettfleck zu inspizieren, und ließen ihn wieder fallen. »Ich bekomme heute morgen einfach nichts getan.«

Sie ist bestimmt im Obstgarten, dachte John.

Er spähte in das dichte, üppige Blattwerk und zu den glänzenden grünen, noch unreifen Früchten der Apfelbäume hinauf und rief ihren Namen. Doch sie hockte nirgendwo im Geäst. Keine Überrockhaufen im Gras verrieten, auf welchen Baum sie geklettert sein könnte.

»Lady Beester ... Zeal! Ich bin's, John.«

Er schaute in die Kronen der Birnen- und Pflaumenbäume. Er stieg auf den Hügelkamm und suchte das Haselnußbaumdickicht dicht unterhalb der Kuppe auf der gegenüberliegenden Seite ab. Allmählich machte er sich Sorgen. Er stapfte den Buchensteilhang zum Baum der Herrin hinauf. Die Dryade von Hawkridge trug einen frischen Ebereschenkranz um den einen Schenkel, kurz oberhalb des Knies, doch Zeal hockte weder in ihren Zweigen noch zwischen ihren Wurzeln.

John nahm den kürzesten Weg bergab und durch den Küchengarten zu den Ställen, suchte ihre kleine Gestalt auf den Wegen zwischen Salatköpfen, Zwiebeln und mit roten Blüten bedeckten Bohnendreifüßen. Keine der Unkrautjäterinnen hatte Zeal an diesem Morgen gesehen.

Zeals Stute mampfte friedlich in ihrer Box. Auch die Pferdeknechte und Stalljungen hatten Lady Beester nicht zu Gesicht bekommen. John eilte zur *basse-cour* zurück, um nachzusehen, ob Zeal Cassie und ihren vier Welpen im Hundezwinger einen Besuch abstattete. Doch sie war nirgends zu erblicken. Auch von den Frauen im Brauhaus und in der Molkerei war sie nicht gesehen worden. Die Käserei war leer.

John lugte durch die Hecke auf die leere grüne Fläche des Bowlingrasens. Er eilte zum Taubenschlag. Dann überquerte er wieder den Vorhof, an den beiden Adlern vorbei zu den Gärten auf der anderen Seite des Hauses. Das Mädchen war nicht im Kräutergarten, nicht im Knotengarten, nicht im Neuen Garten, nicht in der Laube auf dem Hügelgipfel und auch nicht auf einer der Steinbänke in den Hecken.

Mittlerweile in Angst und Schrecken versetzt, begab John sich wieder zur anderen Seite der Weiher und folgte dem Tal des Shir hinab bis zur Mühle. Die Mühle selbst lag – bis zur Ernte – immer noch verschlossen und still.

Als er über den Trampelpfad, der dem Verlauf des Mühlkanals folgte, wieder zum Herrenhaus hinaufging, blickte er widerwillig zu den hurtigen grünen Wasserwirbeln am Ufer hinunter. Kein rotgoldenes Schimmern.

Ich hätte mich erkundigen sollen, ob sie irgendwelche Habseligkeiten aus ihren Gemächern mitgenommen hat, schalt er sich. Ich hätte mir letzte Nacht gewaltsam Zutritt verschaffen sollen.

Beinahe wäre er an ihr vorbeigelaufen.

Fünf halbwilde Gänse bildeten dunkle Flecken im Schatten der großen Weide, die zwischen dem untersten Weiher und dem höchsten Punkt des Mühlkanals über dem Wehr stand. Vier weitere Gänse dümpelten in der Nähe des Weiherufers anmutig über das Wasser. Eine von ihnen setzte einen breiten, dreieckigen schwarzen Fuß aufs Ufer, versuchte sich an Land zu stemmen, fiel mit lautem Platschen zurück, versuchte es noch einmal, plumpste geräuschvoll aufs Ufer und watschelte davon, heftig mit dem Schwanz wackelnd. John blieb stehen und schaute ihr zu, eine Zeitlang abgelenkt von diesem jähen Übergang von wasserleichter Anmut zu erdenschwerer Unbeholfenheit. Einer der kleinen dunklen Flecken unter der Weide war Zeal.

Sie saß mit dem Rücken zum Pfad, die Arme fest um die Röcke geschlungen, die sich um ihre angezogenen Beine bauschten. Das Kinn zwischen den Kniespitzen vergraben, starrte sie auf die Holzpfähle, die John in die Erde hatte treiben lassen, um die abbröckelnde Böschung zu stützen. Als John sich näherte, schnatterten die Gänse aufgeschreckt und gaben Fersengeld. Er hockte sich nieder. Zeal schloß die Augen, als könnte sie ihn auf diese Weise verschwinden lassen. Ihr Gesicht und ihre Augen waren rot geschwollen.

Nach langem Schweigen begann John Steinchen in den Weiher zu werfen. Beim ersten Platschen schlug Zeal die Augen auf. John konnte es kaum ertragen, sie so verändert zu sehen. Seine Hände waren eiskalt. Er hatte entsetzliche Angst, etwas Falsches zu sagen. Warum wollte ihm nichts einfallen, womit er sie trösten konnte?

»Seid unbesorgt, Mr. Graffham«, sagte sie mit belegter Stimme. »Mir geht's bald wieder besser.« Sie wandte den Kopf zur Seite. »Seht mich nicht an, bitte, oder ich fühle mich noch elender!«

»Ihr könnt Euch nicht gut und zugleich elend fühlen«, sagte John.

»Aber ja, das geht! Ihr versteht das nicht«, stieß sie hervor. »*Ihr* seid ja nicht verheiratet.«

Er sog scharf den Atem ein.

»Ich werde mich umbringen«, sagte sie. »Dann kann Harry sich eine andere Frau suchen, und alles wird gut.« Sie streckte die Hand nach einem Stockentenerpel aus, der an den Uferrand geschwommen war. »Nein, ich bring' mich doch nicht um«, entschied sie plötzlich. »Ich werde ewig leben und mich auf diese Weise an Harry rächen!«

»Rächen?« erkundigte John sich vorsichtig. Er kannte die Antwort und fragte sich, warum er sie von Zeal hören wollte.

»Er hat sein Versprechen gebrochen!« Sie atmete zweimal hastig und abgehackt ein wie ein Kind, das versucht, nicht mehr zu weinen. »Er hat es mir geschworen. Dann hat er sein Versprechen gebrochen!« Sie bedachte John mit einem eisigen Blick. »Bitte geht jetzt. Laßt mich allein. Ich muß über so vieles nachdenken.«

»Ich möchte Euch hier nicht allein lassen.«

»Ich verspreche, daß ich mich nicht umbringe«, erklärte sie.

»Und *ich* breche meine Versprechen nicht.«

Er schwankte immer noch. Er fühlte sich fast so schuldig wie Harry.

»Bitte!« Sie klammerte sich an die letzten Reste ihrer Würde.

»Versprecht Ihr mir, zum Abendgottesdienst zu kommen?«

Sie schloß die Augen, preßte ihre Lippen zu einem dünnen Strich zusammen, wie früher, und nickte. »Versprochen.«

John konnte sie kaum hören. Als er über den Pfad am Ufer der Weiher zum Haus zurückging, zitterten ihm die Beine.

Harry schoß ihm einen feindseligen Blick aus rotgeäderten Augen zu, als sie in der Halle aneinander vorbeigingen. Harry roch nach Pferd und Ale. Er hatte sich den ganzen Tag nicht auf dem Gut blicken lassen.

Kurz vor Sonnenuntergang, als John einen Streit um ein Paar Stiefel zwischen einem von Harrys Londoner Knechten und einem Hausdiener schlichtete, vernahm er rhythmische dumpfe Geräusche oben in der Langen Galerie.

Harry schmetterte Tennisbälle gegen die Holzvertäfelungen der Galerie.

»Na, hat sie sich an deiner Schulter ausgeflennt?« fragte er, als John in der Tür erschien. »Miststück! Ich habe nichts getan, was nicht mein gutes Recht wäre …!« Er wirbelte herum und schmetterte einen Ball gegen die Wand links von John. Das geschnitzte Holzpaneel dröhnte wie eine Trommel.

John bückte sich und hob einen aufgeplatzten Ball auf, der zu seinen Füßen lag. »Du hast ihr Gewalt angetan!«

»Bei Gottes Hoden!« brüllte Harry. »Ich bin ihr *Ehemann*! Wie kann ich ihr da Gewalt antun?« Ein weiterer Ball prallte von der Holzverkleidung ab und flog zu Harry zurück. Er hob ihn auf und schmetterte ihn gegen die Wand rechts von der Tür, ein wenig näher an John.

»Ich dachte, du hättest ihr versprochen, sie nicht zu bedrängen, bis sie bereit sei«, sagte John. Seine Stimme tat ihm den Gefallen, ziemlich fest zu bleiben. »»Die Ehe besteht nur auf dem Papier, Vetterchen ... Ich vergnüge mich anderweitig.««

»Das habe ich bereits getan! Heute. Und wenigstens hatte die *andere* ihren Spaß daran, mich zu kriegen. Es gibt noch richtige Weiber auf dieser Welt, dem Himmel sei Dank! Nicht nur winselnde, heulende, magere, halb gepflückte, puritanische Gott-steh-mir-bei-Jungfrauen!« Harry ließ den Ball zweimal auf den Boden prellen und schmetterte ihn beim Aufschlag direkt über Johns Kopf hinweg durch die Tür ins Nachbarzimmer. Scheppernd ging Porzellan zu Bruch, doch John drehte sich nicht um.

»Ich werde sie durchwalken«, rief Harry zornig. »So wie letzte Nacht lasse ich mich nie mehr demütigen! Das ganze Gut hat hinter vorgehaltener Hand gekichert. Ich werde sie lehren, daß ich der Herr im Hause bin! Wenn sie heute nacht wieder schreien sollte, dann sag den Leuten, warum sie's tut!«

Der nächste Ball traf Johns Schulter, als dieser von der Tür durch den Raum schritt. Augenblicke später hielt er Harry an den Rockaufschlägen gepackt.

»Wenn du sie noch einmal anrührst, stopfe ich dir diesen Ball so tief in den Schlund, daß er dir aus dem Arsch wieder rauskommt!« Er hob Harry in die Höhe und schleuderte ihn gegen die Wand, wie ein Mastiff, der kurzen Prozeß mit einer Ratte macht.

Harry prallte zurück, taumelte und fand das Gleichgewicht wieder. Er stand da, umklammerte seinen Schläger, stumm vor Entsetzen. John war nicht minder entsetzt. Sekundenlang starrten sie einander an.

»Es tut mir leid, Vetterchen«, sagte John ruhig. »Ich wollte dich nicht verletzen. Ich dulde es nur einfach nicht, daß du diesem Kind noch mehr weh tust.«

Harry ließ den Schläger durch die Luft zischen – hin und her, wie der Schwanz eines wütenden Tiers. Er trat einen Schritt von der Wand weg, den Kopf zum Angriff. Heiße rote Flecken brannten auf Wangenknochen und Stirn.

»Ich will nicht gegen dich kämpfen, Harry«, warnte John ihn. »Ich wollte dich vorhin nicht verletzen.«

Wieder ließ Harry den Schläger durch die Luft sausen. »Soll ich dir, Vetter John, den wahren Grund dafür nennen, warum ich gestern nacht zu meinem Eheweib ins Bett gestiegen bin?«

John wich instinktiv einen Schritt zurück.

»Recht so, Vetterchen«, sagte Harry. »Ich mußte mich vor dir schützen! Eine Ehe, die nur auf dem Papier besteht, *ist* auch nur ein Fetzen Papier, wie du sehr wohl weißt. Bis zum Vollzug ist es keine richtige Ehe. Glaubst du, ich hätte nicht gemerkt, wie du dir die Gunst meiner Gemahlin erschlichen hast? Glaubst du, ich könnte mir nicht vorstellen, wie gelegen ihr Vermögen einem Mann käme, der nichts besitzt? Einem Mann wie dir ... Dann könntest du England verlassen und wieder jemand werden. Du könntest dir irgendwo, wo du kein entflohener Verbrecher bist, ein neues Leben aufbauen. Es wäre ja so einfach für dich ... vertrauenswürdiger, zuverlässiger Vetter John ... vor mir in meinen Sattel zu steigen. Ein paar juristische Formalitäten. Und dann Lebewohl, Gemahl Harry. Und Gott zum Gruße, Gemahl John!«

Keuchend stand Harry da.

John starrte seinen Vetter an; dann beugte er sich nieder und rollte den Tennisball sacht über den Boden zu ihm hinüber. »Lebewohl, Harry.«

»Was?«

John wandte sich zur Tür der Langen Galerie um.

»John! Was tust du?«

John drehte sich um. Als spräche er zu einem besonders begriffsstutzigen Kind, sagte er: »Ich verlasse Hawkridge House auf der Stelle, nicht erst in fünf Tagen, und ich werde nie wieder aus Amsterdam zurückkehren. Und keine Sorge — ich hinterlasse dir alles in einwandfreiem Zustand.«

»Du gehst für immer?«

»Ja.«

»Das kannst du nicht machen!« rief Harry aus. »Ich brauche dich hier! Nach deiner Rückkehr sollst du das Gut führen!«

»Ich werde nicht bleiben und Unfrieden zwischen dir und Zeal stiften.«

»Aber das haben wir doch nun ausgefochten!« rief Harry. »Wir verstehen uns doch.« Sein Gesicht wurde noch röter. »Und das Problem ist jetzt ohnehin gelöst. Es besteht keine ... Gefahr mehr, wenn du hier bist.«

»Ich glaube doch«, versetzte John. »Ich will nie wieder in Versuchung kommen, dich zu töten.«

Arthur war über die Neuigkeit, daß sie am nächsten Morgen nach London aufbrechen würden, weniger erfreut, als John erwartet hatte.

»Es ist Rachel«, erklärte er. »Sie denkt, ich ginge ihr aus dem Weg.«

»Und? Tust du das?«

»Ganz im Gegenteil. Je näher, desto besser. Aber es braucht seine Zeit.«

»Geh zu Rachel«, trug John ihm auf. »Sag ihr, sie soll ihre Herrin bitten, mir in der Vorderhalle ein Gespräch zu gewähren. Dann hast du etwa eine Stunde Zeit, die Schuld auf einen anderen abzuwälzen. Such dir irgend jemanden aus.«

Vorsichtig betrat Zeal die Vorderhalle. »Seid Ihr allein?« Dann blieb sie stehen, die Hände vor den Röcken gefaltet. Die Pose erinnerte John an den steifarmigen Schrecken ihrer Ankunft.

»Zeal, ich muß Euch etwas sagen, das mir nicht leichtfällt.« Er zögerte. »Kommt Ihr mit auf mein Amtszimmer, damit wir reden können?«

Sie zuckte die Schultern.

Harry mochte mittlerweile die Eifersucht ausgetrieben sein;

nun aber klopfte der verjagte Dämon bei John an und forderte Asyl. Ich hätte Harry schütteln sollen, bis ihm das Genick bricht! dachte John. Und ihn dann gegen die Wand schleudern.

Wie sie es versprochen hatte, war Zeal zum Spätgottesdienst gekommen, hatte jedoch allein in ihrem Zimmer zu Abend gegessen. Nun folgte sie John aus der Vorderhalle, durch den Andachtsraum neben der Kapelle und den Flur, der an Dr. Bowlers Zimmern vorbei zum Ostflügel führte. Die Küche war bereits dunkel und still. Ein einsamer Knecht hütete das Feuer. Sie schritten den nach Käse und Bier riechenden Korridor entlang, am Amtszimmer der Wirtschafterin vorbei und schließlich in Johns Gutskontor am Ende des Ostflügels. Zeal blieb im Zimmer stehen, nicht ganz so abwesend wie bei ihrer Ankunft, doch seltsam desinteressiert an dem, was immer auch geschehen mochte.

John öffnete seine Kabinettschränke und zog eine Schublade nach der anderen auf, damit Zeal sehen konnte, was darin lag. Eier, Muscheln, Vogelschnäbel, ein Elefantenpiesel, ein versteinerter Fisch. Aus seinen Büchertruhen holte er Folianten hervor – Plinius, Cato und Columella – und breitete sie wie eine Opfergabe vor Zeal auf dem Tisch aus. Er berührte den aufgeblasenen Kugelfisch auf dem Fenstersims und den Elefantenstoßzahn an der Wand. Dann trat er hinter den Tisch.

»Hier seht Ihr so viel von der großen weiten Welt wie in die bescheidenen Grenzen von Hawkridge hineinpaßt. Ich gebe alles an Euch weiter.«

»Um mich zu trösten?«

»Wenn Ihr Trost braucht.«

»Nein, brauche ich nicht!« Sie wandte dem Tisch den Rücken zu und blickte in die fortgeschrittene Abenddämmerung auf dem Vorhof hinaus. »Ich habe mir mein Bett ausgesucht, und jetzt muß ich mich drauf legen. Wenigstens steht das Bett auf dem Hawkridge-Gut.« Sie schluckte. »Was ist das für eine Sache, die Ihr mir so ungern mitteilt?«

»Ich muß morgen fort.«

»Warum?« Sie wirbelte herum, blickte ihm ins Gesicht.

»Liegt es daran, was ich in jener Nacht auf dem Eingangsvorbau zu Euch gesagt habe? Es tut mir leid. Ich war gemein ... Ich weiß nicht, was mit mir los war. Oder ist es wegen der Szene, die ich letzte Nacht gemacht habe? Bitte! Ich will nicht, daß Ihr wegen mir fortmüßt!«

»O Zeal ...« Er schüttelte den Kopf. »Ihr tragt nicht die geringste Schuld daran. Ich muß mich nur früher, als ich dachte, auf meine Reise nach Amsterdam vorbereiten ... mich zuvor mit einigen Herren in London treffen ...« Er spürte, wie falsch seine Stimme durch die Luft des kleinen Amtszimmers schnitt. »Aber das ist nicht allein der Grund ...«

»Ihr kommt nicht wieder!« Sie sprach es wie eine Feststellung aus, voller Gewißheit und Verzweiflung.

Er konnte nur das bleiche Oval ihres Gesichts sehen. Die wachsende Dunkelheit machte das Reden leichter. »Eine Tat, die ich mit Vierzehn beging, hat mich eingeholt und fordert Vergeltung. Schon damals, als ich das erste Mal nach Amsterdam fuhr, wollte ich nie mehr hierher zurück. Diese Rückkehr war ein Geschenk. Jetzt habe ich die Gelegenheit, meine Vergangenheit in Ordnung zu bringen. Falls es mir gelingt, muß ich ein neues Leben beginnen, ein eigenes Leben, nicht ein Leben als Harrys Cousin. Ich hätte es nicht ertragen, Euch zu verlassen, ohne Euch die Wahrheit gesagt zu haben.« Oder wenigstens einen Teil davon.

»Möchtet Ihr Hawkridge verlassen?«

»Ich möchte das nicht verlassen, was es die letzten elf Jahre über für mich bedeutet hat ...«

»Doch jetzt ist es Harrys Hawkridge geworden, ist nicht mehr das Eure.«

»Und Euch möchte ich nicht verlassen.« John erlaubte sich einen kurzen, wohltuenden Ausbruch von Ehrlichkeit, den er jedoch alsbald wieder mit Ausflüchten bemäntelte. »Zumal noch soviel zu tun ist und Ihr noch soviel zu lernen habt.«

»Aber Ihr müßt fortgehen.« Dieselbe traurige Gewißheit. Dieselbe tiefe Verzweiflung.

»Verzeihung, Sir ...« Ein Hausknecht unterbrach sie. »Ich

wußte nicht, daß Ihr noch immer bei der Arbeit seid. Wünscht Ihr eine Fackel oder ein Binsenlicht?«

»Ein Binsenlicht.«

Sie warteten, während der Jüngling eine talggetränkte Binse am Küchenfeuer entzündete, sie ins Gutskontor brachte und im aufrecht stehenden Eisenständer auf dem Tisch festklemmte. Das winzige Flämmchen warf seinen riesigen Schatten auf die Decke und die oberen Wandpartien. Schwache Funken glommen in beider Haar, doch ihre Augen lagen im Schatten der Brauen.

»Ich bringe es nur deshalb über mich fortzugehen, weil ich das Gut in Euren Händen lasse«, gestand John. »Ich habe Hawkridge mehr als alles andere geliebt, und *Ihr* könnt es verstehen. Ich wollte Euch heute abend sprechen, um Euch zu bitten, das Gut an meiner Statt zu lieben und zu hüten. Harry und ich und alle anderen ... wir haben viel mehr Glück, als wir verdienten, daß Ihr ihn erwählt habt und nun hier die Herrin seid.«

»Ihr wollt, daß ich an Eure Stelle trete?«

»Ja. Nehmt meinen Platz ein.«

»Glaubt Ihr, ich kann das?« Sie wandte sich ab, das Binsenlicht schimmerte auf den Locken in ihrem Nacken.

Ein langes Schweigen folgte. Dann vernahm John ein schwaches Piepsen.

»Ist alles in Ordnung?« fragte er.

»Ich weine.« Ihr Tonfall ließ seine Frage unbeantwortet.

John ging um den Tisch und umarmte sie sanft. Sie legte den Kopf an seine Brust; dann beugte sie sich nach hinten, löste sich jedoch nicht aus seinen Armen. In ihrem schattenhaften Ärmel fand sie ein schattenhaftes Taschentuch.

»Es ist seltsam ...« Sie zog die Nase hoch und schneuzte in ihr Taschentuch. »Ich wünschte, Ihr wärt an dem Tag hiergewesen, als ich den Bienenkorb versetzte und Peter starb. Dann hätte ich mit Euch reden können ... Darüber, wie durchwachsen das Leben ist, das Gute und das Schlechte. Stets vermischen sich die Gefühle. Niemals ist man vollkommen glücklich oder traurig, beschämt oder stolz. Jetzt, zum Beispiel, fühle ich mich elend und gut zugleich.« Sie schniefte wieder. »Schuldbewußt und traurig und zufrieden mit mir selbst, alles auf einmal.«

»Ich glaube, das trifft eher auf mich zu«, wandte John ein. Ihr Haar duftete nach Zitronenbalsam und Rosmarin.

Mach bloß keine falsche Bewegung, ermahnte er sich. Dies ist mehr, als du erwarten konntest, mehr, als du verdienst. Es war schön, Zeal in den Armen zu halten. Wie durch ein Wunder hatte sie die Mauer der Verlegenheit durchstoßen, hatte seine Begierde erweckt und Harrys Eifersucht verstärkt. Trotz allem war es ein wohltuender, durstlöschender Augenblick.

»Ich danke Euch«, sagte sie. »Für die Bücher und all diese *mirabilia* ...« Sie vollführte mit dem zusammengeknüllten Taschentuch eine alles umfassende Geste in Richtung der offenen Kabinettschubladen. »Ich werde sie alle studieren.«

»Macht Euch Notizen«, riet er ihr. »Führt ein Tagebuch, was Ihr auf dem Gut macht und wann. Und über Dinge, die Euch auffallen. Ihr werdet sehen, daß es von Jahr zu Jahr hilfreich ist. Die Aufzeichnungen der letzten elf Jahre habe ich für Euch in der Truhe dort gelassen ...«

»Meint Ihr wirklich, ich könnte es schaffen?« wollte sie wissen.

»Zeal Beester kann alles schaffen, was sie sich vornimmt.« Wieder folgte eine sehr lange Pause.

»Darf sie Euch einen Abschiedskuß geben?«

Johns Armmuskeln spannten sich unwillkürlich. Der Atem stockte ihm in der Kehle. Er zwang sich, seine Umarmung zu lockern. »Sie darf alles.«

»Gut, also dann.« Sie lehnte sich an ihn und hielt ihr Gesicht empor. »Zerquetscht meine Zähne nicht.«

Er küßte sie so behutsam, wie er einen Setzling oder ein frisch geschlüpftes Küken in die Hand genommen hätte. Ihr Mund war warm und weich. Interessiert. Die Selbstbeherrschung ließ seine Muskeln verkrampfen, seine Atmung aussetzen. Dennoch war es ein leichter, müheloser Kuß, der seine eigene Dynamik entwickelte. Er sog den Duft ein, den die Sonne auf ihrer Haut hinterlassen hatte, bewegte seinen Mund sanft auf dem ihren. Wilde Begierde tippte ihm auf die Schulter, doch es war nicht ihre Zeit. Sie trennten sich wie auf ein gemeinsames Kommando, genau im letzten beherrschten Augenblick. Sie trat zurück, heraus aus seinen Armen.

Ich hätte das Binsenlicht löschen sollen, dachte John, doch nun war es zu spät. Wer weiß, wer vorhin über den Vorhof spaziert ist? Nicht einmal hier habe ich Zeal beschützt.

»Werdet Ihr mich wissen lassen, wo Ihr Euer neues Leben beginnt?« fragte sie. »Falls es Euch gelingt, Eure Vergangenheit in Ordnung zu bringen.«

»Natürlich. Vielleicht werde ich sogar Euer Nachbar.«

»Und was ist, wenn ich Euch brieflich eine Frage über das Gut stellen muß?« Er hörte eine verzweifelte Verschlagenheit aus Zeals Stimme heraus, die er von ihren ersten Tagen auf Hawkridge kannte. »Kann ich Euch nach Amsterdam schreiben?«

Die Idee gefiel ihm ausnehmend gut, denn sie ließ ihren Abschied weniger endgültig aussehen. »Ich wüßte keinen Grund, der dagegen spräche.« Er suchte auf dem schattenhaften Tisch nach einem Stück Papier und seinem Federkiel.

Coymans oder die Witwe Padtbrugge? Marieka kam nicht in Frage; es hätte anstößig gewirkt, Zeal ausgerechnet ihre Adresse zu geben. Dann aber überlegte John es sich anders. Ein Brief von Zeal wäre ja nicht Zeal selbst. Marieka hätte gar nichts damit zu tun. Und die Witwe hatte möglicherweise keine Zimmer mehr frei.

Er schrieb Justus Coymans' Namen sowie seine Adresse auf einen Zettel; Coymans wohnte in einer Straße auf der alten Seite von Amsterdam. Als er Zeal den Zettel überreichte, hatte er das Gefühl, ihr das eine Ende einer sehr, sehr langen Leine in die Hand zu geben – eine Leine, deren anderes Ende er festhielt.

Sie hob das Papier ans Binsenlicht. »Eine vollständige Anschrift! Jetzt werdet Ihr Euch nicht einfach in Luft auflösen.«

13 ❦

»Marieka!« brüllte Coymans ins Treppenhaus hinauf. »Dein Engländer ist zurück!« Er wandte sich zu dem Mädchen um, das John hereingelassen hatte. »Geh und sag's ihr.« Dann brüllte er in den rückwärtigen Teil des Hauses und verlangte nach Bier.

Das Mädchen raffte seine Röcke und flitzte die ächzende Holztreppe hinauf, um seine Herrin zu holen.

Der Klang von Mariekas Namen rührte John wie der Schlag. Ehern und tönend wie eine Glocke nach dem stillen Leben, das er während des letzten Monats in seinen Gedanken geführt hatte, weckte dieser Name Verlangen und Entsetzen zugleich.

Coymans schlang einen Arm um Johns Schultern wie den Anker eines Kauffahrers und bugsierte ihn fort vom starren Blick seines *père* auf dem Gemälde und hinüber ins Musikzimmer. »Hab ich nicht gleich gesagt, daß Ihr zurückkehrt?« sagte er. »Und ich wette, Ihr seid reicher als beim ersten Mal.« Die scharfen, kalten Augen glitten an Johns Gestalt hinunter bis zu den Stiefeln und wieder hinauf. »Auf jeden Fall besser gekleidet. Setzt Euch, mein englischer Freund. Setzt Euch!«

Er ging zur Tür zurück, um mit dröhnender Stimme nach zufragen, wo die Erfrischung für seinen Gast bliebe. Er selbst nahm nicht Platz, sondern blieb stehen und musterte John mit in die Hüften gestemmten Händen, als wäre er eine besonders zufriedenstellende Anschaffung. »Schön, schön, Nightingale. Wieder zurück. Hilflos dem Sirenengesang des Goldes erlegen.«

John streckte seine langen Beine auf dem schwarzweißen Fußboden aus. Er setzte das träge Lächeln eines Mannes auf, der über so niedere Verlockungen erhaben ist. »Ich hatte Lust, mir wieder mal nasse Füße zu holen, Justus. Die kümmerlichen Pfützen Englands kommen da einfach nicht mit.« Noch während er sprach, zog das Gemälde Pomonas Johns Augen an.

Coymans folgte seinem Blick und lachte auf. »Naa. Ihr seid wegen Tulpen und wegen meiner Schwester zurückgekommen. Lügt mich nicht an.«

»Ihr habt recht. Und mit noch mehr Spielraum für Spaß.«

»Tja, Ihr habt Euch eine aufregende Zeit ausgesucht!«

»Inwiefern?« John hörte den Hauch einer Warnung heraus, doch das Gemälde lenkte ihn ab.

Wie fremd ihre Nacktheit wirkte, obwohl er sie aus dem Kopf hätte nachzeichnen können. In diesem Augenblick fiel ihm zum ersten Mal, der Eifer auf dem Antlitz der Göttin auf, mit dem sie das genaue Ausmaß der Dankbarkeit des Landmanns einzuschätzen versuchte. Die schattenhafte Gestalt im Hintergrund – John erkannte es nun ganz deutlich – war als nächster an der Reihe, seinen Anteil von den großzügigen Gaben in Empfang zu nehmen. Das Porträt war weniger schmeichelhaft, als er es von seinem letzten Besuch in Erinnerung hatte.

Coymans wanderte ruhelos durchs Zimmer. »Der Markt führt Hochwasser. Ein Nichtschwimmer könnte ertrinken.«

»Außer natürlich, er hätte Euch, der ihn wie ein griechischer Tümmler auffischt und über Wasser hält«, erwiderte John, der immer noch lächelte, nun aber angestrengt zuhörte. Seine grauen Augen durchforschten das einst so vertraute Gemach nach weiteren Spuren, die die Zeit hinterlassen haben könnte – am Zimmer selbst oder an der Wirkung, die es auf ihn hatte.

»Ihr seid nie ein schiffbrüchiger Seemann gewesen«, entgegnete Coymans. »Doch Ihr habt recht. Ihr wärt ein Narr, Euch allzuweit hinauszuwagen, ohne daß ich an Eurer Seite wäre.«

Johns Ohren lauschten gespannt dem Klang von Mariekas Schritten auf der Treppe.

»Sie kommt ja, Mann! Sie kommt ja schon.« Die winzigen Äuglein musterten John mit amüsiertem Grübeln. »Sagt mir die Wahrheit! Vielleicht täusche ich mich am Ende doch. Seid Ihr meinetwegen zurückgekehrt oder ihretwegen? Wollt Ihr mich nun niederschmettern und mir erzählen, daß Ihr nur der wahren Liebe wegen gekommen seid?«

»Ich benötige noch immer Eure Dienste, um mich mit der Göttin Fortuna zu verkuppeln«, stellte John in beruhigendem Tonfall fest.

Coymans blinzelte einmal.

In dem kurzen Schweigen, das nun folgte, vergaß John für einen winzigen Moment, auf Mariekas Schritte zu horchen. Vor zwei Monaten hätte Coymans nichts anderes als diese freundschaftliche Beleidigung erwartet.

Da lachte Coymans auf. »Dann willkommen daheim, mein Bruder im Spaß! Das Geschäft wird uns beide auf die Probe stellen, bis zum Letzten ...« Er begab sich wieder zu der Tür, die in die Eingangshalle führte. »Wo bleibt meine Schwester denn? Sie kann sich wohl nicht zwischen ihren vielen Gewändern entscheiden oder zupft sich unbotmäßige Härchen aus der Braue oder säubert sich die Fingernägel oder poliert sich die Zähne, bevor sie sich wieder Eurem Blick aussetzt.« Kopfschüttelnd forderte er John dazu auf, seine humorvoll-tolerante Haltung dem schwachen Geschlecht gegenüber zu teilen.

John setzte sich in seinem unbequemen Stuhl mit der hohen Lehne zurück. Eins der Gemälde war neu – kugelrunde Pfingstrosen in einer *nature morte*. Zwei Gemälde – eines zeigte das Meer, das andere das Innere einer Kirche, wenn er sich recht erinnerte – waren verschwunden und hatten schwache rechteckige Schatten auf der Wand hinterlassen. Auch der große Globus war fort.

Das Spinett war aufgeklappt. Zwei Stühle standen schief davor, ebenso ein Notenständer. Die beiden gerissenen Saiten der Theorbe waren ersetzt worden. Das Instrument aus Holz und Schildpatt ruhte auf dem Deckel des Spinetts, als hätte der Musikant es zwischen zwei Liedern kurz dorthin gelegt. Sowohl auf dem Spinett als auch auf dem Notenständer neben dem zweiten Stuhl befanden sich Notenblätter.

John blickte wieder zu Pomona hinüber. Allzu freigiebig. Das wußte er bereits. Und er hatte ihre Einladung zu bleiben abgelehnt. Er hatte kein Recht, nun in Eifersucht zu entbrennen. Er war ja schlimmer als Harry. Er hatte nicht das geringste Recht! Aber er konnte sich nicht vorstellen, daß Marieka mit einer anderen Frau im Duett sang. Er merkte, daß Coymans ihn beobachtete, und öffnete seine geballten Fäuste.

»Warum wird das Geschäft uns auf die Probe stellen?« erkundigte er sich.

»Diese lästigen Regenten sind entschlossen, mit Gesetzen gegen die menschliche Fähigkeit vorzugehen, sich zum Narren zu machen.« Coymans schnaubte verächtlich. »Gott ist mit seinen Zehn Geboten gescheitert, aber dieser Haufe niederländischer Bürger glaubt, es besser zu können!«

Johns Aufmerksamkeit war nun vollends gefesselt. »Kann man denn noch Geschäfte machen?«

»›Man‹ kann alles, was ›man‹ will«, erklärte Coymans. »Gesetze hin, Gesetze her. ›Man‹ muß nur gleichgesinnte Kollegen finden.«

»Die auch willens sind, das Gesetz zu brechen?«

»... das mögliche Gesetz«, berichtigte Coymans ihn. »Wie dem auch sei, ist denn ein Gesetz, das von den meisten gebrochen wird, ein gültiges Gesetz oder eine Farce? Nein, mein gesetzestreuer Engländer, das ist nicht das Risiko ... Und bring mir meine Pfeifen«, befahl Coymans dem Mädchen, das mit dem Bier gekommen war. Endlich setzte er sich. »Ihr seid immer noch entschieden gesetzestreu?«

John nickte kurz.

»Keine Sorge. Die meisten dieser sogenannten Gesetze verziehen sich wie Morgennebel. Selbst die Gesetzgeber wissen von heute auf morgen nicht mehr, was sie eigentlich getan haben. Das wirkliche Risiko erwächst aus ihrem Wankelmut. Die Regenten sind der Überzeugung, daß sie uns alle vor unserer eigenen Torheit schützen würden. Doch sie haben damit nur eines bewirkt: Unruhe und damit Instabilität in den Markt zu bringen.«

»Mich wundert nur, daß es so lange gedauert hat, bis der Markt instabil wurde«, bemerkte John.

Coymans schob den Einwand mit einer Geste seiner Pranke beiseite. »Eure Worte beweisen nur Eure Verunsicherung und Unerfahrenheit. Die Crux ist folgende: Weil die Regenten sich zutrauen, in einer Angelegenheit zu intervenieren, die sie nicht richtig durchschauen, werden mehr und mehr Anleger nervös und unzuverlässig – wie Ihr.« Er leerte sein Glas und stellte es auf den Boden.

»Vor zwei Tagen zum Beispiel hat sich Spiegel – Ihr erinnert Euch an ihn? – geweigert, Terminwaren zu bezahlen, die er kurz nach Eurer Abfahrt gekauft hatte. Der Handel war ganz legal *in collegio* getätigt, Erscheindatum und Preis vereinbart, von vorn bis hinten notariell beglaubigt. Dann aber fiel der Kurs jener bestimmten Tulpenzwiebel unter den Preis, den Spiegel sich zu zahlen verpflichtet hatte. Er schuldete dem Verkäufer mehr, als er durch einen Weiterverkauf hätte hereinbekommen können. Also hat er sich auf eins dieser Phantomgesetze berufen, und der Händler sitzt auf dem trockenen ... Er ist jetzt der Dumme!«

Aufrichtige Wut zitterte plötzlich in diesen fünf Worten mit. Dann fand Coymans wieder zu seinem ausgeglichenen Tonfall zurück. »Jetzt blecht der Händler für einen Prozeß, und wir anderen müssen für seine Schwäche blechen.«

Er verschränkte die Arme vor der Brust, schob die Füße in eine andere Position und verankerte das Lächeln wieder fest zwischen seinen Schnauzbartenden. »Also: Das Gesetz ist ein aalglattes Biest. Ein Risiko ist unvermeidlich, und es gibt keine Garantie, daß unsere Gegner so zuvorkommend wie der alte

Bols im letzten Augenblick das Zeitliche segnen. Und nun sagt mir, welche Wunder Ihr dieses Mal von mir erwartet!«

Hat er sich immer so trotzig angehört? fragte John sich insgeheim. Oder ist mir das in meiner Angst entgangen?

Dann vernahm er das Rauschen von Seidenröcken über Marmor und Mariekas freudigen Aufschrei »John!«

Er versuchte eine wort- und fassungslose Verbeugung, doch Marieka warf sich ihm an die Brust, während Erasmus auf ihrem Rücken sich in Panik um ihre Taille klammerte. Bruder und Schoßtier ignorierend, küßte sie John herzhaft auf den Mund. »Ich bin ja so glücklich, daß du wieder da bist! Was für eine Überraschung!«

Über Mariekas Schulter fing John Coymans' Blick auf. Coymans schaute weg.

»Ich bin ja so glücklich, daß du wieder da bist«, sagte Marieka noch einmal.

John wünschte, sie hätte es nicht wiederholt. Sie macht zuviel Geschrei, dachte er. Wie ihr Bruder.

»Sogar Erasmus hat dich vermißt.« Sie zog die Winkel ihres Babymundes hoch und entblößte kleine weiße Perlen. Erasmus ließ sich auf den Boden fallen und versteckte sich unter dem Spinett, von wo er John durch die Gitterstäbe mit unbestimmter Wut beäugte.

»Jetzt glaube ich dir kein Wort mehr«, versetzte John. Marieka war nach ihrer Trennungszeit genauso unbehaglich zumute wie ihm. Seltsamerweise fühlte John sich dadurch besser.

»Er kommt dir langsam auf die Schliche, Schwesterchen«, bemerkte Coymans liebenswürdig. »Es wird Zeit, daß du dir einen neuen Liebhaber suchst.«

»Das werde ich wohl müssen, wenn du in seinem Beisein weiterhin solche Dinge sagst«, entgegnete Marieka spitz.

Dann kamen ihr Blick und ihre Energie zur Ruhe. Sie begegnete Johns Blick offen, hielt seine Hände in den ihren und lächelte über die kleine Kluft zwischen ihnen hinweg. Ihre Finger waren seltsam kalt, doch ihre Taille hatte sich in Johns Händen fest und beruhigend wirklich angefühlt. »Aber du mußt uns beiden unsere Sünden vergeben haben, nicht wahr, John? Schließlich bist du ja zurückgekommen.«

»Ich hatte keine Wahl. Wenn einen solche Sirenen locken.« Er führte eine ihrer kalten Hände an die Lippen und küßte sie. Die Finger drehten sich in seiner Hand, um seine Wange zu liebkosen.

»Bleib«, sagte sie. Dann reckte sie das Kinn hoch und stieß ein eigenartiges kleines Lachen aus. »Bleib zum Abendessen. Justus, hast du schon darauf bestanden, daß John zum Abendessen bleibt?«

Mit starken Gewissensbissen Zeal gegenüber ließ John sich kopfüber in die dunklen, empfänglichen Wasser fallen.

Der Affe war ein pelziges Flüstern an Johns nacktem Schenkel. John bemerkte ihn kaum. Er befreite sich nach all den Wochen der Selbstbeherrschung. Sein Blut summte. Er flog, erhob sich hoch in die Lüfte über geschärften Klingen aus Gold und Diamant.

»O Gott!« machte Marieka. »Oh, ja!«

Mit schweißnasser Haut glitten sie aneinander. Ihr Babymund und ihr schlanker, fester Körper öffneten sich ihm. Mit festem Griff legte sie ihm die Arme um den Hals.

Er schaukelte in weiten Schwüngen, flog sicher dahin, segelte blind.

»Bleib!« flüsterte sie.

Er hielt sie ganz fest und wälzte sie mit sich herum, so daß ihr Körper auf ihm zu liegen kam. Erasmus hüpfte davon, klammerte sich an die Bettvorhänge und starrte aus seinen Hexenaugen finster auf sie herab.

»Bleib in Amsterdam!«

In diesem Augenblick hätte er dieser Frau jeden Wunsch gewährt.

Später lag er wach in der Dunkelheit. Das schattenhafte Gewicht von Erasmus strich an seinem Fuß entlang und vibrierte, als das Tier sich kratzte und flohte. Dann wurde es plötzlich schwerer und verschwand, als Erasmus wieder an die Bettvorhänge sprang. Er hinterließ bei John eine schwache Erinnerung an Cassie als kleines Hündchen, das träumend am Fußende seines Bettes ruhte.

John lag völlig verausgabt da. Marieka atmete sacht neben ihm. Der Affe ließ die Draperien hin und her schwingen, als er höher kletterte.

Ich bin zurückgekehrt, dachte John. Zu einem weiteren stürmischen Empfang.

Wieder drehte er den Kopf, um dann die Beine über die Bettkante zu schwingen und sich aufzusetzen, die Füße auf dem kühlen Fliesenboden. Er hätte sich warm und gesättigt fühlen sollen, statt dessen war ihm zutiefst unwohl zumute.

Den ganzen Abend hatte Coymans sich nicht die Mühe gemacht, das Zuschnappen jener scharfen Zähne zu dämpfen, das John bei seinem ersten Besuch zu hören gemeint hatte.

Auf irgendeine Weise ist er sich meiner jetzt sicherer, überlegte John. Er rieb mit den Handflächen über seine nackten Oberschenkel und fragte sich, was sich Coymans' Meinung nach geändert hatte.

»Wir müssen unsere Strategie ändern, um mit der Zeit zu gehen«, hatte Coymans gesagt, als er und John sich nach dem Mahl in das kleine Empfangszimmer im ersten Stock zurückgezogen hatten.

»Die Strategie oder die Prinzipien?« John nahm die weiße Tonpfeife entgegen, die Coymans für ihn angezündet hatte, und schaute sich neugierig in dem Gemach um. Neptun warf auf dem Kamin noch immer das Netz über seine Seepferdchen, doch es standen weniger Gemälde als noch vor knapp zwei Monaten in den Bilderstapeln an den Wänden des Zimmers.

»Meine Prinzipien sind so beständig wie der Polarstern«, entgegnete Coymans aufgeräumt. »Immer noch die eines Realisten.«

»Wie schlimm ist es?« John zog an dem dünnen Stiel seiner Pfeife und hoffte, daß der Rauch so wirksam gegen Erkältungen und Schüttelfrost sei, wie man ihm versichert hatte. Ansonsten konnte er verflixt wenig Freude an dem Ganzen finden. »Kann man nach wie vor auf die übliche Weise Geschäfte machen – kaufen, beten und verkaufen?«

»Der Markt ist immer noch voll von *liefhebbers*, die eher daran glauben, daß sie weiterhin mit Gewinn verkaufen können, als daß sie ins Paradies kommen. Noch ist alles möglich.«

»Aber? Ich höre da Bedenken in Eurer Stimme.«

Müßig rückte Coymans einen Bilderstapel mit der Schuhspitze zurecht. »Ich bin so hoch gestiegen und oben geblieben, weil ich einen scharfen Geruchssinn habe. Und ich bin ein reicher Mann, weil ich früher als die meisten anderen Schwierigkeiten riechen und meine Vorgehensweise entsprechend ändern kann. Ich bin beständig in meiner Unbeständigkeit.«

John betrachtete Coymans, während dieser genüßlich an seiner Pfeife sog, eine Wolke ausstieß, die würdig gewesen wäre, einen Jupiter zu tragen, und einen hölzernen Fensterladen öffnete und wieder schloß.

Seit ich das letzte Mal hier war, ist irgend etwas Bedeutsames geschehen, folgerte John. Die Gewißheit hatte sich im Verlauf des Abends in ihm gefestigt. Coymans hat irgendwie Pech gehabt. Was diese seltsame Nervosität erklären könnte, die ich auch bei Marieka spüre.

»Die Wahrheit ist«, erklärte Coymans, als würde er Johns Gedanken lesen, »daß ich für meine Person just in diesem Augenblick Risiken vermeiden möchte. Ich bin ein Opfer meiner Leidenschaften.« Er breitete die Arme aus, die Gemälde umfassend. »Meine Saat ist weit verstreut. Das ist die Gefahr, die man als Mäzen eingeht. Kurzum, mein Geld liegt fest, und nicht jeder Händler nimmt Gemälde als gleichwertiges Zahlungsmittel an.«

»Und was also sagt Euer Geruchssinn?«

»Ich soll das Fell des Bären verscherbeln, bevor ich den Bären gefangen habe.«

John versteifte sich. »Haben wir das nicht auch zuvor getan? Verkaufen, was wir gar nicht besaßen? Das mache ich nicht noch einmal.«

»Ich auch nicht«, pflichtete Coymans ihm gelassen bei, »jedenfalls nicht so, wie wir es damals gemacht haben. Denn es ist zwar halbwegs legal, funktioniert aber kein zweites Mal. Investoren sind argwöhnische, nervöse Wesen, die schneller als ein Frettchen mißtrauisch werden. Ich bin ganz Eurer Meinung. Dieses Mal müssen wir ein echtes Bärenfell haben, mit dem wir ihnen vor der Nase herumwedeln können.«

»Und wie kommen wir an dieses Bärenfell, wenn wir unser Kapital nicht riskiert haben, um es zu kaufen?«

»Wir leihen es uns!« erwiderte Coymans triumphierend.

John ließ sich mit einem Seufzer auf das Bett zurückfallen. Er hatte nicht mehr Grund als zuvor, Coymans oder auch Marieka zu mißtrauen. Im Gegenteil, er schuldete beiden mehr, als er jemals zurückzahlen könnte. Obwohl Coymans ein Schurke war, machte er keinen Hehl daraus, ja, er schien nicht einmal die Notwendigkeit eines solchen Täuschungsmanövers zu begreifen.

Und diese widernatürliche Ehrlichkeit ist mein Schutz, dachte John. Ich bin jederzeit gewarnt. Ich kann mich stets dazu entschließen, einen anderen Weg einzuschlagen. Wie ich es heute abend getan habe.

Doch als John die Strategie des geliehenen Bärenfells ablehnte, hatte Coymans kurz auf seiner Oberlippe herumgekaut, den Engländer angeschaut und gesagt: »Überdenkt es noch mal.« Dann hatte er John den Arm getätschelt. »Kommt. Für heute ist's genug der Geschäfte. Ich merke schon die ganze Zeit, Ihr seit mit anderen Dingen beschäftigt. Wir reden morgen wieder darüber.«

Als er nackt in der Dunkelheit dasaß, spürte John, daß er fror. Er streckte sich wieder aus und zog die Bettdecke bis zum Kinn hoch.

Am nächsten Morgen werde ich Gomez aufsuchen. Mal schauen, was ich bei ihm über Coymans' Geschäftsgebaren in den letzten Wochen erfahren kann. Und ich werde mich nach anderen Händlern erkundigen.

Der Entschluß beruhigte ihn. Er lauschte erneut Mariekas leisen Atemzügen und Erasmus, der unten auf dem Boden an irgend etwas herumkratzte. Er dachte an die Soldaten des Königs, die auf ihren Sold warteten. Er wiederholte lautlos das Wort »Begnadigung«.

Begnadigung. Freiheit. Er konnte die volle Tragweite noch nicht richtig ermessen. Seine Gedanken glitten rasch zu dem kleinen Jungen, der wie Apoll durch einen hohen, strahlenden Himmel getragen wurde, auf dem Rücken eines riesigen Pferdes. Das Pferd trug ihn aus dem Tor hinaus in den Park.

Begnadigung. Edward Malises vor Wut und unterdrückter Enttäuschung verzerrtes Gesicht nach Lord Mallenders beiläufig erteiltem Befehl. Malises Gesicht im flackernden Licht des Kaminfeuers in den Kontorräumen der Südjavanischen Kompanie. Flammen, die über das Gesicht fluteten. Und an diesem Punkt verschloß John seine Gedanken.

Er kuschelte sich enger an Marieka und lauschte konzentriert auf ihre Atemzüge, als wären sie ein schwieriges Musikstück, das er zu lernen versuchte. Der sanfte Rhythmus erfüllte seinen Geist. Seine Gedanken verblaßten allmählich. Endlich glitt er in den Schlaf, gewärmt von den langgestreckten, weichen Hügeln ihrer linken Hüfte und ihres Schenkels.

»Mein Vetter ist ein Idiot«, erklärte Gomez, während er das in Musselin eingeschlagene Käserad hochhob. »Euch dies hier den ganzen langen Weg mitschleppen zu lassen, hierher, ins Land des Käses! Und ich kenne ihn – er hat nicht mal genügend Humor, um zu merken, wie komisch das ist!« Gomez bedeutete John, tiefer in seine Schatzhöhle über dem Bäckerladen zu treten. »Setzt Euch! Setzt Euch! Erzählt mir, wie er aussah. Er ist dreizehn Jahre jünger als ich, müßt Ihr wissen.«

John unterdrückte ein Grinsen, rückte eine vergoldete Uhr zur Seite und setzte sich auf einen Stuhl. »Er schien sich bester Gesundheit zu erfreuen, ein Mann in den besten Jahren. Und er sah keinen Tag jünger aus als Ihr, Sir.«

»Aaah«, machte Gomez mit gespielter Verzückung und Mißbilligung. Gomez legte den Käse auf einen Haufen Seidentücher, die auf einem Bücherstapel lagen, um dann hinter einem Turm aus drei Sandelholzkisten mit schweren Eisenschlössern aus Johns Gesichtsfeld zu verschwinden und herumzustöbern. Zu dieser Morgenstunde trug er immer noch seinen Hausmantel aus Brokat, doch sein kleiner schwarzer Schnurrbart war bereits gewachst und stand in Habachtstellung. »Waren Eure Auftraggeber zufrieden mit Vetter Jacov?« erkundigte sich seine gedämpfte Stimme.

»Zutiefst erleichtert, wenn Ihr die Wahrheit hören wollt«, gab John zur Antwort.

Gomez tauchte mit einer Flasche Ale und einem venezianischen Pokal aus grünem und rotem Zuckerwatteglas wieder auf. »Und Ihr wohl nicht minder.« Seine durchdringenden schwarzen Augen schlossen höflichen Widerspruch aus.

John nickte. »Ich gebe zu, daß die Verwandlung nach Zauberei roch, und ich finde nur schwer Gefallen an Magie. Sie läßt sich zu leicht mißbrauchen.«

»Das trifft auf jede Form der Macht zu. Ale?« Gomez schenkte ein, ohne Johns Antwort abzuwarten. »Da Ihr mich ohne Soldaten und gezogenen Degen wieder aufsucht, nahm ich schon an, daß Ihr zufrieden wart.« Er drückte John das randvolle Glas in die Hand. »Seid Ihr nach Amsterdam zurückgekommen, nur um mir Vetter Jacovs Käse zu bringen? Oder hat Euch die Spekulationslust gepackt?«

»Die Lust, aber nicht ganz meine eigene. Oder besser die Not.«

Während Gomez nach seiner Dickmilch sowie nach Brot und Käse für seinen Gast suchte, legte John ihm in allgemeinen Worten dar, was auf dem Spiel stand.

»Das offizielle Geld gelangte in meine Hände, ohne daß seine Herkunft mir näher bezeichnet wurde.« Er wußte nicht recht, was er sagen durfte, denn was Gomez' politische Sympathien betraf, hatte er nicht die leiseste Ahnung.

Gomez nickte. »Macht Euch vor lauter Diskretion keine Knoten in die Zunge. Jacov hat mir geschrieben, wie schlimm es mittlerweile um die Staatsfinanzen steht. Der Krieg mit Spanien hat Englands Mittel erschöpft, und der Frieden zahlt sich nicht aus. Ihr seid ein bedeutender Mann, mein Freund, wenn man Euch Gelder der Krone anvertraut.«

»Dann ist auch Euer Vetter ein bedeutender Mann«, gab John zu bedenken. »Meine Auftraggeber haben ihm einen Großteil des Geldes anvertraut.« Er holte fünf Wechsel hervor, die Jacov auf fünf verschiedene holländische Namen ausgestellt hatte. »Den größten Teil des Geldes, um genau zu sein.«

Gomez las die Wechsel. »Gut. Gut. Perez ist ein ehrlicher Mann. Die anderen auch. Keine Probleme in dieser Hinsicht.« Er faltete Jacovs Wechsel zusammen und gab sie John zurück.

»Wenn das Geld dort sicher ist, würde ich es gern so lange wie möglich bei diesen Leuten lassen«, meinte John. »Mehr noch, ich möchte auch die schwere, laut klirrende Fracht, die ich wieder unter Bewachung im höchsten Zimmer von Witwe Padtbrugges Haus verstaut habe, in etwas Leichteres, Leiseres umwandeln.«

Gomez grinste plötzlich. Zum ersten Mal bemerkte John, daß dem alten Mann mehrere Backenzähne fehlten. »Ich weigere mich entschieden, meine kostbaren Bücher noch einmal aufs Spiel zu setzen.«

John grinste zurück. »Wertvoller als Rubine? Falls welche beschädigt wurden, muß ich Euch dafür entschädigen.«

»Eins oder zwei wurden vor lauter Enttäuschung übel zugerichtet. Aber keine wertvollen. Was wollt Ihr diesmal verwandeln lassen? Teller? Kerzenleuchter? Ziselierte Rüstungen?«

»Bargeld. Fünfzehntausend Pfund, die nicht mehr rechtzeitig in jene fadenscheinigen Papierfetzen umgewandelt werden konnten.«

»Dann muß es auf die Bank von Amsterdam. Ihre Kellergewölbe sind widerstandsfähiger als die Wendeltreppe der Witwe. Ihr legt das Geld ein. Nur Ihr könnt es herausholen. Es sei denn, Ihr übertragt es einem anderen Einleger dort.«

»Wird die Bank von Amsterdam bereitwillig englisches Geld annehmen, das sich vermehren soll, um Soldaten und Gewehre zu kaufen?«

»Nein, aber sie wird einem ehrlichen Marranenkaufmann,

der in den letzten fünfzehn Jahren dazu beigetragen hat, den holländischen Handel zu erweitern, keine Fragen stellen. Sie bewahrt bereits Geld von mir auf.«

»Das Geld wird auf Euren Namen deponiert?« In John stieg Mißtrauen auf.

Gomez breitete seine dünnen, brokatumhüllten Ärmchen aus. Vertrau mir oder laß es bleiben. Du hast die Wahl.

John holte tief Luft und nickte. »Einverstanden.« Um Buße zu leisten für sein Mißtrauen, fügte er hinzu: »Gegen eine bescheidene Provision.«

Gomez wackelte mit seinem silbrigen Haupt. »Wie Ihr wünscht. Wer kann es sich schon leisten, eine Provision auszuschlagen? Ich nicht, Ihr nicht.« Er schnitt eine weitere Brotscheibe ab und hobelte durchscheinende Käseraspel vom Laib, die er dann so aufs Brot legte, daß sie wie die Blütenblätter einer Blume aussahen. Er reichte John die Brotscheibe. »Investiert Ihr diesmal auch eigene Mittel?«

John saß entspannt auf seinem Stuhl, als wäre er gerade eine schwere Bürde losgeworden. Er nahm das Käsebrot entgegen und hörte sich selbst einen Plan vortragen, der sich seit dem Morgen seiner Abreise von Hawkridge House in ihm herauskristallisiert hatte.

»Ich möchte meine Provision vom letzten Mal für die Frau meines Vetters anlegen, um ihre Mitgift ersetzen zu helfen, die mein Vetter beliehen und investiert hat. Solange er über ihr Geld und ihr persönliches Vermögen verfügen kann, hat sie keinerlei Schutz ...« Er hielt unvermittelt inne.

Gomez zog seine geschwungenen Brauen hoch. »Und was bleibt Euch, wenn Ihr vorhabt, all Euer Geld zu verschenken?«

Beifall, dachte John sarkastisch. »Der Ruhm.«

Gomez schnaubte höflich.

John beobachtete, wie er am Käse herumsäbelte. »Die Chance, ein früheres Leben zurückzugewinnen.«

Gomez legte das Messer nieder, arrangierte für sich selbst eine Blume auf dem Brot und blickte John über die Scheibe hinweg an, in die er behutsam seine verbliebenen Zähne schlug.

»Ihr seid ein glücklicher Mann, wenn Ihr ein früheres Leben zurückhaben wollt. Die meisten Menschen leben in der Hoffnung auf ein besseres Leben in der Zukunft. Ich, zum Beispiel, habe die Hoffnung auch noch nicht aufgegeben.«

»Ich würde die Voraussetzung schaffen, daß ich überhaupt ein zukünftiges Leben führen kann.«

»Aaah«, machte Gomez erneut, diesmal ohne Spott. Er musterte John und wischte sich mit dem Handrücken einen Krümel aus dem rechten Schnurrbartende. Die Geste ließ John an ein Eichhörnchen denken. »Bewirte ich hier einen verzweifelten Menschen?«

»Den verzweifeltsten aller Menschen.« John bemühte sich wieder um einen leichten Tonfall, doch Gomez lächelte nicht.

»*Nil desperandum.* Verzweiflung steht Euch schlecht zu Gesicht, Sohn des Glücks. Ihr habt ein Antlitz, Verzweiflung zu wecken, nicht selbst zu empfinden.«

»›Das Glück ist mit den Narren.‹«

»Wie wär's mit dem«, hielt Gomez dagegen. »›Das Glück macht einen Narren aus dem, den es zu sehr begünstigt.‹«

John merkte, daß das Gespräch eine andere Richtung nahm. »Meint Ihr damit mich oder Justus Coymans?«

»Habt Ihr ihn schon getroffen?«

John nickte. »Steckt er in Schwierigkeiten?«

»Er ist nicht mehr so großspurig wie noch vor zwei Monaten, wie?« sagte Gomez mit kaum verhohlener Befriedigung. »Er ist mit einem Außenstand geschlagen, den er nicht eintreiben kann. Sein letzter großer Käufer will nicht zahlen.« Gomez füllte Johns Glas nach. »Und, ach und weh, es geht um eine sehr große Anzahl von Tulpenzwiebeln. Er hatte einen lächerlich hohen Papierpreis für Zwiebeln herausgeschlagen, die er noch gar nicht gekauft hatte. Fünf Tage später verpflichtete er selbst zum Kauf, alles fein säuberlich notariell beglaubigt – und dann ließ ihn sein Käufer, Spiegel, wissen, daß er so viele Zwiebeln zu einem so lächerlich hohen Preis nicht zu kaufen gedenke.«

John verschüttete sein Ale. Vorsichtig stellte er das Glas zu Boden. »Spiegel?«

Gomez legte den Kopf schief. »Kennt Ihr den Mann? Ein Tulpenliebhaber mit mehr Appetit auf Neuzüchtungen als gesundem Menschenverstand. Bis jetzt.« Gomez glättete sein Silberhaar mit einer dürren Hand. Offensichtlich wußte er ganz genau, daß John den *König von Kandy* an Spiegel verkauft hatte.

»Spiegel weigert sich, Justus Coymans zu bezahlen?« fragte John ungläubig. »Coymans hat mir erzählt ... Dann ist es also Coymans selbst, der den Prozeß angestrengt hat?«

Gomez zuckte die Achseln. »Was blieb ihm anderes übrig? Er muß noch immer für all diese Zwiebeln geradestehen, auch wenn Spiegel sie nicht mehr will. Er hat als Händler einen Ruf zu verlieren. Spiegel verschifft Kohle. Ihn kratzt das nicht. In gewissen Kreisen wird er seinen Ruf als nüchterner und unnachgiebiger Geschäftspartner sogar noch verbessert haben.«

»Es tut mir leid, das hören zu müssen.« Die neugewonnene Stabilität dieses fremden Landes schwankte und rutschte John wieder unter den Füßen weg.

»Mir tut es kein bißchen leid«, meinte Gomez. »Es bestärkt meinen Glauben in die göttliche Vergeltung. Was so lange tröstlich ist, wie mein eigenes Gewissen rein bleibt.«

»Ihr habt mich mißverstanden«, stellte John richtig. »Es tut mir leid, weil Coymans mich angelogen hat.«

Gomez starrte ihn an, als glaubte er, der Engländer wäre nun völlig verrückt geworden. »Euch angelogen?« Dann kicherte er los. Das Kichern wurde lauter und steigerte sich zum Gelächter. Gomez keuchte und schnappte nach Luft und fuhr sich mit dem Taschentuch über die Augen, das er mit einer an Hysterie grenzenden Wildheit in seinem Hausmantel gesucht hatte. »Coymans hat Euch angelogen!« Er prustete und tat einen gewaltigen Atemzug, den er sodann pfeifend ausstieß. »Ge-lo-o-gen! O je ... Oh ... Oh ... Oh!«

»Senhor!« John war halb entsetzt, halb verärgert.

»Wie schreck... schreck ... lich, daß Coy ... Coymans Euch belogen hat!« Gomez wischte sich erneut die Augen trocken. »Mister Nightingale, jetzt habt Ihr mich überrascht. Ich habe Eure Menschenkenntnis falsch eingeschätzt.«

»Ihr mißversteht mich. Ich wollte damit sagen, daß ich Coymans' Abgefeimtheit für konsequent hielt«, erwiderte John mit hörbarer Verstimmung. Seine schwarzen Brauen zogen sich unheilverkündend zusammen.

Gomez wurde auf der Stelle wieder ernst. »Verzeiht. Ich lache nicht über Euch. Aber so früh am Morgen erzählt zu bekommen, daß Justus Coymans ge... gelogen hat!« Er holte ein letztes Mal tief Atem, wie ein Kind, das sich von einem Wutanfall erholt. »Ihr müßt doch verstehen, wie komisch das ist!«

»Vielleicht geht mir Euer Weitblick ab.«

Gomez nickte. »Ich bitte noch einmal um Verzeihung. Ihr habt recht. Und vermutlich ist es besser, wenn Ihr Euren etwas engeren Blickwinkel beibehaltet. Solange Ihr auf der Hut seid. Und das seid ihr, wie ich trotz meines kindischen Benehmens erkennen kann.« Er steckte sein Taschentuch wieder weg.

»Wie sehr muß ich ihn fürchten?«

Gomez überlegte gewissenhaft, bevor er antwortete. »Sehr, vermute ich, aber ich weiß es nicht genau. Es wäre mir eine große Genugtuung, die schlimmsten Dinge zu erzählen. Aber in Wahrheit weiß ich nur Geschwätz und Gerüchte über Justus, die er außerdem so oft für eigene Zwecke nutzt, daß ich nicht sagen kann, was Wahrheit und was Dichtung ist. Ich weiß es nicht! Ich möchte gerecht bleiben.«

John zögerte. Dann fragte er: »Und was ist mit seiner Schwester?«

Gomez beschäftigte sich mit einer kleinen Einlegeschachtel, die mit Spielsteinchen aus Perlmutt gefüllt war. Er machte in der Schachtelmitte ein wenig Platz und begann, die Steinchen nach Fischen, Sternen und Monden zu sortieren. »Soll ich euch die Wahrheit sagen?«

»Ja. Ich glaube, ich weiß es bereits.«

»Tja, sie ist eine reizende Metze. Und sie hat Charme und Witz. Ich habe nie ... Falschheit an ihr bemerkt. Wer weiß, was aus ihr hätte werden können, würden ihre Eltern noch leben – und mit einem anderen Bruder.«

Das Wort »Metze« bohrte sich wie ein Splitter in Johns Herz.

Er hatte es gewußt, aber er hatte die Wahrheit nicht so gnadenlos bestätigt bekommen wollen.

Gomez zählte schweigend sieben Perlmuttfischchen ab. »Wie dem auch sei«, fuhr er schließlich fort, eine unausgesprochene Frage in der Stimme, »was Coymans anbelangt – lieber einen Teufel, den Ihr kennt, als einen, den Ihr nicht kennt?«

»Solange der Stiel meines Löffels lang genug ist, um gefahrlos zu essen.«

»Löffel, die habe ich!« erklärte Gomez. Er notierte die Anzahl der Fische und ging dazu über, die Sterne zu zählen. »Griffe in allen Längen. So kurz wie Zahnstocher, so lang wie Kanonen, und mit den dazu passenden Teufeln.«

»Wegen dieser anderen Teufel habe ich Euch aufgesucht«, gestand John. »Ebenso wie wegen Vetter Jacovs Käse.«

Gomez seufzte, als wären seine Erwartungen endlich erfüllt worden.

»Ihr mögt Euren vertrauten Teufel nicht mehr?«

»Ich fühle mich unbehaglich in seiner Nähe.«

»Ist das etwas Neues?« Gomez fegte einen Steinchenhaufen zurück in die Einlegeschachtel und notierte sich eine weitere Ziffer. »Doch ist Eure Not geringer geworden? Tut Ihr nicht immer noch Wunder der Vermehrung?«

»Ist Coymans der einzige Händler?«

Gomez hielt den Blick auf die kleinen Monde aus Perlmutt gerichtet, die wie die Schabsel geschnittener Riesennägel aussahen. »Justus ist vielleicht der resoluteste. Nebenbei bemerkt, er würde es nicht gerade begrüßen, Euch als Konkurrenten zu sehen, wo er doch glaubt, Ihr hättet Euch für seine Leibgarde eingeschrieben.«

»Wollt Ihr damit sagen, ich hätte keine Wahl?«

»Das hängt ganz davon ab, wieviel Profit Ihr machen müßt. Coymans versteht sich darauf, zum Schluß als Sieger dazustehen. Aus diesem Grund habe ich Euch damals als erstes zu ihm geführt.«

Nachdenklich kletterte John hinter Gomez die Stiege hinunter und verließ den Bäckerladen. Gomez würde gegen Mittag eine Eskorte und einen Karren zum Haus der Witwe bringen, um den klirrenden Hort zu übernehmen. John machte sich – mit entsprechenden Anweisungen des alten Mannes versehen – auf die Suche nach einem von Coymans' interessantesten Leibgardisten. Gomez hatte ihn über einiges aufgeklärt. Es stand viel auf dem Spiel. John mußte noch weitere Männer finden, die ihm die Wahrheit sagen konnten.

Er trat aus einer Gasse heraus, die von der Warmoesstraat abzweigte und die breite Wasserstraße des Damrak überquerte. Die Bogenbrücke führte ihn auf Höhe der Takelage an einer Gruppe ankernder Schiffe vorbei; sie lagen so dicht gedrängt auf dem Wasser, daß es kaum Platz für die Dingis und Lastkähne zu geben schien, die zwischen ihnen manövrierten und ihre Fracht zu den weit offenstehenden Toren der großen Packhäuser an den Grachten transportierten. Die Holländer lassen mehr Platz für Boote als für Menschen, ging es John durch den Kopf, als er die dunkle Öffnung einer anderen Gasse betrat.

Er überquerte zwei weitere große Kanäle, bog kurz vor der Stadtmauer nach links und traf eine Magd an, die den *stoep* des hohen, schmalbrüstigen Backsteinhauses mit graugrünen Fensterläden fegte, drei Häuser hinter der Ecke der Gracht, wie Gomez gesagt hatte. John blieb zögernd stehen. Er kannte Saskis Nachnamen nicht.

»Saski?« John bewegte die rechte Hand wie beim Zeichnen, während die linke ein unsichtbares Blatt hielt.

Die Magd bat John mit der höflichen Beflissenheit eines Dienstboten ins Haus, dessen Herr von Aufträgen lebt. Dann trottete sie die gewundene Holztreppe hinab, um Saski zu holen.

Die Eingangshalle war wesentlich bescheidener als die von Coymans, mit einem Fliesenboden anstelle von Marmor und schlichten verputzten Wänden anstelle von Holzvertäfelungen. Doch die Wände waren sogar noch dichter mit Gemälden in geschnitzten und vergoldeten Rahmen bedeckt als bei Coymans.

John hätte nicht zu sagen vermocht, wie viele dieser Bilder von Saski stammten. Er hatte lediglich ein einziges Gemälde und Saskis Jahrmarkttrick mit den raschen, spontanen Stegreifskizzen gesehen. Diese Darstellungen waren behäbiger als die Skizzen, wenn auch nicht ganz so behäbig wie Coymans' *père*. Porträts von Soldaten, Marktfrauen mit Fischen in der Hand, ein Zwerg. Ein paar konventionellere Gemälde im Stil der Zeit. John beugte sich zu der Göttin Flora vor, halb nackt auf einer italianisierten Wiese schlummernd, während Schäfer und Kinder die Blumen pflückten, die um die Göttin herum sprossen. Es hätte das Gegenstück zu Mariekas Pomona sein können; der gelblichbraune Hintergrund aus geisterhaften Säulen und entschieden unholländischen Hügeln war ähnlich gehalten. Doch sowohl Antlitz als auch Körper der schlafenden Göttin waren John nicht vertraut, und ihr Haar war rot.

Er ging weiter zu einem Figurenbild, das er zuerst für eine Version des Abendmahls hielt. Als er jedoch genauer hinsah, erkannte er, daß es sich um eine allegorische Genremalerei handelte, welche die Sünden der Schwelgerei und des Überflusses veranschaulichte.

Die zentrale Männerfigur schenkte Wein in das überquellende Glas des Nachbarn, während sie sich mit sorglosem Lachen dem Mann an ihrer anderen Seite zuwandte. Krüge und Gläser waren umgekippt, ihr Inhalt verschüttet. Weiße Tonpfeifen lagen gefährlich qualmend auf dem maurischen Teppich, der den Tisch bedeckte. Die dreizehn Zecher rekelten sich auf ihrer Bank oder waren in trunkenem Schlaf vornüber gesunken. Ein Zwerg, der auf einem Mastiff ritt, goß Wein aus einem Krug zu Boden. Schwelgerei und Verschwendung. Im Schatten lauerte der Knochenmann mit seiner Sense.

John sah ein zweites Mal hin. Der Mann mit dem überfließenden Weinglas sah Justus Coymans ausgesprochen ähnlich. Neben ihm lehnte sich Edward Malise zurück, den Kopf umgewandt und das Kinn zu einer Schankmagd hinter ihm emporgereckt.

Johns Herz machte einen Hüpfer und begann wild zu klopfen. Er beugte sich noch dichter heran, dann straffte er sich und schalt sich selbst. Wie ein Hexenjäger sah er den Teufel hinter jeder Ecke.

Bei Coymans indes war keine Verwechslung möglich – das widerspenstige Haar, die geschwungenen Schnurrbartenden, die schneeweißen Zähne und kalten Äuglein. Wie um den letzten Zweifel zu beseitigen, lag eine pralle Börse vor ihm auf dem Tisch, die zwei Goldstücke aus ihrer Öffnung spuckte. Der Mann hielt ein Paar Würfel in der offenen Hand, sein Handgelenk ruhte auf dem Stengel einer welkenden rotgelben Tulpe.

»Francis und ich waren zusammen in Amsterdam …«, hatte Malise die bedeutenden Männer im Zimmer wissen lassen, während John auf einem Stuhl hockte und die Leiche des Mannes anstarrte, den er gerade getötet hatte.

John hörte die bedauernde Stimme der Magd, ein Stück unterhalb von ihm von dem tiefsten Treppenabsatz. Sie schüttelte den Kopf; mehr konnte John ohnehin nicht von ihr sehen.

»Tut mir leid. Ich verstehe nicht«, erklärte er entschlossen, aber nicht wahrheitsgemäß. Er schwang sich die Treppen hinunter.

»*Nee! Nee!*« Die Magd versuchte, sich ihm in den Weg zu stellen. »*U mag niet naar binnen!*«

Als John sich an ihr vorbei in das Atelier drängte, wandte Saski sich verärgert von der Leinwand neben der großen Lagerhaustür über der Gracht um. »Ich arbeite«, tat er John auf Englisch kund. »Kommt später wieder.«

14

17. Juli 1636. Um Verstopfung zu vermeiden, Wacholderbeeren, ganz gegessen (Dioskorides).

Diarium von Zeal Beester

Zeal kroch auf Händen und Knien durch das Gras des Obstgartens. Zweimal umrundete sie den Bienenkorb, gewissenhaft suchend, lugte durch den Eingangsbogen, in dem sich die Tiere hektisch tummelten. Mit feuchten, geschwollenen Augen konnte sie schemenhaft ein pelziges, summendes Knäuel im Innern des Stocks ausmachen. Keine toten Bienen.

Bitte! flehte sie stumm. Laß mich nur eine einzige finden! Sie wußte nicht, ob sie sich an Gott wandte oder den Bienenstaat bat, eine seiner edlen, fleißigen kleinen Seelen in einem Akt der Selbstaufopferung darzubringen.

Wenn es Herbst wäre, dachte Zeal, hätte ich mehr Glück. Verzweifelt hockte sie sich nieder. Bitte! Mach es! Ich kann nichts tun, was mich überfordert, gerade jetzt nicht.

Panik breitete sich in ihr aus, so wie damals, als Mistress Hazelton sie in einer Truhe eingeschlossen hatte. ›Um dir deine Frechheit auszutreiben!‹ hatte sie gesagt. Lebendigen Leibes in ihren Sarg gesperrt, ohnmächtig, dem Unerträglichen zu entrinnen, wäre Zeal beinahe verrückt geworden. Und nun – obwohl sie wußte, *daß* sie etwas tun konnte – blockierte dasselbe Gefühl von Ohnmacht ihren Willen. Drei Tage nach Johns Abreise war Zeal mit einemmal der Gedanke gekommen, daß Harry sie geschwängert haben könnte. Sie durfte nicht empfangen! Es mochte dazu gekommen sein, wie Harry behauptet hatte. Das Weib war zur Mühsal des Kreißens geboren. Zeal glaubte nicht, daß sie dem entgehen könnte. Aber es war noch zu früh. Sie war noch nicht bereit, ihr Leben aufs Spiel zu setzen. Wie ihre ältere Schwester.

Unbewußt hatte sie all ihre Ängste in einen einzigen dunklen Schrecken gebündelt.

Warum nur hatte sie Harry Glauben geschenkt? Seit frühester Kindheit hatte sie gewußt, daß Versprechen gemacht wurden, um gebrochen zu werden. Wann hatte sie sich jemals auf einen anderen als sich selbst verlassen können?

Im hohen, feuchten Gras sitzend, stieß sie einen kindlichen Jammerschrei aus, mit offenem Mund und aus vollem Hals.

Wie konnte John es wagen, sie zu verlassen?

Sie rieb sich mit beiden Händen die Augen wie ein Schwimmer, um dann loszuschluchzen. Wenn er noch hier wäre, wüßte er, wo man eine tote Biene findet. Er hatte sie im Stich gelassen, als sie ihn am dringendsten brauchte. Ein Verräter mehr.

In zielloser Wut stemmte Zeal sich hoch und stolperte durch die Apfelbäume zum nächsten Bienenkorb. Sie mußte eine Biene finden.

Sie hatte die gesamte *materia medica* in ihrer und Johns Bibliothek durchforstet, insgeheim hinter zugezogenen Bettvorhängen. Sie hatte Rezepte zur Schwangerschaftsverhütung gefunden. Doch man benötigte dazu entweder so unmögliche Ingredienzen wie Maultiernieren, oder die Verfasser schlugen so alltägliche Gemüse wie Möhren und Rettich vor, daß Zeal sich wunderte, wie unter diesen Umständen überhaupt noch Kinder geboren wurden. Dann stieß sie auf das Rezept, eine tote Biene zu verspeisen. Die Idee schien abstoßend genug zu sein, um zu ihrem eigenen Entsetzen zu passen. Die Scheußlichkeit an sich überzeugte.

Sie suchte den nächsten Bienenstock ab. Und noch einen.

Und dort, auf dem steinernen Untersatz des Weidenkorbs, lag ihr selbstaufopferndes kleines Tierchen. Mit einem Dankesgebet wischte Zeal es behutsam in ihre geöffnete Handfläche. Sie betrachtete es und lauschte lange Zeit.

Es sah ziemlich tot aus, leicht zusammengerollt, die Beinchen angezogen wie ein schlafendes Kind. Dick und rund in allen seinen Körperteilen. Der Hinterleib in Schwarz und einem warmen, rostbraunen Rot gestreift. Wie du selbst, dachte Zeal, hat dieses Tierchen einst all jene Gaben der Natur besessen, Geruchs-, Hör- und Sehsinn, Hirn und Verstand.

Sie führte die Hand zum Mund.

Das erste aller Insekten, zum Wohle des Menschen erschaffen. Mit einer Regierung, Sitten und Gesetzen und einem ausgeprägten Sinn für das Gemeinwohl. Zauberer, die Honig aus der Luft sammelten, vom Schweiße des Himmels. Baumeister von Waben und Wachs, das dem Menschen Licht gab – einer der geringsten seiner tausendfachen Zwecke. Ein solches Geschöpf würde gewiß selbstlos froh sein, ihr in der Stunde tiefster Not zu dienen.

Sie stellte sich vor, die Biene in den Mund zu nehmen. Den pelzigen, gestreiften Hinterleib zu kauen, die durchscheinenden Schuppen seiner Flügel zwischen ihren Zähnen zu zermalmen.

Sie würgte heftig. Dann fing sie wieder zu schluchzen an und barg die Biene zärtlich in der leicht geschlossenen Hand.

Plinius berichtete, daß man tote Bienen wiederbeleben konnte, indem man sie der Frühlingssonne aussetzte, in der Asche von Feigenbäumen warmhielt oder sie in das Gekröse einer geschlachteten Kuh legte. Zeal hatte weder Feigen noch geschlachtete Kühe zur Verfügung, und der Frühling war auch schon vorüber. Doch sie stand auf, wild entschlossen, ein warmes Plätzchen zu finden, wo sie ihre Biene wieder zum Leben erwecken konnte.

Zur Schlafenszeit an jenem Abend war die Biene immer noch nicht wieder lebendig geworden. Dann aber fand Zeal in Mister Hills »Labyrinth« ein Rezept für einen abortiven Absud aus *salvia.*

»Dacht ich's mir doch, daß Ihr Englisch sprecht, so ausgezeichnet, wie Ihr an Coymans' Tafel alles zu verstehen schient«, begann John die Unterhaltung.

»Ich spreche ein bißchen Englisch.« Saski zuckte verächtlich die Achseln. »Schlecht. Nichts, womit ich prahlen könnte. Ich arbeite gerade. Weshalb seid Ihr gekommen?«

»Um Euch einen Bleistift aus englischem Graphit im Austausch für Eure Skizzen zu bringen«, gab John zur Antwort. »Borrowdales besten, mit dem dazugehörigen Holzkästchen.«

Saski blieb einen Moment reglos stehen, als hoffe er, John könne seine Meinung ändern und einfach wieder gehen. Dann legte er resigniert den Pinsel nieder. Er gab einem Jungen eine Anweisung, worauf dieser sich über einen Mörser beugte, in den er eine Flüssigkeit aus einem kleinen Steinguttopf tröpfelte.

»Ihr seid zu freundlich«, wandte Saski sich dann wieder an John. »Aber das war nicht nötig. Was darf ich Euch anbieten? Zu essen? Zu trinken?«

»Bitte, kommt mit mir«, versetzte John. Er machte kehrt und stieg wieder die Treppe hinauf.

Saski zog die Augenbrauen hoch, folgte ihm aber.

»Wer hat das gemalt?« fragte John, indem er auf die Parodie des Letzten Abendmahls wies.

Saski hob die rechte Hand.

»Und wer ist dieser Mann?«

Saski starrte auf das Profil, das wie Edward Malise aussah. Er zuckte die Schultern. »Ich male sehr viele Männer.«

»Habt Ihr ihn zuvor schon einmal gemalt?«

»Das muß wohl so sein«, erklärte Saski, als würde er mit einem Idioten reden. »Ich mache Entwürfe, bevor ich in Öl male.«

»Dürfte ich diese Entwürfe sehen?«

Die beiden Männer taxierten einander. Etwa gleiches Alter und gleiche Größe. John war breiter um die Schultern, brauner, dunkler und rauher, trotz seiner feinen Stadtgewänder – ein

Geschöpf des Waldes, das in die Stadt gekommen war. Saski, obwohl in rostfarbene Wolle und mit Farbe beschmiertes Leder gekleidet, hatte milchweiße Haut und einen zarten, hohen Knochenbau, sein Haar war vom durchscheinenden, fahlen Gelb des Herbstlaubs. Ein Engel in sterblicher Verkleidung.

Ein gefallener Engel, verbesserte sich John, mit diesen stechenden, gleichgültigen Augen und der pulsierenden Energie.

Saski erkannte beinah dieselben Augen und dieselbe Energie an dem lockigen Engländer. »Ihr könnt einen Blick darauf werfen, wenn Ihr sie findet«, erwiderte er. Er führte John wieder die Treppe hinunter in sein Atelier.

Die lässige Schnelligkeit, mit der Saski das ständig wechselnde Muster der Welt um ihn herum skizzierte und wieder verwarf, hatte einen falschen Eindruck erweckt. In Wahrheit war seine Arbeit wesentlich ernsthafter, als John erwartet hatte. Das Atelier erinnerte ihn an Gomez' Höhle. Auch Saski verbarg seine Schätze vor den neugierigen Augen der Öffentlichkeit.

Gemälde lehnten an jeder senkrechten Fläche, zwölf Stück tief gestaffelt. Sie waren entlang der einen Seite des Ateliers in offene Holzgestelle gestopft oder hingen Rahmen an Rahmen an den Wänden. Der Raum sah wie das Äußere eines Fisches aus, dessen Fleisch und Gräten unter glänzenden Schuppen aus gefirnißter Leinwand versteckt waren.

Stapel von Zeichnungen, losen Papieren und Mappen bedeckten jede waagerechte Fläche. Tische, Stühle und Fußboden verschwanden unter Bergen von Holzkohleskizzen, Grisaillemalerei und nackten, kahlen, mit Gips grundierten Holztafeln. Hier und da war Platz für Steinguttöpfe geschaffen worden, die nur so von Pinseln, Rührstöcken, Linealen und Zirkeln strotzten. Für Schalen mit schillernden Zeichenkohleklumpen, Kästchen mit schlanken, exakt zylindrischen Ölstangen, Gefäße mit trockenen, zu Puder zerstoßenen Pigmenten, eine Schüssel mit Eierschalen. Für Bleistifte, Messer, Ätznadeln, Kännchen mit Terpentin, Klebstoff, Lumpen zum Abtupfen der Farbe, Kaninchenfüße, Eichhörnchenschwänze, Federn und all die anderen Zauberutensilien, die eine strahlendweiße, öde Oberfläche in einen eingefrorenen Augenblick verwandelte, mitsamt des Lebens, das ihn einst erfüllt hatte.

Die Ölgemälde besaßen ein Gewicht und eine Dichte, die den Skizzen abging. Die Wahrheiten, die in den leeren Räumen der Entwürfe steckten und die die hurtigen, fließenden Striche nur flüchtig eingefangen hatten, waren in Saskis Gemälden gebannt und auf immer dingfest gemacht durch eine Haut aus Öl, Terpentin und Pigmenten, die jede Einzelheit eines jeden Quadratzolls genauestens darlegte. In den Ölgemälden des Ateliers erkannte John nunmehr jene Hand wieder, die auch die meisten Bilder oben in der Halle gemalt hatte.

»Nur zu«, forderte Saski ihn auf. Mit einer weit ausholenden Geste wies er auf die Abfallhaufen aus Papier und Leinwand. »Ihr dürft suchen. Aber ich glaube, Ihr werdet nichts finden.«

»Ich brauche mehr Hilfe als das.«

Saski schielte sehnsüchtig zu seiner verlassenen Leinwand hinüber. »Boboli«, sagte er. Er schlängelte sich zwischen von Malpinseln strotzenden Tischen und Schobern aus schräggestellten Leinwänden zu den Gestellen an der Wand hindurch. »Vielleicht ... Boboli ... Er ist jetzt tot. Keine einzige symmetrische Linie an ihm.« Er zog eine große Zeichenmappe aus dem Gestell und schlug sie auf einem Tisch auf, nachdem er ihn leer geräumt und einen Bilderstapel zu Boden gelegt hatte. »Er stellte ein interessantes Problem für mich dar. Wie eine Pflanze. Ich konnte keine einfachen Voraussagen treffen, was diesen Körper anging. Er hat die Wahrhaftigkeit meines Auges in Frage gestellt.«

John lugte über Saskis Schulter auf eine Skizze des Zwerges, der auf dem Mastiff von dem Gemälde oben in der Halle ritt. Saski blätterte eine Reihe von Entwürfen durch: Boboli, der ganz darin vertieft war, mit einigen Äpfeln zu jonglieren; Boboli, wie er auf dem Tisch tanzt, ein falsches Lächeln auf den Lippen und den durchdringenden, berechnenden Blick auf sein Publikum gerichtet. John betrachtete die Gesichter der Männer, die dem Tanz zuschauten.

»Vielleicht nicht in jener Nacht«, meinte Saski. »Hier, seht es durch.« Er schob die Mappe ein paar Zentimeter zu John herüber und holte noch eine zweite aus dem Gestell hervor. »Ich bin bei der Arbeit. Mein Broterwerb. Entschuldigt mich bitte.«

Er kehrte zu der riesigen Leinwand neben der Lagerhaustür zurück.

John blätterte weitere Skizzen um. Abermals Boboli. Die Magd, die an Coymans' Tafel bediente. Sein Herz tat einen Sprung und schlug ein wenig schneller.

Namenlose Männer. Gesichter, an die er sich von seinem ersten Aufenthalt her entsann. Mehrere Skizzen eines jungen Mannes, der ihm bekannt vorkam. Doch niemand, der wie Malise aussah.

Beinahe wurde John von einer Reihe Blumenzeichnungen abgelenkt. Saski hatte es fertiggebracht, eine Ahnung menschlicher Gesichter in der Blätterfülle von Rosen und in den Streifen und Flammen von Tulpen anklingen zu lassen. Dann erkannte John, daß er diese Geistergesichter schon einmal gesehen hatte: In einem neuen Stilleben mit vergoldetem Rahmen im Musikzimmer von Coymans' Haus war diesen Gesichtern Stofflichkeit verliehen worden. Dies hier waren die Entwürfe zu dem Gemälde.

Unter dem letzten dieser Blumenbilder lag ein einzelnes Blatt mit drei Kohlezeichnungen der nackten Marieka. Dreimal stand sie mit beiden nackten Füßen breitbeinig auf der Erde, während ihre Hände, leicht und flüchtig wie Vögelchen, auf ihrem Hals, ihrer Taille, ihrer Schulter und ihrer herrlichen Hüfte ruhten. Auf dem nächsten Blatt beugte die Göttin sich vor, um einen einzelnen Apfel in einer Hand darzureichen, dann, um mit beiden Händen einen Korb vor sich zu halten, und schließlich, in der Pose des fertigen Gemäldes, um eine Sturzflut von Früchten in die dankbar ausgebreiteten Arme des Landmanns zu schütten.

Begierde und Wut stürmten mit gleicher Kraft auf John ein. Er starrte von Marieka auf Saski, der vor der Leinwand stand und ihm den Rücken kehrte. John schluckte. Natürlich war es wahrscheinlich, daß Saski die Pomona gemalt hatte. Ebenso wie die Flora. Und wie hätte er das Gemälde anfertigen sollen, wenn er sich nicht zuvor Entwürfe gemacht hätte?

Aber warum hatte er nicht einfach Mariekas Kopf auf den Körper eines Modells gesetzt? Das hier war kein Modell. John kannte die intime Landschaft dieses skizzierten Fleisches. Selbst in so fremdartigen Ländern wie diesem zogen sich ehrbare Frauen nicht aus, um nackt vor den Augen eines jeden Mannes zu stehen, der sich die Mühe machte hinzuschauen. Falls John versucht gewesen wäre, sich etwas vorzumachen, brauchte er sich nur vorzustellen, die Witwe Padtbrugge um einen solchen Gefallen anzugehen.

John wußte, daß Marieka das Herz einer Hure hatte, wie immer sie es auch herausputzte, und er hatte nicht das geringste dagegen einzuwenden gehabt, solange er mit ihr im Bett lag. Doch als Marieka sich vor Saskis wahrheitssuchendem Auge entblößt, hatte der Künstler sie mit einer Intimität besessen, die John in diesem Augenblick viel tiefer und inniger erschien als der bloß fleischliche Austausch zwischen ihm und Marieka.

Er blätterte das Blatt um, um Mariekas Abbild auszulöschen. Darunter lag eine weitere Skizze von Boboli, diesmal mit dem Mastiff.

John vergaß seinen Eifersuchtsanfall. Er war dabei, seine Beute einzukreisen. Wenn es denn eine Beute war. Das nächste Blatt war eine Studie zweier Männerköpfe, dann kam eine von dreien. Das Blatt darunter zeigte Gesichter, in einem Dreieck angeordnet. Zwei Männer, hungrig wie Wölfe, wandten sich von zwei Seiten Marieka zu, einer Marieka, die kaum geschlechtsreif geworden war, nicht älter als zwölf oder dreizehn, sich ihrer selbst indes schon sehr bewußt und amüsiert. Vor mindestens sechs Jahren gezeichnet. Der Mann zu ihrer Linken besaß dasselbe Falkenprofil wie der Unbekannte, der sich auf dem Gemälde in der Eingangshalle der Schankmaid zuwandte.

John sah rasch den Rest des Bilderstapels durch, fand aber nichts mehr von dem Mann, der wie Malise aussah. Er ging mit dem Blatt in der Hand zu Saski hinüber. »Habt Ihr diesen Mann noch öfter gezeichnet?«

»Ich weiß nicht. Sind zu viele, um das sagen zu können.«
Dann sah er John genauer in das gespannte Gesicht. »Mein
Auge sagt die Wahrheit besser als meine Zunge. Sucht weiter,
wenn Ihr wollt. Aber geht vorsichtig mit den Blättern um.«

John begab sich wieder auf die Jagd. Binnen einer weiteren
Viertelstunde sah er vor sich, wonach er gesucht hatte, was er
aber lieber nicht gefunden hätte.

Was soll ich jetzt mit diesem Wissen anfangen?

Er starrte auf Edward Malise, der mit Marieka Karten
spielte – einer Marieka, wie sie heute aussah, Edward Malise in
Voll- und Dreiviertelprofilstudien und Edward Malise, der sich
vorbeugte, um sich von Justus Coymans Feuer für seine Pfeife
geben zu lassen. Es gab keinen Zweifel, um wen es sich handelte;
Saski hatte seine Gier und die Aura unterdrückter Wut eingefangen, die Malise umgab. Sowohl mit der jungen Marieka, als
auch mit der von heute. Malise und Coymans kannten sich seit
mindestens sechs, sieben Jahren, vielleicht schon länger.

Für ein paar Sekunden versuchte John sich einzureden, daß
nichts bewiesen sei. Coymans legte Wert darauf, alle Welt zu
kennen. John wußte bereits, daß Coymans mit dem Teufel selbst
trinken würde, um ein Geschäft unter Dach und Fach zu bringen. Und Marieka mußte nicht unbedingt mit jedem Mann ins
Bett steigen, der an der Tafel ihres Bruders speiste.

Aber er sah nun wieder klar.

Ich hätte mir den Blick nie vernebeln lassen dürfen. Blind
vor Begierde und Habsucht. Bestenfalls spricht eine so generöse
Unparteilichkeit bei Bruder und Schwester nicht eben für sie,
wenn man sich die Frage stellt, ob sie vertrauenswürdige
Freunde sind. Ich kann mich dagegen sträuben, solange ich
will – die Wahrheit vermag ich damit nicht zu ändern.

»Kann ich das kaufen?« Er zeigte Saski die Skizze von Malise
und Coymans, die zusammen Pfeife rauchten und sich gegenseitig unter gesenkten Lidern hervor belauerten. Der Beweis,
dachte John. Obgleich ich noch nicht weiß, wofür. Doch ich
weiß, daß die Freundschaft zwischen diesen beiden Männern
gefährlich ist.

Saski lugte ihm über die Schulter. »Ich schenke es Euch. Bringt mir noch mehr von diesen englischen Graphitstiften, wenn Ihr könnt. Nehmt so viele Zeichnungen, wie Ihr mögt. In fünf Jahren werde ich keinen Platz mehr haben für das, was dann passiert.«

John ließ den Blick über die hintereinandergestapelten Leinwände und überquellenden Mappen schweifen, aufgeschichtete Bruchstücke Zeit, Saskis erbarmungslos sich anhäufendes Leben, gebannt von dieser ruhelosen Hand. John selbst war irgendwo in jenen schrägen Haufen mit den Eselsohren gefangen, genauso, wie Malise eingefangen worden war.

John erkannte jetzt, was Saski zur Zeit malte. »Eine verblüffende Ähnlichkeit«, sagte er, um die Frage, die er stellen mußte, noch ein wenig hinauszuzögern.

Ein lebensgroßes Porträt von Justus Coymans nahm auf der Leinwand Gestalt an. Erstaunlich naturgetreue Partien von Pelz, Seide und grauen Perlen als Rocksaum sprangen dem Betrachter aus einer provisorischen Wildnis von Kohlestrichen ins Auge. Der *connaisseur*, Mäzen der schönen Künste, Verteiler der Saatkörner. Um ihn herum hatte Saski die rechteckigen Umrisse leerer Rahmen skizziert, um sie mit den von Coymans erworbenen Gemälden zu füllen. Eine geisterhafte türkische Tulpenvase hielt die Skelette von Blumen, die noch entstehen würden. Das Gesicht hatte Saski beinahe fertiggestellt. Die weißen Zähne, die Tränensäcke unter den Augen, die Lachfältchen in den Augenwinkeln, die in scharfem Kontrast zur Kälte der Augen selbst standen.

»Ihr schmeichelt ihm nicht«, stellte John fest.

»Er behauptet, er sei mit der Wahrheit mehr als zufrieden.« Saski beschäftigte sich eingehend mit einem Kännchen Terpentin und einem Putzlappen.

»Sollten Künstler nicht eine Welt zeigen, die besser als die unsrige ist?«

Saski konzentrierte sich darauf, mit seinem terpentingetränkten Lappen einen winzigen Farbklecks abzuwischen. »Ich kann nicht lügen. Und deshalb bin ich auch nicht reich wie andere, die ich Euch nennen könnte. Wie dem auch sei, ich zeige Coymans, wie die Welt ihn sehen sollte.«

John dachte an das Gemälde von Marieka als Pomona. Das gierige Gesicht des Bauern, die Göttin, die ihre Wirkung abschätzte. Unterschiedslose Freigiebigkeit, die, ins Gegenteil verkehrt, zur Allegorie ihrer eigenen Hurerei wird.

Er studierte Saskis Coymans, um herauszufinden, was die Welt sehen sollte. Falls Coymans ein schmeichelhaftes Denkmal seines Erfolgs und seiner Tugenden gewollt hatte, um es neben das Porträt seines Vaters in die Eingangshalle zu hängen, hatte er den falschen Maler beauftragt.

»Welche Tulpen werdet Ihr ihm malen?« wollte John schließlich wissen.

»Den *König von Kandy* natürlich. Seinen größten Triumph. Möchtet auch Ihr ein Porträt mit dem *König* in Auftrag geben?« Saski übermalte die ruhige Halbinsel von Coymans' rechtem Ohrläppchen inmitten der schäumenden See seines lohfarbenen Haars. »Oder habt Ihr schon größere Schätze in England zum Andenken verewigen lassen?«

Johns Gedanken schweiften zu der Brutzwiebel, die Zeal in Hawkridge House aufpäppelte. »Ich habe Andenken genug, doch danke ich Euch für das Anerbieten.«

»Keine Ursache.«

John schätzte die Kälte im Verhalten des Malers ab, die tiefer saß als der Ärger, bei der Arbeit unterbrochen zu werden. Er fragte sich, ob Marieka mehr als nur Modell für ihn gestanden hatte.

»Ich werde Euch jetzt verlassen«, erklärte er. »Meinen Dank hierfür ...« Er hob die Zeichnung von Malise und Coymans hoch. »Und für Eure Zeit.« Dann stellte er die scheußliche Frage, um die er sich nicht länger drücken konnte. »Wann habt Ihr diesen Mann das letzte Mal gezeichnet?«

Saski stieß einen unterdrückten Fluch aus. Mit übertriebener Sorgfalt legte er den Pinsel mit der dünnen Spitze nieder und wandte sich zu John um. »Spielt das eine Rolle?«

»Ja.«

»Das dachte ich mir«, meinte Saski. Die blasse Haut um seine Augen bildete in einem Anfall von zynischem Humor, den John nicht verstand, Hunderte kleiner Fältchen. »Vor fünf Tagen. In Coymans' Haus.«

John standen plötzlich die beiden vom Spinett weggerückten Stühle vor Augen, die beiden Notenblätter und die schräg auf dem Instrument ruhende Theorbe, die den Eindruck vermittelte, als hätte jemand sie zwischen zwei Liedern kurz dorthin gelegt. Und bevor er sich nach dem Warum fragen konnte, erblickte er die trotzige Bestätigung seines Verdachts in Saskis hellblauen Augen.

»Zurückgewiesen zu werden ist leichter zu ertragen, als betrogen zu werden.«

John konnte die fragend erhobene Stimme von Dr. Bowler hören, der vorschlug, seine Schüler möchten sich die Mühe machen, eine Maxime des Publilius Syrus zu diskutieren. Harry, er selbst, Vetter James (der damals noch lebte), alle drei von ihren Hunden abgelenkt, die sie in ihren Freilichtschulraum unter einer Eiche mitgezerrt hatten. John war für die Behauptung des Gelehrten eingetreten, wie er sich erinnerte. Er hatte es damals nicht besser gewußt.

Coymans trug eine Maske unverhüllter Wahrheit. John hatte die Verkleidung fälschlicherweise für die Blöße gehalten.

Ich kann heute abend nicht mit Coymans und Marieka speisen!

Er kannte sich. Er würde versuchen, seine Zunge im Zaum zu halten, um dann plötzlich mit einer Herausforderung herauszuplatzen, die ihnen beiden die Wahrheit offenbaren würde. Achte auf den Dorn, ermahnte er sich. Deine Hand greift nach der Rose. Achte auf den Dorn, oder laß die Finger davon.

Wenn du diese Finger davon läßt, verlierst du deine Chance auf Begnadigung.

Die Flucht aus dem Gefängnis der Heimlichkeit, in dem er sich die letzten elf Jahre versteckt hatte, hatte ihn am Ende doch nicht so frei gemacht, daß er sich ständig den Luxus der Wahrheit leisten konnte.

Er machte sich auf den Weg durch die Straßen von Amsterdam, während Arthur ihm beunruhigt und mit weit ausgreifenden Schritten auf dem Fuße folgte. Sie gingen an den sichelförmigen Stadtwällen von Amsterdam entlang. John hatte kaum Augen für die Befestigungstürme und Windmühlen, die sich in mehr oder weniger regelmäßigen Abständen in ihrer Nähe erhoben. John starrte durch Tore hindurch, über Brücken hinweg, ohne die abgezirkelten nassen Felder jenseits der Wälle zu sehen, die mit dem grauen, dunstverhangenen Horizont verschmolzen.

Früher oder später würde er sich den Coymans stellen müssen.

In der Zwischenzeit jedoch mußten er und Arthur sich wieder zum Haus der Witwe begeben, um Gomez mit seinem Karren zu treffen. Und seinen Notar.

Das Zählen war erledigt. Das Geld aus dem englischen Thronschatz rollte fort in einen warmen, nebligen holländischen Nachmittag, während Arthur und Sir Georges Mann obendrauf thronten.

John starrte ihnen hinterher. Noch immer nagte die Schlange des Mißtrauens an seinen Eingeweiden. Wenn er Gomez wäre, hätte *er* dann nicht den Retter in der Not gespielt, solange die Einsätze noch nicht sonderlich hoch waren? So jedenfalls mußte ein Mann wie Gomez, der in einer Schatzhöhle lebte, sie eingeschätzt haben. Hätte er sich nicht in sein Vertrauen schleichen und voller Berechnung warten können? Ein guter Fischer verschmäht die Sardine in Hoffnung auf einen Wal. Und welcher Wal, der über die Geldmeere schwimmt, war größer als der englische Thronschatz?

Er mußte aus diesem Haus heraus und frische Luft schnappen, selbst wenn es feuchte Luft war. Auf dem Weg die Wendeltreppe hinunter wurde John im zweiten Stock von der Witwe abgefangen.

Zu Johns Verwunderung bat sie ihn in ihren Empfangssalon und drängte ihm eine schwere Börse auf. Er stand da und hielt die Börse fest, während die Frau ihm bestimmte, aber unverständliche Anweisungen erteilte. Sie breitete die Arme weiter und weiter aus.

»Verzeiht«, sagte John. »Ich verstehe nichts.«

Die Witwe wiederholte sowohl ihre Geste als auch ihren Wortschwall.

»*Tulipa*«, sagte sie. Wieder streckte sie die Hände vor, zunächst eine kleine Spanne auseinander; dann verbreiterte sie den Abstand zu einer Elle, um schließlich die Arme weit auseinanderzureißen. Sie seufzte, als sie sah, daß er noch immer nicht verstand, und lächelte dann, um den Seufzer vergessen zu machen.

Plötzlich begriff John. »Ihr wollt, daß ich für Euch in Tulpen investiere?«

»*Ja, ja*«, rief sie erleichtert aus. »*Tulipa.*«

»Die Zeiten sind nicht die günstigsten ...«, setzte John an.

»*Ja*«, bat die Witwe. Dann wies sie auf John, bückte sich, um die Hand in die Nähe des Fußbodens zu bringen, und erhob sich auf die Zehenspitzen, um die Größe des Vermögens anzudeuten, das er auf diese Weise gewonnen hatte.

»Ich kann nicht«, versuchte er ihr zu erklären. »Das Risiko ist zu groß!«

»*Nee?*« machte sie ungläubig.

»Es tut mir leid. Ich halte das nicht für klug. Legt Euer Geld an der Börse an. Besser, sich mit einem kleinen, aber sicheren Gewinn von zwei oder drei Prozent zufriedenzugeben, als alles zu verlieren.«

Heftig zeigte sie mit dem Finger auf ihn. *Er* investierte ja schließlich auch, oder etwa nicht?

John zermarterte sich das Hirn, wie er ihr ein dringliches Bedürfnis verständlich machen konnte, das den gesunden Menschenverstand außer Kraft setzt.

Die Witwe wurde zornig. Ihre glatte weiße Stirn furchte sich wie eine Wasserfläche im Wind. John konnte aus ihrer Stimme heraushören, daß er ein widerwärtiger Mensch war, der sich weigerte, in Not geratenen Frauen zu helfen.

Sie schlug sich mit beiden Händen so fest auf ihren vollen, schwarz eingeschnürten Busen, daß sie den zarten weißen Leinschleier zerknitterte. Ganz offensichtlich raffte John Erfolg und Reichtum und behielt selbstsüchtigerweise alles für sich.

Ihre Hände öffneten sich. Er hatte sie enttäuscht. Sie hatte ihn für einen furchtbar netten Mann gehalten, für einen Gentleman.

Aber schließlich war er ja nur ein Engländer!

John bekam ihre Kehrtwendung sehr wohl mit. Dann waren die *kinderen* dran, die armen vaterlosen Geschöpfe. Der Witwe größter Schatz. John konnte nur vermuten, daß seine verstockte, selbstsüchtige Weigerung, den Goldregen mit ihr zu teilen, auch eine Beleidigung den Kindern gegenüber war. Möglicherweise (hier taten sich einige Verständnislücken auf) war er gerade dabei, auch die Zukunft der *kinderen* zu zerstören.

Witwe Padtbrugge brach in Tränen aus. Nicht aus Berechnung, da war er sich sicher. Sie wandte sich zornig ab, als würde sie sich ihrer weiblichen Schwäche schämen, ergab sich aber darein. Die Geste erinnerte John an Zeal, als sie unter der Weide zwischen den Gänsen gesessen hatte. Eine zärtliche Regung verleitete ihn zu einer Dummheit.

»Bitte, hört auf. Ist ja gut. Ich werde sehen, was ich tun kann.«

Er würde ihr Geld sicher beiseite legen. Wenn er Erfolg hätte, würde er ein bißchen dazutun und es ihr zurückgeben. Wenn nicht, entständ wenigstens kein Schaden.

Für die Witwe galt ganz offensichtlich nicht die Maxime, daß es erträglicher sei, zurückgewiesen als betrogen zu werden. Sie trocknete sich die Augen, lächelte und nahm John den Beutel hastig wieder ab, als fürchtete sie, er könne seine Meinung abermals ändern. John betrachtete sie, erheitert, aber auch beeindruckt, wie sie das Geld sorgfältig vor ihm abzählte, den Betrag auf zwei Zettelchen notierte, eins für ihn unterschrieb und ihn mit Handzeichen aufforderte, das andere für sie zu unterzeichnen.

Endlich konnte er fliehen. Er ging weiter, auch als sanfter

Regenfall einsetzte, schmeichlerisch, als wären die Wolken aufgegangen wie Dickmilch in Musselinbeuteln und tröpfelten nun
auf ihn herunter. Sein Hut wurde schlaff und schwer, seine Zehen taub. Es war nicht seine Art, unerfreuliche oder schwierige
Dinge vor sich herzuschieben. Er schritt schneller über das
Kopfsteinpflaster aus. Lehnte sich vorübergehend an Brücken-
geländer. Debattierte mit sich selbst. Er schwor sich, Amsterdam noch diese Nacht unerkannt zu verlassen. Dann gelobte er,
Coymans so lange durchzuschütteln, bis dieser alles über Edward Malises Besuch in jenem Haus ausgespuckt hatte. Dann,
als der triefende graue Himmel dunkler wurde und den Sonnenuntergang anzeigte, sprach John an Coymans' Haustür vor. Er
war fest entschlossen, sich in Zurückhaltung und Berechnung
zu üben.

Die Selbstbeherrschung raubte ihm den Appetit. Das Lächeln ließ seine Wangen schmerzen. Seine Kinnladen ächzten,
wenn er lässige Bemerkungen zu machen versuchte. Er mahnte
sich immer und immer wieder, die Hände nicht zu Fäusten zu
ballen, die wie knorrige Holzstümpfe im Spitzenschaum seiner
Manschetten lauerten. Seltsamerweise machten Marieka und
Coymans einen gelösteren Eindruck als am Abend zuvor, den
Abend seiner Rückkehr, und zeigten sich ausnehmend char-
mant. Marieka lehnte sich lachend in ihren Sessel zurück, während Erasmus unter ihren Röcken herumtollte und den Stoff
ausbeulte wie einen Sack ertrinkender Kätzchen. John sah, wie
die Haut an ihrer Kehle vor Vergnügen vibrierte und wie der
Kerzenschein hell über die goldenen Locken ihres Haars glitt.
Er stellte sich vor, wie Malises Falkenschnabel sich an ihrem
rosig schwellenden Mund weidete.

Das Bild war ihm unerträglich, ja so undenkbar, daß er
schon in seiner Überzeugung wankend wurde, Malise sei tatsächlich in Amsterdam gewesen und habe wirklich denselben
Platz eingenommen, den nun John einnahm. John hätte zum
Haus der Witwe zurückgehen und sich Saskis Zeichnung unaus-
löschlich ins Herz brennen müssen.

Mit ironischer Distanz beobachtete er sich selbst dabei, wie er sich eine erträgliche Deutung der Ereignisse zurechtzulegen begann.

Ich habe mir selbst einen Alptraum gebastelt. Aus einer zufälligen Ähnlichkeit, der Abneigung eines alten Mannes gegen einen beruflichen Rivalen und dem, was ich in den Augen eines Fremden zu erkennen glaubte. Belanglosigkeiten, leicht wie Luft.

Er lehnte sich zurück, blickte wieder zu Marieka hinüber und erprobte die Stichhaltigkeit dieser Argumentation. Es war nun weniger schmerzhaft, die Linien ihres Gesichtes und ihrer Arme zu betrachten. Justus Coymans war ein lächelnder Schurke, doch seine Schwester sollte nicht einer Verwandtschaft wegen verdammt werden, für die sie nichts konnte. Er hatte immer Respekt vor ihren Dornen gehabt. Er sah sie wieder lachen, ließ den Blick dann erneut in die Runde schweifen.

Die Tischgesellschaft war klein, bestand nur aus John, Saski, einem Kapitän der Holländischen Ostindischen Kompanie, dem er zuvor schon einmal begegnet war, einem Dichter und einem Mann namens Dirck, der inmitten der Speisereste mit Justus Schach spielte.

»Wer möchte gern singen?« fragte Marieka. Sie blickte John an und zog auffordernd die Brauen in die Höhe, um dann dem zappelnden Seidenhügel ihres Schoßes einen leichten Klaps zu versetzen.

In manchen Gegenden Englands würde man sie als Hexe anklagen, dachte John, mit diesem Affen, der wie ein Wechselbalg in ihren Armen hing. Doch er lächelte zurück, unfähig, ihrer Einladung zu widerstehen, unfähig, sie wegen Belanglosigkeiten zu verurteilen, die ja nicht schwerer als Luft wogen.

»Morgen!« rief Coymans ihm von seinem Schachspiel aus zu. »Morgen, Nightingale. Morgen geht Ihr mit mir auf die Jagd.«

John sang Marieka englische Lieder vor und spendete ihrem Spinettspiel Beifall. Der Dichter versuchte sich an der Theorbe, ohne viel Ehre einzulegen. Nachdem der Nachttrunk kredenzt worden war, entschuldigte John sich und begab sich zum Schlafen in sein Quartier. Marieka sagte ihm mit strahlender Miene gute Nacht, als hätte sie nie etwas anderes von ihm erwartet. Unglücklicherweise geißelte das Verlangen John in dieser Nacht so heftig wie damals in Hawkridge House.

Er traf sich früh mit Coymans, an der Waage in der Nähe der Börse. Coymans beäugte John neugierig.

»Ihr seid also gekommen«, stellte er fest. »Ihr habt Euch gestern abend so seltsam benommen, daß ich schon fast fürchtete, Ihr hättet Euch entschlossen, mit einem anderen Händler zusammenzuarbeiten.«

John dachte gut nach, bevor er antwortete. »Ein Schüler mag sich einbilden, genug gelernt zu haben, es könnte ihn jucken, seine neu erworbenen Fähigkeiten allein zu erproben.«

Coymans' Schultern entspannten sich ein wenig unter seinem Wams. »Das ist ganz normal! Doch Ihr seid immer noch bescheiden genug, heute hier aufzukreuzen.« Er grinste. »Es sei denn, Ihr wolltet nur ein bißchen mit den Flügeln schlagen, wie's gerade flügge gewordene Vögelchen tun.«

»Ich bin noch nicht eingebildet genug, um schon ein Angebot meines ersten und größten Lehrmeisters zu verschmähen, *magister*.«

Es war ganz ohne Zweifel Edward Malise auf Saskis Skizze. Nachdem John wieder in seinem Quartier war, hatte ein einziger Blick ihm endgültige Gewißheit verschafft.

»Mit wieviel handle ich diesmal?«

»Zwanzigtausend Pfund.« Im letzten Augenblick halbierte Johns Zunge die Gesamtsumme.

Dennoch pfiff Coymans durch die Zähne; seine Augenbraue zuckte. »Und Ihr wollt Euch diesmal nicht argwöhnisch an meine Rockschöße heften?«

»Die Erfahrung hat mich gelehrt, Euch zu vertrauen.«

»Lehnt Ihr es immer noch ab, ein Bärenfell zu leihen?«

John nickte. »Nur Geschäfte gegen Barkasse. Es sei denn, Ihr sagt mir, daß Ihr nicht weitermachen werdet, weil ich Euch den Spaß verdorben habe.« Er atmete die Zimtbö ein, die von dem unter ihnen ankernden Schiff emporwallte. »Ich möchte

454

auch an der regulären Börse spekulieren ... aber das interessiert Euch sicher nicht, oder?«

»Nicht im mindesten«, versetzte Coymans. »Warum sollte ich mit zwei oder drei Prozent handeln, wenn Flora fünfzig oder hundert bringt? Ihr enttäuscht mich.«

»Ich habe ein geradezu manichäisches Verlangen danach, mein Wissen zu erweitern«, erwiderte John. »Wie soll ich Gewürze richtig schätzenlernen, wenn ich mich nie geplagt habe, altes Brot herunterzuwürgen?«

Coymans bleckte heiter seine Zähne. »Amsterdam ist für einen Ketzer ein so ungefährlicher Ort wie andere auch.« Er tätschelte Johns Arm. »Falls es überhaupt irgendwo ungefährlich ist. Ich nehme an, Ihr verfügt tatsächlich über diese zwanzigtausend? Und wie bald darf ich einen Geschäftsabschluß anvisieren?«

»Fünf Tage, auf die übliche Art«, antwortete John. »Wie Ihr es mir beigebracht habt.«

Coymans versetzte John noch einen Klaps, gerade hart genug, um John verdeckte Bosheit argwöhnen zu lassen. »Dann hebt Euch also hinweg, mein flügge gewordener Ketzer. Legt Euer zukünftiges Glück in meine Hände. Ich hoffe nur, daß ich *Euch* trauen kann!«

Er blickte Johns breiten Schultern und seinen langbeinigen, federnden Schritten hinterdrein, bis der rostbraune Lockenkopf des Engländers zwischen den Gemüsekörben und Lastenträgerhüten des riesigen Marktplatzes verschwunden war.

An diesem Abend teilte Coymans John mit, er habe zehntausend Pfund in Gulden in ein Termingeschäft mit drei verschiedenen Tulpenzwiebeln gesteckt, alles seltene Sorten, die für soundso viele Gulden pro As gehandelt wurden.

»Außerdem habe ich selbst investiert. Ihr habt mir beim letzten Mal Glück gebracht. Ich rechne erneut auf Euch!«

»Wie lange wird es dauern, bis wir verkaufen können?« verlangte John zu wissen. Ihm gefiel die Vorstellung nicht, in Coymans' persönlichen Erfolg oder Mißerfolg hineingezogen zu werden, wie subtil auch immer.

»Eine Woche für *Lilith*, ungefähr eine Woche für den *Schäfer von Texel* und mindestens zwei Wochen für *Prunelle*.«

»*Prunelle?*«

Coymans lachte auf. »Ihr hattet recht, beim letzten Mal die Hände von dieser Zwiebel zu lassen. Ihr Preis bewegte sich nicht schnell genug. Doch nach Eurer Abreise gewann sie an Beliebtheit und legt immer noch zu. Diese Ähnlichkeit in der Farbentwicklung, mit der Ihr mich erschreckt hattet, ist bislang noch nicht aufgetreten, um unsere *Prunelle* herauszufordern … Noch einen Schluck Ale?« Er ließ sich in seinen Stuhl zurücksinken und schnippte mit den Fingern nach der Magd.

John schlief in dieser Nacht wieder mit Marieka. Es war ein kühl-sexueller Austausch. Sie war heiter und erfinderisch. John kam sich brutal und linkisch vor – und ärgerte sich darüber. Um Abbitte zu leisten, kraulte er am nächsten Morgen Erasmus' Hals und war während ihres gemeinsam eingenommenen Frühstücks aus Brot und Käse besonders nett zu Marieka. Er durfte, ja, er würde es nicht zulassen, daß er sie ohne faire Verhandlung für den nebulösen Geist Edward Malises bestrafte, der über ihrem Bett schwebte.

Am folgenden Morgen suchte John erneut Gomez auf.

»Ich würde am Ende doch gern einen Eurer anderen Teufel kennenlernen.«

Gomez wirkte bestürzt. »Weiß Coymans Bescheid?«

»Nein. Ich schließe wie beim letzten Mal Geschäfte über ihn ab. Doch ich habe mehr anzulegen, als er weiß.«

»Seid auf der Hut.«

»Das bin ich. Aber ich fiebere danach, ein bißchen von dem auszuprobieren, was ich gelernt habe.« John standen die Haare zu Berge, als hätte er mit einem Seidentuch darüber gerieben. Seine gebräunten Finger trommelten. Seine Stiefel tänzelten auf dem Boden.

»Ich bin jedenfalls froh, daß Ihr Euch dazu entschlossen habt, das Risiko zu streuen.« Gomez blickte nicht sonderlich beruhigt drein.

Ruhelos tigerte John einen schmalen, gewundenen Engpaß zwischen aufeinandergestapelten Teppichen und einer Mauer aus duftenden Fässern entlang. »Würdet Ihr mir dabei behilflich sein, es noch weiter zu streuen? Für mich an der Börse handeln? Mit meiner Provision vom letzten Mal.«

Gomez' zerfurchtes, mageres altes Antlitz nahm einen Ausdruck schuldbewußten Vergnügens an. »Das Geld, das für die Gattin Eures Vetters bestimmt ist? Ihr habt es noch nicht in Tulpen angelegt?«

»Nein. Ich weiß selbst nicht, warum.«

»Vielleicht sind eine Begnadigung und ein neues Leben Grund genug, auf eine einzige Handelsware zu setzen.«

»Werdet Ihr es tun?« John beugte sich aus der offenen Flügeltür hinaus, um auf das grüne Wasser weit unten hinabzublicken.

»Natürlich, wenn Ihr es wünscht. Selbstverständlich ist das nur für die Gattin Eures Vetters.« Gomez hielt ihm einen Köder unter die Nase, doch John weigerte sich, danach zu schnappen. »Erwartet aber keine Wunder der Coymansschen Art.«

»›Mäßigung ist der seidene Faden, der sich durch die Perlenkette aller Tugenden zieht.‹ Ich bin imstande, meine Wünsche zu mäßigen.«

»Das hoffe ich.«

John drehte sich plötzlich auf einem Bein herum, um dem alten Mann in die Augen zu blicken. »Vertraut mir.«

Gomez gab sich mit einem wehmütigen Lachen geschlagen. »Dann werde ich wohl in Eurem oder vielmehr im Namen von Eures Vetters Gattin meine Fähigkeiten solchen weltbewegenden Dingen wie dänischem Stockfisch zuwenden.« Er nippte an seiner Milchschale. »Wollt Ihr immer noch meinen Teufel kennenlernen?«

John nickte.

»Dann kommt Ihr am besten zum Abendbrot«, erklärte Gomez. »Coymans' Augen und Ohren dringen nicht durch diese Tür.«

Harry vermutete ganz richtig, daß die beste Strafe für seine Frau darin bestände, sie zurück nach London zu bringen. Es war immer noch Sommer, und niemand von Bedeutung würde sich dort aufhalten. Alles weilte noch auf seinen Landsitzen. Harry indes war der festen Überzeugung, verrückt zu werden, falls er noch ein weiteres Gespräch darüber würde anhören müssen, wie dringend das Land Regen brauchte und wie viele Jahre es her sei, daß man eine solche Trockenzeit erlebt habe, und ob der Shir noch vor der Erntezeit austrocknen würde. Rachsucht und Verzweiflung waren demnach zu gleichen Teilen an Harrys Eröffnung Mitte Juli beteiligt, daß sie die gesellschaftliche Herbstsaison einen Monat früher beginnen würden.

Wie kann der kleine Fratz es wagen, dermaßen unglücklich auszusehen? dachte er wütend. Als wäre es eine Strafe, die Londoner Herbst- und Wintersaison an der Seite eines gutaussehenden Ehemanns zu genießen! Ein Mann, dessen ganzes Sinnen und Trachten darauf gerichtet waren, ihnen die exquisitesten Vergnügungen und die amüsanteste Gesellschaft auszusuchen!

»In dieser Jahreszeit gibt es auf dem Gut zuviel zu tun!« protestierte Zeal. »Die Saat wird gerade reif, und wo das Wetter so trocken ist ...« Sie sah, wie Harrys Lippen sich kräuselten und eine andere Fährte aufzunehmen schienen. »Jetzt, wo John fort ist, braucht Ihr jemand, der Eure Interessen wahrnimmt.«

Bei der Erwähnung von Johns Namen flammten zwei heiße Flecken auf Harrys Wangenknochen auf. »Wie könnt Ihr es wagen, Euch um meine Interessen zu kümmern?« schnauzte er. »Wie könnt Ihr Euch anmaßen zu glauben, Ihr wärt in der Lage, sie ›wahrzunehmen‹? Von Eurem Geld abgesehen, seid Ihr völlig nutzlos!«

»O je!« wisperte Tante Margaret auf ihren zur Hälfte bestickten Sitzbezug.

Treffer! dachte Harry triumphierend, als Zeals Gesichtszüge zu beben begannen und sich dann wieder beruhigten. Wenn sie es darauf anlegte, daß er sich als Bösewicht fühlte, dann würde er ihr Grund dazu geben.

»Ihr kommt mit nach London, ob es Euch gefällt oder nicht. Und Ihr werdet auf der Stelle damit beginnen, Euer Benehmen zu verbessern. Tragt Euren Bediensteten auf, sie sollen für übermorgen alles zur Abreise bereitmachen.«

»Das ist viel zu früh ...!«

»Ich bin sicher, meine Tante wird nur allzu froh sein, Euch dabei zu unterstützen. Alle auf dem Gut werden endlich von Eurer Einmischung befreit sein!«

Mistress Margaret blickte Harry an, erstaunt und beunruhigt zugleich.

Es ist nicht fair, dachte Harry, daß Zeal mich dazu bringt, mich so mies zu fühlen, nur weil ich tue, was ich tun muß!

»Und Ihr braucht nicht befürchten«, fügte er hinzu, »daß ich Euch noch einmal anrühren werde. Ihr könnt auf mich warten und vor Scham weinen, Madam – für lange, lange Zeit!« Bei seinem Abgang aus dem Gemach war er die Erhabenheit in Person.

Mistress Margaret stach hektisch auf ihren Sitzbezug ein. Sie schluckte hörbar und warf einen flüchtigen Blick zu Zeal hinüber. Die Stille lastete schwer auf der milden Abendluft.

Zeal saß da und starrte gedankenverloren ihrem Gemahl hinterher. Sie war wieder sie selbst. Obwohl die Biene nicht mehr zum Leben erwacht war, hatte ihre monatliche Blutung eingesetzt. Rachel hatte ihr alles bestätigt. Sie war der Zeugung eines Dämons entgangen. Bei einer solchen Vereinigung aus Haß und Ekel konnte kein Kind empfangen werden, nur ein Monstrum.

Ich vermute, daß eheliche Pflichten nicht als solche gelten, wenn es Spaß macht. Die Pflicht macht uns etwas schmackhaft, auf das wir anderenfalls lieber verzichten würden.

Zeal seufzte.

Wie zurück nach London zu gehen, zum Beispiel, dachte sie. Andererseits hatte Harrys letzte Drohung eine kalte Bürde von ihr genommen, die Tag und Nacht schwer auf ihr gelastet hatte, während sie darauf wartete, daß Harry seine ehelichen Rechte ein weiteres Mal einfordern könnte.

Zeal stickte an einem Sitzbezug, der das Gegenstück zu dem von Mistress Margaret abgab, und dachte über ihre zukünftige Strategie nach.

»Dem Himmel sei Dank, daß Ihr hier seid, um nach dem Rechten zu sehen«, wandte sie sich schließlich an Margaret.

»O je!« stieß Mistress Margaret mit heiserer Stimme hervor. »O je! Ja, gut, ich werde mein Bestes tun. Aber was für einen ungünstigen Zeitpunkt Sir Harry sich ausgesucht hat, Euch zu entführen ... wenn ich das so sagen darf. Wir sind ohnehin schon knapp an Arbeitskräften! Ich weiß nicht, wie Sir Harry so etwas von uns verlangen kann.«

Auf dem Weg in ihr Schlafgemach klopfte Zeal leicht auf den nächsten Wandbehang, um seine Sauberkeit zu überprüfen. Eine Staubwolke stob unter ihren Fingern hervor. Ihr Staub. Ihr Eigen durch die Heirat mit Harry. Ihr von John anvertraut, um es in Ordnung zu bringen.

Ich werde auf dich zurückkommen, ließ sie den staubigen Wandbehang wissen. Glaub ja nicht, du kommst mir so davon!

Sanftmütig würde sie sich in die Abreise nach London fügen. Würde Gehorsam heucheln. Harry mit ihren Bemühungen, sich einzufügen, in Angst und Schrecken versetzen. Ihn mit ihrer Unzulänglichkeit zur Verzweiflung treiben, so daß er schon bald die Idee begrüßen würde, sie nach Hawkridge zurückzuschikken. Mit ein bißchen Glück mochte sie vor der Ernte wieder hiersein, rechtzeitig, um die Äpfel in Fässer mit Sand zu schichten, das bei der Herbstschlachtung anfallende Fett zu Seife einzukochen und mit eigenen Händen an all den anderen häuslichen Vergnügungen teilzuhaben, die bislang nur Worte in ihren Büchern waren.

Wie dem auch sei, sie hatte John versprochen, Hawkridge House zu lieben. Und das hatte er nicht so gemeint, daß sie das Gut von einem Londoner Stadthaus voll von gekauftem Käse und vorgekochten Pasteten aus lieben sollte.

Lieber Vetter John (schrieb sie in jener Nacht bei Kerzenlicht, zwischen den Bettvorhängen),

Harry will früher nach London fahren, und so bin ich gezwungen, Hawkridge House zu verlassen. Bitte, vergebt mir. Ich werde alles so geordnet zurücklassen, wie ich es vermag, fürchte jedoch für die Gärten, wenn wir nicht sehr bald Regen bekommen. Tuddenham hat in Basingstoke eine ganz entzückende Milchkuh gekauft, welche die arme Iphigenie ersetzen soll ...

Zeal verlor sich in einer Aufzählung faszinierender Einzelheiten, die John gewiß gern erfahren würde. Die gerade flügge gewordenen Tauben, der erste Honig, die Goldparmänen im Obstgarten, die mittlerweile die Größe ihrer Faust erreicht hatten. Zum Schluß fügte sie hinzu: *»Ich begehe zweifellos eine Indiskretion, möchte Euch aber bitten, Arthur auszurichten, daß Rachel ihn wahnsinnig vermißt und sich vor Kummer nach seiner Rückkehr verzehrt ...«*

Sie dachte lange, lange nach, um dann mit *»Eure Euch sehr liebende Base Zeal Beester«* zu unterschreiben.

Sie würde den Brief in London aufgeben.

Sie blies die Kerze aus und versuchte entschlossen einzuschlafen. Ihr Kuß ließ sie jede Nacht ruhelos im Zwielichtland zwischen Schlaf und Wachen treiben.

Um sich abzulenken, stellte sie sich die Reise vor, die der Brief von ihr bis in Johns Hand in Amsterdam zurücklegen würde. Ich weiß nicht, warum alle so viel Aufhebens davon machen, daß der Teufel Beschäftigung für müßige Hände finden würde, dachte sie. Sie sollten sich lieber um müßige Gedanken sorgen!

Vier Tage später verkaufte Coymans die *Lilith*-Optionen mit zweihundert Prozent Gewinn. John leitete alles für eine Liquidation in fünf Tagen in die Wege. Der klimpernde Hort hatte sich erneut anzuhäufen begonnen.

Zum ersten Mal erlaubte John sich die Vorstellung, als freier Mann durch England zu reisen. Er würde Hawkridge House wieder besuchen können, in aller Offenheit. Zeals zurückerobertes Vermögen persönlich überreichen. Zusehen, wie das Verstehen ihre blauen Augen aufleuchten ließ. Ihre Dankesbekundungen hören. Ihre warme kleine Hand auf vetterliche Weise in die seine nehmen.

»*Prunelle* klettert immer noch«, erklärte Coymans an dem Nachmittag, an dem sie ihre Schulden beglichen. »Nehmt Euren Gewinn, um noch mehr von ihr zu kaufen!«

»Und die Regenten?«

»Stille. Debattieren in stummer Verwunderung über ihre letzten Pleiten.«

»Ich werde mich morgen früh entscheiden, vor Eröffnung des Handels.«

John begab sich schnurstracks zu Gomez. Er fing den alten Mann bereits draußen auf der Warmoesstraat ab, vor dem Bäckerladen.

»In den nächsten zehn Tagen ist nicht mit neuen Gesetzen zu rechnen«, teilte Gomez ihm mit. »Hat mir jedenfalls mein Schwager gesagt.«

»Macht weiter«, beschied John Coymans am nächsten Tag, als sie sich im *Unterrock* trafen. Noch am gleichen Tag trug er Gomez' Teufel auf – einem gewissen Maurits Kramer –, auf der Stelle *Prunelle* zu erwerben, bevor die Nachricht von Coymans' Kauf die Kurse hochschnellen lassen würde.

Bei Börsenschluß an jenem Tag hatte der Doppelkauf zweier geheimnisvoller Anleger den Preis für *Prunelle* um weitere fünfundsiebzig Prozent anziehen lassen.

»Wer ist der andere Käufer?« jubelte Coymans. »Ich muß mit ihm reden. Vielleicht ist er dumm genug, den Versuch zu wagen, den Markt aufzukaufen. Ich muß sehen, wie gierig seine Augen aufleuchten. Laßt mich diesen Hurensohn nur finden! Ich schraube ihm den Preis höher und höher!«

Witwe Padtbrugge löcherte John jeden Abend mit Fragen. Sie ließ ihm besondere Leckerbissen auf den Teller legen. Sein

Bierkrug war nachgefüllt, bevor er einen zweiten Schluck genommen hatte. John konnte sie nicht mehr so gut leiden wie zu Anfang.

Auf Coymans' Rat erwarb John auch noch weitere Zwiebeln des *Schäfer von Texel*, der sich recht gut, aber nicht gerade spektakulär aufführte. Zwei Tage später verkaufte John den *Schäfer von Texel* an ein Konsortium von Handwerkern per Liquidation am folgenden Tag. In Naturalien.

»Ich brauche Bargeld«, sagte John.

»Nehmt es Euch«, sagte Coymans.

John starrte bestürzt auf den Kram, den die Handwerker karrenweise auf der Straße vor Witwe Padtbrugges Haus abgeladen hatten. Zimmermannswerkzeuge, ein Sattel, drei Oxhoft Wein, vier Faß Acht-Gulden-Bier, tausend Pfund Käse und ein Bett samt Draperien. Acht Schweine, von Kopf bis Schwanz in hölzerne Korsette gezwängt und auf einem Karren hintereinandergestapelt, quiekten und grunzten wie ungeölte Torangeln.

»Was soll ich mit dem ganzen Zeug?« In Hawkridge hätte es John gefreut, doch die Witwe würde Schweine in ihrem gepflegten Hinterhof wohl nur höchst ungern sehen. Und während Mallender Bier, Wein und Käse noch hinnehmen mochte, um die Truppen im Norden damit zu beschwichtigen, würde er mit einem Baldachinbett einschließlich Vorhängen nur wenig anzufangen wissen.

Eine kleine Menschenmenge lief zusammen.

»Haben die Leute das Geld nicht?« erkundigte John sich bei Coymans.

»Würden sie ihre Betten und Werkzeuge verscherbeln, wenn sie's hätten?«

»Entlaßt sie aus dem Vertrag. Macht den Handel rückgängig. Ich kann einem Mann doch nicht das wegnehmen, womit er seinen Lebensunterhalt verdient!«

Die Schweine ermüdeten. Ihr Krawall wurde sporadischer.

Coymans war schockiert. »Aber sie wollen den Handel nicht rückgängig machen. Sie *wollen* die Zwiebeln!«

Doch er gab Johns Worte weiter. Die Männer diskutierten lebhaft. Coymans hielt dagegen.

John schüttelte traurig den Kopf. Diese Wahnsinnigen versuchten ihn mit allen Mitteln zu überreden, ihr letztes Hemd zu nehmen. Sie fuchtelten mit Papieren vor seiner Nase herum und bohrten ihre Zeigefinger auf seine Unterschrift.

Die Witwe trat aus der Tür und verlangte zu wissen, was all diese Dinge vor ihrem Haus zu suchen hätten.

»Wartet«, bat John sie. »Justus, bitte ersucht sie, sich noch ein wenig zu gedulden.«

Coymans warf theatralisch die Arme in die Luft. »Nehmt die Schweine, oder geht gerichtlich gegen das Konsortium vor. Die Leute sagen, sie würden einen angemessenen Gegenwert bieten. Nehmt, was Ihr kriegen könnt. Ihr fahrt damit immer noch besser als manch anderer Verkäufer. Wenigstens werdet Ihr ausbezahlt. Ihr könnt die Waren ja weiterverkaufen.«

»Fragt sie, ob sie einer Stornierung des Handels zustimmen«, bettelte John.

Widerwillig wandte Coymans sich ihnen erneut zu. Plötzlich war John aller Gegner. Er erntete feindselige Blicke und unfreundliches Gemurmel.

»Sie werden ein Verfahren gegen Euch anstrengen, wenn Ihr einen Rückzieher zu machen versucht.«

Resigniert, aber immer noch unzufrieden, unterschrieb John die Papiere, mit denen er den Erhalt von Sattel, Käse, Bett, Bier, Schweinen und Zimmermannswerkzeugen quittierte.

»Ihr müßt diese Dinge hier wegschaffen«, forderte die Nachbarin der Witwe von ihrem *stoep*. »Ihr könnt diesen ganzen Ramsch nicht vor meiner Haustür liegen lassen.«

Die Witwe wurde in eine eisige Unterhaltung von Türschwelle zu Türschwelle verwickelt.

»Also gut, mein Freund«, meinte Coymans mit sichtbarer Erleichterung. »Was werdet Ihr nun tun?«

»Sagt es mir! Ihr habt mir schließlich geraten, das alles hier anzunehmen!« John trat gegen ein Faß. Eins der Schweine furzte lautstark.

Das nachbarliche Scharmützel ging zu Ende. John spürte, daß hier möglicherweise eine feindliche Allianz aus der Taufe gehoben worden war.

»Mevrouw«, rief er zu der Witwe hoch. »Würdet Ihr mir die Ehre erweisen, einen dieser Käse anzunehmen?« Er wies auf den Gebirgszug aus orangegoldenen Scheiben, von denen jede einzelne größer als Justus Coymans' Hut war. »Ihr könntet jedem Haus in der Straße einen anbieten«, fügte er mit gesenkter Stimme hinzu.

»Ich werde das alles für Euch verkaufen, wenn Ihr wollt«, versicherte ihm Coymans, nun, da er seinen Spaß gehabt hatte, wieder ernsthaft und hilfsbereit.

»Und ich will auch keine verfluchten Gänse dafür kriegen!« verlangte John.

»Keine Angst! Ich mache keinen schlechten Tausch, bei dem am Ende Wetzsteine für Euch herauskämen!«

»Schafft mir diese unrechtmäßig erworbenen Viecher vom Hals!«

Coymans erklärte der Witwe, daß vor Ablauf des Tages alles verschwunden sein werde.

In den nächsten beiden Tagen tauschte Gomez das Geld, das Coymans durch den Verkauf von Bett, Schweinen, Käse und was sonst noch erzielte, in weitere Wechsel um, die John zusammen mit den anderen in seiner Matratze im Giebelzimmer von Witwe Padtbrugges Haus verbarg. Und Kramer informierte ihn, daß der Kurs des *Schäfers von Texel* zu fallen begonnen hatte, kaum daß John seine Zwiebeln losgeworden war.

Seine Provision steckte in Termingeschäften an der Börse. Ein voc-Kauffahrer wurde in Bälde zurück erwartet. John besaß Aktien im Wert von tausend Pfund für seine Indigo- und Salpeterfracht. Ein Viertel vom Preis des Hawkridge-Guts.

Coymans tänzelte so nervös durch die ersten Augusttage wie eine Katze durch eine Pfütze. *Prunelle* stieg immer noch an. Dann begann der Kurs ohne einen ersichtlichen Grund zu schwanken.

»Bleibt dran«, riet Coymans. »Verfallt nicht in Panik. Ich glaube, das gibt sich wieder. Und ich bin immer noch diesem anderen großen Käufer von *Prunelle* auf der Spur. Warum ist er noch nicht an mich herangetreten? Aber er wird! Ich kenne diese Ganoven. Er wartet darauf, daß der Kurs sich wieder stabilisiert. Dann werden wir sehen, wie dieses Schweinchen seinen Rüssel aus dem Dickicht streckt.«

John suchte Maurits Kramer in dessen Haus auf der Neuen Seite auf, in der Nähe des Fischmarkts.

»Gerüchte über ein neues Warenangebot haben dazu geführt, daß der Kurs für *Prunelle* ins Wanken geraten ist«, teilte ihm Kramer mit, der als Junge zwei Jahre in London gelebt hatte. »Wollt Ihr verkaufen?«

»Wessen neues Warenangebot?« fragte John. »Wer ist der Mann?«

»Keiner von den alten namhaften Floristen. Ein Mann, der die Tochter eines Züchters namens Bols geheiratet hat; Bols ist im Juni gestorben. Dieser Schwiegersohn hat Bols' Pflanzschule übernommen. Er kennt sich zwar nicht mit Tulpen aus, ist aber raffgierig genug, das Äußerste aus dem Pflanzenbestand herauszuschlagen, solange er noch existiert.«

John spürte, wie sein Wachsamkeitsgrad sich änderte, so als entdecke er plötzlich, daß jemand im Dunkeln in seiner Nähe war. Ein Kältestrom rann durch seine Brust und hinab in seine Beine. Es ist nur die Gedankenverbindung mit Bols, sagte er sich. Kein Grund zur Panik.

Doch mit vernünftigen Gründen kam er dem eisigen Schlittern in seiner Brust nicht bei.

London, 10. August 1636

Zeal betrachtete sich als eine Art Kriegsgefangene. Der Vergleich verlieh ihr ein Gefühl von Würde, an der es ansonsten fehlte.

Nicht Harrys Gefangene, nur eine Gefangene hier in London. In einem Gefängnis aus Augen und Zungen. Von einer Mauer aus guten Beispielen umschlossen, die sie nachäffen sollte. Träge geworden durch die Langeweile in einer luxuriösen Zelle.

Sie schritt der Länge nach ihren Empfangssalon im ersten Stock auf und ab, vermied es aber, auf Ritzen zu treten. Es war zu dunkel zum Lesen oder Sticken, selbst bei Kerzenlicht. Das Haus besaß keinen Nutzgarten, der den Namen verdient hätte, nur jede Menge Hecken, Terrassen und Harrys blöden Springbrunnen, der beim Entladen von dem Schiff aus Italien beschädigt worden war.

Harry war wieder einmal ohne sie ausgegangen, obwohl er ihr untersagt hatte, allein das Haus zu verlassen, es sei denn, um inmitten eines Geleitzugs von Mägden und Zofen Einkäufe zu tätigen. Zeal wollte auch gar nicht dahin, wohin Harry gegangen war, wo immer das sein mochte. Das Dinner in Edward Malises Haus diesen Nachmittag war schlimm genug gewesen.

Am Ende des Zimmers machte sie kehrt und ging wieder zurück, dieses Mal nicht nur den Ritzen, sondern auch den Astlöchern in den Bohlen ausweichend. Das Mittagessen ... ja, nun ... Wut und Verlegenheit regten sich unbehaglich in ihrem Magen. Sie konnte sich jetzt nicht mehr daran erinnern, was genau sie gesagt hatte, jedenfalls hatte Malise Harry mitfühlende Blicke zugeworfen. Und Harry ihm stillschweigend beigepflichtet, indem er diese Blicke erwiderte. Zeal hätte Triumph verspüren sollen, hatte sich aber nur gedemütigt gefühlt. Ihre Strategie der absichtlichen Tolpatschigkeit war in der Ausführung schmerzlicher, als sie sich vorgestellt hatte. Und ihr Wille schwächer, als sie gehofft hatte.

Wäre sie älter oder erfahrener gewesen, hätte sie vielleicht bemerken können, daß Harry sie bestrafen mußte, weil sie ihn tagtäglich durch ihre bloße Gegenwart daran erinnerte, daß er ein schlechterer Mensch war, als er selbst gern geglaubt hätte. Die Tatsache, daß sie lieber woanders gewesen wäre, machte Harry nur noch wütender. Zeal spürte, daß Harry auf irgendeine Weise ungerecht war, auch wenn sie ihn dazu bringen wollte, sie zurück aufs Land zu schicken. Ohne sich den genauen Grund dafür erklären zu können, war sie empört.

Als Harry sein Versprechen ihr gegenüber gebrochen hatte, hatte er damit auch die nie in Frage gestellte Unbedingtheit von Zeals Versprechen ihm gegenüber erschüttert. Aber sie hatte, so rief Zeal sich häufig in Erinnerung, in der Kirche einen Schwur vor Gott geleistet, wohingegen Harry nur sein Wort verpfändet hatte.

Sie hatte hier in London – und zuvor in ihrem großen Bett in Hawkridge – nächtelang wach gelegen und versucht, philosophische Klarheit über ihre Heirat zu gewinnen. In den empfindlichsten, schlimmsten Stunden, wenn die Nacht ihren Tiefpunkt erreicht hat und sich wieder dem Licht entgegen zu heben beginnt, war sie sogar zornig geworden.

Bei Tage sah sie, daß ihre Pflicht Harry gegenüber immer noch eindeutig und unverändert war. Vor zwei Jahren, ja, noch vor sechs Monaten, hätte sie emsig Lady Sowieso und Mistress Dingsbums beobachtet, ganz wie Harry ihr aufgetragen hatte, und hätte unter ihrer eigenen Unzulänglichkeit gelitten. Sie hätte sich häßlich gefühlt, sprachlos vor Verlegenheit, linkisch, altmodisch, sterbenslangweilig und all die anderen Dinge, die sie so deutlich in Harrys Augen lesen konnte. Sie war sogar noch immer der Meinung, daß sie sich eigentlich so fühlen *sollte*. Es war ihre Pflicht, diese Mängel zu beseitigen, Harry zu gefallen, aber sie konnte weder den Willen dazu noch die geringsten Schuldgefühle angesichts ihres Versagens aus den finstren Tiefen ihrer Seele heraufbeschwören.

Darüber hinaus beinhalteten ihre Pflichten Harry gegenüber nun auch die Leitung von Hawkridge House. Seit kurzem wollte es ihr so scheinen, als könnten diese »Pflichten« des weiteren beinhalten, daß sie besser als ihr Ehegatte wußte, wie seine Interessen wahrzunehmen seien. Es war offenbar möglich, daß sie ihm zu seinem eigenen Besten trotzen mußte. Diese Gedanken hätte sie auch gehegt, hätte John das Gut nicht ihrer Obhut anvertraut; da war sie sich ganz sicher.

Zeal unterbrach ihr ruheloses Umherwandern und fragte sich, ob sie denn jetzt gar nichts tun konnte, irgendeine winzige, unbedeutende Handlung, um Leben in dieses düstere, rauchgeschwängerte abendliche Gemach zu bringen. Sie ging zum Fenster hinüber und lehnte die Stirn an eine Rippe der rautenförmigen Bleifassung. Ein Reiter schwankte jenseits der Luftblasen des Fensterglases vorüber. Eine Laterne zitterte und brach sich in den Scheiben, diesmal in entgegengesetzter Richtung. Zeal stellte sich vor, ihren Umhang zu greifen und das Haus allein zu verlassen, um die Straßen zu erkunden. Dann blies sie die Wangen auf und seufzte.

Was würde Harry wohl *dazu* sagen?

In London, wo sie nur diesen winzigen Garten und eine kleine Dienerschar hatte und die meisten Speisen für gewöhnlich schon fertig zubereitet gekauft wurden, fehlten ihr all jene faszinierenden kleinen Hausarbeiten, die ihr die Zeit in Hawkridge vertrieben hatten. Ein müßiger Geist ist die Werkstatt des Teufels. Alles würde wieder in Ordnung kommen, sobald sie nach Hawkridge House entfliehen könnte.

Zeal rief nach ihrem Umhang. Sie würde in den kleinen Garten hinter dem Haus hinuntergehen, wie armselig er auch sein mochte. Er wurde von den Außengebäuden vollständig eingeschlossen. Kein Blick auf die Themse, den Harry sich so sehnsüchtig wünschte. Nach Zeals Ansicht diente der Garten keinem sinnvollen Zweck; er war bloße Zierde. Aber immerhin war es etwas anderes als dieses Zimmer.

»Soll ich mit Euch kommen, Madam?« erbot sich Rachel.

Zeal blickte ihre Zofe an, die ihr ans Herz gewachsen war. Sie füllte jetzt leere Nachmittage damit aus, Rachel das Lesen zu lehren. Doch Rachel war gebürtige Londonerin und über Gebühr entzückt, sich wieder auf vertrautem Terrain zu bewegen. Sie wurde von Besuchen in anderen Küchen abgelenkt und sprudelte förmlich über von Klatsch über alte Freunde und Familienangehörige, die Zeal fremd waren. Abgesehen von Rachels unentwegter Begeisterung, Vermutungen darüber anzustellen, was Arthur (und damit auch John) wohl gerade bei den holländischen Heringsfressern anstellte, ging sie Zeal im Augenblick ziemlich auf die Nerven.

»Nein, danke«, sagte Zeal. Sie wollte sich eine Zeitlang an einem Ort verstecken, wo niemand darauf achtete, welche Ungeschicklichkeit sie als nächstes beging. Niemand würde Blicke mit einem anderen Jemand tauschen und seine Augenbrauen hochziehen. Nicht, daß Rachel das tun würde, aber das Mädchen war zu glücklich, als daß es eine passende Gefährtin abgegeben hätte.

Zeal rannte die Treppen hinunter; sie hatte es eilig zu entkommen.

Die Nacht roch nach feuchtem Kohlerauch. Der Himmel war dicht mit Wolken verhangen. Zeal stützte die Hände auf die Steinbank in der Heckennische. Sie zählte das Bellen von zwölf verschiedenen Hunden. Hölzerne Räder ratterten draußen vor der nächsten Mauer vorbei. Männerstimmen riefen in der Ferne. In der Mitte des Gartens spie der Delphin, dessen Schwanz beim Entladen abgebrochen war, einen metallischen Wasserstrahl in Harrys neues Springbrunnenbecken. Zeal lauschte seinem irritierenden Plätschern. Sie vermißte die Schafe.

Warum antwortete John nicht auf ihren Brief? Er mußte ihn doch mittlerweile bekommen haben. In Gedanken verfolgte sie noch einmal den Weg des Briefs. Von ihrer Hand in Rachels, von Rachels in die eines Dieners, der ihn zum Hafen brachte, wo er einen nach Amsterdam segelnden Kapitän fand, der willens war, Briefe und Pakete mitzunehmen. Der Kapitän würde um den Preis feilschen, und dann würde der Brief sich zu ein oder zwei anderen in der Kapitänskajüte oder im Ruderhaus gesellen.

Das Schiff würde vom Hafen auf das graue Wasser hinausgleiten, das Zeal am Ende enger Gassen erspäht hatte. Gischttropfen würden Johns Namen ein wenig verschmieren, aber nicht so sehr, daß er nicht mehr zu entziffern wäre. Das Schiff würde ein Meer überqueren, das sich mit brechenden Wellen und den Bögen springender Delphine schmückte. Auf der anderen Seite würde ein holländischer Gassenjunge diensteifrig ein Silberstück einstreichen, um den Brief an Justus Coymans, Breestraat, *Oude Zijde*, Amsterdam, auszuliefern.

Männerstimmen polterten im Innern von Harrys Haus. Zeal sah, wie ein Licht hinter den Fenstern im Obergeschoß vorbeistrich. Zu ihrem Entsetzen bewegte das Licht sich die Treppe hinunter auf die Gartentür zu. Die Tür ächzte.

»Das ist alles, danke«, sagte Harrys Stimme lauthals.

Zeal hörte unruhiges Rascheln am Ende des Gartens.

Sie raffte mit ihrem Umhang auch ihren Mut zusammen und stand auf. Machte einen Schritt auf das Haus zu und wappnete sich für die Begegnung.

Die Stimme eines anderen Mannes sagte etwas, so leise, daß sie es nicht hören konnte.

»Oh, sie wird mit ihrem Püppchen im Bett liegen«, meinte Harry.

Zeal zog sich durch eine Lücke in der Eibenhecke in eine schmale Seitenallee zurück, über die sie unbemerkt ins Haus entkommen konnte. Sie war der festen Überzeugung, daß sie nichts mehr von dem hören wollte, was die Männer sonst noch sagen würden.

Die Schritte näherten sich. Wenn die beiden so gut zu hören sind, dachte Zeal, bin ich es auch. Sie saß in der Falle, so oder so. Sie durfte sich nicht vom Fleck rühren. Sie machte sich auf eine weitere Demütigung gefaßt.

»... sich endlos dahinziehende Langeweile.« Der andere Mann war Edward Malise. Doch er sprach nicht mehr über Zeal. »Ich war nie der Meinung, daß diese Herumfahrerei in Kutschen den Namen Unterhaltung verdient.«

Harry seufzte zustimmend. »Aber es muß sein, nicht wahr?«

Zeal hörte Wolle an Seide und Stein entlangstreichen. Jemand hatte sich auf eine Bank gesetzt.

»Genau wie diese meine Aufgabe, bei der ich Eure Hilfe benötige«, sagte Malise. »Kann ich auf Euch zählen?«

Harry gab keine Antwort.

»Ich möchte ja nur, daß mein Fall vor Gericht gehört wird«,

fügte Malise hinzu. »Ich will nichts Böses – ich will nur Gerechtigkeit.«

Darüber unterhalten sich Männer, wenn sie allein sind? wunderte sich Zeal. Aufgaben, Gerechtigkeit und Langeweile? Sehr, sehr langsam schob sie den einen Fuß über den Ziegelpfad in Richtung Haus.

Harry stieß ein beklommenes Lachen aus. »Ihr seid ein hartnäckiger Feind.«

»Kein Feind! Muß ich denn sein Feind sein, nur weil ich der Meinung bin, daß ein Mann für ein Verbrechen vor Gericht gestellt werden sollte, das er im Angesicht von mehr als zwanzig freien, wahlberechtigten Engländern begangen hat? Nein, Harry, ich habe meine Seele von jeglichem Haß gereinigt. Kränkt mich nicht mit dem Vorwurf der Bosheit.«

Zeal verlagerte ihr Gewicht vorsichtig auf ihren vorderen Fuß.

»Aber nein, nein«, beeilte sich Harry zu versichern. »Das will ich doch nicht!« Worauf eine Gesprächspause folgte.

»Wißt Ihr, er hat auch mich zu töten versucht«, setzte Harry schließlich wieder an. »Zwei Tage nach Sir Georges Fest.«

»Das ist ja unglaublich.« Zeal hörte heftiges Ein- und Ausatmen und verstohlene Freude in Malises Stimme. »Ich muß gestehen, ich bin schockiert! Trotz allem, was ich bereits von ihm weiß. Dieser undankbare ...! Und Ihr habt ihn ungeschoren davonkommen lassen, wie er auch mir schon entflohen ist?«

»Ich, äh, habe ihn vom Gut gejagt.«

»Als freien Mann nach Amsterdam!«

Zeals Aufmerksamkeit wandte sich mit einemmal von ihrer Flucht wieder dem Gespräch der Männer zu. Kies knirschte unter ihren Füßen. Sie erstarrte und hielt den Atem an, außer sich vor Angst, daß die Männer sie gehört haben könnten.

»Ihr seid versöhnlicher, als ich es vermocht hätte«, fuhr Malise fort. »Selbst Familienmitgliedern gegenüber.«

Cassie oder eine Kuh trat kräftig gegen Zeals Brustbein.

»Wärt Ihr bereit, vor einem Gericht zu beschwören, was Ihr mir gerade anvertraut habt?«

Ein ausgedehntes Schweigen folgte.

»Ihr dürft mich nicht dazu auffordern, treulos gegen meine eigene Familie zu werden«, erklärte Harry schließlich.

»Treulos?« Malise klang erstaunt. »Nach allem, was er getan hat und möglicherweise noch tun wird, falls man ihm nicht Einhalt gebietet? Ist es treulos, sich um das Seelenheil eines Cousins zu sorgen?«

»Seelenheil?«

Harry hat noch andere Cousins, sagte sich Zeal.

Aber nicht in Amsterdam.

»Eines Tages wird er sterben, und dann lastet ein ungesühntes Verbrechen auf seiner Seele und schleudert ihn in die Hölle! Ich würde ihn ermutigen, sich aus freiem Entschluß dem Urteil der Peers zu unterwerfen. Ich würde ihn dazu drängen, die Chance zu ergreifen, sich zu prüfen und zu bereuen.«

Zeal beugte sich ganz dicht an die stoppelige, duftende Mauer zwischen sich und den beiden Männern heran.

»Ich würde auch *mich* überprüfen. Die Gründe, warum ich einen Verbrecher decke, wo ich doch das volle Ausmaß seiner Schuld kenne«, sagte Malise. »Wie nützlich er mir auch sein mag, ich würde nicht versuchen, das Persönliche und Besondere über das Prinzipielle und das Allgemeinwohl zu stellen. Im Gegensatz zu Tupper, der die Wahrheit kennt, jedoch Geld in diesem Unternehmen stecken hat und wie eine fest geschlossene Muschel alles daransetzt, sich seine Perle nicht entreißen zu lassen.«

»Mißversteht mich nicht«, meinte Harry. »Ich möchte nicht, daß Ihr denkt ... Ich habe auch nichts investiert. Aber ich schulde John ... wir alle schulden ihm ...«

»Ein Grund mehr, dafür zu sorgen, daß er mit sich selbst und seinen Mitmenschen ins reine kommt. Glaubt mir, wenn ich Euch sage, daß ich meinen Groll überwunden habe.«

Nur jemand, der so begierig wie Harry darauf war, Schlechtes über John zu hören, hätte die tönende, übertriebene Aufrichtigkeit in Malises Stimme oder die versteckte Drohung überhören können. Zeal hörte beides klar und deutlich.

»Oh, das weiß ich doch, Edward«, stimmte Harry ihm beflissen zu. »Jetzt, wo wir Freunde geworden sind. Ich hätte sogar Verständnis dafür, wenn Ihr sagtet, daß Ihr ihm nicht vollständig verziehen hättet.«

Selbst Malise hielt sich an diesem Punkt des Gesprächs zurück. »Ich will ehrlich sein, Sir Harry. Ich möchte nicht behaupten, daß ich ihm gänzlich verziehen hätte ... meine Familie hat schließlich viel durch die Nightingales gelitten – mein Großvater, meine Eltern, mein Bruder ... Ohne ein Heiliger sein zu wollen ...« Er stieß ein dünnes, hüstelndes Lachen aus. »Und darauf habe ich nie Anspruch erhoben.«

»Ihr seid offen und ehrlich«, erklärte Harry warmherzig. »Es gibt da einige Dinge, die auch ich ihm nie verzeihen werde. Aber ich bemühe mich immer noch, mich so zu verhalten, wie ich sollte.«

»Dann sind wir uns ja einig«, schloß Malise. »Für meinen Seelenfrieden ist es wichtig, daß Ihr mir leichten Herzens beisteht. Ich möchte unsere Freundschaft nicht aufs Spiel setzen.«

»Schwört Ihr, daß Ihr ihm nichts Böses wollt?«

Zeal hörte einen plötzlichen Anflug von Unsicherheit aus der Stimme ihres Gemahls heraus.

»Ich schwöre es. Ich will ihn lediglich verhaften und nach England zurückbringen lassen. Obwohl ich vermute, daß er sich die Gunst hoher Herrschaften erschlichen hat, habe ich mich entschlossen, der Sternkammer zu vertrauen. Hängen, Begnadigung oder Freispruch, ich werde das Urteil bereitwillig akzeptieren.«

Hängen? dachte Zeal entsetzt. Die beiden sind verrückt! John hängen? Sie zitterte am ganzen Körper und mußte sich zwingen, darauf zu achten, was Malise als nächstes sagte.

»... möglicherweise begnadigt werden. Weder Ihr noch ich würden das Schauspiel genießen, wie ein berüchtigter Mörder in ganz Whitehall gefeiert und bewundert wird. Aus diesem Grunde darf er nicht mit den Früchten seiner Spekulationen zurückkehren. Darüber hinaus will ich ihm nichts Böses. Ihn nur daran hindern, sich vom Lauf der Gerechtigkeit freizukaufen. Ein alter und vertrauenswürdiger Freund von mir in Amsterdam wird dafür sorgen, daß er das Geld da läßt, wo es hingehört. Euer Vetter hat bereits versucht, meinen Freund in seine Machenschaften hereinzuziehen. Ich glaube, daß Justus dankbar für die Gelegenheit sein wird, seinem Namen Ehre zu machen. Danach werde ich dann Euren Cousin wohlbehalten zur Aburteilung heimbringen.«

»Und was genau muß ich tun?«

Zeal konnte die Worte ihres Gatten kaum verstehen.

»Es geht weniger darum, was Ihr tun, als darum, was Ihr unterlassen müßt. Ich bitte Euch nur darum, vor Gericht nicht die Unwahrheit zu sagen, wenn Ihr gefragt werdet, ob er Euch zu töten versucht hat. Euren Vetter nicht besser zu machen, als er ist. Versichert mir, daß Ihr Euch nicht aus einem falsch verstandenen Gefühl für Familiensinn oder zur Verteidigung der Familienehre verpflichtet fühlt, den Arm der Gerechtigkeit weiterhin zu hemmen, wie es Euer verblichener Onkel getan hat. Versichert mir, daß wir auf derselben Seite stehen.«

»Ich fühle mich geehrt, auf Eurer Seite dienen zu dürfen, Edward.«

»Und ich fühle mich geehrt, Euch dort zu wissen.«

Zeal hörte das Rascheln von Stoff und malte sich aus, daß sie sich nun die Hände schüttelten.

»Offen gesagt, Sir Harry, der größte Dienst, den Ihr mir erweisen könntet, wäre, hier und da ein Wort fallenzulassen ... Des Mannes eigene Familie will, daß der Gerechtigkeit Genüge getan wird ... Euer Einfluß wächst, Sir Harry. Ich habe noch immer mit Vorurteilen zu kämpfen, besonders bei den Spießgesellen Eures Vetters in der Südjavanischen Kompanie. Werdet Ihr mir helfen, Sir Harry?«

»So gut ich kann. So gut ich kann. Wann fahrt Ihr wieder nach Amsterdam?«

»Übermorgen, wenn ich einen Büttel und ein paar Bewaffnete als Begleitschutz aufgetrieben habe.« Die Freude in Edward Malises Stimme kratzte wie eine Messerschneide über Zeals Knochen. »Ich danke Euch, Sir Harry.«

Er will John hängen sehen! dachte Zeal. Oh, ich kann hören, wie sehr! John ist in schrecklicher Gefahr.

Dann stieß ihr plötzlich die Frage auf, was, um alles in der Welt, John verbrochen haben mochte.

Zum Glück für Zeal war Malise nun ungeduldig, wieder fortzukommen. Die beiden Männer begaben sich wieder ins Haus und ließen eine Zeal zurück, die Wurzeln geschlagen hatte wie eine der Eiben in der *allée*.

Die Angst trieb sie aus ihrem eigenen Körper. Die wirkliche Zeal schwebte irgendwo über ihr, weil es zu entsetzlich war, dort unten in ihrem Körper zu stecken. Das Gefühl war Zeal seit Jahren vertraut, nicht jedoch der Auslöser dafür. Sie wollte sich nicht mehr so fühlen, nie mehr. Eher würde sie sterben.

Dann zwang sie sich wieder in die Gegenwart zurück. Eilends, während Harry noch Malise verabschiedete. Sie stürmte die *allée* entlang und ins Haus. Die Stufen hinauf. Lauschte vom Treppenabsatz den Männerstimmen, die immer noch an der Vordertür waren. In ihr Zimmer und die Tür verriegeln. Fürs erste in Sicherheit, um nachzudenken.

Edward Malise haßt John. Keine Frage. Und Harry steht auf seiner Seite.

Zeal hatte Harrys Gründe, sie zu bestrafen, nicht durchschaut. Aber sie war nicht dumm; sie erkannte sehr deutlich einige, wenn auch nicht alle Gründe ihres Gemahls, seinen Vetter John nicht zu mögen. Ganz ähnlich wie Mistress Margarets anfängliche Abneigung gegen sie, nur andersherum. Und sogar mit besserem Grund. Zeal, die Herausforderin wider Willen, hatte Angst vor Margaret Beester gehabt und fühlte sich durch das überlegene Wissen der älteren Frau gedemütigt, während John nicht das geringste von Harry lernen konnte.

Als Rachel ihr zur Hand ging, sich für die Nacht zu entkleiden, dachte Zeal über Harrys Verrat nach.

Er muß zumindest glauben, daß er Grund dazu hat. Er muß glauben, daß John etwas Gräßliches getan hat.

»Rachel?«

»Ja, Madam?«

Zeal zögerte, doch die dringende Notwendigkeit entschuldigte sie. »Hat Arthur einmal irgend etwas über John ... über Mr. Graffham fallen gelassen? Ich meine, über seine Vergangenheit ... irgend etwas, das er getan hat?«

»Arthur und klatschen?« Gleichmütig begann Rachel, die Nadeln aus Zeals zusammengerolltem Haar zu ziehen.

»Ach, hör auf damit!« befahl Zeal, plötzlich außer sich. »Ich hab' doch gesehen, wie du ihn geküßt hast! Redet ihr zur Abwechslung nicht auch mal miteinander? Ich *muß* die Antwort auf meine Frage wissen! Bitte sag es mir, sofort!«

»Herrin.« Rachel verdrehte die Augen, die das hübscheste an ihr waren, gab jedoch nach. »Er hat mir nie erzählt, was Mister Graffham getan hat. Aber er hat gesagt, wem Mr. Graffham angetan hat, was er getan hat, der hatte es auch verdient, daß man's ihm angetan hat.«

Zeal entzog sich den Händen ihrer Zofe, drehte sich um und schaute ihr ins Gesicht. »Rachel, hat Arthur jemals etwas darüber verlauten lassen, daß John hängen könnte?«

»Hängen?« wiederholte Rachel entsetzt. »O nein. Niemals!«

Die beiden jungen Frauen starrten einander an.

»Das hat er nie gesagt«, wiederholte Rachel. Jetzt sah sie genauso unglücklich aus wie Zeal. »Nur, daß er ihm bis ans Ende der Welt folgen würde – und daß es vielleicht dazu kommen könnte.«

»In Ordnung«, flüsterte Zeal.

»Was, Madam?«

Zeal schüttelte ihre halb gelöste Mähne krausen rotgoldenen Drahthaars. Alle Locken fielen nun frei herunter. Rachel streckte gewohnheitsmäßig die Hand aus, um die Nadeln aufzufangen.

»Dann kann es ja nicht so schlimm sein«, erklärte Zeal.

»Was?«

»Was er getan hat. Oder Arthur hätte das mit dem Bis-ans-Ende-der-Welt-Folgen nicht gesagt. Danke, Rachel. Bitte, laß mich jetzt allein. Ich muß nachdenken.«

»Madam, ich ...«

»Bitte geh.«

»Ich möchte aber nicht, daß Arthur bis ans Ende der Welt geht!«

»Ich weiß«, erwiderte Zeal. »Darüber muß ich ja nachdenken.«

Ihre Kissen waren Feinde, ihre Bettdecke eine Falle. Die Vorhänge erstickten sie.

Harry kann ich nicht fragen, was John getan hat, dachte sie. Dann würde er ahnen, daß ich zufällig etwas mitbekommen habe.

Sie drehte sich, warf sich noch einmal auf den Nähten ihrer Matratze herum, setzte sich auf, legte sich wieder hin.

Was soll ich tun?

Sie mußte John eine Warnung zukommen lassen!

Durch wen?

Welchem von Harrys Männern konnte sie trauen? Und wie sollte sie ihn entlohnen?

Sie döste ein wenig ein, fuhr dann mit weit aufgerissenen Augen und klopfendem Herzen hoch, hellwach in der Dunkelheit. Malise brauchte nicht nach Amsterdam zu fahren, wenn er John lediglich verhaften lassen wollte. Er müßte nur warten, bis John zurückkehrte. Was immer John auch mit Geld erreichen mochte, es würde keine Auswirkungen auf das Gerichtsurteil haben, wenn sein Verbrechen so furchtbar gewesen wäre. Malise wollte John ernsthaften Schaden zufügen. Sie mußte ihm eine Warnung zukommen lassen.

Die rautenförmigen Fensterscheiben sahen schon heller aus.

Sie kletterte aus dem Bett, das kleiner als ihre Galeone in Hawkridge House, aber immer noch groß genug für vier Personen war. Der Frühherbst hatte die feuchte Luft abgekühlt. Du mußt einen zweiten Brief schicken! dachte Zeal. Doch ein Brief würde zu lange unterwegs sein. Ein kalter Lufthauch zog über den Boden und ihre nackten Füße. Sie fror zu sehr, um nachdenken zu können.

Wieder im Bett merkte sie jedoch, daß der kalte Luftzug für einen klaren Kopf gesorgt hatte. Das Risiko, daß Malise John eher als ihr Brief erreichen würde, war zu hoch. Der lähmende Nebel hatte sich gelüftet, hatte Zeal einen klaren Ausblick auf das eröffnet, was sie tun mußte.

Sie mußte John warnen. Sie wußte, wo sie ihn finden konnte. Sie wußte, wann Malise sich nach Amsterdam aufmachte. Sie würde einen Boten schicken. Sie hatte das Problem fast schon gelöst.

Plötzlich stemmte sie sich wieder auf die Ellbogen hoch. Malises guter Freund, der John das Geld abnehmen würde, hieß Justus. Sie hatte ihren Brief für John an die Adresse eines Justus Coymans gesandt.

Ist das dort ein gängiger Name, wie John oder James? fragte sie sich. Oder würde ihr Bote die Nachricht direkt in die Höhle des Löwen liefern?

Sie blieb noch ein bißchen länger liegen, den Bettüberwurf bis unter die Nasenspitze hochgezogen. Dann setzte sie sich auf. Sie kletterte erneut vom Bett hinunter und ging zur Tür.

»Rachel«, hauchte sie in die Finsternis des Vorzimmers. »Rachel, wach auf! Komm in mein Bett, rasch! Ich möchte mit dir reden!«

Der Preis für *Prunelle* stabilisierte sich wieder, wie Coymans vorhergesagt hatte, und zog dann erneut an.

Coymans wurde wieder er selbst, lärmend, großspurig und hart wie Stahl unter alldem Radau und Spektakel. Dennoch wollte Johns Unbehagen, das sich seit seiner Rückkehr nach Amsterdam in ihm breitgemacht hatte, nicht weichen. Er witterte irgendeinen unerklärlichen Triumph in Coymans' Auftreten, Tücke, wo er zuvor nur plumpe Schurkerei gesehen hatte.

»Geht spielen, junger Mann! Ihr seid noch zu jung, als daß Euer Leben durch Sorgen verpfuscht werden sollte. Laßt mir die Sorgen und meine Schwester Euch unterhalten!«

Dann fand Coymans einen Käufer für *Prunelle*, in einem geheimen Handel.

»Noch mal verdoppelt!« jubelte er. »Noch mal verdoppelt! Und so einfach. Ich habe immer noch nicht herausgefunden, wer dieser andere Anleger war. Ich mußte ihn nicht einmal unter Druck setzen, um unser Geld zu verdoppeln. Wir dürfen uns nie mehr trennen, mein herzallerliebster Engländer. Ihr seid mein Midasfinger, meine Goldgans.«

John gab seine Unterschrift in einem Zustand benommener Ungläubigkeit. Seine Phantasie kreiste immer und immer wieder um das Wort »Begnadigung«, konnte es jedoch nicht fassen. Ein anderes Ich sah kühl von außen zu, wußte, daß etwas Entsetzliches aus diesem Augenblick erwachsen würde, und wunderte sich, wie gedankenlos – oder vielleicht auch nicht – er als Gans bezeichnet worden war.

Hin- und hergerissen, akzeptierte John zur Feier des Tages einen Krug Bier und anerkennende Klapse auf den Rücken. Er gab eine Runde Ale aus. Coymans, zu seiner lautesten, lärmendsten Form aufgelaufen, umarmte John stürmisch. John versuchte, sein Zurückschrecken zu verbergen.

»Und was nun?« fragte Coymans.

»Laßt mich erst einmal Luft holen, Justus! Mich schwindelt von diesem Übermaß an Gold!«

Das Geld des Königs hatte sich mehr als verdoppelt. Das Geld der Kompanie gleichfalls. Das dicke Bündel von Wechseln im Wert von siebzigtausend Pfund war bereits tief in den Matratzen im Obergeschoß von Witwe Padtbrugges Haus versteckt. Gomez hatte weitere zwanzigtausend für ihn bei der Bank von Amsterdam eingelegt. Eine kleine Truhe umschloß die herausdestillierte Essenz von goldenen Tellern, Kerzenleuchtern und Münzen. Nach Abschluß aller Geschäfte würde John zweihundertfünfzigtausend haben. Nur seine eigene Beteiligung an dem Ostindienfahrer war noch in Gefahr.

Als John an jenem Abend an Maurits Kramers Tür klopfte, waren die Straßen finster und leer. Er roch Blut und Fisch. Kramer aß gerade mit seiner Frau Suppe. Eine Vase blühender Margeriten stand auf dem mit einem Teppich bedeckten Tisch. Mevrouw Kramer bestand darauf, daß John Platz nahm und eine Schale Erbsensuppe mit Schinken aß. Dann entschuldigte sie sich.

»Verkauft *Prunelle*«, trug John Kramer auf. »Sobald der Handel morgen früh eröffnet wird. Mit einem Rabatt bei unverzüglicher Lieferabwicklung.«

»Aber der Kurs steigt immer noch, Mynheer Nightingale. Die Gerüchte um diesen ominösen anderen Warenbestand sind verstummt.«

»Verkauft!« John gefielen die Anklänge an Bols' Fall nicht. Und er wollte beweisen, daß er »Genug!« sagen konnte.

»Schon gut, schon gut! Ihr fahrt auch so gut genug!«

Vielleicht hatte Kramer geheime Zeichen gegeben. Jedenfalls kehrte Mevrouw Kramer in diesem Moment mit einem Krug Wein und einer Magd zurück, die einen Teller mit Obst trug.

»Habt Ihr schon gehört«, fragte Kramer, »daß das Unglück dem Tulpenhandel treu bleibt? Noch ein Todesfall, vor zwei Tagen. Ein Mann namens Spiegel. Ist ein Verlust für uns alle, ein Mann mit einer solchen Besitzgier.«

Ein eisiger Strom floß durch Johns Gliedmaßen.

John konnte in seinem Krähennestbett, das Schnarchen von Arthur und Sir Georges Bediensteten im Ohr, keinen Schlaf finden.

»Gut genug«, hatte Kramer gesagt. Gut genug für eine Begnadigung. Er konnte in allen Ehren nach England zurückkehren. Es war unglaublich, daß er ein zweites Mal erfolgreich gewesen sein sollte. Er wollte plötzlich fort aus Amsterdam, zurück nach England. Er wollte nichts mehr mit einer Welt zu tun haben, in der man ihm versicherte, daß eine Tulpe keine Blume, sondern ein Stockfisch oder ein Klafter baltischen Kiefernholzes sei. Er wollte nicht länger unter Männern weilen, die ihr Handwerkszeug für etwas hergaben, das sie nicht verstanden, in der Hoffnung, reicher zu werden, als sie je zuvor gewesen waren. Er mußte fort von Spiegels Tod und dem, was dieser Tod bedeuten mochte.

Er würde Gomez bitten, auf der Stelle seine persönlichen

Anteile an der Indigo- und Salpeterfracht zu verkaufen, die das voc-Schiff transportierte. Dann würde er heimfahren, Anspruch auf Begnadigung erheben und sein früheres Leben zurückfordern. Er würde sich von Zeal fernhalten. Seinen kindischen Traum aufgeben, in Hawkridge House vorzurauschen und ihr wie Zeus einen Regen von Goldmünzen in den Schoß zu schütten. Er würde für eine Fahrt in die Karibik oder nach Amerika mit dem jüngeren Tradescant anheuern. Er würde neue Pflanzen entdecken, nach Silber schürfen. Wenn er sich keinen Besitz in England leisten könnte, würde er sich eben einen in den neu entdeckten Ländern aufbauen. John Nightingale würde aus der Raupe Graffham neu geboren werden.

Er war noch nicht in der Lage, sich all die leuchtenden Farben auf den Schuppen seiner immer noch feuchten und zerknitterten Flügel auszumalen.

»Ah«, machte Gomez. Seine stechenden schwarzen Augen wichen Johns Blick aus.

»Was ist los?«

»Das ist normalerweise mein Part«, versetzte Gomez. »»Was ist los?«« Seine gepflegte Hand glitt in die Höhe, um sich auf seinen Mund zu legen.

»Was wollt Ihr mir nicht sagen?« fragte John.

»Ale?« Gomez bückte sich und verschwand hinter dem Teppichstapel beim Spinett.

»Kein Frühstück. Nur die Wahrheit.«

»Es gibt da ein Gerücht«, erklärte Gomez. Mit Pokal und Krug in der Hand tauchte er wieder auf. Er schenkte ein, als habe er Johns Ablehnung nicht gehört. »Das voc-Schiff hat die Kanaren noch nicht erreicht. Wurde schon letzte Woche im dortigen Hafen erwartet. Aber es ist noch zu früh zum Trauern. Es gibt tagelange Flauten.«

John nahm den angebotenen Pokal entgegen.

»Aber es kursieren Gerüchte, daß es versenkt worden ist. Von den Engländern.« Gomez stöberte nach seinem Milchnapf. »Ich weiß nicht, ob Ihr das amüsant findet.«

»Wohl kaum.«

Gomez nickte mitfühlend. »Die Aktien der Kauffahrt sind im Augenblick fast keinen *stuyver* wert. Und sie werden nicht eher wieder etwas wert sein, bis das Schiff erneut gesichtet ist.«

Tausend Pfund so gut wie verloren. Desgleichen der Gewinn, den sie möglicherweise abgeworfen hätten, wären sie anders angelegt worden. Das war der Grund für meine Furcht, dachte John. Es hat also doch nichts mit Coymans oder *Prunelle* zu tun.

»Tut mir leid«, sagte Gomez. »Aber das ist nun mal das Risiko, das man eingeht. Trotzdem tut es mir aufrichtig leid, wenn auch nur für die Gattin Eures Vetters.«

»Kann ich noch irgend etwas retten, wenn ich jetzt verkaufe?«

»Hundert Pfund«, gab Gomez ihm mit erstaunlich guter Laune zur Antwort. »Immer noch ein Zehntel ihres ursprünglichen Kurses. Sie sind noch nicht völlig wertlos.«

»Dann stoßt sie doch um Himmels willen ab, bevor es dazu kommt.«

»Ich würde abwarten«, riet Gomez. »Das mit dem Versenken ist schließlich nur ein Gerücht. Ich habe das schon oft erlebt.« Er tippte sich mit einem wohlgeformten gelben Fingernagel gegen einen seiner Vorderzähne, um dann mit einer schwungvollen, entschlossenen Geste seine Schnurrbartspitze zu zwirbeln. »Ich an Eurer Stelle würde sogar noch ein bißchen mehr riskieren.«

John hatte seit jenen frühen Frühlingsmonaten in Hampshire ein feineres Ohr fürs Geschäftliche bekommen. Mit stummer Aufmerksamkeit wartete er, daß Gomez ihn aufklären würde.

»Da die Aktien nun sowenig kosten, würdet Ihr nicht viel verlieren, falls das Gerücht sich bewahrheiten sollte. Und wenn es sich als falsch erweist ...!«

»Und wie schätzt man ein Gerücht richtig ein?«

»Das fragt Ihr mich, nachdem Ihr Coymans kennengelernt habt?«

»Ich *kenne* Coymans nicht. Nicht besser, als ich Euch kenne«, erwiderte John mit einer gewissen Verärgerung. Die Ereignisse drohten ihm wieder über den Kopf zu wachsen, und das versetzte ihn in Wut.

»Werdet Ihr noch mehr Anteile an der Kauffahrt erwerben?« fragte Gomez unbeeindruckt.

Das würde bedeuten, länger in Amsterdam zu bleiben. Aber es könnte auch bedeuten, am Ende das Geld für Zeal doch noch zurückzuerlangen. Und vielleicht sogar noch etwas für ihn.

»Wofür sind Experten da, wenn nicht für gute Ratschläge? Kauft die Dinger, falls Ihr es für richtig erachtet!« John lehnte sich gegen die Fensterscheiben und starrte auf das Wasser des Damrak tief unten hinab. »Werft meine letzten fünfhundert Pfund dem Rest hinterher. Das Geld für meine Heimfahrt werde ich mir dann leihen.«

In dieser Nacht begann Marieka damit, John Holländisch beizubringen. Er war nur mit halbem Herzen bei der Sache.

Zwei Tage später nahm John die Gewinne aus Kramers *Prunelle*-Verkauf entgegen. Diesmal verspürte er keine Freude, nur die finstere Bürde einer bösen Vorahnung.

Er gab der Witwe ihr Geld mitsamt eines dreißigprozentigen Gewinns zurück, den er von seinen eigenen Profiten an *Prunelle* bestritt.

»*Dank U*«, sagte sie höflich, aber bedrückt, sichtlich enttäuscht, daß es nicht mehr war. Sie bat ihn nicht, weiteres Kapital für sie zu investieren.

Gomez kaufte noch mehr Aktien der voc-Kauffahrt. John besaß nun Anteile für sechstausend Pfund des ursprünglichen Werts, da Gomez die neuen Aktien zu einem Zehntel von Johns ursprünglichem Kaufpreis erstanden hatte.

»Es haben noch andere gekauft«, erklärte Gomez. »Bewahrt absolutes Stillschweigen, aber der Kurs hat wieder ein wenig angezogen.«

»Soll ich verkaufen?« fragte John.

»Ich glaube nicht. Ich habe Geld in ein frühzeitiges Warnsystem gesteckt, falls das Gerücht sich bestätigt. Bislang war noch nichts zu hören.«

»Seid gnädig«, flehte John. »Meine Wünsche mögen bescheiden sein, mein Entsetzen ist es nicht.«

»Je länger es nicht bestätigt wird, desto besser«, erklärte Gomez. Aber er machte einen besorgten Eindruck.

Das Geld aus dem Kronschatz verdoppelt, das der Südjavanischen Kompanie nahezu. John könnte in allen Ehren nach England zurückkehren und hätte nur seinen persönlichen Verlust zu beklagen, und der war nichts im Vergleich zu einer möglichen Begnadigung.

Er sehnte sich danach, Amsterdam den Rücken zu kehren. Er hatte genug getan. Das Glück knirschte ihm im Ohr wie die beiden Enden eines gesplitterten Knochens.

Ich werde zurückfahren, entschied er, Schiff hin, Schiff her.

Er bat Gomez, das Geld aus der Bank von Amsterdam abzuziehen und die Umwandlung in Wechsel für den Rücktransport nach England in die Wege zu leiten.

Wieder wurde John verfolgt. Er hörte jemand in seinem Rücken, kaum daß er den Bäckerladen verlassen hatte. Ohne Vorwarnung schlüpfte er in eine Gasse und wartete. Niemand folgte ihm. Wieder zurück in dem strahlenden Licht, das vom Grachtenwasser reflektiert wurde, musterte er die Gesichter in seiner Umgebung, die scheinbar alle mit ihren eigenen Angelegenheiten beschäftigt waren. Keine Spur von seinen alten Freunden »Stirn« und »Eierverkäufer«.

Morgen würde er Arthur auftragen, ihm in einiger Entfernung zu folgen.

Trotz Marieka – wie sehnte er sich danach heimzufahren!

Zeal und Rachel lösten gemeinsam die Frage der Geldbeschaffung, um John eine Warnung zukommen zu lassen.

»Für ein neues Gewand«, bat Zeal freundlich. Sie konnte Harry nicht in die Augen sehen. Er würde die Verachtung entdecken, die letzte Nacht in einer Eibenhecke geboren worden war. »Und natürlich eins für Rachel.«

Harry war mit gutem Grund mißtrauisch. Er forschte im demütig gesenkten Antlitz seiner Gattin.

»Und einen Pelzmuff für den Herbst.« Zeal streckte Hände vor. »Sonst werden sie in der Kälte ganz rot.«

»Bestell sie auf Rechnung. Ich bezahle später.«

»O bitte, Harry!« Zeal wagte einen raschen Blick. »Ich muß lernen, mit Geld umzugehen. Laß es mich versuchen.«

»Ich kann nicht viel erübrigen. Soll ich mitkommen?«

»Laß mich versuchen, was du mir beigebracht hast.«

Ich werde sie beobachten lassen, dachte Harry.

»Siebenundzwanzig Pfund von Sir Harry«, stellte Zeal triumphierend fest. »Und vier Pfund, die ich noch vom Haushaltsgeld übrig habe.«

»Plus meinen Lohn«, rechnete Rachel dazu. »Ich werde heute abend mit dem Kutscher Glückshaus spielen. Er verliert immer gegen mich ... geschieht ihm recht!«

»Mehr als dreißig Pfund. Wieviel wird derjenige, wer immer es auch sein wird, deiner Meinung nach für Unterkunft brauchen?«

Rachel schüttelte den Kopf. »Es ist ja nur für eine oder zwei Übernachtungen.«

»Ich wünschte, Arthur wäre hier«, sagte Zeal. »Ich hätte keinerlei Bedenken, ihn mit dem ganzen Geld ins Ausland zu schicken. Und ich traue ihm zu, daß er John die Warnung übermitteln könnte.«

Ihre Botschaft würde John nie mehr rechtzeitig erreichen. Malise würde ihr mit seinen bewaffneten Schergen zuvorkommen ...

»Ich hoffe, seine Tapferkeit steigt Arthur nicht zu Kopf wie letztes Mal«, meinte Rachel. »Sich fast dabei umbringen zu lassen, für Master John zu kämpfen. Wie viele Männer wollte Mister Malise mitnehmen?«

Zeal wagte es nicht, ihre Botschaft einem von Harrys Knechten anzuvertrauen. Sosehr diese Männer ihre Herrin auch zu mögen schienen, sie würden nicht das Risiko eingehen, einen

Auftrag im Ausland anzunehmen, der vor ihrem Herrn geheimgehalten werden mußte. Zeal zog eine Lüge in Betracht, aber das wäre unfair. Harry würde den fraglichen Knecht auf die Straße setzen, und im übervölkerten London gab es nicht eben viel Arbeit.

Rachel hatte ein oder zwei alte Bekannte als Boten vorgeschlagen, doch Zeal konnte sich nicht vorstellen, einem Fremden so viel Geld oder gar die Verantwortung für Johns Leben anzuvertrauen. Genausowenig konnte sie einen Fremden damit beauftragen herauszufinden, ob man sich auf Justus Coymans verlassen konnte oder nicht.

Sie hätte mehrere Männer vom Gut schicken können, hatte aber keine Zeit, sie kommen zu lassen. Malise würde am nächsten Tag nach Amsterdam in See stechen.

Während Rachel Zeals Kragen und Manschetten in der Wäscherei plättete, beschäftigte Zeal sich mit Handarbeit. Sie versuchte zu lesen, doch ihre Bücher konnten keine Ratschläge für solche Fälle bieten. Sie ließ sich in Harrys Kutsche eine Stunde lang die Fleet Street herauf- und herunterfahren, ohne irgend etwas zu sehen. Unbeabsichtigt stieß sie dabei mehreren von Harrys Freunden vor den Kopf.

Wen konnte sie nur schicken?

Der Knecht, der Zeal in Harrys Auftrag folgte, konnte nur von einem ereignislosen Tag berichten.

Zeal begab sich voller Verzweiflung zu Bett und lag fast die ganze Nacht wach, eine nicht minder ruhelose Rachel an ihrer Seite.

»Laßt Colin gehen, Madam!« wisperte Rachel. »Ich bin sicher, man kann ihm vertrauen.«

»Vielleicht ist das die einzige Möglichkeit.«

Bei Sonnenaufgang versetzte Zeal Rachel einen harten Stoß in die Rippen. »Malise ist losgesegelt«, sagte sie. »Was soll ich tun?«

Sie schlüpfte aus dem Bett. Sie mußte etwas tun, auch wenn sie nicht wußte, was!

Schlagartig stellten sich die Haare auf ihren Unterarmen auf.

Sei nicht töricht, ermahnte sie sich. In jähem Entsetzen über das, was ihr gerade aufgegangen war, stolperte sie über einen Stuhl und stürzte.

»Ist Euch etwas geschehen?« Rachel beugte sich besorgt zu ihr herunter.

»Könnte Colin eine Überfahrt für uns arrangieren?«

»Für uns?«

»Für dich und mich.« Wenn ihr Brief die Reise machen konnte, dann konnte sie das auch.

Zur Essenszeit gab Rachel ihrer Herrin Nachricht, daß alles in die Wege geleitet sei. Bei Sonnenuntergang tauchte Colin am Stalltor auf und bat darum, seine Cousine zweiten Grades Rachel aufsuchen zu dürfen, um ihr einige Rettiche von einer frei erfundenen Tante sowie die Information zukommen zu lassen, daß sie sich, wenn sie diese Nacht abfahren wollten, kurz nach Mitternacht, bevor die Gezeiten wechselten, zu den Stufen des Zollhauses begeben und dort nach der Segelschaluppe *Persephone* Ausschau halten müßten.

Zeal und Rachel starrten sich an. Sie stießen im Chor zittrige Seufzer aus und lachten dann nervös auf.

»Machen wir das wirklich, Madam?« fragte Rachel.

»Es sieht so aus.«

»Ich kriege gar nicht mehr richtig Luft.«

»Ich auch nicht«, antwortete Zeal.

Das Schicksal war auf ihrer Seite. Harry dinierte auswärts.

Kurz nach dem Abendessen, bevor die Speisen für die Nacht weggeschlossen wurden, ertappte man Rachel in der Vorratskammer von Mistress Pollen, der Frau von Harrys Londoner Verwalter, die das Haus führte, während ihr Gatte die Stallungen in Ordnung hielt.

»Diebstahl, Madam«, empörte Mistress Pollen sich vor Zeal. »Es tut mir leid, Euch Schlimmes über Eure eigene Kammerzofe berichten zu müssen.«

Rachel blickte Zeal mit verzweifelten, weit aufgerissenen Augen an.

Mistress Pollens reichlich gepolstertes Gesicht war vor Aufregung gerötet, doch Zeal konnte weder Bosheit noch hämische Freude darin entdecken.

»Mistress Pollen«, erklärte Zeal. »Ich muß Euch ersuchen, eine böse Tat zu vergeben, die einem guten Zweck zuliebe begangen wurde. Ich möchte Euch in eine Verschwörung aus Nächstenliebe einweihen, um das Leben eines braven Mannes zu retten.«

Binnen einer Stunde hatte Mistress Pollen, gleichermaßen entsetzt und begeistert, einen Beutel mit kaltem Fleisch, Pasteten, Ale und Obst vorbereitet. Darüber hinaus stiftete sie neun weitere Pfund für die Rettungsmission. Als Zeal ihr schwor, die Anonymität sämtlicher Komplizen zu wahren, fand Mistress Pollen sich bereit, die Entdeckung der Flucht seiner Gemahlin durch Sir Harry so lange wie möglich hinauszuzögern. Mistress Pollen war Harry nicht sonderlich zugetan und hoffte, die junge Lady Beester werde nie auch nur die Hälfte des Geredes über ihn in Erfahrung bringen.

»Hier entlang«, flüsterte Rachel. »Ich kenne den Weg zum Anlegeplatz am Zollhaus.«

Hinter ihnen drehte die Haushälterin den Schlüssel im Schloß. Colin wartete auf der Straße, um die einzige Reisetruhe der Damen zu tragen. Zeal und Rachel hatten je ein Bündel bei sich.

»Paßt auf den Graben auf«, mahnte Rachel.

Nur eine ganz normale Reise, dachte Zeal. Und alles andere ist auch zu schaffen. Die Straße wirkte heute nacht ganz anders auf sie. Der dunkle, von Laternen erleuchtete Tunnel erstreckte sich geradewegs nach Amsterdam.

Wäre sie nicht so in Angst um John gewesen, hätte sie die wachsende Freude in ihrem Innern bemerkt. Sie dankte dem Herrn, daß sie John gefragt hatte, wo sie ihn finden konnte, selbst wenn es in der Höhle des Löwen sein sollte.

15 ❧

Die Witwe kam die Wendeltreppe herunter, als John ihr Haus betrat. Sie war sichtlich verärgert. Sie deutete nach oben und schüttelte den Kopf.

John verstand das Wort »Mann«.

Die Witwe drohte tadelnd mit dem Finger. Mehrere Männer. Nicht erlaubt.

Die Welt ruckte ein paar Grad in Richtung Katastrophe.

Die Witwe führte John hinauf, immer noch protestierend.

»Ich war letzte Nacht nicht hier«, versetzte John mit einer Stimme, die vernünftig klingen sollte. Er wollte die Frau beiseite schubsen und nach oben stürmen.

Die Tür zu seinem Quartier war immer noch von innen verriegelt. Die Witwe stockte in ihren Anschuldigungen. John befand sich nun deutlich erkennbar vor der Tür. Wer hatte sie dann verriegelt?

Witwe Padtbrugge rief irgend etwas die Wendeltreppe hinunter. Ein Diener kam herauf. Ging wieder nach unten. Erschien erneut mit Zimmermannswerkzeug und stemmte die Türangeln auf.

Die Witwe hielt ihm bei jedem Nagel die Hand hin und ermahnte ihn, das Holz nicht zu beschädigen. Mit einem zugigen Krachen fiel die Tür nach innen.

Ein Augenblick lähmenden Schweigens folgte. Dann kreischte die Witwe auf und stürzte sich auf John. Sie machte ihn für das Ungeheuerliche verantwortlich. Sie schrie, bleich vor Wut. Ein toter Mann lag blutend auf dem Holzfußboden und den weißen Federkissen.

Sir Georges Mann war die Kehle durchgeschnitten worden.

Die Witwe packte John am Arm, entschlossen, ihn die Treppe hinunterzuschleudern. Er stemmte sich gegen ihren Druck, nahm kaum Notiz von ihrem Tobsuchtsanfall. Dem Herrn sei Dank, daß es nicht Arthur ist! dachte er. Arthur war bei ihm gewesen. Stand nun lebendig und nach Luft schnappend hinter John.

Dann sah John, daß die Flügelläden des auf die Straße gehenden Fensters gespalten waren und schief in den Angeln hingen. Das Seil baumelte lose von seinem Zugbalken auf die Straße hinunter. Die Geldtruhe war fort. John sah sich nochmals in dem kleinen Kämmerchen um. Die Truhe mußte doch irgendwo hiersein! Noch einmal durchstöberte er jeden Winkel. Sie war nicht da. Aber man hatte seine Matratze verrückt.

John wand den Arm aus dem Klammergriff der Witwe, kniete nieder und fuhr mit der Hand unter der Matratze hinweg. Nichts. Er stellte die Matratze hochkant und suchte wie wild den Boden ab. Der Beutel mit den Wechseln war ebenfalls fort.

Arthur schleuderte sein eigenes Bett und seine Kleider beiseite, suchte unter und zwischen ihnen. Die beiden Männer konnten die Wahrheit nicht fassen. Schließlich erhoben sie sich und blickten einander trübe an. Johns Beine zitterten. Sein Herz pochte. Sein Brustkorb preßte gegen seine Lunge, als wäre er aus Eisen. So fühlte man sich, wenn man starb.

Das ganze Geld verloren. Klingende Münze und Schuldverschreibungen. Und all das, was Gomez ihm aus der Bank gebracht hatte, als John sich entschlossen hatte, Amsterdam zu verlassen. Nicht nur die Gewinne, auch der ursprüngliche Einsatz. Alles futsch. Das Geld der Kompanie und das Geld des Königs, genug, um eine Armee aufzustellen oder zwanzig Herrensitze zu kaufen.

Der Sturz war zu tief und zu rasant. John fühlte sich wie gelähmt. Er nahm Arthur wahr, der wie gelähmt auf einen Befehl seines Herrn wartete, einen Befehl, der alles wieder ins Lot rücken würde. Doch John fiel nichts ein, was er hätte sagen können; er war nicht einmal dazu in der Lage, den Mund zu bewegen.

Er versuchte darüber nachzudenken, was geschehen sein mochte. Wer war es gewesen? Einer der beiden Männer, die ihm auf der Straße gefolgt waren. Irgendeiner von den Dutzenden von Leuten, die seine Geschäfte verfolgt hatten und wußten, wieviel er besitzen mußte. Coymans.

Die Witwe packte den Toten bei den Beinen, um ihn in Richtung Tür zu schleifen.

»Laßt ihn!« sagte John.

Sie rief ihm etwas zu, schüttelte den Kopf und hob die Beine wieder an.

»LASST IHN!« donnerte John.

Die Witwe verlegte sich aufs Bitten. Dicke Tränen rannen ihre Wangen hinab.

»Wartet!« flehte John inständig. »Wartet nur einen Augenblick! Ich muß nachdenken.« Er hielt beide Hände in die Höhe, die Handflächen nach außen gedreht. »Bitte, wartet.«

Er wandte sich an Arthur. »Geh Coymans holen. Sag ihm, ich brauche dringend einen Dolmetscher.«

Arthur stand auf und ließ unglücklich eine Schulter herabsacken. »Seid Ihr sicher ...?«

»Ich weiß, Mann!« entgegnete John. »Ich habe ihn auch im Verdacht. Bring ihn her, und wir beide beobachten jede Regung, die er macht. Ich muß Gewißheit über ihn erlangen, oder ich werde verrückt. Geh!«

Er wandte sich an die Witwe. »Wartet«, sagte er und gestikulierte mit der rechten Hand. »Ich habe nach jemand schicken lassen. Wartet bitte.«

Die Witwe weinte still vor sich hin, während alles wartete. Als John sicher war, daß Witwe Padtbrugge sich nicht auf und davon machen würde, nahm er seine Suche wieder auf. Er kehrte jede Jackentasche und jede Manschette nach außen, schüttelte jedes Taschentuch und jeden leeren Stiefel aus. Er mied die ausgedehnte, klebrige dunkelbraune Pfütze um den Kopf des Toten, hob aber sogar das Kissen hoch, auf dem der Kopf zur Hälfte lag, um darunter nachzusehen.

Er versuchte, das Undenkbare in seine Gedanken zu lassen. Dies hier war der Ruin, die vollständige Katastrophe, nicht wiedergutzumachen, tödlich. Die Größe des Verlusts war ebenso schwer zu begreifen wie zuvor die des Gewinns.

Nach einer Ewigkeit vernahm John Schritte auf der Treppe. Coymans holte einmal geräuschvoll und abgehackt Atem. »Fehlt irgend etwas?« John nickte barsch. Zu seinem Entsetzen konnte er an Coymans' Tonfall in seiner ausgewogenen Mischung aus Neugier und Bestürzung nichts Verräterisches entdecken. John war beinahe enttäuscht, daß er sich der Schuld dieses Mannes nicht sicherer sein konnte.

Coymans sagte irgend etwas zu der Witwe, was sie dazu veranlaßte, sich ihm zuzuwenden. Ihre Schimpftirade schien zu gleichen Teilen aus Schrecken und Wut zu bestehen. Dann brach sie, ohne ihren Wortschwall zu unterbrechen, wieder in Tränen aus.

»Wir müssen einen der Wachmänner des Polizeihauptmanns holen«, forderte John, obwohl er nur geringe Hoffnung hegte, daß irgend etwas wiederbeschafft werden könnte.

»Sie müssen über die Dächer gekommen sein«, stellte Coymans fest. »Und einer war wendig genug, um an das Seil heranzukommen.« Er beugte sich aus dem Fenster. »Ich würde so ein Kletterkunststück nur höchst ungern wagen.«

Eine lupenreine Vorstellung – oder die leibhaftige Unschuld.

Die Witwe und Coymans fingen nun ein gedämpftes, aber hastiges und intensives Gespräch an. Die Witwe verschwand. Sie kam mit einer dicken Überdecke und ein paar Lumpen zurück, die sie und Coymans um den Toten zu wickeln begannen.

»Wir müssen einen der Wachleute des Polizeihauptmanns kommen lassen«, wiederholte John.

»*Baljuwen*«, dolmetschte Coymans. »Hier ist das ein Schöffe.« Er und die Witwe tauschten Blicke.

»Ihr könnt machen, was Ihr wollt, wenn Ihr ihn nur auf die Straße schafft, raus aus ihrem Haus«, sagte Coymans. »Aber sie möchte nicht, daß bekannt wird, daß hier ein Mord geschehen ist. So ein Haus ist das nicht.«

»Wenn hier Raub und Mord geschehen sind, dann *ist* es wohl so ein Haus.« John trat vor die Tür, auf die Wendeltreppe zu. Seine Beine zitterten mittlerweile nicht mehr so stark, doch in seinen Gedanken herrschte immer noch heillose Verwirrung. »Laßt ihn da liegen.«

»*Baljuwen ...!*« Die Witwe schluckte wieder lauthals.

»Die Schöffen werden sie mit einer Geldstrafe belegen«, erklärte Coymans. »Man wird sie verdächtigen, Raufbolde in ihrem Haus zu beherbergen, und dann ist sie ruiniert.«

»Bitte, schickt nach dem Schöffen.«

Coymans, der neben der Leiche gekniet hatte, erhob sich. »Hört mir zu, Nightingale. Ihr seid Ausländer. Ihr versteht nicht, wie es hier in meinem Heimatland zugeht. Ihr glaubt, das Rechte zu tun, aber Ihr werdet am Ende nur unschuldigen Menschen Schmerz und Schande zufügen. Laßt mich diesen Schlamassel in Ordnung bringen! Ich werde nichts von Bedeutung vertuschen. Ich werde den Mord an einem englischen Dienstmann melden. Ihr habt ihn beschäftigt – also werdet Ihr genau darlegen müssen, wer er war und was er hier zu schaffen hatte.« Letzteres klang wie eine Drohung.

»Das ist auch meine Absicht«, versetzte John. Doch Coymans' Anschuldigung, John könne der Witwe noch mehr Schaden zufügen, als dies ein Mord in ihrem Haus bereits getan hatte, brachte seine Überzeugung ins Wanken. Sie hatte natürlich recht. Hätte er nicht bei ihr gewohnt, wäre das alles nicht passiert, jedenfalls nicht ihr.

Die Witwe musterte ihn mit tränenfeuchten, zornigen Augen.

»Erzählt ihnen, was Ihr wollt, wenn es soweit ist«, erklärte

Coymans. Er verständigte sich kurz mit der Witwe. »Erzählt ihnen meinetwegen sogar, wo es geschehen ist. Seid so aufrichtig, wie Ihr wollt. Die Witwe möchte sich lediglich die Schande ersparen, daß man den Toten hier findet und die Büttel durch ihr ganzes Haus trampeln und die Kinder in Angst und Schrecken versetzen. Und nun überlaßt mir die Angelegenheit.« Coymans schüttelte warnend den Kopf. »Das müßt Ihr ohnehin, es sei denn, Ihr würdet plötzlich meine Sprache beherrschen.«

John warf einen Blick auf die halb verhüllte Leiche auf dem Boden. Was Coymans da sagte, war vernünftig, aber es gefiel ihm nicht.

»Ich werde die Mühlen der Justiz jetzt in Gang setzen.« Coymans legte John die Hände auf die Schultern. »Sie wird sich beruhigen, wenn Ihr weg seid. Begebt Euch jetzt zu meinem Haus. Erzählt Marieka, was geschehen ist und daß Ihr für ein paar Nächte einen Platz zum Schlafen braucht.«

John setzte zum Widerspruch an, doch Coymans unterbrach ihn. »Ihr habt keine große Wahl, mein Freund. Macht Euch nun aus dem Staub und diskutiert später. Ich werde in ein oder zwei Stunden wieder zu Euch stoßen. Dann werden wir entscheiden, was wir als nächstes tun.« In einem plötzlichen Ausbruch von Mitgefühl klopfte er John auf beide Schultern. »Ihr habt einen Schock erlitten. Geht in mein Haus, laßt Euch einen Weinbrand geben und schöpft erst einmal Atem. Bedient Euch meines Mannes, damit er Euch beim Transport Eurer Habseligkeiten hilft. Geht!«

Arthurs Blick besagte, daß er nicht mehr als John aus Coymans' Stimme und Verhalten herausgelesen hatte.

Entweder will er mir wirklich helfen, oder er plant, mir die Kehle durchzuschneiden, überlegte sich John. Und die kleine Büberei von Coymans' Machenschaften beim Nachspiel des Mordes machten es schwer, ihn sich in der krassen Rolle eines Mörders vorzustellen. Wie betäubt half John Arthur, die paar Kleidungsstücke und persönlichen Gegenstände zusammenzupacken, die noch in dem Zimmer waren.

Meine besten bestickten Handschuhe sind gestohlen worden!

stellte John wütend fest. Dann ging ihm die Ironie auf, sich um ein Paar Ziegenlederhandschuhe zu grämen. Beinahe hätte er es begrüßt, wenn Coymans ihm wirklich die Kehle durchschneiden würde.

Als sie gingen, kauerte die Witwe in einem Wust schwarzer Röcke auf dem Boden, die Arme um den Kopf geschlungen, wobei sie sich hin und her wiegte und vor Verzweiflung jammerte.

Marieka war wundervoll. Sie legte ein angemessenes, aber nicht übertriebenes Entsetzen an den Tag. Nach ein paar raschen Fragen befahl sie, ein Gemach für John herzurichten; für Arthur besorgte sie eine Schlafgelegenheit bei ihren Dienern. Dann schlug sie John ein Abendessen unter vier Augen ohne die üblichen Tischgäste vor und ließ ihn allein. Sie machte keinerlei Anstalten zu tröstenden Liebkosungen.

Nachdem man Arthur in die Küche geführt hatte, ließ John sich auf einer Truhe nieder und starrte auf den grün und weiß gefliesten Boden.

Keine Begnadigung für dich, mein Junge. Statt dessen sofortige Hinrichtung.

Er untersagte sich diesen sarkastischen Ausrutscher in Richtung Selbstmitleid. Er wußte, daß er die größte Angst vor der Demütigung hatte, gescheitert zu sein, Sir George und Lord Mallender den Verlust melden zu müssen. Die Hinrichtung erschien ihm wie eine Erlösung.

Er vergrub sein Haupt in den Händen. Seine Finger wühlten und zwirbelten sich durch das eichelbraune Haar.

Ich hätte dabeibleiben sollen, ein Gut zu führen.

Tja, das hast du aber nicht getan. Und du bist gescheitert.

Also tu jetzt gefälligst etwas, um die Dinge wieder ins Lot zu rücken!

Er war ein Gefangener seiner Sprache. Wäre er kein Ausländer gewesen, hätte er Coymans niemals erlaubt, an seiner Statt mit den Schöffen zu verhandeln.

Entschlossen richtete er sich auf. Ausländer oder nicht, er

würde Coymans diese Angelegenheit nicht überlassen. Er würde sich erneut zum Haus der Witwe begeben, um die Sache wieder in den Griff zu bekommen, ganz gleich, ob es Coymans gefiel oder nicht.

Noch bevor John die erste Brücke überquerte, wußte er, daß ihm abermals jemand folgte. Blinde Wut fegte den Nebel in seinem Gehirn fort. Nun war es genug!

Er spielte ein bißchen Katz und Maus mit seinem Verfolger, blieb stehen, um sich einen Apfel zu kaufen, seinen Stiefelschaft heraufzuziehen. Ein großer, flacher Hut und ein Umhang. Zu klein für »die Stirn«. Vielleicht »der Eierverkäufer«.

Ohne Vorwarnung wirbelte John herum. Der Mann erstarrte vor Schreck, machte kehrt und floh in ein winziges Gäßchen. Während das Blut dumpf in seinem Kopf dröhnte und seine Augäpfel aus den Höhlen trieb, jagte John ihm hinterher. Er würde diesen flüchtenden Schatten mit bloßen Händen töten. Er stürzte aus dem Gäßchen hinaus auf einen Marktplatz und stand keuchend da, starrte wütend auf dreihundert identische Hüte. Die Hälfte aller Männer, die er sah, trugen ähnliche Umhänge.

Zwei Frauen mit Körben blickten ihn seltsam an. Vor Enttäuschung hatte John laut geknurrt. Er hatte genug davon, sich ohnmächtig zu fühlen. Als sein Atmen wieder halbwegs ruhig ging, schlug er nochmals eine andere Richtung ein.

Die Magd stellte sich ihm breitbeinig in den Weg, den Besen in der Hand. Sie hielt ihn eher wie eine Waffe, sollte eine solche denn nötig sein, als wie ein Symbol häuslichen Fleißes.

»Ich muß deinen Herrn sprechen«, erklärte John.

Sie schüttelte den Kopf und vollführte eine schwungvolle Handbewegung durch die Luft. Der Herr war bei der Arbeit.

»SASKI!« brüllte John über ihre Schulter hinweg.

Die Magd schnalzte mit der Zunge und wedelte ärgerlich mit der Hand. »Pssst!«

Zwei alte Frauen blieben auf der Straße stehen und schauten

mißbilligend zu ihnen herauf. Die Magd machte Anstalten, die Tür zu schließen. John stemmte sein Knie dagegen.

»SASKI!«

Die alten Frauen schnaubten verächtlich und ereiferten sich mit Stimmen, die der Flegel da oben auf dem *stoep* ruhig mitbekommen sollte.

Saski kam die Treppe von seinem Atelier hinauf. Bei Johns Anblick begann er auf Holländisch zu fluchen. Dann fragte er auf Englisch: »Was wollt Ihr diesmal?« Sein Gesicht war blaß und zornig.

»Ich muß mit Euch reden.«

»Ich habe keine Zeit.«

»Wann habt Ihr Zeit?«

Die hellblauen Augen musterten John von Kopf bis Fuß. Der Maler nahm sich einen Schürzenzipfel und schien sich seinen Daumen damit loszuschrauben. Interessiert betrachtete er den purpurroten Fleck, der auch nach dem Abwischen noch übrigblieb. »Nächste Woche. Vielleicht in zwei Wochen. Ich weiß nicht.«

»Ich kann nicht ein oder gar zwei Wochen warten.«

»Ich mag Euch nicht«, sagte Saski lakonisch. »Bitte geht.« Er trat zurück.

Mit triumphierendem Blick schlug seine Magd John die Tür vor der Nase zu.

John traf Coymans auf der Brücke beim Haus der Witwe.

»Alles erledigt«, teilte Coymans ihm mit. »So, daß es selbst Euer empfindsames Gewissen zufriedenstellen dürfte. Die liebenswerte Witwe hat sich um den Preis der Bewahrung ihres guten Rufs damit abgefunden. Ihre Nachbarn werden nichts erfahren, solange die Dienerschaft den Mund hält. Morgen will der Schöffe Eure Zeugenaussage aufnehmen.«

»Danke«, sagte John und setzte sich an Coymans' Seite in Marsch. Es hatte von neuem geregnet. Die Ritzen im Kopfsteinpflaster waren immer noch schwarz und naß. Die Grachten schimmerten wie Zinn unter den tropfenden Bäumen.

»Wenn ich Ihr wäre«, riet ihm Coymans, »würde ich dem Himmel danken, daß Ihr und ich sowohl letzte Nacht als auch heute zusammen in einer großen Gesellschaft waren. Andernfalls würden sie sich wohl einen von uns als Mörder schnappen, um sich die Mühe des Weiterforschens zu ersparen.«

Er wirkte müder, als John ihn jemals gesehen hatte.

Coymans bemerkte Johns abschätzenden Blick. »Uns geht es so schlecht wie zwei klatschnassen Katern. Keine Frage, Herrin Fortuna ist grausamer als jede Frau, die ich kenne, und das will schon etwas heißen!«

Das Bild vom durchweichten Kater gab einen Teil von Johns Gemütszustand recht genau wieder. Ein anderer Teil von ihm jedoch wollte immer noch den Mann erwischen, der ihm gefolgt war, und seinen Kopf auf die Pflastersteine schmettern. Er warf einen verstohlenen Blick zurück, doch das Glück hatte ihn verlassen – er konnte niemanden entdecken, der sie beschattet hätte.

»Besteht irgendeine Möglichkeit, die Übeltäter zu fassen?« wollte John wissen.

»Wenn ich ehrlich bin, keine besonders große.«

In verbissenem, nachdenklichem Schweigen setzten sie ihren Weg zu Coymans' Haus fort. Kurz vor der Tür blieb Coymans auf der Straße stehen. »Wie schlimm sind Eure Verluste?« fragte er erneut.

»Sehr schlimm. Alles weg.«

»Oh, oh, oh«, machte Coymans versonnen. Er ließ seine Schnurrbartspitzen eine Weile auf und ab tanzen, wies dann mit einer Kopfbewegung auf das Musikzimmer, aus dem lautes Gelächter drang. »Ich weiß nicht, wie es Euch ergeht«, sagte er, »aber ich kann all diese Hühner da jetzt nicht ertragen. Kommt Ihr mit mir nach oben in mein Versteck? Marieka wird's schon verkraften.«

Nicht gerade das Verhalten, das John von einem Schuldigen erwarten würde. Ich glaube auch, Coymans durchlebt gerade eine schwierige Zeit, dachte John. Vielleicht versucht er wirklich nur das Beste für alle Beteiligten zu tun.

Als John hinter dem Händler die Treppenstufen hinaufstieg, fühlte er sich seines anfänglichen Verdachts wegen ein wenig schuldig.

»Ihr müßt nicht mit eingekniffenem Schwanz nach London zurückkehren«, setzte Coymans an. Er beugte sich unter Neptuns Netz vor, um das Feuer zu schüren.

Noch weit weniger Gemälde als vor knapp einer Woche, als John das letzte Mal in dem Empfangszimmer gewesen war, standen an den Wänden entlang gestapelt.

»Das ist keine Haltung, an der ich besonderes Vergnügen finde.« John schritt in dem holzgetäfelten Gemach auf und ab. Er zitterte vor unterdrückter Wut auf den Mann oder die Männer, die sein Leben, Zeals Leben und, überaus endgültig, das Leben von Sir Georges Dienstmann zerstört hatten. Die anfängliche Lähmung war nun, da er nicht mehr das Gefühl hatte, seinen Gastgeber kritisieren zu müssen, gewichen.

Coymans beäugte ihn. »Es gibt da noch ein letztes Heilmittel, das Ihr morgen anwenden könntet, wenn Ihr möchtet.«

»Ihr wollt es mir so schmackhaft machen, daß ich mir sicher bin, es wird mir nicht gefallen«, erwiderte John.

»Beim letzten Mal hat es Euch tatsächlich nicht gefallen.«

O du kluger Mann, dachte John. Mich so weit zu bringen, daß ich darum bitte.

Coymans hob abwehrend seine großen roten Hände, Johns Mißbilligung vorwegnehmend. »Das geliehene Bärenfell, mein Freund. Man braucht überhaupt kein Geld, sich ein Bärenfell zu leihen.«

Als John keine Antwort gab, fuhr Coymans fort: »Vielleicht könnt Ihr auf diese Weise wenigstens Euren ursprünglichen Einsatz zurückgewinnen.«

»Das hört sich wie ein Zaubertrick an.«

»Genau!« entgegnete Coymans. Der Vergleich schien ihm zu gefallen. »Genau das ist es! Ein Wunder für die Uneingeweihten. Ganz einfach, wenn man erst einmal begriffen hat, wie man es macht. Und kein bißchen Zauberei, nur ein paar überraschende Wendungen, weg vom allgemein erwarteten Vorgehen.«

»Ich nehme an, daß Ihr mit Bärenfell Tulpenzwiebeln meint?«

»Mein Musterschüler!« rief Coymans aus und ahmte seine gewohnte Ausgelassenheit tapfer nach.

»Und dann bin ich mit meinem Latein auch schon am Ende, *magister*.«

»Ihr wißt, daß man sich bei der üblichen Art des Handelns Warenangebote leihen kann, um ein Geschäft abzuschließen? Ihr zahlt lediglich einen gewissen Zinssatz für die Zwiebeln. Und wenn Ihr genug habt, kauft Ihr die Zwiebeln zum Tageskurs, wie hoch der auch sein mag, und gebt sie dem Händler oder Züchter zurück, von dem Ihr sie geborgt habt.«

»Mit anderen Worten«, sagte John, »man versucht, eine Sorte auszumachen, die im Wert steigt. Verspekuliert man sich aber, und die Sorte fällt im Wert, muß man am Ende einen höheren Preis für die Zwiebeln zahlen, als man selbst zu erzielen in der Lage war.«

Coymans klatschte mit ironischem Vergnügen in die Hände. »Kluger Junge!«

»Als würde man Geld darauf wetten, daß ein bestimmtes Pferd in einem Rennen stürzt.« John beobachtete Coymans unter gesenkten Lidern hervor. »Jetzt kommen wir zur ersten jener kleinen, überraschenden Wendungen, nehme ich an.«

Coymans grinste. »Und sie entspricht ganz Eurem Stil. Ihr borgt Euch ... sagen wir tausend *Hyperion* zu einem Wert von hundert Gulden pro As. Dann übt Ihr Euch in Verzicht statt in Habsucht – das *ist* doch Euer Stil, nicht wahr? Großzügig, wie Ihr seid, aus Mitleid mit den Armen, die sich solche Schönheit für gewöhnlich nicht leisten können, bietet Ihr Eure Zwiebeln für neunzig Gulden pro As zum Verkauf an.«

»Und verkaufe gut, weil ich den Tagespreis unterbiete.«

Coymans nickte. »Daraufhin bietet Ihr noch ein paar für achtzig Gulden an.« Er bot John eine Pfeife an. Als dieser ablehnte, nahm er sich selbst eine. »Und dann bietet Ihr sie erneut an, für siebzig. Und so weiter. Eure Selbstlosigkeit wird flugs belohnt.«

Pfff, pfff. Er blies durch die Pfeife und stopfte sie dann mit seinem dicken roten Zeigefinger.

»Gerüchte über den Kursverfall überschwemmen den Markt wie die Wasser der Sintflut. Geldgierige Männer stoßen ihre Bestände ab, um die Verluste in Grenzen zu halten. Selbst Euer mildes Herz könnte sich nichts Schöneres wünschen – am Ende kann sich selbst der ärmste Straßenfeger seinen eigenen *Hyperion* leisten. Und Ihr habt es ihm ermöglicht. Wenn es soweit ist, habt Ihr Euren Akt der Nächstenliebe vollbracht. Ihr kauft tausend Zwiebeln von irgendeinem jener Anleger, die verzweifelt ihre Bestände abstoßen, und gebt seine Ware dem Händler zurück, von dem ihr sie Euch ursprünglich geliehen hattet.«

»Einen Warenbestand, der erheblich an Wert verloren hat.«

»Plus Zinsen.« Coymans grinste. Mit einer Zange hielt er vorsichtig ein Glutstückchen aus dem Kaminfeuer an den Kopf seiner Tonpfeife. »Das Allgemeinwohl erfordert häufig persönliche Opfer.«

»Ich glaube nicht.«

Coymans legte eine Pause ein. Dann sog er an der Pfeife, schlurp, schlurp. »Was glaubt Ihr nicht?«

»Daß ich mir ein Bärenfell ausleihen möchte.«

»Aber wenn Ihr zurück in die Heimat reist und gesteht, daß Ihr das Kapital aus dem Kronschatz verspielt habt …?« Mit erhobener Hand wehrte er Johns Einspruch ab. »Wo sonst wollt Ihr das Geld für ein neues Spielchen bekommen? Ich bin nicht auf den Kopf gefallen, Nightingale. Es ist entweder das Schatzamt oder die Britische Ostindienkompanie, und keine der beiden Institutionen ist für ihre Nächstenliebe berühmt.«

»Es ist so gut wie sicher, daß man mich als Dieb hängt«, gestand John ein. Vielleicht auch nicht, jedenfalls nicht als Dieb. Und er war immer noch nicht begeistert von dem Gedanken, Sir George gegenübertreten zu müssen. Das wäre noch schwerer, als Mallender die Niederlage zu gestehen, der aller Voraussicht nach nicht einmal überrascht wäre.

Coymans schüttelte den Kopf. »Ich verstehe Euch nicht. Ihr könntet alles zurückgewinnen. Wo liegt der Hase im Pfeffer? Wo ist hier etwas Ungesetzliches? Welche vermeintliche Missetat lastet Euch schwerer auf der Seele als die Aussicht, mit leeren Händen zu Euren englischen Auftraggebern zurückkehren zu müssen?«

Mein Geschäftspartner bei dieser ganzen Sache lastet mir auf der Seele, dachte John. Undankbarer, mißtrauischer Tropf, der ich bin. Mißtrauisch ohne beweisbaren Grund.

Und ein wenig Sorgen mache ich mir auch um all die Leute, die zu neunzig, achtzig oder siebzig Gulden kaufen könnten. Wie die Witwe Padtbrugge, die zweifellos ihr Geld jetzt anderweitig anlegte. Die nicht jemand wie dich hat, der sie von den gefährlichen Klippen weglotst.

»Nein«, wiederholte er sanft. »Tut mir leid. Diesmal nicht.«

Coymans riß die Arme hoch und ließ sie resigniert wieder fallen. »Wie Ihr wünscht. Aber ich muß weitermachen.« Er deutete mit einer weit ausholenden Handbewegung auf das mittlerweile leere Zimmer. »Es wird Euch nicht entgangen sein, daß ich selbst ein bißchen in Schwierigkeiten stecke. Jemand, von dem ich Besseres erwartet hatte, hat mich im Stich gelassen – das ist halt immer das Risiko beim Geschäft. Aber ich habe bereits damit begonnen, alles wieder ins rechte Lot zu rücken.«

»Kennt Ihr einen Engländer namens Edward Malise?« fragte John mit einemmal.

»Ja«, entgegnete Coymans ohne Zögern. Er ließ den Kopf kreisen, suchte mit ulkiger Übertreibung die Schatten unter der Decke ab. »Wo kommt denn diese Frage her, mitten in dem Gespräch über unser beider Ruin? Aber gut. Ja, ich kenne diesen Mann. Seine Familie waren katholische Flüchtlinge in den Niederlanden.«

John hatte erwartet, Coymans werde es ableugnen. Dann fragte er sich, ob die Antwort nicht zu spontan gekommen sei, ob sie nicht von zuwenig Überraschung zeugte. »Und Marieka?«

Coymans starrte ihn an. Er blinzelte zweimal, brach dann in Gelächter aus. »Aha! Jetzt verstehe ich! O Nightingale, mein Freund, ich dachte, Ihr hättet mir zugehört! Ich hab' Euch doch gesagt, daß meine Schwester kein Engel ist. O Eifersucht, grausam wie das Grab!« Seine Heiterkeit schien echt, aber nicht bös gemeint zu sein. »Marieka liebt Euch. Spielt es eine Rolle, wen sie vorher geliebt haben könnte?«

»Hat sie Malise geliebt?« Johns Stimme war rauh.

»Meine Schwester lebt ihr Leben, ›als sei es Beute nur, und pflückt die Freuden sich vom Baume‹.« Coymans schüttelte mit gespieltem Tadel den Kopf. »Ich dachte, sie würde Euch diese römische Philosophie lehren.«

»Wann war Malise zum letzten Mal hier?«

Coymans legte die Stirn in Falten und lutschte an seinen Schnurrhaaren. »Genau kann ich das nicht mehr sagen ... vielleicht vor zwei Sommern. Vor einem Sommer? Im Sommer, ja, genau.« Seine Blick war fest, aber nicht zu fest.

John konnte nur Coymans' Bemühen, sich zu erinnern, und Vergnügen angesichts Johns unvermuteter Schwäche ausmachen. Er hat mich zuvor schon belogen, rief John sich ins Gedächtnis. Vergeblich versuchte er sich zu entsinnen, ob er damals, als Coymans ihm von Spiegels Weigerung erzählt hatte, einen Händler auszuzahlen, einen ähnlich unbehaglichen Schauder verspürt hatte.

Aber in gewissem Sinne war das die Wahrheit gewesen. Nicht die ganze Wahrheit, aber doch auch nicht gelogen.

Saski behauptete, Malise sei diesen Sommer in Amsterdam gewesen. Einer von beiden log. Und Saskis Augen hatten John dazu aufgefordert, ihm zu glauben.

»Weigert Ihr Euch aus Eifersucht, bei mir einzusteigen?«

»Nein.«

Was ist dann der Grund für meine Weigerung, einen letzten Versuch zu wagen, etwas aus den Trümmern zu retten? fragte sich John.

»Ich habe keinen triftigen Grund«, gab er wahrheitsgemäß zur Antwort. »Ich kann es einfach nicht tun.«

»Die Entscheidung liegt bei Euch. Ich werde Euch nicht aus meinem Haus werfen, nur weil Ihr mein Anerbieten verschmäht.«

John erkannte mit einemmal, daß kein einziges Wort ihres Gesprächs echt geklungen hatte, seit sie sich an der Brücke beim Haus der Witwe getroffen hatten.

Er mußte dieses Haus verlassen. Er mußte mit Saski reden. Entsetzt stellte er fest, daß ihm die Härchen im Nacken und auf den Armen zu Berge standen wie Cassies Rückenfell beim Angriffsknurren, als er einen freundschaftlichen Blick auf das rote, gutmütige Gesicht neben dem Feuer warf.

Morgen früh gehe ich fort. Suche mir ein Quartier ...

Er überschlug rasch sein geschrumpftes Vermögen. Je ein Wechsel über fünfhundert Pfund, eingerollt in das Leinenfutter seiner beiden Stiefel, wo sie unversehrt geblieben sind – ein Tropfen im Ozean seiner Schulden. Eine zur Hälfte mit Gulden gefüllte Börse – um den Betrag des Weingeldes erleichtert, das er an jenem Tag in der *Weißen Katze* ausgegeben hatte. Was immer Gomez ihm gegen das Phantom der voc-Kauffahrt leihweise beschaffen könnte.

Ich könnte genausogut nach England zurücksegeln, solange ich unsere Rückfahrt noch bezahlen kann, dachte John. Es hinter mich bringen.

Wieder überflutete ihn kalte Furcht.

Geistesabwesend antwortete er irgend etwas auf einen Scherz von Coymans.

Ich werde mich dem stellen, versprach er sich. Aber nicht mit dem Gefühl, etwas unerledigt zurückzulassen. Vielleicht überläßt Gomez mir ein Eckchen in seinem Zimmer, wo ich ein, zwei Tage schlafen kann, bis ich mir über einige Dinge klargeworden bin.

Als er sich schließlich entschuldigte und auf sein Gemach ging, wartete Marieka in seinem Bett.

Instinktiv spürte sie, daß er sie verlassen wollte.

»*Een, twee, drie, vier* ...« Nacheinander schloß sie die Lippen um jeden seiner Finger. »Jetzt zählst du für mich.«

»Ich muß zurück nach England.«

Eine einsame Kerze brannte auf einem Tischchen neben dem Bett.

Sie leckte Johns Daumen ab, bevor sie den Blick hob. »Und in Unzufriedenheit leben.«

»Warum sagst du das?«

»Du hättest England nie verlassen, wärst du dort mit deinem Leben zufrieden gewesen. Bleib hier bei mir, bitte. Ich kann dir alles geben, was dir gefehlt hat. Du bleibst hier in Holland und wirst meine neue Heimat, in der ich Frieden finden kann. Ich werde dich die Sprache lehren. Deine Zunge hat schon die richtige Form dafür ... gib sie mir, hierher, zwischen meine Zähne ...«

Unwillkürlich erwiderte er ihren Kuß. Wandte dann den Kopf weg. Sie zog sich zurück, gab auf. Dann lagen sie dort, ihr Nacken auf seinem Arm, und starrten in die Dunkelheit.

»Kennst du einen Engländer namens Edward Malise?«

Marieka wurde ganz still. John spürte, wie ihr Nacken sich verkrampfte. Dann bewegten sich ihre Hände durch die Düsternis, auf der Suche nach einem Ruheplatz. Am Ende verschränkte sie die Arme vor der Brust und umklammerte ihre Schultern. »Er ist ein Freund meines Bruders«, sagte sie schließlich. »Jedenfalls glaube ich, daß er ein Freund ist.«

John hörte, wie trocken ihre Kehle war, als sie schluckte.

»Ist er Musiker?«

»*Merde!*« fluchte Marieka. »Was ist das hier? Das Verhör durch einen eifersüchtigen Verehrer?«

»Es ist mehr als Eifersucht.«

»Weist du mich deshalb zurück?« Jäh richtete sie sich auf.

John blickte starr auf die dunkle Klippenfassade ihrer breiten Schulter und ihres Brustkastens. »Nein.« Er stockte. »Nicht nur.«

»Du hast abgelehnt, nicht wahr?« fragte ihre Stimme. »Im Ernst? Voll und ganz?«

»Ja.«

Sie rührte sich in der Düsternis. Ein Schatten hüpfte vom Bettende, als Erasmus in Mariekas ausgestreckte Arme sprang. Die Matratze bewegte sich, als sie sich sachte hin und her wiegte.

Plötzlich holte sie tief Luft. Erasmus kreischte. Marieka schleuderte ihn heftig von sich, stieß einen heulenden Schrei aus und stürzte sich wie eine Furie auf John. In ihrem wilden Zorn flogen die Bettdecken durcheinander. John hörte ein Scharren und einen dumpfen Aufprall, als der Affe auf dem Boden landete.

»Raus hier!« kreischte Marieka schrill. »Raus! Raus! Sofort! Geh!« John bekam einen schattenhaften Arm zu fassen, der wild durch die Luft fuchtelte.

»Raus aus meinem Bett! Ich bring dich um! Ich sage Justus, er soll dich umbringen! Geh, geh, geh, *geh*!« Sie entwand sich seinem Griff, warf sich mit dem Gesicht in die Kissen und schluchzte.

John trug seine Kniehosen, als Mariekas Zofe an der Tür klopfte, und sein Hemd, als Coymans auftauchte.

»Was habt Ihr ihr angetan?«

John starrte auf Coymans' gezückten Degen. Seiner lag unter dem Umhang, auf einer Truhe am anderen Ende des Bettes. »Ich habe ihr gesagt, daß ich fort muß! Mehr nicht!«

»Hat er dir weh getan?« wollte Coymans von seiner Schwester wissen.

Sie schluchzte mit tiefen, krächzenden Atemzügen. »Mach, daß er bleibt, Justus! Was hast du ihm gesagt, daß er weggehen will? Was hast du getan?« Sie rollte sich zusammen, fort von den Männern. »Oh, ich möchte sterben!«

»Bring ihr einen Schlaftrunk!« befahl Coymans der Zofe. »Lauf!« Als das Mädchen in den finsteren Korridor stürmte, wandte Coymans sich John zu. »Undankbarer! Englischer! Verräter! Mich und meine Schwester zu hintergehen!«

John machte einen vorsichtigen Schritt rückwärts, auf Umhang und Degen zu.

Coymans brüllte gegen das Schluchzen seiner Schwester an. »Du hast wohl gedacht, ich hätte nicht gewußt, daß du mich betrogen hast? Du und dieser alte Jude! Das könnte ich dir sogar noch verzeihen, aber nicht, daß du mich für so blöde hältst, es nicht zu merken!«

»Und hast du mich für so blöde gehalten, daß ich nicht merke, einen Mörder als Partner zu haben?«

Die schattenhaften Massen Coymans' erstarrten.

»Wo zum Teufel hast du diese fixe Idee her?«

Coymans' Schweigen hatte viel zu lange gedauert.

Dann fragte er: »Wen soll ich denn ermordet haben?«

John tastete sich um das Bett herum zu seinem Umhang und dem Degen vor. »Gibt es mehrere Möglichkeiten?«

»Erzähl's mir! Warum hast du das gesagt?«

»Nur so aus Spaß«, versetzte John.

Wieder trat Stille ein. Marieka jammerte leise in ihr Kissen. Erasmus raschelte irgendwo auf dem Fußboden unter dem Bett. Die Zofe kam mit dem Schlaftrunk für Marieka zurück.

»Geh jetzt«, sagte Coymans mit gepreßter, kalter Stimme. »Nimm alles mit. Laß nicht ein Barthaar hier. Ich will mein Haus von dir und deiner widerwärtigen Undankbarkeit rein wissen.«

»Nein!« stöhnte Marieka.

»Bring sie in ihr Bett!« schnauzte Coymans die Zofe an.

»Ich hasse dich!« stieß Marieka hervor. Ihre Stimme drang noch aus dem Flur, schwächer und schwächer werdend, während sie in ihr eigenes Gemach ging. »Ich hasse dich! Ich hasse dich!«

»Ich gebe dir fünf Minuten, deinen Diener zu wecken und deine Sachen zu packen«, sagte Coymans. »Wenn du dann noch hier bist, töte ich dich.«

Kurze Zeit später standen John und Arthur inmitten eines Durcheinanders von Habseligkeiten auf der nassen Straße. John ließ den Blick über das gerettete Treibgut seines schiffbrüchigen Lebens schweifen. Ein Paar Ersatzstiefel, ein kurzer Umhang. Sein Rasiermesser, sein Kamm, sein Schreibkästchen. Zwei Hemden, ein seidenes Wams samt Ärmeln, zwei Paar zusammengeheftete Wollsocken, ein Paar aus Strickseide. Ein Vorratsbeutel mit einem leeren Krug, zwei hölzerne Schneidebretter und zwei Löffel sowie ein Horn mit Salz. Keine Schatzkiste, keine klimpernden Münztruhen. Keine Lederbeutelkokons mit dem wandlungsfähigen Sold für des Königs Soldaten an der schottischen Grenze.

»Tja«, sagte Arthur. »Kein Zimmer frei im Gasthof.« Als John auch weiterhin schwieg, fragte Arthur: »Wo sollen wir hin, Sir?«

John bückte sich und fing an, sich ihre Habseligkeiten aufzuladen. »Warmoesstraat. Es sei denn, ich hätte mich auch in Gomez getäuscht.«

Er hatte Coymans richtig eingeschätzt. Warum hatte er nicht auf seine innere Stimme gehört? Er konnte nicht sagen, wen Coymans ermordet hatte, aber ein Mörder war er mit Sicherheit.

Habe ich Bols gemeint, als ich ihn beschuldigte? Ich glaube schon.

»Ich hoffe, Gomez wird uns verzeihen, daß wir ihn aufwekken, aber ich wüßte nicht, an wen ich mich sonst wenden könnte.«

Der Niederschlag von vorhin setzte nun als frühmorgendlicher Nieselregen wieder ein. Zweimal blieb John stehen, um zu horchen.

»Was ist, Sir?« fragte Arthur.

»Ich bilde mir ein, daß uns jemand verfolgt, sogar jetzt, mitten in der Nacht.«

Der Hund warnte ihn. Anstatt zu dem im Schatten liegenden Baum zu traben, um zu schnüffeln und das Bein zu heben, blieb er vier Schritte davor stehen und schien nachzudenken. John ließ das Tier nicht aus den Augen, als es vorübertrottete. Dann stürzte ein Stück des Baumstamms über das Kopfsteinpflaster auf ihn zu.

John spürte ein Zerren am Rückenteil seines Wamses, hörte das Reißen von Stoff. Er wirbelte herum und kämpfte mit den Falten seines Umhangs, der sich in irgend etwas verfangen hatte. Sein Hut wurde ihm vom Kopf geschlagen. Er konnte seinen Umhang vom Haken losreißen. Eine Messerschneide schimmerte stumpf vor dem trüben Glanz des dunklen Grachtenwassers.

John rief nach Arthur und hieb auf den Messerarm des Angreifers ein. Die Klinge wurde dem Mann aus der Hand geschlagen, schlidderte klirrend über die Steine und plumpste in den Kanal. Sie rangen miteinander, behindert von ihren Umhängen, während die Füße über das nasse Pflaster rutschten. Arthur stemmte und zerrte, konnte den Mann jedoch nicht von John lösen. Am Ende trieb John sie allesamt rückwärts gegen einen Baum. Der Mann rammte seinen Kopf mit Wucht nach hinten und traf Arthurs Gesicht.

Arthur stöhnte auf und taumelte einen Schritt zurück, die Hand auf die Nase gepreßt. Obwohl der Angreifer nun seinen Hut verloren hatte, war es unter dem Baum zu dunkel, um sein Gesicht zu erkennen. John schubste ihn auf die offene Straße zurück, wo das Wasser der Gracht das schwache Licht widerspiegelte.

Die Augen des Mannes waren rund vor ängstlichem Erstaunen. Der Mund war zu einer weiß umrandeten Grimasse ungezügelter Wut verzerrt.

Ein junges Gesicht. Nicht »die Stirn« oder »der Eierverkäufer«. Aber es kam John bekannt vor.

Der junge Mann schmetterte mit voller Wucht die Stirn gegen Johns Kinn und schrie den Schmerz heraus, den er sich selbst zugefügt hatte.

John ließ einen Arm los und hieb dem jungen Mann die Faust direkt unterhalb des gewölbten Rippenbogens in den Bauch. Er schnappte nach Luft und starrte auf den würgenden Jungen hinab, der sich vor Schmerzen auf dem Pflaster zu seinen Füßen krümmte. Der Junge gab einen Laut von sich wie eine sterbende Kuh und kam schwankend auf die Beine. Arthur, dem ein dunkles Rinnsal aus der Nase über Mund und Kinn floß, versetzte ihm einen zaghaften Schlag mit dem Degen, um ihn dann wieder in die Scheide zu schieben.

Über ihren Köpfen wurde ein Fenster geöffnet. Eine Männerstimme brüllte etwas zu ihnen herunter.

Der junge Mann stürzte sich nochmals auf John, prallte gegen ihn, bearbeitete ihn mit seinen Fingernägeln, um sich dann wieder an ihm festzuklammern, schrie krächzend seine Wut heraus. John verstand Bols' Namen, Coymans' und seinen eigenen.

Weitere Fenster wurden aufgerissen.

Die Stimme des Jungen wurde in dem Maße lauter, wie er wieder Luft bekam. John vernahm abermals Bols' Namen.

»Wir müssen ihn zu Gomez bringen.« Wenn es stimmte, was John zu begreifen begann, würde er einen wohlgesinnten Dolmetscher brauchen. »Nimm meinen Degen, Arthur. Laß fürs erste alles stehen und liegen. Es ist sowieso nichts mehr von Wert dabei.«

Er hielt dem Jungen mit der einen Hand den Mund zu und drehte ihm mit der anderen den Arm auf den Rücken. »Vorwärts!«

»Gomez!« rief John. »Wacht auf! Gomez!«

Arthur warf Steinchen gegen die Fensterläden am Haus des alten Mannes.

Endlich wurde ein Flügel der Läden geöffnet. Ein kleiner Kopf mit einer weißen Mütze lugte auf die Straße hinunter.

»Gomez! Um Gottes Liebe willen, laßt uns herein!« rief John ihm zu.

»Wer ist bei Euch?«

»Nur mein Diener und ein verrücktes Kind, das ich befragen muß.«

Gomez gab keine Antwort.

Die Läden am Haus gegenüber der Bäckerei schwangen auf. Eine Frau schrie Gomez zornig an, fast Gesicht an Gesicht über der engen Häuserschlucht.

»Ich bin verzweifelt, Senhor!« rief John. »Ich werde hier stehenbleiben und so lange brüllen, bis Ihr mich einlaßt!«

Gomez zog den Kopf zurück.

Fünf weitere Fenster und zwei Türen standen offen, bevor der alte Mann die Tür des Bäckerladens aufgeschlossen hatte. Er spähte in die enge Gassenöffnung.

»Sehe ich wie ein Mordbrenner aus?« verlangte John zu wissen.

Gomez trat beiseite.

»Es ist der Gehilfe vom alten Bols!« rief John aus.

Gomez zündete die letzte Kerze in einem bereits strahlenden achtarmigen Leuchter an und stellte ihn auf das Spinett. »Setzt ihn da hin.«

John drückte den Jungen auf die an eine Wand gelehnte Bank, zwischen dem Spinett und einem Stapel kleiner, zusammengefalteter Brücken. Der Junge sackte zusammen und begaffte voller Staunen die Schatzhöhle um ihn herum.

Arthur wusch sich seine blutige Nase sauber und ging wieder auf die Straße, um ihre Habe einzusammeln.

»Warum hat er versucht, mich umzubringen? Findet es heraus, Senhor. Mein Geist ist verwirrt.« John ließ sich auf den zusammengelegten Brücken nieder.

Gomez schenkte drei bunte Gläser *eau de vie* ein und reichte John und dem Jungen eins, als hätten sie gerade einen netten Abend beim Kartenspiel verbracht. Er stellte dem Jungen eine Frage, die so beiläufig klang, als hätte er sich nach der Bequemlichkeit seiner Sitzgelegenheit erkundigt.

Der Junge umklammerte sein Glas *eau de vie* mit einer bis tief in die Poren verschmutzten Hand und plapperte mit der Unbekümmertheit der Verzweiflung drauflos. Er wies mit seinem Glas auf John, verschüttete ein wenig von dem Branntwein, starrte das Glas erstaunt an und schluckte in einem Zug herunter, was noch übrig war.

Gomez hörte mit gespannter Aufmerksamkeit zu, wobei er nickte und kleine, aufmunternde Piepser und Grunzer einstreute. John sah er nicht an.

Schließlich hatte der Junge sich die Last von der Seele geredet. Gomez nippte an seinem Branntwein und wischte sich, Johns Blick immer noch ausweichend, den Schnurrbart mit dem Handrücken ab.

»Was hat er gesagt?«

Gomez hüstelte. »Um es zusammenzufassen: Ihr habt alles zerstört, was Bols geschaffen hat ... Ihr und Coymans.«

Nach einer Pause sagte John: »Das ist eine recht extreme Sichtweise, auch wenn ich vielleicht ansatzweise begreife, was der Junge meinen könnte.«

Gomez hüstelte erneut. »Nein, ich denke, er meint mehr als das.«

John hörte ein Beben aus der Stimme des alten Mannes heraus. Gomez hat Angst, dachte er. »Dann weiß ich nicht, was er meint.«

»Er behauptet, daß Ihr Schläger gedungen habt, um Bols' Pflanzschule einen Besuch abzustatten ... Er möchte gern wissen, wie ein Mann, der Blumen zu lieben vorgab, fähig sein kann, das Lebenswerk eines gläubigen Dieners der Göttin Flora mit Stumpf und Stiel auszulöschen.«

»Ihr sprecht immer noch nicht offen mit mir«, sagte John. »Wie kann ich auf eine Anschuldigung antworten, wenn ich sie nicht verstehe?«

Der Junge verfolgte ihre Unterhaltung mit ungeduldigen Blicken vom einen zum anderen.

»Ihr habt sämtliche Zwiebeln vernichtet«, sagte Gomez.

Für einen kurzen Moment starrte John ihn entsetzt an. »Bols' Zwiebeln?«

»*Ja!*« schrie der Junge.

»Um den Preis Eurer eigenen zu steigern«, fügte Gomez schüchtern hinzu. Er wandte den Blick ab.

»Um *was* zu tun?«

»Man kennt das doch«, versetzte Gomez. »Die Ware eines Konkurrenten zu stehlen oder zu vernichten, um den Kurs für das eigene Angebot in die Höhe zu treiben.«

Wütend richtete John sich zu voller Größe auf. »Hölle und Verdammnis! Ihr habt geglaubt, *ich* hätte das getan?«

Gomez zuckte nicht mit der Wimper. »Ihr seid kein Mann, der gern verliert«, erwiderte er freundlich.

»Der aber auch nicht um jeden Preis gewinnen muß!«

»Nicht, wenn der Preis nur aus Gold bestünde ... so gut

kenne ich Euch bereits. Aber könnte das Lösegeld für ein früheres Leben Euch in Versuchung führen?«

»Wenn Ihr nicht blind seid, solltet Ihr mich inzwischen besser kennen!«

Gomez starrte zu Boden. Er leckte sich Daumen und Zeigefinger ab und zwirbelte das Ende seines Barts zu einer so feinen Spitze wie Saskis Pinsel zusammen. »Ich weiß noch nicht, wo Ihr die Grenze zieht.«

John klappte den Mund zu und zog den Kopf wieder ein. Er schloß kurz die Augen, öffnete sie wieder. Dann ließ er sich schwerfällig auf die Teppiche fallen. »Senhor, verzeiht mir. Ihr werft eine Frage auf, die ich mir selbst hätte stellen sollen.« Stieren Blickes schaute er auf blau-weiße *kraacke-ware*, Tassen, die auf einem italienischen Mosaiktischchen aufgereiht standen; dann hob er den Kopf und wandte sich direkt an den jungen Mann. »Ich habe Bols nicht angelogen. Ich teile die Liebe deines einstigen Herrn zu seinen Kindern, und ich habe jenen kleinen *König von Kandy* bereits in die Obhut einer gewissenhaften und eifrigen Amme gegeben.«

Hein – so hieß der junge Bursche – schaute zur Seite.

»Er glaubt, daß Ihr die Herrin Geld mehr als die Göttin Flora liebt«, übersetzte Gomez.

»Ist die Wahl zwischen der Herrin Geld und der Göttin Flora denn immer so genau zu trennen?« gab John zu bedenken. »Kann die Herrin nicht einem Mann helfen, Gunsterweise der Göttin zu erlangen, die ein armer Mann sich nicht leisten kann?«

Gomez schüttelte den Kopf. »Das ist ein flüchtiges Spiel, mein Freund, keine Wahl. Die Herrin Geld hat ihre eigene absolute Logik. Wenn Ihr ihr treu seid, müßt Ihr allen anderen entsagen.«

»Es mag sein, daß die Herrin Geld mich ein Stück Wegs von meinem eigentlichen Ich abgebracht hat, aber ich war's nicht, der die Zwiebeln vernichtet hat! Ich glaube nicht, daß ich das über mich bringen könnte, nicht einmal um den Preis, ein früheres Leben zu retten.«

»Hein sagt, daß jemand alle Zwiebeln zu Brei zerstampft hat, vor vier Tagen. Ihr und Coymans hattet das beste Motiv. Ihr habt versucht, Eure eigenen *Prunelle*-Zwiebeln an den Mann zu bringen.«

John gab einen ungläubigen Zischlaut von sich.

»Ihr müßt es Euch mit eigenen Augen ansehen, wenn Ihr ihm nicht glaubt.« Gomez hörte wieder dem Jungen zu. »Oder schämt Ihr Euch Eurer Tat zu sehr, um es Euch anzusehen?« Er zuckte mit den Achseln. »Ich übersetze lediglich, Nightingale. Denkt nicht, ich würde es glauben.«

Und ich weiß gar nicht mehr, was ich überhaupt noch glauben soll, dachte John.

»Ich würde es mir gern ansehen«, erklärte er. »Wenn der junge Mann schwört, daß er nicht noch einmal versuchen wird, mich zu erdolchen. Würdet Ihr mitkommen, Senhor? Als Dolmetscher? Und um mir dabei zu helfen, für mich selbst einige Dinge ins reine zu bringen?«

Als Gomez zögerte, fügte John hinzu: »Wenn ich mich nicht zu gehen schäme, Senhor, braucht Ihr Euch doch nicht zu fürchten?«

Ihre Schuhe knirschten auf dem Sand. Der Boden des Schuppens war mit Fetzen brauner, papierener Haut, mit gelblichem Brei und Tonscherben übersät. Zerdrückte Körbe umschlossen Klumpen einer verrottenden, breiigen Masse. Die an den Wänden entlanglaufenden Bänke waren von allmählich eintrocknendem Saft verklebt. Der Tisch, dessen Platte man als Presse benutzt hatte, war umgekippt. Feuchte, faulende Fetzen klebten noch immer an der rauhen Holzoberfläche. Die Schritte der Männer rührten einen entsetzlichen Verwesungsgeruch auf. Gomez stakste unbeholfen umher wie eine Katze durch Schneematsch und schüttelte mit ruckhaften, sparsamen Bewegungen seine in Stiefel steckenden Füße ab.

»So viele!« sagte John betroffen. »Ich wußte gar nicht, daß Bols so viele *Prunelle* hatte.«

»Hatte er auch nicht«, erklärte Gomez ihm nach kurzer

Rücksprache mit Hein. »Nur die vier Mutterpflanzen, die Ihr gesehen habt. Aber Bols beschriftete all seine neuen und seltenen Züchtungen mit Chiffren. Wer immer dies hier getan hat, er konnte *Prunelle* nicht von den anderen Zwiebeln unterscheiden und hat sie deshalb alle zermalmt.«

Hein führte sie über den Scheunenhof. Der zweite Schuppen stank ebenfalls nach dem modernden Pamp, der den Boden bedeckte.

»Die anderen beiden Schuppen sehen genauso aus«, ließ Hein John durch Gomez ausrichten. »Die gewöhnlicheren Sorten hatten Aufschriften, die man problemlos lesen konnte, aber das hat die Täter nicht gekümmert. Alles ist zu Brei zerstampft.«

John fluchte. »Ist auf den Feldern noch etwas übrig?«

Gomez übersetzte seine Frage.

»Ein paar spät blühende *Serotinas*, sagt Hein. Und Bols hat ein Dutzend Töpfe mit verschiedenen Sorten in seinem Quartier, unter seinem Bett, um sie im Dunkeln zu halten.«

Bols' Enkelin würde nie ihr Tulpenfeld in voller Blüte bekommen.

»Selbst wenn Ihr unschuldig seid«, erklärte Gomez, »ist Hein doch immer noch davon überzeugt, daß Coymans die Täter geschickt hat.«

»Hat er irgendeinen Beweis, daß Coymans dahintersteckt?«

Hein musterte sie beide aus dem Schatten einer Schuppenecke heraus.

»Er sagt, er würde keine Beweise brauchen ... Wie?« Gomez beugte sich vor, um aufmerksam auf etwas zu horchen, das Hein so leise gehaucht hatte, daß John es kaum hörte.

»... Genausowenig, wie er Beweise dafür braucht«, fuhr Gomez in eigenartigem Tonfall fort, »daß Coymans Bols ermordet hat.« Er blickte John mit trotziger Herausforderung in die Augen.

John erwiderte den streitbaren Blick des alten Mannes. »Sagt Hein, daß auch ich Coymans für den Mörder seines Herrn halte.«

Gomez gehorchte, ohne den Blick zu senken.

»Ihr auch?« fragte John.

Gomez nickte.

»Ist es das, dessen Ihr mich insgeheim bezichtigt?« wollte John wissen. »Ist es das, weswegen Ihr vergangene Nacht gezögert habt, mir Eure Tür zu öffnen?«

»Eine logische Schlußfolgerung. Aus demselben Grund, aus dem Ihr Heins Überzeugung nach die Zwiebeln zerquetscht habt, um *Prunelle* zu vernichten. Der *König von Kandy* stieg doch im Wert, nachdem Bols gestorben war, stimmt's?«

»Eure Logik stinkt wie dieser Tulpenbrei hier. Ist es logisch, mich des Mordes zu bezichtigen, wenn wir hier allein sind, nur mit einem Jungen zu Eurer Verteidigung? Ich behaupte, daß eben diese Anschuldigung unter den gegebenen Umständen beweist, daß Ihr an meine Unschuld glaubt.«

»*Concedo*«, sagte Gomez. »Ich stimme Eurer Schlußfolgerung mit Freuden zu. Was Ihr allerdings noch nicht bewiesen habt, ist die Stichhaltigkeit meiner Gedanken.«

»Ihr seid sowohl unlogisch als auch tapfer, und beides bis zur Tollkühnheit«, versetzte John.

Gomez lächelte andeutungsweise. »Ach was. Nur zu alt, als daß die Furcht noch die Oberhand über meine Neugier gewinnen könnte. Wer braucht in meinem Alter noch mehr langweilige Lebensjahre, wenn er Erkenntnis haben kann?«

»Ich habe Bols weder getötet, noch habe ich ihn töten lassen, noch habe ich davon gewußt, daß er getötet wurde. Das kann ich nicht beweisen. Aber ich kann Euch über meine eigenen Verluste berichten. Und über meinen Bruch mit Coymans. Die Geschichte mag Euch beruhigen oder auch nicht. Sagt dem Jungen, daß er mich in eben dem Augenblick erwischt hat, wo mein Verstand wieder klar wurde. Ich fühlte bereits, daß Coymans Bols getötet hatte, noch bevor ich soweit ging, Coymans zu verdächtigen. Nun verdächtige ich ihn und will seine Schuld beweisen.«

»Glaubt Ihr, Ihr könntet Beweise finden?«

»Ich glaube, ich weiß, wo ich suchen muß.«

Gomez übersetzte Hein das Gesagte. Er fuhr sich mit dem Handrücken über eins der Schnurrbartenden und blickte auf den mit Unrat übersäten Boden.

»Was noch, Senhor?« verlangte John zu wissen.

»Vielleicht könnt Ihr, während Ihr nach dem Beweis für die Ermordung Bols' sucht, Eure Augen auch bezüglich eines anderen Todesfalls offenhalten, der kürzlich geschehen ist und überaus gelegen kam. Mynheer Spiegel.«

»Spiegel?«

John empfand keinerlei Überraschung, sondern lediglich Staunen angesichts seiner Bereitschaft, die Nachricht von Spiegels Tod so widerstandslos zu schlucken; als Kramer sie ihm eröffnete, hatte ihm nur ein winziger Kloß im Hals gesteckt.

»Also hat Justus seinen Prozeß verloren?«

Gomez nickte. »Aufgrund einer in einem neuen Gesetz verankerten Bestimmung, welche die nach einem festgelegten Datum erfolgten Vertragsabschlüsse für null und nichtig erklärt. Spiegel stützte sich auf diese Bestimmung, um sich davor zu drücken, Coymans auszuzahlen. Ich hoffe doch, Ihr habt Justus nicht auch so schwer gekränkt, denn das scheint mir eine ziemlich gefährliche Sache zu sein.«

John erzählte ihm in knappen Worten von seiner Vertreibung aus dem Coymansschen Hause.

»Und die halbe Warmoesstraat weiß, daß Ihr direkt zu mir gekommen seid«, bemerkte Gomez. »O fein ...«

»Es tut mir leid«, entschuldigte John sich betroffen. »Ich hätte daran denken sollen, in welche Gefahr ich Euch brachte. Aber ich hatte niemand sonst ...«

Gomez schüttelte höflich den Kopf. »Na, na. Macht Euch darüber keine Sorgen. Ich wollte damit nur sagen, daß wir versuchen sollten, diesen Beweis so schnell wie möglich zu finden. Sollte Justus der Meinung sein, daß Eure Mordanklage durch Beweise gestützt ist, wird er nicht lange fackeln, bevor er handelt.«

Ich werde diesen hochnäsigen kleinen Maler schon zum Reden bringen, dachte John, und wenn ich seine Tür eintreten und ihn an seiner eigenen Staffelei aufhängen muß!

Irgend jemand hatte John die Arbeit abgenommen. Als John vor Saskis Haus eintraf, entfernten ein Zimmermann und sein Lehrling gerade Nägel aus den zerschmetterten Überresten der schweren graugrünen Eingangstür.

John rannte die Stufen zum *stoep* hinauf. Niemand gebot ihm Einhalt, nicht an der Tür, nicht in der Eingangshalle. Der leere Türrahmen ließ das Haus nackt und verwundbar erscheinen. John hielt mitten im Schritt inne. Die Halle war jeglicher Gemälde beraubt. Der Putz an den Wänden zeigte noch das schachbrettartige Muster ihrer blassen, geisterhaften Spuren. Dann erblickte John den Stoß zerborstener Rahmen auf dem Fliesenfußboden.

»Saski?«

Ein oder zwei der kleineren Porträts hatten überlebt; der Rest aber war zerschlitzt, die Rahmen zerbrochen.

Was habe ich letzte Nacht zu Coymans gesagt? Habe *ich* das vielleicht auf dem Kerbholz?

John ließ den Blick über das Zerstörungswerk schweifen, suchte nach der Parodie des Letzten Abendmahls mit Coymans und Malise im Zentrum der Tafel.

»Hat er etwas übersehen und Euch als seinen Botenjungen noch einmal vorbeigeschickt?«

John zuckte zusammen und drehte sich ruckartig zu der Treppe herum, die ins Atelier hinunterführte. Der Künstler hatte beide Handgelenke zwischen Treppengeländer und Endpfosten verkantet, um die Pistole zu stabilisieren.

»Ihr habt Glück, daß ich so gute Nerven habe«, ließ Saski verlauten. »Erstaunlich, unter den gegebenen Umständen. Ich hätte ja auch feuern können, ohne noch mal genauer hinzusehen. Ich hätte Euch sogar treffen können.«

»Wer, habt Ihr gerade gesagt, soll mich geschickt haben?«

»Unser beider Wohltäter ... der Bruder Eurer Hure.«

»Coymans hat mich nicht geschickt«, stellte John fest.

Saski stieß ein hartes, höhnisches Lachen aus. »Nach all den Nächten, in denen ich Euch beide zusammen skizziert habe – macht mir doch nichts vor!«

»Nach diesen eingehenden Beobachtungen sollte Euch nicht entgangen sein, daß ich wirklich nichts weiß!«

Saski seufzte unsicher. Er zog die Handgelenke von der Kerbe zwischen Geländer und Endpfosten zurück. Die Pistole streifte dabei ratternd am Holz entlang. Sein Nervenkostüm war also doch nicht das stabilste. »Kommt nach unten«, forderte er John auf. »Seht, was er getan hat.«

Die Luft war erfüllt vom beißenden Gestank von Terpentinharz, Ölen, tierischem Klebstoff und Qualm. Eine Riesenhand hatte nachlässig die Leinwände, Zeichenmappen, Farben, Pinsel, Steintöpfe, Kännchen, Schüsseln, Bleistifte, Holzkohlestückchen und Kreiden durcheinandergerührt. Zeichnungen waren zerfetzt, zusammengeknüllt und mit Farbe bekleckst. Köpfe waren von den Körpern, Himmel in zwei Teile gerissen worden. Man hatte ein kleines Feuerchen entzündet, das soeben in einem Stapel aus Mappen erstickte. Gemälde hingen in Fetzen in zertrümmerten, in sich verdrehten Rahmen. Bürstengriffe waren abgebrochen, Kännchen mit Pigmenten und Klebstoff auf den Boden geworfen und zerschmettert worden. Stiefel hatten in Ocker, *terre verte* und Schwarz ihre Abdrücke auf Skizzen von Gesichtern hinterlassen. Nur das Porträt von Coymans war unversehrt geblieben, auch wenn es in einem gefährlichen Winkel auf der halb zu Boden gesunkenen Staffelei an der Wand lehnte.

Wer hätte gedacht, daß Justus so eitel war?

John bückte sich und hob eine abgetrennte, mit Silberstift gezeichnete Hand auf. Das Handgelenk und der Arm lagen halb verdeckt unter einem dicken Klumpen aus getrocknetem Gips.

»Euer Spielkamerad ist ein Tyrann«, sagte Saski.

»Er war Euer Mäzen.«

Saski schoß ihm einen ätzenden Blick aus seinen blauen Augen zu. »Was habt Ihr ihm erzählt?«

»Nichts, was dies hier hätte verursachen können, das schwöre ich. Wie kommt Ihr darauf, daß ich der Urheber dieses Zerstörungswerks bin?«

»Justus wollte gewisse Zeichnungen ... Skizzen. Ich hörte ihn danach fragen.«

»Wo wart Ihr denn?« fragte John. »Während die angehäuften Schätze Eures Malerlebens zerstört wurden?«

Saski zitterte. »Ich hab' mich versteckt, das versichere ich Euch. Hab' meine Hände versteckt.« Gedankenverloren ließ er den Blick über sein zerstörtes Atelier schweifen. »Das hier ist nichts. Zimmer kann man saubermachen. Rahmen können repariert werden. Jetzt hab' ich wenigstens Platz für die Zeichnungen, die ich in Zukunft noch malen werde. Ich habe meine Hände vor ihm versteckt, und meine Augen.«

John ließ die Hand wieder auf dem Atelierboden ruhen, neben der Abbruchkante des Handgelenks, das aus dem Gipsklumpen herausragte. »Welche Zeichnungen wollte er haben?«

»Das solltet Ihr besser wissen!« stieß der Maler hervor. Er erbebte in winzigen Schüben, wie Suppe in einem Topf, die kurz vor dem Kochen steht. »Er ist offenbar der Ansicht, daß Ihr meinen Bildern gefährliche Dinge entnommen habt.« Saskis Selbstbeherrschung stand kurz vor dem Zusammenbruch.

»Ich fragte ihn, ob er den Mann kenne, den ich bei meinem letzten Besuch hier entdeckte, den Engländer, Malise. Mehr nicht.«

»Ihr habt mein Leben zerstört«, sagte Saski. »Ich werde keinen zweiten Mäzen wie Justus finden, der wie ich der Meinung ist, daß die Kunst nicht nur der moralischen und geistigen Erbauung unserer Seelen dienen soll! Der für sein Geld keine geschönten Darstellungen und Lügen verlangt, sondern den Künstler die Wahrheit zeigen läßt.«

»Ganz offensichtlich hat Justus bestimmte Wahrheiten denn doch nicht vertragen.«

»Er konnte die Wahrheit sehr wohl ertragen! Er hatte nur Angst davor, was Ihr damit anstellen würdet. ›Was hast du dem Engländer gezeigt?‹ fragte er mich an jenem Abend, als Ihr mich in seinem Haus gesehen habt ... nachdem Ihr Euch entfernt hattet, um mit Marieka ins Bett zu steigen.« Saskis Stimme wurde lauter. »Was hast du ihm gezeigt?«« Er hob eine Hand, um Coymans Knüffe nachzuahmen. Die Pistole befand sich immer noch in seiner Hand. »»Saski, du hast uns alle ruiniert!««

»Saski«, sagte John liebenswürdig, ergriff den Maler an beiden Schultern und drückte ihn sanft auf einen Stuhl. »Gebt mir das.« Er nahm ihm die Pistole aus der Hand und legte sie außer Reichweite auf den mit Abfall übersäten Boden. »Das schlechte Gewissen treibt Coymans. Was ich mit schlechtes Gewissen meine? Justus weiß, daß einige der Wahrheiten, deren Zeuge Ihr geworden seid, verschwiegen werden müssen. Und Ihr wißt es auch.«

Saski schauderte vor Entsetzen. »Es ist nicht an mir, ein Urteil zu fällen. Ich zeichne nur.« Seine Hand fuhr kritzelnd durch die Luft. »Ich zeichne auf. Ich urteile nicht.«

»Warum habt Ihr dann Angst?«

Saski starrte durch das Atelier auf Coymans' Porträt. »Ich hätte nie gedacht, daß er zu eitel oder zu abergläubisch sein würde, sein eigenes Antlitz zu zerstören«, sagte er versonnen.

»Wenn Ihr kein Urteil gefällt habt, warum ängstigt Ihr Euch dann so?«

Saski beantwortete die Frage immer noch nicht. »Ich will nur arbeiten.«

»Um jeden Preis?«

Saski hob seine hellblauen Augen und blickte voller Verzweiflung und Wut zu John auf. »Ich möchte nur malen dürfen, was ich *sehe!* Die reichen Kaufherren und Ratspensionäre aber wollen gemalte Lügen. Zeugnisse ihres Reichtums und ihrer Macht, die bestehen bleiben, nachdem sie selbst zu Staub zerfallen sind. Justus war anders. Ihm ging es nur um Dinge, die er auf der Stelle haben konnte. Das hat ihn frei gemacht, auch mich frei zu machen. Justus und ich, wir haben im Hier und Jetzt gelebt. Doch nun hat selbst Justus mir nahegelegt, meine Augen zu verschließen!«

»Was dürft Ihr denn nicht mehr sehen?«

Saski starrte auf seine Hände, ließ die Finger spielen, als vergnügte er sich mit einem komplizierten Kinderzählreim.

»Ihr habt ein Urteil gefällt«, stellte John fest. »Doch wie auch ich habt Ihr es vorgezogen, das, was Ihr wußtet, nicht zu sehen, weil es Euren Zwecken auf diese Weise besser diente.«

Schweigend starrte Saski auf seine Hände.

»Oder, schlimmer noch, habt Ihr es vielleicht gar insgeheim genossen, im Kielwasser der Schlechtigkeit eines anderen zu schwimmen? So wie auch ich. Ich habe mir bislang noch nicht erlaubt, den Schaden genau zu beziffern, aber ich weiß, früher oder später muß ich's tun. Zeigt mir, was Ihr nicht mehr sehen dürft!«

Saski lachte. »Glaubt Ihr wirklich, das würde ich wagen, wo schon die bloße Tatsache, daß ich Euch Skizzen von irgendeinem Engländer gezeigt habe, *dies* hier nach sich gezogen hat?« Er machte eine Handbewegung über das Chaos hinweg.

»Ja.«

Saski erschrak.

»Ihr habt es immer schon gewagt. Ihr seid nicht der stumme Beobachter, der Ihr zu sein vorgebt. Jede einzelne Zeichnung, die Ihr jemals für Coymans angefertigt habt, war ein Wagnis. Jetzt hat er Euch herausgefordert, noch weiter zu gehen.«

»Das ist eine interessante Art, die Dinge zu sehen«, versetzte Saski.

»Und es erregt Euch, dieses Leben heimlicher Gefahr.«

»Und jetzt wollt Ihr mich herausfordern, sogar noch weiter zu gehen.«

»Ja. Bis zum letzten Duell. Es sei denn, diese zerfetzten Bildnisse und zerbrochenen Pinsel, dieses Auslöschen Eures vorherigen Lebens wären die größte Dosis an Gefahr, die Ihr ertragen könnt. Falls dem so ist, hat Justus auch den Rest Eures Lebens ausgelöscht. Dann hat er Euch in dieser Welt erledigt. Zeigt mir, was Ihr nicht sehen dürft, und wir können ihn erledigen.«

Saski neigte den Kopf.

»Überlegt doch nur, wie interessant es wäre, seinen Prozeß zu zeichnen, vielleicht sogar seine Hinrichtung.« Als Saski immer noch keine Antwort gab, fügte John hinzu: »Ich glaube, daß Ihr lügt, wenn Ihr behauptet, der Verlust Eures Lebenswerks würde Euch nichts ausmachen. Ihr haßt Coymans, weil er Euch die schlimmste Kränkung zugefügt hat, die ein Mann einem anderen zufügen kann – er hat Euch den Lebenszweck genommen, für den Ihr geboren seid. Hat den Beweis zerstört, daß es Euch gegeben hat, und Euch verboten, weiterhin zu sein. Ihr müßt ihn hassen – es sei denn, Ihr wäret in der Lage, Euch mit der Hoffnung auf ein Paradies im Jenseits zu trösten!«

Saski blickte angesichts der Leidenschaft in der Stimme des Engländers auf. »Hat er Euch dasselbe angetan?«

»Er war nicht der erste, der mir diese Kränkung zugefügt hat. Doch ohne Eure Hilfe wäre er der erste, dem ich es durchgehen ließe.«

»Er war wie ein älterer Bruder für mich.«

»Ich glaube, Ihr liebt die Schwester und haßt den Bruder.«

Saski erhob sich und führte John nach oben in die gefliese Eingangshalle.

Die Skizzen befanden sich unter einer losen Fliese im Fußboden. Saski reichte John die erste Studie, in lockeren, hastigen Strichen hingeworfen, von Coymans und »der Stirn«. Coymans, der Anweisungen erteilte, »Stirn«, der durchtriebene Bosheit ausstrahlte. Eine schwere Börse lag in Coymans' Handfläche. Die Hand der »Stirn« hing in der Luft, gierig, die Mulde für die Börse bereits geformt, darauf brennend, ihr Gewicht aufzunehmen.

»Das hat er Euch mit anschauen lassen?« fragte John ungläubig. »Als er mir sagte, er sei ein Spieler, wußte ich nicht, wie weit er seine Vorstellung von ›Spaß‹ treiben würde.«

Die zweite Zeichnung war detaillierter, als hätte Saski sie in der Ruhe des Ateliers angefertigt, eine *memento mori* Genreszene. Ein alter Mann, allein im Kerzenlicht arbeitend, blickte entsetzt zu einem Eindringling auf. Sein weißer Haarkranz sträubte sich vor Schrecken und loderte in einem Strahlenkranz auf, seine Augen und sein Mund gaben zu verstehen, daß er den Tod an seiner Tür erkannt hatte. Der Tod streckte die beinerne Hand in einer höflich fragenden Geste vor. »Ich störe doch nicht? Darf ich eintreten?« Sein Gesicht jedoch war nicht ganz skelettiert; es war das Gesicht der »Stirn«.

»Bols!« keuchte John. »*Wißt* Ihr das? Oder ist es nur Eure Vorstellungskraft?«

»Ich zeichne keine Unwahrheiten.« Saski betrachtete eine dritte Zeichnung. »Diese hier hätte ich nicht verstecken müssen, aber sie gehört zu den anderen.« Er gab sie John.

John und Coymans, die den Verkauf des *Königs von Kandy* feierten. Da war er, jubelte über seinen Gewinn, der aus der Ermordung eines alten Mannes stammte, unwissend, aber dennoch beschmutzt. Auf jenem Gesicht entdeckte er das Kainsmal, das er nie zuvor gespürt hatte.

»Diese hier wird mich nicht davon abhalten, die anderen beiden gegen Coymans zu verwenden, falls Ihr das meint«, erklärte John nach einem langen Augenblick.

»Es ist Euer Risiko, Eure Entscheidung.«

»Die Skizzen allein werden Coymans nicht überführen.«

Saski zeigte ein dünnes Lächeln. »O nein! Denkt nicht mal daran. Ihr werdet mich zu keinem weiteren Zeugnis als diesem hier verleiten.«

»Ihr habt nicht zufällig die Zerstörung von Bols' Tulpenzwiebeln gemalt?«

»Das hätte selbst meine Vorstellungskraft überfordert.«

»Und Spiegel?«

»Ich bin Künstler, kein Held. Bitte nehmt diese hier und geht!«

»Die Zeichnungen allein werden nicht zu Coymans' Verurteilung führen«, sagte Gomez. »Aber sie werden die Verhaftung des alten Oly bewirken. Er ist dem Geld treu, nicht dem Mann. Er wird reden, auch wenn Saski verschlossen wie eine Auster bleibt. Die Skizzen werden genügen, daß Coymans seine Anziehungskraft als Brötchengeber einbüßt.« Gomez hielt die Studie von Coymans und Oly mit gestrecktem Arm vor sich hin. »Das Risiko, mit ihm Geschäfte zu machen, scheint unannehmbar hoch zu sein. Selbst wenn Coymans einer Verurteilung entgeht, wird er doch seinen Ruf verlieren. Wie beim Spekulieren ist ein Gerücht so gut wie die Wahrheit.«

»Saskis Leben hängt davon ab, wie diese Zeichnungen verwendet werden.«

»Ebenso wie das Eure«, erwiderte Gomez. »Und das meine. Verdecktes Vorgehen, verstehe. Versucht nicht, mich zu schulmeistern, junger Mann.«

Am folgenden Nachmittag jedoch wurde in der Gasse zwischen Sankt-Antonius-Tor und Warmoesstraat ein Überfall auf John und Arthur verübt. Arthur erlangte auf dem Boden des Bäckerladens das Bewußtsein wieder, wohin irgend jemand ihn geschleift hatte, nachdem er den englischen Diener jenes Herren erkannt hatte, der neulich die gesamte Straße durch sein Herumgeschreie zwei Stunden vor Tagesanbruch in Aufruhr versetzt hatte.

»Wo ist dein Herr?« fragte Gomez Arthur. »Wo ist John?«

Gomez und der Bäcker stürzten los, um die Gasse noch einmal abzusuchen. Sie hämmerten an Türen und spähten in die Wassertiefen der Gracht. Ohne Ergebnis. John war wie vom Erdboden verschluckt.

16

Er saß in seichtem Wasser in fast völliger Dunkelheit, gegen etwas Hartes, Nasses, Kaltes gelehnt. Er legte eine Hand auf den Fußboden, um sich beim Aufrichten abzustützen. Kaltes Wasser reichte ihm bis übers Handgelenk. Gesäß und Rücken fühlten sich wie Eis an. Seine Hand ging auf Entdeckungsreise. Messer und Degen waren verschwunden.

Entsetzen drang durch den schmerzhaften Nebel in seinem Hirn. Das Bewußtsein kehrte zurück.

Er taumelte auf die Füße, mußte innehalten, während der Nebel erneut durch seinen Verstand wirbelte. Als Johns Kopf wieder halbwegs klar war, versuchte er herauszubekommen, wo er sich befand.

In einer feuchten, steinernen Zelle, drei Fuß breit und vier Fuß lang. Man hatte ihn gegen die Rückwand gelehnt. Das Dach war eine Handbreit höher als sein Kopf. Eine Öffnung von sieben Zoll im Quadrat war in eine dreieinhalb Zoll starke Tür eingelassen und mit Eisenstäben vergittert, die dicker als sein Daumen waren. Die Wände waren so glitschig wie Schleim, überwuchert von einem Gewächs, aus dem Wasser sickerte wie aus einem vollgesogenen Schwamm. Es war zu dunkel, als daß er seine Füße hätte sehen können, doch er hörte sie auf dem rutschigen Boden im Wasser glitschen und schwappen. Umhang und Wams hatte man ihm ausgezogen.

Mit geschlossenen Augen gab John sich fünf Sekunden lang dem Glauben hin, die schiere Kraft seines Willens könne die hölzerne Tür und die hemmenden Steinmauern in nichts auflösen. Er schlug die Augen auf, rechnete beinahe schon damit, wieder Raum und Licht sehen zu können. Die massive Tür schloß ihn immer noch in seinen steinernen Sarkophag ein.

Coymans.

Coymans war schneller gewesen als Gomez. Saski hatte ihn hintergangen. Marieka hatte seine Bestrafung verlangt. Wer immer Sir Georges Mann die Kehle durchgeschnitten hatte – er hatte beschlossen, auch John aus dem Weg zu räumen.

Warum lebe ich überhaupt noch? Warum haben sie mich nicht einfach umgebracht und in den Fluß geworfen? fragte er sich und gab sich gleich selbst die Antwort: Weil ich hier gut verborgen bin. Nie wird meine Leiche aufgedunsen an die Oberfläche treiben, um meine Mörder anzuklagen.

Seine Hände tasteten sich an der Kante des feuchten Holzes entlang, suchten dann die Türmitte ab, aus deren Schwammbewuchs ebenfalls das Wasser sickerte. Kein Griff. Weder ein Schlüsselloch, noch ein Riegel, noch ein Scharnier. Nichts als dickes, nasses, von Flechten und Schwämmen bewachsenes Holz, an dem seine Finger abrutschten. Die Eisenstangen steckten in einem stabilen Rahmen. Und trotz der Feuchtigkeit war das Türholz kein bißchen verfault, sondern hart und fest unter dem glitschigen Bewuchs. John rüttelte mit aller Kraft an den Gitterstäben. Nein, diese Zähne steckten fest in ihrem Kiefer.

Er drückte den Rücken gegen die hintere Wand, hob das Bein und trat gegen die Tür. Der Schmerz des Aufpralls zuckte seine Fersen hinauf bis ins Knie, doch die Tür gab nicht einmal ein Knarren von sich. Wiederaufkeimendes Entsetzen beschleunigte Puls und Atmung. John preßte sein Gesicht gegen die Gitterstäbe, dachte, wünschte, sehnte seinen Körper in den Raum dahinter und wandte der Schwärze den Rücken zu.

Hier ist genug Luft. Du wirst nicht ersticken.

Streng redete er sich zu, von einem Ort aus, der so weit wie möglich entfernt war. Sein anderes, Anweisungen erteilendes Ich, das sich außerhalb der dunklen, nassen, drei mal vier Fuß großen Steinzelle in Sicherheit befand, schaute leidenschaftslos zu. Du hast reichlich Luft zum Atmen. Du hast mehr als genug Platz. Du leidest keine unerträglichen Schmerzen. Du mußt dir um nichts Sorgen machen. Nicht, bis Coymans und seine Schlagetots zurückkommen.

Dennoch sog John die Luft zwischen den Gitterstäben in seine Lungen, als müsse er sich einen Notvorrat anlegen.

Die Dicke der Tür beschränkte sein Gesichtsfeld. Auf der anderen Seite der vergitterten Öffnung konnte er einen Streifen Wasser sehen; rechts davon, ziemlich nah, befand sich eine steinerne Mauer. Direkt unterhalb der Tür sah er einen Steinsims, von einer kniehohen Mauer geschützt. Dahinter und darunter schwappte das Wasser langsam auf ihn zu, in ein Staubecken am Fuße des Steinsimses. Zur Linken der Zelle, weiter draußen auf dem Kanal, glättete sich die Strömung mit einemmal und verschwand in krausen Wirbeln flußabwärts.

Diese Zelle befindet sich draußen vor der Seemauer, folgerte er. Oder im Pfeiler einer Brücke.

Das zerborstene Heck eines halb gesunkenen Skiffwracks ragte aus dem Wasser des Staubeckens hervor, in der untersten rechten Ecke seines quadratischen Sichtfeldes. Die gefiederten Staubwedelkronen einer weit entfernten Reihe spindeldürrer Bäume erhoben sich zu seiner Rechten über die Seemauer. Über der zweiten Seemauer, auf der anderen Seite des breiten, metallisch schimmernden Kanals, machte John einen nackten grauen Abendhimmel aus, ohne einen Baum, ohne ein Segel, sei es von einem Schiff oder von einer Windmühle.

Die Baumreihe zu seiner Rechten schien an einer Straße zu stehen.

Er rief um Hilfe.

Niemand antwortete.

Er rief ein zweites Mal. Dann zwang er sich, still zu sein. Rufen mochte in Panik ausarten, mochte zu der Vorstellung führen, Hilfe sei unterwegs – um dann in bodenlose Enttäuschung umzuschlagen. Die Phantasie war nun seine Feindin.

Du bekommst Luft, sagte der leidenschaftslose Schulmeister. Was bedeutet da ein wenig Unbequemlichkeit? Verletzte Würde? Die Ungeduld erzwungenen Wartens? Was an alldem wäre wahrhaft unerträglich?

John zwang sich dazu, das kleine, von Gitterstäben gestreifte Lichtquadrat zu verlassen. Mit den Händen tastete er die schwarzen, schleimigen Wände ab.

Eine zweite Öffnung gibt es wahrscheinlich nicht, aber geh trotzdem auf Nummer Sicher.

In der Bauweise dieser Kerkerzelle war irgend etwas verborgen, ein Dreh, der ihm nicht gefiel, doch John konnte noch nicht genau bestimmen, was ihm die größten Sorgen bereitete. Welch boshaften Sinn für Humor der Geist besaß, der diese Zelle entworfen hatte! Hier drinnen konnte ein Mann vor Angst sterben, die Fluchtmöglichkeit ein paar Zoll entfernt vor Augen.

John ließ die Hände über die feuchten schwarzen Oberflächen aller vier Wände gleiten, ertastete jedoch nichts als massiven Stein. Die einzige Besonderheit bestand in einer Reihe kleiner, rechteckiger Löcher, die am Fuße jeder Wand in den Stein gebohrt waren wie winzige Abflüsse. Er steckte einen Finger in eins der Löcher, konnte das Ende jedoch nicht erspüren.

Ärmel und Rückenteil seines Hemdes waren mittlerweile durchgeweicht und kalt. Das vier Zoll hohe Wasser auf dem Zellenboden war durch seine Schuhsohlen gedrungen.

Noch einmal rief er um Hilfe. Er würde sich seine Hilferufe einteilen. Lediglich wohlüberlegte Hilferufe ausstoßen. In wohlüberlegten Abständen.

Draußen verdunkelte sich der Himmel. Die Baumwipfel waren zu runden, schattenhaften Umrissen verschwommen, wie Hennen, die auf Pfählen hockten. Das Wasser, welches das schwächer werdende Licht reflektierte, hatte immer noch dieses kalte Leuchten.

Du kannst hier bis zum Morgen überleben, teilte ihm der

leidenschaftslose Schulmeister mit. Dann wird Gomez wissen, daß etwas nicht in Ordnung ist, und wird sich auf die Suche nach dir machen. Oder ein Bauer oder Bootsmann wird zufällig vorbeikommen. Der eine oder andere, mit ein bißchen Glück, bevor Coymans zurückkommt. Wenn du deine Phantasie im Zaum halten kannst, riskierst du nicht mehr als einen kleinen Fieberanfall.

Auf dem Stein über seinem Kopf hörte John scharrende Geräusche.

»Ist da jemand?« Jähe Hoffnung kämpfte mit ebenso jähem Schrecken.

Das Scharren verstummte.

»Um der Liebe Gottes willen! Falls Ihr eine menschliche Seele seid und mein Anliegen verstehen könnt, wenn auch vielleicht nicht meine Worte, holt mich hier raus!«

Über Johns Kopf war nichts als Schweigen.

»Ist da jemand?« Er stürzte in einen der tieferen Höllenkreise. Es war nur ein Tier. Eine Kuh oder ein Schaf. Dann kam ihm der Gedanke, daß ein Hirte oder Bauer in der Nähe sein mochte, wenn es sich um ein Tier handelte.

»Helft mir!«

Er wartete auf das Ende der Stille.

»Warum sollte ich?« ließ sich eine wohlbekannte englische Stimme vernehmen. »Schließlich habe ich Euch hier reingesteckt!«

Johns Nackenhaare sträubten sich. Ich hätte ihn im Stallungshof töten sollen.

»Es ist ein Vergnügen, Euch flehen zu hören«, sage Malise. »Ohne den Schutz Eures Herrn und Meisters, Sir Harry.«

Ich bin tot, dachte John. Das ist das Ende der Hoffnung und der Entäuschung.

»Noch einmal, und ich sage es nur ungern«, fuhr Malise fort, »brauche ich etwas von Euch.«

»Ihr hättet mir jederzeit das Leben nehmen können, als Ihr mich hierhergebracht habt.«

»Das kommt noch. Alles zu seiner Zeit, wie ich bereits sagte.

Zuerst will ich etwas von Euch, das Ihr mir viel einfacher geben könnt als Euer Leben.«

John schwieg.

Erneut hörte er das Schaben von Malises Schritten, die sich entfernten. Dann näherten sie sich wieder, über den kleinen Mauervorsprung vor der Zellentür.

Malise lugte ins Innere der Zelle und schnalzte mit der Zunge. »Euer Vetter wäre mit dieser Art der Unterbringung nicht einverstanden. Nur gut, daß er nie davon erfahren wird. Weder er noch sonst jemand, der ein so rufschädigendes Gerücht verbreiten könnte. Sir Harry ist über die Verbindung zu Euch höchst unglücklich, müßt Ihr wissen. Ich war angenehm überrascht, wie bereitwillig er mir zustimmte, daß es längst überfällig sei, Euch vor den Richter zu bringen.«

»Ihr lügt!«

»Was glaubt Ihr denn, woher ich wußte, wo ich Euch finden konnte?« Die Befriedigung ließ Malises Stimme glatt und ölig klingen.

John biß sich auf die Zunge; schon bereute er es, die Selbstbeherrschung verloren zu haben.

»Oder aber«, sagte Malise, »war es vielleicht die verschmähte Marieka? Ich bin ihr jederzeit zu Diensten, obwohl ich diesen Affen am liebsten aufspießen möchte.«

»Habt Ihr mich nur in dieses Loch gesteckt, um mich zu peinigen? Geht. Ich möchte schlafen.«

»Tut der Herr immer noch so, als hätte er etwas Dringendes zu erledigen?« Malise brachte sein Gesicht ganz nah an die winzige Türöffnung heran. »Ich glaube, wir sollten uns sputen, bevor Eure Hände zu klamm zum Schreiben sind.«

Er schob eine Papierrolle durch die Gitterstäbe. »Seid so gut und unterzeichnet das für mich.«

John ließ die Rolle, wo sie war. »Hier drin ist es zu dunkel zum Lesen. Ihr solltet es besser wissen, als einen Mann um seine Unterschrift unter ein Dokument zu bitten, das er nicht gesehen hat oder das ihm nicht vorgelesen wurde.«

»Es handelt sich um das Eingeständnis eines Mordes.«

»Ihr habt es doch nicht nötig, meine Schuld zu beweisen. Schließlich habt Ihr all diese angesehenen Männer als Zeugen.«

»Oh, das ist kein Geständnis, was den Mord an meinem Bruder betrifft. Dieses Dokument bescheinigt, daß Ihr Bols getötet habt.«

Nach langem Schweigen sagte John: »Aber ich habe Bols nicht getötet.« Seine Neugier war nun zu groß, als daß es ihm noch etwas ausgemacht hätte, Malise die Genugtuung zu geben, ihn sein Interesse spüren zu lassen.

»Ihr seid ein Mörder. Spielt es eine Rolle, für welchen Mord Ihr hängt?«

»Ihr seht da keinen Unterschied?«

»Ich verstehe, daß es von Eurem Standpunkt aus betrachtet einen Unterschied machen könnte. Mir aber ist es gleich. Ihr habt Euch der Bestrafung für einen Mord entzogen, den Ihr begangen habt. Ihr werdet für einen Mord hängen, den Ihr nicht begangen habt. Ich halte das für eine ziemlich elegante Lösung. Und es interessiert mich nicht im geringsten, was Ihr davon haltet.« Als John keine Antwort gab, fügte Malise hinzu: »Und es könnte sein, daß ich es einfacher haben werde, mich gegen die Anklage eines Mannes zu verteidigen, der bereits zwei Morde begangen hat.«

»Wie kommt Ihr darauf, daß ich diesen Wisch unterschreibe und mich dadurch selbst ans Messer liefere? Ihr seid verrückt.«

»Ihr werdet den Grund erfahren«, sagte Malise. »Ich komme wieder.«

Als der Nebel die Geräusche von Malises Schritten verschluckt hatte, preßte John sich wieder gegen die kleine Öffnung, tief in Gedanken versunken.

Also doch nicht Coymans. Jedenfalls nicht direkt.

John erinnerte sich an Saskis Zeichnung, auf der Malise und Coymans zu sehen gewesen waren, die ihre Köpfe zusammensteckten. Ein Falke und ein chinesischer Löwenhund.

Er wappnete sich gegen Malises spöttische Bemerkungen über Marieka und Harry. Gerade aus ihrer Glaubwürdigkeit drechselte er sich ein Gegenargument: Malise wußte, welche

Waffen er wählen mußte, um ihm die größten Qualen zuzufügen. Er wollte ihn quälen, und deshalb waren es nur Waffen.

Es spielt keine Rolle, wer mich hierhergebracht hat. Ich werde höchstwahrscheinlich sterben. Es sollte nicht mir etwas ausmachen, sondern demjenigen, dessen Seele mein Tod belasten wird.

Die Strömungsrinnsale zu seiner Linken schimmerten auf. In dem trügerischen Licht sah es so aus, als würden sie in die falsche Richtung fließen.

Malise weiß von dem Gnadengesuch, dachte John. Ich werde ihm nicht noch einmal entkommen.

Er sah sich in seiner kleinen Zelle um.

Von neuem warf er einen Blick auf die Oberflächenströmung zu seiner Linken. Sie floß in die falsche Richtung. Flußaufwärts.

Pure Einbildung! ermahnte er sich. Die Strömung war schon immer in diese Richtung geflossen. Am Anfang war er zu sehr in Panik verfallen, um genau zu beobachten. Die Strömungswirbel waren stets um die Ecke der linken Wand seines Kerkers herumgeglitten.

Das Licht schwand, sogar von der Wasseroberfläche.

Du kannst ja gar nicht sehen, wie die Strömung fließt. Fülle die Lücken in deinen fünf Sinnen nicht mit den Krankheitserregern deiner Phantasie aus!

John verlagerte sein Gewicht und spürte plötzlich einen Widerstand am Knöchel, den er zuvor nicht bemerkt hatte.

Vor Schreck standen ihm die Haare zu Berge. Die ruhige, belehrende Stimme wurde in einen Abgrund panischen Tumults gesaugt.

Das Wasser auf dem Zellboden war gestiegen.

Ruhig!

John bewegte beide Füße hin und her, einen nach dem anderen, gegen den Wasserwiderstand. Er hob den rechten Fuß und ließ ihn durch fünf nachgiebig-feuchte Zoll auf den festen Boden sinken.

Vielleicht hast du die Wassertiefe beim ersten Mal falsch eingeschätzt.

Doch er wußte, ohne daß er weiterer Beweise bedurft hätte, daß er sich in einem Kanal auf der dem Meer zugewandten Seite der letzten Schleuse befand – und daß die Flut stieg. Das also war es, was Malises Ansicht nach seine Meinung ändern würde.

Für einen Augenblick konnte John sich nicht rühren. Dann bückte er sich angsterfüllt, um eine der quadratischen Öffnungen an der Rückwand der Zelle zu ertasten. Sie führten direkt durch die Steinwand. In Form fetter, flüssiger Würmer trat Wasser aus ihnen heraus und speiste die steigende Pfütze auf dem Boden. John blickte hinter sich aus dem kleinen vergitterten Fenster hinaus. Der Wasserstand im Staubecken schien gestiegen zu sein. Das war also der Dreh. Das war der Tod, den er dem Hängen vorgezogen hatte.

Wie hoch stieg die Flut? Wie lange dauerte es, bis das Wasser seinen höchsten Stand erreicht hatte? John verfluchte seine Unwissenheit. Die Holländer hielten, wie Höflinge eines launischen Tyrannen, jederzeit ein Auge auf Neptun. Doch obgleich er wochenlang in ihrem halb aquatischen Land gelebt hatte, hatte er sich nie nach so grundlegenden Dingen erkundigt.

Er zog seinen Ärmel zurück, beugte sich nieder und berührte den Boden. Das Wasser stieg nun schon ein gutes Stück über sein Handgelenk.

Verstopf die Löcher!

Zu viele. Er hatte nur sein Hemd und seine Kniehosen. Selbst wenn er sich nackt auszöge, könnte er nicht einmal die Hälfte der Löcher zustopfen.

Er ritt seine Panik nun wie ein unberechenbares Pferd, das jederzeit ausbrechen konnte. Auch wenn er noch im Sattel saß – die kleinste Unsicherheit würde ihn abwerfen.

Warum bin ich hier?

Malise will, daß ich einen Mord gestehe, den ich nicht begangen habe. Und welche Rolle, wenn überhaupt, hat Coymans bei der ganzen Sache gespielt? Malise hat keinen Versuch unternommen, seine Beziehungen zu verbergen.

John bückte sich erneut, um den Boden zu berühren. Das Wasser war bis zur Hälfte seines Unterarms gestiegen.

»HELFT MIR!« brüllte er durch die Gitterstäbe. Er versuchte, die Lippen fest zusammenzupressen, doch ein zweiter Schrei entrang sich ihm. »HELFT MIR!«

Wenn Coymans von meinem letzten Besuch bei Saski erfahren hat ... Vielleicht hatte Gomez einen Schnitzer gemacht und ihn verraten. Vielleicht hatte Coymans ihn aus purem Spaß an Malise ausgeliefert.

Bitte, Herr! Bitte, wende diese Flut hinweg von mir!

Das Wasser stieg weiter. Die kleinen, quadratischen Öffnungen befanden sich nun ein gutes Stück unterhalb der Wasseroberfläche, doch John konnte spüren, wie das bedrohliche Naß durch sie einströmte und seine Zelle füllte. Die düster glitzernde Oberfläche des Staubeckens hob und senkte sich in der Abenddämmerung, manchmal weit entfernt, dann wieder so nah, daß es die niedrige Mauer um den Sims vor seiner Tür zu überfluten schien.

Gott machte keine Anstalten, ihm zu helfen.

John versuchte wie König Knut, die Fluten zurück in ihr Meeresbett zu zwingen. Aber das Wasser stieg weiter an. Es erreichte schon fast seine Knie. John preßte die Stirn gegen die Gitterstäbe in der Tür.

Ich glaube, ich werde sehr bald sterben.

Hab' nie gedacht, daß es so sein würde. All diese Proben im Geiste, aber niemals dies hier.

»Wie hoch wird es Eurer Meinung nach steigen?«

Sein eigener lärmender Gedanke scholl ihm von draußen entgegen, oberhalb der Zelle.

Malise war zurück. Seine Stiefel scharrten wieder auf den Steinen über Johns Kopf.

»Man sagte mir, daß der Wasserpegel je nach Windstärke und Mondphasen von Tag zu Tag variiert. Manchmal steigt das Wasser bis zum Dach, manchmal bleibt es ein wenig darunter.«

»Ich dachte immer, Ihr zöget Feuer vor«, sagte John.

»Alle Elemente dienen mir.«

Das Scharren erklang erneut, wurde schwächer, erklang

dann wieder von der Seite der Seemauer her. Füße schlurften den kleinen Sims entlang, und die Gestalt eines Mannes verdunkelte das etwas hellere Rechteck der vergitterten Öffnung.

»Nun?« fragte Malise im Plauderton. »Sind Eure Füße so naß wie meine?«

Geh weg von der Öffnung! beschwor John ihn mit der Kraft seines Willens. Mach, was du willst, aber versperr mir nicht die Luftzufuhr! Dann hatte er sich wieder in der Gewalt. Doch er traute seiner Stimme nicht.

»Ich wollte ein wenig plaudern«, erklärte Malise.

Also bist du doch nicht nur gekommen, um meine vollgesogene Leiche hier herauszufischen, dachte John. Er schluckte. »Um mich noch mehr zu verhöhnen oder mit einer anderen Absicht?«

»Ihr habt die Wahl«, sagte Malise. »Zum ersten Mal, seit Ihr da drinnen seid, könnt Ihr Euch wirklich entscheiden.«

Das Wasser umspülte Johns Kniescheiben. Er hatte in der abendlichen Kälte zu zittern begonnen. »Ihr seid hartnäckig«, erwiderte er schließlich. »Ich bewundere das beinahe schon.«

»Wählt. Werdet Ihr unterschreiben oder hierbleiben und wie eine Ratte ersaufen? Ich glaube, ich würde lieber hängen. Und Ihr habt ja immer noch die Aussicht auf Richtblock und Schwert.«

»Wenn ich unterschreibe, was bietet Ihr mir im Gegenzug?« wollte John wissen.

»Einen ehrenvollen Tod.«

»Das ist ein armseliger Handel.«

»Wie wäre es mit einem Vorsprung? Ich bin der Jäger, Ihr das Wild? Ich halte die Hunde zurück, bis Ihr die erste Wiese überquert habt.«

»Warum tut Ihr mir das an?«

»Weil ich Euch hängen sehen will«, gab Malise geduldig zur Antwort, als hätte er diese Worte bereits unzählige Male wiederholt.

»Meine Frage war eher auf das Warum hinter dieser Antwort gerichtet.«

»Um einem alten Freund aus der Patsche zu helfen, für den Ihr mit der Zeit ein Ärgernis geworden seid.«

»Das hört sich schon plausibler an«, sagte John. »Aber es erklärt nicht Euren Haß, bevor ich Francis tötete. Warum habt Ihr meine Eltern ermordet?«

Und wenn er antwortet, weiß ich, daß ich heute nacht sterben werde.

Nach langen Minuten des Schweigens entgegnete Malise: »Das Wasser schwappt nun über die Mauerkrone. Es durchnäßt schon meine Stiefel. Entscheidet Euch, was Ihr tun wollt. Mich zieht es wieder zurück aufs trockene Land. Werdet Ihr unterzeichnen?«

»Nein«, sagte John.

John vernahm Stoffrascheln und das Platschen nasser Füße.

Ein paar Sekunden später sagte Malise: »Ihr habt mindestens noch eine Stunde bis zum Höchststand der Flut. Ich verlasse Euch jetzt, damit Ihr in aller Ruhe darüber nachdenken könnt, wie es ist, Zoll um Zoll zu ersaufen. Ich werde noch ein letztes Mal zurückkommen, bevor ich mich wieder in die Stadt begebe.«

John versuchte sich diese Stunde vorzustellen, während das Wasser ihm bis zur Brust stieg. Doch das war mehr, als ein Mensch sich vorzustellen vermochte. Gefährlich, sich so etwas vorzustellen.

»Gebt mir das Geständnis«, sagte er. Er hörte, wie der andere scharf den Atem einsog, dann wieder das Stoffrascheln.

»Hier!« Malise war nicht in der Lage, das Beben in seiner Stimme zu unterdrücken. Er schob das Papier durch die Stäbe. »Ich habe einen Ölstift mitgebracht, mit dem Ihr unterschreiben könnt. Ich hatte die Befürchtung, daß die See Eure Tinte verwässern könnte.«

John riß ihm das Papierstück aus der Hand; er hatte Angst, seine Entschlossenheit zu verlieren. Er rollte es auseinander. Das bleiche Rechteck raschelte in seinen zitternden Händen.

»Irgendwo am unteren Ende der Seite.« Malise reichte ihm den Ölstift durch die Gitterstäbe hindurch.

John riß das Dokument mitten durch, dann noch einmal. Er mühte sich, seine zitternden Muskeln zu kontrollieren, riß die Viertel zu Achteln und die Achtel zu Sechzehnteln. Er schob eine Handvoll Schnipsel durch die Stäbe und zerfetzte wild den Rest, als fürchte er, das Dokument könne sich auf magische Weise wieder zusammenfügen.

»Das war's dann also«, sagte Malise verzweifelt.

»Richtig. Bitte geht jetzt.«

»Es überrascht mich, daß Justus Euch tot sehen wollte«, fügte Malise hinzu. »Ich finde, Ihr seid Euch sehr ähnlich – beide stammt Ihr aus einer Familie höflicher Wegelagerer und kultivierter Straßenräuber, und beide bereichert Ihr Euch mit Freuden am Unglück anderer Menschen.«

»Ihr verwechselt mich mit Euch.«

»Haltet Ihr mich etwa für einen Schurken?«

»Ich *weiß* es«, stieß John zwischen zusammengepreßten Zähnen hervor, die vor Kälte zu klappern begonnen hatten.

»Ich kann mich nicht mit Ungerechtigkeit abfinden. Das ist mein schwerstes Verbrechen. Bevor Ihr sterbt, und das wird heute nacht sein, will ich, daß Ihr Eure Schuld offen bekennt. Eure Familie hat die meine zerstört. Sie hat sich unsere Ländereien und unsere Stellung angeeignet. Francis und ich haben drei Leben genommen. Euer Vater und Großvater jedoch haben den Fortbestand der gesamten Familie Malise vernichtet. Und die Gerichte haben ihnen den Rücken gestärkt. Wenn König Henry sich schon dazu entschließen mußte, uns unsere Ländereien zu nehmen und sie einem Federfuchser zu geben, dessen Kratzfüße ein wenig tiefer ausfielen als die der anderen, warum mußte dann auch noch Gott selbst es so fügen, daß dieser Federfuchser ein Gentleman wurde! Während wir, die wir seit zweihundert Jahren auf unseren Besitzungen geherrscht hatten, zu einem Nichts wurden. Ohne Ländereien, ohne Stellung, ohne Stimme.«

»Ohne Tarleton Court?« fragte John.

»Ohne Tarleton Court starb mein Vater im Ausland, unter Fremden, die eine Sprache sprachen, die er nicht kannte. Er starb an nassen Füßen und gebrochenem Herzen. Meine Mutter folgte ihm schon bald.« Malise lehnte sich wieder gegen das kleine Fenster. »Meine Eltern gegen deine, Nightingale. Und die Ländereien hat keiner von uns. Alles in allem schuldest du mir noch etwas.«

John stellte sich vor, immer noch die fahlen Papierfetzen auf der Oberfläche des Stauwassers treiben zu sehen, das nun den Steinsims überspülte und sanft gegen die Außenseite der Tür schwappte. Es hatte so wenig gefehlt, und er hätte unterschrieben, nur damit diese Tür sich öffnete und er wieder an die Luft, auf trockenes Land hätte treten können.

Malise war schon eine Zeitlang fort. Es war einfacher gewesen, als er noch da war. John mußte den letzten Akt allein über die Bühne bringen.

Jeder ist im Tod allein, sagte er sich.

Aber nicht so!

Manchen widerfuhr noch Schlimmeres. Seinen Eltern. Hätten sie diese Todesart ihrer eigenen vorgezogen? Er versuchte zu atmen und spürte, wie das Gewicht des Wassers auf seine Brust drückte. Die See hockte auf seinem Herzen.

Die Kälte war zu einem stechenden Schmerz geworden, der ihm bis in die Knochen drang. Er wußte nicht, ob er noch zitterte.

Ich werde untertauchen, dachte er. Wenn es soweit ist. Und dann meine Lungen mit einem einzigen tiefen Atemzug füllen.

Kann ich das einen Atemzug nennen, wenn es doch Wasser und nicht Luft ist?

Wasser brannte in der Lunge wie Feuer. Er kannte das vom Schwimmen. Doch die Qual würde ein Ende haben.

Er stellte sich vor, zu tauchen und auf wundersame Weise durch ein unter der Wasseroberfläche verstecktes Portal hinauszuschwimmen, frei ins offene Wasser, und dann aufzutauchen wie ein Wal, während die Wellen sich über seinem Kopf brachen.

Das Wasser hatte sein Schlüsselbein erreicht.

Er schüttelte den Kopf, um die Erinnerung an ersäufte Kätzchen zu verscheuchen. Verschrumpelt und klebrig. Kleiner, als sie im Leben gewesen waren. Geschrumpft, weil ihnen irgendeine lebenswichtige Substanz entzogen worden war.

O Domine Jesu Christe, Rex gloriae, libera animas defunctorum de poenis inferni, et de profundo lacu.

Errette, o Herr, die Seelen der Hingeschiedenen aus den unergründlichen Wassern!

...ne cadent in obscurum ... auf daß sie nicht fallen in völlige Finsternis.

Er empfand nichts. Weder Furcht noch Frieden.

Ist es jetzt soweit, um unterzutauchen?

Libera me.

Er stand auf den Zehenspitzen, und das Wasser reichte ihm bis zum Kinn.

Tauch jetzt, befahl er sich. Während du noch Herr deiner Zeit bist. Tauch ein in den Tod, erspar dir das Jammern und Winseln. Tauch unter!

O Herr, erlöse mich ... aus den unergründlichen Wassern ... aus dem Rachen des Löwen ...

Ich muß bald tauchen, wenn ich es überhaupt noch schaffen will.

Er schwankte. Tauch!

Und dann entrang sich seinem Mund ein gewaltiger Zornesschrei, völlig ohne eigenes Zutun, als wäre er besessen.

NOCH NICHT! DIE ZEIT IST NOCH NICHT GEKOMMEN! NOCH NICHT!

Der Lärm seines Zornesausbruchs wirbelte wie ein Zyklon um die Wände seines Kerkers und krängte von der Oberfläche des steigenden Wassers hinweg.

Ich weigere mich! Noch nicht!

Was hast du getan? Was hast du getan? fragte er sich mit wiedererwachter Verzweiflung. Hast dich selbst zum Todeskampf verdammt!

Aber ich werde nicht gehen!

Libera me!

Ich will nicht gehen!

Das Wasser stieg langsam zur oberen Kante der Gitteröffnung. Erreichte sie. Ihm war die Luftzufuhr abgeschnitten.

Ruhig. Immer mit der Ruhe. Sagte der leidenschaftslose Schulmeister.

Wo kommst du denn jetzt mit einemmal wieder her? fragte John.

Ruhig. Atme langsam. Behutsam. Kopf in den Nacken.

Das Gewicht lastete nicht länger auf seinen Stiefelsohlen. Laß dich nach oben treiben.

Der Kälteschmerz war fort. Sein Körper war taub. Er schwebte im Wasser, den Kopf zurückgelegt, während die Stiefelspitzen über den Boden schleiften, ihn gerade noch berührten.

Das Dach lastete schwer auf seinem Gesicht, drückte ihn nach unten. Er konnte es nicht sehen, doch er konnte spüren, wie der Stein die Luft zusammenpreßte wie ein beschwerter Käse. Panik stieg in ihm auf, ließ ihn zittern.

Still! Ruhig! Gut so.

Was weißt du denn?

Gut so.

Das Dach war so nah, daß es seinen Atem reflektierte.

Es ist immer noch Luft um mich herum. Überall. Ruhig.

Ein Bein zuckte unwillkürlich und ließ ihn vor Panik beinah untergehen. Ruhig. Er trieb wieder auf dem Wasser. Zehen gegen den Boden gestemmt. Nase so hoch, daß sie beinah das Dach berührt.

Die Luft wird dick. Wird zu Sirup.

Unsinn. Ist noch reichlich da.

Das ist nicht möglich.

Aber du schaffst es. Still. Ruhig.

Das. Ist. Nicht. Möglich.

Das. Ist. Nicht. Möglich.

Crocus vernus. Crocus neapolitanus. Pseudonarcissus. Narcissus maximus. Spanische Hyazinthe. Tulipa praecox. Tulipa persica …

Das. Ist. Nicht. Möglich.

Libera me, Domine ...

Die Große Weibliche Päonie. Dodoens Iris. Die Susianische Iris. Berggoldlauch. Rosa centifolia. Rosa alba ...

Wenn Himmel und Erde werden erzittern und beben ...

Dann hob sich das Steindach hinweg, und er flog hinaus in den Nachthimmel, kreiste über der See und flog zum Obstgarten auf dem Hawk Ridge. Die keimenden Früchte schimmerten wie Kerzen zwischen den graurindigen kleinen Spornen. Zeal und Tante Margaret saßen in den Zweigen des Baums der Herrin.

Sie warten auf mich, dachte er. Aber er schaffte es nicht, sie auf ihn aufmerksam zu machen, obwohl er wild mit den Flügeln schlug wie ein Schwan.

Wenigstens haben sie sich angefreundet, dachte er. Das ist ein Trost. Dann legte er die Flügel zusammen und tauchte in das belanglose, schwatzhafte Quaken im Ried des mittleren Weihers ein.

Seine Zehen stießen auf den Boden. Er war langsam in die Tiefe gesunken. Er stand auf seinen Schuhsohlen. Er war wieder in der Flutungszelle.

Die Panik versetzte ihm einen Stoß unter das Brustbein. Er war immer noch im Dunkeln. Die See hockte immer noch auf seiner Brust.

O Gott! Ich bin nicht gestorben! Ich bin immer noch hier! Ich kann das nicht ein zweites Mal ertragen! Ich werde verrückt! Er versuchte, um sich zu schlagen, doch das Wasser hielt seine Arme fest.

Still. Ruhig.

Er spürte, daß seine Hacken hart gegen den Steinboden stießen. Seine Augen öffneten sich weit in der Finsternis. Sein Körper krümmte sich vor Angst. Dann fanden seine Augen das Rechteck aus schwachem Licht. Noch immer war es nur ein schmaler Schlitz. Doch er wurde größer. Langsam, aber er wurde größer.

Er preßte die Stirn gegen die obere Kante der Öffnung und

atmete die reine Luft ein. Er kniff die Augen ganz fest zusammen, begann aber doch, vor Erleichterung zu weinen. Die Flut hatte ihren Höhepunkt überschritten. Das Wasser fiel.

✴

»Mister Coymans?« Zeal erkundigte sich wiederholt nach dem Weg. »Mister Coymans' Haus? Breestraat? Alte Seite?«

»Breestraat? Coymans?« Die Leute hatten ihr den Weg gewiesen.

Die erfolgreiche Überfahrt hatte Zeal mit einer siegesgewissen Kraft erfüllt, die in den Hafenanlagen nur vorübergehend erschüttert worden war. Dann hatte sie zwei hilfsbereite, englischsprechende Männer auf der Straße getroffen, und Rachel war es gelungen, zwei Jungen aufzutreiben, die ihre Habseligkeiten tragen halfen.

Zeal blickte an der Vorderfront von Justus Coymans' Grachtenhaus empor. John war in diesem fremden Haus, in diesem fremden Land, führte ein fremdes Leben, über das Zeal soviel wußte wie über das Leben eines Wilden in der Neuen Welt. Sie konnte es noch nicht glauben, daß sie drauf und dran war, in diese Fremdheit hineinzugreifen, um ihm mitzuteilen, daß sein Leben in Gefahr sei und sein Gastgeber einer seiner Feinde sein mochte. Die Idee erregte und ängstigte sie gleichermaßen. Sie raffte ihre Röcke und stieg mit entschlossenen Schritten die Stufen zur Eingangstür hinauf.

»Vorsichtig, Herrin!« rief Rachel ihr zu, als Zeal auf einer nassen, frisch geschrubbten Steinstufe ausglitt.

»Bitte, klopf an«, bat Zeal.

»Ich möchte Mister Nightingale sprechen«, erklärte sie mit fester Stimme der jungen Frau, die die Haustür halb öffnete.

Die junge Frau antwortete irgend etwas, das Zeal nicht verstand, und machte Anstalten, die Tür wieder zu schließen.

»Mister Nightingale!« wiederholte Zeal ein wenig lauter. »Der Engländer. Vielleicht nennt er sich Graffham.« Sie stemmte die Hand gegen das Türblatt. Das schwarze Kleid der

544

jungen Frau war so fein, und sie trug glitzernde Steine an den Ohrläppchen, so daß Zeal nicht hätte sagen können, ob sie mit dem Hausmädchen oder der Herrin sprach.

»Der Engländer, Mistress. Wenn Ihr so freundlich wärt. Er sagte mir, er wohnt im Haus von Justus Coymans.«

Eine andere Frauenstimme ließ sich aus dem Innern des Hauses vernehmen. Die Frau an der Tür gab Antwort. Dann wich sie zurück.

Eine zweite junge Frau trat aus einer Zimmertür in die schwarz-weiß gefliese Eingangshalle. Diesmal war es zweifellos die Herrin. Sie trug ein gelbes Gewand und den größten und feinsten Spitzenkragen, den Zeal jemals zu Gesicht bekommen hatte. Ein Perlenband um ihren langen weißen Hals. An einer langen Perlenkette baumelte, kurz unterhalb des tiefen Miederausschnitts, ein schweres Medaillon aus Gold und Staubperlen. Eine zweite Kette schlang sich um ihr Handgelenk. Weitere Perlen hingen von ihren milchweißen Ohrläppchen herab, unter gelösten Locken dünnen blonden Haares.

Was für ein dummer Fehler, tadelte Zeal sich insgeheim. Sie hätte gern gewußt, ob das Hausmädchen ihre Unsicherheit bemerkt hatte. Und dann ging ihr durch den Kopf, daß ihr Haar neben diesem sanft schimmernden Gold wie schlichtes Messing wirken mußte.

»Wer will John sprechen?« fragte die zweite junge Frau in etwas fremdländisch klingendem Englisch. Sie schien über das Schachbrettmuster aus Marmorquadraten zu schweben, prachtvoll, golden und heiter. Ein Kobold kuschelte sich in ihre Arme. »Ich bin Justus Coymans' Schwester. Warum wünscht Ihr John zu sprechen, meine Liebe?«

Zeal starrte sie bestürzt an.

»Aber kommt doch bitte herein«, fuhr die junge Frau freundlich, aber mit unverblümter Neugier fort. »Ihr seht mir nicht wie eine Räuberbande aus. Kommt und setzt Euch. Schöpft erst einmal Atem, wenn Ihr mögt, bevor Ihr mir erzählt, was Ihr wünscht.« Sie sagte etwas in Holländisch zu der Dienstmagd, die Rachel daraufhin in den hinteren Teil des Hauses führte.

»Ist er da?« erkundigte Zeal sich drängend, nachdem die Tür sich hinter ihr geschlossen hatte.

Sie fragte sich, ob sie nicht eine riesengroße Dummheit begangen hatte, sich schutzlos in dieses fremde Haus zu begeben und zuzulassen, daß Rachel so mir nichts dir nichts weggebracht wurde.

»Nein, er ist nicht hier«, erwiderte die junge Frau mit einem schrägen Blick in Zeals Richtung. Sie geleitete sie in ein Gemach, bei dem es sich um das Musikzimmer zu handeln schien.

»Aber Ihr kennt ihn?«

»O ja.« Die junge Frau lächelte sanft und streichelte den Kobold, der, wie Zeal nun erkennen konnte, eine Art Affe war. Sie warf dem Affen einen finsteren Blick zu.

Es war das »O«, das Zeal aufstieß. Sie wußte, daß sie unweigerlich in Tränen ausbrechen würde, würde sie die junge Frau jetzt ansehen oder zu sprechen versuchen.

»Würde es Euch etwas ausmachen, mir zu sagen, wer Ihr seid?«

Zeal schluckte und holte Luft. »Die Gemahlin seines Vetters.«

»Ah.« Die junge Frau schien sich ein wenig entspannter in ihren Sessel zurückzulehnen.

»Lady Beester«, setzte Zeal hastig hinzu.

»Johns Vetter Harry?«

Zeal nickte. »Von Hawkridge House. In Hampshire. In England.«

Sie hob den Blick und entdeckte das Gemälde. Einen langen, schreckerfüllten Moment starrte sie auf die nackte Üppigkeit der Pomona, die so genau jene weibliche Pracht widerspiegelte, die Zeal in etwa vier Fuß Entfernung gegenübersaß und sie mit einem Interesse musterte, das nicht gänzlich wohlwollend war. Dann brach Zeal in Tränen aus.

»Ich weiß gar nicht, warum ich weine«, sagte sie wütend. Sie zerrte ein Taschentuch aus ihrem Ärmel und wischte sich heftig die Augen. »Ich höre schon auf, ich verspreche es. Ich hör sofort auf.«

»Hättet Ihr gern etwas Ale?« fragte Pomona besorgt. »Was darf ich Euch holen lassen?«

»Mir geht es g ... g ... gut!« heulte Zeal. »Es ist John, der in Gefahr ist!« Erst da verriet ihr die geschwollene Röte um die Augen der anderen jungen Frau, daß auch sie geweint hatte.

Obgleich John die Sonne nicht sehen konnte, hatte der Himmel sich aufgehellt. Vielleicht klarte es auf. Er vermochte es nicht zu sagen. Es war von einem stählernen Grau, dieses diffuse Licht, und machte es ihm unmöglich, die Sonne zu sehen. Immer noch stand das Wasser hoch um seine Füße, doch er war zu erschöpft, um die Höhe genau zu messen ... und ihm war viel zu kalt.

»Helft mir!« schrie er. Der erlaubte Hilferuf. Seine Stimme verhallte in den sanften grauen Himmel, als würde man ihm ein Federkissen auf den Mund pressen.

Die Kälte hatte sich in Schmerz zurückverwandelt. Seine Hände zitterten so stark, daß er sich nicht mehr an den Gitterstäben festhalten konnte. Seine Beine wollten ihn nicht länger tragen. Er setzte sich auf den Boden und sah sich bis zu halber Brusthöhe im Wasser versinken. Und außerdem konnte er so nicht länger durch dieses winzige Quadrat aus grauem Licht hinausblicken. Doch wenn er nicht nach draußen schaute, hatte er das Gefühl, das keine Luft eindringen konnte. Also stemmte er sich in eine aufrechte Position, um sich gegen die Tür zu lehnen, während ihm die Kleider wie eine zweite Haut am Körper klebten, und versuchte, seine Gedanken mit den Strömungswirbeln des Stauwassers und den gefiederten Wipfeln der Baumreihe auf Reisen zu schicken.

Ein unbekannter Vogel lenkte ihn eine Weile ab. Er hing mit Krallen, die so dünn wie Draht waren, kopfüber vom Dollbord des halb gesunkenen Skiffs und hackte mit großer Geschwindigkeit auf die Entenmuscheln und Algen ein, die auf dem modernden Holz wuchsen. John beobachtete, wie der nadelspitze

Schnabel zustach, noch hurtiger sogar als Tante Margarets stik-
kende Finger.

»Nein!« brüllte er lauthals, als irgend etwas, das er nicht
sehen konnte, den Vogel erschreckte, so daß er auf und davon
flatterte. Er war wieder allein.

Das Wasser fiel immer noch, aber es würde von neuem steigen.

Wie viele Stunden noch?

Stunden spielten keine Rolle. Er hatte keine Möglichkeit, die
Zeit zu messen. Er konnte die Sonne nicht sehen.

Ich bin mir nicht sicher, was ich tun werde, wenn das Wasser
wieder zu steigen beginnt, dachte er. Ich weiß nicht, was in mir
noch übrig ist.

Die letzte Nacht hatte sich in der Rubrik unerträglicher
Dinge zum leuchtenden, tanzenden Schatten seiner Mutter ge-
sellt.

Ich kann das nicht noch einmal durchmachen. Nicht, wo ich
jetzt weiß, wie es sein wird. Ich *kann* nicht!

Aber die Entscheidung lag nicht bei ihm. Malise hatte entschieden, daß er es noch einmal würde durchmachen müssen.

»*Ich* entscheide, was Ihr tun werdet. Nicht Ihr. Ihr ... unbedeutender Habenichts!«

Der alte Zorn tröstete ihn eine Zeitlang. Malise hatte am
Ende also doch gewonnen. Ich hätte ihn mit der Mistgabel aufspießen und seinen Männern die Gelegenheit geben sollen, mich
zu töten. Das wäre schneller gegangen. Ich wäre mit einem
zornigen Fanfarenstoß aus dem Leben geschieden.

Du kannst immer noch tauchen, sagte er sich. Aber er wußte
nun, wie schwer es sein würde. Er rief seine Gedanken zurück
und schickte sie wieder durch die Gitterstäbe auf Reisen.

Malise benutzte fremde Sünden, um seine eigenen zu recht-
fertigen.

Eine Brise kräuselte die Wasseroberfläche zu winzigen, da-
hingleitenden Wellen, die hinter der Mauer des Simses verschwanden. Eine geraume Weile suchte John sich einen Wellen-
kamm aus, ritt auf der Welle dahin, für die kurze Dauer ihrer

Reise in die Auslöschung, nahm sich die nächste, ritt auf ihr, nahm die nächste ...

Das Denken war der Feind.

Verzweifelte Hoffnung gebiert Glauben, dachte er sarkastisch. Er hatte begonnen, ernsthafte Zwiesprache mit Gott zu halten. Er entschuldigte sich für seinen Mangel an Glauben. Der Herr hatte ihn schon einmal aus seinem Kerker errettet. Ob Gott in Erwägung ziehen konnte, es noch einmal zu tun?

John war sehr durstig. Seine Blase hatte sich irgendwann in die auslaufende Flut entleert.

Ich brauche ein Gebet, das zwischen den Wurzeln des Baums der Herrin vergraben ist.

Mach, daß der Vogel zurückkommt.

Mittlerweile war der Boden beinah trocken. Doch statt ihn aufzumuntern, ließ diese Feststellung Johns Herz so kalt wie seine Glieder werden. Je niedriger das Wasser stand, desto eher würde es umkehren und wieder zu steigen beginnen.

Ich kann es nicht noch einmal ertragen!

Herr, flehte er. Wenn du mir schon nicht die Freiheit schickst, so schicke mir wenigstens Ergebung in mein Schicksal! Ich weiß, daß ich mich nicht fürchten sollte. Mein Verstand weiß, daß es nur ein kurzer Augenblick der Todesqual vor dem ewigen Frieden ist. Wieso will mein Körper sich nicht darein ergeben?

Er wurde seines Körpers ohnehin langsam müde, so sehr zitterten und schmerzten ihm die Glieder.

Dann fuhr ihm ein neuer Gedanke durch den Kopf. Und wenn es nun nicht sein Verstand sein würde, der verhinderte, daß die Tortur der vergangenen Nacht sich wiederholte? Wenn sein Körper sich weigerte? Wenn ihm die Beine einknickten und ihn hinab ins finstere Wasser ließen? Seine tauben Hände weigerten sich schon jetzt, sich an den Gitterstäben festzuhalten. Wer würde dann die Entscheidung treffen?

Ihm war, als hörte er wieder das Scharren über seinem Kopf, doch er sperrte sich dagegen, jetzt schon von neuem zu rufen. Die Hoffnung war zu furchterregend für ihn geworden, als daß er auch nur die Möglichkeit in Betracht ziehen durfte, dort oben könne jemand sein.

Er wünschte, der Vogel möge zu dem Skiff zurückfliegen.

Die Wasserwürmer krochen wieder durch die kleinen Abflußschlitze herein.

Ich glaube, diesmal wird es noch hell sein, dachte er. Selbst durch das Wasser hindurch sollte ich wenigstens einen kleinen Lichtschimmer sehen.

Er taumelte ein wenig, fing sich jedoch wieder. Er beschloß, sich hinzusetzen, nur eine klitzekleine Weile, während das Wasser noch niedrig stand. Wenn er die Augen schloß, machte es nichts, daß er nicht nach draußen blickte.

Wie merkwürdig, daß ich keinen Hunger habe, dachte er. Vielleicht weiß mein Körper, daß er nichts mehr braucht.

Er schlang die Arme fest um seine zitternden Knie, preßte sie zusammen und ließ den Kopf darauf sinken. Seine Stirn wußte es, doch seine Knie spürten nichts.

Honig, dachte er. Honig auf heißem Brot. Und ein Apfel. Eine Aprikose, von der Sonne erwärmt ...

Mit einem Ruck erwachte er. Wasser spülte um seine Gesäßbacken, leckte an seinem Rückgrat hoch. Er sprang auf und schlug dabei Wellen, die gegen die Steinwände plätscherten. Lehnte sich an die Tür, stellte sich breitbeinig hin mit durchgedrückten Knien, so daß seine Muskeln nichts tun mußten. Sie hätten es nicht gekonnt.

Abermals hörte er das scharrende Geräusch.

Er konnte sich nicht mehr beherrschen. »Hallo, ist da jemand?«

»Keine Angst«, erklang Malises Stimme. »Ich bin's nur. Ich werde bis zum Ende bei Euch bleiben. Ihr werdet nicht allein sein.«

Bitte laß mich heraus! schrie das Tier in der Falle. »Ihr werdet lange warten müssen«, gelang es John zu sagen.

»Gar nicht mal so lang. Die nächste Flut wird höher als die letzte sein.«

»Weinbrand?« fragte Malises Stimme ein wenig später. »Ich könnte mir vorstellen, daß es ziemlich kalt da drinnen ist. Seid Ihr sicher, daß Ihr nicht ein wenig Weinbrand möchtet? Es ist nur holländischer, fürchte ich.« Er schien sein Bedürfnis nach vertraulichen Mitteilungen verloren zu haben.

Das Wasser hatte wieder Johns Knöchel erreicht.

Wenn er von nun an schwieg, würde Malise nie erfahren, wann er gestorben war. John würde ihn um diesen Augenblick betrügen.

»Helft mir!« brüllte er. Sein letzter erlaubter Schrei. Die letzte Brieftaube flog aus, hinweg über die Fluten. Nun würde er stumm sein.

John lehnte sich an die Tür und schloß die Augen. Es erheiterte ihn, daß Malises Anwesenheit das Sterben leichter zu machen schien. Ausgerechnet Malise knüpfte all jene davonflatternden, verängstigten Stückchen seines Ich wieder zusammen. John glaubte nicht, daß Malise an dem Scherz Gefallen finden würde.

Malise wollte Flehen und Winseln. Entschuldigungen und Reue.

Schweigen und Würde.

Nach meinen eigenen Bedingungen.

»Seid Ihr sicher, daß Ihr nichts mehr wollt?« ließ Malises fragende Stimme sich von neuem vernehmen; sie klang leise und ein bißchen lächerlich.

John verschloß seine Ohren.

Nicht mehr lange, und es geht mir bis zu den Knien.

Das scharrende Geräusch hat jetzt keine Bedeutung mehr.

John verschloß auch davor seine Ohren, davor und vor den eingebildeten Stimmen. Sein Körper zitterte nun wirklich. Seine Kiefer klapperten. Seine Knochen schlugen gegeneinander. Nicht mehr lange, und sein Geist würde ihn nicht mehr aufrecht halten. Bald würde er fallen, würde sacht ins Wasser sinken. Die Zeit glitt durch ihn hindurch wie ein Fluß zwischen Klippen.

Ein Schrei drang aus der brennenden Kutsche.

John öffnete die Augen. Ein Mann überschlug sich langsam

hinter dem Quadrat aus grauem Licht. Während Johns Unterkiefer zweimal gegen seine obere Zahnreihe schlug, prallte der Mann vom Steinsims ab und krachte ins Heck des halb versunkenen Skiffs. Ein Affe mit einem roten Jäckchen schrie erneut und sprang von Malises Schultern wieder auf den Sims zurück.

»Laßt mich! Laßt mich!« Die dringliche Stimme einer Frau. John hörte verblüfft und interessiert von sehr weit weg zu.

Über seinem Kopf war wieder dieses Kratzen zu vernehmen, und aus Richtung der Seemauer zu seiner Rechten hörte er Scharren und das Geräusch herumpurzelnder Körper. Jemand kam den Sims entlang.

»O Gott, mach auf!« flehte die Stimme. »Bitte, *mach auf!*« Eine andere Gestalt stritt mit der ersten draußen vor der Tür.

»Bitte hört auf, gegen die Tür zu drücken, Sir«, sagte Arthur. »Wir können den Riegel nicht entfernen, wenn ihr Euch dagegen lehnt!«

John taumelte gegen die hintere Wand und rutschte hilflos auf seine Fersen hinunter. Kaltes Wasser umspülte ihn bis zu den Brustwarzen. Die Stimmen verschwammen. Er stieg in sein Bett, roch das muffige Leder des Kopfbretts.

Meine Kerze ist aus Versehen erloschen. John zuckte die Schultern. Die Dunkelheit störte ihn nicht mehr.

»Es ist das Wasser!« sagte Arthurs Stimme. »Das verdammte, verfluchte Wasser, das von innen dagegen drückt!« Arthur schien jeden Augenblick in Tränen auszubrechen. »Komm schon, komm schon, *komm* schon!«

»So, zum Beispiel!« ließ die Frauenstimme sich vernehmen.

John lehnte an der Wand, die geballten Fäuste gegen seine klappernden Zähne gepreßt. »Danke, Arthur. Das ist alles für heute nacht!«

Die Tür öffnete sich mit einem Geräusch, als würde Seide durchgerissen. Das Wasser im Innern der Zelle ergoß sich nach draußen auf den Sims. Doch Zeal drängte mit weit größerer Kraft in die Zelle herein.

John lachte. Wo ist Tante Margaret? Seid ihr beide von den Zweigen des Baums der Herrin hierhergeflogen?

Er spürte ihre Hände, ihre Arme. Er klammerte sich an ihr fest. Sie war warm. So also ist das Sterben, sagte ihm irgendein Teil seines Gehirns. Ich bin zu weit gereist. Von dort, wo ich vor ein paar Minuten noch war, wo immer das auch gewesen sein mag.

Er war zu erschöpft, um sich gegen die Arme zu wehren, die ihn fortzerrten. So viele Arme. Warm. Und Gesichter. Es ist alles gut, Arthur ... Zeal. Du kannst nicht mitkommen. Ein Mann stirbt allein. Ich kann euch beide nicht mitnehmen.

Er taumelte durch Zeit und Raum. Gar nicht so, wie ich es mir vorgestellt habe. Würde gerne Dr. Bowler erzählen, wie die letzte Finsternis ...

»John! John! O John!« Sie wiegte ihn hin und her, hielt ihn fest umschlungen, als könnte sie so sein Zittern unterdrücken. »Armer, armer John!« summte sie leise. »Komm zurück, bitte. Komm zurück!«

»Er atmet«, sagte Arthur.

»Es geht ihm gut«, versetzte Zeal scharf. »Es wird ihm wieder gutgehen!«

John warf den Kopf an Zeals Brust hin und her. Er war gefesselt. Er versuchte sich zu wehren.

»Ruhig, Sir«, sagte Arthur. »Wir geben uns Mühe, Euch wieder warm zu bekommen.«

John schlug die Augen auf. Zeals Antlitz schwebte über ihm.

Er wachte wieder auf. Er lag auf dem Boden, das Haupt in Zeals Schoß. Sie streichelte seine Hand, als wäre diese ein kleines Kätzchen. »Er ist erwacht!« rief sie.

John blickte auf, schaute ihr in die graublauen Augen. Sie schienen sehr weit weg zu sein, und doch wärmte ihre Taille seine Wange.

Der Boden unter ihm schwankte heftig. John wandte den Kopf und erblickte Marieka, die mit einem Ruder in der Hand balancierte, während ein Bootsmann ihr über den Schandeckel der Segelschaluppe half.

»Wie geht es Euch, Sir?« fragte Arthur.

Noch so ein Rätsel. John machte die Augen wieder zu. Wo kam dieser Mann her? Und Tante Margaret hatte er doch im Baum der Herrin hocken sehen. Sein ganzer Körper war so taub, daß er das Wasser nicht mehr spürte.

»Du wirst wieder gesund«, sagte Zeal. »Nicht wahr, John?«

Er fühlte, wie ihre Hand sich fester um seine schloß. Eine Spitze ihres Mieders kratzte ihn am Ohr. Er legte sich nieder. Da war kein Wasser. Die Fesseln, die seine Beine zusammenschnürten, waren ein trockener Umhang.

Mit einem jähen Ruck erwachte er vollends. Zeals Augen schwebten immer noch über ihm. Die Spitze kratzte ihn immer noch am Ohr. Ihre Hände schlossen sich immer noch warm um die seinen. Strähnen rotblonden Haares klebten vor Feuchtigkeit an ihren Wangen wie der Flaum eines frisch geschlüpften Entleins.

»Wenn du so fragst, würde ich es nicht wagen, *nicht* gesund zu werden«, antwortete John undeutlich.

»Es geht ihm wieder gut«, stieß Arthur erleichtert hervor.

John blickte erstaunt um sich. Er war ausgezogen und in trockene Umhänge gewickelt worden, die man auf dem Boden von Coymans' kleinem Segelboot ausgebreitet hatte, um es ihm bequem zu machen. Arthur und Zeal hockten an seiner Seite. Hinter den beiden sah Rachel ihn an. Marieka saß auf einer Bank und musterte sie alle mit ihrem grüblerischen Und-was-nun-Schweigen. Die hohen Ufer auf beiden Seiten drehten sich im Kreis; dann standen sie still.

Die Schaluppe schaukelte erneut, als der Kahnführer das rostrote Segel setzte. Es flatterte kurz und wurde dann vom Wind gebläht. Die Brise kam von hinten, und die Ufer glitten erstaunlich schnell vorüber. Der Kahnführer pfiff durch die Zähne und blickte über seine Fahrgäste hinweg.

John ließ den Kopf zurückfallen. Beizeiten würde er wieder Ordnung in seine Gedanken bringen.

Es war noch nicht an der Zeit gewesen. Er hatte recht daran getan, nicht unterzutauchen.

Er schob die Erinnerung beiseite, wie nahe daran er gewesen war.

»Ich glaube, ich wußte, daß du kommen würdest«, sagte er zu Zeal. »Ich muß es gewußt haben.«

»Schlaf jetzt.« Sie führte seine Hand an ihre Lippen, um sie dann wie ein Kätzchen wieder in ihren Schoß zu betten.

John hörte die ungekannte, besitzergreifende Autorität in ihrer Stimme und gehorchte.

17

Coymans' Haus war eine leere Hülse. Ihre Schritte hallten spröde auf dem Marmorfußboden der Eingangshalle wider. Die Wände der Halle waren aller Gemälde entblößt, mit Ausnahme von Coymans' *père*.

Marieka führte John ins Musikzimmer. Er war mittlerweile in Arthurs beste Kniehosen gewandet. Im Zimmer angelangt, blieb er stehen und schaute sich um. Keine Teppiche mehr auf den Tischen, von denen die meisten ohnehin verschwunden waren. Spinett noch da. Theorbe weg. Durcheinandergewirbelte Notenblätter und Mariekas Stuhl. Nur der Kern von Mariekas Leben war in all der Leere zurückgeblieben. Ein einsames Hausmädchen schien der einzige noch anwesende Dienstbote zu sein. Erasmus schritt eine Wand entlang und wieder zurück, als zähle er die Fußleistenkacheln.

»Wo ist Justus?« fragte John. Er mußte Zeal erklären, in welcher Gefahr sie schwebten und daß sie unverzüglich aufbrechen mußten. Er blickte zu Arthur hinüber.

»Justus ist fort«, sagte Marieka.

»Wo?«

»Oh, ich würde es dir nicht erzählen, selbst wenn ich es wüßte.« Marieka beugte sich über das Spinett und schlug einen

Akkord an. »Wie könnte ich auch?« Sie ließ einen zweiten Akkord erklingen. »Dein kleiner Marranen-Freund Gomez hat die Schöffen angeschleppt. Sie waren so erzürnt darüber, Justus nicht anzutreffen, daß sie alles andere mitgenommen haben. Ich habe sie überredet, mir das Spinett zu lassen ... und mein Bett. Ich habe behauptet, es sei meins, nicht seins.« Sie spielte den höchsten Ton, dünn, fade, fast unhörbar, ein winziges, hohes, zirpendes Klicken.

»Du meinst, Justus kommt nicht wieder?«

»Dafür hast du doch gesorgt, nicht wahr? Du und dein Gomez. Justus hat immer gesagt, daß du ihn mal zugrunde richten würdest.« John hätte nicht mit Sicherheit sagen können, ob sie verärgert war.

»Er ist geflohen?«

Marieka nickte.

Sie weiß etwas, aber wieviel?

»Trotz allem sieht es so aus, als würde ich dir mein Leben vedanken.«

»Nicht ganz«, erwiderte Marieka. »Die kleine Gemahlin deines Vetters hat mich dazu getrieben. Und sie wollte den größten Spaß für sich.«

»Doch der wahre Dank gebührt *ihr*«, schaltete Zeal sich ein. Auf dem Kahn hatte sie den Entschluß gefaßt, alle Eventualitäten zu ignorieren, was Marieka Coymans betraf – mit Ausnahme dessen, was sie mit eigenen Augen sehen konnte. Was sie nicht wußte, existierte nicht. Was nicht existierte, konnte keinen Schaden anrichten. »Sie hat das Boot besorgt, und sie wußte auch, wo wir dich finden konnten.«

John schoß Marieka einen Blick zu.

Glaub, was du willst, sagten ihre Augen. Ich werd's dir nicht leichtmachen. Deine Entscheidung.

»Ich weiß nicht, was wir ohne sie getan hätten«, fuhr Zeal fort. Dann kam sie zu dem Ergebnis, nun des Guten zuviel getan zu haben, klappte abrupt den Mund zu und errötete vom Kragen aufwärts bis zu den Ohren.

Arthur kam ihr zu Hilfe. »Master Malise war so überrascht,

zwei feine Damen mit Picknickkörben und Schoßtierchen auf sich zusegeln zu sehen, daß er nichts Böses ahnte, bis Lady Beester ihn niederschlug.«

»Bis Lady Beester ihn niederschlug ...«, hörte John und wäre gern näher darauf eingegangen. Doch plötzlich klingelte eine Alarmglocke in seinem Kopf. »Wo ist Malise jetzt? Ich habe ihn ganz vergessen.« Unglaublich, aber wahr in jenem wundersamen Nebel, in dem seine Rettung vonstatten gegangen war.

Marieka zuckte die Achseln. »Wir haben ihn da gelassen, wo er hingefallen war, auf dem verrottenden Skiff. Seine Männer waren nicht weit entfernt in seinem Boot. Vielleicht haben sie ihn vor dem Ertrinken bewahrt.«

»Du hast ihn *laufen* lassen?«

»Was hätte ich denn deiner Meinung nach tun sollen?« Marieka wurde mit einem Mal zornig. »Wo Justus sich aus dem Staub gemacht hat? Edward hat dich ja am Ende doch nicht getötet. Ich muß für mich retten, was noch zu retten ist. *Sauve qui peut.* Geh zurück nach England, und fechte deine eigenen Schlachten dort aus! Bitte mich nicht, noch mehr für dich zu tun, als ich bereits getan habe!«

Zeal hörte John und Marieka zu und tat so, als hätte sie keine entsetzliche Angst vor dem, was als nächstes passieren würde. John lebte. Sie hatte erwartet, die Geschichte würde an diesem Punkt enden. Sie konnte John nicht länger berühren, wie sie es in dem Boot getan hatte, solange er noch halbtot gewesen war. Dieser Mann war wieder zu lebendig, fing schon wieder an, die Zügel in die Hand zu nehmen, dachte Gedanken, die sie nicht nachvollziehen konnte.

Sie warf einen Seitenblick auf das Bild der Pomona. Dann sah sie, daß auch John das Gemälde betrachtete. Sie trat ans Fenster und gab vor, von den verschwommenen Bildern draußen völlig fasziniert zu sein. Doch am liebsten hätte sie geschrien.

Nach so vielen Unmöglichkeiten, die in keinem ihrer Bücher zu finden waren – die Reise von London, Marieka zu finden.

Arthur auf der Straße vor Coymans' Haus zu treffen, wo er seit Johns Verschwinden Wache gehalten hatte. Dann John zu finden, Malise mit dem Ruder eins überzuziehen, John aus diesem nassen Steinsarg herauszuzerren. Sie war eine Riesin gewesen, ein Baum im Sturm, der Sturm selbst. Und nun, wo sie wieder in Sicherheit war und John mit ihr, in einem sicheren, wenn auch leergeräumten Haus – keine zehn Minuten von dem Schiff entfernt, das sie nach England zurückbringen würde –, nun ausgerechnet war ihr, als könne ihr ganzes Selbst in kleine Stückchen zerbersten. Zeal starrte aus dem Fenster, hinunter auf die Straße. Sie konnte sich nicht überwinden, sich umzudrehen, um John und diese Frau anzuschauen.

»Woher wußtest du, wo du mich finden kannst?«

Marieka starrte ihn herausfordernd an. »Edward war hier in der Nacht, die du in der *torresluis* verbracht hast. Ich habe ihn gefragt, wohin er an diesem Tag gegangen ist – du und ich sind einmal ganz in der Nähe dort gesegelt. Justus hatte ihm erzählt, daß du dich mit uns überworfen hattest, und er war eifersüchtig genug, um mir demonstrieren zu wollen, daß er dich geschlagen hatte. Den Rest habe ich mir zusammengereimt.«

Mit dem, was du von deinem Bruder wußtest.

Zeal entschied, daß sie sich jetzt besser umdrehen sollte. Es hatte keinen Sinn, die Augen vor dem zu verschließen, was man nicht wissen wollte. Bring's hinter dich. Sie konnte die Vertrautheit im Gespräch der beiden ohnehin nicht länger ignorieren. Sie drehte sich um. John und Marieka standen weiter voneinander entfernt, als sie erwartet hatte. Ihre Gesichter sahen angespannt aus und verzweifelt und ein wenig verwegen, so wie die von Männern, die drauf und dran sind, sich zu prügeln. Zeal wußte nicht, ob das gut war oder nicht.

»Als Justus dir erzählte, ich würde ihn zugrunde richten, hat er dir da auch gesagt, daß er mich bereits zugrunde gerichtet hatte?« John hielt sich so ruhig wie ein Adler im Aufwind.

Marieka beobachtete Erasmus, der sich im Spinettkasten um

die eigene Achse drehte, bis der Schwanz nach oben zeigte. Sie schien die Perlen an ihren Armbändern zu zählen. Dann wandte sie sich ab und verließ ohne ein Wort das Zimmer. Erasmus kreischte und huschte hinter ihr her.

Niemand rührte sich, niemand sagte etwas, nachdem Marieka gegangen war. Arthur musterte John, der Marieka hinterdreinschaute. Rachel musterte beide Männer, warf ihrer Herrin jedoch einen raschen, sorgenvollen Blick zu.

Das Leben ist drauf und dran, sich wieder einmal zu ändern, dachte Zeal voller Entsetzen. Und ich kann nichts tun, um es aufzuhalten. Ich glaubte, es aufgehalten zu haben, damals, als ich Harry heiratete, und nun sieh nur, wohin mich das gebracht hat!

Marieka kam mit einer kleinen, lederüberzogenen Mappe zurück in den Musiksalon; sie legte die Mappe auf die nackte Platte eines Tisches, der dem Schöffen nicht die Mühe wert gewesen war. Sie blätterte den Inhalt der Mappe um, immer mehrere Seiten auf einmal. Sepia- und Tuschezeichnungen von Muscheln. In zwei von ihnen erkannte John Exemplare aus seinem Naturalienkabinett in Hawkridge House wieder, das er Zeal überlassen hatte. Zwei dunkelschwarze Stiche. Mehrere Briefe.

Marieka reichte John Jacov Fernandez' Wechselbriefe.

John schrie auf und erbleichte.

»Justus mußte so überstürzt abreisen«, erklärte Marieka, »daß er einfach vergaß, meinen Lebensunterhalt nach seinem Weggang sicherzustellen ... Oder er fand keine Gelegenheit mehr dazu.«

»Marieka –«, setzte John an.

»Glücklicherweise war ich so klug, das eine oder andere an sicherem Ort zu verstecken, nur für den Fall«, schnitt sie ihm strahlend das Wort ab. »Bevor die Aaskrähen hier einfielen und ihre Suche aufnahmen. Es gelang mir, diese Papiere an meinem Körper zu verstecken. Auf diese Weise habe ich sie ebenso behalten wie das Spinett. Als Justus erfuhr, daß Gomez mit den Schöffen auf dem Weg zu ihm war, verschwand er so überstürzt, daß er vergaß, mich nach diesen Papieren zu fragen – und nach ein oder zwei anderen Dingen, die dich nichts angehen.«

Sie gab John die gestohlenen Wechselbürgschaften. Das ganze Geld des Königs. Der größte Teil des Profits der Südjavanischen Kompanie. Nur der Gegenwert des Truheninhalts fehlte.

»Woher wußtest du, daß dein Bruder diese Briefe besaß?« fragte John mit heiserer Stimme.

»Er vertraute es mir in jener Nacht an ...« Marieka warf einen flüchtigen Blick auf Zeals abgewandtes Gesicht. »Er vertraute es mir in jener Nacht an, als ihr diesen schlimmen Streit hattet. Ich glaube, damals setzte er meine Loyalität einfach als gegeben voraus.« Sie rollte spitzbübisch mit den Augen. »Er dachte, es würde mich vielleicht amüsieren zu erfahren, was für einen Trottel er aus dir gemacht hatte. Denselben Fehler beging Edward.« Sie riß sich zusammen, als sich die ersten Anzeichen eines hysterischen Anfalls bemerkbar machten. »Ich hatte mich schon gewundert, warum Edward plötzlich wieder aus England zurückkam, wo er doch erst vor so kurzer Zeit dorthin gefahren war, dir dicht auf den Fersen; er brannte geradezu vor Zielstrebigkeit und hatte mich Verschwiegenheit schwören lassen. Mehr wußte ich nicht ... was er wollte ... was die beiden geplant hatten ... Dein Geld für meinen Bruder und dich selbst für Malise ... den Tod jenes Mannes. Ich wartete ... Dann bist du von der Bildfläche verschwunden, und die kleine Lady Beester tauchte auf.« Sie flehte ihn an, ihr zu glauben.

John sagte nichts.

»Ich habe Edward Malise nicht geliebt.«

Zu Zeals Entsetzen trat John vor, hob Mariekas Hand an seine Lippen und küßte sie. Dann nahm er ihr Antlitz in beide Hände und drückte ihr einen herzhaften Kuß auf den Mund.

»Du *bist* ein Engel!« erklärte er. »Und ich werde jeden töten, der etwas anderes behauptet. Bitte verzeih mir, wenn ich undankbar geklungen habe. Ich bin noch nicht ganz wieder ich selbst. Du bist tapferer und großzügiger gewesen, als ich es verdiene.«

»Du verdienst keine von uns«, sagte Marieka, wobei sie Zeal ansah. Sie wandte sich halb von John ab und streckte die Arme aus. Erasmus stieß sich vom Spinettdeckel ab und schlang seine schwarzen Pfötchen artig um ihren Hals. Sein Schwanz ringelte sich um ihren Arm wie ein ägyptisches Armband.

»Ich glaube, ich werde Saski heiraten«, fuhr Marieka fort. Sie neigte den Kopf, um den Affen auf den pelzigen Schädel zu küssen. »Ich werde ihm Modell stehen. Meine Nachbarn weiterhin mit meiner Verderbtheit schockieren. Irgend etwas Nützliches tun. Wenigstens sagt Saski immer die Wahrheit.«

»Wie geht es ihm?« erkundigte sich John.

»Hat's auch überlebt.«

Mariekas Absicht, Saski zu heiraten, ermutigte Zeal, sich endlich in das Gespräch einzuschalten.

»Jetzt, wo die erste Aufregung sich gelegt hat, möchte ich Euch nochmals danken!«

Marieka musterte sie nicht unfreundlich. »Und nun, wo wir diesen Mann namens Nightingale gerettet haben, was werdet Ihr mit ihm anfangen?«

»Anfangen?« stammelte Zeal. »Anfangen?« Sie starrte Marieka verdutzt an. »O Gott!« stieß sie zornig hervor, als die Röte ihr wieder aus dem Spitzenkragen in die Ohrläppchen stieg. »Ich weiß es nicht!«

Woraufhin Marieka zu lachen begann.

Auf der Segelschaluppe, die sie zurück nach England brachte, faßte Zeal folgenden Entschluß: Sollte die Hölle doch schlimmer als das Leben sein, würde sie ihren kindischen Trotz bezüglich der ewigen Verdammnis noch einmal überdenken. Was hatte sie denn damals, mit ihren dreizehn Jahren, überhaupt gewußt? Dies hier war die wahre Verdammnis, in dieser Welt, nicht in der nächsten.

Sie lehnte sich an die Reling und ließ zu, daß der Wind ihre Augen tränen machte. Sie konnte sich daran erinnern, wie sie sich gefühlt hatte, damals, in Mariekas Segelboot, noch immer Boudicca, Hippolyte, eine Riesin, durchdrungen von der Macht einer Flutwelle, die das Ruder gegen Edward Malises Haupt geschwungen hatte. Jene Frau hatte Johns Kopf in ihrem Schoß gewiegt, hatte nach vorn geblickt auf die Unendlichkeit des Kanals, der sie wie ein Pfeil ans Ende der Welt gebracht hatte.

Dieses Schiff brachte sie zurück nach London und zu ihrem Gemahl, Harry. Zeal stützte die Ellbogen auf die Reling und ließ den Kopf in die Hände sinken. Sie beobachtete, wie die Bugwellen von der Schiffsflanke wegglitten. Sie hatte John gerettet und sich selbst verloren. Er war der ihre geworden. Sie würde nie einen anderen lieben als John, ihr ganzes Leben lang nicht. Sie fühlte sich älter als Tante Margaret.

Sie beugte sich ein wenig weiter hinaus, um geradewegs auf die dunkle Linie hinabblicken zu können, wo das Wasser durch das Gewicht des Schiffs nach oben gedrückt wurde.

Marieka hatte gewußt, was Zeal empfand, und sie hatte darüber gelacht wie über einen höchst vergnüglichen Scherz.

Das Boot spann schäumende, kristallklare Wellenlinien, die hinter der Schaluppe weiter und weiter auseinanderklafften, bis sie außer Sicht gerieten. Wenn sie sich nur ein ganz klein wenig weiter vorbeugen würde, könnte sie sich fallen lassen und auf einer dieser Wellenlinien bis zum Horizont reiten, den jener holländische Kanal nie erreicht hatte.

Harry hatte Johns Tod gewollt. Wie er auch Zeals Tod wollte, auch wenn er keinen dieser Wünsche offen zugeben würde. Sie lehnte sich noch ein wenig weiter hinaus.

Wie verworfen, auch nur daran zu denken, sich fallen zu lassen.

Aber ich bin bereits über jede Verworfenheit hinaus, weil ich jemand anderen als Harry liebe. Und was noch schöner ist, es kümmert mich nicht einmal!

Ich werde Harry niemals lieben, wie sehr ich mich auch bemühen werde, Pflicht hin, Pflicht her.

Zeal ließ ihre Stirn auf die Reling sinken und atmete zitternd ein. Wie viele Jahre würde sie es über sich ergehen lassen müssen, daß Harry zwischen ihren Schenkeln herumstieß und ihr seine schleimige Zunge in den Mund rammte? Wie viele kleine

Harrys würden ihren Leib anschwellen lassen, wie ihre Schwester angeschwollen war, und sie dann entzweireißen?

Sie richtete sich entschlossen auf und blickte ins Wasser.

John hatte Zeal vom Heck aus beobachtet. Er war ihr aus dem Weg gegangen, seit sie in See gestochen waren, so wie auch sie ihm scheinbar aus dem Weg gegangen war. Er war immer noch zu erschöpft, um die verschlungenen Knoten auf den holprigen Strängen ihrer Gespräche zu entwirren. Sein Körper mußte sich erholen. Seine Gefühle waren durcheinander und verletzt.

Er war bis zur dunklen Grenze vorgestoßen, hatte einen Blick hinübergeworfen und war, zu seiner eigenen Überraschung, zurückgekehrt. Ihm war, als hätte er eigentlich sterben sollen. Sein Überleben verzerrte den glatten Ablauf der Zeit, als wäre er der Wulst eines unverdauten Frosches im Bauch einer Schlange. Er fühlte sich gleichermaßen roh und kostbar, ein ungefaßter Edelstein. Ein Geschenk an ihn selbst. Ungläubig, freudig, aber ein bißchen verwirrt und zum Schweigen gebracht.

Doch über jener stillen Tiefe, wo er sein Leben mit einem Gefühl des Staunens wiederaufnahm, wurde er von Wellen durchgeschaukelt. Er hatte eine unglaubliche Summe erworben, verloren und zurückgewonnen. Deshalb hatte er die königliche Begnadigung, von der sein zukünftiges Leben abhing, schon so gut wie sicher. Er müßte eigentlich glücklich sein.

Andererseits verdankte er einen Großteil seines Erfolgs einem amoralischen Mörder (der zudem stolz darauf war, ein Mäzen der Künste zu sein). Andere Anleger hatten verloren, damit John gewinnen konnte. Spiegel war tot. Bols war tot, und das Tulpenfeld seiner Enkelin in voller Blütenpracht war zu einem klebrigen, faulenden Brei zerstampft worden. Selbst wenn Johns kleiner *König von Kandy* sich eines Tages vermehren würde, um schließlich ein ganzes Feld zu bedecken, würde er doch nie wieder jene ungetrübte Begeisterung empfinden, die Bols und er geteilt hatten, als der Wind den Goldstaub der Blütenblätter zu Boden geschüttelt und die Tulpen zu Wellen gebeugt hatte wie das Meer.

Etwas in mir wird immer den Gewinn gegen die Kosten aufrechnen. Jener seltene Teil des Lebens, der nicht von der Notwendigkeit beherrscht wird, ist nun mit einem Makel behaftet. Coymans' Spaß hat die reine Freude zerstört, jene Freude, die sich nicht auf Gewinn gründet, gleich welcher Art.

An Deck der Londoner Segelschaluppe verspürte John jenes Reuegefühl, das ihm im Gefängnis, nachdem er Francis Malise getötet hatte, abgegangen war. Jetzt wünschte er sich, manche Taten ungetan zu machen, manches Wissen nicht erworben zu haben.

Er beobachtete, wie Zeal dem Kielwasser des Schiffs mit den Augen folgte.

Er war mit ziemlicher Sicherheit von seinem Vetter Harry verraten worden, dem er immerhin soweit vertraut hatte, daß er ihn lediglich für einen harmlosen Narren hielt. Edward Malise war mit großer Wahrscheinlichkeit noch am Leben und Gott weiß wo, zum wiederholten Male um sein Begehr betrogen, mit Marieka als neuem Beschwerdegrund. Obwohl sein Rachedämon sich in einen einfachen verbitterten und enttäuschten Menschen verwandelt hatte, schwante John Unheil. Ihre Geschichte – seine und Malises – war zu alt und ging zu tief, als daß sie mittendrin einfach hätte enden können.

Vielleicht bin ich gerettet worden, um unsere Geschichte zu Ende zu spielen.

Johns schwarze Brauen zogen sich zusammen, als Zeal sich über die Reling beugte und so gebannt ins Wasser starrte, als zähle sie die Fische.

John war von Marieka entweder gerettet oder betrogen worden, oder auch beides. Ganz sicher aber verdankte er Zeal sein Leben.

Ich möchte herausfinden, was ich fühle, dachte John. Aber wie fange ich damit an?

Angesichts all dieser Verwicklungen hatte er die Freude zurückgehalten, die er über Gomez' Nachricht hätte empfinden müssen, das VOC-Schiff sei endlich vor Portugal gesichtet worden. Es zählte nur noch wenig, daß Gomez alles in die Wege geleitet hatte, damit sein Vetter in London John dessen Anteile an der Indigo- und Salpeterfracht auszahlen würde – zehnmal mehr, als er investiert hatte. Reichtum fühlte sich weniger bedeutend an, als er sich vorgestellt hatte. Dennoch würde er es genießen, Zeal über ihren unverhofften Gewinn zu informieren, wenn er denn schließlich einträfe.

Er wußte, daß er tiefe, tiefe Dankbarkeit gegenüber jener kleinen, entschlossenen Gestalt empfand, die, in einen Umhang gehüllt, auf dem Vordeck stand und den Wind herausforderte, sie vom Deck herunterzufegen. Aber sie erfüllte John auch mit Zorn. Er war wütend, daß er sich so sehnlich wünschte, neben ihr zu stehen, ihre Schulter warm an seine geschmiegt, er war wütend, daß er sie zu Harry zurückbringen mußte, wütend, weil sie so sichtlich unglücklich war und er strenggenommen nichts tun oder sagen konnte, um sie aufzuheitern.

Als Zeal sich noch weiter über die Reling hinausbeugte, näherte John sich ihr um das Dach des Laderaums herum. Er war besorgt, sie könne ausrutschen. Das Boot mochte in eine hohe Welle segeln und sie über Bord schleudern.

Er war wütend, weil es nicht seine Aufgabe wäre, sich für sie verantwortlich zu fühlen, wenn sie erst in London Anker geworfen hätten.

Als sie ihre Stirn in offenkundiger Verzweiflung auf die Reling sinken ließ, hatte John die geringe Entfernung über Deck zurückgelegt und stand hinter ihr. Er sah ihren Nacken, zart und zerbrechlich wie der einer Taube, und die zierlichen Ausbuchtungen ihrer Wirbelsäule. Ihr rotgoldener Haarknoten war, wie üblich, zur Seite weggerutscht. Ein Kranz aus drahtigen goldenen Strähnen wehte um ihren gesenkten Kopf.

Was für ein seltsam widersprüchlich kleiner Leib für eine so energische Seele, dachte John. Trotz Mariekas überlegener Körpergröße und Schulterbreite hatte er die Tatsache, daß Zeal das Ruder geschwungen hatte, nie angezweifelt. Sie so bedrückt zu sehen machte ihm das Herz im Leib schwer.

Er hatte schuldbewußte Erinnerungen an das Segelboot, als er zwar kaum bei Bewußtsein, aber doch wach genug gewesen war, um in Zeals Fürsorge zu schwelgen. Er hatte seine Wange fest gegen ihre Brüste gepreßt, die weicher und voller waren, als er gedacht hatte. Nur mit Mühe konnte er sich davon abhalten, den Kopf darin zu bergen. Sie war nicht mehr das Kind, das sie im Obstgarten oder selbst später noch gewesen war, auf den Eingangsstufen in jener Nacht.

Er entsann sich des Kitzels von Verlangen, als sein Blick an ihren schlanken, nackten Schenkeln hoch oben im Apfelbaum emporgeglitten war. Eine verheiratete Frau, selbst damals schon. Er blieb am besten hier, in sicherem Abstand.

Als Zeal sich plötzlich voller Entschlossenheit aufrichtete, stürmte John los. Erschreckt wirbelte sie herum, als er sie packte.

»Nicht!« brüllte er zornentbrannt. »Wagt es nicht!«

»Ihr seid es!« Sie tauchte ein in den Schutz seines Umhangs. Er schlug ihn über ihr zusammen. Dann fragte eine erstickte Stimme: »Was habt Ihr denn gedacht, was ich tun würde?«

»Springen.«

Sie schwieg an seiner Brust. »Hab' nur so getan. Glaub' ich jedenfalls.«

»Macht nie wieder so eine Dummheit!« Er klang noch immer wütend.

Eine weitere Pause trat ein. Dann: »Wenn Ihr's sagt.«

Sie fühlte sich unter seinem Umhang so warm, zerbrechlich und zäh an wie ein junger Falke. Er hielt seine Hände fest hinter ihrer Taille verschränkt, auch wenn sie sich schmerzlich danach sehnten, nach unten zu wandern und ihre jungen Hinterbacken durch ihre Röcke zu erspüren. Marieka hatte ihm da so einiges beigebracht … Er sollte zurückweichen, sie loslassen.

»Darf ich hier bleiben?« fragte die erstickte Stimme wieder. »Ein kleines Weilchen?«

»Natürlich.« Er spannte die Armmuskeln an.

Nach einem kleinen Moment neigte er den Kopf und küßte sie aufs Haar; mehr sah er ohnehin nicht von ihr.

Sie hatte zu zittern angefangen. »Mir wird schlecht«, sagte sie. »Vielleicht sterbe ich auch so.«

»Ich glaube, wir sollten uns darauf einigen, nicht zu sterben. Keiner von uns sollte ohne Erlaubnis des anderen sterben.«

Daraufhin tauchte sie auf, schnappte nach Luft und lächelte ein wenig. Sie drehte sich herum und lehnte sich mit dem Rükken an seine Brust. Ihr Zittern ließ nach. Lange Zeit blickten sie beide auf das weite, flache graue Wasser und den bedeckten Himmel.

»Vielleicht wird es in England endlich regnen«, sagte John. Zeal kicherte. »Und vielleicht ist in Spanien schönes Wetter.« Er lächelte. Küßte sie wieder auf den Scheitel.

Sie wurde ganz still. »John?«

»Ja?«

»Wir sind dazwischen.«

»Was meint Ihr?«

»Zwischen zwei wirklichen Leben. Wir sind nicht wirklich in einem drin, nicht wirklich irgendwo.«

Er war verblüfft, daß auch sie dieses Losgelöstsein von Raum und Zeit empfand. »Und deshalb?«

Sie drehte sich wieder in seinen Armen herum, wobei sie einen dicken Wust aus Wolle und Seide produzierte. Sie hob ihm ihr Antlitz entgegen.

Seine Gedanken versuchten immer noch, sich zu akzeptablen Ausreden zu fügen, während er sie küßte. Sie erwiderte seinen Kuß aus tiefster Seele. Sie küßte sein Kinn.

»Du kratzt«, sagte sie vergnügt.

John stöhnte auf. In seinem Rohzustand hatte er keine Schutzmechanismen gegen sie. Sie legte ihre Finger auf seinen Mund. »Sag nicht das Richtige! Ich *weiß* es! Ich tue nur wieder so.« Ihre Finger glitten zwischen seine Lippen.

Er schloß die Augen und schmeckte ihre Finger. Nahm sie in den Mund.

Zeal wimmerte. Sie bebte, starrte ihn mit weit aufgerissenen Augen an.

»Das reicht jetzt«, sagte John schroff. Oder er würde sie gleich hier auf dem Deck nehmen. »Es tut mir leid.« Er drehte sie um die eigene Achse, so daß sie aufs Meer sah, beugte mit einer Hand ihren Kopf nach vorn und küßte ihren Nacken. Er sog schnüffelnd den Duft ihrer Haut und ihres Haars ein. Schnüffelte noch einmal, lauter jetzt, wie Cassie bei dem Versuch, alles ins Lächerliche zu ziehen. Zeal lachte ein bißchen mit, würdigte seine Bemühungen. Dann zog er sie zurück, so daß ihr Rücken wieder an seiner Brust ruhte.

Hierfür werde ich büßen, dachte er. Wir werden beide büßen. Aber es ist mir gleich, und ich will glauben, daß es auch ihr gleich ist. Sie hat recht. Vorerst. Mein nächtes Leben kann warten, bis wir im Londoner Hafen angelegt haben, was viel zu bald der Fall sein wird.

Tief im Innern wußte Harry, daß sein Handschlag mit Malise größerem Unheil den Weg bereitet hatte, als er und Malise in diesem Augenblick zugaben.

Ein Mörder sollte sich vor Gericht verantworten müssen, sagte er sich mehr als einmal, nachdem Malise gegangen war, auch wenn es der eigene Vetter ist.

Malises Abreise in die Niederlande führte keineswegs dazu, daß Harry einen klaren Kopf für andere Dinge bekam. Ganz im Gegenteil ließ sie ihn in einem Zustand jämmerlicher Erwartung zurück, ein Belagerter, der auf den guten Ausgang einer Schlacht hoffte, die in weiter Ferne tobte.

Ich würde in Gottes Augen eine schlimme Sünde begehen, wenn ich einen Mann schützte, bloß weil er zu meiner Familie gehört.

Doch dieser tugendhafte Gedanke zauberte keinen tugendhaften Glanz auf Harrys Wangen, noch führte er dazu, daß seine Schultern sich vor Stolz auf seinen eigenen Wert strafften.

John hat mich nie um Hilfe gebeten, dachte er unglücklich. Wenn er mich wenigstens zum Schweigen verpflichtet oder mich gebeten hätte, ihn ins Ausland zu schmuggeln. Dann hätte ich mich standhaft geweigert, meineidig an ihm zu werden ... selbst auf die Gefahr meiner eigenen Verdammnis hin.

Harry malte sich aus, wie er John großmütig eine schwere Börse zukommen ließ, ein gutes Pferd und einen betrübten, verwandtschaftlichen Abschiedsgruß. Dann ritt John die Biegung der Zufahrt zwischen den Buchen hinauf, fort, gesenkten Hauptes. In Harrys Tagtraum regnete es.

Aber er ist zu stur. Zu verflucht selbstsicher. Hatte meine Hilfe ja nicht nötig. Hat meine ausgestreckte Hand zurückgewiesen. (Harry erinnerte sich wieder einmal an sein freundliches Angebot am Tage seiner Ankunft, John bleiben und das Gut von Hawkridge führen zu lassen. Und an Johns undankbaren, fast irrsinnigen Wutausbruch, den er sich zur Belohnung eingehandelt hatte.)

Wenn er nur ... Aber ich hätte mich nicht mit Malise verbünden dürfen.

Dieser Gedanke verfolgte ihn immer und immer wieder zu den unpassendsten Gelegenheiten. Er bahnte sich wie ein Pfeil den Weg durch Harrys andere Gedanken und führte sogar dazu, daß er sich viel zu früh von einer Londoner Witwe, die reicher war als Zeal, herunterrollen mußte, bevor er ihr Geld durchgebracht hatte. Zwei Tage darauf bewahrte Zeal ihn durch ihre Flucht davor, sich selbst zu hassen.

Er war in jener Nacht spät heimgekommen und hatte Zeals Abwesenheit erst am nächsten Morgen bemerkt, als ein Hausdiener ihm ihren Brief zusammen mit seinem Frühstücksale überbrachte. Der Brief enthielt nichts außer den nackten Tatsachen, was sie zu tun beabsichtigte. Keine Entschuldigungen. Kein Anzeichen dafür, daß es ihr in den Sinn gekommen sein könnte, daß ein Mann es nicht schätzen würde, wenn seine Frau auf der Suche nach einem anderen Mann in fremde Länder ausbüchste, und sei es der eigene Vetter. Keine Spur davon, daß sie ihrem Gemahl Achtung und Gehorsam schuldete und bei allem, was sie tat, seinen Rat einzuholen hatte. Keine Andeutung, daß sie auch nur einen Gedanken daran verschwendet hätte, er könnte sie nach einem solchen Streich möglicherweise nicht mehr zurückhaben wollen. Sie besaß sogar die Unverfrorenheit zu schreiben, er solle sich keine Sorgen machen.

Entrüstung, Demütigung, Furcht und Ungläubigkeit eilten Harry zu Hilfe. Sein schuldbewußtes Elend verwandelte sich in sinnlose Raserei.

Was wußte so ein dummer kleiner Fratz schon davon, wie man sich eine Schiffspassage ins Ausland kaufte oder in eine fremde Stadt reiste? Was hatte ihr die Überheblichkeit verliehen, auch nur zu *glauben*, sie könne es schaffen?

Und das Geld, um ihren Plan in die Tat umzusetzen, hatte sie ihm heimtückisch abgeschmeichelt! Hatte einen Narren aus ihm gemacht, einmal mehr!

Vor Schande und Entsetzen rollte Harry sich wie ein unglücklicher Fünfjähriger in seinem Bett zusammen. Nur seine leidenschaftliche Suche nach Worten, die unflätig genug waren, um sie zu benennen – Biest, Basilisk, heimtückische Schlange, alte Vettel, Lügnerin, Schlampe, Hure, Betrügerin, Schwindlerin, Weibsbild, Metze – , bewahrte ihn davor, auf einige unangenehme kleine Wahrheiten gestoßen zu werden, die zu einem sofortigen Tränenausbruch geführt hätten.

Ich werde sie aufspüren! schwor er sich. Bei Gott, ich werde ihr Vernunft einbleuen und sie dann für die nächsten zehn Jahre einsperren! Wenn sie nicht schon ertrunken oder ermordet war.

Statt dessen stand er auf und ließ sich ankleiden und gab vor, seinen normalen täglichen Verrichtungen nachzugehen. Seine Freunde und Bekannten erwähnten *entre eux*, Sir Harry sei nicht ganz er selbst. Da es indes keiner von ihnen gewohnt war, seine junge Gemahlin in seiner Gesellschaft zu sehen, flüsterten es die Diener lange vor ihren Herrschaften.

Ich werde hinfahren und John selbst warnen, überlegte sich Harry, während er den Akteuren in einem Schauspiel applaudierte, dessen Titel ihm bereits entfallen war.

Ich werde fahren und sie beide töten. Er hob sein Glas, um irgend jemandem zuzuprosten.

Ich werde …

Als fünf Tage später – Harry war gerade spät aufgestanden – Gemahlin und Vetter durch die Tür seines Londoner Stadthauses traten, beide quicklebendig, wäre er vor Erleichterung beinahe auf die Knie gesunken. Dann jedoch verlor er sich verständlicherweise in einem Wutanfall.

»Welche Erklärung vermögt Ihr mir zu geben, Mistress?« John war offenbar auf freiem Fuß und am Leben. Harry hatte am Ende doch nichts falsch gemacht. Er hatte sich ohne guten Grund in grauenhafte Schuldgefühle gestürzt und schlimme Angstzustände erlitten.

»Raus!« schnauzte er Zeals Zofe, den Leibburschen seines Vetters und andere Dienstboten an, die sich in der Nähe herumdrückten, um die Neuankömmlinge mit eigenen Augen zu sehen, gespannt, welche Begrüßung Harry seiner fortgelaufenen Frau angedeihen lassen würde.

»Warte, Rachel. Bitte, nimm meinen Umhang.« Zeal blickte mit distanzierter Höflichkeit zu ihm auf. »Schulde ich Euch denn eine Erklärung, Harry?« fragte sie kühl. Bevor er sich dazu ermannen konnte, sie für diese Frechheit zu züchtigen, fuhr sie mit gleichbleibend kühler Stimme fort: »Wenn Ihr es denn unbedingt wissen wollt, ich habe Eure verworfene Tat wieder rückgängig gemacht.«

Harry taumelte im Geiste, versuchte indes, wieder Terrain zu gewinnen. »Ihr seid die Verworfene! Nach Holland zu ...«

»Harry!« In Zeals Augen flammte die eindringliche Warnung auf, er möge den Mund halten.

Zu seiner eigenen Überraschung tat Harry genau das.

»Ich bin nur mitgekommen, um deine Gattin wohlbehalten in ihr Heim zurückzubringen.«

Harry drehte sich um, von neuer Besorgnis erfüllt. John sah an ihm vorbei, über seine Schulter hinweg.

»Wohlbehalten!« rief Harry aus. »Und welche Rolle hast du bei der ganzen Sache gespielt, Vetterchen?«

»Keine rühmliche. Doch ich verdanke deiner Gemahlin mein Leben.« John ließ Harry stehen und wandte sich Zeal zu. »Ich werde mich jetzt zu Sir Georges Haus begeben. Schickt nach mir, wenn Ihr mich braucht, Herrin.«

»O nein, das wirst du nicht!« widersprach Harry tollkühn. »Du bleibst hier!« Er würde sich nicht so abfertigen lassen, aus welchem Grund auch immer. »Ich verlange, daß du mir berichtest, was sich da drüben abgespielt hat, zum Teufel!«

Diesmal blickte John seinem Vetter direkt in die Augen. »Besseres, als ich verdiente – oder du im Schilde führtest.«

Harry versuchte, trotzig den Blick zu erwidern, doch er hatte das Gefühl, als würde die kalte Kraft dieser klaren grauen Augen ihm das Mark aus den Knochen saugen.

Als John gegangen war, blies Harry von neuem zum Angriff. »Ihr habt mich ja beide behandelt, als hätte ich mich zu irgendeiner Greueltat hergegeben«, maulte er. »Ich habe ein Recht zu erfahren, wessen Ihr mich bezichtigt!«

»Das ist Euch bestens bekannt.«

Zeal stand mit gesenktem Blick da, die Fäuste vor ihren Röcken geballt. Die vertraute Haltung führte Harry in die Irre.

»Wenn dem so wäre, würde ich dann fragen?« Seine Entrüstung klang echt.

Da reckte Zeal das Kinn hoch und berichtete ihm in allen Einzelheiten, was Malise getan hatte. »Ich habe Euch nicht an John verraten«, erklärte sie. »Und ich werde es nie tun. Aber ich glaube, er weiß es bereits. Er ist kein Dummkopf.« Sie warf Harry einen Blick tiefster Verachtung zu.

Harry ließ sich schwer auf einen Fenstersitz fallen. »Du hattest kein Recht dazu, mich und Malise zu belauschen«, wandte er schwach ein. Unter anderem hatte er den besitzergreifenden Tonfall vernommen, mit dem seine Frau von John sprach.

»Ich gehe jetzt packen«, erklärte sie, »um nach Hawkridge House zurückzufahren.«

Ich sollte ihr verbieten, London ohne meine Erlaubnis zu verlassen, dachte Harry. »Ich gehe aus«, stellte er unvermittelt fest. Sein Verstand vertrug keine weiteren Erschütterungen mehr. Die Dinge mußten überdacht werden, aber nicht jetzt. Nicht heute nacht. Harry hatte vor, sich prächtig zu betrinken.

Er kam um vier Uhr morgens heim, schlief bis Mittag und war beinahe erleichtert, als er herausfand, daß Zeal das Haus bereits verlassen hatte, als er am Tag darauf zum Dinner aufstand.

Der Tag – wenn auch nicht Harrys Stimmung – ließ sich durch die Nachricht von dem Gewinn, den die Kompanie durch seinen Vetter gemacht hatte, gleich besser an. Und die Schande, mit einem Geächteten verwandt zu sein, wurde durch die (von Sir George überbrachte) Neuigkeit gelindert, daß sein Vetter einen königlichen Gnadenerlaß erhalten würde, aus Dankbarkeit für Gott weiß was, das John getan hatte. Die *Maid von Boston* hatte auf ihrer Heimfahrt sicher die Kanaren passiert. Harry würde doch noch ein reicher Mann werden, behauptete Hazelton. Wir alle dürfen hoffen.

Harry lächelte und hob sein Glas mit den anderen Feiernden. Doch wo er ein freudiges Kribbeln in der Magengegend hätte verspüren sollen, saß ein kalter, schwerer Klumpen.

Am folgenden Tag erwachte er früh und konnte keinen Schlaf mehr finden. Er knurrte griesgrämig den Barbier an, der ihm dabei half, den Vormittag totzuschlagen, und entschied, daß er nicht in der richtigen Stimmung sei, an diesem Nachmittag im St. James-Park zu flanieren. Er zog in Erwägung, vielleicht später auszugehen, um die neuen Bauten im Covent Garden zu bewundern, wo er möglicherweise selbst ein Haus erwerben wollte, wenn die Fracht der *Maid von Boston* verkauft war.

Aber er hatte einfach zu nichts Lust – mit dem Ergebnis, daß er nach dem Dinner immer noch daheim weilte, als ein berittener Bote mit lautem Hufgetrappel in die Straße einbog. Harry fand kaum Zeit, mit halbherzigem Interesse aus dem Fenster zu schauen, als er auch schon feststellen mußte, daß der Bote vor seinem Haus angehalten hatte und jemand gegen seine Tür pochte.

Als der Mann wieder gegangen und Harry erneut allein war, vergrub er endlich das Gesicht in den Händen und weinte.

John hatte den Boten vor dem Gasthof am Ufer der Themse ausgemacht, wo sie das Mittagsmahl einnahmen, und ihn als einen Melker von Hawkridge erkannt, der an Festtagen oft die

Pferderennen gewonnen hatte. Das Reittier keuchte und schäumte, als hätte es soeben einen schweren Parcours hinter sich gebracht.

»Tom!« rief John. »Tom Thresher!«

Thresher schaute sich gehetzt um, erblickte John und trieb das Pferd in seine Richtung.

»Was, zum Teufel, machst du so weit weg von zu Hause, Tom?« John war schon halb auf schlechte Nachrichten eingestellt, als der Mann die Stelle erreichte, wo sie gerade ihre Pferde besteigen wollten, um auf der Straße weiter nach Hawkridge House zu reisen.

»Gut, daß ich Euch treffe, Sir!« rief Thresher, der vor Entsetzen und Anspannung beinahe platzte. »Ich war auf dem Weg zu Sir Harry nach London. Dem Himmel sei Dank, Ihr kommt zurück! Hawkridge House brennt!«

Zeal stöhnte leise auf. »Ist jemand zu Schaden gekommen?« fragte sie, einen Kloß in der Kehle.

Der Mann schüttelte den Kopf. »Soviel ich weiß, nein. Aber es war ein rechtes Schlachtfeld, als ich losritt. Gekreische und Geschreie und überall Qualm ...«

»Wann ist es passiert?« wollte John wissen.

»Heute morgen, irgendwann vor Sonnenaufgang, ist das Feuer ausgebrochen.«

»Irgendeine Spur, wie es losging?«

»Keine Ahnung, Sir. Tuddenham hat mich sofort losgeschickt. Habe Sir Richard auf dem Weg hierher alarmiert.« Der Mann schüttelte den Kopf, als könnte er es immer noch nicht fassen.

»Lady Beester und ich werden vorausreiten. Arthur, du und Rachel kommt mit dem Karren hinterher.« John blickte Arthur in die Augen. »Es gibt noch genug für dich zu tun, wenn du eintriffst, glaub mir«, erklärte er grimmig.

John und Zeal machten sich ohne Umschweife auf den Weg, gefolgt von einem berittenen Knecht, der ein Packpferd am Zügel führte. Der Schlamm des Frühjahrs war steinhart und scharfkantig zu Furchen und Graten eingetrocknet. Wenn sie nicht auf den Grasstreifen am Straßenrand reiten konnten, mußten sie sich ihren Weg mühsam selbst suchen, wollten sie ihre Rösser nicht zuschanden reiten. Wo immer sie eins der seltenen ebenen Wegstücke fanden, preschten sie im Galopp voran.

Herbstliche Dunstschleier durchwoben die Lichtungen zwischen den Bäumen, sickerten in die grünen Tunnel, die sich über der Straße wölbten, und verstärkten die diesige Dämmerung. Der bleierne Deckel einer dunklen Wolke drückte den Dunst zu Boden.

Zeal schnüffelte in die Luft und sah John mit einem Blick voller Qual an.

»Wir sind noch viel zu weit weg«, beschwichtigte John sie. »Das sind heruntergebrannte Stoppeln von den Feldern oder Holzkohleöfen. Rechnet nicht gleich mit dem Schlimmsten. Es mag besser stehen, als wir befürchten. So, wie der Himmel aussieht, und nach der Luftfeuchtigkeit zu urteilen, hat es am Ende vielleicht sogar geregnet.«

Sie ritten weiter, ohne zum Abendbrot anzuhalten. Dennoch gelangten sie erst nach Sonnenuntergang ans Ziel.

Sie rochen das Feuer, bevor sie es sahen, beißender und intensiver als heruntergebrannte Stoppeln oder Holzkohleöfen. John lehnte sich im Sattel vor, blinzelte in die Dämmerung. Sie trieben ihre Reittiere jetzt noch schneller über die versteinerten Überreste der Frühjahrsregenfälle. Dann erblickten sie das Glühen durch die Bäume, wo kein Licht hätte sein dürfen.

John spornte sein Pferd zu einem scharfen Galopp an, Zeal an seiner Seite. Sie preschten in den oberen Abschnitt der Buchenallee und zügelten jäh ihre Reittiere, gelähmt vor Entsetzen und einer Art ehrfürchtigem Schrecken. John standen die Haare zu Berge.

Das Dach des Hauses war bereits verloren. Rote Augen glühten, wo einst Fenster gewesen waren. Feurige Medusenschlangen wanden sich flackernd hinter den Mauern. Der orangerote Glutofen im Herzen des Gebäudes ließ die Luft erzittern wie gekräuselte Seide. Ein gefräßiges Höllenwesen nagte an ihm.

Die Kapelle steht noch, dachte John wie betäubt. Gott sei Dank haben wir keinen Wind! Sein Herz schlug so heftig, daß es seinen Brustkasten zu sprengen drohte. Und die Scheunen stehen auch noch.

Er konnte sich nicht rühren.

»Nein!« schrie Zeal voller Wut. Sie trieb ihr erschöpftes Pferd voran, die Allee hinunter.

Der erste Heißhunger des Feuers war gestillt. Es brannte nun beständig. Dunkle Schattenrisse liefen kreuz und quer vor der grellen Hintergrundbeleuchtung der Feuersbrunst umher. Jenseits des Westflügels lagen zerkrumpelte Funkenbälle wie zu Boden gefallene Feuerwerkskörper zwischen den Bäumen der *allée*.

Die Weißbuchen, dachte John, und von neuem durchzuckte ihn der Schmerz.

Er fiel, in einem Glorienschein aus Flammen. Er beobachtete, wie ein brennendes Teilchen sich löste und, elegant wie ein betrunkener Komet, durch die Luft auf das Dach des Brauhauses zuwirbelte. Er drohte vom Pferd zu fallen. Er packte den Knauf, um sich im Sattel zu halten.

Zeals Pferd stob über den Lehm der Zufahrt.

John erblickte feuerbeschienene Männergestalten auf dem Kapellendach. Mit trockenem Mund sah der siebenjährige Junge den feurigen Engelschatten seiner Mutter tanzen. Er fiel durch Dunkelheit, eine Flammenklaue fest um seinen Kopf gekrallt. Mit Knien und Händen klammerte er sich an seinem Sattel fest. Er konnte es nicht ertragen, noch einmal zu fallen. Hier gab es keinen Willensakt wie in der Wasserzelle. John faßte keinen Entschluß, er hatte keine Wahl. Todesangst oder nicht, er konnte dieses neue Ungeheuer nicht einfach so hinnehmen. Er trat seinem Pferd in die Flanken und trieb es die Zufahrt hinunter, hinter Zeal her.

Sir Richard Balhatchet war mit seinen Gutsarbeitern da. Tante Margaret, hektisch alles organisierend. Und Tuddenham, völlig ausgelaugt. Und der Verwalter sowie Arbeiter vom Winching-Gut. »John!« rief Tante Margaret, die John plötzlich erblickte. »Dem Herrn sei Dank ...!« Ihre Erleichterung schien anzudeuten, daß er den Lauf der Dinge irgendwie ändern könnte.

Er umarmte sie und schaute über ihre Schulter hinweg den durcheinanderflitzenden Schattenrissen zu. »Dr. Bowler?«

»Hinten an den Weihern. Ich hab' ihm gesagt, er soll in seinem Alter nicht noch versuchen, Eimer durch die Gegend zu schleppen, aber er hat nicht auf mich gehört! Und Will Pike ist von dem Qualm ohnmächtig geworden.«

»Ich habe hinten noch drei weitere Eimerketten«, sagte Tuddenham mit müder Stimme. »Um die Weiher zu nutzen.« Er hatte in den letzten sechs Stunden die Grenzen seiner Kraft weit überschritten.

Der Lärm war ohrenbetäubend. Unter dem wilden Tosen der Feuersbrunst dröhnte irgendwo eine unregelmäßig geschlagene Trommel. Stimmen brüllten verzweifelt Befehle durch die orangerot erleuchtete Finsternis. Ein Balken stürzte krachend zu Boden.

Das sind Rufe, beruhigte sich John, keine Schreie.

»Es tut mir leid, Sir«, erklärte Tuddenham an seiner Seite. »Es tut mir schrecklich leid. Ich dachte, wir hätten das Haus retten können. Mit so vielen Helfern, und Wasser ist auch genug da, und den ganzen Tag war Windstille, und es sah nach Regen aus – ich hatte wirklich geglaubt, wir könnten es schaffen!« Er starrte voll düsteren Unglaubens in das ersterbende Wüten der Flammen. »Aber noch ist alles so trocken. Ihr hättet es heute mittag sehen sollen! Man konnte nicht nahe heran. Ich mußte die Männer zurückrufen. Ich mußte!«

»Natürlich«, sagte John. »Ihr habt richtig gehandelt.« Auch Tuddenham erwartete, daß John nun das Kommando übernahm.

Eine Menschenkette erschöpfter Männer und Frauen reichte Pferdetränkeimer mit Wasser von den Gartenpumpen zu der Ecke weiter, wo die Kapelle an das Hauptgebäude stieß. John sah, wie die Wasserspritzer explodierten und in der Hitze verdampften.

Durch den Tumult hörte er das Wiehern von Pferden, die in den Scheunen vorerst in Sicherheit waren, durch den Brandgeruch jedoch in Angst und Schrecken versetzt wurden. Tuddenham war schon wieder fort. Er hielt einen vorübereilenden Stallknecht am Arm fest. »Laß die Pferde raus auf die Weiden«, hörte er sich selbst anordnen. Dann, in jähem Entsetzen: »Wo sind die Hofhunde?«

»Da oben.«

Die Kinder drängten sich nahe dem höchsten Punkt der Buchenallee zusammen, von zwei alten Frauen behütet. Einige schliefen, in Kleidungsstücke eingemummt. Die eindrucksvolle Gestalt Cassies hockte wachsam, aber ruhig vor ihnen. In ihrer Nähe kullerten zwei Welpen den Hang hinunter, in freundschaftlichem Kampf verschlungen.

John blieb einen Augenblick stehen, ein ruhender Pol inmitten des Chaos. Das Haus war nicht mehr zu retten; die Kapelle war in gewisser Weise immer noch in Gottes Hand.

John wandte jäh den Kopf, wie ein Hirsch, der Gefahr wittert. Auf seinem Gesicht spürte er eine Brise aus Nordwest. Der Wind frischte auf; vielleicht brachte er den Regen, der den ganzen Tag über schon drückend in der Luft gehangen hatte. Aber zuerst würde der Wind das Feuer anfachen. Das Ungeheuer in den Flammen schien sich zu rühren und wieder ein wenig den Kopf zu heben. Die Scheunen lagen wahrscheinlich weit genug entfernt, um nicht in Gefahr zu geraten, es sei denn, verstärkter Funkenflug würde einsetzen. Das Brauhaus direkt gegenüber dem kleinen Knotengarten war da schon gefährdeter. Just in diesem Moment löste sich ein weiterer Komet und trudelte anmutig auf Brauhaus und Scheunen zu.

John stürmte über den Vorhof zum vorderen Ende des Westflügels. Die Hitze war zu stark, als daß er die *allée* zwischen den schwelenden Weißbuchen hindurch hätte benutzen können. Er kletterte über die Mauer aufs Römische Feld und schlug einen Bogen um die Rückseite des Hauses bis in die Nähe des Taubenschlags.

Drei Ketten aus Männern und Frauen reichten Eimer mit

Wasser von den Weihern zum Brandherd durch, wobei unbeabsichtigterweise der eine oder andere Fisch gegrillt wurde. Aufgrund der Erschöpfung bewegten sie sich langsam, doch mit einer dumpfen Sturheit, welche die Aussichtslosigkeit ihrer Bemühungen verleugnete, denn sie konnten nur die äußersten Ränder der Gebäude anfeuchten. Die brutale Hitze zwang die Männer und Frauen, die dem Haus am nächsten standen, immer wieder zurückzuweichen und ihre schwelenden Kleider anzufeuchten, bevor sie sich von neuem an die Arbeit machten.

»Dr. Bowler?« rief John. Er suchte die Eimerketten ab, doch der Pfarrer war nirgends zu erblicken.

»Ihr alle ... William, Will, Tom, Peg ...« John dirigierte eine Eimerkette um. »Geht da rüber und fangt an, die Scheunen und das Brauhaus naß zu machen! Stellt Leitern an und postiert Männer auf den Dächern. Bringt Eimer zu ihnen rauf. Das Haus ist verloren! Wir müssen die Außengebäude retten!«

Rauchgerötete Augen starrten ihn an. John roch plötzlich schmorenden Käse.

»Rettet Brauhaus und Scheunen! Die Heu- und Getreidevorräte. Oder Mensch und Vieh werden diesen Winter hungern müssen. Du ... du ... du ... und du! Fangt an, die Getreidevorräte zu befeuchten. Du ... Der Rest macht hier weiter. Tut, was ihr könnt, um Wäscherei und Molkerei zu retten.«

John warf einen flüchtigen Blick durch das Tor der *basse-cour*. Die roten Augen starrten ihn böse von der Rückfront des Hauses an. Das Dach des Hundezwingers, Vorratsraum, Wäscherei und Molkerei hatten dank der Eimerketten von den Weihern noch nicht Feuer gefangen. Sie könnten es überstehen. Der auffrischende Wind würde die Flammen auf die Vorderfront des Gebäudes zutreiben. Eine Stechpalme, die in einem Blumenkübel vor dem Speisesaal stand, entzündete sich plötzlich und loderte wie eine Fackel auf. Die Hitze ließ Johns Gesichtshaut brennen, so daß sie sich straff über den Knochen spannte.

Er setzte seinen Weg um das Haus fort, eilte durch das Weihertor in die Gärten. »*Dr. Bowler!*«

Bowler war im Knotengarten, inmitten eines Asche- und

Funkenregens, und reichte Wassereimer durch ein zerschmettertes Kapellenfenster. Eine Kette von hustenden und nach Luft schnappenden Männern beförderte die Eimer eine Leiter hinauf. Der oberste Mann schüttete das Wasser in einen Spalt zwischen den Zinnen.

»Alles runter vom Dach!« brüllte John. »Und wer noch drinnen ist, raus! Der Wind frischt auf!«

Der Pfarrer sah ihn mit einem verständnislosen Blick des Wiedererkennens an, als wäre John nur von einem kleinen Spaziergang zurückgekommen und würde ihn nun dabei antreffen, wie er sich mit der Ausarbeitung einer Predigt abplagte. »Alles in Ordnung. Alles in Ordnung hier. Ist keiner mehr auf dem Dach. Mach dir keine Sorgen, John!« Sein wirrer Blick und das hektische, unablässige Herumwuchten der schweren Eimer straften seine scheinbare Ruhe Lügen.

John wurde durch einen Ruf vom Brauhaus abgelenkt. Die sanfte Brise frischte noch ein bißchen auf. Das Herz des Feuers schlug noch ein bißchen schneller im Innern der leeren Mauernhülse. Funken und irregeleitete Kometen prasselten nun in dichten Schauern auf das Dach rund um den Glockenturm.

Das reicht, schrie John den Teufel im Feuer lautlos an. Du hast schon genug bekommen!

Er kletterte die nächstbeste Leiter hoch zu den Männern auf dem Dach, bahnte sich stampfend seinen Weg, durchdrungen von einer ekstatischen Empörung. Obwohl das Dach steil abfiel, bewegte er sich mit der unerschütterlichen, gelassenen Ruhe eines Racheengels. Die höllischen Funken erstarben unter seinen Füßen, seiner Jacke, seinen bloßen Händen. Laut rufend wies er seinen Verbündeten den gemeinsamen Feind.

Du wirst nichts mehr bekommen! schrie er dem Ungeheuer gellend zu. Den Rest bekommst du nicht!

Selbst hier, am anderen Ende des Knotengartens, war die Hitze des Hauptfeuerherds noch überaus intensiv.

»Hör auf!« John schlug einen kleinen Brand auf dem Hemdsärmel eines anderen Mannes aus. Mit Schmerzen sog er die rauchverpestete Luft ein.

Wie lange wird es brennen? Wie lange müssen wir unsere Anstrengungen aufrechterhalten?

Der Himmel war zu dicht mit Rauch verhangen, als daß er die Wolkenlage hätte beurteilen können. Dann blies ein Windstoß den Qualm des Hauptbrandes direkt auf das Brauhaus zu. John würgte und schnappte nach Luft. Seine Augen tränten. Seine Nase lief. Ein Messer schnitt durch seine Lungen.

»Kommt runter!« rief er. »Alles da runter!« Er trat einen weiteren glimmenden Brocken aus, der fünf Fuß entfernt auf dem Dach gelandet war. Irgend jemand schlug einen auflodernden Funken in seinen Haaren aus.

»Ich habe euch doch befohlen, das Dach zu verlassen«, sagte John und würgte erneut.

»Wir gehen runter, wenn Ihr runtergeht, Sir«, erklärte der Mann, während sein Gesicht hinter einem schwarzen Rauchschleier verschwand. Er hustete. »Hier ist noch ein Eimer, Sir.«

John bewegte sich wie in Trance, außer sich vor Wut und Entschlossenheit, vom Brauhaus zu den Scheunen, zu den Getreidespeichern, dem Kuhstall und wieder zurück auf das Dach des Brauhauses, die Räume zwischen den Rauchpolstern suchend, Eimer wuchtend, Flammen ausschlagend, austretend, Befehle brüllend. Er hörte die anderen um sich herum auf dem Dach, wie sie husteten und bei ihrer Jagd nach den Funken würgen mußten.

Der Wind frischte immer mehr auf.

Komm schon, Gott verdammich! spornte John die feuchte, dahingleitende Luft an. Bring uns nicht nur Feuer, sondern auch Regen!

Der heiße Niederschlag auf dem Dach des Brauhauses verstärkte sich. Die Medusenlocken streckten sich und griffen züngelnd zu, erschlafften wieder und schnappten dann von neuem heftig zu.

Der Wasserpegel der Weiher war schneller gesunken, als der behäbige Shir ihn aufzufüllen vermochte. Das Wasser aus den Pumpen tröpfelte mittlerweile zu langsam, um die Eimer zu füllen. Eine dünne Eimerkette begann sich vom Mühlteich aus zu bilden, doch die Entfernung war zu groß und die einzelnen Glieder der Kette zu weit auseinandergezogen.

Bitte regne! flehte John den schwarzen, rauchverhangenen Himmel an. O lieber Gott! Bitte schick uns Regen!

»John!« Zeals Stimme. Er hatte sie bei seiner Schlacht mit dem Ungeheuer ganz vergessen. Er flitzte die Leiter hinunter zu ihr.

»Bist du verletzt?« fragte er.

»Es geht um Dr. Bowler«, antwortete sie. »Du kommst besser mit!«

Er folgte ihr im Laufschritt, durch das Vorhoftor in den Knotengarten, wo er indes nicht den schwarz verschrumpelten Haufen vorfand, den er erwartet hatte.

Bowler stand fast auf der Spitze der Leiter, die hinauf zum Kapellendach führte, klammerte sich mit einer Hand fest und hievte mit der anderen einen Eimer empor. Eine Gruppe angesengter und zerlumpter Männer starrte zu ihm hoch. Rauch quoll aus dem zerschlagenen Kapellenfenster.

»Wir mußten da runter«, entschuldigte Cope sich unsicher. Sein Gesicht war verschmiert von Ruß und Blut, das aus seiner verletzten Nase sickerte. »Das Feuer bläst zwar weg von der vorderen Ecke, aber der Rauch da oben ist zu dicht. Vier Männer sind schon außer Gefecht gesetzt.«

»Und erst da drinnen!« fügte ein anderer hinzu. »Ich schwöre, Sir, sogar Ihr ...«

»Aber er will nicht hören!« Cope schaute zu Dr. Bowler hinauf. »Und als ich versucht hab', ihn davon abzubringen, noch mal hochzugehen, hat er mir einen Tritt ins Gesicht verpaßt.«

»Gebt mir einen Wassereimer.« Ein Pferdeknecht vom Winching-Gut drückte ihm einen Eimer in die Hand. John stieg die Leiter hinauf.

Bowler hatte das Dach erreicht und leerte seinen Eimer nun zwischen den Zinnen aus. Das Wasser verdampfte zischend.

»Dr. Bowler! Ich bin's, John. Hier ist noch einer.« John reichte seinen Eimer zu ihm hinauf, um sich sodann an die

Leiter zu klammern, als sich ein Rauchschwaden, dick wie Ruß, über die Dachkante wälzte. Er streckte eine Hand nach oben, um Bowlers leeren Eimer in Empfang zu nehmen. »Laßt uns runtergehen, um noch welche zu holen.« Er wartete, bis er sicher war, daß der Pastor hinter ihm mit dem Abstieg begann.

Vier Fuß über der Erde hielt Bowler auf der Leiter an. »Gib mir noch einen Eimer!« befahl er, wobei er seine Hand schon auf die nächsthöhere Sprosse legte, um wieder hinaufzuklimmen.

»Das war der letzte«, sagte John sanft.

»Gib mir einen Eimer.«

»Die Kapelle ist ohnehin verloren. Ihr könnt es mit Wassereimern nicht verhindern.«

»Gib mir einen Eimer«, befahl Bowler Cope.

»Haltet die Leiter fest«, wandte John sich ruhig an Cope und den Pferdeknecht von Winching. Er kletterte die Leiter hinauf, bis sein Gesicht sich oberhalb von Bowlers Fersen befand. »*Magister*, Ihr müßt herunterkommen und Eure Waffen wechseln.«

»Ich brauche einen Eimer«, versetzte Bowler stur. »Das Dach fängt schon zu qualmen an.«

»Wasser allein genügt nicht mehr«, sagte John. »Wir brauchen Euch, damit Ihr unser aller Herrn in Eurem besten Latein erklärt, daß wir ihn demütig um ein Wunder anflehen.« Er schlang einen Arm um den alten Mann. Bowler klammerte sich mit beiden Händen an der Leiter fest.

»Warum sollte Gott mich erhören?«

John packte zu, drehte sich und brachte sie beide zu Fall. Da ihr Sturz durch viele ausgestreckte Hände abgefangen wurde, landeten sie in einem Haufen, befreiten sich aus dem Knäuel von Armen und Beinen und richteten sich in eine sitzende Haltung auf.

»Wozu sollte Beten jetzt gut sein?« rief Bowler. Er saß da, schlaff wie eine Schlenkerpuppe, den Blick starr auf die Rauchfähnchen gerichtet, die sich aus dem Kapellenfenster kringelten.

»Das wird sich zeigen!« John erhob sich, faßte den alten Mann unter den Achseln und zerrte ihn auf die Füße.

Bowler stürzte wieder auf die Leiter zu.

John bekam ihn am Arm zu packen. »Mein lieber, lieber Doktor. Ich hatte noch nicht die Gelegenheit, Euch von einem Gespräch zu berichten, das ich neulich in den Niederlanden mit unserm Herrn geführt habe. Damals dachte ich, ich würde mit Gott reden, da ich keine andere Gesellschaft hatte, einschließlich meines eigenen Selbst. Zu meiner Überraschung schenkte der Herr mir seine Aufmerksamkeit. Wie Ihr selbst immer so gern sagt: ›Wie können die Menschen sich anmaßen zu glauben, daß sie die Pläne des Herrn kennen? Vielleicht sehen Gottes Pläne ja ein Wunder für uns vor.‹« Er schob Bowler, so sanft er konnte, auf das Vorhoftor zu. »Geht wenigstens und beruhigt die verängstigten Kinder und alten Frauen dort oben auf dem Hügel. Sie brauchen Euch! Überlaßt die Eimer den Pflugochsen. Geht, erfüllt die Aufgabe, die nur Ihr erfüllen könnt!« Er drängte den Pastor auf den orangerot beschienenen Vorhof zu.

Bowler zauderte, schien beinahe schon wieder entschlossen, an John vorbei zurück in den Knotengarten zu stürzen.

»Geht!« sagte John. »Bittet um ein Wunder. Besteht hartnäckig, doch mit aller gebotenen Ehrfurcht, auf unverzüglichem und unmäßigem Regen.«

John beobachtete, wie Dr. Bowlers gebeugte Gestalt ermattet den Hügel hinanklomm, fort von dem Feuer und auf die Gruppe von Kindern auf der Kuppe unterhalb der Straße zu. Wäre der Wind in seinem Gesicht nicht so feucht gewesen, hätte John den Glauben des alten Mannes an Gott und sich selbst niemals auf eine so entsetzliche Probe gestellt.

»Sir!« Tuddenham stolperte in aller Eile aus dem Qualm hervor.

»Hat die Kapelle am Ende doch Feuer gefangen?« erkundigte sich John voller Verzweiflung.

»Nein, das ist es nicht. Bei all den anderen Dingen hab' ich was vergessen. Wir haben ihn!«

»Wen?« fragte John.

»Den Hurensohn, der das Feuer gelegt hat.«

»Wo ist er?«

»Im Kutschstall, gefesselt. Wurde entdeckt von …« Tuddenham zögerte. »Nun ja, einer Eurer Männer war sehr früh auf, Sir. Es war noch dunkel. Er kam gerade vom Taubenschlag zurück … hatte überprüft, ob er auch sicher verschlossen war.«

Vor Morgengrauen? zweifelte John. »Es ist mir gleich, ob der Mann eine Taube in jeder Jackentasche hatte, wenn er unseren Brandstifter erwischt hat!« Er rief den Männern auf dem Brauhausdach etwas zu und machte sich auf den Weg zum Kutschstall auf der anderen Seite des Hofs.

»Er, Euer Bediensteter, sah jemanden an der Ecke vom Westflügel.« Tuddenham schoß John einen flüchtigen Seitenblick zu. »Er wollte sich an ihn ranschleichen und mal gucken, wer sonst noch was vorhätte. Dann merkte er, daß das Fenster der Unteren Galerie offenstand, und niemand aus dem Haus würde sich die Mühe machen, aus einem Fenster rauszuklettern, außer er hätte Böses im Sinn.«

John legte Tuddenham die Hand an den Ellbogen und lotste ihn in Richtung Kutschhaus. Es bedurfte eines kräftigen Schubses, um den Gutsverwalter wieder in Bewegung zu setzen, so, als hätten seine Muskeln vergessen, wie sie arbeiten mußten.

»Euer Mann kam nah genug«, fuhr Tuddenham mit seinem Bericht fort, »um zu erkennen, daß die Gestalt ihm nicht vertraut vorkam. Sam kannte ihn nicht.« Tuddenham blieb unvermittelt stehen, nachdem ihm der Name nun doch entschlüpft war.

»Ich werde Sam ewig dankbar sein! Was geschah dann?«

»Sam griff ihn an. Der Schuft riß sich los und kletterte die Mauer zur Schafweide hoch, aber Sam erwischte ihn ein zweites Mal. Hat zwei Zähne und beinah ein Auge und ein Ohr verloren, aber er machte einen Heidenlärm und hielt den Kerl lange genug fest, bis ein paar andere ihm zu Hilfe eilen konnten.« Tuddenham holte pfeifend Luft, und John erkannte, wie nahe der Verwalter einem Zusammenbruch war.

»Ich dachte schon, das Jüngste Gericht wär' angebrochen, als sie mich weckten. Dann sind wir alle raus auf die Wiese, rangen im Dunkeln und versuchten, den einen vom anderen zu unterscheiden und den Mann festzuhalten, den wir haben wollten. Hab' ihn dann gefesselt. Ein Fremder war's, soweit wir's beurteilen konnten. Aber man konnte die Hand ja nicht vor Augen sehen. Ich wollte ihn dann zurückbringen, um ihm ein paar Fragen zu stellen, als jemand Feuer in der Unteren Galerie entdeckte. Es griff so schnell um sich! Es war schon zu spät, noch an die Feuereimer in der Galerie ranzukommen.«

Sie gelangten zum Kutschhaus.

»Bring den Mann nach draußen. Ich will ihn mir im Schein seines Feuers ansehen«, sagte John. Mordlust brannte ihm im Leib. All seine Wut und Enttäuschung schossen wie ein Blitz auf den Mann zu, der da aus dem Finsteren in das wabernde orangefarbene Licht des Stallungshofs heraustaumelte. Schmächtig, zäh und John vollkommen fremd. Er hatte einen Pferdeknecht oder Diener zu erkennen gehofft.

»Wer hat dich bezahlt?« verlangte John zu wissen.

In den Augen des Mannes flackerte es auf, dann wandte er den Blick ab.

»Wofür bezahlt?« Eine Londoner Stimme.

Johns ganzes Gewicht sammelte sich in seiner Faust. In der Ewigkeit, die verging, bis seine Faust ihren Schwung beendet hatte, sah John Francis Malise fallen.

Hätte ich mich nicht beherrscht und Edward Malise im Stallungshof getötet, hätte ich nicht die schreckliche Nacht in der Wasserzelle verbringen müssen.

Francis Malises Schädel schlug mit dem saftigen Platschen einer reifen Melone auf den Steinboden.

Keuchend vor Anstrengung zwang John seine Faust, nicht auf dem Kinn, sondern im Magen zu landen.

Der Mann ging mit einem pfeifenden Atemzug auf die Pflastersteine nieder. John stand keuchend inmitten des kleinen Kreises verstummter Männer.

»Wer hat dich bezahlt?« fragte John. Er beugte sich vor und zerrte den Mann wieder auf die Füße. Doch die Beine des Fremden gaben nach. Er setzte sich wieder hin, hielt sich den Bauch und pfiff wie die Gartenpumpe.

»WER HAT DICH BEZAHLT?« brüllte John. »Ist er es wert, daß

du für ihn stirbst?« Er zückte seinen Dolch. »Gut. Ich habe mich beruhigt. Ich werde dich doch nicht zu Brei schlagen. Statt dessen werde ich bis fünf zählen. Bei sechs schneide ich dir die Kehle durch. Vergeude deine Zeit nicht damit, deine Unschuld zu beteuern! Eins.«

Der Mann sah weg. Endlich erreichte die Luft mit einem langen, gedehnten Quieken seine Lungen.

»Zwei ...«

»John!« Zeal war den Männern in den Stallungshof gefolgt. Abrupt blieb sie stehen, als sie der Gruppe vor dem Kutschhaus ansichtig wurde.

»Drei!«

»John!« wiederholte Zeal protestierend. Sie trat energisch auf ihn zu. John hob abwehrend die Hand, um sie zum Stehenbleiben zu bringen, wandte seine Augen jedoch nicht von dem Sitzenden.

»Vier!«

Der Mann stöhnte und sah zu Boden.

»Fünf!«

John machte einen Schritt vorwärts. Er packte den Mann an den Haaren und riß seinen Kopf in den Nacken, um die Kehle zu entblößen, so kräftig, daß die Kopfhaut des Mannes seine Augenbrauen zu einer falschen Miene des Erstaunens hochzog.

»*John, nicht!*« kreischte Zeal.

»Und sechs.« John setzte die Klinge unter dem linken Ohr des Mannes an.

»Mal ...!« krächzte der Mann.

»Malisc?«

Der Mann ließ ein winziges Nicken erkennen. Weiter konnte er das Haupt nicht bewegen, ohne sich die Kopfhaut abzureißen.

»Sag es laut und deutlich, so daß all diese Männer und die Dame es hören können«, befahl John dem Fremden.

»Master Edward Malise.« Die Laute entrangen sich schmerzhaft seiner zurückgebogenen Kehle. Der Mann ließ ein Todesröcheln hören.

John ließ den Kopf des Mannes fallen und wischte sich die Handfläche an seinen Hosen ab. Malise hatte also überlebt. Der Brand war ein Akt purer Bosheit, die sinnlose Rache, mit der ein Besiegter seinem Groll Luft machte.

Es war also endlich vorbei. Die falsche Vorstellung von einem Duell auf Leben und Tod war reduziert auf einen Fall für die Gerichte. Wie kleinlich der Teufel sich gezeigt hatte, sollte dies das Feld seines Triumphes sein!

John spürte eiskalte Finger auf seiner Messerhand.

»Bitte tut das weg«, flüsterte Zeal.

John schob das Messer in die Scheide, wobei er immer noch Malises gedungenen Brandstifter anstarrte. Dann schaute er in Zeals verängstigtes Gesicht hinab. »Habt Ihr gedacht, ich würde ihm wirklich die Kehle durchschneiden?«

Sie ließ sich viel Zeit mit ihrer Antwort. »Nein.«

»Dann wart Ihr Euch sicherer als ich mir selbst. Jedenfalls zu Anfang.«

»Mag sein. Aber Ihr habt es nicht getan, also ist alles in Ordnung!«

Sie legte ihre andere Hand auf seinen Arm. »Nun erhebt Euer Antlitz. Ich bringe gute Neuigkeiten.«

John spürte plötzlich, wie bleischwer jeder einzelne Knochen in seinem Körper geworden war. »Mein Antlitz erheben?«

»Guckt hoch!«

Verdutzt tat er wie geheißen. Eine kühlende Feuchtigkeit linderte die Schmerzen seiner gespannten, brennenden Haut. Dann spürte er das wispernde, leise Trommeln der Mottenflügel. Er hatte es vorher nicht bemerkt.

»Es fängt an zu regnen!«

»Der Regen wird das Haus auch nicht mehr retten«, sagte John.

»Nein. Aber er könnte vielleicht bewirken, daß Euer Herumgerenne auf den Dächern der Außengebäude nicht umsonst war.«

Die Männer im Stallungshof breiteten die Hände aus und hoben ihre Gesichter dem prickelnden Naß entgegen.

Zeal stand da, das Antlitz nach oben gewandt, die Arme weit ausgestreckt. »Es wird stärker! Ich bin sicher, daß es nun heftiger zu regnen beginnt!«

»Wo ist Dr. Bowler?« fragte John, als die Erkenntnis, daß es tatsächlich regnete, in die verräucherten Windungen seines Hirns zu sickern begann. »Weiß er schon, daß es regnet?« Die Tropfen prasselten nun durch das Hemd hindurch auf seine Arme. Die Luft zwischen ihnen und dem brennenden Haus glitzerte voller orangefarbener Juwelen, die das Licht der Flammen brachen, aufblitzten und verschwanden.

Zeal wirbelte mit ausgebreiteten Armen um die eigene Achse, wie eine tanzende Zigeunerin. »Komm schon! Komm schon! Stärker! Stärker!« Ihre Stimme wurde abwechselnd leiser und lauter, während sie sich drehte. »Bowler läßt alle Kinder Hymnen singen. STÄRKER!« schrie sie zum Himmel empor.

Der Wettlauf zwischen Regen und Feuer war im Endspurt ein Kopf-an-Kopf-Rennen. Die ersten Tropfen verpufften in dem Glutofen, während der zunehmende Wind die neu entfachten Flammen in langen Zungen aus den Fenstern der Frontseite herausblies, um den Kapellenvorsprung herum auf Brauhaus und Scheunen zu.

»STÄRKER!« rief Zeal, die mittlerweile am Fuße des Abhangs auf den Knien lag, gellend in den Himmel. Über ihr fuchtelte die düstere Gestalt Dr. Bowlers heftig mit den Armen. Dünne, abgerissene Liedfetzen drangen gegen den Wind den Hügel hinunter bis zu ihnen, kaum hörbar im Prasseln und Knacken des Feuers.

»STÄRKER! Bitte, lieber Gott, stärker!« Nun, da erneut Rauch vom Kapellendach aufstieg und John, wieder auf dem Dach des Brauhauses, seine Anstrengungen verdoppelte, hätte Zeal widerspruchslos vierzig Tagen und vierzig Nächten biblischen Fastens in der Wüste zugestimmt.

Die orangefarbenen Juwelen in der Luft wurden vor dem Feuerschein zu goldenen Blitzstrahlen. Die Strahlen wurden dichter und dichter.

Zeal hörte zu schreien auf. Sie saß verkrampft und mit geballten Fäusten im Gras und beobachtete den Wettlauf zwischen Regen und Feuer. Obwohl sie gar nicht hinsehen konnte, wußte sie doch jede Sekunde genau, wo John sich auf dem steilen, rutschigen Dach gerade befand.

Anstelle sich windender Rauchschlangen erhob sich nun Nebel hinter den Zinnen der Kapelle.

Zeal sprang auf. »Ja! O ja!«

Der Rauch auf dem Kapellendach war Dampf!

Dann wurde der Regen zu gebündelten Stäben, die der Wind schräg peitschte. Er blies Zeal das Haar flach gegen den Kopf, ließ ihren Rock an den Unterröcken festkleben und durchnäßte sie bis auf die Knochen mit seiner köstlichen Kühle. Sie wandte sich dem Brauhaus zu, die Augen fest geschlossen. Sie hatte zu große Angst, um hinzugucken. Die Rettung war so nah. Jetzt durfte nichts mehr geschehen.

John, komm jetzt runter! flehte sie stumm. Komm herunter, mein Liebster. Es ist vorbei. Bitte, komm sicher herunter! Bitte!

Sie warf einen flüchtigen Blick hinüber. Sah, wie seine hohe Gestalt sich gefährlich weit hinter einem Schornstein hervorlehnte. Schloß die Augen wieder.

Bitte!

John erwachte, als das Tageslicht strahlend durch die Stalltore hereinschien. Er lag gegen die Wand einer Box gelehnt, offenbar auf einer von einem Bett entwendeten Matratze. Er war grün und blau geschlagen. Oder fühlte sich zumindest so. Seine Lider glitten schmerzend über die Augäpfel, und beim Einatmen tat ihm die Brust weh. Mit äußerster Anstrengung hob er den Kopf ein paar Zoll.

Gestalten waren wie Treibgut über den Scheunenboden verstreut, auf weiteren Matratzen und Strohlagern. Lederne Feuereimer lagen auf der Seite. Stühle, Truhen, ein Tisch, zerknitterte Teppiche, Teller und Gemälde waren in achtlosen Haufen an den Wänden aufgestapelt. John erblickte eins seiner Sammlerkabinette. Es stand gefährlich auf einer Kante, die Türen offen, die Schubladen halb geschlossen. Zerbrochene Eierschalen. Und einen Stapel seiner Bücher. Schnarchgeräusche ließen die Luft erbeben. Geradewegs über ihm hockte ein Spatz auf einem Balken, den Kopf schräg gelegt. Zweifellos äugte das Tier voller Erstaunen auf diesen seltsamen Wechsel von Reiter und Pferd hinunter. Oder vielleicht war es auch nur verärgert über einen fehlenden Getreideeimer.

John machte die Augen wieder zu.

Herrgott, wie gut es tat, einfach nur ruhig dazuliegen.

Die anderen, einschließlich Sir Richards Männern, waren sicher im Kutschhaus untergebracht, im Schutz der Kuhställe oder in den Katen der Gutsarbeiter. Trotz des Regens hatte John es nicht gewagt, das Brauhaus letzte Nacht schon zu benutzen.

»John«, flüsterte Tante Margaret. »Ich habe hier einen Umschlag für deine Verbrennungen.« Sie bückte sich mit raschelnden Röcken und spähte ihm besorgt ins Gesicht.

Er beteuerte, keine Verbrennungen davongetragen zu haben. Dann veranlaßte ihn der Schmerz des Aufstützens, einen Blick auf seine Handflächen zu werfen.

»Sir Richard schickt uns Speis und Trank«, flüsterte Tante Margaret, während sie eine seiner Hände ergriff. »Die hier hast du dir ganz schön verbrüht ... Obwohl ich glaube, daß die meisten von uns den größten Teil des Tages schlafen werden. Und Master Winching kommt später herübergeritten, um zu schauen, was wir sonst noch brauchen. Und sieh dir nur dein armes, verschmortes Haar an!«

»Ist letzte Nacht irgend jemand ernsthaft verletzt worden?« erkundigte sich John. »Wie geht's Sam Beale?« Held und Taubenwilderer.

»Will Peake wird wohl noch ein Weilchen husten. Sams linkes Auge ist zugeschwollen – ich weiß nicht, ob er die alte Sehkraft behalten wird. Und sein Ohr ist größer als seine Hand. Der junge Cope hat sich die Nase gebrochen, schwört jedoch, sich nicht erinnern zu können, wie es geschehen ist. Ansonsten ein paar Verbrennungen und Schürfwunden, aber nichts Lebensbedrohliches. Aber all diese schönen alten Sachen! Im Westflügel ging alles verloren. Wir konnten den Eßtisch und vier der Stühle retten. Und ein paar von den Betten ... du kannst ja sehen, wie viele hier drin sind. Im Kutschhaus, laß mich nachdenken ... Aber irgend jemand hat deine Kabinette gerettet.«

John legte sich zurück und ließ Tante Margaret seine Hände salben und verbinden. Bei aller Dankbarkeit wünschte er sich, es wäre Zeal, die da an seiner Seite hockte und sein Handgelenk mit ihren Knien festhielt.

Er wollte, daß sie an seiner Seite lag. Er spürte, wie ihr Spatzengewicht von seinen Armen in die Höhe gehoben wurde, wie warm sie gewesen war während jener einen Umarmung, die sie sich gestattet hatten, nachdem das Feuer zu einem zischenden Kohlenbett erloschen war. Er konnte den Duft ihres Nakkens riechen, wo er sein Gesicht vergraben hatte. Er sah zu dem Spatzen hinauf, um sich abzulenken, und winkelte ein Bein an, um Tante Margaret abzulenken.

Harry sollte heute eintreffen, ermahnte sich John. Um die Zügel wieder in die Hand zu nehmen, wie angekokelt sie auch sein mochten.

Seltsamerweise empfand er mehr Kummer wegen Harry als Zorn auf Malise. Malises Gefühle und Absichten waren stets klar gewesen. Harry aber hatte ihn, seinen Vetter, geküßt und verraten. Schlimmer noch – er hatte John zu der Annahme verleitet, daß er kein Verräter, sondern bloß ein Narr sei.

Wodurch er auch aus mir einen Narren gemacht und mich zudem um ein Haar ins Jenseits befördert hat, dachte John. So hintergangen worden zu sein hätte Groll der bittersten, unversöhnlichsten Art in ihm erregen sollen. Statt dessen empfand er Trauer und – noch tiefer gehend – eine seltsame, wollüstige Gleichgültigkeit.

»Danke«, sagte er zu seiner Tante, ein wenig schroffer als beabsichtigt. »Ich werd' schon wieder gesund.« Als er es geschafft hatte, sich auf die Knie aufzurichten, wünschte er sich jedoch die Hilfe eines Flaschenzugs. »Ich muß aufstehen und im nüchternen Licht des Tages unsere Verluste abschätzen. Ist es uns gelungen, ein Federbett für Sir Harry aus den Flammen zu retten?«

John verbrachte den Tag damit, die ersten Aufräumarbeiten in den Ruinen zu beaufsichtigen. Trotz des Regens glommen immer noch heiße Kohlenester unter der Asche. John wollte keine weiteren Verletzten und gab jedem, der an diesem Tag wieder auf die Beine kam, Anweisung, dasjenige zu sichten, was aus dem Haus hatte gerettet werden können. Der Brandstifter war zum Verhör und zwecks Vorbereitung einer Anklage gegen Malise in Sir Richards Gewahrsam überstellt worden.

Auch die alltägliche Gutsarbeit stellte weiterhin ihre Ansprüche. So war John, als er dann endlich aufstand, tief beschämt, das gequälte Muhen der Kühe hören zu müssen, die sich, immer noch nicht gemolken und mit prall gefüllten Eutern, am Weidentor zusammengedrängt hatten und lauthals nach Abhilfe verlangten. Gemüse, das durch den nächtlichen Ansturm von und zur Pumpe niedergetrampelt worden war, mußte geerntet oder wieder in die Erde gepflanzt werden. Aus den ausgeräucherten Bienenkörben im Garten und den Nischen der Vorhofmauern mußte der Honig geborgen werden.

Zeal und Mistress Margaret stocherten mit ihren Helfern in den Randbezirken der Küchentrümmer herum und förderten eiserne Töpfe, Bratspieße, Dreifüße und Messer, deren Holzgriffe verbrannt waren, ans Tageslicht. John und Zeal begannen Listen zu erstellen, was neu angeschafft werden mußte. John trug den Zimmerleuten und dem Böttcher auf, sich unverzüglich an die Arbeit zu machen und Messergriffe, Butterfässer und Holzbecher zu fertigen. Tante Margaret scheuchte die älteren Kinder, Binsen für Binsenlichter und Kerzendochte aufzufasern, und einige der Frauen, Matratzenbezüge aus einem erstaunlichen Sammelsurium geretteter Stoffe zu nähen.

»Solange wir essen und schlafen können, werden wir den Rest auch schon hinbekommen«, sagte Zeal fröhlich zu John, als sie rückwärts an ihm vorbeiging, das eine Ende eines zusammengerollten Teppichs schleppend.

Irgendwann, mitten am Nachmittag, als er im Pferdestall bei seinen geretteten Büchern stand und behutsam den aufgeblasenen Kugelfisch in seinen bandagierten Händen wendete, den irgendein Retter unerklärlicherweise den Unterlagen vorgezogen hatte, stellte John fest, daß er glücklich war. Es war eine vorsichtige Freude, die Scheuklappen trug und nur den Augenblick gelten ließ, doch er fühlte sich gelassen, sicher, zielstrebig und zufrieden. Er blieb ganz still stehen. Die Empfindung war absurd, wenn nicht gar sträflich unter den gegebenen Umständen. Sie würde vorübergehen. Doch er würde sie nicht ziehen lassen, ohne sie bis zur Neige ausgekostet zu haben. Er drückte die Fingerspitzen ganz sacht gegen die Stacheln der Fischhaut und blickte zu einem Grüppchen von vier mißtrauischen Spatzen auf einem Balken hinauf.

Bei Einbruch der Dämmerung war Harry immer noch nicht eingetroffen, auch nicht, als sie alle wieder in einen tiefen Erschöpfungsschlaf sanken.

Am nächsten Morgen, nach seiner zweiten im Stall verbrachten Nacht, schlug Johns Laune jäh in Wut um. Zwar kam Harry nicht, dafür aber ein Bote von ihm, gegen Mittag, als John im Kuhstall mit einem der Melker sprach und Zeal unruhig danebenstand, eine drängende Frage auf den Lippen.

John riß den Brief auf.

Sir Harry bedauerte, daß er sich momentan nicht in der Lage sehe, nach Hawkridge zu kommen. Ob sein Vetter John wohl die Güte habe, ihn so bald wie möglich in seinem Londoner Stadthaus aufzusuchen?

»Verflucht sollst du sein, Harry!« stieß John rasend vor Wut hervor. »Weiß er denn nicht, was hier zu tun ist? Kümmert ihn das denn überhaupt nicht?« Er zerknüllte den Brief und schleuderte ihn heftig in die nächste Kuhbox.

Herzloser, egozentrischer, schändlicher, unverschämter junger Hund! Bildete er sich etwa ein, John würde auf der Stelle antanzen bei diesem lügnerischen, heimtückischen, spatzenhirnigen, aufgeblasenen ...?

»Im Brauhaus wird man dir was zu essen geben«, beschied er den Boten kurz angebunden. »Dann wirst du mit *meiner* Botschaft zu Sir Harry zurückreiten.« Er stürmte nach draußen auf den Stallungshof, gefolgt von Zeal.

»Geht Ihr denn nicht?« fragte sie, ihre Befriedigung verbergend.

»Warum, zum Teufel, sollte ich?« Zum ersten Mal, seit sie sich kannten, funkelte John Zeal wütend an. Die schwarzen Augenbrauen trafen sich über seiner Nase. Er bleckte die Zähne, als wollte er Sir Harry die Kehle zerfleischen.

Zeal war aus der Fassung gebracht. Unsicher blieb sie auf dem Kopfsteinpflaster stehen, die blauen Augen voller Überraschung. »Seid Ihr denn gar nicht neugierig, was er will?«

»Das weiß ich besser als er selbst«, zischte John gehässig.

Zeal lachte nervös auf. John wußte also doch über Harry Bescheid. »Es tut mir leid, aber Ihr seht wirklich komisch aus. Eure Frisur sitzt ganz schief ... «

Plötzlich überfiel sie wieder das Bild von John, wie er auf dem Dach des Brauhauses schwankte. Sie holte tief Luft und machte den Mund zu. Wie konnte sie es wagen, über ihn zu lachen?

Sie streckte ihm ihre kleine Hand zur Versöhnung entgegen. »O John, es tut mir leid. Ich wollte mich nicht über Euch lustig machen. Ich ...« Als sie seinen Arm unter ihren Fingern spürte, verlor sie plötzlich den Faden. Ein wundervoller Arm. Sie wandte errötend den Blick ab und guckte dann hoch, um festzustellen, ob John immer noch grollte.

Nein. Er blickte sie an, doch Zeal konnte erkennen, daß er nachdachte und daß es keine glücklichen Gedanken waren. Auch er erinnerte sich. Er schaute auf ihre Hand hinunter, die immer noch auf seinem Arm ruhte. Dann stieß er einen gedehnten, bebenden Seufzer aus, der seinen ganzen Körper durchlief. Zeals Hände und Füße wurden kalt.

»Ihr werdet also hierbleiben?«

Nun war es an John, den Blick abzuwenden. »Das kann ich nicht, und das wißt Ihr.«

»Oh«, machte Zeal so leise, daß es kaum zu hören war. Sie zog ihre Hand von seinem Arm weg und krallte sie ins eigene Fleisch. »Nun, es ist ja nur für ein paar Tage, nehme ich an. Wir werden unser Bestes tun, bis Ihr wieder zurück seid.«

Als er keine Antwort gab, wurde ihr das Herz im Leib schwer.

»Wie lange werdet Ihr bleiben?« hörte sie sich betteln.

»Zeal ...«, setzte er an. »Meine Herrin ...«

»Nein!« rief sie. »Wag es nicht!«

»Zeal ...«, versuchte John sie zu beschwichtigen. Köpfe wandten sich ihnen zu, von der Pumpe, vom Kutschhaus, von der Pferde- und Heuscheune.

»Wag es nicht«, wiederholte sie mit ruhigerer Stimme. »Du blöder, blöder Kerl! Ich werde es dir nie verzeihen, wenn du den Edelmütigen spielen und so etwas Unbesonnenes und Ehrenhaftes tun willst, wie mich zu verlassen, wenn ich Hilfe nötiger habe als je zuvor!«

Ihre Stimme wurde wieder lauter. Sie starrte ihn wütend an; ihre Brust hob und senkte sich wie ein Blasebalg, ihre Zähne waren zusammengebissen, ihre Augen sprühten Funken. Sie reckte ihr Gesicht zu seinem empor, so hoch sie konnte, und sagte mit fester, leiser Stimme: »Ich weiß, was du denkst, John. Wag es nicht, mich so zu *kränken*!«

Sie hielt die Augen starr auf sein verblüfftes Gesicht gerichtet und biß die Kiefer hart zusammen.

Boudicca, Riesin, sturmgepeitschter Baum! Ergreift wieder Besitz von mir! Laßt nicht zu, daß ich weine! Oder wanke!

Zu ihrem Erstaunen fing John zu lachen an. Er wandte den Blick ab, strich sich mit seinen langen braunen Fingern über die Stirn, und sein Lachen wurde lauter.

Zeal ließ sich wieder auf die Fersen zurückfallen und wartete.

»O Gott«, sagte er. »O Gott!« Dann hob er ihre Hand an seine Lippen und küßte sie zärtlich. »Euer demütigster und bescheidenster Diener würde es nie wagen, Euch zu kränken, Madam.« Er legte ihre Hand entschlossen auf ihre schmutzigen Röcke zurück. »Doch Ihr und ich wissen, daß es nicht möglich ist, was wir uns wünschen. Ich werde fahren und sehen, was Euer Gemahl von mir will. Ich schwöre, ich werde zurückkommen, sofern es in meiner Macht liegt, und Euch bei diesem

Scherbenhaufen helfen. Ihr wißt, daß ich mehr nicht versprechen kann.«

In jener Nacht bat Zeal Rachel, sie möge Arthur bitten, einen von Johns Handschuhen zu stiebitzen. Nachdem John und Arthur am nächsten Morgen fortgeritten waren, klomm Zeal den Buchensteilhang zum Baum der Herrin empor. Mit schuldbewußter Heimlichkeit vergrub sie den Handschuh zwischen den Wurzeln des Baums.

»Mach, daß dein Gefährte zu dir zurückkommt«, trug sie dem Handschuh auf. Dann kletterte sie auf den Baum und hockte in seinen Ästen, blickte auf die Herrin hinab und weiter über das Tal von Hawkridge in Richtung der Straße nach London, bis sie kurz vor Sonnenuntergang Rachel im Obstgarten nach ihr rufen hörte.

»Ich bin nur gekommen«, erklärte John, »weil ich neugierig bin zu erfahren, welche Übel jetzt noch auf mich lauern könnten.«

Die helle Haut um Harrys blaue Augen war gerötet und aufgedunsen, das blonde Haar ungekämmt.

»Wie schlimm ist es?« erkundigte Harry sich.

»Du hättest selbst kommen und es dir ansehen sollen.« Die wollüstige Gleichgültigkeit war von John gewichen. Ein wilder Zorn auf Harry hatte ihn gepackt, geschwollene Augen oder nicht. Wild und entsetzlich müde.

Harry wandte den Blick ab. »Ich kann mit solchen Dingen nicht gut umgehen. Und ich hatte hier ohnehin zuviel zu tun. Es war das beste, daß du dich darum gekümmert hast. Ist noch irgend etwas stehengeblieben? Was ist mit den Möbeln und dem Tischgeschirr?«

»Solltest du nicht besser fragen, ob irgend jemand ums Leben gekommen ist? Oder wie es deiner Gattin geht oder deiner Tante?« John blickte auf seine roten, steifen Hände hinunter. Es war schmerzhaft gewesen, die Zügel während des Ritts hierher zu halten.

Harry blinzelte angesichts der Rüge. »Ist jemand zu Schaden gekommen?«

»Es hat ein paar Verletzte gegeben, keine Toten.«

»Dem Herrn sei Dank. Aber was ist mit dem Haus?«

»Die Mauern stehen noch, und die Kapelle ist unversehrt.« John erinnerte sich an rote Augen und feuriges Haar. »Der Brand ist auf der Seite der Galerie ausgebrochen. Brauhaus, Scheunen und Stallungen wurden nicht erfaßt.«

»Was ist mit den Sachen aus dem Haus? Den neuen Federbetten, den Wandbehängen ...?«

»Das meiste ist zu Asche verbrannt. Zeal und Tante Margaret suchen heraus, was noch zu gebrauchen ist. Einige Truhen haben ihren Inhalt möglicherweise geschützt. Du wirst beizeiten eine Aufstellung bekommen.«

»Das meiste war sowieso alt.«

John blickte seinen Vetter finster an. »Die Weißbuchenallee ist niedergebrannt. Nur zwei Baumstümpfe stehen noch. Und der Knotengarten ist von den Männern, die das Feuer mit Hilfe der Gartenpumpen bekämpft haben, zertrampelt worden.« Er grinste, plötzlich von einem wölfischen Vergnügen erfüllt. »Doch es freut mich, dir mitteilen zu können, daß die Gebäude der *basse-cour* noch stehen, obgleich Lady Beesters Käselaibe unglücklicherweise dahingeschmolzen sind.«

Harry seufzte. »Das mit deinem Garten tut mir leid, aber niemand legt heute noch Gärten in dieser Form an, nicht hier in London.« Er wirkte zerstreuter, aber weniger verzweifelt, als John erwartet hatte. Andere Dinge schienen ihn mehr zu beschäftigen als der Brand seines Landsitzes.

»Mit an Sicherheit grenzender Wahrscheinlichkeit war es dein Freund Malise.«

»Malise? Warum, um alles in der Welt?« Harry stellte seine Frage mit pflichtschuldigem Erstaunen, schüttelte den Kopf jedoch so kummervoll, als könne ihn nichts mehr überraschen. »Bist du sicher?«

»Einer der Brandstifter wurde geschnappt.«

»Malise«, murmelte Harry niedergeschlagen. »Nun gut,

dann kannst du ihn ja endlich zugrunde richten. Er wird es nicht wagen, wieder bei Hofe zu erscheinen. Oder überhaupt in England, nehme ich an.« Er setzte einen Blick auf, in dem das nackte Flehen stand.

Er verdient mein Mitleid nicht, sagte sich John. Armer Harry. Dann begannen die Wasserwürmer wieder in seine steinerne Zelle zu kriechen. John ballte die Fäuste und sah durch das Fenster auf eine beruhigend wirkliche englische Hausfront auf der anderen Straßenseite.

Ruhig. Ruhig.

Und da war es wieder, dieses beseligende Erschlaffen.

Von nun an ist alles ein Geschenk, dachte John. Was auch geschieht, ob gut oder schlecht, es ist mehr, als ich jemals erwartet habe, und es darf nicht vergeudet werden.

»Vetter ...« Harry wartete mit verzweifeltem Blick, daß John den Bruch in ihrer Unterhaltung kitten möge. »Es tut mir leid ... falls es etwas gibt, das mir leid tun müßte.«

John schloß die Augen und wartete, bis der wieder erinnerte Hauch des Todes seine Haut nicht mehr mit Eiseskälte überzog. Als er die Augen wieder aufschlug, sah Harry eigenartig geschrumpft aus, mit einer fälschlich angemaßten Bedeutsamkeit geschminkt wie ein Schauspieler in einem Bühnenstück.

»Ehrlich«, fuhr Harry fort. »Ich wollte dir nie wirklich schaden.«

John seufzte. Mit erhobenen Händen gab er sich geschlagen. »Und jetzt möchtest du, daß ich dir verzeihe und vergesse, daß du um ein Haar dabei mitgeholfen hättest, mich umzubringen. Du verlangst zuviel. Ich werde dir vermutlich vergeben mit der Zeit. Aber Verzeihen ist keine Sache des Willens.« Er nahm seinen Hut. »Und nun, da ich dir die Neuigkeiten berichtet habe, die du hören wolltest, und mir deine Entschuldigung angehört habe, die du abgeben zu müssen glaubtest, um dein Gewissen zu beruhigen, werde ich mich verabschieden. Ich möchte jetzt vierzehn Tage schlafen.«

»Aber das war nicht der Grund, dich nach London kommen zu lassen«, meinte Harry.

»Da ist noch etwas?«

»Um Gottes willen, setz dich!« sagte Harry. »Bitte!«

John rührte sich nicht.

»Na gut. Mach es mir nur schwer.« Harry ließ sich trotzig in seinen Lehnsessel fallen und schlug die Beine übereinander. »Wie du wünschst.« Er schlug die Beine andersherum übereinander, kreuzte die Arme vor der Brust, holte Luft, sah aus dem Fenster, atmete aus und machte den Mund wieder zu.

»Jene Nacht«, stieß er plötzlich hervor. Sein Gesicht lief knallrot an. Das, was er nun sagen wollte, war entschieden peinlicher als eine Entschuldigung. »Jene Nacht«, setzte Harry erneut an. »Als ...« Er fuhr sich mit der Zunge über seine rosigen Lippen. »Als wir am nächsten Tag unseren Streit hatten.«

John zog fragend die Augenbrauen in die Höhe.

»Es ist nichts passiert!« Harry lehnte sich zurück, erleichtert, daß es nun heraus war.

John erwiderte seinen Blick, verweigerte jegliche Hilfe. Er war sich sowieso nicht sicher, ob er richtig gehört hatte.

Harry war mittlerweile so puterrot wie Zeals Ohren am Tag ihrer Ankunft in Hawkridge House. »Es ist nichts passiert«, wiederholte er. »Mit meiner Frau, meine ich.«

John sah sich schließlich zum Reden gezwungen. »Ich verstehe nicht.«

»Ich habe sie nicht angerührt.«

»Sie hat nicht aus Spaß so geschrien.«

»Das weiß man bei ihr nie«, murmelte Harry.

»Ich kenne sie«, widersprach John. »Und ich kenne dich. Du versuchst dich doch aus jeder Gemeinheit, die du begangen hast, wieder rauszureden!«

Zitternd, aber entschlossen sagte Harry: »John, ich habe sie nicht angerührt!«

Die Unverfrorenheit dieser Lüge ließ John verstummen.

»Ich hab's nicht getan, und ich bin bereit, einen Eid darauf zu leisten, wenn nötig, vor der Sternkammer.«

»Ist das ein neuer Städtertrick von dir, einen Meineid zu schwören?«

»Ich wage zu behaupten, daß Zeal meine Worte bestätigen würde ... Weigere dich doch nicht länger, mich zu verstehen, John! Ich versuche, dir begreiflich zu machen, daß ich mit dem Gedanken spiele, meine Ehe annullieren zu lassen!«

»Aha! Du hast eine reichere Frau gefunden!«

»Nein!« rief Harry entrüstet aus. »Das heißt ...« Der Stolz meldete sich entgegen aller guten Vorsätze zu Wort. »Es gibt genug Damen, die ich noch kennenlernen kann, jetzt, wo ich in der entsprechenden Gesellschaft bin.« Er breitete die Arme aus und umfaßte die geschnitzten hölzernen Armlehnen seines Sessels. »O Gott, Vetterchen. Stell dich doch nicht so dämlich an!«

»Und das von dir, Vetterchen! Köstlich!«

Harry blickte finster drein, riß sich jedoch rasch wieder zusammen.

Er ist erstaunlich entschlossen, die Fassung zu wahren, dachte John.

Harry rückte seinen Heiligenschein zurecht. »Du willst mich immer noch nicht verstehen.« Ein schwacher Schimmer von Edelmut huschte über seine Züge. »Ich will sie nicht in einem Leben gefangenhalten, das sie haßt. Ich würde ihr gern ihre Freiheit zurückgeben.«

»Jetzt, nachdem du ihr Geld dazu benutzt hast, um dir selbst ein Vermögen zu erwerben.« John ließ sich langsam auf den nächsten Stuhl sinken. Sein Herz pochte und raste in der Brust, auch wenn er seinem Vetter noch immer eine skeptische Miene zeigte.

Als wolle er ein Gegengewicht zu John bilden, stand Harry nun auf. Er trat an das Fenster, das auf die Straße hinausging, um sich dann flehentlich an seinen Cousin zu wenden. »Sag, Vetterchen, könntest du mit einer Frau zusammenleben, die dich verachtet?« Er faßte sich wieder ein wenig, so daß er hinzufügen konnte: »Nicht offen natürlich. Nicht gerade *ver*achtet, eher *miß*achtet.«

John war zu sehr mit seinen eigenen Gedanken beschäftigt, als daß er diesen feinen Unterschied zu schätzen gewußt hätte. Er preßte die Hände fest zwischen den Knien zusammen. Eine

Begnadigung. Hawkridge niedergebrannt. Malise auf der Flucht. Zeal frei. Zuviel Licht, zuviel Dunkelheit. Und alles auf einmal. Er konnte es nicht zu einer einzigen Wirklichkeit zusammenfügen.

»Was immer sie gerade macht, stets hört sie damit auf und wartet, daß ich das Zimmer verlasse«, fuhr Harry fort. »Wie ein Erwachsener ein lästiges Kind behandelt!« Harry beugte sich vor. »John?«

John wandte ihm wieder seine Aufmerksamkeit zu.

»Ich bin wirklich recht erfolgreich darin, sichtbar zu sein, John.« Ihm schien daran zu liegen, daß John begriff, was er sagen wollte. »Ich glaube, ich habe ein Talent dafür. Und auch dafür, andere meine finanziellen Angelegenheiten besorgen zu lassen. Es hat mich sogar ein wenig überrascht, wie gut ich das beherrsche. Aber sie sieht es nicht. Sie versteht nicht einmal, warum ich mir Sorgen mache. Es *gibt* Frauen, genauso reiche Frauen, die einen Mann zu schätzen wissen, der sie zum Lachen bringen, Wein einkaufen, ein gutes Dinner geben kann – und der weiß, wie man sie in jeder Hinsicht kitzelt.«

»Aber es wird ihr Schande bringen, wenn du sie einfach wegwirfst.«

Harry verdrehte die Augen, blickte zur Decke und ließ seinen Heiligenschein sausen, wohin er wollte. »Du bist ein Esel! Genauso schlimm wie sie. Ich schwöre vor Gott dem Allmächtigen, daß ihr wie geschaffen füreinander seid! Hin und wieder werde ich euch mit Vergnügen besuchen, aber ich will verdammt sein, wenn ich mit einem von euch zusammenleben kann! Falls Zeal sich nicht gegen meinen Vorschlag sträubt – und ich erwarte nicht, daß sie das tut –, beabsichtige ich, eine Annullierung der Ehe zu beantragen«, erklärte Harry. »Dann könnt ihr selbst sehen, wie ihr euch einrichtet!«

Harry behielt in diesem Gespräch letztendlich doch die Oberhand. Er stand da, die Hände hinter dem Rücken verschränkt; eine ganze Reihe unterschiedlichster Befriedigungen ließ ihm warm ums Herz werden. Großmut und Eigeninteresse stimmten endlich einmal perfekt überein. Und sein Vetter schnappte nach Luft wie ein Fisch auf dem Trockenen. Harry war wunschlos glücklich.

»Was wird Hazelton dazu sagen, wenn du seine Nichte verstößt?« fragte John schließlich. »Nachdem er inzwischen ihre Mitgift investiert hat?«

Harry unterdrückte ein selbstgefälliges Grinsen. »Er ist es zufrieden. Ich hab's ihm bereits mitgeteilt. Unsere geschäftliche Verbindung wird fortbestehen wie zuvor, durch die Kompanie ... Die *Maid von Boston* ist übrigens gesichtet worden. Sie ist nicht gesunken!« Harry überließ sich kurz seiner Freude, bevor er fortfuhr: »Wie dem auch sei, ich wollte meine Schuld ihr ... meiner Gemahlin gegenüber ... abtragen, indem ich ihr den Landsitz übereigne. Natürlich ist er jetzt nicht mehr so viel wert wie damals, als ich den Entschluß gefaßt habe. Andererseits war es damals auch mehr, als ich ihr schulde. Jetzt sagst du mir, daß die Scheunen und der Viehbestand gerettet sind. Nur das verdammte Haus ist beschädigt, das jeder vernünftige Mensch ohnehin am liebsten abgerissen und neu wiederaufgebaut hätte. Also.«

Er beugte sich leicht vor, um seine Belohnung, Johns Zustimmung, einzuheimsen.

Harry, der Verräter, der sich dessen halb bewußt war. Harry, der Großzügige. Harry, der mit dem Schwanz wedelte und darauf wartete, daß man ihm den Kopf tätschelte und lobende Worte über seinen generösen Eigennutz fand.

»Sie wird deine Hilfe brauchen«, führte Harry aus, als würde er zu einem äußerst begriffsstutzigen Kind sprechen. Wie weiland Dr. Bowler mit seinem kindlichen Ich.

Und dann wurde sich John mit einemmal der vollen Tragweite des Geschenks bewußt, das Harry ihm angeboten hatte.

»Was wolltest du denn mit deinem Leben anfangen, jetzt, wo du wieder ein Gentleman geworden bist? Wirst du dir einen Landsitz kaufen?« Harry unterhielt sich nun prächtig.

»Ich denke, ich könnte für eine Reise nach Virginia oder in die Karibik anheuern. Trotz des Risikos, da draußen dem flüchtigen Malise in die Arme zu laufen.«

»Ich wäre dir dankbar, wenn du vorher Lady Beester mitteilen würdest, was wir gerade besprochen haben.«

»Das könnte ich natürlich tun.« John erhob sich, immer noch voller Mißtrauen. Das bringt auch nur Harry fertig, dachte er, gleichzeitig selbstgefällig und schüchtern auszusehen.

Die beiden Vettern musterten einander, zwei junge Männer, die ihre Narben zählten. Harry, blond, zaghaft und den Tränen nah. John, hart, dunkel, anmutig und immer noch argwöhnisch. Zu seinem eigenen Erstaunen spürte er, wie die verwegene, ungeformte Erwartung eines Kindes in ihm zu kribbeln begann.

»O Vetterchen!« stieß Harry in einem theatralischen, orkanartigen Seufzer hervor. »Wer hätte gedacht, daß das so kompliziert sein würde?«

Dr. Bowler stand allein auf der Kutschzufahrt zwischen den Buchen. Er war vom Vorhoftor aus hügelan spaziert. Die Allee verlief in einem schwungvollen Bogen hinab zu den geschwärzten Ruinen in seinem Rücken. Kleine bunte Gestalten krabbelten um und über die Trümmer von Hawkridge House. Der beißende Geruch nasser Asche drang bis zum höchsten Punkt der Zufahrt. John spürte ein unruhiges Rascheln in der Atmosphäre. Ein einsames rotbraunes Blatt trudelte aus der nächsten Buche zu Boden, was John mit einer blinden Angst erfüllte.

Warum ist der alte Mann hier herausgekommen, um mich ganz allein zu begrüßen? fragte er sich. Herz und Hände wurden ihm kalt. Wo sind die anderen? Wo ist Zeal? Von den Ameisen in den Ruinen abgesehen, lag das Gut so still da wie nach der Pest.

John hatte, als er und Arthur das Tor von Bedgebury House durchritten, die Brauhausglocke vernommen, schwach und dringlich. Sie wurden erwartet. Er gab seinem Pferd heftig die Sporen, während das Entsetzen in ihm wuchs.

Den ganzen Heimweg über hatte er von der Saat des Neubeginns geträumt. Felder von Königen in voller Blüte.

Nicht ein Kind zu sehen. Nicht ein Pächter. Keine Tante und keine Lady Beester. Nur Dr. Bowler, der einsam in seinem zerschlissenen schwarzen Seidenumhang und ebensolchen Kniehosen wartete, mit schmutzigen roten Schnürsenkeln, die zwischen den Schafen und dem getrockneten Weidegras völlig fehl am Platze wirkten.

Zeal ist etwas zugestoßen! Oder Tante Margaret!

»Mein lieber Doktor«, rief John ihm zu. Das erschöpfte Pferd spürte sein Drängen und setzte sich zockelnd in Trab. »Was ist los?«

Dr. Bowler hob die Arme über den Kopf.

Für einen Moment dachte John, der alte Mann hätte das Gleichgewicht verloren und sei drauf und dran, rückwärts ins Gras zu kippen. John hatte sich schon halb von seinem Reittier geschwungen, als Bowler beide Arme mit solcher Wucht heruntersausen ließ, als wollte er sich wie ein riesiger schwarzer Rabe in die Lüfte erheben.

»*Deo gratias!*« sang er mit offenem Mund und aus tiefster Seele. Dank sei dem Herrn.

Die Bäume der Buchenallee begannen zu singen.

»*Pleni sunt coeli et terra gloria tua!*«

Himmel und Erde sind erfüllt von deiner Herrlichkeit.

Aus dem Blattwerk der Buchen an der Zufahrt fiel ein Notenregen, so klar und rein wie Sternschnuppen in einer Augustnacht.

»*Hosianna!*« jubilierten die Buchen wie ein Chor von Cherubim, von links und rechts, über Johns Kopf, hinter und vor ihm. Noch in den Steigbügeln stehend, ließ er sich zur Reglosigkeit verzaubern.

Dr. Bowler wandte sich um und ruderte heftig mit den Armen durch die Luft. Ein Baumpaar weiter unten auf der Allee fiel ein wenig verspätet ein, abgehackt, aber süß.

»*Hosianna in excelsis!*«

Die Zeit stand still. Im ganzen Universum gab es nichts außer diesem hohen, klaren Gesang der Bäume.

John blickte verwundert in die Höhe. Durch die dicken

Schwellungen und Girlanden der Äste entdeckte er nun ein Kind, dann noch eins. Dann ein herabbaumelndes Beinpaar. Die Wahrheit war um nichts weniger süß als der Zauber.

»HOSIANNA!« Diesen einen herrlichen Augenblick lang stimmten alle gemeinsam ein.

Dann begannen die Stimmen auseinanderzudriften, da die weit entfernten Sänger nicht in der Lage waren, einander zu hören oder ihren Dirigenten deutlich zu sehen. Die meisten waren ohnehin noch außer Atem von ihrer wilden Kletterpartie hoch in die Bäume, nachdem die Glocke zu läuten begonnen hatte.

»Amen!« sang Dr. Bowler.

Die beiden Bäume, die verspätet eingestimmt hatten, sangen noch weiter, hoch und fehlerlos, immer noch hinterherhinkend, sich dessen aber nicht bewußt.

»AMEN!«

Das Lied endete. Ein Schaf blökte.

»So«, sagte Dr. Bowler mit tiefer, tiefer Befriedigung. »Wir haben deine Empfangsmusik schließlich doch noch hinbekommen!«

John glitt zu Boden und umarmte seinen alten Mentor; er kämpfte mit den Tränen. Und plötzlich kletterten und purzelten Kinder aus den Bäumen. Die Allee war voller Kinder und Hunde. Cope trat hinter einer Buche hervor, Tuddenham hinter einer anderen. Zeal rannte vom Vorhoftor herbei, die Röcke mit beiden Händen gerafft, eine schlingernde, schwankende und atemlose Tante Margaret auf den Fersen.

»Wo die Biene ...!« rief Dr. Bowler hartnäckig in den wachsenden Tumult. »Wo die Biene ...! Zwo, drei ...!«

Er scharte ein paar Stimmen um sich, die Zofe Rachel und Sam, den Taubendieb, eingeschlossen, der sehr laut und sehr falsch sang. « ... in der Glocke einer Schlüsselblume ...«

»John!« rief Zeal.

Er fing sie auf und wirbelte sie durch die Luft. Und dann, vor allen Leuten, drückte er ihr einen herzhaften Kuß auf den Mund.

Zeal zuckte zurück. Ihr Antlitz war kalkweiß.

»Nun schaut nicht so!« rief John den um sie versammelten Gesichtern zu. »Ich habe das Recht dazu!« Und er küßte sie noch einmal.

»Hast du Harry getötet?« flüsterte Zeal entsetzt.

»Im Gegenteil. Ich könnte ihn fast wieder mögen.« Dann schlang er den einen Arm um Zeal, den anderen um seine Tante.

»Lady Beester und ich haben die gesamte Hausfamilie jetzt bei den Pächtern untergebracht«, erklärte Tante Margaret.

»Fröhlich, fröhlich, werden wir jetzt sein«, sang Dr. Bowler.

»Und im Brauhaus haben wir ein perfektes Kochfeuer errichtet. Und Sir Richard hat zwölf Käse geschickt ...«

Zeal schritt an Johns Seite, schaute zu ihm hoch, versuchte, in seinem Gesicht zu lesen, spürte seine Stimmung, konnte sie aber noch nicht begreifen.

»Und wir haben die Kapelle aufgeräumt ...«, zwitscherte Mistress Margaret.

Den Blick noch immer unverwandt auf John gerichtet, gelang es Zeal endlich zu sagen: »Und Sir Richard hat uns auch acht Eichenbalken versprochen ...«

»Und das ist noch nicht das Beste«, sagte John. »Wenn ihr mich auch mal zu Wort kommen ließet.«

»... Unter der Blüte, die duftet vom Zweig.« Als die Prozession am Tor angelangt war, sang nur noch Dr. Bowler glücklich vor sich hin.